Liebe und andere Köstlichkeiten

MIRA® TASCHENBUCH

1. Auflage: März 2019
Neuausgabe im MIRA Taschenbuch
Copyright © 2019 für die deutsche Ausgabe by MIRA Taschenbuch
in der HarperCollins Germany GmbH, Hamburg

Copyright © 1985 by Nora Roberts
Originaltitel: »Summer Desserts«
Erschienen bei: Silhouette Books, Toronto

Copyright © 2010 by Teresa Hill
Originaltitel: »Countdown to the Perfect Wedding«
Erschienen bei: Silhouette Books, Toronto

Copyright © 2010 by Kathleen Beaver
Originaltitel: »Sweet Surrender, Baby Surprise«
Erschienen bei: Silhouette Books, Toronto

Published by arrangement with
Harlequin Enterprises, Toronto

Umschlaggestaltung: büropecher, Köln
Umschlagabbildung: Dorling Kindersley: Charlotte Tolhurst / Getty Images
Lektorat: Maya Gause
Satz: GGP Media GmbH, Pößneck
Printed in Germany
Dieses Buch wurde auf FSC®-zertifiziertem Papier gedruckt.
ISBN 978-3-95649-855-8

www.mira-taschenbuch.de

Werden Sie Fan von MIRA Taschenbuch auf Facebook!

Nora Roberts

Ein Kuss zum Dessert

Roman

Aus dem Englischen von
Elke Iheukumere

1. Kapitel

Ihr Name war June. Es war ein Name, bei dem man an Blumen dachte, an plötzliche Gewitter und lange, ruhelose Nächte im Sommer. Er weckte auch Erinnerungen an sonnenbeschienene Wiesen und an ein Plätzchen im Schatten. Ja, der Name passte zu ihr.

Während sie jetzt dort stand, die Hände in die Hüften gestützt, aufmerksam und angespannt, war in dem Raum kein einziges Geräusch zu hören. Niemand ließ sie aus den Augen, denn niemand wollte sich eine einzige Geste von ihr, eine Bewegung entgehen lassen. Die ganze Aufmerksamkeit war nur auf sie gerichtet. Musik von Chopin erfüllte den Raum, das Licht spielte auf ihrem adrett hochgesteckten Haar und ließ es aufleuchten, ein warmes Braun mit goldenen Lichtern. Smaragdohrringe blitzten an ihren Ohren.

Die hohen Wangenknochen gaben ihrem fein geschnittenen Gesicht ein aristokratisches Aussehen, ihre dunkelbraunen Augen mit den bernsteinfarbenen Flecken blickten konzentriert, die vollen, sinnlichen Lippen hatte sie ein wenig schmollend verzogen.

Sie war ganz in Weiß gekleidet, und sie zog alle Blicke auf sich wie ein Schmetterling im hellen Sonnenlicht. Obwohl sie kein Wort sprach, lauschten doch alle auf das kleinste Geräusch.

June hätte genauso gut allein sein können, so wenig Aufmerksamkeit schenkte sie den Menschen um sich herum. Für sie gab es nur ein Ziel: Perfektion. Mit weniger gab sie sich nie zufrieden.

Vorsichtig hob sie die letzte Blüte der Engelwurz und drückte sie auf den Savarin. Die Stunden, die sie gebraucht hatte, dieses Kunstwerk zu backen, waren vergessen, und auch die Hitze, ihre müden Beine sowie die schmerzenden Arme. Der Abschluss einer Kreation von June Lyndon war äußerst wichtig. Ja, es würde perfekt schmecken, perfekt riechen, sich sogar perfekt schneiden lassen. Aber wenn es nicht auch perfekt aussah, war all das andere nicht wichtig.

Mit der Vorsicht eines Künstlers, der ein Meisterwerk vollendet, hob sie den Pinsel und gab den Früchten und Mandeln einen leichten Überzug aus Apricot.

Noch immer sprach niemand.

Ohne die Hilfe eines der Umstehenden zu erbitten, füllte June jetzt das Innere des Savarins mit einer gehaltvollen Creme, deren Rezept sie wie ein Geheimnis hütete.

Dann trat sie mit hocherhobenem Kopf einen Schritt zurück, um ihrer Schöpfung einen letzten, prüfenden Blick zuzuwerfen. Das war der letzte Test, denn ihr Auge war aufmerksamer und kritischer als das eines jeden anderen Menschen, wenn es um ihre eigene Arbeit ging. Sie verschränkte die Arme vor der Brust, ihr Gesicht war ausdruckslos. In der großen Küche hätte man eine Stecknadel fallen hören können, so still war es.

Dann begannen ihre Augen zu glänzen, ihr Mund verzog sich zu einem Lächeln. Erfolg. June hob einen Arm. »Bringt ihn weg«, befahl sie.

Während zwei ihrer Assistenten das glitzernde Gebilde aus dem Raum rollten, brach Applaus aus.

June akzeptierte den Applaus, weil sie davon überzeugt war, dass sie ihn verdiente. Ihr Savarin war prächtig, und das hatte der italienische Herzog für die Verlobung seiner Tochter so gewollt, dafür bezahlte er auch. June hatte lediglich ihre Arbeit getan.

»Mademoiselle.« Foulfount, der Franzose, dessen Spezialität Schellfisch war, fasste June an den Schultern, seine Augen leuchteten voller Bewunderung. »Incroyable.« Begeistert küsste er sie auf beide Wangen, und zum ersten Mal seit Stunden lachte June.

»Merci.« Jemand hatte eine Flasche Wein geöffnet, June nahm zwei Gläser und reichte eines davon dem Franzosen. »Auf unsere nächste Zusammenarbeit, mon ami.«

Sie trank das Glas leer, nahm ihre kecke Kochmütze ab und verließ dann die Küche. In dem riesigen Speisezimmer mit dem Marmorfußboden und den unzähligen Kerzen wurde gerade ihr Savarin serviert und bewundert. Der letzte Gedanke, ehe sie ging, war, dass Gott sei Dank jemand anders das Durcheinander aufräumen musste.

Zwei Stunden später hatte June die Schuhe ausgezogen und die Augen geschlossen. Ein gruseliger Kriminalroman lag auf ihrem Schoß, während ihr Flugzeug über den Atlantik flog. Sie war auf dem Weg nach Hause. Beinahe drei Tage war sie in Mailand gewesen, nur, um diesen einzigen Nachtisch zuzubereiten. Doch für June war das nicht ungewöhnlich. Sie hatte in Madrid »Charlotte Malakoff« gebacken, in Athen »Crêpes Fourées« flambiert und »Ile Flottante« in Istanbul zubereitet. Für ihre Spesen plus zusätzlich eines beachtlichen Lohns kreierte June Lyndon einen Nachtisch, der noch lange nach dem letzten Bissen in der Erinnerung derer bleiben würde, die ihn verspeist hatten.

Sie sah sich selbst als Spezialistin, ähnlich wie ein befähigter Chirurg. Und in der Tat hatte sie studiert, gelernt und praktiziert, beinahe genauso lange wie ein Mitglied einer medizinischen Fakultät. Fünf Jahre, nachdem sie in Paris, der Stadt, in der das Essen zur Kunst erhoben wurde, die hohen Anforderungen erfüllt hatte, die nötig waren, »Cordon-bleu-Chef« zu werden, hatte sie sich den Ruf erworben, so temperamentvoll zu sein wie ein Künstler, das Gedächtnis eines Computers zu haben, wenn es um Rezepte ging, und die Hände eines Engels bei deren Zubereitung.

June döste in ihrem Sitz in der ersten Klasse vor sich hin und sehnte sich nach einem simplen Stück Pizza. Sie wusste, der Flug würde viel schneller vergehen, wenn sie lesen oder schlafen würde. Sie entschied sich, beides zu tun, zuerst würde sie ein wenig schlafen, denn ihr Schlaf war ihr genauso heilig wie das Rezept für ihre »Mousse au Chocolat«.

Wenn sie erst einmal wieder in Philadelphia war, so erwartete sie dort ein echt hektischer Terminplan. Sie musste eine »Bombe« zubereiten für den Wohltätigkeitsball des Gouverneurs, dann erwarteten sie das Treffen der Gourmet-Gesellschaft, die Demonstration ihrer Kunst in einer Fernsehsendung ... und dann noch diese Besprechung, dachte sie benommen.

Was hatte diese Frau am Telefon gesagt? überlegte June. Drake – nein, Blake, Blake Cocharan der Dritte, von der Cocharan-Hotelkette. Großartige Hotels, dachte June. Sie hatte einige davon in unterschiedlichen Ländern besucht. Mr. Cocharan der Dritte hatte ihr einen geschäftlichen Vorschlag zu machen.

June nahm an, dass er von ihr einen besonderen Nachtisch zubereitet haben wollte, den er exklusiv in seinen Hotels anbieten wollte, etwas, das es nur in den Cocharan-Hotels gab. Sie war dem gar nicht abgeneigt – unter den entsprechenden Bedingungen. Und selbstverständlich gegen die entsprechende Bezahlung. Natürlich müsste sie sich zuerst das Cocharan-Unternehmen genauer ansehen, ehe sie sich einverstanden erklärte, ihren guten Namen mit dem Unternehmen in Verbindung zu bringen. Wenn auch nur eines der Hotels nicht ihrem Qualitätsstandard entsprach ...

Mit einem Gähnen entschied sich June, später darüber nachzudenken – nachdem sie sich mit »dem Dritten« persönlich getroffen hatte. Blake Cocharan der Dritte, dachte sie mit einem belustigten Lächeln. Rundlich, wahrscheinlich mit Glatze und auch mit Verdauungsschwierigkeiten. Sicher trug er italienische Schuhe, eine Schweizer Uhr, französische Hemden und fuhr einen deutschen Wagen – und ohne Zweifel betrachtete er sich als Amerikaner. Wieder gähnte June, dann seufzte sie, als sie erneut an die Pizza dachte. Sie lehnte den Kopf zurück, entschlossen zu schlafen.

Blake Cocharan der Dritte saß auf dem Rücksitz seiner metallicgrauen Limousine und ging noch einmal den Bericht des neuesten Cocharan-Hotels in Saint Croix durch. Er war ein Mann, der ein heilloses Durcheinander in kürzester Zeit in eine perfekte Ordnung bringen konnte, für ihn war Chaos nur eine Art von Ordnung, die mit Logik entwirrt werden musste. Und Blake war ein sehr logisch denkender Mensch. Für ihn leitete Punkt A unzweifelhaft zu Punkt B und dann zu Punkt C. Ganz egal, wie verwirrt etwas auch sein mochte, mit Logik und Geduld fand er immer einen Weg.

Nicht allein aufgrund dieses Talentes besaß Blake mit seinen fünfunddreißig Jahren absolute Kontrolle über das Cocharan-Imperium. Seinen Reichtum hatte er geerbt und dachte demzufolge auch kaum darüber nach. Seine Position in dem Imperium jedoch hatte er sich erarbeitet, und deshalb war sie für ihn von Bedeutung. Für die Cocharan-Hotels war nur das Beste gut genug, angefangen von der Bettwäsche bis hin zum Mörtel, mit dem die Häuser gebaut wurden.

Und der ihm vorliegende Bericht über June Lyndon sagte ihm, dass sie die Beste war.

Er legte die Papiere über das Hotel in Saint Croix zur Seite und zog eine andere Akte aus seinem Aktenkoffer.

June Lyndon, dachte er, als er die Akte öffnete, achtundzwanzig Jahre alt, studiert an der Sorbonne, Cordon-bleu-Chef. Ihr Vater war Rothschild Lyndon, Mitglied des Britischen Parlaments, ihre Mutter, Monique Dubois Lyndon, eine Französin, war früher Filmschauspielerin gewesen. Die Eltern hatten sich einvernehmlich getrennt und waren seit dreiundzwanzig Jahren geschieden. June Lyndon hatte in ihren frühen Lebensjahren zwischen London und Paris gelebt, bis ihre Mutter einen amerikanischen Geschäftsmann heiratete, der in Philadelphia lebte. Danach war June allerdings wieder nach Paris zurückgekehrt, hatte dort ihre Ausbildung abgeschlossen und lebte jetzt in Paris wie auch in Philadelphia. Ihre Mutter hatte seitdem noch ein drittes Mal geheiratet, einen Papierfabrikanten, ihr Vater hatte sich von seiner zweiten Frau, einer erfolgreichen Anwältin, getrennt.

Alle Nachforschungen Blakes hatten immer wieder zu dem gleichen Schluss geführt: June Lyndon war die beste Dessert-Köchin auf beiden Seiten des Atlantiks. Dazu war sie noch eine hervorragende Küchenchefin, die Wert auf Qualität legte, kreativ und besaß auch die Fähigkeit, in einer Krise zu improvisieren. Auf der anderen Seite sagte man von ihr, dass sie diktatorisch herrschte, temperamentvoll und verletzend ehrlich war. Doch diese Eigenschaften hatten ihr keine Nachteile gebracht.

Sie mochte zwar darauf bestehen, während ihrer Arbeit der Musik von Chopin zu lauschen oder sich weigern zu arbeiten, weil das Licht nicht richtig war, aber ihre Mousse allein genügte, um einen Mann dazu zu bringen, ihr jeden Wunsch zu erfüllen.

Blake war ein Mann, der nicht gern bat … aber er wollte June Lyndon für sein Hotel haben. Und er zweifelte nicht daran, dass es ihm gelingen würde, ihre Zustimmung für genau das zu bekommen, was er sich vorgestellt hatte.

Eine tolle Frau, dachte er. Nicht vielen Frauen war es gelungen, das zu erreichen, was June erreicht hatte. Es gab viele Frauen, die Köchinnen waren, aber die Küchenchefs waren meistens Männer.

Er versuchte, sie sich vorzustellen. Wahrscheinlich war sie rundlich vom vielen Probieren. Starke Hände hatte sie sicher, und ihre Haut war blass und ein wenig teigig von der Arbeit in der Küche. Eine Frau, die wusste, was sie wollte, dessen war er sicher, kompromisslos, organisiert, logisch und kultiviert – vielleicht ein wenig schlicht, weil sie sich mit dem Kochen befasste und nicht mit Mode. Blake dachte, dass sie sicher sehr gut miteinander auskommen würden. Mit einem Blick auf seine Uhr stellte er fest, dass er pünktlich zu ihrer Verabredung sein würde.

»Es wird nicht länger als eine Stunde dauern«, erklärte er seinem Fahrer, als sie vor dem großen Haus anhielten.

Blake blickte zum vierten Stock des Hauses hinauf, die Fenster waren geöffnet, stellte er fest. Er hörte Musik aus den geöffneten Fenstern, konnte jedoch nicht erkennen, welche Musik es war. Als er das Haus betrat, sah er, dass der Aufzug gerade außer Betrieb war. Er musste also die vier Stockwerke zu Fuß hochgehen.

Nachdem er an der Tür geläutet hatte, wurde sie von einer zierlichen Frau in einer eng anliegenden schwarzen Jeans und einem T-Shirt geöffnet. Ob das das Hausmädchen ist, das heute seinen freien Tag hatte? fragte Blake sich. Aber sie sah nicht einmal kräftig genug aus, um den Boden schrubben zu können. Und wenn sie ausgehen wollte, so würde sie das sicher nicht ohne Schuhe tun, dachte er.

Nachdem er sie mit einem Blick von Kopf bis Fuß gemustert hatte, sah er wieder in ihr Gesicht. Es war ein klassisches Gesicht, ohne Make-up und zweifellos sehr sinnlich. Der Mund allein kann das Blut eines Mannes in Wallung bringen, stellte Blake bei sich fest.

»Mein Name ist Blake Cocharan, ich bin mit Miss Lyndon verabredet.«

June zog eine Augenbraue hoch – ein Zeichen der Überraschung, dann verzog sich ihr Mund zu einem Lächeln.

Er ist gar nicht rundlich, dachte sie. Er hatte einen schlanken, muskulösen Körper. Sportlich sah er aus. Offensichtlich beschäftigte er sich eher mit Sport als damit, geschäftliche Besprechungen bei einem gemeinsamen Essen zu erledigen. Auch kahlköpfig war er nicht, sondern er hatte dichtes, glänzendes schwarzes Haar, leicht gelockt umrahmte es ein sehr attraktives Gesicht. Über klaren wasserblauen Augen wölbten sich buschige Augenbrauen, sein Mund war ein wenig zu groß, aber die Lippen waren schön geschwungen und sinnlich. Seine Nase war gerade und gab seinem Gesicht einen leicht hochmütigen

Ausdruck. Vielleicht hatte sie mit den Äußerlichkeiten recht gehabt – den italienischen Schuhen und all dem anderen –, aber June musste zugeben, dass sie sich ansonsten in dem Mann gründlich getäuscht hatte.

Es hatte nicht lange gedauert, ihn genauer zu betrachten, drei, vielleicht vier Sekunden, doch dann wurde ihr Lächeln noch intensiver. Blake konnte seinen Blick nicht von ihr losreißen. »Kommen Sie doch bitte rein, Mr. Cocharan.« June trat einen Schritt zurück und öffnete die Tür weiter. »Ich finde es sehr nett von Ihnen, dass Sie zugestimmt haben, sich hier mit mir zu treffen. Setzen Sie sich bitte, ich bin leider gerade in der Küche beschäftigt.«

Blake öffnete den Mund, dann schloss er ihn wieder, ohne etwas gesagt zu haben. Er stellte seinen Aktenkoffer ab und sah sich um.

Die Einrichtung des großen Zimmers war eine Mischung europäischer Stile, die eigentlich nie zusammengepasst hätten, ihn aber dennoch anzogen. Der Tisch am anderen Ende war bedeckt mit Papieren und Notizzetteln, Geräusche von der Straße drangen durch die geöffneten Fenster, aus der Stereoanlage kam Musik von Chopin.

Diese Frau muss June Lyndon sein, dachte er plötzlich. Er war sicher, dass sonst niemand in der Wohnung war. Fasziniert von den Gerüchen und den Geräuschen aus der Küche, ging Blake durch den Raum zur Küche.

Sechs kleine Tortenböden standen auf der Anrichte, und June füllte sie gerade mit einer dicken weißen Creme. Als Blake in ihr Gesicht sah, erkannte er darin ihre Konzentration, die Ernsthaftigkeit, die einem Chirurgen zur Ehre gereicht hätte. Eigentlich hätte ihn das amüsieren müssen, stattdessen aber faszinierten ihn diese schlanken Hände, die zu der Musik ihre Arbeit verrichteten.

Sie holte etwas mit einer Gabel aus einer Pfanne – Blake nahm an, dass es erwärmtes Karamell war – und tropfte es über die Törtchen. Danach stellte sie jedes einzelne vorsichtig auf ein Tablett, das mit einem Spitzendeckchen aus Papier bedeckt war. Als alle auf dem Tablett standen, sah sie auf.

»Möchten Sie einen Kaffee?« Sie lächelte ihn an, und die Falte zwischen ihren Augenbrauen verschwand.

Blake sah auf die Törtchen auf dem Tablett. Ihre Taille könnte man mit beiden Händen umfassen, dachte er abwesend. »Ja, gern«, antwortete er auf ihre Frage.

»Bedienen Sie sich bitte.« Sie deutete auf die Kaffeemaschine. »Ich muss diese Törtchen nach nebenan bringen.« Noch ehe er etwas sagen konnte, war sie schon an ihm vorbeigegangen. »Oh, da sind auch noch ein paar Kekse. Ich bin gleich wieder da.«

Sie war verschwunden und die Törtchen mit ihr. Blake zuckte mit den Schultern, dann ging er in die Küche zurück, in der ein heilloses Durcheinander herrschte. June Lyndon war vielleicht eine großartige Köchin, aber offensichtlich nicht sehr ordentlich. Doch wenn das Aussehen und der Duft dieser Törtchen ein Anzeichen für ihr Können waren …

Blake suchte im Schrank nach einer Kaffeetasse, dann konnte er der Versuchung nicht länger widerstehen. Mit einem Finger fuhr er über den Rand der Schüssel, in der die Creme gewesen war, und steckte dann den Finger in den Mund. Mit einem Seufzer schloss er die Augen, köstlich … und sehr französisch.

Er hatte in den exklusivsten Restaurants gespeist, bei einigen der reichsten Leute überall in der Welt. Er konnte jedoch nicht behaupten, dass ihm je etwas besser geschmeckt hätte als das, was er gerade aus der Schüssel genascht hatte. June Lyndon hat recht daran getan, sich auf Nachspeisen zu spezialisieren, dachte er. Er bedauerte es, dass sie diese Törtchen weggebracht hatte. Und als er dann noch einmal im Schrank nachsah, fand er auch eine Keksdose.

Normalerweise hätten ihn Kekse überhaupt nicht interessiert, doch ihm lag noch immer der Geschmack der Creme auf der Zunge. Was für Kekse gab es wohl im Haushalt einer

Frau, die in der Haute Cuisine nur das Feinste erschuf? Blake öffnete den Deckel der Dose und starrte dann verwundert auf die Kekse. Er nahm einen der Kekse in die Hand, dann lachte er laut auf und legte ihn in die Dose zurück. Und das von einer Frau, die für ihre Kreationen nur die erlesensten Zutaten benutzte?

Während seiner Laufbahn waren Blake schon alle möglichen Exzentriker begegnet, er hielt sich für einen sehr guten Menschenkenner. Und er hatte geglaubt, dass es nicht sehr lange dauern würde, bis er herausfand, was June Lyndon für ein Mensch war.

Gerade als Blake sich den Kaffee eingoss, kam June in die Küche zurück. »Es tut mir leid, dass Sie warten mussten, Mr. Cocharan, ich weiß, das war sehr unhöflich von mir.« Sie lächelte, als hätte sie keinen Zweifel, dass er ihr vergeben würde. »Ich habe diese Törtchen für eine Nachbarin gemacht, sie gibt heute Nachmittag einen kleinen Verlobungstee – mit den neuen Verwandten.« Ihr Lächeln wurde jetzt zu einem Grinsen, sie goss sich eine Tasse Kaffee ein und nahm sich einen Keks. »Möchten Sie keine Kekse?«

»Nein, danke.«

»Wissen Sie«, meinte June, nachdem sie an ihrem Keks geknabbert hatte, »diese Kekse sind wirklich ausgezeichnet.« Mit dem Keks in der Hand deutete sie auf die Couch. »Sollen wir uns nicht setzen und über Ihren Vorschlag reden?«

Sie geht gleich auf die Dinge zu, dachte Blake, dann nickte er zustimmend. Er war in seinem Beruf sehr erfolgreich, nicht etwa, weil er ein Cocharan war, sondern weil er einen wachen, analytischen Verstand besaß. Doch jetzt musste er zunächst einmal überlegen, wie er auf eine Frau wie June Lyndon zugehen musste.

Interessiert betrachtete Blake June Lyndon. Sie hatte ein Gesicht, das er sich im Schatten eines Baumes im Bois de Boulogne vorstellen konnte, sehr französisch und sehr elegant.

Ihre Stimme und auch ihre Sprache verrieten unzweifelhaft eine erstklassige europäische Erziehung. Ihr Haar hatte sie achtlos hochgesteckt, die Smaragdohrringe in ihren Ohren waren groß und lupenrein. Der Ärmel ihres T-Shirts zeigte ein ziemlich großes Loch.

Sie setzte sich auf die Couch und zog die nackten Füße unter ihren Körper. Die Fußnägel waren in einem knalligen Rosa angemalt, ihre Fingernägel hingegen waren kurz geschnitten und nicht lackiert. Sie duftete ein wenig nach Karamell – wahrscheinlich von den Törtchen, aber noch einen anderen Duft nahm er wahr, unzweifelhaft französisch und sehr sinnlich.

Wie spricht man eine solche Frau an? überlegte Blake. Benutzte man Charme, um zu ihr durchzudringen, Schmeicheleien oder einfach nur Fakten? Man sagte von June Lyndon, sie sei Perfektionistin und auch ab und zu sehr temperamentvoll. Einmal hatte sie sich geweigert, für einen bekannten Politiker zu kochen, weil der es ablehnte, ihre Küchenausrüstung in sein Land fliegen zu lassen. Sie hatte einer Hollywood-Größe ein kleines Vermögen berechnet für einen riesigen Hochzeitskuchen. Und gerade hatte sie für ihre Nachbarin ein Tablett Törtchen gebacken. Blake hätte gerne gewusst, wie sie wirklich war, ehe er ihr sein Angebot machte.

»Ich kenne Ihre Mutter«, begann er, während er sie noch eingehend betrachtete.

»Wirklich?« Sie sah ihn überrascht an. »Eigentlich sollte ich gar nicht so überrascht sein«, meinte sie dann und knabberte wieder an ihrem Keks. »Meine Mutter steigt immer in den Cocharan-Hotels ab, wenn sie unterwegs ist. Ich glaube, ich habe einmal mit Ihrem Großvater zusammen gegessen, als ich sechs oder sieben Jahre alt war.« Sie nippte an ihrem Kaffee. »Die Welt ist tatsächlich sehr klein.«

Ein wirklich toller Anzug, dachte June, als sie sich zurücklehnte, um ihr Gegenüber besser betrachten zu können. Er war gut geschnitten, dabei konservativ genug, um die Zustimmung ihres Vaters zu finden. Der Körper jedoch, der sich unter diesem Anzug verbarg, hätte zweifellos die Zustimmung ihrer Mutter gefunden. Und es war wahrscheinlich die Kombination von beidem, die Junes Interesse erregte.

Verflixt, er ist wirklich sehr attraktiv, dachte sie, als sie jetzt sein Gesicht betrachtete. Es war kein sehr glattes Gesicht, kantig konnte man es allerdings auch nicht nennen, doch die Kraft, die dahintersteckte, war deutlich zu bemerken. Blake war sicher ein Mann, der immer das bekam, was er haben wollte, und auch ohne dieses faszinierende Gesicht wäre er sicher ein attraktiver Mann gewesen.

Ihre Mutter hätte das »séduisant« genannt, und sie hätte damit recht gehabt. June hingegen benutzte lieber das Wort »gefährlich«. Es war schwierig, solch einer Kombination zu widerstehen. Sie rückte ein Stück von ihm ab. Geschäft war schließlich Geschäft.

»Dann kennen Sie also die Maßstäbe, nach denen die Cocharan-Hotels geführt werden«, ergriff Blake wieder das Wort. Er wünschte plötzlich, dass der Duft, der ihm in die Nase stieg, nicht so verführerisch wäre oder dass ihr Mund ihn nicht so in Versuchung bringen würde. Es gefiel ihm nicht, diese körperliche Anziehungskraft mit seinen Geschäften in Verbindung zu bringen.

»Natürlich.« June setzte die Kaffeetasse ab. »Ich steige auch immer dort ab, wenn ich auf Reisen bin.«

»Wie ich höre, setzen auch Sie Ihre Maßstäbe für Qualität sehr hoch an.«

Als June jetzt lächelte, hatte ihr Lächeln einen Anflug von Arroganz. »In meinem Beruf bin ich die Beste, weil ich es so will.«

Sehr aufschlussreich, dachte Blake. »Das habe ich auch gehört, Miss Lyndon, und mich interessiert eben nur das Beste.«

»Also?« June stützte den Ellbogen auf die Rückenlehne des Sofas und legte dann ihren Kopf seitlich in die Hand. »Und wie interessiere ich Sie, Mr. Cocharan?« Sie wusste, dass ihre Frage sehr zweideutig war, aber sie konnte sich nicht zurückhalten. Wenn eine Frau in ihrem Berufsleben immer wieder Risiken einging und auch immer wieder experimentierte, so färbte das wohl auch auf ihr Privatleben ab.

Sechs verschiedene Antworten kamen Blake in den Sinn, aber keine von ihnen hatte etwas mit dem Grund seines Besuchs zu tun. »Die Restaurants in den Cocharan-Hotels sind bekannt für Qualität und Service. In letzter Zeit scheint unser Restaurant hier in Philadelphia allerdings in beidem ein wenig zu kurz zu kommen. Ehrlich gesagt, Miss Lyndon, mein Eindruck ist, dass das Essen ein wenig zu gewöhnlich, zu langweilig geworden ist. Ich habe die Absicht, das Restaurant umzugestalten, sowohl äußerlich als auch, was die Besetzung betrifft.«

»Sehr klug. Genau wie manche Menschen werden auch Restaurants ab und zu sehr selbstgefällig.«

»Ich möchte den besten Küchenchef einstellen.« Er warf ihr einen prüfenden Blick zu. »Und meine Nachforschungen haben ergeben, dass Sie das sind.«

June zog überrascht eine Augenbraue hoch. »Das ist sehr schmeichelhaft, aber ich arbeite freiberuflich, Mr. Cocharan. Und ich habe mich spezialisiert.«

»Sicher, aber Sie haben auch Erfahrung in all den anderen Sparten der Haute Cuisine. Und was Ihre freiberufliche Arbeit betrifft, Sie würden genügend Spielraum haben, diese Arbeit weiterzuführen, wenigstens nach den ersten Monaten. Sie brauchten nur Ihre eigenen Leute anzulernen und eine Menükarte zu kreieren. Ich halte nicht viel davon, einen Experten einzustellen und diesem dann hineinzureden.«

June sah ihn mit gerunzelter Stirn an. Das Angebot war verlockend, wirklich sehr verlockend. Vielleicht war es nur die Müdigkeit von ihrer Reise nach Italien, die ihr seinen Vorschlag noch verlockender erscheinen ließ. Nur für die Zubereitung eines einzigen Gerichtes durch die halbe Welt zu fliegen, konnte schon ermüdend sein. Sie hatte das Gefühl, er habe ihr zur richtigen Zeit den richtigen Vorschlag gemacht, um ihr Interesse zu wecken, sich für eine bestimmte Zeit nur auf eine Küche zu konzentrieren.

Wenn sie ehrlich war, würde das eine sehr interessante Arbeit werden können. Wenn er es ernst meinte, dass er ihr freie Hand ließ, könnte sie die Küche und auch den Speiseplan in einem alten, wohlangesehenen Hotel völlig umgestalten. Es würde vielleicht sechs Monate Anstrengung kosten, und dann ... Es war dieses »und dann«, das sie zögern ließ. Wenn sie wirklich so viel Zeit und Energie in einen Job steckte, der sie voll beanspruchen würde, hätte sie dann noch Zeit genug für das Außergewöhnliche? Auch darüber musste sie nachdenken.

Außerdem, wenn sie sich wirklich auf nur ein einziges Restaurant konzentrieren wollte, konnte sie ohne Weiteres ein eigenes Restaurant eröffnen, überlegte sie. Sie hatte mit diesem Gedanken noch nicht gespielt, weil sie dann zu sehr gebunden wäre, an einen Ort und auch an ein Projekt. Sie zog es vor zu reisen, ein einziges Gericht zuzubereiten und dann weiterzureisen, zum nächsten Land, zur nächsten Spezialität. Das war ihr Stil. Und warum sollte sie den jetzt ändern?

»Ein sehr schmeichelhaftes Angebot, Mr. Cocharan ...«

»Dazu ein sehr lukratives«, unterbrach er sie, weil er bemerkt hatte, dass das der Beginn einer ablehnenden Antwort sein sollte. Ganz lässig nannte er ein sechsstelliges Jahresgehalt, das June für einen Augenblick sprachlos machte.

»Und sehr großzügig«, stellte sie fest, als sie die Sprache wiedergefunden hatte.

»Man bekommt nicht das Beste, wenn man nicht auch gewillt ist, dafür zu bezahlen. Ich möchte, dass Sie darüber nachdenken, Miss Lyndon.« Er zog einige Papiere aus seinem Aktenkoffer hervor. »Das ist der Entwurf eines Vertrages. Vielleicht möchten Sie, dass Ihr Anwalt sich das einmal durchliest. Natürlich können wir über alle Punkte noch verhandeln.«

June wollte sich diesen verflixten Vertrag nicht ansehen, weil sie das Gefühl hatte, in eine Ecke getrieben zu werden – eine sehr bequeme Ecke. »Mr. Cocharan, ich schätze Ihr Interesse, aber ...«

»Nachdem Sie sich den Vertrag angesehen haben, möchte ich mich gern noch einmal mit Ihnen darüber unterhalten. Vielleicht am Freitag, beim Essen?«, schlug Blake vor.

June kniff die Augen zusammen. Der Mann war wie eine Dampfwalze, eine sehr attraktive, gerissene Dampfwalze. Ganz gleich, wie elegant diese Maschine auch aussah, am Ende überrollte sie einen, wenn man ihr im Weg stand. »Tut mir leid, ich arbeite am Freitag – der Gouverneur gibt einen Wohltätigkeitsball«, erklärte sie daher hochmütig.

»Ach ja.« Er lächelte, auch wenn ihm plötzlich ein dicker Kloß im Hals saß. Er hatte einen flüchtigen Augenblick lang die sehr lebhafte, völlig verrückte Idee gehabt, wie es sein würde, sie auf dem Boden eines schattigen Waldes zu lieben. Der Gedanke allein genügte beinahe schon, ihn dazu zu bringen, ihre Ablehnung einfach hinzunehmen. Doch dann atmete er tief auf. »Ich kann Sie gern dort abholen. Wir könnten danach noch zu Abend essen.«

»Mr. Cocharan«, erklärte June eisig. »Sie müssen sich daran gewöhnen, auch ein Nein zu akzeptieren.«

Den Teufel werde ich tun, dachte er grimmig, lächelte sie aber gleichzeitig an. »Entschuldigen Sie, Miss Lyndon, wenn es so aussieht, als wollte ich Sie drängen. Sehen Sie, immerhin waren Sie für mich die erste Wahl. Na ja ...« Scheinbar zögernd stand er auf, und June begann, sich ein wenig zu entspannen.

»Wenn Sie sich schon entschieden haben ...« Blake nahm den Vertragsentwurf vom Tisch und legte ihn wieder in seinen Aktenkoffer. »Vielleicht könnten Sie mir dann noch Ihre Meinung über Louis LaPointe sagen?«

»LaPointe?«, flüsterte June entsetzt. Sehr langsam erhob sie sich vom Sofa, ihr ganzer Körper war wie erstarrt. »Sie fragen mich nach LaPointe?« Wenn sie ärgerlich war, so wie jetzt, kam das Erbe ihrer französischen Vorfahren noch mehr zum Vorschein.

»Es wäre nett, wenn Sie mir diesbezüglich etwas sagen könnten«, sprach Blake freundlich weiter, obwohl er ganz genau wusste, dass er bei ihr ins Schwarze getroffen hatte. »Da Sie beide Kollegen sind …«

June warf den Kopf zurück und sagte ein einziges kurzes, rüdes Wort in ihrer Muttersprache. Die goldenen Flecken in ihren dunklen Augen blitzten.

»Der ekelhafte Schuft«, brummte sie dann wieder in Englisch. »Er hat das Hirn einer Erdnuss und die Hände eines Waldarbeiters. Sie wollen von mir etwas über LaPointe erfahren?« Sie nahm sich eine Zigarette und steckte sie an, etwas, das sie nur tat, wenn sie sehr erregt war. »Er ist ein Bauer. Was möchten Sie sonst noch wissen?«

»Nach meinen Informationen ist er einer der fünf Topküchenchefs in Paris«, drängte Blake weiter, sicher, dass er jetzt die richtige Waffe besaß. »Man sagt, sein ›Canard en croûte‹ sei unvergleichlich.«

»Schuhleder«, entgegnete June verächtlich, und Blake musste sich zusammenreißen, um nicht zu grinsen. »Warum fragen Sie mich überhaupt nach LaPointe?«, wollte sie wissen.

»Ich werde in der nächsten Woche nach Paris fliegen, um mich dort mit ihm zu treffen. Da Sie mein Angebot abgelehnt haben …«

»Sie wollen diesen …« Sie deutete mit dem Zeigefinger auf den Aktenkoffer, in den er den Vertrag gelegt hatte. »… ihm anbieten?«

»Zugegeben, er war für mich nur die zweite Wahl, aber in unserem Aufsichtsrat hat es auch Stimmen gegeben, die meinten, Louis LaPointe sei für diese Aufgabe besser geeignet.«

»Wirklich?« June hüllte sich in eine Wolke aus Zigarettenrauch. Dann streckte sie die Hand aus, Blake holte den Vertrag wieder aus seinem Aktenkoffer und reichte ihn ihr. »Die Mitglieder Ihres Aufsichtsrates haben keine Ahnung, wovon sie reden.« Sie legte den Vertrag neben ihre Kaffeetasse.

»Wahrscheinlich haben Sie recht.«

»Ganz bestimmt.« Wieder zog June an ihrer Zigarette. Der Geschmack ist abscheulich, dachte sie. »Sie können mich am Freitag um neun in der Küche des Gouverneurs abholen, Mr. Cocharan. Dann werden wir uns noch einmal über diese Angelegenheit unterhalten.«

»Sehr gern, Miss Lyndon.« Er wandte den Kopf ein wenig ab und bemühte sich, ausdruckslos zu schauen, bis sich die Tür hinter ihm geschlossen hatte. Den ganzen Weg die vier Etagen hinunter lachte er.

2. Kapitel

Einen guten Nachtisch aus nichts zu machen, ist nicht einfach. Aber ein Meisterwerk zu schaffen aus Mehl, Eiern und Zucker ist mindestens genauso schwer. Immer wenn June eine Schüssel oder einen Schneebesen in die Hand nahm, fühlte sie die Verpflichtung, ein Meisterwerk zu schaffen. Sie kochte und mixte nicht einfach – sie schuf, entwickelte und vollbrachte, genau wie vielleicht ein Architekt, ein Ingenieur oder ein Wissenschaftler. Als sie sich für die Haute Cuisine entschied, hatte sie das nicht nur aus einem leichtfertigen Impuls heraus getan, und sie hatte es auch nicht getan, ohne sich das Ziel der Perfektion zu setzen. Und es war die Perfektion, die sie noch immer erstrebte, wenn sie nur einen Löffel in die Hand nahm.

Den größten Teil des Tages hatte sie bereits in der Küche des Gouverneurs zugebracht. Andere Küchenchefs machten Aufhebens von ihren Suppen oder ihren Saucen, Junes Talent dagegen war allein dem krönenden Abschluss des Essens gewidmet, einer auserlesenen Mischung aus Geschmack und Schönheit: der »Bombe«.

Die Grundform hatte sie bereits aus dem Kuchen geformt, den sie gebacken und dann in Form geschnitten hatte. Dies hatte sie mit der gleichen Sorgfalt erledigt, mit der ein Ingenieur eine Brücke entwirft. Die Mousse, ein Paradies aus Schokolade und Creme, hatte sie schon in den Kuchen gefüllt, seit dem frühen Morgen bereits war die Creme gekühlt worden. Und mit all den Vorbereitungen des Mixens, Backens und Formens war June ebenfalls seit acht Uhr auf den Beinen.

Jetzt stand die Grundform auf einem kleinen Tisch vor ihr, neben sich hatte June eine Schüssel mit zerkleinerten Beeren.

Musik von Chopin erfüllte die Küche. Im Esszimmer war man bereits beim ersten Gang des Essens, doch es fiel June leicht, den Trubel um sich herum zu ignorieren. Auch der Gedanke, dass ihre Schöpfung genau zum richtigen Zeitpunkt fertig sein musste, machte sie nicht nervös. Das war alles nur Routine. Und trotzdem war ihre Konzentration nicht so, wie sie eigentlich sein sollte, als sie jetzt weiterarbeitete.

LaPointe, dachte sie verärgert. Natürlich war es genau dieser Ärger, der sie schon den ganzen Tag beschäftigte, der Ärger, dass Blake Cocharan ausgerechnet LaPointe hatte erwähnen müssen. June hatte nicht lange gebraucht, bis ihr klar geworden war, dass er diesen Namen ganz bewusst genannt hatte. Doch auch als ihr das aufgegangen war, war ihre Reaktion darauf nicht anders gewesen, höchstens war sie jetzt auf zwei Männer wütend und nicht nur auf einen.

Oh, er glaubt sicher, er sei schlau, wütete June innerlich, als sie jetzt an Blake dachte – wie schon so oft in der vergangenen Woche. Sie holte tief Luft, dann sah sie auf das Gebilde vor sich. Und mich, ausgerechnet mich, bittet er darum, LaPointe eine Referenz zu geben.

»Dieses Aas«, murmelte sie leise vor sich hin, als sie an LaPointe dachte. Und als sie dann die ersten Beeren nahm, um sie über den Kuchen zu streichen, kam sie zu dem Schluss, dass Blake wohl genauso zu verachten war, wenn er vorhatte, mit diesem Franzosen zu verhandeln.

An jede einzelne ihrer unerfreulichen Begegnungen mit diesem knopfäugigen, viel zu kleinen LaPointe erinnerte sie sich noch ganz genau. Das Beste wäre wohl, ihm eine ausgezeichnete Referenz zu geben, dachte sie, während sie die Beeren auf den Kuchen strich. Das würde diesem Schuft von Amerikaner recht geschehen, wenn er mit so einem hochnäsigen Kerl wie diesem LaPointe dastehen würde. Während die Gedanken durch ihren Kopf wirbelten, arbeiteten ihre Hände unbeirrt weiter und gaben dem Dessert seine Form.

Hinter ihr ließ jemand mit lautem Krachen eine Pfanne auf den Boden fallen und wurde deshalb angeschrien. June zuckte nicht einmal zusammen.

Dieser aalglatte, selbstsichere Schuft, dachte sie, als ihre Gedanken wieder zu Blake zurückkehrten. Gleichzeitig strich sie eine dicke Schicht gehaltvoller Creme über die Beeren. Ihre Miene war völlig konzentriert, nur in ihren Augen konnte man ihren Ärger lesen.

Ihr war ein Mann lieber, der ein wenig rau und kantig war, als einer, der förmlich glänzte, weil er so auf Hochglanz poliert war. Lieber ein Mann, der bei der Arbeit schwitzte und seinen Rücken krumm machte, als einer, der mit polierten Fingernägeln herumlief, in fünfhundert Dollar teuren Anzügen. Ihr war ein Mann lieber, der ...

June hielt in ihrer Arbeit inne, als ihr klar wurde, was ihr da durch den Kopf ging. Seit wann dachte sie daran, einen Mann ernsthaft in Erwägung zu ziehen, und warum um alles in der Welt verglich sie ihn mit Blake? Lächerlich.

Die »Bombe« war jetzt ein riesiges weißes Gebilde, das auf seine Verzierung mit Schokolade wartete. Mit gerunzelter Stirn betrachtete June ihr Werk, während einer ihrer Helfer die leeren Schüsseln wegräumte. Dann gab sie die Zutaten für die Schokoladenverzierung in den Mixer, während zwei der Köche sich über die Sämigkeit der Sauce für den ersten Gang stritten.

Ihre Gedanken schweiften wieder ab. Es war wirklich erstaunlich, wie oft in den letzten Tagen sie an Blake gedacht hatte, an jede kleine Einzelheit erinnerte sie sich. Seine Augen hatten die gleiche Farbe wie der See auf dem Land ihres Großvaters in Devon. Wie angenehm tief seine Stimme doch war und sein Mund, der sich leicht verzog, wenn er belustigt war.

Es fiel ihr schwer zu begreifen, warum sie sich an all das erinnerte und warum sie immer noch an ihn dachte.

Jetzt ist ganz sicher nicht die rechte Zeit dafür, rief sie sich zur Ordnung, als sie begann, die Verzierung aufzutragen. Sie würde an ihn denken, wenn ihre Arbeit vorbei war, sie würde beim Abendessen mit ihm verhandeln. Oh ja, dachte sie grimmig, sie würde schon mit ihm fertig werden.

Blake kam absichtlich zu früh. Er wollte June bei der Arbeit beobachten. Das war nur zu verständlich, denn immerhin hatte er vor, sie für ein Jahr an seinem Hotel zu verpflichten, da musste er doch sehen, was sie konnte und wie sie arbeitete. Er hatte sich schon öfter zukünftige Angestellte bei ihrer Arbeit angesehen, dies hier war also nichts Besonderes.

Immer wieder versuchte er, sich das einzureden, denn im Hinterkopf rumorten einige Zweifel über seine Motive. Er hatte ihre Wohnung gut gelaunt verlassen, weil er sie in der ersten Runde überrumpelt hatte. Der Ausdruck auf ihrem Gesicht, als er den Namen ihres Rivalen genannt hatte, war einfach unbezahlbar gewesen. Und es war dieses Gesicht, das ihm seither nicht mehr aus dem Kopf gegangen war.

Diese Frau beunruhigt mich, dachte er, als er die Küche betrat, und er hätte gern gewusst, warum. Waren ihm erst einmal die Gründe dafür klar, konnte er ihnen auch einen Namen geben.

Er liebte Schönheit – in der Kunst, der Architektur und ganz sicher auch bei Frauen. June Lyndon war schön. Intelligenz war etwas, was er nicht nur schätzte, sondern auch von den Menschen verlangte, mit denen er umging. Zweifellos war June intelligent, und sie hatte außerdem Klasse, das hatte er bereits festgestellt.

Aber was war an ihr, das ihn so beunruhigte? Die Augen? Dieses dunkle Braun mit den goldenen Fleckchen, die je nach ihrer Laune ihre Farbe änderten?

War es ihre sexuelle Anziehungskraft? Nur ein dummer Mann würde sich von einer natürlichen weiblichen Anziehungskraft beunruhigen lassen, und als dummen Mann hatte er sich noch nie eingeschätzt. Doch seit er sie zum ersten Mal gesehen hatte, verspürte er dieses Verlangen in seinem Inneren, fühlte sich zu ihr hingezogen. Ungewöhnlich, dachte er, etwas, worüber er sorgfältig nachdenken musste. Es war kein Platz für diese Art von Verlangen zwischen zwei Geschäftspartnern. Und das würden sie werden, dachte er, und sein Mund verzog sich zu einem Lächeln. Blake war überzeugt von seiner Überredungskunst, und nachdem er LaPointe erwähnt hatte, hatte June schon den ersten Schritt auf ihn zu gemacht. Jetzt blieb er wie angewurzelt stehen, es war, als habe ihm jemand einen Schlag versetzt. Er brauchte sie nur anzusehen.

Sie war halb verdeckt von ihrem Kunstwerk, an dem sie noch arbeitete, ihr Gesicht war konzentriert. Blake sah die kleine Falte zwischen ihren Augenbrauen. Sie hatte den Blick gesenkt, deshalb konnte er in ihrem Gesicht nicht lesen, was sie dachte. Die Lippen waren leicht geschürzt – sie luden zum Küssen ein, fuhr es ihm durch den Kopf.

In ihrer weißen Kleidung und mit der großen Kochmütze hätte sie eigentlich schlicht und vielleicht sogar ein wenig komisch aussehen müssen, stattdessen war sie jedoch überwältigend schön. Blake hörte die Musik von Chopin, roch die Düfte der Speisen und fühlte die Spannung, die in der Luft lag, während die anderen Köche viel Aufhebens um ihre Kreationen machten. Alles, was er denken konnte, als er June so vor sich sah, war, wie sie wohl nackt aussehen würde, in seinem Bett, wenn nur Kerzenlicht die Dunkelheit erhellte.

Blake schüttelte den Kopf über sich selbst. Hör auf, dachte er grimmig, wenn man Geschäft und Vergnügen miteinander verbindet, wird beides darunter leiden. Er hatte seine Position erreicht und behauptete sie, weil er bisher Fehler wie diesen vermieden hatte.

June Lyndon war wahrscheinlich so köstlich wie das Gebilde, das sie gerade schuf. Aber das war es nicht, was er von ihr wollte. Er brauchte ihre Kenntnisse, ihren Namen und ihren Verstand, das war alles. Für den Augenblick wenigstens, versuchte er sich zu trösten.

Während er sie beobachtete, wie sie Lage um Lage der Verzierung auftrug, betrachtete er ihre Hände mit den langen, schlanken Fingern, die ohne zu zögern arbeiteten. Der Lärm und die Geschäftigkeit um sie herum schienen sie überhaupt nicht zu stören, es war beinahe, als wäre sie allein in dem Raum. Gut so, dachte er, denn eine hysterische Frau, die unter Stress zusammenbrach, konnte er nicht gebrauchen.

Geduldig wartete er, bis sie ihr Werk vollendet hatte. Als sie dann die Spritztüte mit weißer Creme füllte, um die letzten Verzierungen aufzubringen, war das Essen so weit fortgeschritten, dass die meisten der Köche und Helfer ihr zusehen konnten. Alle warteten auf das Finale.

Endlich trat sie einen Schritt zurück, man hörte ein allgemeines Aufseufzen aus der Menge der Zuschauer, aber noch immer lächelte June nicht. Sie ging um ihre Kreation herum und betrachtete sie von allen Seiten. Perfektion. Mit weniger gab sie sich nicht zufrieden.

Schließlich sah Blake, wie ihre Augen zu leuchten begannen und ihr Mund sich zu einem Lächeln verzog. Und das beunruhigte ihn nur noch mehr.

»Bringt sie rein.« Mit einem Lachen streckte sie ihre Arme hoch, um die verspannten Muskeln zu bewegen. Sie hatte das Gefühl, eine ganze Woche schlafen zu können.

»Sehr eindrucksvoll!« Blakes Stimme erfüllte den Raum.

Die Arme noch immer hochgereckt, wandte June sich um und sah Blake an. »Danke.« Ihre Stimme klang kühl, die Augen blickten vorsichtig. Irgendwann während ihrer Arbeit hatte sie sich entschieden, sehr vorsichtig vorzugehen im Umgang mit Blake Cocharan dem Dritten. »So soll das auch sein.«

Blake entdeckte die große Schüssel mit der Schokoladencreme, die Junes Helfer noch nicht weggeräumt hatten. Mit einem Finger fuhr er über den Rand der Schüssel und leckte seinen Finger dann ab. Der Geschmack hätte einen Stein erweichen können. »Fantastisch.«

June konnte das Lächeln nicht unterdrücken, er hatte ausgesehen wie ein kleiner Junge beim Naschen. »Natürlich«, meinte sie dann und warf den Kopf ein wenig zurück. »Ich mache nur fantastische Sachen. Deshalb wollen Sie mich ja auch haben – nicht wahr, Mr. Cocharan?«

»Mmm.« Sein Murmeln konnte man als Zustimmung deuten, vielleicht aber auch als etwas anderes, doch beide entschieden sich, das nicht näher zu untersuchen. »Sie sind sicher sehr müde, nachdem Sie schon so lange auf den Beinen sind.«

»Ein sehr aufmerksamer Mann«, murmelte sie, während sie die Kochmütze abnahm.

»Wenn Sie möchten, könnten wir in meinem Penthaus zu Abend essen. Es ist ruhig dort, wir wären allein, und Sie könnten es sich gemütlich machen.«

June zog eine Augenbraue hoch und warf ihm einen schnellen, misstrauischen Blick zu. Ein intimes Abendessen war etwas, das sehr gut überlegt werden musste. Sie mochte müde sein, aber mit einem Mann wurde sie noch immer fertig – besonders mit einem amerikanischen Geschäftsmann. Sie zuckte die Schultern. »Einverstanden. Es dauert nur ein paar Minuten, bis ich mich umgezogen habe.«

Ohne einen Blick zurück ging sie davon. Noch während Blake ihr nachsah, trat ein kleiner Mann mit einem dunklen Schnurrbart auf sie zu, nahm ihre Hand und zog diese mit einer dramatischen Geste an seine Lippen. Blake brauchte seine Worte gar nicht zu hören, um zu wissen, dass er June gratulierte. Sein Mund glitt weiter, Junes Arm hinauf. Doch sie lachte nur, schüttelte den Kopf und schob ihn dann sanft von sich. Blake sah, wie der Mann hinter ihr herblickte, wie ein kleiner Hund, der sich verlaufen hatte, und dann seine Kochmütze an sein Herz presste.

Sie war eine Frau, die sich gar nicht bemühen musste, um die Aufmerksamkeit der Männer auf sich zu ziehen, dachte Blake misstrauisch. Vor einer solchen Frau sollte man sich besser vorsehen, denn es würde ihr nicht schwerfallen, einen Mann zu manipulieren.

Blake stand grübelnd abseits, während in der Küche das Aufräumen und Abwaschen begann.

Kurze Zeit später kam June zurück. Sie trug jetzt ein mohnrotes Seidenkleid, das ihren Körper sanft umschmeichelte und ihre Formen noch betonte. Ihre Arme waren nackt, bis auf einen goldenen Armreif, den sie über dem Ellbogen trug. Lange spiralförmige Ohrringe berührten beinahe ihre Schultern. Ihr Haar hatte sie gelöst, es umrahmte in weichen Locken ihr Gesicht.

June wusste, dass sie in diesem Kleid gut aussah. Sie kleidete sich nach ihrem eigenen Geschmack, nicht nach der neuesten Mode, gerade so, wie es ihr gefiel. Doch als sie das Aufblitzen in Blakes Augen bemerkte, war sie zufrieden.

Natürlich interessierte sie sich nicht persönlich für ihn, doch sollte er merken, dass sie eine Persönlichkeit war und nicht nur ein Name, den er unter einen Vertrag bringen wollte. Ihre Arbeitskleidung trug sie in einer Tasche bei sich. Sie streckte Blake die Hand entgegen.

»Fertig?«

»Natürlich.« Die Hand, die sich in seine legte, war kühl, sanft und sehr schmal. Er dachte dabei an Sonnenschein und feuchtes Gras. »Sie sehen zauberhaft aus«, bemerkte er.

Sie konnte nicht widerstehen, ihre Augen blitzten belustigt auf. »Natürlich«, antwortete sie und sah, dass auch er grinste. Gefährlich. In diesem Augenblick war sie nicht sicher, wer von ihnen beiden die Oberhand hatte.

»Mein Fahrer wartet draußen«, erklärte er, dann gingen sie zusammen aus der lauten Küche hinaus in den Mondschein. »Ich nehme an, dass Sie mit Ihrem Beitrag zu dem Essen heute Abend zufrieden waren. Sie sind nicht geblieben, um sich eventuelle Kritik oder auch Lob anzuhören.«

June sah ihn verständnislos an, als sie neben ihm in den Wagen stieg. »Kritik? Diese ›Bombe‹ ist meine Spezialität, Mr. Cocharan. Sie ist immer köstlich, das braucht mir nicht erst jemand zu sagen.« Sie strich ihr Kleid glatt und schlug dann die Beine übereinander.

»Natürlich«, murmelte Blake. »Es ist ein sehr kompliziertes Gericht«, sprach er dann weiter. »Wenn ich mich recht erinnere, dauern die Vorbereitungen Stunden.«

June beobachtete ihn, wie er eine Flasche Champagner aus einem Eiskübel nahm und sie öffnete. »Es gibt sehr wenig, das vollkommen ist nach einer nur kurzen Vorbereitungszeit.«

»Das ist wahr.« Blake goss den Champagner in zwei langstielige Gläser und reichte eines davon June. »Auf eine lange Zusammenarbeit.«

June beobachtete ihn im Licht der vorbeifliegenden Straßenbeleuchtung. Er hat ein wenig von einem schottischen Krieger, dachte sie, und auch etwas von einem britischen Aristokraten. Eine recht außergewöhnliche Kombination, aber das Gewöhnliche hatte June noch nie interessiert. Sie stieß mit ihm an. »Vielleicht«, entgegnete sie vage. »Gefällt Ihnen Ihre Arbeit, Mr. Cocharan?« Sie nippte an ihrem Glas, und ohne auf das Etikett der Flasche gesehen zu haben, erkannte sie, welche Abfüllung und welcher Jahrgang es war.

»Sehr.« Auch er beobachtete sie, stellte fest, dass sie bis auf ein wenig Mascara kein Make-up benutzt hatte. Einen Augenblick lang wurde er abgelenkt durch den Gedanken, wie sich ihre Haut wohl unter seinen Händen anfühlen würde. »Und nach allem, was ich eben gesehen habe, gefällt Ihnen Ihre Arbeit auch.«

»Ja.« Sie lächelte. »Ich tue nur das, was mir gefällt. Und wenn ich mich nicht irre, gilt das auch für Sie.«

Blake nickte. »Sie sind sehr aufmerksam, Miss Lyndon.«

June hielt ihm ihr leeres Glas hin. »Sie haben einen sehr guten Geschmack, wenn es um Champagner geht«, meinte sie.

»Erstreckt sich dieser gute Geschmack denn auch noch auf andere Bereiche?«

Ihre Blicke trafen sich, als er ihr Glas füllte. »Auf alle anderen Bereiche.« Was hat sie nur vor? überlegte er.

»Sie sind doch Geschäftsmann«, sprach sie weiter. »Sagen Sie, delegieren Geschäftsleute nicht?«

»Sehr oft.«

»Und Sie? Tun Sie das nicht?«

»Das kommt ganz darauf an.«

»Ich habe mich gefragt, warum Blake Cocharan der Dritte sich persönlich darum bemüht, eine Küchenchefin für sein Hotel zu finden.«

Er war ganz sicher, dass sie sich über ihn lustig machte. Noch besser, er war sicher, dass sie wollte, dass er es merkte. Nur mühsam unterdrückte er den aufsteigenden Ärger. »Dieses Projekt ist mir besonders ans Herz gewachsen. Und da ich dafür nur Höchstqualitäten möchte, sorge ich persönlich dafür, auch das Beste zu bekommen.«

»Ich verstehe.« Der Wagen hielt an, und June reichte Blake ihr leeres Glas, als der Fahrer ihr die Tür öffnete. »Dann finde ich es allerdings sehr eigenartig, dass Sie LaPointe erwähnt haben, wenn Sie doch nur das Beste wollen.« Mit einem Anflug von Hochmut in ihrem Gesicht stieg June aus dem Wagen. Das wird ihm sicher seine Arroganz vertreiben, dachte sie.

Das Cocharan-Hotel in Philadelphia war ein zwölfstöckiges Backsteingebäude. Es war im Kolonialstil der Häuser der Altstadt gebaut worden. Eleganz, Stil und Diskretion zeichneten das Hotel aus, das musste June anerkennend zugeben.

Die Empfangsdame war ruhig, aus allem sprachen schlichte Eleganz und Reichtum, und nichts Glänzendes oder Glitzerndes hätte eindrucksvoller sein können.

Blake nahm Junes Arm und führte sie zu den Aufzügen. Mit einem Schlüssel öffnete er die Tür zu seinem Privataufzug.

»Sehr hübsch«, meinte June. »Aber stört es Sie nicht, in einem Hotel zu wohnen? Ich meine, dort zu wohnen, wo Sie auch arbeiten?«

»Nein, ich finde es ganz angenehm.«

Schade, dachte June. Wenn sie nicht arbeiten musste, wollte sie weit weg sein von der Küche und auch von dem Zeitdruck.

Der Aufzug hielt, und die Türen öffneten sich. »Haben Sie die ganze Etage für sich?«, fragte June.

»Es gibt hier noch drei Suiten außer meinem Penthaus«, erklärte Blake. »Aber im Augenblick ist keine von ihnen belegt.« Er schloss die Tür zu seiner Wohnung auf und führte sie hinein.

Die Farbzusammenstellung war ausgesprochen gut gewählt, stellte June fest, als sie auf den dicken Teppich trat. Verschiedene Grautöne herrschten bei der Einrichtung vor, und zusammen mit dem gedämpften Licht gaben sie dem Raum eine verträumte Sinnlichkeit und wirkten gleichzeitig beruhigend.

Das Ambiente hätte vielleicht langweilig gewirkt, hätte der Raum nicht auch Farbflecken gehabt. Das dunkle Blau der Gardinen, die sanften Farben der Kissen auf dem Sofa und das saftige Grün einiger Pflanzen belebten den Raum. Eine Wand wurde von den kräftigen Farben eines Gemäldes eines französischen Impressionisten aufgehellt.

Es gab nichts von dem Durcheinander, das sie für ihre Einrichtung bevorzugt hatte, aber sie bewunderte ihn für seinen Stil. »Sehr ungewöhnlich, Mr. Cocharan«, meinte sie. »Und sehr effektiv.«

»Danke. Möchten Sie noch einen Drink, Miss Lyndon? Die Bar ist gut gefüllt, es gibt aber auch noch Champagner, wenn Sie den bevorzugen.«

June hatte die Absicht, am Ende dieses Abends als Siegerin dazustehen, deshalb ging sie jetzt langsam zum Sofa hinüber und setzte sich. Sie lächelte ihn kühl an. »Ja, ich ziehe Champagner vor.«

Während Blake die Flasche öffnete, sah June sich noch einmal um. Er war gewiss kein gewöhnlicher Mann, entschied sie, und auch nicht langweilig, musste sie sich eingestehen. Da sie sich in ihrem Beruf mit kreativen Dingen beschäftigte, hatte sie Geschäftsleute immer als ein wenig langweilig eingeschätzt.

Nein, Blake Cocharan war bestimmt nicht langweilig. Mit einem langweiligen Mann, ganz gleich, wie attraktiv er war, würde sie mühelos fertig werden. Blake würde schwierig sein, besonders, da sie sich über seinen Vorschlag noch nicht ganz im Klaren war.

»Ihr Champagner, Miss Lyndon.« Als sie ihn ansah, runzelte er die Stirn. Zu abschätzend war ihr Blick, zu berechnend. Was hatte diese Frau vor? Und warum nur sah sie so aus, als gehöre sie hierhin, auf sein Sofa? »Sie haben bestimmt Hunger«, sagte er schnell, um sich abzulenken. »Wenn Sie mir sagen, was Sie essen möchten, lasse ich es in der Küche zubereiten. Ich kann Ihnen aber auch eine Speisekarte bringen lassen, wenn Sie möchten.«

»Das wird nicht nötig sein.« Sie nippte an ihrem Glas. »Ich möchte gern einen Cheeseburger.«

Blake sah sie ungläubig an. »Einen was?«

»Einen Cheeseburger«, wiederholte June seelenruhig. »Mit Pommes frites.« Sie sah in ihr Glas. »Wissen Sie, das ist ein wirklich guter Jahrgang.«

»Miss Lyndon.« Angestrengt beherrscht bemühte Blake sich, seiner Stimme einen normalen Klang zu geben. Beide Hände schob er tief in die Taschen seiner Jacke. »Was für ein Spielchen spielen Sie hier eigentlich?«

Sie sah ihn an. »Spielchen?«

»Soll ich Ihnen wirklich glauben, dass Sie, ein Cordon-bleu-Chef, einen Cheeseburger mit Pommes frites essen wollen?«

»Sonst hätte ich es Ihnen nicht gesagt.« Junes Glas war leer, sie stand auf, um es erneut zu füllen. »In Ihrer Küche gibt es doch sicher Rindfleisch, oder?«

»Natürlich.« Blake war sicher, dass sie ihn ärgern oder sich über ihn lustig machen wollte. Er ging mit einigen schnellen Schritten zu ihr hinüber und nahm ihren Arm. »Warum wollen Sie einen Cheeseburger?«, fragte er.

»Weil ich den gern esse«, erklärte sie schlicht. »Ich mag auch sehr gerne Tacos, Pizza und gegrillte Hähnchen – ganz besonders, wenn ich sie nicht selbst kochen muss. Es geht schnell, schmeckt gut und ist praktisch.« Sie grinste, als sie sein erstauntes Gesicht sah. »Haben Sie vielleicht etwas gegen diese Art von Essen, Mr. Cocharan?«

»Nein, aber ich dachte, Sie hätten das.«

»Ah, und jetzt habe ich Ihr Bild von einem gastronomischen Snob zerstört, wie?« Sie lachte. »Als Küchenchef kann ich Ihnen sagen, dass gehaltvolle Cremes und Saucen nicht gerade sehr gesund für den Magen sind. Außerdem ist das Kochen mein Beruf, und wenn ich nicht arbeite, entspanne ich mich gern.« Wieder nippte sie an ihrem Champagner. »Ich ziehe einen Cheeseburger im Augenblick einem Filet aus Champignons vor, wenn Sie nichts dagegen haben.«

»Wenn es Ihr Wunsch ist«, murmelte er, dann ging er zum Telefon hinüber und bestellte das Essen in der Küche. Ihre Erklärung war einleuchtend gewesen, vielleicht sogar logisch.

Mit dem Glas in der Hand ging June zum Fenster hinüber. Ihr gefiel der Blick auf die Stadt bei Nacht, der Kontrast von Licht, Dunkelheit und Schatten.

Sie konnte die Städte schon gar nicht mehr zählen, in denen sie gewesen war, die sie von vielleicht ähnlichen Aussichten aus betrachtet hatte, doch ihre Lieblingsstadt war eindeutig Paris. Dennoch hatte sie sich entschieden, immer wieder für längere Zeit in den Vereinigten Staaten zu leben, ihr gefiel der Kontrast zwischen den Menschen und den Kulturen. Ihr gefielen die Lebensart und die Begeisterungsfähigkeit der Amerikaner, wie sie sich im Leben des zweiten Ehemannes ihrer Mutter widerspiegelten.

Auch der Ehrgeiz der Menschen war etwas, das sie verstand, sie selbst hatte eine ganze Menge davon. Deshalb suchte sie bei einem Mann vielleicht auch eher nach Kreativität als nach Ehrgeiz. Zwei Menschen, die sich nur an ihrer Karriere orientierten, ergaben kein gutes Paar, das hatte sie schon früh in ihrem Leben erfahren, als sie ihre Eltern beobachtete. Wenn sie sich nach einem dauerhaften Partner umsah – etwas, was in ihrem Leben noch weit weg war –, dann würde sie sich einen Partner suchen, der verstand, wie wichtig ihr ihre Karriere war.

»Gefällt Ihnen die Aussicht?« Blake war hinter sie getreten und hatte sie schon eine ganze Weile beobachtet. Warum ist sie so anders als all die anderen Frauen, die ich bis jetzt mit nach Hause gebracht habe? überlegte er. Und warum genügte allein ihre Anwesenheit, um seine Gedanken immer wieder von dem eigentlichen Grund abschweifen zu lassen, aus dem er sie hierhergebracht hatte?

»Ja.« Sie wandte sich nicht um, weil sie merkte, wie dicht er hinter ihr stand. Wenn sie sich umwandte, würden ihre Körper einander berühren, ihre Blicke sich treffen. Nervös führte sie ihr Glas an die Lippen. Lächerlich, dachte sie dann, kein Mann macht mich nervös.

»Sie haben lange genug hier gelebt, um die einzelnen Gebäude von hier wiederzuerkennen«, sagte Blake, während seine Gedanken damit beschäftigt waren, wie es sein würde, wenn er ihren Hals küsste.

»Natürlich, wenn ich in Philadelphia bin, sehe ich mich selbst als Amerikanerin. Einige meiner europäischen Kollegen haben mir gesagt, dass ich sehr amerikanisch geworden bin.«

Blake lauschte ihrer Stimme, atmete tief den Duft ihres Parfüms ein. Das gedämpfte Licht ließ ihr Haar golden aufschimmern. Genau wie ihre Augen, dachte er. Er brauchte sie nur herumzudrehen, um in ihre Augen sehen zu können.

»Amerikanisiert«, murmelte er, und dann lagen seine Hände auf ihren Schultern, noch ehe er sich zurückhalten konnte, und er drehte sie zu sich herum. »Nein …« Eindringlich sah er sie an. »Ich würde sagen, Ihre Kollegen irren sich sehr.«

»Wirklich?« Ihre Finger schlossen sich um das Glas, nur ihrem eisernen Willen verdankte June es, dass ihre Stimme ihr gehorchte. Ihre Körper berührten sich, als er sie an sich zog, und während in Junes Kopf die Gedanken wirbelten, legte sie den Kopf in den Nacken und sah zu Blake auf. »Was ist mit den Geschäften, über die wir reden wollten, Mr. Cocharan?«

»Damit haben wir noch nicht begonnen.« Sein Mund war dem ihren ganz nahe, dann bewegte er sich ein wenig und hauchte einen Kuss auf ihre Augenbraue. »Und ehe wir damit beginnen, wäre es sicher klug, diesen einen Punkt vorher zu klären.«

June hatte Schwierigkeiten, ruhig zu atmen. Sie hatte noch immer die Möglichkeit, ihn von sich zu schieben, aber sie fragte sich, ob sie das überhaupt wollte. »Welchen Punkt?«, fragte sie.

»Ihre Lippen – schmecken sie wirklich so aufregend, wie sie aussehen?«

June senkte den Blick. »Sehr interessant«, murmelte sie, dann hob sie ihren Kopf und bot ihm einladend ihre Lippen dar.

Ihre Lippen waren nur noch einen Hauch voneinander entfernt, als es plötzlich an der Tür klopfte. Etwas klickte in Junes Kopf, ein letzter Rest von Vernunft gewann die Oberhand, während ihr Körper noch immer nachgiebig war.

»Der Service im Cocharan-Haus ist wirklich ganz ausgezeichnet.«

»Morgen«, erklärte Blake, als er sie nur zögernd losließ, »werde ich meinen Service-Manager feuern.«

June lachte, und als Blake dann zur Tür ging, nahm sie einen großen Schluck aus ihrem Glas. Das war knapp, dachte sie und holte tief Luft. Sehr knapp. Es wird Zeit, sich auf die geschäftlichen Dinge zu konzentrieren.

Während der Ober den Tisch deckte, hatte June genug Zeit, wieder zu sich selbst zu finden.

»Das duftet herrlich«, sagte sie, nachdem der Ober wieder gegangen war. Dann warf sie einen Blick auf das Essen, das Blake sich bestellt hatte. Ein Steak, dampfende Kartoffeln in der Schale und Butterspargel. »Sehr vernünftig«, neckte sie ihn, während er ihr den Stuhl zurechtrückte.

»Den Nachtisch können wir später bestellen.«

»Ich esse niemals Nachtisch«, erklärte sie und lächelte, dann strich sie Senf über ihren Cheeseburger. »Ich habe mir Ihren Vertrag durchgelesen.«

»Ja?« Er beobachtete, wie sie den Cheeseburger in zwei Hälften schnitt und dann eine Hälfte zu essen begann.

»Mein Anwalt hat ihn sich ebenfalls durchgelesen.«

»Und?«

»Er scheint ganz in Ordnung zu sein. Außer …« Sie zögerte ein wenig vor ihrem ersten Biss. Dann schloss sie die Augen und biss in den Cheeseburger.

»Außer?«, drängte Blake.

»Falls ich Ihr Angebot in Erwägung ziehen sollte, dann brauchte ich beträchtlich mehr Raum für mich selbst.«

Blake ignorierte das »falls«. Immerhin dachte sie darüber nach. »In welcher Beziehung?«

»Sie wissen sicher, dass ich sehr häufig reise.« June streute Salz auf die Pommes frites, probierte und nickte zustimmend. »Sehr oft sind es nur ein oder zwei Tage, wenn ich zum Beispiel nach Venedig fahre, um einen ›Gâteau St. Honoré‹ zuzubereiten. Einige meiner Auftraggeber bestellen mich Monate im Voraus, andere dagegen bitten mich spontan, für sie zu arbeiten.« June biss noch einmal in ihren Cheeseburger. »Einige meiner Kunden möchte ich behalten, entweder aus persönlicher Zuneigung oder aus beruflicher Herausforderung.«

»Mit anderen Worten, Sie möchten nach Venedig fliegen oder wohin auch immer, wenn Sie es für nötig halten.« Auch wenn es nicht so recht zu ihrem Essen passte, so goss Blake doch noch einmal Champagner in Junes Glas nach.

»Genau. Auch wenn Ihr Angebot ein klein wenig Interesse in mir geweckt hat, so wäre es für mich doch unmöglich, wenn nicht sogar unmoralisch, meine Stammkunden nicht mehr zu bedienen.«

»Das verstehe ich.« Sie ist ein harter Verhandlungspartner, dachte Blake, aber das war er auch. »Ich denke, dass wir da zu einer vernünftigen Übereinkunft kommen können. Wir könnten uns ja beide einmal Ihren derzeitigen Terminplan ansehen.«

June knabberte an einer Pommes frites und wischte dann ihre Finger an der Serviette ab. »Sie und ich?«

»Das wäre doch am einfachsten. Und wenn wir uns dann darüber einigen könnten, was sonst noch an Terminen anfallen könnte …« Er lächelte, während sie in die zweite Hälfte ihres Cheeseburgers biss. »Ich sehe mich als einen sehr verträglichen Menschen, Miss Lyndon. Und, um ehrlich zu sein, ich möchte lieber Sie für mein Hotel verpflichten. Im Augenblick tendiert der Rest des Aufsichtsrates noch zu LaPointe, aber …«

»Warum?«, fragte sie vorwurfsvoll, und ein Blick in ihr Gesicht sagte Blake, dass er auf dem richtigen Weg war.

»Normalerweise sind die großen Küchenchefs alle Männer.« June fluchte auf Französisch, und Blake nickte. »Ja, ganz genau. Und durch diskrete Untersuchungen haben wir erfahren, dass Monsieur LaPointe an einem Angebot von uns sehr interessiert wäre.«

»Dieser Gauner würde sogar die Gelegenheit ergreifen, an einer Straßenecke Erdnüsse zu rösten, wenn er dafür nur sein Bild in die Zeitung bekommen könnte.« Ärgerlich warf June ihre Serviette auf den Tisch und stand auf. »Sie glauben vielleicht, dass ich Ihre Strategie nicht durchschaue, Mr. Cocharan.« Stolz hob sie den Kopf, und Blake betrachtete die Linie ihres Halses und wurde daran erinnert, wie ihre Haut sich unter seinen Fingern angefühlt hatte, als er die Hände auf ihre Schultern gelegt hatte. »Sie werfen den Namen LaPointe auf und glauben dann, dass ich Ihr Angebot annehme, weil sonst mein Stolz gekränkt wird.«

Er grinste, weil sie wunderschön war in ihrem Zorn. »Hat es geklappt?«

Ihre Augen wurden ganz schmal, aber ihre Lippen sahen aus, als wolle sie am liebsten lächeln. »LaPointe ist ein Philister, aber ich bin eine Künstlerin.«

»Und?«

Sie wusste besser, dass sie nicht im Ärger etwas zustimmte, was ihr hinterher leidtat. Sie wusste es besser, aber … »Wenn Sie auf meine Terminwünsche eingehen, Mr. Cocharan der Dritte, dann mache ich Ihr Restaurant zum besten an der Ostküste.« Und verflixt, das würde sie auch schaffen. Sie hatte den Wunsch, es ihnen beiden zu beweisen.

Blake stand auf und nahm die beiden Gläser. »Auf Ihre Kunst, Mademoiselle.« Er reichte June ihr Glas. »Und auf meine Geschäfte. Möge es eine profitable Verbindung für uns beide sein.«

»Auf den Erfolg«, fügte sie hinzu, dann stießen sie miteinander an. »Denn das ist es doch, was uns beiden am Herzen liegt.«

3. Kapitel

Nun, jetzt habe ich es also getan, dachte June und zog die Stirn kraus. Sie kämmte ihr Haar zurück und befestigte es dann mit kleinen Perlmuttkämmen. Kritisch betrachtete sie ihr Gesicht im Spiegel.

War es Ärger gewesen, Dummheit, oder hatte ihr Stolz sie dazu gebracht, sich an das Cocharan-Hotel zu binden – und an Blake – für das nächste Jahr? Vielleicht gefiel ihr die Herausforderung, aber die langfristige Bindung und die Verpflichtungen, die damit zusammenhingen, störten sie schon jetzt.

Dreihundertfünfundsechzig Tage. Nein, das war viel zu viel, dachte sie. Zweiundfünfzig Wochen klang auch noch zu viel. Zwölf Monate … nun ja, sie würde damit leben müssen. Nein, besser noch, dachte June, als sie in das Studio zurückging, wo die Fernsehaufzeichnung gemacht werden sollte. Sie würde ihren Schwur erfüllen müssen, das Cocharan-Hotel zum besten Haus an der Ostküste zu machen.

Und ich werde es schaffen! dachte sie und warf das Haar über ihre Schulter zurück. Verflixt, das würde sie. Und dann würde sie Blake Cocharan dem Dritten eine lange Nase drehen. Dieser Schuft.

Er hatte sie manipuliert. Zwei Mal hatte er sie manipuliert. Und obwohl sie es beim zweiten Mal ganz genau gewusst hatte, hatte sie sich von ihm einfangen lassen. Warum? June fuhr sich mit der Zungenspitze über die trockenen Lippen und beobachtete das Fernsehteam bei den Vorbereitungen.

Die Herausforderung ist es gewesen, dachte sie. Außerdem würde es eine Herausforderung sein, mit ihm zusammenzuarbeiten und dennoch die Oberhand zu behalten. Und es war auch Herausforderung gewesen, die verantwortlich dafür war, dass sie ihren Beruf in einer Männerdomäne gewählt hatte. Oh ja, es gefiel ihr, mit den anderen zu konkurrieren. Mehr noch als das gefiel es ihr zu gewinnen.

Und dann war da noch diese überwältigende Männlichkeit, die von ihm ausging. Seine guten Manieren und auch die teuren Anzüge konnten sie nicht verbergen. Wenn sie ganz ehrlich war, und June entschied sich, wenigstens sich selbst gegenüber ehrlich zu sein, dann würde es ihr Spaß machen, herauszufinden, was dahintersteckte.

Sie kannte ihre Wirkung auf Männer. Sie hatte sie immer als Erbe ihrer Mutter angesehen. Nur sehr selten machte sie sich Gedanken darüber, ihr Leben war zu erfüllt von Arbeit, um viel darüber nachzudenken. Doch möglicherweise war es jetzt an der Zeit, einige Dinge zu ändern?

Blake Cocharan der Dritte bedeutete eine offensichtliche Herausforderung für sie. Und wie gerne würde sie ihm seine männliche Überheblichkeit austreiben. Wie gerne würde sie ihm heimzahlen, dass er sie genau dorthin manövriert hatte, wo er sie haben wollte. Während sie den Vorbereitungen im Studio zusah, stellte June sich verschiedene Möglichkeiten vor, wie ihr das gelingen würde.

Das Studio bot etwa fünfzig Zuschauern Platz, und an diesem Morgen sah es so aus, als wären alle Plätze besetzt. Langsam begann sich der Zuschauerraum zu füllen. Der Regisseur, ein schlanker, aufgeregter Mann, mit dem June schon öfter zusammengearbeitet hatte, lief aufgeregt hin und her. Er gestikulierte heftig. Als er zu ihr herüberkam, hörte June sich seine schnellen, nervösen Instruktionen an, doch sie hörte nur mit halbem Ohr hin. Sie dachte weder an ihn noch an die Nachspeise, die sie zubereiten sollte. Noch immer überlegte sie, wie sie am besten mit Blake Cocharan fertig wurde.

Vielleicht sollte sie versuchen, sich an ihn heranzumachen,

versteckt nur, sodass er es nicht merkte. Und wenn dann sein Interesse geweckt war, dann … dann würde sie ihn einfach links liegen lassen. Eine faszinierende Idee.

»Der erste vorgebackene Boden steht in dem mittleren Schrank.«

»Ja, Simon, das weiß ich.« June tätschelte beruhigend seine Hand, während sie überlegte, ob es in ihrem Plan noch Fehler gäbe. Doch, einen sehr großen Fehler hatte ihr Plan. Nur zu gut erinnerte sie sich an die Gefühle, die sie durchflutet hatten, als er sie beinahe geküsst hatte. Wenn sie wirklich dieses Spielchen mit ihm spielen wollte, so konnte sie sich leicht in ihren eigenen Spielregeln verheddern. Also …

»Der zweite steht genau darunter.«

»Ja, ich weiß.« Hatte sie ihn nicht selbst dorthin gestellt? June lächelte den nervösen Regisseur zuversichtlich an. Sie konnte Blake auch nicht einfach ignorieren. Sie würde ihn behandeln – nicht mit Verachtung, einfach nur mit Desinteresse, überlegte sie und lächelte ein wenig hinterhältig. Ihre Augen blitzten. Das würde ihn verrückt machen.

»All die Zutaten sowie die Arbeitsgeräte sind genau dort, wo Sie sie hingelegt haben.«

»Simon«, begann June freundlich, »hören Sie auf, sich Sorgen zu machen. Ich kann so etwas im Schlaf zubereiten.«

»Wir fangen in fünf Minuten an …«

»Wo ist sie?«

Beim Klang dieser Stimme wandten sich Simon und June gleichzeitig um. June begann schon zu lächeln, ehe sie sah, wer da gesprochen hatte. »Carlo!«

»Aha!« Carlo Franconi, schlank und dunkelhaarig, bahnte sich einen Weg zwischen der Menschenmenge und Kabeln hindurch und zog June dann in seine Arme. »Mein kleines französisches Törtchen.« Liebevoll tätschelte er ihr den Po.

Lachend zog sie sich ein wenig von ihm zurück. »Carlo, was tust du hier in Philadelphia, an einem Mittwochmorgen?«

»Ich war in New York, um mein neues Buch vorzustellen, ›Pasta del Maestro‹.« Mit gerunzelter Stirn sah er sie an. »Und da sagte ich mir, Carlo, du bist ganz in der Nähe der attraktivsten Frau, die je einen Spritzbeutel in der Hand gehalten hat. Also bin ich gekommen.«

»Ganz in der Nähe.« June lachte. Das war typisch für Carlo. Wäre er in Los Angeles gewesen, er hätte das Gleiche gesagt. Sie hatten zusammen studiert, zusammen gekocht, und wäre ihre Freundschaft nicht so wichtig geworden für sie, hätten sie wahrscheinlich auch miteinander geschlafen. »Lass dich ansehen.«

Gehorsam trat Carlo ein paar Schritte zurück und stellte sich in Positur. Er trug eng anliegende Jeans, ein violettes Seidenhemd und einen weichen Schlapphut, den er tief in die Stirn gezogen hatte. Ein riesiger Diamant blitzte an seinem Finger. Wie immer sah er großartig aus und sehr männlich, und er war sich dessen wohl bewusst.

»Du siehst fantastisch aus, Carlo. Fantastico.«

»Aber natürlich. Und du, mein köstliches kleines Törtchen …« Er nahm ihre Hände und drückte sie an seine Lippen. »… squisita.«

»Aber natürlich.« Lachend gab sie ihm einen Kuss auf den Mund. Sie kannte Hunderte von Menschen, beruflich und auch privat, aber wenn man sie gebeten hätte, den Namen eines Freundes zu nennen, Carlo Franconi wäre ihr als Erster in den Sinn gekommen. »Es ist schön, dich zu sehen, Carlo. Wie lange ist es schon her? Vier Monate? Fünf? Als ich zum letzten Mal in Italien war, warst du gerade in Belgien.«

»Vier Monate und zwölf Tage«, erklärte er. »Aber wer zählt das schon? Ich hatte nur Hunger auf deine Napoleons, deine Eclairs und auf deinen Schokoladenkuchen.«

»Heute Morgen mache ich einen ›Vacherin‹«, erklärte sie ihm. »Und du darfst davon probieren, wenn die Show vorbei ist.«

»Ah, deine Baisers. Dafür könnte ich sterben.« Er grinste sie an. »Ich werde mich in die erste Reihe setzen und meine Augen nicht von dir lassen.«

June kniff ihn in die Wange. »Hey, Carlo, sei bitte nicht so dramatisch.«

»Miss Lyndon, bitte.«

June blickte zu Simon, der immer nervöser wurde. »Es ist schon in Ordnung, Simon, ich bin bereit. Setz dich hin, Carlo, und sieh mir gut zu. Vielleicht lernst du diesmal doch noch etwas.«

Er sagte noch etwas in Italienisch, was allerdings leicht zu übersetzen war, dann setzte er sich in die erste Reihe. June stand hinter der Arbeitstheke und sah zu dem Regisseur hinüber, der die Sekunden bis zum Beginn der Übertragung zählte. Carlo schnitt ihr noch eine Grimasse, aber June ignorierte ihn und begann zu sprechen.

June sieht wirklich umwerfend aus, dachte Carlo, aber das hatte sie schon immer getan. Und trotzdem machte er sich jetzt Sorgen um sie.

Solange er June kannte – und das waren immerhin schon beinahe zehn Jahre –, hatte er nie erlebt, dass sie eine persönliche Bindung eingegangen war. Für einen so gefühlsbetonten Mann, wie er es war, war es nicht einfach, ihre Reserviertheit zu verstehen, ihr offensichtliches Desinteresse an romantischen Erlebnissen. Sie war eine leidenschaftliche Frau, das hatte er erlebt, wenn sie ihre Temperamentsausbrüche hatte, entweder aus Ärger oder aus Freude. Aber nie hatte er diese Leidenschaft auf einen Partner gerichtet gesehen.

Schade, dachte er, während er ihr zusah. Eine Frau war ohne einen Mann unvollkommen – genauso, wie ein Mann ohne eine Frau unvollkommen war. Er hatte sein Leben mit vielen Frauen geteilt.

Einmal, bei Kirschkuchen und Chablis, hatte sie ihm erklärt, dass ihrer Meinung nach Männer und Frauen nicht für dauerhafte Beziehungen bestimmt seien. Die Ehe war eine Sache, die zu oft schiefging, und daher, ihrer Meinung nach, keine Institution, sondern nur Heuchelei der Menschen, die behaupteten, sich binden zu können. Liebe war ein flüchtiges Gefühl und daher nicht verlässlich. Es war etwas, das Menschen vorschoben, die eine Entschuldigung für dummes oder unvernünftiges Verhalten suchten. Wenn sie sich dumm benehmen wollte, brauchte sie dafür keine Entschuldigung.

Damals hatte Carlo ihr sogar zugestimmt, immerhin hatte er gerade eine Beziehung mit einer griechischen Reederei-Erbin beendet. Später war ihm klar geworden, dass June genau das gemeint hatte, was sie sagte, während seine Zustimmung nur den damaligen Umständen entsprungen war.

Wirklich schade, dachte er noch einmal, als June jetzt den bereits vorgebackenen Boden hervorholte und ihre Demonstration begann. Wenn er für sie nicht empfinden würde wie für eine Schwester, wäre es sicher eine Freude, ihr die … angenehme Seite einer Beziehung zwischen Mann und Frau zu zeigen. Aber leider, dachte er, während er sich zurücklehnte, wird das ein anderer Mann tun müssen.

Zwanglos sprach June in die Kamera und zu dem Publikum im Studio. Der Boden mit dem Aufbau aus Baiser und der Dekoration aus kandierten Veilchen wurde in den Ofen geschoben, der bereits fertige Kuchen wurde zur Demonstration hervorgeholt. Sie füllte ihn, dekorierte ihn mit Früchten, goss Himbeersauce darüber und verzierte ihn mit Schlagsahne. Zum Schluss machte die Kamera noch eine Großaufnahme davon.

»Bravo!« Carlo stand auf und klatschte, als die Kamera abschaltete. »Bravissima!«

June verbeugte sich noch einmal lächelnd.

»Großartig, Miss Lyndon.« Simon kam zu ihr und nahm seinen Kopfhörer ab. »Ganz großartig. Und wie immer perfekt.«

»Danke, Simon. Sollen wir das hier dem Publikum und der Filmcrew servieren lassen?«

»Ja, ja, eine sehr gute Idee.« Er winkte seinem Assistenten. »Hol ein paar Teller und servier das hier, ehe wir das Studio für die nächsten Aufnahmen räumen müssen.« Dann war er wieder verschwunden.

»Sehr schön, cara.« Carlo steckte seinen Finger in die Schlagsahne und leckte ihn dann ab. »Ein Meisterwerk.« Dann griff er nach einem Löffel und nahm sich ein großes Stück von dem »Vacherin«. »Ich werde dich jetzt zum Essen einladen, dann kannst du mir alle Neuigkeiten erzählen. Bei mir gibt es so viel zu erzählen, es würde Tage dauern, vielleicht sogar Wochen.« Er zuckte mit den Schultern.

»Wir können in dem Laden um die Ecke eine Pizza essen«, schlug June vor und zog sich ihre Schürze aus. »Es gibt da nämlich etwas, wo ich deinen Rat gebrauchen könnte.«

»Meinen Rat?« Der Gedanke, dass June ihn um Rat bitten wollte, erstaunte Carlo. »Aber natürlich«, lenkte er dann schnell ein und lächelte sie an. »Zu wem sonst sollte eine intelligente Frau gehen, um sich einen Rat zu holen, wenn nicht zu Carlo?«

»Du bist so ein Schuft, mein Schatz.«

»Vorsichtig.« Carlo setzte sich eine Sonnenbrille auf. »Sonst musst du für die Pizza bezahlen.«

Es dauerte nicht lange, und June biss herzhaft in ihr Stück Pizza. Sie saßen in Carlos Ferrari, und Carlo gelang es, gleichzeitig zu essen und den Wagen geschickt durch den dichten Verkehr zu lenken. »Also, erzähle«, rief er über die laute Musik aus dem Radio. »Was hast du auf dem Herzen?«

»Ich habe einen Job angenommen«, rief June. Der Wind blies ihr das Haar ins Gesicht, sie strich es mit einer Hand zurück.

»Einen Job? Du nimmst doch viele Jobs an.«

»Dieser ist aber anders.« Sie schlug die Beine übereinander und biss dann noch einmal in ihre Pizza. »Ich habe zugestimmt, die Küche eines Restaurants umzustellen und zu leiten, für ein Jahr.«

»Ein Restaurant?« Carlo runzelte die Stirn. »Welches denn?«

June nippte an ihrem Sodawasser. »Das Restaurant im Cocharan-Hotel, hier in Philadelphia.«

»Ah.« Die Falten auf seiner Stirn verschwanden. »Das ist wirklich absolut erste Klasse, cara. Aber das hätte ich ja eigentlich wissen müssen.«

»Ein ganzes Jahr, Carlo.«

»Das vergeht schnell, wenn man gesund ist«, erklärte er unbekümmert.

June begann zu grinsen. »Verflixt, Carlo, ich habe mich in eine Ecke drängen lassen, weil … na ja, ich konnte einfach der Versuchung nicht widerstehen, es auszuprobieren, und diese amerikanische Dampfwalze hat dann auch noch mit LaPointe gedroht.«

»LaPointe?«, schnaufte Carlo. »Was hat der Kerl denn damit zu tun?«

June leckte ihre Finger ab. »Ich wollte das Angebot zuerst ablehnen, und da hat Blake – das ist die Dampfwalze – mich gefragt, was ich von LaPointe halte, da er auch für diesen Job in Frage käme.«

»Und du hast ihm deine Meinung gesagt?«, wollte Carlo wissen.

»Das habe ich getan. Aber ich habe auch den Vertrag behalten und ihn mir angesehen. Immerhin war es ein fantastisches Angebot. Mit dem Geld könnte ich eine Hundehütte zu einem erstklassigen Feinschmeckerlokal umbauen.« Sie runzelte die Stirn und bemerkte gar nicht, dass Carlo so haarscharf an einem anderen Wagen vorbeifuhr, dass nicht einmal ein Blatt Papier dazwischengepasst hätte. »Und dann ist da auch noch Blake selbst.«

»Die Dampfwalze.«

»Ja, ich kann dem Wunsch nicht widerstehen, es ihm zu zeigen. Er ist schlau, er ist selbstgefällig, und, verflixt noch mal, er ist umwerfend sexy.«

»Ach ja?«

»Ja, und ich habe dieses unwiderstehliche Verlangen, ihn auf seinen Platz zu verweisen.«

Carlo fuhr mit quietschenden Reifen über eine Kreuzung, an der die Ampel gerade auf Rot umsprang. »Und wo ist dieser Platz?«

»Unter meinem Daumen.« Lachend verspeiste June den Rest ihrer Pizza. »Und wegen all dieser Dinge habe ich mich für ein ganzes Jahr verpflichtet. Willst du diesen Rest noch essen?«

Carlo blickte auf den Rest seiner Pizza, dann biss er herzhaft hinein. »Ja. Und welchen Rat willst du von mir haben?«

June trank ihren Becher leer. »Wenn ich nicht verrückt werden will, während ich mich ein ganzes Jahr lang an dieses Projekt binde, brauche ich dringend eine Ablenkung.« Grinsend streckte sie einen Arm zum Himmel. »Was ist die beste Art, Blake Cocharan den Dritten dazu zu bekommen, vor mir zu kriechen?«

»Herzlose Frau.« Carlo verzog das Gesicht. »Dafür brauchst du meinen Rat doch gar nicht. Vor dir kriechen doch schon die Männer in mindestens zwanzig Ländern.«

»Das ist nicht wahr.«

»Du blickst nur einfach nicht hinter dich, cara mia.«

June runzelte die Stirn. Was Carlo da gesagt hatte, gefiel ihr gar nicht. »Bieg hier rechts ab, Carlo, dann zeige ich dir meine neue Küche.«

Der Anblick und auch die Düfte waren ihr nur zu gut bekannt, doch schon im ersten Moment entdeckte June etwa ein Dutzend Dinge, die sie ändern würde. Das Licht ist gut, stellte sie fest, als sie Arm in Arm mit Carlo durch die Küche ging. Aber sie würde einen Ofen in Augenhöhe brauchen, dort an der Wand, und sicher auch mehr Küchenhelfer. Sie sah sich um, suchte in den Ecken nach Lautsprechern. Es waren keine vorhanden. Auch das würde sich ändern.

»Nicht schlecht, mein Schatz.« Carlo nahm ein großes Küchenmesser. »Du hast immerhin eine gute Ausgangsbasis hier. Es ist so, als bekäme man zu Weihnachten ein Geschenk, das man erst noch zusammenbauen muss, sì?«

»Hmm.« Abwesend nahm sie eine Pfanne in die Hand. Edelstahl, registrierte sie. Man würde die Pfannen durch Kupferpfannen ersetzen müssen. Sie wandte sich um und stieß mit Blake zusammen.

Für den Bruchteil einer Sekunde genoss sie dieses Gefühl, atmete tief den Duft seines Rasierwassers ein. Doch dann überwog der Ärger, dass sie nicht gemerkt hatte, dass er hinter ihr stand.

»Mr. Cocharan.« Sie trat einen Schritt zurück und verbarg ihre Gefühle hinter einem höflichen Lächeln. »Irgendwie habe ich nicht damit gerechnet, Sie hier zu sehen.«

»Meine Leute halten mich auf dem Laufenden, Miss Lyndon. Man hat mir gesagt, dass Sie hier sind.«

June nickte nur. »Das ist Carlo Franconi«, stellte sie Carlo vor. »Einer der besten italienischen Küchenchefs.«

»Der beste Küchenchef in Italien«, korrigierte Carlo sie. »Nett, Sie kennenzulernen, Mr. Cocharan.« Er streckte Blake die Hand entgegen. »Ich habe schon oft die Gastfreundschaft Ihrer Hotels genossen. Ihr Restaurant in Mailand macht ganz passable Linguine.«

»Von Carlo ist das ein Kompliment«, erklärte June. »Er glaubt nämlich, dass nur er die italienische Küche wirklich beherrscht.«

»Das glaube ich nicht nur, ich weiß es.« Carlo hob den Deckel von einem Topf und schnupperte. »June hat mir erzählt, dass sie Ihr Restaurant übernehmen wird. Sie haben wirklich Glück.«

Blake sah June an, er bemerkte Carlos Hand auf ihrer Schulter. Eifersucht ist ein Gefühl, das man erkennt, auch wenn man es noch nie zuvor gefühlt hat. Und das erlebte Blake jetzt. »Ja, das habe ich«, beeilte er sich zu bestätigen. »Und da Sie schon einmal hier sind, Miss Lyndon, könnten Sie vielleicht auch gleich den endgültigen Vertrag unterschreiben. Dann brauchen Sie nicht noch einmal herzukommen.«

»Einverstanden, Carlo?«

»Geh nur. Dort drüben wird gerade Lamm zubereitet, das interessiert mich.« Ohne auch nur noch einen Blick auf June zu werfen, ging Carlo zur anderen Seite der Küche, um seine Meinung dazuzugeben.

»Ist er geschäftlich in der Stadt?«, fragte Blake.

»Nein, er wollte mich nur besuchen.«

Sorglos hatte sie die Wahrheit gesagt, doch bei ihren Worten verspürte Blake einen dicken Kloß im Hals. Also liebt sie diesen aalglatten Italiener, dachte er grimmig. Nun, das war ihre Sache. Seine Sache war es, sie so schnell wie möglich aus dieser Küche herauszubekommen.

Schweigend führte Blake sie in sein Büro. Es war ein wenig moderner eingerichtet als seine Wohnung, stellte June fest, dennoch hatte er diesem Raum unverkennbar seinen Stempel aufgedrückt.

Ohne zu fragen ging June zu einem der Sessel hinüber und setzte sich. Es war zwar gerade erst Mittag, aber sie hatte das Gefühl, schon stundenlang auf den Beinen zu sein.

»Wie praktisch, dass ich gerade gekommen bin, als Sie auch hier waren«, begann sie und zog ihre Schuhe von den Füßen. »Das macht es doch viel einfacher. Denn da ich schließlich zugestimmt habe, können wir auch gleich anfangen.« Dann sind es nur noch dreihundertvierundsechzig Tage, dachte sie.

Blake gefiel ihre sorglose Einstellung zu dem Vertrag genauso wenig wie ihre Zuneigung zu diesem Italiener. Er ging zu seinem Schreibtisch hinüber und nahm einige Papiere in die Hand. Als er sie dann wieder ansah, verflog sein Ärger. »Sie sehen müde aus, June.«

June riss sich zusammen. Er hat mich zum ersten Mal mit meinem Vornamen angesprochen, dachte sie und schob dann schnell das Gefühl der Unsicherheit auf ihre Müdigkeit. »Ich bin auch müde. Schließlich habe ich heute Morgen um sieben schon Baiser gebacken.«

»Möchten Sie einen Kaffee?«

»Nein danke, ich fürchte, ich habe heute schon zu viel Kaffee getrunken.« Sie sah auf die Papiere in seiner Hand, dann lächelte sie ihn an. »Ehe ich das da unterschreibe, sollte ich Sie vielleicht warnen, dass ich die Absicht habe, einige größere Änderungen in Ihrer Küche anzuordnen.«

»Das war doch der Grund dafür, dass ich mich um Ihre Unterschrift bemüht habe.«

Sie nickte, dann streckte sie die Hand aus. »Wenn Sie erst die Rechnungen bekommen, sind Sie vielleicht nicht mehr so freundlich.«

Blake reichte ihr einen Stift. »Ich denke, wir haben beide das gleiche Ziel vor Augen, da sind die Kosten nur zweitrangig.«

»In meinen Augen schon.« Schwungvoll setzte sie ihren Namen unter den Vertrag. »Aber ich brauche ja auch die Schecks nicht zu unterschreiben.« Sie reichte ihm den Vertrag. »So, jetzt ist es offiziell.«

»Ja.« Achtlos legte er die Papiere auf seinen Schreibtisch zurück. »Ich möchte Sie heute Abend zum Essen einladen.«

June stand auf, ihre Beine taten ihr weh. »Nun, das müssen wir dann wohl ein anderes Mal machen, ich werde nämlich mit Carlo ausgehen.« Sie streckte ihm lächelnd die Hand entgegen. »Aber Sie können gern mitkommen.«

»Mit unserem Geschäftsabschluss hat das nichts zu tun.« Blake nahm ihre Hand. »Und ich möchte mit Ihnen allein sein.« Er griff auch noch nach ihrer anderen Hand.

Darauf bin ich nicht vorbereitet gewesen, dachte June. Sie war diejenige, die mit dem Manöver beginnen wollte, zu ihrem eigenen von ihr gewählten Zeitpunkt. Jetzt musste sie sich damit abfinden, dass ihr die Situation aus der Hand genommen wurde. Doch sie würde sich nicht überrumpeln lassen. Sie hob den Kopf und lächelte ihn an. »Wir sind doch allein.«

Blake zog die Augenbrauen hoch. Sollte das eine Herausforderung sein? Oder machte sie sich wieder einmal über ihn lustig? Doch diesmal sollte sie nicht so leicht davonkommen. Er zog sie in seine Arme. Sie schien dorthin zu gehören, das fühlten sie beide, und beide verwirrte dieses Gefühl.

Er sah ihr tief in die Augen. Die goldenen Flecken in ihren Augen sind dunkler geworden, stellte er fest. Blake merkte kaum, was er tat, als er ihr das Haar aus dem Gesicht strich.

June wehrte sich gegen das Gefühl, das seine Berührung in ihr auslöste. Viele Männer hatten sie schon berührt, zur Begrüßung, in Freundschaft, in Ärger und auch in Verlangen. Es gab keinen Grund, warum diese Berührung jetzt der Grund dafür sein sollte, dass ihr schwindlig wurde. Nur ihr eiserner Wille hielt sie davon ab, sich in seine Arme zu schmiegen oder sich mit einem Ruck von ihm loszureißen. Sie beobachtete ihn und wartete.

Als er seinen Kopf zu ihr hinunterbeugte, war June vorbereitet. Dieser Kuss würde anders sein, natürlich, denn er war ja auch anders. Aber mehr auch nicht. Noch immer war ein Kuss für sie nur eine Art der Kommunikation zwischen Mann und Frau. Eine Berührung der Lippen, ein Geschmack.

Doch in dem Augenblick, als er seine Lippen auf ihre legte, wusste June, dass sie sich geirrt hatte. Anders? Dieses Wort konnte nicht beschreiben, was in ihr vorging. Ihre Gedanken flogen davon, ihr wurde gleichzeitig heiß und kalt. Und die Frau, die genau gewusst hatte, was sie erwartete, seufzte angesichts des Unerwarteten.

»Noch einmal«, murmelte sie, als seine Lippen sich von ihren lösten, dann schloss sie die Hände um sein Gesicht und zog ihn an sich.

Er hatte geglaubt, sie würde kühl sein und glatt und sehr zerbrechlich. Er war sich dessen ganz sicher gewesen. Vielleicht traf es ihn deshalb mit solcher Heftigkeit. Sanft war sie, ihre Haut war seidig weich, als seine Hand sich in ihren Nacken legte. Aber sie war nicht kühl, stellte er fest, als er sie küsste. Er konnte dem, was er fühlte, keinen Namen geben, konnte es nicht erklären. Er konnte nur noch fühlen.

June schlang die Arme um seinen Hals und fuhr mit beiden Händen durch sein Haar. Sie hatte geglaubt, es gäbe keinen Geschmack, den sie nicht schon einmal geschmeckt hatte. Doch jetzt erfuhr sie etwas, das sie nicht begreifen konnte, und sie genoss es, kostete von dieser Süße und konnte nicht genug davon bekommen.

Mehr! Nie zuvor in ihrem Leben hatte sie dieses Verlangen gekannt. Sie war in einer Welt des Überflusses groß geworden, in der es von allem immer genug gab. Zum ersten Mal in ihrem Leben erfuhr sie jetzt wahren Hunger und ungebändigtes Verlangen. Und diese Dinge brachten Schmerz mit sich, entdeckte sie, einen Schmerz, der ihren ganzen Körper erfasste.

Mehr! Dieser Gedanke beherrschte sie, und gleichzeitig wusste sie, je mehr sie nahm, desto größer würde ihre Sehnsucht nach noch mehr sein.

Blake fühlte, wie sie in seinen Armen erstarrte. Und weil er den Grund dafür nicht kannte, umfasste er sie stärker. Er wollte sie haben, jetzt, sofort, mehr als alles zuvor in seinem Leben. Sie bewegte sich in seinen Armen, versuchte sich gegen ihn zu wehren. Dann legte sie den Kopf in den Nacken und sah in seine Augen, die ungeduldig blickten und aus denen ihr die Leidenschaft entgegenleuchtete.

»Genug.«

»Nein.« Noch immer hielt er sie fest. »Nein, das ist es nicht.«

»Nein«, stimmte sie mit zitternder Stimme zu. »Und deshalb müssen Sie mich jetzt loslassen.«

Er ließ die Arme sinken, blieb aber noch immer dicht vor ihr stehen. »Das müssen Sie mir erklären.«

June hatte ein wenig Kontrolle über sich selbst zurückgewonnen, und jetzt war es Zeit, die Regeln zwischen ihnen festzulegen – ihre Regeln –, und zwar schnell und genau. »Blake, Sie sind ein Geschäftsmann, ich bin Künstlerin. Jeder von uns beiden hat seine Prioritäten. Dies hier ...«, sie trat einen Schritt von ihm zurück und reckte sich, »... kann nicht dazugehören.«

»Wollen wir wetten?«

June runzelte die Stirn, aber mehr aus Überraschung als aus Ärger. Eigenartig, dass sie nichts von Rücksichtslosigkeit in seinem Benehmen zu spüren glaubte. Nun, darüber würde sie später nachdenken, wenn sie mehr Abstand gewonnen hatte.

»Wir werden zusammen arbeiten, mit einem ganz besonderen Ziel«, sprach sie weiter. »Aber wir sind zwei Menschen mit völlig verschiedenen Ansichten. Sie sind natürlich am Gewinn interessiert und an dem Ruf Ihrer Hotelkette. Ich bin daran interessiert, einen besonders guten Rahmen für meine Kunst zu schaffen und für meinen eigenen Ruf. Wir wollen beide erfolgreich sein, daher dürfen wir unser Ziel nicht aus den Augen verlieren.«

»Dieses Ziel ist vollkommen klar«, gab Blake zurück. »Aber das andere auch. Ich will Sie haben.«

»Ah«, meinte June gedehnt, dann griff sie nach ihrer Tasche. »Sie kommen ja sehr schnell auf den Punkt.«

»Es wäre lächerlich, wenn ich darum herumreden wollte in diesem Augenblick.« Jetzt klang seine Stimme ein wenig belustigt. »Sie müssten naiv sein, um das nicht zu bemerken.«

»Und das bin ich nicht.« Noch ein wenig weiter zog sie sich von ihm zurück, entschlossen, ihm zu entfliehen, ehe sie ihre Fassung völlig verlor. »Aber es ist Ihre Küche – und es wird meine Küche werden. Im Augenblick ist es das, was mir am meisten am Herzen liegt. Ich werde eine Liste der Änderungen und der neuen Einrichtungsgegenstände aufstellen und sie Ihnen bis Montag zukommen lassen.«

»Gut. Und am Samstag werden wir zusammen essen gehen.«

An der Tür blieb June stehen und schüttelte den Kopf. »Nein, das geht nicht.«

»Ich werde Sie um acht abholen.«

Es kam selten vor, dass jemand eine Bemerkung, die sie machte, einfach ignorierte. June vermied es, aufzubrausen, stattdessen versuchte sie es mit Geduld, wie sie es von ihrer Kinderfrau gelernt hatte. »Blake, ich habe Nein gesagt.«

Wenn er wütend war, so verbarg er es meisterhaft. Er lächelte sie an, wie man ein ungezogenes Kind anlächelte. Dieses Spiel konnten sie auch beide spielen, dachte er. »Um acht Uhr«, wiederholte er und setzte sich auf die Kante seines Schreibtisches. »Wenn Sie möchten, können Sie sogar Tacos essen.«

»Sie sind sehr störrisch.«

»Ja, das bin ich.«

»Ich aber auch.«

»Ja, das stimmt. Wir sehen uns dann am Samstag.«

June musste sich bemühen, ihn böse anzustarren, denn am liebsten hätte sie gelacht. Doch wenigstens gelang es ihr dann, die Tür ziemlich laut hinter sich zuzuschlagen.

4. Kapitel

»Unglaublich«, murmelte June und biss noch einmal in ihren Hotdog. »Dieser Mann hat wirklich unglaubliche Nerven.«

»Du solltest dir aber trotzdem deinen Appetit nicht davon verderben lassen, cara.« Carlo klopfte ihr liebevoll auf die Schulter, während sie auf die Independence Hall zugingen.

Noch einmal biss June in ihren Hotdog. Als sie dann den Kopf zurückwarf, fing sich das Sonnenlicht in ihrem Haar und ließ es golden aufleuchten. »Halt den Mund, Carlo. Er ist so arrogant.« Mit der freien Hand gestikulierte sie heftig, während sie beinahe wütend ihren Hotdog verspeiste. »Carlo, ich lasse mir von niemandem etwas befehlen, schon gar nicht von diesem polierten amerikanischen Geschäftsmann mit seinem diktatorischen Benehmen und seinen unglaublichen blauen Augen.«

Carlo zog eine Augenbraue hoch und warf dann einer Blondine mit einem besonders kurzen Rock einen bewundernden Blick zu. »Natürlich nicht, mio amore«, bemerkte er abwesend und reckte den Kopf, um der Blondine so lange wie möglich nachzusehen. »Dein Philadelphia bietet den Touristen die faszinierendsten Ausblicke, findest du nicht?«

»Ich treffe meine eigenen Entscheidungen, führe mein eigenes Leben«, brummte June und zerrte an seinem Arm, als sie sah, wohin er seine Aufmerksamkeit gerichtet hatte. »Ich nehme Bitten entgegen, Franconi, keine Befehle.«

»So war das schon immer.« Carlo blickte noch einmal über seine Schulter zurück. Vielleicht konnte er June dazu überreden, sich mit ihm auf eine Bank zu setzen oder in ein Straßencafé, wo er noch mehr von den »Attraktionen« Philadelphias bewundern konnte. »Du bist sicher schon müde von dem langen Spaziergang, Liebling«, begann er.

»Auf keinen Fall werde ich heute Abend mit ihm zusammen essen gehen.«

»Das sollte ihm eine Lehre sein, June Lyndon so einfach herumkommandieren zu wollen.« Der Park bietet sicher interessantere Möglichkeiten, dachte Carlo.

Sie warf ihm einen bösen Blick zu. »Du machst dich über mich lustig, weil du ein Mann bist.«

Carlo grinste sie an. »Und du interessierst dich für ihn.«

»Das ist nicht wahr.«

»Oh doch, cara mia, das ist wahr. Warum setzen wir uns nicht ein wenig hin und lassen die … Schönheit deiner Stadt auf uns einwirken? Immerhin …«, er tippte sich an die Krempe seines Hutes, als eine Brünette in knappen Shorts an ihnen vorbeiging, »… bin ich ein Tourist.«

June sah das Aufblitzen in seinen Augen und kannte auch den Grund dafür. Sie schnaufte, dann wandte sie sich nach rechts. »Ich werde dir schon die Touristenattraktionen zeigen, amico.«

»Aber June …« Carlo hatte gerade eine Rothaarige in engen Jeans erblickt, die ihren Pudel spazieren führte. »Die Aussicht von hier ist sehr lehrreich und auch sehr erhebend.«

»Ich werde dich schon erheben«, versprach sie und zog ihn in die Independence Hall. »Der zweite Continental Congress hat sich 1775 hier getroffen, damals kannte man dieses Gebäude als das Pennsylvania State House.«

Eine Gruppe Schulkinder zog mit einer streng aussehenden Lehrerin an ihnen vorbei. »Faszinierend«, murmelte Carlo. »Warum gehen wir nicht in den Park, June? Es ist ein so schöner Tag.« Perfekt für weibliche Jogger in knappen Shorts und knappen Hemdchen, setzte er in Gedanken hinzu.

»Ich wäre eine schlechte Freundin, wenn ich dir nicht wenigstens eine kurze Einführung in unsere Geschichte geben würde, ehe du heute Abend wieder abreist, Carlo.« Sie hakte ihn unter. »Es war in Wirklichkeit der achte und nicht der vierte Juli 1776, als die Unabhängigkeitserklärung dem Volk vor diesem Haus vorgelesen wurde.«

»Unglaublich.« Die Brünette war sicher in den Park gegangen. »Ich kann dir gar nicht sagen, wie faszinierend ich das alles finde, aber ein wenig frische Luft …«

»Du kannst nicht aus Philadelphia abreisen, ehe du nicht die Liberty Bell gesehen hast.« June nahm seine Hand und zog ihn mit sich. »Ein Friedenssymbol ist international, Carlo.« Sie hörte nicht einmal sein Protestgemurmel, denn ihre Gedanken kreisten erneut um Blake. »Was wollte er mir eigentlich beweisen mit seinem Macho-Benehmen?«, fragte sie. »Er sagte, er würde mich um acht abholen, selbst noch, nachdem ich ihm erklärt hatte, dass ich nicht mitgehen wollte.« Sie stützte die Hände in die Hüften und sah Carlo an. »Männer … Ihr seid doch alle gleich, nicht wahr?«

»Aber nein, carissima.« Belustigt lächelte er sie an und strich ihr dann über die Wange. »Wir sind alle einzigartig, ganz besonders Franconi. Es gibt Frauen in allen Städten der Welt, die dir das bestätigen können.«

»Monster«, beschuldigte sie ihn und weigerte sich, sich von seiner Belustigung anstecken zu lassen. Sie trat einen Schritt näher zu ihm und achtete nicht auf die drei Studentinnen, die so nahe neben ihnen standen, dass sie jedes Wort verstehen konnten. »Versuche nicht, mich mit deinen Frauengeschichten zu beeindrucken, du italienischer Lüstling.«

»Ha, aber June …« Er zog ihre Hand an seine Lippen und beobachtete darüber hinweg die drei Studentinnen. »Das richtige Wort ist … ›Connaisseur‹.«

Junes Antwort darauf war ein sehr undamenhaftes Schnaufen. »Ihr … Männer«, meinte sie und entzog ihm ihre Hand. »Ihr seht eine Frau doch nur als etwas an, womit man spielt, das man eine Weile lang genießt und dann wieder fallen lässt. Niemand wird dieses Spielchen mit mir spielen.«

Carlo grinste von einem Ohr zum anderen. Er nahm ihre beiden Hände und küsste sie. »Ah, nein, nein, cara mia. Eine Frau ist wie ein köstliches Gericht.«

June runzelte die Stirn, die drei Studentinnen kamen noch ein paar Schritte näher, damit ihnen auch kein einziges Wort entging. »Ein Gericht? Du vergleichst uns Frauen einfach mit einer Mahlzeit?«

»Eine besonders köstliche«, korrigierte Carlo sie. »Eine Mahlzeit, die man mit besonders großer Erregung erwartet, die man langsam genießt, ja, die man sogar anbetet.«

June zog die Augenbrauen hoch. »Und wenn man seinen Teller leer gegessen hat, Carlo?«

»Dann bleibt sie einem noch immer in Erinnerung.« Er legte Daumen und Zeigefinger aneinander und küsste beide. »Sie kehrt wieder in deinen Träumen und macht, dass du dein Leben lang nach einer sinnlichen Erfahrung suchst, die ihr gleichkommt.«

»Sehr poetisch.« June lachte. »Aber ich habe nicht vor, für jemanden die Vorspeise zu sein.«

»Nein, meine June, du bist die köstlichste aller Nachspeisen und daher auch die, nach der man am meisten verlangt.« Er blinzelte den drei Studentinnen zu. »Dieser Cocharan, glaubst du nicht, dass ihm das Wasser im Mund zusammenläuft, wenn er dich nur ansieht?«

Wieder lachte June, dann machte sie zwei Schritte von Carlo weg. Das Bild, das er ihr gerade gezeichnet hatte, gefiel ihr. »Glaubst du wirklich?«, fragte sie.

Carlo wusste, dass er June abgelenkt hatte. Er legte einen Arm um ihre Taille und führte sie auf den Ausgang zu. Sie hatten noch immer genug Zeit für die frische Luft und die weiblichen Jogger.

»Cara«, begann er. »Ich bin ein Mann, der ›Amore‹ studiert hat. Ich weiß, was ich in den Augen eines anderen Mannes sehe.«

June unterdrückte ein heißes Glücksgefühl, sie zuckte nur mit den Schultern. »Ihr Italiener findet doch immer eine Entschuldigung für etwas, das nichts weiter als reine Lust ist.«

Mit einem Seufzer führte Carlo sie aus dem Gebäude. »June, für eine Frau mit französischem Blut in den Adern besitzt du kein bisschen Romantik.«

»Romantik gehört in Bücher und in Filme.«

»Romantik«, berichtigte Carlo sie, »gehört überallhin.« Auch wenn June sich bemüht hatte, ihrer Stimme einen leichtfertigen Klang zu geben, so wusste Carlo doch, dass sie die Wahrheit gesagt hatte. Das beunruhigte ihn. »Du solltest es einmal mit Kerzenlicht, Wein und leiser Musik versuchen, June. Es wird sicher nicht schaden.«

Sie warf ihm einen Blick von der Seite zu und lächelte dann rätselhaft. »Meinst du?«

»Du kannst Carlo vertrauen, so wie sonst niemandem.«

»Oh, das tue ich auch.« Jetzt lachte sie und legte einen Arm um seine Schulter. »Ich vertraue sonst niemandem, Franconi.«

Auch das war die Wahrheit. Wieder seufzte Carlo. »Dann vertrau wenigstens dir selbst, cara. Lass dich von deinen eigenen Instinkten leiten.«

»Aber das tue ich doch.«

»Wirklich?« Jetzt war es Carlo, der ihr einen Seitenblick zuwarf. »Ich glaube, du vertraust dir selbst nicht genug, um es zu wagen, mit dem Amerikaner allein zu sein.«

»Mit Blake?« Er fühlte, wie sie erstarrte. »Das ist doch absurd.«

»Und warum regst du dich dann so darüber auf, mit ihm essen zu gehen?«

»Dein Englisch ist nicht ganz korrekt, Carlo. Ich rege mich nicht darüber auf, ich bin ärgerlich.« Trotzig hob sie das Kinn.

»Ich bin ärgerlich, weil er einfach bestimmt hat, dass ich mit ihm essen gehen soll, und weil er es noch immer angenommen hat, selbst jetzt, nachdem ich abgelehnt habe. Das ist doch wohl normal.«

»Ich finde, deine Reaktion auf ihn ist auch normal.« Er zog eine Sonnenbrille aus der Tasche und setzte sie auf. »Ich habe auch in deine Augen gesehen, als wir ihn in der Küche getroffen haben.«

June warf ihm einen bösen Blick zu. »Du weißt ja gar nicht, wovon du überhaupt redest.«

»Ich bin ein Feinschmecker«, erklärte Carlo mit einer ausladenden Geste seines freien Arms. »Von gutem Essen, ja, aber auch in der Liebe.«

»Bleib du lieber bei deiner Pasta, Franconi.«

Er grinste nur, dann tätschelte er ihre Hüfte. »Carissima, meine Pasta bleibt nie kleben.«

June fluchte leise auf Französisch. Es war ein Wort, das man in Paris oft an Häuserwände geschmiert lesen konnte. Dann gingen beide weiter, schweigend, während jeder darüber nachdachte, was wohl an diesem Abend um acht Uhr passieren würde.

Absichtlich und nach reiflichen Überlegungen hatte June an diesem Abend ihre schäbigsten Jeans angezogen sowie ein verwaschenes T-Shirt, das an einem Ärmel eingerissen war. Sie machte sich auch keine Mühe, Make-up aufzulegen. Nachdem sie Carlo zum Flughafen gefahren hatte, hatte sie in einem Schnellimbiss gebackenes Hähnchen und Pommes frites gekauft, zusammen mit einem kleinen Schälchen Krautsalat.

Sie öffnete sich eine Büchse Diät-Soda, stellte den Fernsehapparat an und machte es sich auf dem Sofa bequem. Dabei knabberte sie an einem Hähnchenschenkel. Zuerst hatte sie die Absicht gehabt, sich so elegant zu kleiden, dass es Blake umwarf. Und wenn er dann an ihrer Tür klingelte, hatte sie an ihm vorbeirauschen und ihm im Vorbeigehen erklären wollen, dass sie eine andere Verabredung hätte. Aber so, dachte sie, als sie die Beine unter sich zog, konnte sie es sich gemütlich machen und ihn gleichzeitig noch beleidigen. Nachdem sie den ganzen Tag mit Carlo unterwegs gewesen war und er mit jeder Frau zwischen sechzehn und sechzig geflirtet hatte, war es ihr lieber, dass sie es sich gemütlich machen konnte.

Zufrieden mit ihrer Erscheinung lehnte sie sich zurück und wartete darauf, dass Blake läutete. Es würde sicher nicht mehr lange dauern, denn wenn ihre Menschenkenntnis sie nicht trog, war Blake ein pünktlicher Mensch. Und auch ein anspruchsvoller, überlegte sie, als sie sich in ihrer gemütlichen Unordnung umsah.

Sicher würde er in einem eleganten maßgeschneiderten Anzug bei ihr auftauchen, mit einem blütenweißen Hemd, auf das sein Monogramm gestickt war. Und seine italienischen Lederschuhe würden kein Körnchen Staub aufweisen. Zufrieden blickte sie auf den ausgefransten Saum ihrer Jeans. Zu schade, dass keine Löcher darin waren.

Löcher oder nicht, dachte sie grinsend, auf jeden Fall sehe ich nicht aus wie eine Frau, die aufgeregt auf einen Mann wartet, den sie beeindrucken möchte. Und das, so schloss sie, ist, was ein Mann wie Blake von einer Frau erwartet. Ihn zu überraschen, würde ihr Spaß machen, ihn wütend zu machen, noch mehr.

Als es dann an der Tür klingelte, sah June sich noch einmal um, ehe sie langsam aufstand. Sie ließ sich Zeit, reckte sich noch einmal und ging dann zur Tür.

Zum zweiten Mal wünschte sich Blake, er hätte eine Kamera, um den Ausdruck der Überraschung auf ihrem Gesicht festzuhalten. Sie sagte nichts, starrte ihn nur an … Mit einem kleinen Lächeln schob Blake die Hände in die Taschen seiner eng anliegenden verwaschenen Jeans. Sicher hatte es noch nie zuvor jemandem solchen Spaß gemacht, einem anderen eins auszuwischen.

»Ist das Essen fertig?« Er schnüffelte. »Es riecht großartig.«

Diese verflixte Arroganz – und seine Intuition, dachte June. Wie schaffte er es nur, ihr immer einen Schritt voraus zu sein? Bis auf die Tatsache, dass er Tennisschuhe trug – abgelaufene Tennisschuhe –, war er genauso gekleidet wie sie. Und was sie noch mehr ärgerte, war die Tatsache, dass er in Jeans und T-Shirt genauso attraktiv aussah wie in einem eleganten Anzug. Nur mit Mühe gelang es ihr, sich unter Kontrolle zu halten. Die Spielregeln hatten sich vielleicht geändert, aber das Spiel war deshalb noch lange nicht vorbei. So leicht gab sie sich nicht geschlagen.

»Mein Essen ist fertig«, erklärte sie ihm kühl. »Ich kann mich nicht daran erinnern, Sie eingeladen zu haben.«

»Ich sagte doch acht Uhr.«

»Und ich sagte Nein.«

»Da Sie dagegen waren, mit mir auszugehen ...« Er nahm ihre beiden Hände, dann schob er sich an ihr vorbei in die Wohnung. »... dachte ich, wir würden hier essen.«

Noch immer hielt er ihre Hände fest. June überlegte, ob sie ihn auffordern sollte zu gehen. Sie konnte es verlangen ... und er würde vielleicht gehen. Auch wenn es ihr nichts ausmachte, unhöflich zu sein, so wäre es nicht unbedingt sehr befriedigend, die Schlacht schon so früh zu gewinnen. Sie müsste etwas anderes, Befriedigenderes finden, um ihn auszustechen.

»Sie sind wirklich sehr hartnäckig, Blake. Man könnte beinahe sagen, stur.«

»Schon möglich. Was gibt es denn zu essen?«

»Sehr wenig.« June befreite eine Hand aus seinem Griff und deutete auf den Tisch im Wohnzimmer.

Blake zog eine Augenbraue hoch. »Ihre Vorliebe für Fastfood ist wirklich bemerkenswert. Haben Sie eigentlich schon einmal daran gedacht, eine eigene Imbisskette zu eröffnen? Mit Minuten-Croissants? Oder mit Drive-in-Torten?«

June fand sein Gespött absolut nicht lustig. »Sie sind der Geschäftsmann«, erklärte sie. »Ich bin die Künstlerin.«

»Mit dem Appetit eines Teenagers.«

Blake ging zum Tisch hinüber und nahm sich einen Hähnchen-schenkel aus der Packung. Dann setzte er sich auf die Couch und legte die Füße auf den Couchtisch. »Nicht schlecht«, meinte er nach dem ersten Bissen. »Gibt es keinen Wein?«, fragte er June.

Nein, ich will mich nicht amüsieren, dachte sie, doch als sie ihn beobachtete, konnte sie ein Grinsen nicht unterdrücken. Vielleicht hatte ihr Plan, ihn zu beleidigen, nicht geklappt, aber sie wusste ja noch nicht, wie der Abend enden würde. Sie brauchte nur ein gutes Stichwort, um ihn packen zu können. »Diät-Soda.« Sie setzte sich und hob die Büchse an den Mund. »In der Küche ist noch mehr.«

»Das hier genügt mir.« Blake nahm ihr die Büchse ab und nippte daran. »Verbringt so die beste Nachtisch-Köchin der Welt ihre Abende?«

June zog eine Augenbraue hoch, dann nahm sie ihm die Büchse wieder ab. »Die größte Nachtisch-Zauberin verbringt ihre Abende so, wie es ihr passt.«

Blake legte ein Bein über das andere und sah June nachdenk-lich an. Die goldenen Fleckchen in ihren Augen waren heute Abend ein wenig gedämpft – vielleicht, weil sie so entspannt war. Ihm gefiel der Gedanke, dass er sie zum Leuchten bringen könnte, noch ehe dieser Abend vorbei war. »Das glaube ich Ihnen gern. Erstreckt sich das auch noch auf andere Gebiete?«

»Ja.« June nahm sich noch ein Stück von dem Hähnchen, ehe sie Blake eine Serviette reichte. »Ich habe entschieden, dass Ihre Gesellschaft zu ertragen ist – im Moment wenigstens.«

Er ließ sie nicht aus den Augen, während er in den Hähn-chenschenkel biss. »Ach, wirklich?«

»Deshalb sitzen Sie ja jetzt hier und essen die Hälfte von meinem Abendessen.« Sie überhörte sein leises Lachen und legte jetzt ebenfalls die Füße hoch. Irgendwie ist das eigentlich sehr gemütlich, überlegte sie, doch dieses Gefühl machte sie auch vorsichtig. Sie war viel zu misstrauisch, um die Gefühle zu vergessen, die dieser einzige Kuss in ihr hervorgerufen hatte.

Und sie war zu stur, um einen Rückzieher zu machen.

»Ich bin wirklich neugierig, herauszufinden, warum Sie mich unbedingt heute Abend sehen wollten.« Sie warf einen Blick auf die Werbung im Fernsehen, ehe sie Blake wieder ansah. »Warum erklären Sie mir das nicht?«

Blake nahm die Plastikgabel und probierte von dem Krautsalat. »Möchten Sie den beruflichen Grund oder den persönlichen?«

Zu oft beantwortete er ihre Fragen mit einer Gegenfrage, es war höchste Zeit, ihn festzunageln. »Warum erklären Sie mir nicht eines nach dem anderen?«

Wie kann sie dieses Zeug nur essen, dachte er, als er die Gabel wieder weglegte. Wenn man sie in den elegantesten Restaurants sah – mit Blumen, französischem Wein, diskreter Bedienung, sie selbst in Seide und bei exotischen Gerichten …

»Nun, dann zuerst zu meinem geschäftlichen Grund. Wir werden wenigstens einige Monate lang sehr eng zusammenarbeiten. Da ist es doch angezeigt, dass wir einander gut kennen, dass wir wissen, wie der andere arbeitet, damit wir die entsprechenden Anstrengungen machen können, uns einander anzupassen.«

»Logisch.« June nahm sich einige Pommes frites aus der Packung, ehe sie sie Blake reichte. »Es ist vielleicht ganz gut, wenn Sie von Anfang an wissen, dass ich mich nicht anpasse. Ich arbeite nur auf eine Art … auf meine Art. Also … was war Ihr persönlicher Grund?«

Ihm gefielen ihr Selbstvertrauen und das Fehlen jeglicher Absicht zum Kompromiss. »Persönlich finde ich, dass Sie eine sehr schöne und äußerst interessante Frau sind.« Er beobachtete sie. »Ich möchte mit Ihnen schlafen.«

Als sie schwieg, knabberte er an einer Fritte. »Und ich denke, wir sollten einander vorher erst ein wenig kennenlernen.« Ihr Blick verriet nichts von ihren Gedanken. Blake lächelte sie an. »Logisch?«

»Ja, und sehr egoistisch.« Sie wischte ihre Finger an der Serviette ab. »Aber Sie sind wenigstens ehrlich. Ich schätze Menschen, die ehrlich sind.« Sie stand auf und sah auf ihn hinunter. »Sind Sie fertig?«

Er reichte ihr den leeren Karton. »Ja.«

»Ich habe zufällig noch ein paar Eclairs im Kühlschrank, wenn Sie vielleicht interessiert sind.«

»Aus dem Supermarkt?«

Sie verzog leicht den Mund. »Nein, einige Grundsätze habe ich auch. Sie sind von mir.«

»Dann darf ich Sie doch nicht beleidigen, indem ich es ablehne, sie zu probieren.«

Jetzt musste sie doch lachen. »Ich bin sicher, Sie probieren sie nur aus Diplomatie.«

»Natürlich, und aus Gefräßigkeit«, fügte er noch hinzu, als sie bereits aus dem Zimmer ging.

Sie ist wirklich cool, dachte Blake, als er daran dachte, wie June auf seine Eröffnung reagiert hatte, dass er mit ihr schlafen wollte. Er empfand das als eine Herausforderung.

War es nur äußerlicher Schein? Wenn das so war, dann würde er gern Schicht um Schicht ihren Widerstand durchdringen. Langsam, dachte er, genüsslich, bis ich die Leidenschaft darunter entdecken kann. Und er war sicher, dass er die Leidenschaft finden würde, sie würde wie eines ihrer Gerichte sein, dunkel und verboten unter der kühlen weißen Schicht. Ehe noch zu viel Zeit verging, hatte er die Absicht, sie zu kosten.

Meine Hände zittern, stellte June verärgert fest, als sie den Kühlschrank öffnete. Er hatte sie verwirrt, genau, wie er beabsichtigt hatte. Sie konnte nur hoffen, dass er sie nicht durchschaut hatte. Natürlich hatte er sie mit seiner Bemerkung aus der Ruhe bringen wollen, aber er hatte das, was er gesagt hatte, auch gemeint, so viel hatte sie verstanden. Im Augenblick hatte sie jedoch keine Zeit, ihre Gefühle zu analysieren, sie wusste allerdings, dass ihre erste Reaktion weder Schock noch Wut gewesen war, sondern eine nervöse Erregung, die sie seit Jahren nicht mehr gefühlt hatte.

Dumm, entschied sie, während sie die Eclairs auf zwei Teller aus Meißener Porzellan legte. Immerhin war sie kein Teenager mehr. Eine Affäre könnte gefährlich werden, dachte sie, eine Affäre verlangt Zeit und lenkt ab. Und es gab immer einen von beiden, der sich in solch einer Sache mehr einsetzte und demzufolge auch verletzlicher war. Sie würde nicht zulassen, dass ihr so etwas zustieß.

Doch die nervöse Erregung verschwand nicht wieder.

Ich muss etwas unternehmen wegen dieses Blake Cocharan, entschied sie, als sie Kaffee in zwei Tassen goss. Und es musste schnell geschehen. Doch das Problem war: Was sollte sie tun? Sie würde das tun, was sie immer tat, wenn sie unter Druck stand, entschied sie, sie würde die Sache beschleunigen.

»Sie werden jetzt gleich eine unvergessliche sinnliche Erfahrung machen.«

Bei Junes Worten blickte Blake auf und sah sie an, als sie das Zimmer wieder betrat. Verlangen nach ihr traf ihn plötzlich überraschend wie ein Schlag. Es war eine Warnung, das Spiel mit ganzem Einsatz zu spielen, wenn er die Kontrolle darüber nicht verlieren wollte.

»Meine Eclairs nimmt man nicht auf die leichte Schulter«, sprach June weiter. »Und man isst sie auch nicht ohne die nötige Ehrfurcht.«

Er wartete, bis sie wieder neben ihm saß, ehe er ihr einen der Teller abnahm. Köstlich, dachte er, als der Duft ihm in die Nase stieg. »Ich werde mich gebührend anstrengen.«

»Eigentlich …«, June nahm die Gabel und stach ein Stück ab, »… benötigt man dafür keine Anstrengung, nur die Geschmacksknospen.« Sie konnte nicht anders, sie hob die Gabel zu seinem Mund.

Blake beobachtete sie, während sie ihn fütterte. Das Licht, das durch das Fenster hinter ihm in den Raum fiel, spiegelte sich in ihren Augen. Ein Mann könnte sich in diesen Augen verlieren, dachte Blake, als er versuchte, darin zu lesen.

Das Eclair zerging ihm auf der Zunge, exotisch, einzigartig, begehrenswert – wie seine Schöpferin. Der erste Geschmack, wie der erste Kuss, weckte in ihm das Verlangen nach mehr.

»Unglaublich«, murmelte er, als sich ihre Lippen zu einem Lächeln verzogen. Er wollte sie schmecken.

»Aber sicher.« Sie nahm mit der Gabel ein anderes Stück, doch in diesem Moment schloss Blake seine Hand über ihrem Handgelenk. Er fühlte, wie ihr Puls plötzlich heftiger zu klopfen begann, doch ihre Augen blickten so kühl wie zuvor.

»Ich werde mich revanchieren.« Er hatte leise gesprochen, mit seinen Fingern hielt er ihre Hand fest, als er ihr die Gabel aus der Hand nahm. Langsam bewegte er sich, dabei hielten ihre Blicke einander gefangen. Er sah, wie ihre Lippen sich öffneten, als er die Gabel hob, sah ihre Zungenspitze. Es wäre so einfach, sie jetzt zu küssen, wegen des heftigen Pulsierens unter seinen Fingern wusste er, dass sie keinen Widerstand leisten würde. Doch er fütterte sie mit dem Eclair. Sein Magen zog sich zusammen, als er sich vorzustellen versuchte, was sie jetzt schmeckte. Noch während ihm dieser Gedanken kam, öffnete sie schon den Mund für das nächste Stück.

Es war beinahe so, als würde sie Champagner trinken, als ihr das Eclair auf der Zunge zerging. Ihre Nerven beruhigten sich, doch ihre Wahrnehmung war geschärft. Der Duft seines Rasierwassers erinnerte sie an einen Wald im Herbst, seine Augen waren so dunkelblau wie der Abendhimmel. Und als sein Knie gegen ihres stieß, verspürte sie eine Wärme, die durch die Kleidung hindurchging und sie ganz erfüllte.

Minuten vergingen, ohne dass sie überhaupt merkte, dass sie nicht sprachen, sondern einander langsam und voller Genuss fütterten. Die Intimität, die sie einzuhüllen schien, war genauso intensiv, als würden sie einander lieben. Der Kaffee auf dem Tisch wurde kalt, Schatten krochen in das Zimmer, als die Sonne versank.

»Der letzte Bissen«, murmelte June. »Hat es geschmeckt?«

Blake nahm eine Strähne ihres Haares zwischen Daumen und Zeigefinger. »Vollkommen.«

June rückte nicht von Blake ab, langsam legte sie die Gabel aus der Hand. Sie fühlte sich viel zu verletzlich. »Einer meiner Kunden hat eine geheime Leidenschaft für meine Eclairs. Viermal im Jahr fahre ich nach Brittany und mache ihm zwei Dutzend. Im letzten Herbst hat er mir eine Smaragdkette geschenkt.«

Blake zog die Augenbrauen hoch, während er sich die Haarsträhne um den Finger wickelte. »Soll das eine Aufforderung sein?«

»Ich liebe Geschenke«, erklärte sie ehrlich. »Aber zwischen Geschäftspartnern ist das wohl nicht ganz passend.«

Sie wollte sich vorlehnen, um ihren Kaffee vom Tisch zu nehmen, doch Blake hielt sie an der Haarsträhne zurück. Einen Moment lang sah er Überraschung und auch Ärger in ihren Augen aufblitzen. Sie mochte es nicht, wenn man sie zurückhielt. »Unsere geschäftliche Verbindung liegt auf einer ganz anderen Ebene. Ich dachte, das wissen wir mittlerweile beide.«

»Das Geschäft kommt zuerst.«

»Vielleicht.« Es fiel ihm selbst schwer zuzugeben, dass er daran zu zweifeln begann. »Auf jeden Fall beabsichtige ich nicht, mich weiterhin auf dieser Ebene zu bewegen.«

Wenn sie je die Absicht hatte, mit ihm fertig zu werden, dann musste sie das jetzt tun. June legte einen Arm auf die Rückenlehne des Sofas und wünschte, der Kloß in ihrem Hals würde verschwinden. »Ich fühle mich von Ihnen angezogen. Und ich denke, es wird schwierig, aber auch interessant sein, in den nächsten Monaten unter diesen Bedingungen zu arbeiten. Sie sagten, Sie wollten sich bemühen, mich zu verstehen. Ich erkläre meine Motive selten, aber jetzt will ich eine Ausnahme machen.« Sie beugte sich vor und nahm eine Zigarette aus einer Dose auf dem Tisch. »Haben Sie Feuer?«

Eigenartig, welch widersprüchliche Gefühle sie in meinem Inneren weckt, dachte Blake. Diesmal war es Ärger, als er sein Feuerzeug aus der Tasche zog und es anzündete. Er sah, wie sie den ersten Zug machte.

»Sie sagten, Sie kannten meine Mutter«, begann June. »Sie ist eine wunderschöne, intelligente Frau, und ich liebe sie sehr. Natürlich zunächst, weil sie meine Mutter ist, aber ich liebe sie auch als eine Frau, die voller Lebensfreude ist. Wenn sie eine Schwäche hat, dann sind es die Männer.« June zog die Beine hoch und versuchte, sich zu entspannen.

»Sie hat drei Ehemänner gehabt und unzählige Liebhaber. Dabei ist sie jedes Mal absolut sicher, dass es eine lebenslange Beziehung werden wird. Wenn sie eine Beziehung zu einem Mann hat, ist sie unbeschreiblich glücklich, seine Interessen sind ihre Interessen, seine Abneigungen ihre Abneigungen. Und wenn die Beziehung dann zu Ende ist, ist sie am Boden zerstört.«

June zog an ihrer Zigarette. Sie hatte erwartet, dass er etwas sagen würde, aber er sah sie nur an, deshalb sprach sie weiter: »Mein Vater ist ein eher praktischer Mensch, und trotzdem hat auch er schon zwei Ehefrauen gehabt sowie einige diskrete Affären. Anders als meine Mutter, die auch Fehler akzeptiert, ja Fehler sogar manchmal genießt, ist er ein Mann, der nach Perfektion strebt. Und da es in einem Menschen keine Perfektion gibt, sondern nur in einigen Dingen, die ein Mensch schafft, ist er immer wieder enttäuscht. Meine Mutter sucht nach Glück und Romantik, mein Vater sucht die perfekte Gefährtin. Und ich suche nach keinem von beiden.«

»Warum sagen Sie mir denn nicht, wonach Sie suchen?«

»Erfolg«, erklärte June schlicht. »Eine Romanze hat einen Anfang, also hat sie auch ein Ende. Ein Gefährte verlangt Kompromisse und Geduld. Meine Geduld brauche ich für meine Arbeit, für Kompromisse habe ich kein Talent.«

Das sollte Blake eigentlich zufriedenstellen, vielleicht sogar erleichtern, denn immerhin suchte er nach nicht mehr als nur einer flüchtigen Affäre, ohne feste Bindung und Verpflichtung. Dennoch verstand er nicht, warum er sie am liebsten geschüttelt hätte. »Keine Romanze«, sagte er und nickte. »Kein Gefährte. Aber das ändert nichts an der Tatsache, dass Sie mich wollen und ich Sie will.«

»Nein.« Der Zigarettenrauch hinterließ einen bitteren Geschmack in ihrem Mund, deshalb drückte June die Zigarette aus. Diese Diskussion hört sich ja beinahe wie eine Verhandlung an, dachte sie. Aber wollte sie es denn nicht so? »Ich habe gesagt, es wird schwierig sein, unter diesen Bedingungen zu arbeiten, aber nicht unmöglich. Sie wollen eine Arbeit von mir, Blake, und ich habe zugestimmt, diese Arbeit zu leisten, weil mir an der Erfahrung liegt, aber auch an der Publizität, die ich dabei gewinne. Ihr Restaurant völlig zu ändern, wird ein langer, komplizierter Prozess sein. Und wenn ich das mit meinen anderen Verpflichtungen verbinden will, werde ich für Ablenkungen keine Zeit mehr haben.«

»Für Ablenkungen?« Warum machte dieses Wort ihn nur so wütend? Vielleicht hatte sie das als Herausforderung gemeint. »Lenkt Sie das ab?« Mit der Fingerspitze fuhr er über ihren Hals, dann legte er die Hand in ihren Nacken.

June fühlte jeden seiner Finger einzeln auf ihrer Haut, und in seinem Blick erkannte sie das Verlangen. »Sie zahlen mir eine Menge Geld dafür, dass ich meinen Job tue, Blake.« Ihre Stimme klang fest. Gut so, denn ihr Herz klopfte wild. »Als Geschäftsmann sollten Sie doch daran interessiert sein, dass sich die Komplikationen auf ein Minimum beschränken.«

»Komplikationen«, wiederholte er leise, dann vergrub er seine Hand in ihrem Haar. June fühlte, wie ihr ein Schauer über

den Rücken lief, als er mit seinen Lippen ihre Wange berührte.
»Ist das eine Komplikation?«, fragte er.

»Ja.« Ihr Verstand riet ihr, sich von ihm zu lösen, doch ihr Körper weigerte sich, diesem Rat zu folgen.

»Und eine Ablenkung?«

Seine Lippen glitten weiter, und er knabberte sanft an ihrer Unterlippe. June zog sich nicht von ihm zurück, auch wenn sie sich einzureden versuchte, dass sie es könnte. Sie hatte es nie zugelassen, verführt zu werden, und auch der heutige Abend würde keine Ausnahme sein.

Nur einmal probieren, dachte sie. Sie wusste, wie man auch die köstlichsten und verführerischsten Genüsse probierte und sich dann zurückzog.

»Ja«, murmelte sie und schloss die Augen. Sie brauchte ihn nicht zu sehen, nur zu fühlen. Warm, sanft, seine Lippen auf ihren, fest, stark und überzeugend, seine Hände, männlich und verführerisch, der Duft, der ihr in die Nase stieg. Und als er dann ihren Namen aussprach, war es wie ein Hauch.

»Wie soll es denn sein, June?«, fragte er und fühlte wieder, dass er nicht widerstehen konnte. »Nur uns beide gibt es hier.«

»So einfach ist das aber leider nicht.« Obwohl sie sich widersprechen hörte, schlang sie die Arme um seinen Hals und suchte seinen Mund mit ihren Lippen.

Es ist nur ein Kuss, sagte sie sich, als ihre Lippen sich begegneten. Sie konnte ihn noch immer beenden, sie hatte die Kontrolle nicht verloren. Doch zuerst wollte sie ihn noch einmal schmecken. Ohne zu überlegen, berührte sie seine Zungenspitze mit ihrer, dann hörte sie sich selbst aufseufzen und schmiegte sich noch enger an ihn. Seinen Körper an ihrem zu fühlen, schien ihr irgendwie richtig, und dann verlor sie sich in seinem Kuss.

Warum nur waren ihr Küsse bis heute immer so unbedeutend erschienen? In ihrem Körper gab es Hunderte von Stellen, an denen ihr Puls heftig klopfte, von denen sie aber bis heute nicht einmal gewusst hatte, dass sie existierten. Sie hatte geglaubt, die Grenzen ihrer eigenen Bedürfnisse zu kennen, die Tiefe ihrer Leidenschaft ... bis jetzt. Obwohl Blake sie kaum berührte, weckte er etwas in ihr, das nichts mit Ruhe, Ordnung und Disziplin zu tun hatte. Und wenn dieses Etwas erst einmal geweckt war ... was dann?

June war an einem Punkt angelangt, wo die Gefühle über ihren Verstand herrschten. Noch einen Schritt weiter, und Blake würde seinen Willen haben. Er würde dann nicht nur ihren Körper besitzen und ihre Gedanken, sondern auch das, was sie bis jetzt wie einen Schatz gehütet hatte – ihr Herz.

Sie fühlte das Verlangen nach ihm und entzog sich ihm. Wenn sie nachgab, würde er sich nehmen, was er haben wollte. Noch immer hielt er sie, nicht so fest, dass sie sich ihm nicht entziehen konnte, aber dennoch fest genug. June war atemlos. Verzweifelt versuchte sie, wieder Herr über ihre Gefühle zu werden.

»Ich denke, ich habe klar dargelegt, was ich meine«, brachte sie hervor.

»Was du meintest?«, entgegnete Blake und strich über ihren Rücken. »Oder was ich meine?«

June holte tief Luft. »Ich habe viel zu oft Zutaten miteinander gemischt, um nicht zu wissen, dass sich geschäftliche und persönliche Interessen nicht vertragen. Ab Montag werde ich für Cocharan arbeiten, und ich beabsichtige, mein Geld wert zu sein. Da kann es nichts anderes zwischen uns geben.«

»Es gibt aber bereits eine Menge anderes.« Er legte einen Finger unter ihr Kinn und hob ihren Kopf, sodass sie ihn ansehen musste. Mit diesem einzigen Kuss hatte er all seine beruflichen und auch persönlichen Prinzipien über den Haufen geworfen: Halte deine Gefühle im Zaum, sowohl im Geschäftsleben als auch im Privatleben, sonst machst du Fehler, die nicht wiedergutzumachen sind.

Ich brauche Zeit, dachte Blake, Zeit und Abstand. »Wir kennen einander jetzt besser«, meinte er nach einer Weile des

Schweigens. »Wenn wir uns lieben, werden wir einander auch verstehen, da bin ich ganz sicher.«

Als er aufstand, blieb June jedoch sitzen. Sie war nicht sicher, ob ihre Beine sie tragen würden. »Ab Montag«, erklärte sie ein wenig fester, »werden wir zusammenarbeiten. Von da an wird es zwischen uns nichts anderes geben.«

»Wenn man so viele Verträge abschließt wie ich, June, dann begreift man irgendwann, dass Papier eben doch nur Papier ist. Es wird zwischen uns keinen Unterschied machen.«

Er ging zur Tür, er brauchte unbedingt frische Luft, um nachdenken zu können, und einen Drink, um seine flatternden Nerven zu beruhigen. Und Abstand, einen großen Abstand, ehe er alles vergaß und seinem Verlangen nachgab, diese fantastische Frau besitzen zu wollen.

Die Hand auf der Türklinke, sah er sich noch einmal um. Es lag etwas in Junes Blick, in der gerunzelten Stirn und dem ein wenig schmollend verzogenen Mund, das ihn lächeln ließ.

»Montag«, sagte er, dann war er auch schon gegangen.

5. Kapitel

Warum um alles in der Welt konnte er nicht aufhören, an sie zu denken? Blake saß hinter seinem Schreibtisch und versuchte, sich auf einen zwanzigseitigen Vertrag zu konzentrieren, über den in einer langen Sitzung verhandelt werden sollte. Er begriff kein einziges Wort von dem, was er las. Das war sonst gar nicht seine Art. Er wusste es, er war wütend darüber und konnte es dennoch nicht ändern.

Schon seit Tagen schlich June sich andauernd in seine Gedanken und vertrieb alles andere aus seinem Kopf. Für einen Mann, der Ordnung und Selbstkontrolle als etwas Selbstverständliches ansah, war das nervenaufreibend.

Es gab keine logische Erklärung für seine Besessenheit. Er nannte es »Besessenheit«, weil ihm kein besseres Wort dafür in den Sinn kam. Sie ist wunderschön, dachte Blake und ließ seine Gedanken schweifen. Er kannte allerdings Hunderte schöner Frauen. Sie war intelligent, doch es hatte auch schon zuvor in seinem Leben intelligente Frauen gegeben. Begehrenswert – selbst jetzt, hier in seinem Büro, fühlte er, wie sich das Verlangen in ihm rührte. Doch auch Verlangen war ihm im Grunde nicht fremd.

Er liebte Frauen, als Freundinnen und auch als Geliebte. Vergnügen ist vielleicht das Schlüsselwort, dachte er. Mehr hatte er in einer Verbindung mit einer Frau nie gesucht. Aber er war nicht sicher, dass das auch das richtige Wort war, um das zu beschreiben, was zwischen ihm und June war. Sie hatte ihn zu stark und zu schnell an einen Punkt gebracht, wo die Gefahr bestand, dass er die Kontrolle über seine Gefühle verlor. Doch das hielt ihn nicht davon ab, immer noch mehr zu wollen. Warum?

Blake lehnte sich zurück, nahm einen Stift und begann, seine Möglichkeiten aufzulisten.

Vielleicht bestand ein Teil ihrer Anziehungskraft auf ihn in der Tatsache, dass er sie gern überlistet hätte. Bis jetzt war es ihm jedes Mal gelungen, doch er war realistisch genug, um zu wissen, dass das keine Garantie war. Dennoch wollte er es versuchen. Wo würden sie das nächste Mal aneinandergeraten? Würde es ein geschäftliches Problem sein oder ein persönliches? Auf jeden Fall wollte er Kopf an Kopf mit ihr liegen, das wünschte er sich genauso sehr, wie er es sich wünschte, mit ihr zu schlafen.

Ein anderer Grund war der, dass er wusste, sie fühlte sich ebenfalls von ihm angezogen, auch wenn sie es nicht wahrhaben wollte. Er bewunderte sie für ihre Willensstärke. Sie misstraute einem engeren Verhältnis, wahrscheinlich wegen der gescheiterten Beziehung ihrer Eltern, nahm er an. Aber das allein konnte es nicht sein, er würde tiefer graben müssen, um ein vollständiges Bild zu bekommen.

Zum ersten Mal in seinem Leben verspürte Blake den Wunsch, eine Frau näher kennenzulernen, ihre Gedanken, ihre Eigenarten, was sie zum Lachen brachte, was sie ärgerte, und das, was sie vom Leben erwartete. Wenn er all das erst einmal wusste … Was dann geschah, konnte er sich nicht vorstellen. Aber mehr als alles andere wollte er sie zu seiner Geliebten machen.

Als die Sprechanlage auf seinem Schreibtisch summte, waren Blakes Gedanken noch immer bei June Lyndon.

»Ihr Vater ist auf dem Weg zu Ihnen, Mr. Cocharan.«

Blake blickte auf den Vertrag vor ihm. Er brauchte bestimmt noch eine Stunde, bis er damit fertig war. »Danke.« Er hatte den Knopf der Sprechanlage noch nicht ganz losgelassen, da wurde die Tür schon geöffnet, und Blake Cocharan der Zweite betrat das Bürozimmer.

In Gestalt und Aussehen glich er seinem Sohn. Sport und viel

Bewegung hatten seinen Körper gestählt. Sein dunkles Haar zeigte graue Strähnen unter seiner Kapitänsmütze, doch seine Augen blickten lebhaft und jung. Sein Schritt war der eines Mannes, der es gewöhnt war, auf dem schwankenden Deck eines Schiffes Halt zu finden. Wenn er lächelte, verschwanden die Fältchen, die Sonne und Wind auf seinem Gesicht eingegraben hatten. Er reichte seinem Sohn die Hand.

»B. C.«, begrüßte Blake seinen Vater. »Bist du auf der Durchreise?«

»Ich bin auf dem Weg nach Tahiti, zum Segeln.« B. C. grinste. »Möchtest du nicht mitkommen, sozusagen als meine Mannschaft?«

»Geht nicht, für die nächsten beiden Wochen bin ich schon ausgebucht.«

»Du arbeitest viel zu hart, mein Junge.« B. C. ging zu der Bar am anderen Ende des Zimmers hinüber und goss sich einen Bourbon ein. Dann lachte er leise und goss auch für seinen Sohn ein Glas ein.

»Das habe ich von dir gelernt«, erklang die Stimme des Jüngeren.

»Ja. Fünfundzwanzig Jahre lang habe ich zehn Stunden am Tag gearbeitet. Und so hat es mein alter Herr ebenfalls gemacht – und du tust es jetzt auch.« Er wandte sich zu seinem Sohn um. Es war, als blickte er in einen Spiegel, und er hatte das Gefühl, sich selbst wie zwanzig Jahre zuvor zu sehen. »Ich habe dir schon einmal gesagt, du kannst dein Leben nicht in Hotels verbringen.« Er nippte an seinem Bourbon. »Du kriegst nur Magengeschwüre davon.«

»Bis jetzt habe ich noch keine.« Blake beobachtete seinen Vater. Er kannte ihn viel zu gut, hatte unter ihm gelernt, beobachtete, wie er verhandelte und Geschäfte abschloss. Er war vielleicht auf dem Weg nach Tahiti, doch hatte er nicht umsonst in Philadelphia seine Reise unterbrochen. »Bist du wegen der Aufsichtsratssitzung hier?«

B. C. nickte, dann hatte er ein Schälchen mit gesalzenen Mandeln in der Bar gefunden. »Ab und zu muss ich ja auch noch einmal meine Meinung sagen.« Er steckte zwei Mandeln in den Mund und kaute darauf. »Wenn wir die Hamilton-Hotelkette kaufen, dann bedeutet das, dass wir zwanzig Hotels mehr haben und über zweitausend Angestellte mehr. Das ist ein großer Schritt.«

Blake zog die Augenbrauen hoch. »Ein zu großer Schritt?«

Lachend ließ B. C. sich in einen Sessel sinken. »Das habe ich nicht gesagt, und das glaube ich auch nicht. Und offensichtlich glaubst du es auch nicht.«

»Nein.« Blake winkte ab. »Hamilton ist eine gute Hotelkette, leider war das Management nicht gut. Wenn du nach Tahiti fährst, kannst du dir das dortige Hamilton-Hotel gleich einmal genauer ansehen.«

Grinsend lehnte B. C. sich in seinem Sessel zurück. Der Junge ist schlau, dachte er zufrieden, na ja, das hat er wohl von mir.

»Der Gedanke ist mir auch schon gekommen. Übrigens soll ich dich von deiner Mutter grüßen.«

»Wie geht es ihr?«

»Bis zum Hals steckt sie im Augenblick wieder in einer Kampagne, um irgend so eine Ruine zu retten. Wir treffen uns nächste Woche auf der Insel. Sie ist ein toller Steuermann, deine Mutter.« B. C. freute sich schon darauf, eine Zeit lang mit seiner Frau allein zu sein. »Und was macht dein Liebesleben, Blake?«

Blake war solche Fragen von seinem Vater gewöhnt, deshalb amüsierte ihn diese Frage eher. »Angemessen, danke.«

B. C. lachte auf, dann trank er sein Glas leer. »›Angemessen‹ ist eine Schande für den Namen Cocharan. Was wir tun, tun wir in großem Ausmaß.«

»Davon habe ich schon gehört.« Blake zündete sich eine Zigarette an.

»Die Geschichten stimmen alle«, erklärte sein Vater. »Eines Tages werde ich dir einmal die Geschichte der Tänzerin in

Bangkok erzählen, damals, anno 39. Übrigens – ich habe gehört, du hast hier Veränderungen geplant?«

»Das Restaurant.« Blake nickte und dachte wieder an June. »Es verspricht ... faszinierend zu werden.«

»Ich stimme dir zu, ein wenig neuen Glanz könnte es schon gebrauchen«, begann B. C. vorsichtig. »Und ich höre, du hast einen französischen Küchenchef engagiert, um die Veränderungen zu überwachen? Eine Frau?«

»Stimmt.« Blake zog an seiner Zigarette. »Sie versteht ihr Geschäft, sonst hätte ich sie nicht engagiert.«

»Ist sie jung?«, wollte sein Vater wissen.

Blake verkniff sich ein Lächeln. »Mittelalt, denke ich.«

»Attraktiv?«

»Das kommt auf deinen Standpunkt an – attraktiv würde ich sie nicht nennen.« Das Wort wurde ihr nicht gerecht, überlegte Blake. Sie war exotisch, verlockend, verführerisch – das passte viel besser zu ihr. »Ich kann dir nur sagen, sie geht ganz in ihrem Beruf auf. Sie ist eine ehrgeizige Perfektionistin, und ihre Eclairs ...« Seine Gedanken gingen zurück zu dem bezaubernden Abend. »Ihre Eclairs sind etwas, was man sich nicht entgehen lassen sollte.«

»Ihre Eclairs«, wiederholte B. C.

»Fantastisch!« Blake lehnte sich in seinem Schreibtischstuhl zurück und bemühte sich noch immer, sein Grinsen zu unterdrücken, als die Sprechanlage auf seinem Schreibtisch wieder summte.

»Miss Lyndon ist hier, Mr. Cocharan.«

Montagmorgen! dachte Blake. »Schicken Sie sie rein.«

»Lyndon.« B. C. stellte sein Glas ab. »Das ist sie, nicht wahr?«

Es klopfte, dann wurde die Tür geöffnet, und June betrat das Büro. In einer Hand trug sie eine schmale Ledermappe. Ihr Haar hatte sie aufgesteckt, sie trug ein schlichtes, aber elegantes Jackenkleid von Chanel. Ihr nüchternes Äußeres weckte in Blake den

Wunsch zu erfahren, was sie wohl darunter trug – etwas Winziges, aus Spitze und sexy, in der gleichen Farbe wie ihre Haut?

»Blake!« June streckte ihm die Hand entgegen, unpersönlich, ganz geschäftsmäßig, wie sie es sich vorgenommen hatte. Sie wollte nicht daran denken, was mit ihr geschah, wenn er sie küsste. »Ich habe die Liste mit den Änderungen mitgebracht, über die wir gesprochen hatten.«

»Schön.« Er sah, wie sie den Kopf wandte, als B.C. sich aus seinem Sessel erhob. Und er sah auch, wie die Augen seines Vaters aufblitzten, wie immer, wenn eine schöne Frau in seiner Nähe war. »June Lyndon, Blake Cocharan der Zweite. Miss Lyndon wird sich der Küche hier im Cocharan-Hotel annehmen«, erklärte er förmlich.

»Mr. Cocharan.« June reichte Blakes Vater die Hand. Er sieht genauso aus, wie Blake in dreißig Jahren aussehen wird, dachte sie. Und als B.C. dann grinste, wusste sie, dass Blake ihr auch in dreißig Jahren noch gefährlich werden könnte.

»Willkommen in der Familie«, sagte B.C. und zog ihre Hand an seine Lippen.

June warf Blake einen schnellen Blick zu. »Familie?«

»Wir zählen jeden, der mit den Cocharan-Hotels zu tun hat, zur Familie.« B.C. deutete auf den Sessel, aus dem er gerade aufgestanden war. »Bitte, setzen Sie sich. Ich hole Ihnen einen Drink.«

»Danke, lieber etwas Perrier.« Sie sah B.C. nach, als er zur Bar ging. »Ich glaube, Sie kennen meine Mutter, Monique Dubois«, bemerkte June.

Mitten in der Bewegung hielt B.C. inne, dann wandte er sich mit der Flasche Perrier in der Hand zu ihr um. »Monique? Sie sind Moniques Tochter?«

Verflixt noch mal! setzte er für sich hinzu.

Ja wirklich, verflixt noch mal, dachte B.C. Vor Jahren, es war sicher schon zwanzig Jahre her, hatte er eine kurze, leidenschaftliche Affäre mit der französischen Schauspielerin gehabt, als es in ihrer beider Ehe eine heftige Krise gegeben hatte. Sie hatten sich freundschaftlich getrennt, und er hatte sich mit seiner Frau ausgesöhnt. Aber die beiden Wochen mit Monique waren ... denkwürdig gewesen. Und jetzt stand er im Büro seines Sohnes und goss Perrier für Moniques Tochter ein. Das Schicksal war wirklich eigenartig.

Wenn June je angenommen hatte, dass ihre Mutter und Blakes Vater einmal ein Verhältnis miteinander gehabt hatten, dann hatte sie jetzt die Bestätigung dafür bekommen. Ihre Gedanken über das Schicksal spiegelten die von B. C. genau wider. Wie die Mutter, so die Tochter, dachte sie. Oh nein, nicht in diesem Fall. Noch immer starrte B. C. sie an, und sie entschloss sich, aus einem Grund, den sie selbst nicht so genau verstand, es ihm leicht zu machen.

»Meine Mutter ist eine treue Kundin der Cocharan-Hotels, sie steigt nie woanders ab. Ich habe Blake schon erzählt, dass wir einmal mit seinem Großvater zusammen gegessen haben. Er war sehr freundlich.«

»Das war er immer, wenn es ihm passte«, entgegnete B. C. sehr erleichtert. Sie weiß es, dachte er, dann sah er zu seinem Sohn hinunter. Er hatte die Stirn gerunzelt und schien nachzudenken. Und er wird es auch wissen, wenn ich nicht aufpasse, erkannte B. C. Nach zwanzig Jahren könnte ich noch in wirkliche Schwierigkeiten kommen. Seine Frau war die Liebe seines Lebens, seine beste Freundin, aber zwanzig Jahre waren noch nicht lange genug, um ihn in Sicherheit wiegen zu können.

»Also ...« Er goss das Perrier in ein Glas und reichte es June. »Sie haben sich also entschieden, nicht in die Fußstapfen Ihrer Mutter zu treten, und sind Küchenchefin geworden.«

»Ich bin sicher, dass Blake mir zustimmt, dass es manchmal gefährlich ist, wenn man in die Fußstapfen der Eltern tritt.«

Instinktiv wusste Blake, dass sie nicht vom Geschäft sprach. Sein Vater und June warfen sich einen Blick zu, den er nicht verstand. »Das kommt ganz darauf an, wohin der Weg führt«, meinte er ausweichend. »In meinem Fall habe ich es als eine Herausforderung gesehen.«

»Blake kommt ganz nach seinem Großvater«, erklärte B. C. »Von ihm hat er auch diese eigenartige Logik.«

»Ja«, murmelte June. »Die habe ich schon kennengelernt.«

»Aber offensichtlich haben Sie die richtige Entscheidung getroffen«, sprach B. C. weiter. »Blake hat mir von Ihren Eclairs erzählt.«

Langsam drehte June sich zu Blake um. Ein dicker Kloß saß ihr im Hals, als sie an die Eclairs dachte, die sie zusammen gegessen hatten. »Hat er das? Meine Spezialität ist allerdings eigentlich die ›Bombe‹.«

Blake sah ihr in die Augen. »Schade, dass Sie an dem besagten Abend gerade keine ›Bombe‹ vorrätig hatten.«

Zwischen diesen beiden gab es etwas, das die Anwesenheit eines Dritten überflüssig scheinen ließ. »Nun, ich werde euch beide euren Geschäften überlassen. Ich will noch einige Leute treffen vor der Aufsichtsratssitzung. Nett, Sie kennengelernt zu haben, June.« B. C. nahm Junes Hand, hielt sie fest und sah ihr in die Augen. »Bitte bestellen Sie Ihrer Mutter viele Grüße von mir.«

Seine Augen hatten die gleiche Farbe und auch die gleiche Form wie die von Blake. Sie lächelte. »Das werde ich ihr ausrichten.«

»Blake, wir sehen uns heute Nachmittag.«

Blake murmelte etwas Unverständliches, die ganze Zeit über hatte er June beobachtet.

Als sich die Tür hinter seinem Vater schloss, sprach Blake wieder. »Warum habe ich das unbestimmte Gefühl, als ginge hier etwas vor, von dem ich nichts weiß?«

»Keine Ahnung«, entgegnete June kühl und hob dann ihre Mappe. »Ich möchte, dass Sie sich diese Papiere ansehen, solange ich dabei bin, wenn Sie Zeit haben.« Sie öffnete die Mappe und holte einige Papiere heraus. »Wenn es dann Fragen oder Meinungsverschiedenheiten gibt, können wir gleich darüber sprechen.«

»Also gut.« Blake nahm das erste Blatt, doch sah er sie über den Rand des Blattes hinweg an. »Ich nehme an, das soll mich auf Abstand von Ihnen halten.«

June warf ihm einen hochmütigen Blick zu. »Ich weiß wirklich nicht, wovon Sie reden.«

»Doch, das wissen Sie ganz genau. Und irgendwann einmal werden wir der Sache auf den Grund gehen. Im Augenblick spielen wir also nach Ihren Spielregeln.« Ohne ein weiteres Wort begann er zu lesen.

»Arroganter Kerl«, sagte June laut. Und als er nicht einmal von dem Papier aufsah, verschränkte sie die Arme vor der Brust. Wie gerne hätte sie jetzt eine Zigarette gehabt, um sich daran festzuhalten, doch sie entschied sich, wie ein Stein vor ihm sitzen zu bleiben, und wenn es nötig war, für jede einzelne der Veränderungen zu kämpfen, die sie aufgeschrieben hatte. Und sie würde auch jede einzelne davon gewinnen.

Sie wollte ihn gern dafür hassen, dass er sie bei der Wahl ihres Kleides durchschaut hatte, doch stattdessen bewunderte sie sein Einfühlungsvermögen auch bei Kleinigkeiten. Sie wollte ihn hassen, weil er es nur mit einem Blick und ein paar Worten schaffte, dass sie sich nach ihm sehnte. Doch auch das war nicht möglich, denn sie hatte das Wochenende verbracht, hin- und hergerissen zwischen dem Wunsch, sie hätte ihn niemals gesehen, und dem Wunsch, dass er zurückkommen möge, um sie noch einmal so zu erregen. Er war ein Problem für sie, daran bestand kein Zweifel. Und sie löste ihre Probleme immer einen Schritt nach dem anderen. Der erste Schritt war ihre Küche – mit der Betonung auf dem Wort »ihre«.

»Zwei neue Gasherde«, murmelte er, als er das Blatt überflog. »Ein Elektroherd und dann noch einmal zwei von jeder Sorte.« Er blickte sie über den Rand des Blattes an.

»Ich habe schon vorher erklärt, dass man sowohl Gasherde als auch Elektroherde braucht. Und Ihre Herde sind antiquiert, außerdem braucht man in einem Restaurant dieser Größe unbedingt so viele Herde.«

»Und Sie haben auch gleich den Hersteller genannt.«

»Sicher, ich weiß, womit ich arbeiten möchte.«

Er zog nur eine Augenbraue hoch. »Und alle Töpfe und Pfannen müssen neu angeschafft werden?«

»Auf jeden Fall.«

»Vielleicht könnten wir dann einen Ausverkauf veranstalten«, murmelte Blake, während er weiterlas. Er hatte nicht die leiseste Idee, was ein »Sautoir« war und warum sie davon gleich drei brauchte. »Haben Sie so viele französische Wörter benutzt, um mich zu verwirren?«, fragte er nach einer Weile.

»Ich habe die französischen Wörter benutzt, weil es die richtigen Fachausdrücke sind.«

Wieder murmelte er etwas Unverständliches, während er sich die nächste Seite vornahm. »Na ja, ich habe nicht die Absicht, mich mit Ihnen über die Einrichtung zu streiten, sei es in Französisch oder in Englisch.«

»Gut, denn ich habe nicht die Absicht, mit etwas anderem als dem besten Material zu arbeiten.« Sie lächelte ihn freundlich an.

Die erste Runde war an June gegangen.

Blake war mittlerweile beim dritten Blatt angekommen. »Sie haben die Absicht, die alten Arbeitstheken herauszureißen und neue einbauen zu lassen, eine neue Arbeitsinsel einbauen zu lassen und noch zusätzlich zwei Meter Ausgabetheke?«

»Das ist besser so«, bestätigte June.

»Und es braucht viel Zeit.«

»Haben Sie es so eilig? Sie haben mich eingestellt, Blake, keinen Schnellimbiss-Chef. Meine Arbeit ist es, diese Küche zu organisieren, und das bedeutet, dass ich sie so effizient und kreativ wie möglich einrichte. Wenn das erst einmal erledigt ist, werde ich mich auch mit der Menüwahl beschäftigen.«

»Und dies hier …«, er hielt die fünf Seiten Papier hoch, »… ist alles dafür nötig?«

»Mit unnötigen Dingen gebe ich mich nicht ab. Aber wenn Sie nicht einverstanden sind, können Sie den Vertrag auch wieder auflösen. Stellen Sie LaPointe ein«, schlug sie ihm vor. »Dann haben Sie einen hochmütigen, überbezahlten, zweitrangigen Küchenchef, der Ihnen zu teure und zweitrangige Menüs liefert.«

»Diesen LaPointe muss ich unbedingt kennenlernen«, murmelte Blake und stand auf. »Sie werden bekommen, was Sie haben wollen, June.« Er runzelte die Stirn, als sich ein Lächeln auf ihre Lippen stahl. »Und hoffentlich liefern Sie mir auch das, was Sie versprochen haben.«

Ihre Augen blitzten, Blake sah die goldenen Fleckchen darin aufleuchten. »Ich habe Ihnen mein Wort gegeben. Innerhalb von sechs Monaten wird Ihr mittelmäßiges Restaurant mit seinen mittelmäßigen Menüs und den matschigen Kuchen die beste Haute Cuisine servieren.«

»Oder?«

June holte tief Luft. »Oder meine Arbeitskraft ist bis zum Ablauf des Vertrages gratis. Befriedigt Sie das?«

»Vollkommen.« Blake streckte ihr seine Hand entgegen. »Wie ich schon sagte, werden Sie alles bekommen, was Sie möchten, bis hin zum letzten Schneebesen.«

»Es ist eine Freude, mit Ihnen Geschäfte zu machen.« June wollte ihm ihre Hand entziehen, doch er hielt sie fest. »Vielleicht ist es bei Ihnen nicht so«, begann sie, »aber ich habe eine Menge Arbeit, die auf mich wartet. Sie entschuldigen mich jetzt sicher?«

»Ich möchte Sie sehen.« Seine Stimme klang fest.

Sie überließ ihm die Hand. »Sie haben mich doch gesehen.«

»Heute Abend.«

»Tut mir leid.« Sie lächelte, auch wenn sie am liebsten die Zähne zusammengebissen hätte. »Ich habe eine Verabredung.«

Sie fühlte, wie seine Finger ein wenig fester zupackten bei ihren Worten. »Also gut, wann?«

»Ich werde jeden Tag in der Küche sein und auch an einigen Abenden, um den Umbau zu überwachen. Sie brauchen nur den Aufzug nach unten zu nehmen.«

Er zog sie ein wenig näher, doch noch immer war der Schreibtisch als Barriere zwischen ihnen. »Ich möchte Sie allein sehen«, sagte er leise. Dann zog er ihre Hand an die Lippen und küsste langsam jeden einzelnen Finger. »Irgendwo anders, außerhalb der Geschäftsstunden.«

Wenn Blake Cocharan der Zweite in seiner Jugend Blake Cocharan dem Dritten ähnlich gewesen war, konnte June verstehen, warum ihre Mutter sich mit ihm eingelassen hatte. Das Verlangen war auch jetzt bei ihr da, und die Versuchung ebenfalls. Doch sie war nicht Monique. In diesem Fall sollte sich die Geschichte nicht wiederholen, entschied sie. »Ich habe Ihnen schon erklärt, warum das nicht möglich ist. Ich erkläre nicht gerne etwas doppelt.«

»Ihr Puls rast«, erklärte Blake, als er einen Finger auf ihr Handgelenk legte.

»Das tut er immer, wenn ich ärgerlich bin.«

»Oder erregt.«

June hob den Kopf und warf ihm einen vernichtenden Blick zu. »Würden Sie sich auch mit LaPointe so amüsieren?«

Er wusste, sie wollte, dass er wütend wurde, deshalb hielt Blake sich zurück. »Im Augenblick ist es mir egal, ob Sie Küchenchefin, Installateur oder Gehirnchirurg sind. Im Augenblick ist nur wichtig, dass Sie eine Frau sind, die ich sehr begehre.«

June wollte schlucken, denn ihr Hals war plötzlich ganz trocken. »Im Augenblick bin ich Küchenchefin mit einem ganz besonderen Job. Ich bitte Sie noch einmal, mich zu entschuldigen, damit ich mit meiner Arbeit beginnen kann.«

Für dieses Mal, dachte Blake, als er ihre Hand losließ. Aber das würde gleichzeitig das letzte Mal sein. »Früher oder später, June.«

»Vielleicht«, meinte sie gespielt lässig und nahm ihre Mappe. »Einen schönen Tag noch, Blake.« Als wären ihre Knie nicht weich, ging sie entschlossen zur Tür.

June schaffte es bis in den Aufzug. Dann lehnte sie sich gegen die Wand und ließ in einem tiefen Seufzer die angestaute Luft aus ihrer Brust entweichen. Das wäre geschafft, sagte sie sich. Sie war ihm in seinem eigenen Büro gegenübergetreten – und sie hatte gewonnen.

Früher oder später, June, die Worte hallten in ihr nach.

Sie holte tief Luft. Jetzt war es wichtig, sich ganz auf ihre Küche zu konzentrieren und zu arbeiten. Es würde ihr nicht helfen, wenn sie immer wieder an ihn dachte, wie sie es am Wochenende getan hatte.

Langsam beruhigten sich ihre Nerven. Sie hatte das ganz gut gemacht, sie hatte geschafft, was sie sich vorgenommen hatte, dann hatte sie ihn schließlich abblitzen lassen, und all das an einem einzigen Morgen. Sie legte eine Hand auf ihren Magen. Verflixt, alles wäre so viel einfacher, wenn sie nicht so sehr nach ihm verlangte.

In der Geschäftigkeit des Mittagessens bemerkte sie zunächst niemand in der Küche. Der Lärm gefiel ihr, denn in einer ruhigen Küche gab es keine Kommunikation und demzufolge auch keine Kooperation. Einen Augenblick lang blieb sie an der Tür stehen und beobachtete die Arbeit.

Auch die Gerüche gefielen ihr, eine Mischung aus Mittagessen und Frühstück. Der Duft von Kaffee stieg ihr in die Nase, von gegrilltem Hähnchen, Fleisch und Kuchen, der frisch aus dem Ofen kam. Sie stellte sich vor, wie diese Küche in Kürze aussehen würde. Ganz, wie man sich eine wohlfunktionierende Küche vorstellt, dachte sie befriedigt.

»Miss Lyndon!«

Abwesend sah sie den Mann in der weißen Schürze und der Kochmütze an. »Ja?«

»Ich bin Max«, stellte er sich vor und reckte sich. »Der Küchenchef.«

Und sein Ego ist in Gefahr, dachte sie, während sie ihm die Hand reichte. »Wie geht es Ihnen, Max? Ich habe Sie beim letzten Mal, als ich hier war, nicht gesehen.«

»Mr. Cocharan hat angeordnet, Ihnen meine volle Unterstützung zu geben während dieser … Umbauperiode.«

Großartig, dachte June und hätte am liebsten aufgestöhnt. Ablehnung in der Küche war genauso schwierig zu handhaben wie ein zusammengefallenes Soufflé. Hätte sie allein mit ihm verhandelt, sie hätte wenigstens seine Gefühle geschont. Sie würde Blake einen Vortrag halten müssen über Takt und Diplomatie.

»Also, Max, ich würde gern die geplanten Änderungen mit Ihnen durchgehen, denn immerhin kennen Sie die Arbeit in dieser Küche besser als irgendein anderer.«

»Welche Veränderungen?«, fragte er, und sein Schnurrbart zitterte. »In meiner Küche?«

In meiner Küche, korrigierte June ihn insgeheim, sprach es aber nicht aus.

»Ich bin sicher, die Verbesserungen werden Ihnen gefallen – und auch die neuen Arbeitsgeräte. Sie müssen doch ständig sehr gekämpft haben, etwas Außergewöhnliches mit diesen altmodischen Geräten schaffen zu müssen.«

»Diese Herde«, er deutete mit einer dramatischen Geste darauf, »waren schon hier, als ich hier anfing. Und niemand von uns ist altmodisch.«

Das ist also seine Kooperation, dachte June. Und für eine freundliche Autorität war es wohl jetzt auch zu spät. »Wir werden drei neue Herde bekommen«, begann sie ihre Erklärung. »Zwei Gasherde und einen Elektroherd. Der Elektroherd wird ausschließlich für Nachtische und Torten benutzt werden. Diese Arbeitstheke«, sie ging weiter und sah sich nicht um, ob Max ihr folgte, während sie weitersprach, »wird abgerissen werden und in eine neue Arbeitstheke integriert werden. Der Grill bleibt. Es wird eine neue Arbeitsinsel gebaut, damit wir mehr Platz zum Arbeiten haben und damit die ungenutzte Fläche in dieser Küche auch sinnvoll verwendet werden kann.«

»In meiner Küche gibt es keine nutzlose Fläche.«

June wandte sich um und sah ihn hochmütig an. »Das ist kein Thema für eine Debatte. Kreativität wird die oberste Pflicht in dieser Küche sein, Effizienz die zweite. Es wird von uns erwartet, dass wir auch während der Umbauphase ausgezeichnete Mahlzeiten liefern – das ist schwierig, aber nicht unmöglich, wenn wir alle zusammenarbeiten. In der Zwischenzeit werden wir beide uns die Speisekarte ansehen und überlegen, wie wir das bis jetzt nur durchschnittliche Niveau anheben können.«

Sie hörte, wie Max scharf den Atem einzog, doch ehe er noch etwas sagen konnte, sprach sie weiter: »Mr. Cocharan hat mich unter Vertrag genommen, um dieses Restaurant zum besten an der ganzen Ostküste zu machen. Und ich habe die Absicht, das auch zu tun. Und jetzt möchte ich bei der Zubereitung des Mittagessens zusehen.« June öffnete ihre Tasche und nahm einen Notizblock sowie einen Stift heraus. Ohne ein weiteres Wort ging sie durch die geschäftige Küche.

Die Mitarbeiter, entschied June schon nach kurzer Zeit, waren gut ausgebildet und ordentlicher als viele. Der Verdienst dafür gebührte wohl Max. Sauberkeit war offensichtlich erste Pflicht für alle, ein weiterer Pluspunkt für Max. Sie sah einem Koch zu, der gekonnt ein Hähnchen ausnahm. Nicht schlecht, fand sie. Der Grill war in Betrieb, Töpfe dampften auf dem Herd. June hob den Deckel von einem der Töpfe und probierte die Tagessuppe.

»Basilikum«, sagte sie nur und ging dann weiter. Ein anderer Koch holte gerade Apfelstrudel aus dem Ofen. Sie dufteten köstlich. Gut, dachte sie, aber eine erfahrene Großmutter würde wohl den gleichen Erfolg erzielen. Was hier benötigt wurde, war ein wenig mehr Schwung. Leute kamen nicht in dieses Restaurant, um zu essen, was sie auch zu Hause haben konnten: Charlottes, Clafouti, Flambées.

Die baulichen Veränderungen erwuchsen aus ihrem praktischen Sinn, doch das Menü, das Menü basierte auf ihrer Kreativität, die unübertrefflich war.

Während sie sich in der Küche umsah, die Leute bei der Arbeit beobachtete und tief die Gerüche einsog, verspürte June den ersten Anflug von Erregung. Sie würde es schaffen, und es wäre genauso die Antwort auf ihre eigene Befriedigung wie auf die Herausforderung Blakes. Wenn sie damit fertig war, würde diese Küche ihr Zeichen tragen. Sie würde nicht mehr von einem Ort zum anderen fahren müssen, um nur ein einziges Gericht zuzubereiten. Dies hier würde Kontinuität haben, Stabilität. Noch in einem Jahr, sogar noch in fünf Jahren würde diese Küche ihren Einfluss spüren lassen.

Der Gedanke gefiel ihr weit besser, als sie erwartet hatte. Aber bin ich hier nicht hinter den Kulissen? überlegte sie. Wenn sie in einer Küche in Mailand oder Athen stand, dann kamen die Gäste, weil sie eine Nachspeise von June Lyndon haben wollten. Hier jedoch würden die Gäste kommen, um ein Essen im Cocharan-Restaurant einzunehmen.

Als sie allerdings weiter darüber nachdachte, stellte June fest, dass ihr das nichts ausmachte. Außerdem hatte sie gar keine Zeit, darüber nachzudenken, sie wollte mit ihrer Arbeit beginnen, sich in ihr vergraben, in einem Projekt, das sie ab jetzt als ihr eigenes ansah.

Sie nahm ihren Notizblock und verließ die Küche. Sie konnte es kaum erwarten, ihre eigenen Menüs zusammenzustellen.

6. Kapitel

Russischer Beluga-Malassol-Kaviar – den sollte es eigentlich von Mittag an bis in die späte Nacht geben. Und für den Zimmerservice die ganze Nacht hindurch.

June machte sich eine weitere Notiz. Während der letzten beiden Wochen hatte sie die Speisekarte schon ein Dutzend Mal verändert. Nach einer ersten, nicht sehr erfolgreichen Sitzung mit Max hatte sie entschieden, diese Aufgabe allein anzugehen. Sie wusste, welches Ambiente sie schaffen wollte, und sie wusste auch, wie ihr das mit den richtigen Speisen gelingen konnte.

Um Zeit zu sparen, hatte sie in einem der Vorratsräume neben der Küche ein kleines Büro eingerichtet. Von dort aus konnte sie die Mitarbeiter am besten überwachen und auch die Umbauarbeiten leiten.

Blake aus dem Weg zu gehen, war leicht gewesen, denn sie war immer beschäftigt. Und wie es schien, war auch er in schwierige Verhandlungen verstrickt. Wenn sie den Gerüchten glauben wollte, war er dabei, eine Hotelkette aufzukaufen. Doch June interessierte sich nicht sehr dafür, sie konzentrierte sich lieber auf die Zubereitung von Kalbsmedaillons in Champagnersauce.

Solange die Umbauarbeiten dauerten, schienen die Mitarbeiter in einem konstanten Stadium von Panik zu verharren. June hatte gelernt, damit zu leben. In den meisten Küchen, in denen sie gearbeitet hatte, gab es Spannungen, beinahe Terror, die man nur verstehen konnte, wenn man selbst Koch war. Vielleicht waren es diese Spannungen, die die Kreativität weckten und die besten Gerichte hervorbrachten?

Die meiste Zeit überließ sie die Oberaufsicht Max, so wenig wie möglich griff sie in seinen Arbeitsbereich ein. Von ihrem Vater hatte sie die Diplomatie gelernt, und wenn Max beunruhigt war, so zeigte er es in seinem Verhalten gegenüber June nicht. Er behandelte sie mit einer eisigen Höflichkeit, doch June ließ sich davon nicht beeindrucken. Sie konzentrierte sich lieber auf die Liste der Speisen, die das Restaurant anbieten würde.

»Kalbsleber Berlinoise« war ein ausgezeichneter erster Gang, vielleicht nicht so beliebt wie Filet oder ein Rippenstück, aber solange sie es nicht essen musste, ein ausgezeichnetes Gericht. June setzte es auf ihre Liste.

Nachdem sie die Fleisch- und die Geflügelgerichte ausgewählt hatte, konzentrierte sie sich auf die Fischgerichte. Natürlich sollte es da ein kaltes Büfett geben, aus dem man vierundzwanzig Stunden lang durch den Zimmerservice auswählen konnte. Auch darüber musste sie noch nachdenken. Suppen, Appetitanreger, Salate – all das musste überlegt, ausgewählt und bestätigt werden, ehe sie sich den Nachspeisen zuwenden konnte. Im Augenblick hätte sie all diese vorzüglichen Speisen auf dem Plan vor ihr eingetauscht gegen einen einzigen Cheeseburger auf einem simplen Sesambrötchen.

»Also hier verstecken Sie sich die ganze Zeit.« Blake lehnte im Türrahmen. Er hatte gerade eine anstrengende vierstündige Sitzung hinter sich. Eigentlich hatte er in seine Wohnung hinaufgehen wollen, um lange und ausgiebig zu duschen und dann etwas zu essen. Stattdessen fand er sich jetzt in der Küche wieder, bei June.

Sie sieht genauso aus wie bei unserer ersten Begegnung, dachte er. Ihr Haar war offen, ihre Füße nackt. Auf dem Tisch vor ihr lagen Unmengen beschriebener Blätter, daneben stand ein halb leeres Glas Sodawasser. Hinter ihrem Rücken stapelten sich Kartons und Säcke mit Vorräten. Der Raum roch nach Putzmitteln und Karton.

»Ich verstecke mich nicht«, korrigierte sie ihn. »Ich arbeite.«
Er sah müde aus, stellte sie fest, besonders um die Augen herum. »Viel Arbeit?«, fragte sie. »Man hat Sie in den letzten Wochen gar nicht hier unten gesehen.«

»Ich hatte ziemlich viel zu tun.« Er kam in den kleinen Raum und sah sich ihre Notizen an.

»Wie man hört, wollen Sie die Hamilton-Kette kaufen.« June lehnte sich zurück und stellte fest, dass ihr Rücken schmerzte.

Blake zuckte mit den Schultern. »Schon möglich.«

Sie lächelte und wünschte, sie wäre nicht so glücklich, ihn wiederzusehen. »Nun, während Sie oben Monopoly gespielt haben, habe ich mich hier unten mit viel intimeren Dingen beschäftigt.« Als er sie mit hochgezogenen Augenbrauen ansah, genau, wie sie erwartet hatte, begann sie zu lachen. »Essen, Blake, ist das persönlichste und das urtümlichste Bedürfnis, ganz gleich, was man Ihnen einzureden versucht. Für viele Menschen ist das Essen ein Ritual, das dreimal am Tag zelebriert wird. Und da ist es die Aufgabe eines Küchenchefs, dies zu einem unvergesslichen Erlebnis zu machen.«

»Einverstanden.« Er sah sich noch einmal in dem kleinen Raum um. »June, es ist nicht nötig, dass Sie in einem Lagerraum arbeiten. Wir könnten Ihnen ohne große Mühe eine Suite zur Verfügung stellen.«

June kramte in ihren Papieren herum. »Hier bin ich in der Nähe der Küche.«

»Es gibt nicht einmal ein Fenster hier, und der Raum steht voller Kartons.«

»Dadurch werde ich nicht abgelenkt.« Sie zuckte mit den Schultern. »Wenn ich eine Suite hätte haben wollen, dann hätte ich auch eine verlangt. Im Augenblick genügt mir dies hier vollkommen.« Und es ist auch weit genug weg von dir, fügte sie im Stillen hinzu. »Da Sie schon einmal hier sind, möchten Sie vielleicht auch sehen, was ich hier mache.«

Er nahm eine der Listen von ihrem Schreibtisch. »›Coquilles

St. Jacques‹, ›Escargots Bourguignons‹, ›Pâté de campagne‹. Wäre es zu neugierig von mir, wenn ich fragen würde, ob Sie auch das essen, was Sie empfehlen?«

»Ab und zu, wenn ich weiß, dass ich mich auf den Koch verlassen kann. Wenn Sie sich meine Notizen genauer ansehen, werden Sie feststellen, dass ich ein anspruchsvolleres Essen bereithalten möchte, denn der Geschmack der Amerikaner wird eben immer anspruchsvoller.«

Blake lächelte, dann setzte er sich auf den Stuhl vor ihrem Schreibtisch. »Erstaunlich.«

»Heutzutage findet man in fast jedem Haushalt eine gute Küchenmaschine. Und damit sowie mit einem guten Kochbuch könnten sogar Sie eine ganz brauchbare Mousse machen. Daher muss ein Restaurant, wo die Leute für das Essen zu zahlen haben, etwas ganz Besonderes bieten. Ein paar Blocks weiter gibt es nämlich Restaurants, wo sie sich für den Bruchteil dessen, was sie im Cocharan-Restaurant bezahlen müssen, auch ganz gut satt essen können.« June verschränkte die Hände und stützte dann ihr Kinn darauf. »Also muss man ihnen ein ganz spezielles Ambiente bieten, eine unvergleichliche Bedienung und hervorragendes Essen.« Sie nippte an ihrem Sodawasser. »Ich persönlich würde mir lieber eine Pizza holen, die ich zu Hause essen kann, aber …« Sie zuckte mit den Schultern.

Blake sah sich die nächste Liste an. »Weil Sie Pizza mögen oder weil Sie lieber allein sind?«

»Beides. Also …«

»Gehen Sie nicht gern in ein Restaurant, weil Sie so lange in einer Küche stehen müssen oder weil Sie nicht gern in einer Gruppe von Menschen sind?«

June öffnete den Mund, um ihm eine Antwort zu geben, dann allerdings stellte sie fest, dass sie die Antwort auf seine Frage gar nicht wusste. »Sie werden zu persönlich, und Sie kommen vom Thema ab, Blake.«

»Das glaube ich nicht. Sie erklären mir, dass wir Menschen

ansprechen müssen, die mittlerweile anspruchsvoll genug sind, selbst Mahlzeiten zuzubereiten, die man früher nur im Restaurant erhalten konnte. Gleichzeitig sollen wir aber auch die Personengruppe ansprechen, die eine schnelle Mahlzeit an der nächsten Ecke einnehmen will. Sie selbst fallen doch in beide Kategorien. Was würde ein Restaurant Ihnen bieten müssen, nicht nur, um Sie überhaupt hineingehen zu lassen, sondern auch, um in Ihnen den Wunsch zu wecken, wiederzukommen?«

Das ist eine logische Frage, dachte June und runzelte nachdenklich die Stirn. Sie hasste logische Fragen, denn einer Antwort darauf konnte sie nicht ausweichen. »Privatsphäre«, antwortete sie nach einer Weile. »Nicht jeder sucht in einem Restaurant danach. Viele gehen aus, um zu sehen und um gesehen zu werden. Doch einige, wie zum Beispiel ich, ziehen wenigstens den Anschein von Privatsphäre vor. Um so etwas zu erreichen, muss man eine gewisse Anzahl Tische so stellen können, dass sie sich von dem Rest abzusondern scheinen.«

»Das dürfte nicht allzu schwer sein, mit dem richtigen Licht und einem wohldurchdachten Arrangement von Pflanzen«, überlegte Blake laut. »Und Sie ziehen es vor, ein Restaurant danach auszuwählen, ob dort auch Ihre Privatsphäre gewahrt ist.«

»Ich esse normalerweise gar nicht in Restaurants. Aber wenn ich es tue, dann richte ich mich danach, abgesehen natürlich vom Essen und der Bedienung.«

»Warum?«

June begann, die Papiere auf ihrem Schreibtisch zusammenzusuchen. »Das ist tatsächlich eine sehr persönliche Frage.«

»Ja.« Er legte eine Hand über ihre. »Warum?«

Einen Augenblick lang starrte June ihn an. Sie hatte nicht die Absicht, Blakes Frage zu beantworten. Doch dann fühlte sie sich plötzlich eigenartig angerührt durch seinen Blick und den sanften Druck seiner Hand. »Ich nehme an, es kommt daher, dass ich als Kind in so vielen Restaurants gegessen habe. Und mein Interesse an meinem Beruf ist auch sicher darauf zurückzuführen, dass ich so oft auswärts essen musste. Meine Mutter war – ist – der Typ, der ausgeht, um gesehen zu werden. Für meinen Vater war das Essen im Restaurant oft aus geschäftlichen Gründen nötig. Und daher war das Leben meiner Eltern – und auch mein Leben – häufig der Öffentlichkeit preisgegeben. Ich ziehe es vor, nicht zu sehr in der Öffentlichkeit in Erscheinung zu treten.«

Jetzt, wo er sie berührt hatte, wollte er mehr. Und jetzt, wo sie ihm von sich erzählte, wollte er alles wissen. Beinahe war es ihm gelungen, sich selbst davon zu überzeugen, dass er seine Gefühle für sie unter Kontrolle hatte. Doch nun, hier in dem überfüllten Vorratsraum mit den Küchengeräuschen, verlangte er nach June, mehr noch als bei ihren Begegnungen zuvor.

Sie hatte nicht einmal bemerkt, dass er seine Finger mit ihren verschränkt hatte, die Geste schien so natürlich zu sein. »Ich bin eben lieber allein«, fügte sie hinzu.

Blake hob ihre beiden Hände und betrachtete sie. Ihre Haut war einen Ton heller als seine, ihre Hand war schmaler und schlanker. Sie trug einen großen dunkelblauen Saphir am rechten Ringfinger, der ihr einen Hauch von Eleganz verlieh. »Und trotzdem sind Sie eine Berühmtheit«, meinte er leise.

June fuhr sich mit der Zungenspitze über ihre trockenen Lippen, als er ihr tief in die Augen sah. »Ich will erfolgreich sein, in meinem Fach will ich die Beste sein.« Warum bin ich plötzlich so atemlos? fragte sie sich. Junge Mädchen wurden atemlos – oder hoffnungslose Romantiker. Doch sie war keines von beiden.

»Und wenn Sie das erreicht haben?«, fragte Blake und stand auf. »Was dann?«

Er hatte sie mit sich hochgezogen, jetzt stand sie vor ihm und musste den Kopf in den Nacken legen, um ihn anzusehen. »Das genügt mir.« Doch noch während sie diese Worte aussprach, begann sie daran zu zweifeln. »Und was ist mit Ihnen?«, fragte sie schnell. »Suchen Sie nicht auch nach Erfolg – nach mehr Erfolg? Nach den feinsten Hotels, den besten Restaurants?«

»Ich bin Geschäftsmann.« Langsam kam er um den Schreibtisch herum, bis er vor ihr stand. Noch immer hielt er ihre Hand. »Ich habe einen Ruf, den ich behalten muss, und ich bin ein Mann.« Er hob die Hand, griff in ihr Haar und ließ es durch seine Finger gleiten. »Und außerdem denke ich auch noch an andere Dinge, nicht nur an Bilanzen.«

Sie standen jetzt ganz nahe voreinander, ihre Körper berührten sich. June vergaß alles, was sie sich vorgenommen hatte, sie hob die Hand und strich sanft über seine Wange. »Und woran denken Sie noch?«

»An dich.« Er legte eine Hand auf ihren Rücken und zog sie an sich. »Ich denke sehr viel an dich und an das hier.«

Ihre Lippen berührten einander – sanft. Mit weit geöffneten Augen sahen sie sich an, beider Puls raste, das Verlangen nacheinander stieg. Ihre Blicke sagten alles, was es zu sagen gab.

Im nächsten Augenblick lag June in Blakes Armen und klammerte sich voller Verlangen an ihn. Jede einzelne Stunde der vergangenen beiden Wochen, all die Arbeit, ihre Pläne, die Regeln, die sie sich auferlegt hatte, waren vergessen in dem Ansturm der Leidenschaft. Lange küssten sie einander, beinahe verzweifelt und gleichzeitig voller tiefen Verlangens. Ihre Körper drängten sich aneinander.

Noch näher. Ob sie das Wort laut ausgesprochen hatte oder ob sie es nur gedacht hatte, wusste June nicht. Aber Blake schien sie verstanden zu haben. Er schlang die Arme um sie und zog sie so eng an sich, dass sie mit seinem Körper zu verschmelzen schien.

Himmel, wie kann eine Frau mich mit nur einem Kuss so weit bringen, dachte Blake, ich bin ja völlig verrückt nach ihr! Junes Haut würde sich unter seinen Händen wie Seide anfühlen, er wusste es. Er musste es fühlen.

Er schob eine Hand unter ihren Pullover und fühlte, wie ihr Herz heftig klopfte. Doch das war noch nicht genug. Der Gedanke, dass es niemals genug sein würde, ging durch seinen Kopf. Er barg seinen Kopf an ihrem Hals, küsste sie und atmete tief ihren Duft ein. Er fühlte, dass er sich auf den Punkt zubewegte, an dem es kein Zurück mehr gab. All die Müdigkeit, die er verspürt hatte, als er den Raum betreten hatte, war wie weggeblasen, die Anspannung war verschwunden. In diesem Augenblick betrachtete er sie ganz als sein Eigen.

Er küsste Junes Haar, dachte dabei an Paris im Frühling, kurz ehe die Sommerhitze einsetzte. Doch ihr Körper glühte unter seinen Händen und rief in ihm die Erinnerung wach an lange Sommernächte, wo man sich verhalten liebte, langsam und endlos. Er wollte sie haben, jetzt sofort, hier in diesem kleinen Raum mit den vielen Kartons.

June konnte nicht mehr klar denken, sie hatte das Gefühl, sich in Blakes Armen aufzulösen. Und dennoch verlangte sie nach mehr – fühlte, wie auch ihr Körper immer noch mehr wollte, ja alles wollte. Nur ein einziges Mal … Dieser Gedanke bemächtigte sich ihrer. Sie konnte ihm nachgeben, konnte die Freuden erleben, die sie jetzt nur ahnte. Nur einmal. Und dann …

Mit einem Aufstöhnen riss sie ihre Lippen von seinen los und barg ihr Gesicht an seiner Schulter. Einmal mit Blake – das würde sie ihr ganzes Leben verfolgen.

»Komm mit nach oben«, murmelte er an ihrem Ohr. Dann bog er ihren Kopf zurück und bedeckte ihr Gesicht mit Küssen. »Komm mit mir nach oben, wo wir uns richtig lieben können, June. Ich möchte dich in meinem Bett haben, sanft, nackt und ganz mein.«

»Blake …« Sie wandte das Gesicht ab und versuchte tief durchzuatmen. Was war nur mit ihr geschehen? »Das ist ein Fehler – für uns beide.«

»Nein.« Er umfasste ihre Schultern und zwang sie, ihn anzusehen. »Das ist richtig – für uns beide.«

»Ich kann mich nicht mit dir einlassen.«

»Das hast du schon längst getan.«

June holte tief Luft. »Nicht weiter als das. Es ist sowieso schon viel mehr, als ich wollte.«

Als sie einen Schritt zurücktreten wollte, hielt er sie fest. »Du musst mir einen Grund nennen, June, einen verdammt guten Grund.«

»Du verwirrst mich«, platzte sie heraus, ehe ihr bewusst wurde, was sie sagte. Dann fluchte sie leise. »Verflixt, ich will mich nicht verwirren lassen.«

»Und ich sehne mich so nach dir.« Seine Stimme klang ungeduldig.

»Da haben wir ein Problem.« Sie fuhr sich mit der Hand durchs Haar.

»Ich will dich haben.« Die Art, wie er das sagte, ließ June mitten in der Bewegung innehalten. »Ich will dich mehr, als ich je eine Frau gewollt habe. Und dieses Gefühl macht mich sehr unsicher.«

»Ein großes Problem«, flüsterte sie.

»Und es gibt nur einen Weg, es zu lösen.«

June brachte ein Lächeln zustande. »Zwei Wege«, berichtigte sie ihn. »Und ich glaube, mein Weg ist der sichere.«

Er strich ihr sanft über die Wange. »Du willst Sicherheit, June?«

»Ja.« Und das ist die Wahrheit, dachte sie. »Ich habe mir eine Menge Ziele gesetzt, Blake. Und mein Instinkt sagt mir, dass du mir dabei im Weg stehen könntest. Ich verlasse mich immer auf meinen Instinkt.«

»Ich habe nicht die Absicht, dir bei deinen Zielen im Weg zu stehen.«

»Trotzdem habe ich einige strenge Regeln. Und eine davon ist, mich nie mit einem Kunden oder einem Geschäftspartner einzulassen. Und gewissermaßen gehörst du in beide Kategorien.«

»Und wie willst du das vermeiden? Intimität zwischen zwei

Menschen entsteht auf die verschiedensten Arten, das hast du doch selbst erlebt.«

Wie konnte sie das ableugnen? Am liebsten wäre June davongelaufen. »Wir haben es zwei Wochen lang geschafft, einander aus dem Weg zu gehen. Und genau das müssen wir eben weiterhin versuchen. Im Augenblick sind wir beide sehr beschäftigt und abgelenkt, da sollte uns das nicht schwerfallen.«

»Und irgendwann einmal wird einer von uns beiden diese Regel durchbrechen.«

Das könnte ich sein, genauso gut wie er, dachte June. »Daran kann ich jetzt nicht denken. Ich werde hier unten bleiben und meine Arbeit tun, und du bleibst oben und tust deine.«

»Den Teufel werde ich tun.« Blake machte einen Schritt auf sie zu, als es an der Tür klopfte.

»Mr. Cocharan, da ist ein Telefongespräch für Sie. Ihre Sekretärin sagt, es sei dringend.«

Nur mühsam unterdrückte Blake seine Wut. »Ich komme.« Er sah June eindringlich an. »Wir beide sind noch nicht fertig miteinander.«

Erst als er an der Tür war, sprach June. »Ich kann dieses Restaurant in einen Palast verwandeln oder in einen Schnellimbiss. Du hast die Wahl.«

Er wandte sich zu ihr um. »Erpressung?«

»Du brauchst nur das zu tun, was ich will, Blake, dann sind alle glücklich.«

»Du gewinnst, June.« Er nickte. »Für heute.«

Als die Tür hinter Blake ins Schloss gefallen war, sank June auf ihren Stuhl. Sie mochte ihm diesmal überlegen gewesen sein, aber das Spiel war noch lange nicht vorbei.

June arbeitete noch eine weitere Stunde, ehe sie wieder in die Küche zurückging. Noch zwei Stunden, dann würde der Ansturm zum Mittagessen einsetzen, dann würden wieder Panik und Verwirrung herrschen.

Erst als ihr der Duft der Speisen in die Nase stieg, bemerkte June, dass sie noch nichts gegessen hatte. Sie könnte gleich zwei Fliegen mit einer Klappe schlagen, dachte sie, als sie in den Schränken zu suchen begann. Sie würde etwas zu essen finden und gleichzeitig feststellen, wie gut die Vorratshaltung war.

Über Letzteres konnte sie sich nicht beklagen, stellte sie fest. Max besaß doch eine Reihe ausgezeichneter Eigenschaften. Schade, dass Aufgeschlossenheit nicht dazugehörte. Einen Schrank nach dem anderen öffnete sie, doch sie fand nicht, wonach sie suchte.

»Miss Lyndon?«

Beim Klang von Max' Stimme schloss June langsam den Schrank. Sie brauchte sich erst gar nicht umzudrehen, um seinen höflichen Gesichtsausdruck und den ablehnenden Zug um seinen Mund zu sehen. Irgendwann werde ich ihn mir einmal vornehmen müssen, dachte sie, doch im Augenblick war sie zu müde und außerdem hungrig.

»Vielleicht kann ich Ihnen helfen, wenn Sie mir sagen, was Sie suchen.«

»Eigentlich wollte ich mir unsere Vorräte ansehen, gleichzeitig habe ich aber auch nach einem Glas Erdnussbutter gesucht.« Sie schloss die Schranktür und öffnete die nächste. »Ich sehe, die Vorratshaltung ist ausgezeichnet organisiert.«

»Meine ganze Küche ist ausgezeichnet organisiert«, erklärte Max steif. »Sogar mit all dieser ... Umbauarbeit.«

»Der Umbau ist fast fertig, die neuen Herde arbeiten sicher sehr gut.«

»Es gibt Menschen, für die ist das Neue immer besser.«

»Es gibt Menschen«, gab sie zurück, »für die ist der Fortschritt das Todesurteil. Wo finde ich die Erdnussbutter, Max?«

»Unten. So etwas haben wir für Kindermenüs immer zur Hand.«

»Gut.« June bückte sich und fand die Erdnussbutter. »Möchten Sie auch ein Brot?«

»Nein, danke. Ich muss arbeiten.«

June nahm sich zwei Scheiben Brot und strich die Erdnussbutter darauf. »Morgen um neun möchte ich mit Ihnen den neuen Speiseplan in meinem Büro besprechen.«

»Um neun habe ich immer sehr viel zu tun.«

»Nein«, korrigierte sie ihn. »Von sieben bis neun haben Sie viel zu tun, dann lässt es ein wenig nach, vor allem mitten in der Woche, bis zum Mittagessen. Um neun Uhr also«, wiederholte sie. »Und jetzt entschuldigen Sie mich, ich brauche noch Gelee für meine Brote.«

Sie ließ Max einfach stehen. Dieser aufgeblasene, engstirnige Kerl, dachte sie, während sie ein Glas Gelee aus einem der großen Eisschränke nahm. Solange er so steif und kompromisslos war, würde die Zusammenarbeit schwierig sein. Mehr als einmal hatte sie bis jetzt schon erwartet, dass er kündigen würde – und auch wenn sie das nicht gern zugab, es hatte Zeiten gegeben, da hatte sie es sich gewünscht.

Die Veränderungen in der Küche zeigen bereits ihre Wirkung, dachte June, als sie in ihr Brot biss. Es war nicht schwer, festzustellen, dass die neuen Herde und die bessere Ausrüstung den Ablauf der Zubereitung einfacher machten und auch die Qualität der Speisen dadurch verbessert wurde. Noch einmal biss sie in ihr Brot, als sie hinter sich aufgeregte Stimmen hörte.

»Max wird wütend sein. Wüüüütend!«

»Aber er kann nichts daran ändern.«

Vielleicht war es der unterschwellige Triumph in diesen letzten Worten, der sie aufhorchen ließ. Als sie sich umwandte, sah sie zwei Köche, die die Köpfe zusammensteckten. »Worüber wird Max wütend sein?«, fragte sie.

Die beiden Gesichter wandten sich ihr zu. »Vielleicht sollten Sie es ihm sagen, Miss Lyndon«, meinte einer von ihnen nach kurzem Nachdenken. »Julio und Georgia sind zusammen weggelaufen, wir haben es gerade von Julios Bruder gehört. Sie sind nach Hawaii.«

Julio und Georgia? Waren das nicht zwei Köche, die in der Schicht von vier bis elf arbeiteten? Ein Blick auf die Uhr sagte June, dass die beiden schon eine Viertelstunde zu spät waren.

»Dann werden sie heute sicher nicht kommen.«

»Sie sind abgehauen.« Einer der beiden Köche schnippte mit den Fingern. »Einfach so.« Er blickte zu Max hinüber. »Max wird an die Decke gehen.«

»Das wird das Problem auch nicht lösen«, murmelte June. »Also fehlen in dieser Schicht zwei Leute.«

»Drei«, berichtigte der andere Koch sie. »Charlie hat angerufen und sich krankgemeldet.«

»Wunderbar!« June aß den letzten Rest ihres Brotes, dann krempelte sie ihre Ärmel auf. »Der Rest der Schicht macht sich dann besser an die Arbeit.«

Über ihre Jeans und den Pullover zog sie eine Schürze und nahm dann einen Platz in der Reihe der anderen Köche ein. Es wird Zeit, dass die Lautsprecher eingebaut werden, dachte sie, als sie die große Schüssel mit Kuchenteig anrührte. Einmal konnte sie in einem Notfall ohne Chopin auskommen, aber nicht zweimal. Ausgeschlossen!

Sie schob gerade mehrere Schichten Schwarzwälder Kirschkuchen in den Ofen, als Max hinter sie trat. »Kochen Sie sich jetzt auch noch einen Nachtisch?«, wollte er wissen.

»Nein.« June stellte die Zeituhr ein und machte sich dann an die Zubereitung der »Mousse au Chocolat«. »Wie es scheint, hat es eine Hochzeit gegeben und eine Krankheit – auch wenn ich nicht glaube, dass das eine mit dem anderen zu tun hat. Wir haben heute Abend nicht genug Leute, also werde ich die Nachspeisen zubereiten, Max. Und ich unterhalte mich nicht, während ich arbeite.«

»Hochzeit? Was für eine Hochzeit?«

»Julio und Georgia sind zusammen weggelaufen nach Hawaii, und Charlie ist krank. Im Augenblick muss ich mich mit dieser Mousse beschäftigen.«

»Weggelaufen!«, explodierte er. »Ohne meine Erlaubnis?«

Sie sah ihn über die Schulter hinweg an. »Ich nehme an, Charlie hätte Sie auch vorher fragen sollen, ob er krank werden darf. Sparen Sie sich Ihre Hysterie, sorgen Sie lieber dafür, dass jemand für mich Äpfel schält. Ich möchte danach eine ›Charlotte de Pommes‹ machen.«

»Jetzt ändern Sie auch noch meinen Speiseplan!«, rief er.

June wirbelte herum, in ihren Augen blitzte es gefährlich. »Ich muss in allerkürzester Zeit ein Dutzend verschiedener Nachspeisen machen. Ich würde Ihnen raten, mir dabei aus dem Weg zu gehen, denn ich bin nicht gerade für meine Höflichkeit bekannt, während ich koche.«

Er holte tief Luft und reckte sich dann. »Wir werden sehen, was Mr. Cocharan dazu zu sagen hat.«

»Großartig. Halten Sie ihn mir vom Leib für die nächsten drei Stunden, sonst wird jemand eine Ladung Schlagsahne ins Gesicht bekommen.« June wandte sich abrupt um und begann zu arbeiten.

Sie hatte keine Zeit, jede einzelne Nachspeise mit der nötigen Sorgfalt fertigzustellen. Später würde sie diese Stunden als Fließbandarbeit betrachten, doch im Augenblick war sie zu sehr unter Zeitdruck, um überhaupt an etwas zu denken. Im Augenblick musste sie die Arbeit von zwei Leuten in kürzester Zeit erledigen.

Sie kümmerte sich nicht um das Menü, sondern bereitete das zu, was sie ohne große Vorbereitungen machen konnte. Die Gäste an diesem Abend werden eine Überraschung erleben, dachte sie, als sie die zweite Schwarzwälder Kirschtorte garnierte, aber es würde eine angenehme Überraschung werden. Schnell gab sie die Kirschen auf die Torte und ärgerte sich, weil sie sich so sehr beeilen musste. Es ist unmöglich, etwas Besonderes zu schaffen, wenn man unter Zeitdruck steht, dachte sie und murmelte ärgerlich vor sich hin.

Um sechs Uhr hatte June alles gebacken und konzentrierte sich auf die letzten Handgriffe einer ganzen Reihe von Nachspeisen, mit der man eine ganze Armee füttern konnte. Schokoladencreme hier, Schlagsahne dort, als Garnitur einen Löffel Gelee oder Marmelade. Ihr war heiß, Arme und Schultern schmerzten. Ihre Schürze war nicht mehr weiß, sie war beschmiert und voller Flecken. Niemand sprach sie an, da sie sowieso nicht antwortete. Niemand kam in ihre Nähe, weil niemand sich der Gefahr aussetzen wollte, angefahren zu werden.

Von Zeit zu Zeit bedeutete sie mit einer Handbewegung, dass man die fertigen Speisen wegbringen konnte. Gesprochen wurde nur leise, und zwar so, dass sie es nicht hörte. Niemand vom Personal der Küche hatte June Lyndon bis jetzt in Aktion gesehen.

»Probleme?«

June hatte Blakes leise Stimme hinter sich gehört, aber sie antwortete nicht. »Autos macht man so«, murmelte sie schließlich. »Aber keine Nachspeisen.«

»Berichte aus dem Restaurant sind aber noch mehr als begeistert.«

June brummte nur und rollte Teig für kleine Törtchen aus. »Wenn ich das nächste Mal in Hawaii bin, werde ich Julio und Georgia suchen und sie mit den Köpfen aneinanderschlagen.«

»Du bist wohl ein wenig gereizt, wie?«, murmelte er und erntete dafür nur einen vernichtenden Blick. »Und dir ist heiß.« Er legte eine Hand an ihre Wange. »Wie lange bist du denn schon bei der Arbeit?«

»Seit kurz nach vier.« Sie schob seine Hand beiseite und schnitt dann den Teig für die Törtchen zurecht. Blake sah ihr erstaunt zu, noch nie zuvor hatte er sie so schnell arbeiten gesehen. »Geh weg.«

Er trat einen Schritt zurück, beobachtete sie jedoch weiter. Wenn er richtig rechnete, hatte sie in dem fensterlosen Vorratsraum sechs Stunden lang über ihren Papieren gesessen und war jetzt seit beinahe drei Stunden mit der Zubereitung der Nachspeisen beschäftigt. Dafür ist sie viel zu zart, dachte er, zu zerbrechlich.

»June, kann jetzt nicht jemand anderes weitermachen? Du solltest dich ausruhen.«

»Niemand rührt meine Nachspeisen an.« Sie hatte die Worte in einem solch befehlenden Ton ausgesprochen, dass das Bild von der zerbrechlichen Blume verschwand. Trotzdem musste Blake grinsen.

»Kann ich etwas für dich tun?«

»In einer Stunde möchte ich Champagner. Dom Pérignon, Jahrgang 73.«

Er nickte, und dann kam ihm ein Gedanke. Sie duftete wie die Nachspeisen, die auf dem Tisch vor ihr aufgereiht standen. Versuchend, köstlich. Seit er sie kennengelernt hatte, hatte Blake festgestellt, dass er eine Schwäche für Süßspeisen besaß. »Hast du gegessen?«

»Ein Sandwich, vor einigen Stunden«, antwortete sie ärgerlich. »Glaubst du etwa, ich könnte jetzt etwas essen?«

Er blickte auf die Ansammlung von Kuchen und Törtchen. Der Duft von gebratenem Fleisch stieg ihm in die Nase. Blake schüttelte den Kopf. »Nein, natürlich nicht. Ich komme gleich wieder.«

June murmelte etwas, dann schob sie den Boden für die Törtchen in den Ofen.

7. Kapitel

Um acht Uhr war June fertig, und sie war nicht gerade in ausgezeichneter Stimmung. Beinahe vier Stunden lang war sie beschäftigt gewesen. Oft schon hatte sie zweimal so lange gebraucht für ihre Kreationen, hatte sich doppelt angestrengt, um nur eine einzige Speise zur Perfektion zu bringen. Das war Kunst. Dies hier war jedoch harte Arbeit gewesen.

Sie fühlte keinen Triumph, keine Befriedigung, sie war einfach nur müde. In diesem Augenblick wäre sie froh gewesen, nie wieder eine Küche von innen sehen zu müssen.

»Es sollte genug sein für die Gäste vom Abendessen und auch für den Zimmerservice die Nacht über«, sagte sie zu Max, als sie ihre verschmierte Schürze abnahm. Dabei sah sie kritisch die Obsttorten an, die vor ihr standen. Mehr als eine davon war nicht unbedingt perfekt, und wenn sie genug Zeit gehabt hätte, hätte sie diese aussortiert und neu gebacken. »Gleich morgen früh soll sich jemand darum kümmern, dass zwei zusätzliche Nachspeisen-Köche eingestellt werden.«

»Mr. Cocharan hat sich bereits darum gekümmert.« Max hatte nicht die Absicht nachzugeben, auch wenn er bewundert hatte, wie June die Krise gemeistert hatte. Er blieb bei seiner Ablehnung ihr gegenüber, obwohl er insgeheim zugeben musste, dass sie die besten Kuchen backte, die er je gekostet hatte.

»Gut.« June fuhr sich mit der Hand über den Nacken. »Dann bis neun Uhr morgen früh in meinem Büro, Max. Wir wollen sehen, ob wir die Organisation der Küche nicht ein wenig straffen können. Jetzt werde ich nach Hause gehen und mich bis morgen früh in ein heißes Bad legen.«

Blake hatte an der Wand gelehnt und ihr bei der Arbeit zugesehen. Es war faszinierend zu sehen, wie aus der Künstlerin eine harte Arbeiterin geworden war.

Zwei Dinge hatte sie ihm gezeigt, die er nicht von ihr erwartet hatte, eine Schnelligkeit und den Verzicht auf spektakuläre Gesten, wenn die Situation es erforderte, sowie eine ruhige Akzeptanz des empfindlichen Verhaltens von Max. Auch wenn sie oft die Rolle der Primadonna spielte – wenn es nötig war, wusste sie, was es zu tun galt.

Er trat ein paar Schritte vor. »Darf ich dich jetzt nach Hause fahren?«

June zog die Haarnadeln aus dem Haar, mit denen sie ihr Haar hochgesteckt hatte, während sie arbeitete. »Ich habe meinen Wagen draußen.«

»Und ich meinen.« Ihre kühle, abweisende Haltung war noch immer da, selbst, wenn sie lächelte.

»Und eine Flasche Dom Pérignon, Jahrgang 73. Mein Fahrer kann dich morgen früh zu Hause abholen.«

Sie versuchte, sich einzureden, dass sie nur an dem Champagner interessiert war. »Gut gekühlt?«, fragte sie und zog die Augenbraue hoch. »Ich meine, der Champagner.«

»Selbstverständlich.«

»Einverstanden, Mr. Cocharan. Bei Champagner kann ich nie Nein sagen.«

»Der Wagen steht am Hintereingang.«

Blake nahm Junes Hand und zog sie aus der Küche. »Darf ich sagen, dass ich sehr beeindruckt war von dem, was du heute Abend geleistet hast?«

June war es gewöhnt, gelobt zu werden, sie erwartete es sogar. Und doch konnte sie sich nicht erinnern, sich schon einmal über ein Lob so sehr gefreut zu haben. Sie zuckte mit den Schultern. »Ich habe es mir zum Ziel gesetzt, die Menschen zu beeindrucken.«

Wenn sie nicht so müde gewesen wäre, hätte er sie nicht so leicht durchschauen können. Als sie am Wagen angekommen waren, fasste Blake sie bei den Schultern. »Du hast sehr hart gearbeitet da drinnen.«

»Das ist ein Teil meiner Aufgabe.«

»Nein«, antwortete er. »Dafür habe ich dich nicht eingestellt.«

»Als ich den Vertrag unterschrieb, wurde das meine Küche. Und was aus dieser Küche herausgeht, muss meinem Standard entsprechen, muss zu meiner Zufriedenheit sein.«

»Das ist aber kein einfacher Job.«

»Du wolltest doch nur das Beste.«

»Und offensichtlich habe ich das auch bekommen.«

Sie lächelte, obwohl sie sich im Augenblick nichts sehnlicher wünschte, als sich hinzusetzen. »Du hast es bekommen. Und was hast du von dem Champagner gesagt?«

Er öffnete die Tür des Wagens für sie. »Du duftest nach Vanille«, sagte er, als sie einstieg.

»Das habe ich mir auch verdient.« Mit einem Seufzer sank sie in die Polster. Champagner, dachte sie, ein heißes Bad mit viel Schaum und dann die kühlen Laken ihres Bettes. »Wahrscheinlich isst da drinnen gerade jemand das erste Stück meiner Schwarzwälder Kirschtorte«, murmelte sie.

Blake setzte sich hinter das Lenkrad. »Ist das nicht ein eigenartiges Gefühl, dass ein Fremder das isst, womit du dir so viel Mühe gegeben hast?«

»Eigenartig?« June reckte sich und schmiegte sich dann in die weichen Polster. »Ein Maler malt sein Bild für alle die, die es ansehen wollen, ein Komponist schreibt seine Symphonie für alle die, die sie hören wollen.«

»Das stimmt.« Blake fädelte sich mit dem Wagen in den dichten Verkehr ein. »Aber wäre es nicht schöner, du wärst dabei, wenn deine Nachspeisen serviert werden?«

June schloss die Augen und entspannte sich zum ersten Mal seit Stunden. »Wenn man in seiner eigenen Küche für Freunde oder Verwandte kocht, ist es vielleicht befriedigend, wenn man sieht, dass es den anderen schmeckt. Aber das ist dann entweder Pflicht oder Vergnügen, wenn man kocht, kein Beruf.«

»Du isst sehr selten das, was du kochst, stimmt's?«

»Warum halten wir hier?«

»Du bist doch sicher hungrig.«

»Nach der Arbeit bin ich immer hungrig.« Als sie den Kopf wandte, erkannte sie die Leuchtreklame einer Pizzeria.

»Da ich deinen Geschmack mittlerweile kenne, dachte ich, das sei die perfekte Ergänzung zu dem Champagner.«

June grinste, die Müdigkeit schien plötzlich vom Hunger verdrängt worden zu sein. »Absolut perfekt.«

»Warte einen Augenblick.« Er stieg aus. »Ich habe vorher hier anrufen lassen und die Pizza schon bestellt, als ich sah, dass du mit deiner Arbeit beinahe fertig warst.«

Dankbar lehnte sie sich in den Sitz zurück und schloss die Augen. Wann habe ich das letzte Mal jemandem erlaubt, mich zu umsorgen? überlegte sie. Wenn sie sich recht erinnerte, war sie acht Jahre alt gewesen und hatte mit Windpocken im Bett gelegen. Unabhängigkeit war immer von ihr erwartet worden, von ihren Eltern und auch von ihr selbst. Doch an diesem Abend genoss sie das Gefühl, dass jemand anders sie umsorgte.

June musste zugeben, dass sie das von Blake Cocharan nicht erwartet hatte. Schließlich hatte er selbst einen harten Tag hinter sich. Sie erinnerte sich daran, wie müde er schon am Nachmittag ausgesehen hatte. Und doch hatte er gewartet, lange nachdem er eigentlich hätte nach Hause gehen können. Er hatte gewartet, bis sie mit ihrer Arbeit fertig gewesen war.

Blake Cocharan der Dritte hielt offensichtlich noch einige Überraschungen für sie bereit, stellte sie fest.

Als Blake mit der Pizza zurückkam, stieg ihr der Duft in die Nase. »Danke.« Tief atmete June das würzige Aroma ein.

»Ich hätte schon viel früher einmal Pizza versuchen sollen.«

Mit geschlossenen Augen lehnte sie in ihrem Sitz. »Vergiss aber den Champagner nicht. Diese beiden sind meine größten Schwächen.«

»Ich werde es nicht vergessen.« Blake fuhr wieder los. Er überlegte, dass sie wohl genauso reagiert hätte, wenn er ihr einen Zobelmantel oder eine Diamanthalskette geschenkt hätte. Für June war nicht das Geschenk wichtig, es war die Art des Schenkens. Und der Gedanke gefiel ihm. Sie ließ sich nicht leicht beeindrucken, aber es war auch nicht schwer, ihr eine Freude zu machen.

June entspannte sich vollkommen, etwas, was sie sonst nur tat, wenn sie ganz allein war. Auch wenn sie die Augen geschlossen hatte, so war sie doch nicht länger schläfrig, sie war ganz wach. Sie brauchte nur tief einzuatmen, um den Duft der Pizza zu riechen, und auch wenn der Wagen geräumig war, so fühlte sie doch die Anwesenheit von Blake, spürte die Wärme, die von seinem Körper ausging.

Angenehm, dachte sie. Es war so angenehm, dass sie zur Vorsicht oder zur Abwehr gar keine Notwendigkeit empfand. Schade, dass sie nicht einfach ohne Ziel so weiterfahren konnten ...

Seltsam, nie zuvor hatte sie etwas ohne Ziel getan ... Und dennoch verspürte sie jetzt den Wunsch, immer weiterzufahren ... an einem endlosen, verlassenen Strand entlang, mit dem Mond, der sich im Wasser spiegelte, weißem Sand ... Man würde die Wellen rauschen hören und Hunderte von Sternen sehen, die man in der Stadt nie sah, man würde die salzige Luft einatmen und warme, feuchte Luft auf der Haut fühlen.

Sie registrierte, wie der Wagen abbog und dann anhielt. Noch einen Augenblick lang hielt sie an ihrer Fantasie fest.

»Woran denkst du?«

»An den Strand«, antwortete sie. »Sterne.« Doch dann kehrte sie mit einem Ruck in die Wirklichkeit zurück, überrascht, dass sie solch romantische Gedanken überhaupt haben konnte.

»Ich nehme die Pizza«, erklärte sie und stieg aus. »Du kannst den Champagner mitbringen.«

Er legte eine Hand auf ihren Arm, als sie aussteigen wollte, und hielt sie fest. »Magst du den Strand?«, fragte er.

»Darüber habe ich eigentlich noch nie nachgedacht.« In diesem Augenblick hätte sie am liebsten ihren Kopf an seine Schulter gelegt und mit ihm zusammen beobachtet, wie sich die Wellen am Strand brachen, hätte mit ihm zusammen die Sterne gezählt. Warum nur kamen ihr solch dumme Sachen in den Sinn, die sie noch nie getan hatte? »Mir schien aus irgendeinem Grund diese Nacht wie geschaffen für den Strand«, antwortete sie auf seine Frage und überlegte, ob sie jetzt seine Frage beantwortet hatte oder eher ihre eigene.

»Da es hier keinen Strand gibt, müssen wir uns wohl etwas anderes einfallen lassen. Wie gut ist denn deine Fantasie?«

»Passabel.« Sehr gut sogar, dachte sie bei sich. So gut, dass ihr klar war, wie der Abend enden würde, wenn sie sich nicht zusammenriss. »Im Augenblick stelle ich mir vor, dass die Pizza kalt wird und der Champagner warm.« Sie öffnete die Autotür und stieg mit der Pizza in der Hand aus. Im Haus lief sie dann die Treppe hinauf.

»Warum hast du dir denn die Wohnung im vierten Stock ausgesucht, wenn der Aufzug doch nie funktioniert?«, wollte er wissen.

Sie lächelte. »Mir gefällt die Aussicht und außerdem die Tatsache, dass Vertretern der Weg bis nach oben meistens zu weit ist.« Sie zog die Schlüssel aus der Tasche.

Als June die Tür geöffnet hatte, stieg der Duft von Rosen Blake in die Nase. Ein Dutzend weißer Rosen stand in einem Korb auf dem Tisch, ein weiteres Dutzend roter Rosen in einer Sèvres-Vase auf der Anrichte. Als Blake sich umsah, entdeckte er noch ein weiteres Dutzend gelber Rosen in einem Krug und ein Dutzend rosafarbener Rosen in einer Vase aus venezianischem Glas.

»Hast du in einem Blumenladen das Sonderangebot ausgenutzt?«

June stellte die Pizza auf den Tisch. »Ich kaufe nie Blumen für mich selbst. Diese hier sind von Enrico.«

Blake holte den Champagner aus der Tüte. »Alle?«

»Er übertreibt immer ein wenig – Enrico Gravanti –, vielleicht hast du schon einmal von ihm gehört. Italienische Schuhe und Taschen.«

Er ist zweihundert Millionen Dollar schwer, dachte Blake. »Ich habe gar nicht gewusst, dass er in der Stadt ist. Er wohnt nämlich sonst immer im Cocharan-Hotel.«

»Nein, er ist in Rom«, erklärte June. »Er hat mir die Rosen geschickt, weil ich zugestimmt habe, ihm im nächsten Monat seinen Geburtstagskuchen zu machen.«

»Vier Dutzend Rosen für nur einen Kuchen?«

»Fünf Dutzend.« June hatte Teller und Gläser geholt und stellte jetzt alles auf den Tisch. »Im Schlafzimmer steht noch ein Dutzend. Aber immerhin ist es ja auch ein Kuchen von mir.«

Blake nickte, dann öffnete er den Champagner. »Ich nehme also an, du wirst nach Italien fahren, um den Kuchen zu backen.«

»Per Luftfracht werde ich ihn wohl kaum schicken.« Sie sah zu, wie er die goldene Flüssigkeit in die Gläser goss. »Ich werde wahrscheinlich zwei Tage in Rom sein, höchstens drei.« Sie hob das Glas und nippte daran mit geschlossenen Augen. »Ausgezeichnet.« Dann öffnete sie die Augen wieder. »Ich verhungere.« Sie öffnete den Karton mit der Pizza. »Peperoni.«

»Irgendwie dachte ich, es passt zu dir.«

Sie lachte und servierte dann die Pizza. Blake zündete die drei schmalen, langen Kerzen an, die auf dem Tisch standen. »Champagner und Pizza, dazu braucht man Kerzenlicht, findest du nicht auch?«

»Wenn du meinst.« Sie biss in das erste Stück der Pizza. »Hmmm, wunderbar.«

»Ist dir eigentlich schon aufgefallen, dass wir die meiste Zeit, die wir zusammen sind, mit Essen verbringen?«

»Hmm – aber ich genieße es. Ich finde, es ist ein Vergnügen, es gibt einem etwas.«

»Meistens überflüssige Pfunde.«

Sie zuckte mit den Schultern. »Genießen sollte man nur in kleinen Dosen. Es ist die Gier, die die überflüssigen Pfunde bringt, die jemanden unglücklich macht.«

»Dann bist du also nie gierig?«

Sie erinnerte sich, dass es genau das war, was sie gefühlt hatte, als sie in seinen Armen lag. Doch sie hatte sich zurückgehalten. »Nein«, antwortete sie daher. »In meinem Beruf wäre das entsetzlich.«

June legte Blake ein zweites Stück Pizza auf den Teller. Jetzt musste sie vorsichtig sein, denn die Unterhaltung begann, sich in gefährliche Bahnen zu bewegen. »Ich esse lieber einen einzigen Löffel eines köstlichen Schokoladensoufflés als einen ganzen Teller einer Mahlzeit, die keinen Geschmack hat.«

Blake biss in seine Pizza. »Und die hat Geschmack?« June lächelte. Offensichtlich war dies nicht die Art Essen, die er gewohnt war. »Eine ausgezeichnete Mischung von Gewürzen, vielleicht ein wenig zu viel Oregano, genau die richtige Menge Käse, dazu die Peperoni. Beinahe eine unvergessliche Mahlzeit.«

»Ich wüsste etwas anderes, das auch unvergesslich sein könnte«, bemerkte Blake.

June griff nach ihrem Glas, über den Rand des Glases hinweg lachte sie ihn an. »Wir sprechen von Essen, von Geschmack …« Blake nahm ihre Hand und verschränkte seine Finger mit ihren. »Es ist die Erscheinung, die wichtig ist«, sprach June weiter. »Zuerst sagen deine Augen dir, dass du probieren möchtest.« Sein Gesicht war schmal, seine Augen so blau und so bezwingend …

»Und dann steigt ein Duft in deine Nase, verführt dich …«, sprach sie weiter. Auch der Duft seines Rasierwassers war verführerisch.

»Du hörst, wie Champagner in einem Glas perlt, und du hast den Wunsch, ihn zu probieren …« Oder diese Art, wie er ihren Namen aussprach, leise und zärtlich.

»Und nach all dem«, vervollständigte sie für ihn, und ihre Stimme klang ein wenig rau, »probierst du, schmeckst.« Seine Lippen versprachen ihr einen Geschmack, den sie nicht vergessen konnte.

»Also …« Er hob ihre Hand und küsste die Innenfläche. »Dein Rat ist also, jeden Aspekt dieser Erfahrung auszukosten, um den höchsten Genuss zu erreichen.« Er drehte ihre Hand um und fuhr mit der Zungenspitze über die Fingerknöchel. »Und würdest du nicht auch zustimmen, dass das richtige Umfeld dazu beiträgt, die Erfahrung zu fördern? Kerzenlicht, zum Beispiel.«

Sein Gesicht war ihrem jetzt ganz nahe, Licht und Schatten spielten darauf. Mit einem Finger strich er über ihre Wange. »Das nennt man dann Romantik.«

»Ja«, bestätigte sie gepresst. Der Champagner stieg ihr zu Kopf, sie fühlte sich leicht und beschwingt. Sie erinnerte sich nicht daran, dass sie sich selbst geschworen hatte, so etwas nicht mehr zuzulassen.

»Für manche Menschen ist Romantik nun mal etwas sehr Elementares.«

»Hmmm«, murmelte sie, als er seine Lippen dem Weg seines Fingers folgen ließ.

»Aber für dich nicht.« Er knabberte jetzt sanft an ihrer Unterlippe.

»Nein, für mich nicht.« Doch ihr Seufzer war so sanft und nachgiebig wie ihre Lippen.

»Eine sehr praktische Frau.« Er zog sie hoch, um sie in seine Arme nehmen zu können.

»Ja.« Sie bog den Kopf zurück und bot ihm ihren Mund.

»Kerzenlicht kann dich also nicht rühren?«

»Es ist eine sehr attraktive Erfindung.« Sie schlang die Arme um seinen Hals. »Man lernt als Küchenchef, dass solche Dinge den Mahlzeiten die richtigen Stimmungen geben.«

»Und es würde dir nichts ausmachen, wenn ich dir sagte, dass du schön bist? Im Sonnenlicht, wenn deine Haut makellos ist – im Kerzenlicht, wenn sie schimmert wie Porzellan. Es würde dir nichts ausmachen«, er küsste ihren Hals, »wenn ich dir sagte, dass du mich erregst wie noch nie eine Frau zuvor? Dich nur anzusehen, weckt den Wunsch in mir, dich zu besitzen, dich zu berühren, macht mich verrückt.«

»Worte«, gab sie zurück, obwohl seine Worte sie schwindlig machten. »Ich brauche nicht …«

Und dann schloss er seine Lippen über ihren. Dieser lange, eindringliche Kuss strafte all ihre Worte Lügen. An diesem Abend wollte sie die Romantik leiser Worte und des Kerzenlichtes, obwohl sie einen solchen Wunsch noch nie zuvor gehabt hatte. Sie wollte, dass er sie liebte, langsam und genießerisch, sodass alle ihre Gedanken ausgelöscht würden und dass ihr Körper glühte. Heute Abend gab es für sie nur noch das Verlangen. Wenn es morgen Konsequenzen gab, der morgige Tag war noch so weit weg. Doch Blake war hier.

Sie wehrte sich nicht, als er sie hochhob. Wenn auch nur für eine kurze Zeit, so würde sie heute Abend doch sanft und zerbrechlich sein. Sie hörte, wie er die Kerzen ausblies. Der Geruch des Wachses folgte ihnen bis ins Schlafzimmer.

Silbernes Mondlicht fiel ins Zimmer, der Duft von Rosen lag in der Luft. Aus der Wohnung unter ihnen drangen Klänge der Musik von Beethoven bis zu ihnen hinauf.

June lächelte. Atmosphäre, dachte sie. Wenn sie eine Liebesnacht geplant hätte, die Umstände hätte sie nicht besser arrangieren können. Vielleicht … sie zog ihn zu sich hinunter … vielleicht war es ja Schicksal.

Sie sah in seine Augen, seine dunkelblauen Augen, mit denen er sie unverwandt anblickte, während er mit einem Finger die Umrisse ihres Gesichtes nachzeichnete. Hatte ihr je zuvor schon einmal jemand solche Zärtlichkeit geschenkt? Hatte sie das überhaupt gewollt?

Nein. Und doch – jetzt hatte sich all das geändert. Sie verlangte nach dieser neuen Erfahrung, der Süße, die sie bis jetzt immer abgelehnt hatte, und sie verlangte nach dem Mann, der ihr all das schenken konnte.

Sie nahm sein Gesicht in beide Hände und sah ihn an. Dies war der Mann, der schon bald ihren Körper genau kennen würde – und auch ihre Schwächen. Vielleicht hätte sie noch gezweifelt, hätte sich all die Hinderungsgründe ins Gedächtnis gerufen, wäre das Verlangen nach ihm nicht so groß gewesen.

»Küss mich noch einmal«, murmelte sie. »Noch nie hat mich jemand so geküsst wie du.«

Ein heißes Glücksgefühl durchströmte Blake. Langsam senkte er den Kopf, berührte ihre Lippen ganz sanft, spielerisch, las in ihrem Blick, wie ihr Verlangen wuchs. Wie hätte er vorher wissen sollen, dass sie noch viel schöner war im Mondlicht, wenn ihr Haar auf dem Kissen ausgebreitet war? Wie hätte er wissen sollen, dass er beinahe schmerzlich nach ihr verlangte, so wie noch nie zuvor nach einer anderen Frau? War es wirklich nur noch Verlangen, das er fühlte, oder hatte er irgendwann eine unsichtbare Linie überschritten? Doch jetzt gab es dafür keine Antworten. Die Antworten blieben für den hellen Tag.

Mit einem leisen Aufstöhnen wurde sein Kuss drängender, und er fühlte, wie ihr Körper unter ihm nachgiebig wurde. Die Leidenschaft in ihm wurde immer brennender, allerdings noch immer gedämpft durch die Zärtlichkeit, mit der sie einander küssten.

June streichelte sein Gesicht, seinen Hals und spielte dann mit seinem Haar, während er ihr Gesicht mit Küssen bedeckte.

Nie zuvor hatte sie einen Mann gekannt, der eine solche Geduld besaß, der sie mit Küssen und Berührungen allein so erregen konnte, dass nichts anderes mehr für sie zu existieren schien.

Berühre mich! Er schien sie verstanden zu haben, auch wenn sie die Worte nicht ausgesprochen hatte. Seine Hände glitten, noch immer langsam, ohne Eile, über ihre Schultern, hin zu ihren Brüsten – bis es dann für sie beide nicht mehr länger genug war. Ohne ein Wort begannen sie, einander zu entkleiden.

Das Mondlicht fiel auf nackte Haut. June streichelte Blakes Brust, sie erforschte seinen muskulösen Körper. Auch Blake streichelte sie, und selbst als das letzte Kleidungsstück gefallen war, beeilten sie sich noch immer nicht. Es gab so vieles zu berühren, zu schmecken – und die Zeit hatte keine Bedeutung mehr für sie.

Eine leichte Brise wehte durch das offene Fenster herein, doch sie spürten es nicht. Unter Blakes Berührungen schien ihr Körper zu brennen, und als er mit seinen Lippen die Spur seiner Hände nachzog, drohte das Verlangen in June übermächtig zu werden.

Ihre Bewegungen wurden drängender, leise stöhnten sie auf, zitterten, flüsterten atemlos gegenseitig ihre Namen. Blake hatte nicht gewusst, dass auch er sich führen lassen konnte, doch jetzt führte einer den anderen, höher und immer höher.

June fühlte, wie alles um sie herum versank, nur noch ganz schwach drang die Musik in ihr Bewusstsein. Auch der Duft der Rosen war nicht mehr wichtig, für sie zählte nur noch der Duft seines Rasierwassers, der sie einhüllte. Solange er nur bei ihr war, würde sie fühlen, was sie fühlen sollte, würde sie hingehen, wo sie hingehen sollte. Es war nicht nur körperliche Erregung, die sie fühlte, es war etwas, tief in ihrer Seele, etwas, dem sie nicht widerstehen konnte. Ihr Körper, ihr Herz und auch ihre Seele verlangten nach ihm.

Mit dem Flüstern seines Namens nahm sie ihn in sich auf. Und dann war für sie beide die Erregung so groß, dass die

Realität um sie herum versank. Wie ein Sturm durchfuhr es sie, und zusammen wurden sie in einem mächtigen Strudel davongerissen.

Waren Stunden vergangen oder nur Minuten? June lag in dem silbernen Mondlicht und versuchte, sich zurechtzufinden. Nie zuvor in ihrem Leben hatte sie sich so gefühlt. Befriedigt, erschöpft und glücklich. Nie hätte sie für möglich gehalten, dass man all das zugleich fühlen könnte.

Blakes Kopf lag an ihrer Schulter, sie spürte seinen warmen Atem an ihrer Wange. Die Musik in der Wohnung unter ihnen hatte aufgehört, June glaubte allerdings, das Echo dieser Musik weiterhin zu hören. Blake lag noch immer auf ihr, doch sein Gesicht war wundervoll. Am liebsten hätte sie die Arme um ihn geschlungen und wäre für den Rest ihres Lebens so liegen geblieben. Langsam jedoch schlichen sich die ersten Ängste in ihre Gedanken.

Himmel, wie hatte sie bloß in so kurzer Zeit so weit gehen können? Sie war so sicher gewesen, ihre Gefühle unter Kontrolle halten zu können. Es war nicht das erste Mal, dass sie mit einem Mann zusammen war, aber ihr war klar, dass es das erste Mal gewesen war, dass ein Mann sie geliebt hatte, im wahrsten Sinn des Wortes.

Ein Fehler. Sie zwang sich, an dieses Wort zu denken, obwohl ihr Herz es ablehnte. Sie musste nachdenken, praktisch sein. Hatte sie nicht erlebt, was unkontrollierte Gefühle und Träume aus zwei intelligenten Menschen gemacht hatte? Ihre Eltern waren aus einer Beziehung in die nächste getaumelt, auf der Suche nach … nach was?

Nach diesem hier, sagte ihr ihr Herz, aber ihr Verstand verwarf es schnell wieder. Sie wusste besser, dass sie nicht nach etwas suchen sollte, von dem sie wusste, dass es nicht existierte. Dauerhafte Beziehungen, Verpflichtungen, das waren alles Illusionen. Und für Illusionen gab es in ihrem Leben keinen Platz.

Sie schloss die Augen einen Moment und zwang sich zur Ruhe. Sie war eine erwachsene Frau, intelligent genug, an ein gegenseitiges Verlangen zu glauben, das keine Bindungen verlangte. Nimm es leicht, versuchte sie sich einzureden. Tu nicht so, als wäre es mehr, als es wirklich ist.

Dennoch konnte sie nicht widerstehen, als sie ihm jetzt über das Haar strich und flüsterte: »Eigenartig, wie Pizza und Champagner auf mich wirken.«

Blake hob den Kopf und lächelte sie an. Im Augenblick hatte er das Gefühl, es mit der ganzen Welt aufnehmen zu können. »Ich finde, du solltest es in deinen Speiseplan aufnehmen.« Er küsste sie auf die Schulter. »Ich werde das sicher tun. Willst du noch etwas?«

»Pizza und Champagner?«

Lachend küsste er sie auf den Hals. »Das auch.« Er verlagerte sein Gewicht ein wenig.

Du musst jetzt die Regeln des Spiels bestimmen, versuchte June sich einzureden. Jetzt sofort, ehe … ehe es zu spät ist!

»Ich bin gern mit dir zusammen«, sagte sie leise.

»Und ich mit dir.« Er beobachtete die Schatten an der Decke, hörte den Verkehr draußen, doch er war noch immer erfüllt von ihr.

»Jetzt, nachdem wir zusammen gewesen sind, wird sich das auch auf unsere Zusammenarbeit auswirken, es gibt zwei Möglichkeiten dazu.«

Verwundert sah er sie an. »Zwei Möglichkeiten?«

»Es wird entweder die Spannung zwischen uns verstärken, während wir zusammenarbeiten, oder es wird sie verringern. Ich hoffe, dass es sie verringert.«

Blake runzelte die Stirn. »Was hier geschehen ist, hat absolut nichts mit unserer Zusammenarbeit zu tun.«

»Was auch immer wir zusammen tun, wird sich auf unsere Zusammenarbeit auswirken.« June fuhr sich mit der Zunge über die Lippen und versuchte, einen leichtfertigen Ton anzuschlagen. »Mit dir zu schlafen war ... persönlich ... Aber morgen früh sind wir wieder zwei Menschen, die einander geschäftlich verbunden sind. Daran kann sich nichts ändern – ich denke, es wäre ein Fehler, wenn wir das zuließen.«

Redete sie Unsinn? Ergab das, was sie sagte, einen Sinn? Verzweifelt wünschte sie sich, er würde etwas sagen. »Ich glaube, wir beide wussten, dass es geschehen würde. Und jetzt, wo es geschehen ist, hat es die Situation geklärt.«

»Die Situation geklärt?« Verärgert stützte Blake sich auf seine Ellbogen. »Es hat verdammt mehr bewirkt als nur das, June. Und wir beide wissen das.«

»Lass uns nicht die richtige Perspektive verlieren.« Wie hatte sie nur alles so verkehrt anfangen können, wenn sie sich doch nichts sehnlicher wünschte, als sich in seine Arme zu schmiegen? »Wir sind beide ungebundene, erwachsene Menschen, die sich voneinander angezogen fühlen. Wir sollten voneinander nicht mehr erwarten. Geschäftlich hingegen sieht das ganz anders aus, da müssen wir uns mit unserer vollen Kraft für ein gemeinsames Ziel einsetzen.«

Am liebsten hätte er ihr den Mund zugehalten, doch mit aller Kraft hielt er seine Wut im Zaum. Die Fragen und die Antworten, die er brauchte, würde er sich selbst geben müssen – bald. Bis dahin musste er einen kühlen Kopf bewahren.

»June, ich habe die Absicht, dich sehr oft zu lieben, und wenn ich das tue, kann das Geschäftliche zum Teufel gehen.« Er strich mit der Hand über ihren Körper und spürte, wie sie augenblicklich darauf reagierte. Wenn sie Spielregeln brauchte, dann würde er sie ihr geben. Seine Spielregeln. »Wenn wir zusammen sind, wird es kein Hotel geben und auch kein Restaurant, sondern nur dich und mich. Wenn wir im Cocharan-Hotel sind, kannst du so geschäftsmäßig sein, wie du möchtest.«

Sie war nicht sicher, ob sie ihm zustimmen oder ob sie widersprechen sollte. Also schwieg sie.

»Und jetzt …« Er zog sie an sich. »Jetzt möchte ich dich noch einmal lieben, und dann möchte ich mit dir in meinen Armen einschlafen. Morgen früh um neun Uhr werden wir dann wieder zu unseren Geschäften zurückkehren.«

Jetzt hätte sie etwas sagen können, doch er drückte seine Lippen auf ihren Mund. Morgen war noch so weit weg …

8. Kapitel

Verflixt, es war wirklich zum Verrücktwerden. Blake hatte schon oft gehört, dass Männer sich über Frauen beklagten, sie verständnislos genannt hatten, widersprüchlich und verwirrend. Weil es ihm immer möglich gewesen war, mit Frauen auf einer vernünftigen Ebene umzugehen, hatte er diese Aussprüche nie geglaubt. Bis er June kennenlernte. Er stand von seinem Schreibtischsessel auf und ging zum Fenster.

Als sie sich zum ersten Mal geliebt hatten, war ihm bewusst geworden, dass er noch nie einer Frau begegnet war, die so nachgiebig sein konnte, so sanft. War es nur seine Einbildung gewesen, oder hatte sie ihm wirklich so gehört, wie nur ein Mensch einem anderen gehören konnte? Er hätte schwören mögen, dass sie eine Zeit lang an nichts anderes als an ihn gedacht hatte, nichts anderes gewollt hatte als ihn. Und trotzdem war sie, noch ehe ihre Körper sich abgekühlt hatten, absolut sachlich geworden, so ganz ohne Gefühl.

Verflixt, sollte ein Mann für so etwas nicht dankbar sein? Ein Mann, der die Gesellschaft einer Frau wollte ohne all die Komplikationen, die eine Bindung mit sich brachten? Er konnte sich an andere Situationen erinnern, wo sich Spielregeln als undurchführbar erwiesen hatten, aber jetzt …

Unten auf der Straße ging ein Pärchen vorbei, eng umschlungen. Während er sie beobachtete, lachten sie über etwas, das wahrscheinlich niemand anderes verstehen würde. Sein Instinkt sagte ihm, dass er und June eine Intimität miteinander geteilt hatten, wie sie nur zwischen zwei Menschen möglich war. Es war nicht nur die Vereinigung zweier Körper gewesen, auch ihre Gedanken und ihre Bedürfnisse hatten sich miteinander verwoben. Allerdings – sein Instinkt sagte ihm dieses, sie dagegen hatte etwas ganz anderes behauptet. Und was sollte er jetzt glauben?

Verwirrt wandte er sich vom Fenster ab. Am Abend zuvor war er zu ihrer Wohnung gegangen mit dem Gedanken, sie zu verführen und die Spannung zwischen ihnen zu verringern. Er konnte jedoch nicht leugnen, dass er verführt worden war, nachdem er nur fünf Minuten mit ihr allein gewesen war. Er konnte sie nicht ansehen, ohne nicht sofort den Wunsch zu verspüren, sie zu berühren. Er konnte ihr Lachen nicht hören, ohne zu wünschen, ihre Lippen zu küssen. Und jetzt, nachdem sie sich geliebt hatten, würde keine Nacht vergehen, in der er nicht nach ihr verlangte.

Es musste ein Wort geben, das beschrieb, wie er sich fühlte. Blake war stets wohler, wenn er jedem seiner Gefühle das passende Etikett geben konnte. Wie nannte man das, wenn man an eine Frau dachte, obwohl man an etwas anderes denken sollte? Welchen Namen gab man diesem ständig nagenden Gefühl?

Liebe … Das Wort stahl sich in seine Gedanken. Himmel! Blake sank in seinen Schreibtischsessel und starrte auf die gegenüberliegende Wand. Er liebte sie. Es war so einfach – und so erschreckend. Er wollte bei ihr sein, wollte sie lachen hören, wollte, dass sie vor Verlangen nach ihm zitterte. Er wollte in ihre Augen sehen, wenn sie blitzten vor Erregung und vor Leidenschaft. Er wollte mit ihr zusammen ruhige Abende verbringen und heiße Nächte. Und er war ganz sicher, dass er sich all das auch noch in zwanzig Jahren wünschen würde.

Seit er zum ersten Mal die Treppe von ihrer Wohnung hinuntergegangen war, hatte er an keine andere Frau mehr gedacht. Liebe, wenn man dieses Gefühl überhaupt mit Logik in Verbindung bringen konnte, war die logische Schlussfolgerung. Er nahm eine Zigarette aus dem Etui, steckte sie aber nicht an, sondern starrte nur darauf.

Und was jetzt? fragte er sich. Er liebte eine Frau, die ihm

ihre Gefühle über gegenseitige Verpflichtungen und Bindungen ziemlich deutlich gemacht hatte. Sie wollte nichts davon wissen. Er allerdings glaubte an Beständigkeit, sogar an Romantik, er glaubte an die Ehe – auch wenn er an eine eigene Ehe noch nie gedacht hatte.

Doch plötzlich war alles anders. Er war ein Mann, der viel zu ausgeglichen war, um die Ehe nicht als eine logische Folge der Liebe zu sehen. Mit der Liebe kam der Wunsch nach Stabilität, nach Versprechungen und Dauer. Er wollte June. Blake lehnte sich in seinem Sessel zurück. Er war fest davon überzeugt, dass es immer einen Weg gab, das zu bekommen, was man wollte.

Nur die Erwähnung des Wortes Liebe würde genügen, und June würde wie der Blitz verschwinden. Selbst ihm machte diese Erkenntnis noch einiges Kopfzerbrechen. Es war jedoch alles nur eine Sache der Strategie – wenigstens hoffte er das. Er musste sie einfach davon überzeugen, dass er lebensnotwendig war für sie, dass ihre Beziehung die strengen Regeln durchbrach, die sie sich selbst – und auch ihm – gesetzt hatte.

Offensichtlich war das Spiel noch nicht vorbei, und Blake hatte die Absicht, es zu gewinnen. Mit gerunzelter Stirn machte er sich daran, das Problem zu lösen.

Auch June hatte Probleme. Vier Tassen starker Kaffee hatten sie noch nicht munter gemacht. Zehn Stunden Schlaf waren gerade richtig für sie, auch mit acht Stunden kam sie noch aus. Aber in der vergangenen Nacht hatte sie erheblich weniger Schlaf bekommen, und nun war sie schlecht gelaunt. Zusammen mit der eisigen Ablehnung von Max versprach es kein sehr vergnüglicher Morgen zu werden.

»Indem wir die traditionellen französischen Beilagen zu dem Lammbraten servieren, werden wir unserer Speisekarte ein attraktiveres und gleichzeitig europäisches Flair geben.« June faltete die Hände über den Papieren auf ihrem Schreibtisch. Sie hatte einige von Enricos Rosen mitgebracht und sie in ein

Wasserglas auf ihrem Schreibtisch gestellt. Sie vertrieben ein wenig den muffigen Geruch.

»Mein Lammbraten ist perfekt, und zwar so, wie er ist.«

»Für einige vielleicht«, gab June zu. »Für meinen Geschmack ist er jedoch nur mäßig. Und mit ›mäßig‹ gebe ich mich nicht zufrieden.« Ihre Blicke trafen sich, keiner von ihnen war bereit, nachzugeben. »Ich ziehe ihn vor mit Clamart, Artischockenherzen gefüllt mit Buttererbsen und Kartoffeln, in Butter geschwenkt.«

»Wir haben aber immer Brunnenkresse und Pilze dazu gereicht«, widersprach Max.

June rückte eine Rose in dem Glas zurecht, die kleine Ablenkung half ihr, sich zu beherrschen. »Und ab jetzt werden wir Clamart dazu reichen.« Sie notierte sich diese Entscheidung auf dem Notizblatt. »Was das Rippenstück anbelangt …«, sprach sie weiter.

»Sie werden mein Rippenstück nicht anrühren.«

June hielt sich gerade noch zurück, sonst hätte sie ihn angefahren. Jeder in der Küche wusste, dass das Rippenstück die Spezialität von Max war. Am besten wäre es, in diesem Punkt nachzugeben und bei den anderen Gerichten einen festen Standpunkt zu vertreten.

»Das Rippenstück bleibt, wie es ist«, erklärte sie. »Meine Funktion hier ist, das zu verbessern, was verbesserungswürdig ist, und gleichzeitig den Standard des Cocharan-Hotels zu heben.« Gut gemacht, gratulierte sie sich insgeheim, während Max brummig nachgab. »Außerdem werden wir auch das ›New York Strip‹ und das Filet beibehalten.« Sie fühlte, dass er besänftigt war, deshalb fügte sie schnell hinzu: »Wir werden natürlich auch das einfache gebratene Hähnchen auf der Speisekarte lassen, mit Kartoffeln oder Reis sowie mit dem Tagesgemüse, doch zusätzlich werden wir noch ›Gepresste Ente‹ anbieten.«

»›Gepresste Ente‹?«, rief Max. »Wie haben niemanden, der dieses Gericht richtig zubereiten kann.«

»Deshalb habe ich ja jemanden eingestellt, der es beherrscht.«

»Sie wollen jemanden in meine Küche bringen, nur für dieses Gericht?«

»Ich werde jemanden in ›meine‹ Küche bringen«, korrigierte June, »der dieses Gericht zubereiten kann sowie den Lammbraten und einige andere Gerichte. Er verlässt seinen augenblicklichen Posten in Chicago, weil er mich kennt und meinem Urteil vertraut. Sie könnten sich langsam daran gewöhnen, das auch zu tun.«

Sie begann, die Papiere auf ihrem Schreibtisch zu sortieren. »Das ist alles für heute, Max. Sehen Sie sich diese Notizen bitte an.« Sie reichte ihm einige Papiere. »Wenn Sie Vorschläge haben, schreiben Sie sie bitte auf.« Sie beugte sich über ihre Arbeit, als er ohne ein weiteres Wort den Raum verließ.

Vielleicht hätte sie nicht so grob zu Max sein sollen. June verstand, dass seine Gefühle verletzt waren. Ich hätte ein wenig freundlicher sein sollen, dachte sie und rieb sich die Schläfen. Dann stützte sie die Ellbogen auf den Tisch und ließ den Kopf in die Hände sinken.

Der neue Tag war angebrochen. Jetzt musste June sich mit den Konsequenzen auseinandersetzen. Sie hatte eine ihrer Grundregeln gebrochen. Eigentlich sollte sie bloß mit der Schulter zucken und sich sagen, dass Regeln nun einmal dafür gemacht waren, gebrochen zu werden, aber … Es störte sie viel mehr, dass es nicht der Bruch dieser Regel war, der sie so beunruhigte. Einen viel wichtigeren Grundsatz hatte sie außer Acht gelassen, nämlich den, niemanden, der ihr wirklich wichtig war, zu nahe an sich herankommen zu lassen. Blake konnte für sie sehr wichtig werden, wenn sie sich jetzt nicht an ihre selbst aufgestellten Regeln hielt.

Sie trank noch eine Tasse Kaffee und wünschte, sie hätte eine Aspirintablette, dann ging sie im Geiste noch einmal den vergangenen Abend durch. Sie war sicher, dass sie unbeteiligt genug gewirkt hatte. Und sie hatte auch deutlich gemacht, dass ihr nichts an einer festen Bindung lag. Aber als Blake sie geliebt hatte, hatten sich all ihre Worte in Rauch aufgelöst, waren nicht mehr wichtig gewesen. Sie schüttelte den Kopf. Am Morgen beim Aufwachen war zwischen ihnen gar keine Verlegenheit aufgekommen. Sie waren zwei erwachsene Menschen, die sich auf einen Arbeitstag vorbereiteten, und ihr war das recht so.

Zu oft hatte sie erlebt, wie ihre Mutter am Anfang einer Affäre gestrahlt hatte und überschäumend glücklich gewesen war. Dieser Mann, das war der richtige, er war der aufregendste, der am meisten um sie besorgte und poetischste Mann überhaupt. Bis der Glanz dann nachließ. June glaubte daran, dass das Leben eine ganze Menge einfacher wurde, wenn man nicht so überschäumend glücklich war, denn dann würde auch der Schmerz nicht so groß sein, wenn alles vorbei war.

Und dennoch verlangte sie noch immer nach ihm.

Es klopfte an der Tür. Dann steckte ein Mitarbeiter aus der Küche den Kopf durch die Tür. »Miss Lyndon, Mr. Cocharan möchte Sie in seinem Büro sprechen.«

June nahm noch einen Schluck von ihrem Kaffee. »Wann?«

»Sofort.«

Sie zog die Augenbraue hoch. Niemand befahl ihr, sofort zu ihm zu kommen. »Verstehe«, entgegnete sie mit einem eisigen Lächeln. »Danke.«

Als die Tür wieder geschlossen wurde, blieb sie einen Augenblick bewegungslos sitzen. Dies hier war ihre Arbeitszeit, überlegte sie, und sie hatte einen Vertrag. Es war verständlich und gerechtfertigt, dass er sie in sein Büro bat, sie musste das akzeptieren. Aber sie war noch immer June Lyndon, sie würde nicht sofort aufspringen und zu ihm laufen.

Die nächste Viertelstunde beschäftigte sie sich angelegentlich mit ihren Papieren. Danach ging sie langsam in die Küche, nahm sich noch Zeit, um zu kontrollieren, was gekocht wurde, und ging dann zum Aufzug.

»Mr. Cocharan möchte mich sprechen«, erklärte sie der Sekretärin, als sie oben angekommen war.

»Ja, Miss Lyndon, Sie sollen gleich durchgehen. Er wartet schon.«

Ein wenig unsicher geworden, klopfte June an die Tür zu Blakes Büro, dann öffnete sie die Tür. »Guten Morgen, Blake.«

Er legte die Akte, die er in der Hand gehalten hatte, vor sich auf den Schreibtisch und lehnte sich in seinem Sessel zurück. »Hast du den Aufzug nicht finden können?«

»Doch.« Sie ging mit festen Schritten durch den Raum und setzte sich. Er sah genauso aus wie beim ersten Mal, als sie in sein Büro gekommen war – kühl und aristokratisch.

»Ach, dann weißt du doch sicher, was das Wort ›sofort‹ bedeutet.«

»Das weiß ich. Aber ich war beschäftigt.«

»Vielleicht sollte ich dir dann klarmachen, dass ich es nicht akzeptiere, wenn eine Angestellte mich warten lässt.«

»Und ich werde auch zwei Dinge klarstellen«, gab sie zurück. »Ich bin nicht einfach eine Angestellte, ich bin Künstlerin. Und ich springe nicht, wenn man mit den Fingern schnippt.«

»Es ist zwanzig nach elf«, begann Blake, mit einer so sanften Stimme, dass June sofort misstrauisch wurde. »An einem Arbeitstag bezahle ich dich für deine Dienste. Und deshalb kommst du, wenn ich dich rufen lasse.«

Eine leichte Röte stieg June ins Gesicht. »Du tust gerade so, als ließe meine Arbeit sich in Dollar, Cent und Minuten messen …«

»Geschäft ist Geschäft«, unterbrach er sie. »Ich erinnere, dass du selbst mir das durchaus deutlich gemacht hast.«

Sie hatte sich selbst in eine Ecke hineinmanövriert, deshalb wurde ihr Verhalten jetzt noch eine Spur hochmütiger. »Wie du siehst, bin ich ja jetzt hier. Du verschwendest also nur Zeit.«

Als Eiskönigin ist sie wunderbar, dachte Blake. Ob sie wohl wusste, wie sehr die Veränderung ihres Gesichtsausdruckes oder ihrer Stimme ihre Erscheinung veränderte? Ob sie es wusste oder nicht, sie besaß das schauspielerische Talent ihrer Mutter. »Ich habe wieder einen sehr unzufriedenen Anruf von Max bekommen«, begann er.

June zog eine Augenbraue hoch und sah aus wie eine Regentin, die eine Hinrichtung angeordnet hat. »Ja?«

»Er lehnt einige deiner Änderungsvorschläge der Speisekarte strikt ab.« Blake blickte auf seine Notizen. »Die ›Gepresste Ente‹ scheint augenblicklich das Problem zu sein, auch wenn er noch einige andere Punkte erwähnt hat.«

June richtete sich in ihrem Stuhl auf und hob das Kinn. »Ich denke, du hast mich eingestellt, um die Qualität des Cocharan-Restaurants zu verbessern?«

»Das stimmt.«

»Genau das tue ich.«

Man hörte jetzt wieder ihren leichten französischen Akzent, und ihre Augen blitzten. Auch wenn er sich darüber ärgerte, so war sie doch äußerst bezaubernd, wenn sie wütend war. »Ich habe dich aber auch eingestellt, damit du die Küche leitest. Und das bedeutet, dass du in der Lage sein müsstest, deine Mitarbeiter unter Kontrolle zu halten.«

»Kontrolle?« Sie sprang von ihrem Stuhl auf und gestikulierte heftig mit den Händen, als sie weitersprach: »Ich brauchte eine Peitsche und Ketten, um einen so sturen, schlecht gelaunten alten Esel unter Kontrolle zu bringen, der sich nur um seine eigenen egozentrischen Interessen kümmert. Seine Art ist für ihn die einzig richtige. Seine Menüs sind in Stein gemeißelt. Pah!«

Blake klopfte mit seinem Stift auf den Schreibtisch, während er ihren Ausbruch beobachtete. Am liebsten hätte er ihr applaudiert. »Ist es das, was man künstlerisches Temperament nennt?«

June holte tief Luft. Machte er sich über sie lustig? Würde er das wagen? »Wahres Temperament musst du erst noch erleben, mon ami.«

Blake nickte nur. Er war versucht, sie noch ein wenig weiterzutreiben, aber Geschäft war Geschäft. »Max arbeitet seit über fünfundzwanzig Jahren für das Cochran-Hotel.« Blake faltete die Hände, er blieb ganz ruhig, im Gegensatz zu June. »Er ist loyal, tüchtig und offensichtlich empfindlich.«

»Empfindlich«, fuhr June auf. »Ich lasse ihm sein Rippenstück und sein kostbares Hähnchen, und er ist noch immer nicht zufrieden? Ich werde meine ›Gepresste Ente‹ und mein Clamart bekommen. Meine Speisekarte wird nicht so sein wie die aus dem Laden an der Ecke.«

Blake räusperte sich, um sich das Lachen zu verkneifen, das ihn zu überwältigen drohte. »Genau«, bestätigte er dann mit ausdruckslosem Gesicht. »Ich habe nicht die Absicht, mich in die Speisenauswahl einzumischen. Ich habe überhaupt nicht die Absicht, mich einzumischen.«

June war weit davon entfernt, beschwichtigt zu sein. Sie warf das Haar über ihre Schulter zurück und sah ihn böse an. »Warum hältst du dich dann mit solchen Kleinigkeiten auf?«

»Diese Kleinigkeiten«, entgegnete er ihr, »sind dein Problem, nicht meines. Als Leiter der Küche hast du genau diese Aufgabe, nämlich die Küche zu leiten. Und wenn dein Küchenchef ständig unzufrieden ist, dann tust du deine Arbeit nicht richtig. Es steht dir frei, jeden Kompromiss zu schließen, den du für nötig hältst.«

»Kompromiss?« Sie erstarrte. »Ich mache keine Kompromisse.«

»Indem du stur bist, wirst du in deiner Küche keinen Frieden schaffen.«

June holte tief Luft. »Stur!«

»Genau. Also, das Problem mit Max liegt auf deiner Schulter. Ich will keine Anrufe mehr von ihm bekommen.«

Mit gefährlich leiser Stimme ließ June einen Wortschwall auf Französisch los. Auch wenn Blake nicht verstand, was sie sagte, so glaubte er es dennoch zu ahnen. Dann warf sie stolz den Kopf in den Nacken und ging zur Tür.

»June.«

Sie wandte sich zu ihm um. In diesem Augenblick erinnerte sie ihn an eine Amazone, die nicht einmal zusammenzucken würde, wenn ihr Pfeil genau in das Herz des Gegners träfe. »Ich möchte dich heute Abend sehen.«

Ihre Augen zogen sich zu Schlitzen zusammen. »Wage es nicht.«

»Jetzt, wo wir das erste Thema abgehandelt haben, ist es Zeit, das zweite Thema anzuschneiden. Wir könnten zusammen essen.«

»Du hast das erste Thema abgehandelt«, fuhr sie ihn forsch an. »Ich nehme die Dinge nicht so leicht. Essen? Du kannst mit deinen Rechnungsbüchern zusammen essen, die verstehst du wenigstens.«

Er stand auf und kam langsam zu ihr hinüber. »Wir waren uns doch einig, dass wir keine Geschäftspartner sind, wenn wir nicht im Büro sind.«

»Wir sind aber im Büro. Ich stehe hier in deinem Büro, in das ich befohlen wurde.«

»Heute Abend wirst du aber nicht in meinem Büro stehen.«

»Heute Abend stehe ich da, wo ich es will.«

»Heute Abend werden wir keine Geschäftspartner sein«, wiederholte er. »Waren das nicht deine Regeln?«

Ja, so hatte sie es gewollt, aber es fiel ihr nicht leicht, die Trennungslinie zu ziehen. »Heute Abend habe ich schon etwas anderes vor«, erklärte sie mit einem Schulterzucken.

Blake warf einen Blick auf seine Uhr. »Es ist beinahe Mittag.« Mit einem Lächeln sah er sie an. »Während der Mittagszeit gibt es auch nichts Geschäftliches zwischen uns. Und heute Abend möchte ich bei dir sein.« Er küsste sie sanft auf den Mundwinkel. »Ich möchte lange, zärtliche Stunden mit dir verbringen.« Erneut küsste er sie.

Sie wollte es ja auch, warum also sollte sie sich verstellen? Mit Max und der Küche würde sie schon allein fertig werden. Sie schlang die Arme um seinen Hals und lächelte ihn an. »Dann werden wir heute Abend zusammen sein. Bringst du den Champagner mit?«

Sie wurde sanfter, aber nicht nachgiebiger. Blake fand es erregender, als wenn sie sich ihm unterworfen hätte. »Unter einer Bedingung.«

Sie lachte leise. »Unter einer Bedingung?«

»Ich möchte, dass du etwas für mich tust, was du noch nie getan hast. Ich möchte, dass du für mich kochst.«

Er sah die Überraschung in ihren Augen, dann lachte sie. »Ich soll für dich kochen? Nun, damit hatte ich jedenfalls nicht gerechnet.«

»Nach dem Essen fallen mir sicher noch einige Dinge ein.«

»Du willst also, dass June Lyndon für dich kocht.« Nachdenklich zog sie sich ein wenig von ihm zurück. »Vielleicht werde ich das tun, obwohl das sicher mehr kostet als nur eine Flasche Champagner. Ich habe einmal in Houston für einen Ölkönig und seine Braut gekocht. Damals bin ich aber in Aktien bezahlt worden.«

Blake nahm ihre Hand und zog sie an die Lippen. »Ich habe dir eine Pizza gekauft. Peperoni.«

»Das ist wahr. Also, um acht Uhr. Und ich würde dir raten, heute Mittag nicht so viel zu essen.« Sie ging zur Tür, dann sah sie ihn über ihre Schultern hinweg noch einmal an. »Magst du ›Cervelles braisées‹?«

»Vielleicht, wenn ich weiß, was es ist.«

Noch immer lächelnd, öffnete sie die Tür. »Geschmortes Kalbshirn. Au revoir.«

Blake starrte auf die Tür, die sich hinter ihr geschlossen hatte. Diesmal hatte sie das letzte Wort gehabt.

In der Küche duftete es nach Essen, Musik von Chopin erklang, als June die Hühnerbrüstchen in Mehl wälzte. Auf dem Herd bekam die Butter gerade einen goldenen Ton. Perfekt. Die gefüllten Tomaten standen schon fertig im Kühlschrank, die Buttererbsen begannen gerade zu dämpfen. Die Kartoffelbällchen würde sie gleichzeitig mit den »Suprêmes« sautieren.

Der richtige Zeitpunkt war äußerst wichtig. »Suprêmes de Volaille à Brun« mussten genau zum richtigen Zeitpunkt fertig sein, nur eine einzige Minute zu lange auf dem Herd würde sie verderben, und wie jeder temperamentvolle Koch würde June sie dann wegwerfen.

Sie hörte, wie an die Tür geklopft wurde, doch sie blieb, wo sie war. »Es ist offen«, rief sie und legte die Hühnerbrüstchen in die erhitzte Butter. »Ich werde den Champagner hier trinken.«

»Chérie, ich habe gar keinen mitgebracht.«

Erstaunt wandte June sich um und sah Monique an, die in der Küchentür stand. »Mutter!« Mit der Gabel in der Hand lief June auf sie zu und umarmte sie.

Mit dem kehligen Lachen, das so typisch war für sie, küsste Monique ihre Tochter auf beide Wangen. »Du bist überrascht, oui? Ich liebe Überraschungen.«

»Ich bin sehr erstaunt«, gab June zurück. »Was tust du hier in der Stadt?«

Monique blickte zum Herd. »Im Augenblick unterbreche ich wahrscheinlich die Vorbereitungen zu einem intimen Tête-à-Tête.«

»Oh!« June wirbelte herum und lief dann schnell zum Herd zurück, um die Hühnerbrüstchen zu wenden. »Ich meinte, was tust du hier in Philadelphia? Hast du nicht einmal erklärt, nie wieder einen Fuß in die Stadt zu setzen, in der dein verflossener Ehemann lebt?«

»Die Zeit besänftigt«, erklärte Monique. »Und ich wollte meine Tochter sehen. Du bist nicht mehr so oft in Paris in letzter Zeit.«

»Nein, wirklich nicht.« June teilte ihre Aufmerksamkeit zwischen ihrer Mutter und dem Herd. »Du siehst wundervoll aus.«

Monique lächelte, Grübchen zeigten sich in ihren Wangen. »Ich fühle mich wundervoll, mignonne. In sechs Wochen werde ich mit den Dreharbeiten zu einem neuen Film anfangen.«

»Ein neuer Film?« Vorsichtig legte June die Hühnerbrüstchen auf eine warme Platte. »Wo?«

»In Hollywood. Sie haben mich unentwegt gedrängt, und schließlich habe ich nachgegeben.« Sie lachte. »Das Skript ist hervorragend. Der Regisseur selbst ist nach Paris gekommen, um mich zu überreden. Keil Morrison.«

Groß, gut aussehend, intelligentes Gesicht, Mitte fünfzig, rief June ihn sich in ihr Gedächtnis zurück. Die Stimme ihrer Mutter verriet ihr die Antwort auf ihre Frage, noch ehe sie sie gestellt hatte. »Und der Regisseur selbst?«

»Er ist großartig. Was würdest du von einem neuen Stiefvater halten, chérie?«

»Ich würde resignieren«, gab June trocken zur Antwort, doch dann lächelte sie. »Ich freue mich natürlich, wenn du glücklich bist, Maman.« Sie begann mit der Zubereitung der braunen Buttersauce.

»Oh, er ist einfach wundervoll und so empfindsam! Ich habe noch nie einen Mann kennengelernt, der sich so in eine Frau hineinversetzen kann. Endlich habe ich den perfekten Partner gefunden, den Mann, der meinem Leben all das gibt, was ich brauche und was ich mir wünsche. Der Mann, der es fertigbringt, dass ich mich wie eine Frau fühle.«

June nickte und zog den Topf vom Herd, dann rührte sie die Petersilie und die Zitrone unter die Sauce. »Und wann ist die Hochzeit?«

»Vorige Woche.« Monique strahlte June an, als sie aufblickte. »Wir haben in aller Stille geheiratet, in einer kleinen Kirche außerhalb von Paris. Es waren sogar Tauben dort – ein gutes Zeichen. Ich habe mich von Keil losgerissen, weil ich es dir selbst sagen wollte.« Sie trat einen Schritt vor und hielt June dann einen schmalen, mit Diamanten besetzten Ring entgegen. »Élégant, n'est-ce pas? Keil glaubt nicht an das – wie sagt man es doch gleich – an das Pompöse.«

Also würde auch Monique Dubois Lyndon Smith Clarion Morrison im Augenblick nicht daran glauben. Wenn erst die Zeitungen von der Hochzeit erfuhren, wäre die Hölle los. Und Monique würde jede einzelne Zeile davon mit Genuss lesen. June gab ihrer Mutter einen Kuss auf die Wange. »Sei glücklich, ma mère.«

»Ich bin beinahe ekstatisch. Du musst unbedingt nach Kalifornien kommen und meinen Keil kennenlernen. Und dann …« Sie hielt inne, als es an der Tür klopfte. »Ah, das muss dein Gast sein. Soll ich die Tür aufmachen?«

»Ja, bitte.« Vorsichtig goss June die Sauce über die Suprêmes. Entweder würde sie sie in den nächsten fünf Minuten servieren, oder sie würden im Abfall landen.

Als die Tür geöffnet wurde, stand Blake einer fülligeren, etwas sinnlicheren Ausgabe von June gegenüber. Das Kerzenlicht ließ den Altersunterschied schwinden, ihre Lippen verzogen sich zu einem Lächeln, genau wie er es von ihrer Tochter kannte, und sie reichte ihm die Hand.

»Hallo! June ist in der Küche beschäftigt. Ich bin ihre Mutter, Monique.« Sie schüttelten einander die Hände. »Aber Sie kommen mir bekannt vor«, sprach sie weiter. »Aber ja!«, rief sie dann, ehe Blake noch etwas sagen konnte. »Das Cocharan-Hotel. Sie sind der Sohn – B. C.s Sohn. Wir haben einander bereits kennengelernt.«

»Nett, Sie wiederzusehen, Madame Dubois.«

»Das ist eigenartig, oui? Und lustig. Ich wohne in Ihrem Hotel, solange ich in Philadelphia bin.«

»Sie werden mich wissen lassen, wenn ich irgendetwas für Sie tun kann, während Sie bei uns Gast sind.«

»Natürlich.« Sie betrachtete ihn mit den Augen einer erfahrenen Frau. Wie die Mutter, so die Tochter, dachte sie belustigt. Beide hatten einen ausgezeichneten Geschmack. »Kommen Sie doch bitte rein. June ist gleich fertig mit dem Essen. Ich bewundere immer ihre Kochkünste. Ich selbst bin in einer Küche völlig hilflos.«

»Entsetzlich hilflos«, bestätigte June, als sie mit der Warmhalteplatte das Zimmer betrat. »Sie hat immer dafür gesorgt, dass sie die Dinge so sehr verbrannt hat, dass niemand mehr wusste, was es sein sollte. Und nach einer Weile hat niemand sie mehr gebeten zu kochen.«

»War das nicht sehr intelligent von mir?« Monique lachte. »Und jetzt überlasse ich euch beide eurem Abendessen.«

»Du kannst gern mit uns essen, Mutter.«

»Wie lieb von dir.« Monique nahm Junes Gesicht in beide Hände und küsste sie auf die Wangen. »Aber nach dem langen Flug brauche ich meinen Schönheitsschlaf. Morgen werden wir uns unterhalten, d'accord? Monsieur Cocharan, wir werden alle zusammen essen in Ihrem wundervollen Hotel, ehe ich wieder abreise?« Sie rauschte zur Tür. »Bon appétit.«

»Eine außergewöhnliche Frau«, meinte Blake, nachdem Monique gegangen war.

»Ja.« June ging zurück in die Küche, um die restlichen Schüsseln zu holen.

»Sie überrascht mich immer wieder«, sagte sie, als sie zurückkam, und stellte das Gemüse auf den Tisch. Dann nahm sie ihr Glas. »Sie hat gerade zum vierten Mal geheiratet. Sollen wir darauf trinken?«

Blake begann, den Champagner zu öffnen, hielt dann aber inne. »Klingt das nicht ein wenig zynisch?«

»Nein, nur realistisch. Auf jeden Fall wünsche ich ihr, dass sie glücklich ist.« June hob das Glas, nachdem er ihr eingegossen hatte. »Auf die neue Mrs. Morrison.«

»Auf den Optimismus.« Auch Blake hob sein Glas.

»Wenn du meinst.« Mit einem Schulterzucken setzte June sich an den Tisch. »Leider sah das Kalbshirn heute nicht gut genug aus, deshalb habe ich mich für Hühnchen entschieden.«

Der erste Bissen schmeckte köstlich. »Möchtest du etwas freie Zeit für deine Mutter haben, während sie hier ist?«

»Nein, das wird nicht nötig sein. Mutter wird ihre freie Zeit mit Einkaufen und in Schönheitssalons verbringen. Sie wird bald mit einem neuen Film beginnen.«

»Wirklich?« Es dauerte einen Augenblick, dann hellte sich Blakes Gesicht auf. »Natürlich, Morrison – der Regisseur?« Er legte seine Hand auf ihre. »Hast du denn etwas dagegen, June?«

Sie öffnete den Mund, um etwas zu sagen, dann aber hielt sie einen Augenblick inne. »Nein, das wäre zu viel gesagt. Ihr Leben gehört ihr ganz allein. Ich kann nur nicht verstehen, warum sie sich dauernd auf neue Beziehungen einlässt und sich durch Ehen an immer wieder neue Männer bindet. Ihre Ehen haben im Schnitt nicht länger als 5,2 Jahre gedauert. Ist das Optimismus, frage ich mich, oder ist es Einfältigkeit?«

»Monique scheint nicht gerade eine einfältige Frau zu sein.«

»Vielleicht ist es ja aber auch nur ein anderes Wort für Romantik.«

»Nein, aber Romantik steht vielleicht für Hoffnung. Nun, ihr Weg ist ja nicht der deine.«

Und trotzdem haben wir uns Geliebte aus der gleichen Familie ausgesucht, dachte June. Wie würde Blake reagieren, wenn er es wüsste? Lass die Vergangenheit ruhen, dachte sie, konzentriere dich auf den Augenblick. Sie lächelte ihn an. »Und wie findest du meine Kochkunst?«

Es ist sicher besser, ein anderes Thema anzuschneiden, dachte auch Blake. »Wie alles an dir«, erklärte er, »herrlich.«

June lachte. »Aber ich würde dir nicht raten, dich daran zu gewöhnen, denn ich koche normalerweise nicht nur für Komplimente.«

»Das habe ich mir auch gedacht. Und deshalb habe ich dir ein angemessenes Geschenk mitgebracht.«

June nippte an ihrem Glas. »Ja, der Champagner schmeckt wirklich ausgezeichnet.«

»Aber es ist nur eine unpassende Gegenleistung für ein Essen von June Lyndon.«

Als sie ihn fragend ansah, griff er in seine Jackentasche und zog ein kleines Päckchen daraus hervor.

»Ah, Geschenke.« Lächelnd nahm June das Päckchen entgegen, doch ihre Belustigung schwand, als sie es öffnete.

In dem Päckchen lag ein mit Diamanten besetztes Armband, feingliedrig und elegant. Die Diamanten leuchteten weiß vor dem dunklen Samthintergrund.

June war nicht oft überwältigt, doch jetzt versuchte sie, ihre Überraschung zu bekämpfen. »Das Essen ist viel zu schlicht für ein solches Geschenk. Wenn ich das gewusst hätte, hätte ich etwas Außergewöhnliches gekocht …«

»Seit wann ist Kunst schlicht?«, fragte Blake.

»Vielleicht nicht, aber …« Sie sah ihn an und versuchte sich einzureden, dass sie nicht so gerührt sein sollte. Immerhin waren es doch nur ein paar hübsche Steine. Doch ihr Herz floss über. »Blake, es ist wunderschön. Ich glaube, du hast mich zu ernst genommen, als ich von Bezahlung und Geschenken gesprochen habe. Ich habe das heute Abend nur aus dem einfachen Grund getan, weil ich es gern tun wollte.«

»Ich musste dabei an dich denken«, sagte er, als habe sie gar nicht gesprochen. »Siehst du, wie hochmütig die Steine blitzen?« Er nahm das Armband aus der Schachtel. »Aber wenn du genau hinsiehst, wenn du es ans Licht hältst, dann siehst du den warmen Glanz, ja sogar Feuer.« Während er sprach, hielt er das Armband so, dass es das Licht einfing und glitzerte. Dann legte er es ihr um das Handgelenk und schloss es. Ihre Blicke trafen sich. »Ich habe es nur gekauft, weil ich es gern wollte«, meinte er leise.

June war atemlos. Sie fühlte sich sehr verletzlich. Würde das immer so sein, wenn er sie ansah? »Du fängst an, mir Sorgen zu machen«, flüsterte sie.

Ihre leisen Worte ließen so plötzlich ein wildes Verlangen in ihm aufsteigen, dass er sich kaum beherrschen konnte. Er stand auf und zog sie mit sich hoch. Und noch ehe sie protestieren konnte, zog er sie in seine Arme. »Gut.«

Diesmal war sein Kuss nicht geduldig, tiefes Verlangen trieb ihn an, ein Hunger, der nichts mit dem Essen zu tun hatte, das auf dem Tisch kalt wurde. June war die Antwort auf all sein Verlangen. Blake seufzte und zog sie dann auf den Fußboden.

Es ist wie ein Wirbelwind, eine nie gekannte Hochstimmung, dachte June, als sie zitternd vor Verlangen mit Blake zu Boden sank. Diesmal hatten sie keine Geduld, als sie einander entkleideten, bis sie endlich ihre nackten Körper aneinanderpressten. Willig bog sie ihm ihren Körper entgegen, sie verlangte nach der wilden Leidenschaft, die nur er stillen konnte.

Und als er dann seine Hände über ihren Körper gleiten ließ, genoss sie seine Berührungen. Sie küsste seinen Hals, knabberte an seinen kleinen festen Brustspitzen, und sein heftig gehender Atem sagte ihr, dass sie ihn genauso erregte wie er sie. Es gefiel ihr, dass sie nicht nur nahm, dass sie gab, und zwar leidenschaftlich. Und sie wusste plötzlich genau, in welchem Augenblick er die Kontrolle über sich verlor.

Er war heftig, doch sie genoss es. Sein Mund schien überall zu sein, er küsste sie von den Lippen bis zu ihren Brüsten – und dann tiefer und noch tiefer, bis ihr der Atem stockte.

Die Welt um sie herum versank, sie schien in einer Wirklichkeit zu leben, in der nur noch die Sinne zählten. Ihrem Körper waren keine Grenzen mehr gesetzt. Sie stöhnte auf, versuchte noch einmal, die Kontrolle über sich selbst zu behalten, doch dann wurde sie von einer Woge der Leidenschaft hinweggeschwemmt, weit weg von der Realität.

So wollte Blake sie haben. Irgendetwas in ihm brauchte die Bestätigung, dass er sie so weit bringen konnte. June erbebte unter ihm, keuchte, und doch führte er sie noch immer weiter, immer höher, mit seinen Händen und seinen Lippen. Im Schein des Kerzenlichtes sah er ihr Gesicht, sah die Leidenschaft und das Verlangen in ihren Augen.

Ihre Haut brannte unter seinen Berührungen. Und als er dann seine Lippen auf die Stelle legte, wo die Begierde schmerzhaft war, bog sie ihm ihren Körper entgegen und hauchte seinen Namen.

»Sag mir, dass du mich willst«, verlangte er. »Nur mich.«

»Ich will dich.« Sie konnte an nichts anderes mehr denken, in diesem Augenblick war sie bereit, ihm alles zu geben. »Nur dich.«

Sie vereinigten sich mit ungestümer Leidenschaft, und gemeinsam erreichten sie den Höhepunkt der Erfüllung.

Später lag June unter ihm und glaubte, nie wieder genug Kraft zu haben, um sich zu bewegen. Sogar das Atmen strengte sie an. Doch all das machte nichts. Und jetzt erst wurde ihr bewusst, dass der Boden unter ihr hart war. Seufzend schloss sie die Augen. Es würde ihr dennoch nicht schwerfallen, hier einzuschlafen.

Blake stützte sich auf seine Arme. Sie wirkte plötzlich so zerbrechlich. Er war nicht gerade sanft mit ihr umgegangen, und dennoch schien sie voller Feuer gewesen zu sein, als sie sich liebten.

Er beobachtete sie, während sie mit geschlossenen Augen unter ihm lag. Dann öffnete June die Augen und sah ihn an. Ihre Lippen verzogen sich zu einem Lächeln. Blake strahlte, dann küsste er sie.

»Und was gibt es zum Nachtisch?«

9. Kapitel

June brauchte unbedingt ein Telefon in ihrem Büro. Eigentlich zog sie es vor, ungestört arbeiten zu können, und Telefone hatten nun einmal die unangenehme Eigenschaft zu stören. Die endgültige Speisekarte war beinahe fertig. Jetzt musste sie sich darum kümmern, wo sie am besten die Zutaten für ihre Speisen einkaufte. Das war ein Job, den sie gern jemand anderem übertragen hätte, aber sie verließ sich lieber auf ihre eigenen Fähigkeiten und Eingebungen. Und wenn man einen Lieferanten für die besten Austern oder das beste Okra suchte, brauchte man beides.

Die Küche war genau so geworden, wie sie es sich vorgestellt hatte. Das Personal war hervorragend ausgebildet. Die beiden neuen Köche für die Nachspeisen waren besser, als sie es zu hoffen gewagt hatte. Julio und Georgia hatten aus Hawaii eine Postkarte geschickt, die die anderen an die Tür des Kühlschrankes geklebt hatten. Nur im ersten Augenblick hatte June den Wunsch verspürt, mit Pfeilen danach zu werfen.

Mit den Änderungen im Speisesaal beschäftigte sie sich kaum. Es war das Essen – ihr Essen, was dem Restaurant den letzten Pfiff geben würde, der noch fehlte.

Schon bald würde sie die neuen Speisekarten drucken lassen können. Sie musste nur noch einige Preise überarbeiten und dann Angebote von den Druckereien einholen. Doch jetzt brauchte sie zunächst einmal ein Telefon.

Sie stand auf und ging in die Küche. Im gleichen Augenblick betrat Monique die Küche von der anderen Seite. Alle Arbeit ruhte plötzlich.

Es belustigte June, dass ihre Mutter so auf andere Menschen

wirkte. Sie sah Max, der, mit einem Löffel in der Hand, von dem die Sauce auf den Boden tropfte, ihre Mutter mit offenem Mund anstarrte. Und natürlich verstand Monique es, ihren Auftritt zu inszenieren, ja, man konnte sagen, sie war für solche Auftritte geschaffen.

Sie lächelte – beinahe zögernd –, als sie einen weiteren Schritt in die Küche machte. Ihre Augen waren grauer als die ihrer Tochter, und auch wenn sie um etliches älter war, blickten sie unschuldiger. June wusste noch immer nicht, ob das Absicht von ihrer Mutter war oder ganz natürlich.

»Vielleicht könnte mir jemand helfen?«

Sechs Männer traten vor, Max hatte die Sauce von seinem Löffel beinahe auf Moniques Schulter getropft. June entschied, dass es an der Zeit war, Ordnung zu schaffen. Sie bahnte sich einen Weg durch all die Menschen, die Monique umstanden. »Mutter!«

»Ah, June, dich habe ich gesucht.« Noch als sie die Hand ihrer Tochter nahm, lächelte sie die Gruppe der Männer um sie herum betörend an. »Wie faszinierend. Ich glaube, ich bin noch nie zuvor in einer Hotelküche gewesen. Sie ist so – so riesig, oui?«

»Bitte, Mrs. Dubois – Madame.« Max griff nach Moniques Hand. »Ich würde mich geehrt fühlen, wenn ich Ihnen alles zeigen dürfte. Vielleicht möchten Sie die Suppe kosten?«

»Wie nett.« Ihr Lächeln hätte einen Eisberg zum Schmelzen gebracht. »Natürlich möchte ich gern sehen, wo meine Tochter arbeitet.«

»Ihre Tochter?«

Offensichtlich hatte Max nur himmlische Geigen gehört, seit Monique die Küche betreten hatte. »Meine Mutter«, stellte June Monique jetzt vor. »Monique Dubois. Und das ist Max, der das Küchenpersonal unter sich hat.«

Mutter? dachte Max benommen. Aber natürlich, die Ähnlichkeit zwischen den beiden war nicht zu übersehen. Es gab keinen Film mit der Dubois, den er nicht mindestens dreimal gesehen hatte. »Es freut mich.« Er küsste ihre Hand. »Eine große Ehre.«

»Wie beruhigend zu wissen, dass meine Tochter mit solch einem Gentleman zusammenarbeitet.« Auch wenn June ihren Mund leicht verzog, sagte sie nichts. »Und ich würde wirklich schrecklich gern alles sehen – vielleicht etwas später?«, fügte sie schnell hinzu. »Jetzt muss ich zuerst June für einige Zeit entführen. Sagen Sie, wäre es möglich, etwas Champagner und Kaviar in meine Suite zu schicken?«

»Kaviar steht nicht auf unserer Speisekarte.« June warf Max einen bedeutungsvollen Blick zu. »Noch nicht.«

»Oh.« Schmollend verzog Monique den Mund. »Ich denke, etwas Paté oder Käse würde auch passen.«

»Ich werde persönlich dafür sorgen. Sofort, Madame.«

»Wie freundlich.« Monique bedachte ihn mit einem bezaubernden Lächeln, dann hakte sie June unter und zog sie mit sich davon.

»Hast du nicht ein wenig übertrieben?«, murmelte June.

Monique warf den Kopf zurück und lachte. »Sei nicht so britisch, chérie. Ich habe dir gerade einen ungeheuren Dienst erwiesen. Der nette junge Cocharan hat mir heute Morgen erzählt, dass nicht nur meine Tochter Angestellte dieses Hotels ist, sondern auch, dass sie einige interne Probleme in der Küche hat.«

»Ich habe dir nichts davon gesagt, weil es nur eine vorübergehende Sache ist und weil ich im Augenblick wirklich viel Arbeit habe. Zu den internen Problemen …«

»In Form von Max«, unterbrach Monique sie, als sie den Aufzug bestiegen.

»Damit werde ich schon fertig.«

»Aber es schadet nichts, wenn du ihn ein wenig beeindruckst.«

Monique drückte den Knopf im Aufzug, dann sah sie ihre Tochter an. »Jetzt sehe ich dich endlich einmal bei Licht, und du bist noch schöner geworden, stelle ich fest. Das freut mich, denn wenn man schon eine erwachsene Tochter hat, dann sollte es eine hübsche Tochter sein.«

Lächelnd schüttelte June den Kopf. »Du bist wirklich unverbesserlich.«

»Das werde ich auch immer bleiben.« Monique zog June aus dem Aufzug, als die Türen sich öffneten. »Ich habe mein Frühstück gehabt und meine Massage bekommen, jetzt möchte ich von dir alles über deinen neuen Job und deinen neuen Liebhaber hören. So wie du aussiehst, scheint dir beides bestens zu bekommen.«

»Ich glaube kaum, dass es angebracht ist, wenn Mutter und Tochter sich über neue Liebhaber unterhalten.«

»Puh!« Monique öffnete die Tür zu ihrer Suite. »Wir sind nicht einfach nur Mutter und Tochter, wir sind Freundinnen, n'est-ce pas? Und chères amies sprechen immer über neue Liebhaber.«

»Der Job«, begann June, während sie sich auf ein Sofa sinken ließ und die Beine unter sich zog, »ist ganz in Ordnung. Eigentlich habe ich ihn nur angenommen, weil Blake mich dazu gebracht hat und – na ja, weil er LaPointe erwähnte.«

»LaPointe? Dieser schreckliche kleine Mann, den du so sehr verachtest? Der in Paris den Zeitungen gesagt hat, du seist seine …«

»… seine Geliebte«, beendete June den Satz.

»Ah, ja, so ein dummes Wort, findest du nicht auch? Stimmte es denn?«

»Ganz bestimmt nicht. Ich würde es ihm nicht erlaubt haben, mich mit diesen schmierigen kleinen Händen zu berühren, auch wenn er nur halb der Küchenchef gewesen wäre, der er zu sein behauptete.«

»Du hättest ihn verklagen können.«

»Dann hätten die Leute behauptet, wo Rauch ist, ist auch Feuer. Das kleine französische Ekel hätte das genossen.« June biss die Zähne zusammen. »Aber lass uns nicht über LaPointe reden. Es hat mir schon gereicht, dass Blake seinen Namen in den Mund nahm, um mich dazu zu bringen, diesen Job anzunehmen.«

»Ein sehr schlauer Mann, dein Blake.«

»Er ist nicht mein Blake.«

Monique winkte ab, als es an der Tür klopfte. Max hatte sich wirklich selbst übertroffen, dachte June, als ein Wagen mit einem Tablett voller Früchte und Käse sowie einer Flasche eisgekühlten Champagners ins Zimmer gerollt wurde. Er musste wie ein Verrückter in der Küche herumgesprungen sein, um sich so zu beeilen.

Monique wählte ein Stück Käse von dem Tablett. »Aber du liebst ihn«, meinte sie, nachdem der Kellner wieder gegangen war.

June, die die Flasche Champagner öffnete, blickte auf. »Wie bitte?«

»Du liebst den jungen Cocharan.«

Der Korken knallte, Champagner lief aus der Flasche, und Monique reichte June ihr Glas. »Das ist nicht wahr«, widersprach June matt. »Eine Affäre muss doch nicht unbedingt voller Romantik sein. Ich mag Blake, ich respektiere ihn. Ich finde, er ist ein intelligenter Mann, und ich bin sehr gern mit ihm zusammen.«

»So etwas könnte man auch von einem Bruder oder einem Onkel sagen, vielleicht sogar von einem Exehemann«, bemerkte Monique. »Ich glaube, es ist nicht das, was du für Blake empfindest.«

»Ich fühle Leidenschaft«, gab June zu. »Aber das ist noch lange keine Liebe.«

»Ach, June!« Belustigt sah Monique ihre Tochter an, dann nahm sie eine Traube vom Tablett. »Du kannst mit deinem britischen Verstand denken, aber du fühlst mit deinem französischen Herzen. Dieser junge Cocharan ist kein Mann, den eine Frau so leicht übersehen kann.«

»Du meinst, wie der Vater, so der Sohn.« In dem Augenblick, als sie die Worte ausgesprochen hatte, taten sie ihr schon wieder leid. Aber Monique lächelte nur. »Das habe ich auch schon gedacht. Ich habe B. C. nicht vergessen.«

»Er dich auch nicht.«

»Du hast B. C. kennengelernt?« Interessiert sah Monique sie an.

»Du kannst dich geschmeichelt fühlen. Ich kann dir sagen, es war ihm ganz schön unangenehm.«

»Himmlisch. Der Gedanke, dass ein Mann einen nicht vergisst, nachdem man sich getrennt hat, gefällt einer Frau.«

»Mutter!«

June erhob sich und lief ruhelos im Zimmer auf und ab. »Ich fühlte mich zu Blake hingezogen – und er sich zu mir. Was glaubst du wohl, wie ich mich gefühlt habe, als ich mit seinem Vater sprach und mir klar wurde, dass ihr beide ein Verhältnis miteinander gehabt habt? Ich glaube nicht, dass Blake etwas davon ahnt, aber wenn das so wäre, siehst du nicht, in welch einer unangenehmen Situation ich dann wäre?«

»Aber warum?«

June holte tief Luft. »B. C. war und ist mit Blakes Mutter verheiratet, und ich glaube, dass Blake sehr an seiner Mutter hängt und auch an seinem Vater.«

»Aber was hat das denn mit dir zu tun?« Monique zuckte mit den Schultern. »Ich mochte seinen Vater sehr. Hör mal«, sprach sie weiter, ehe June noch etwas sagen konnte. »B. C. hat seine Frau immer geliebt, das wusste ich. Wir haben einander getröstet, haben einander zum Lachen gebracht in einer Zeit, die für uns beide nicht sehr glücklich war. Und dafür bin ich dankbar, ich schäme mich nicht dafür. Und das solltest du auch nicht tun.«

»Ich schäme mich nicht.« June fuhr sich mit der Hand durchs Haar. »Das verlange ich ja auch nicht von dir, aber, verflixt, Mutter, komisch ist es schon.«

»Das ist das Leben oft.« Monique legte den Kopf in den Nacken und blickte jetzt genauso hochmütig, wie ihre Tochter es oft tat. »Ich halte mich nicht an die Spielregeln im Leben, und ich entschuldige mich auch nicht dafür.«

»Mutter.« June kniete neben dem Sofa nieder, auf dem ihre Mutter saß. »Ich wollte dich nicht kritisieren. Es ist nur so, dass das, was für dich richtig ist, nicht unbedingt auch für mich richtig und gut sein muss.«

»Glaubst du, ich weiß das nicht? Glaubst du, ich wollte, dass du mein Leben lebst?« Monique legte ihrer Tochter eine Hand auf den Kopf. »Vielleicht habe ich mehr tiefes Glück erlebt als du, aber ich habe auch mehr Verzweiflung erlebt. Ich kann dir das Erstere nicht wünschen ohne das Wissen, dass du auch das zweite überstehen musst. Ich wünsche mir für dich nur das, was du dir selbst auch wünschst.« Sie streichelte Junes Hand und zog dann ihre Tochter neben sich auf das Sofa.

»Als du ein kleines Mädchen warst, habe ich dir keine guten Ratschläge gegeben, weil Kinder für mich immer ein großes Geheimnis waren. Später dann hättest du sowieso nicht auf mich gehört. Doch jetzt sind wir vielleicht an dem Punkt angekommen, wo jeder von uns beiden begreift, dass der andere intelligent ist.«

Lachend nahm June sich eine Erdbeere von dem Tablett. »Also gut, ich werde mir deine guten Ratschläge anhören.«

»Es macht dich nicht geringer, wenn du einen Mann brauchst.« Als June die Stirn runzelte, sprach ihre Mutter weiter: »Wenn man glaubt, einen Mann zu brauchen, um weiterleben zu können, ja, das ist Unsinn. Wenn man aber einen Mann braucht, um Freude und Leidenschaft in sein Leben zu bringen, das ist das Leben.«

»Man kann auch Freude und Leidenschaft im Leben haben ohne einen Mann.«

»Einiges vielleicht«, stimmte Monique zu. »Aber warum sollte man sich damit zufriedengeben? Was willst du damit beweisen, wenn du deine natürlichen Bedürfnisse leugnest? Vielleicht ist eine Frau dumm, wenn sie sich viermal verheiratet, aber dennoch entschuldige ich mich nicht dafür. Ich erkläre nur, dass June Lyndon nicht Monique Dubois ist. Wir suchen nach verschiedenen Dingen, auf verschiedene Art. Aber wir sind beide Frauen. Ich bedaure meine Wahl nicht.«

Mit einem Seufzer legte June ihrer Mutter die Hand auf die Schulter. »Das möchte ich von mir selbst auch behaupten können. Und bis jetzt habe ich immer geglaubt, das könnte ich auch. Meine größte Angst war immer, einen Fehler zu machen.«

»Vielleicht ist diese Angst dein größter Fehler.« Monique strich ihrer Tochter über die Wange. »Komm, schenk mir noch etwas Champagner ein. Ich werde dir jetzt von meinem Keil erzählen.«

Als June später in die Küche zurückkam, dachte sie noch lange über die Unterhaltung mit ihrer Mutter nach. Selten nur hatte Monique sie nach ihrem Leben gefragt, und noch seltener hatte sie ihr einen Rat angeboten. Sicher, die meiste Zeit hatte sie auch heute ihrer Mutter nur zugehört, während diese ihr von den Vorzügen Keil Morrisons berichtete. Doch das, was ihre Mutter vorher gesagt hatte, machte June so nachdenklich, dass sie begann, ihre eigenen Entscheidungen in Frage zu stellen.

Als sie dann jedoch vor der großen Schwingtür zur Küche stand und den Streit in der Küche hörte, wusste sie, dass ihre Überlegungen warten mussten.

»Mein Auflauf ist perfekt.«

»Zu viel Milch und zu wenig Käse.«

»Du willst nur nicht zugeben, dass meine Aufläufe besser sind als deine.«

Vielleicht war die Szene ja nur lächerlich – der riesige Max und der kleine Charlie, der koreanische Koch, der ihm nur bis zur Brust reichte. Die beiden standen wütend voreinander, jeder hielt einen Topf mit Spinatauflauf in der Hand. Es wäre wirklich zum Lachen gewesen, dachte June erschöpft, wenn nicht die anderen Mitarbeiter aus der Küche längst Partei ergriffen hätten, während die Essensbestellungen einfach ignoriert wurden.

»Schlechte Arbeit«, gab Max zurück. Er hatte Charlie noch immer nicht vergeben, dass er drei Tage krank gewesen war.

»Deine Aufläufe sind schlechte Arbeit, meine sind perfekt.«

»Gibt es Probleme?« June trat zwischen die beiden.

»Dieser dürre kleine Kerl, der sich als Koch verkleidet hat, will diese matschige Blättermasse zu Spinatauflauf deklarieren.« Max versuchte, Charlie die Glas-Auflaufform aus der Hand zu nehmen, doch der kleine Mann war erstaunlich stark.

»Dieser dicke Kloß, der sich selbst Küchenchef nennt, ist nur eifersüchtig, weil ich mehr von Gemüse verstehe als er.«

June biss sich auf die Lippe. Verflixt, es war tatsächlich zum Lachen, doch jetzt war wirklich nicht der richtige Zeitpunkt dafür. »Vielleicht gehen die anderen erst mal an ihre Arbeit zurück«, begann sie kühl. »Ehe unsere Gäste in ein anderes Lokal verschwinden, wo sie gut bedient werden. Also …« Sie wandte sich an die beiden Streithähne, die aussahen, als würden sie jeden Augenblick aufeinander losgehen. »Ich nehme an, dies ist der umstrittene Auflauf.«

»Es ist einfach nur Müll«, behauptete Max und zog wieder an der Auflaufform.

»Müll!«, rief der kleine Koch empört. »Müll ist das, was du als Rippenstück servierst. Das einzige Essbare daran ist die Petersilie.«

»Meine Herren, darf ich Ihnen eine Frage stellen?«, unterbrach June die beiden. Sie legte einen Finger auf die Auflaufform. Sie war noch warm. »Hat jemand den Auflauf überhaupt probiert?«

»Ich werde doch kein Gift essen.« Wieder zog Max an der Auflaufform. »So etwas wirft man in den Abfall.«

»Ich würde diesem … diesem Scharlatan nicht erlauben, meinen Auflauf zu probieren.« Charlie zog von der anderen Seite. »Er würde ihn ja vergiften.«

»Also gut, meine Herren«, unterbrach June die beiden, die bei ihren Worten jetzt ihren Ärger auf sie richteten. »Ich werde diesen Auflauf also probieren.«

Die beiden Männer warfen einander böse Blicke zu. »Sagen Sie ihm, er soll meinen Auflauf loslassen«, drängte Charlie.

»Max …«

»Er soll loslassen, ich bin immerhin sein Vorgesetzter.«

»Charlie …«

»Das Einzige, worin er mir überlegen ist, ist sein Gewicht.« Und wieder begannen beide an der Auflaufform zu ziehen.

June verlor die Geduld. In einer heftigen Geste hob sie beide Hände. »Schluss damit. Jetzt ist es genug!«

Vielleicht war es der Schreck über die Lautstärke, in der June gesprochen hatte, oder vielleicht war die Schüssel ein wenig rutschig. Auf jeden Fall fiel den beiden die Auflaufform aus den Händen, stieß klirrend gegen die Arbeitsplatte und zerbrach in tausend Stücke, noch ehe sie auf dem Boden landete. Max und Charlie brachen gleichzeitig in wüste Beschimpfungen aus.

June wurde durch einen heftigen Schmerz in ihrem rechten Arm abgelenkt. Als sie auf den Arm blickte, sah sie, dass das Blut aus einer etwa zehn Zentimeter langen Wunde strömte. Erstaunt starrte sie auf den blutenden Schnitt, während sie nicht fassen konnte, dass Blut, ihr Blut, überhaupt so schnell floss.

»Entschuldigung«, brachte sie erst nach einer Weile hervor. »Glauben Sie, Sie werden fertig, noch bevor ich verblutet bin?«

Charlie hatte gerade den Mund geöffnet, um etwas zu sagen. Jetzt starrte er sie an, mit großen Augen blickte er auf das Blut, dann brach er in einen Schwall koreanischer Worte aus.

»Wenn Sie sich nicht immer einmischen würden«, sagte Max noch, dann sah auch er das Blut. Er wurde kalkweiß, doch dann bewegte er sich zum Erstaunen aller wie der Blitz. Er nahm ein Tuch, legte es über die Wunde.

»Hinsetzen«, forderte er June auf. »Und das hier wird aufgeräumt«, befahl er in die Runde. Im nächsten Augenblick schon befestigte er eine Aderpresse an Junes Arm. »Ganz ruhig«, sagte er unerwartet sanft. »Ich will nur sehen, wie tief die Wunde ist.«

Benommen nickte June. Es tut eigentlich gar nicht weh, dachte sie, während alles vor ihren Blicken verschwamm. Vielleicht hatte sie sich das viele Blut auch nur eingebildet?

»Was zum Teufel ist denn hier los?«, hörte sie plötzlich Blakes Stimme. »Den Krach hier drinnen hört man ja bis in den Speiseraum.« Er kam zu June und Max hinüber, entschlossen, sie vor die Wahl zu stellen, ihren Job zu verlieren oder endlich friedlich zusammenzuarbeiten. Das blutdurchtränkte Tuch ließ ihn innehalten. »June, was ist mit dir?«

»Ein Unfall«, erklärte Max schnell, während June benommen den Kopf schüttelte. »Der Schnitt ist sehr tief. Die Wunde muss genäht werden.«

Blake hatte Max schon zur Seite geschoben. »June, wie um alles in der Welt ist das bloß passiert?«

Sie sah die Betroffenheit in seinem Gesicht und die Besorgnis, dann verschwamm wieder alles vor ihren Augen. Sie warf noch einen Blick auf ihren Arm. ›Spinatauflauf‹, murmelte sie, ehe sie das Bewusstsein verlor.

Das Nächste, was June hörte, war ein heftiger Streit. War sie nicht in diesem Augenblick in die Küche gekommen? Es dauerte einen Augenblick, bis sie Blakes Stimme erkannte, doch die andere Stimme, eine weibliche, war ihr fremd.

»Ich werde hierbleiben.«

»Mr. Cocharan, Sie sind kein Angehöriger. Es ist gegen die Gepflogenheiten eines Krankenhauses, das Beisein von Freunden zu gestatten, während die Patienten behandelt werden. Glauben Sie mir, es wird nur mit ein paar Stichen genäht.«

Ein paar Stiche? Junes Magen revoltierte. Sie gab es nicht gern zu, aber wenn es um Nadeln ging – um die Nadeln, die die Ärzte in einen hineinstachen –, war sie ein Feigling. Und wenn ihr Geruchssinn sie nicht täuschte, wusste sie auch, wo sie war. Vielleicht sollte sie einfach verschwinden, es könnte sein, dass niemand es bemerkte.

Als sie sich aufsetzte, fand sie sich in einem kleinen Untersuchungszimmer wieder. Auf einem Tablett neben der Liege lagen all diese schrecklichen glänzenden Instrumente.

Blake hatte aus den Augenwinkeln die Bewegung gesehen, im nächsten Moment war er neben ihr. »June, ganz ruhig.«

Sie fuhr sich mit der Zungenspitze über die trockenen Lippen. »Krankenhaus?«

»Notfallstation. Sie werden deinen Arm in Ordnung bringen.«

June versuchte ein Lächeln, ihr Blick fiel auf das Tablett mit den Instrumenten. »Lieber nicht.« Doch als sie aufstehen wollte, war die Ärztin neben ihr.

»Bleiben Sie liegen, Miss Lyndon.«

June warf einen Blick in das strenge Gesicht der Ärztin, maß ihre eigene Stärke an der der Ärztin und entschied, dass sie gewinnen konnte. »Ich werde nach Hause gehen«, erklärte sie fest.

»Sie werden schön hier liegen bleiben, bis die Wunde genäht ist. Und jetzt sind Sie bitte ruhig.«

Vielleicht würde ihr ein Verbündeter helfen. »Blake?«

»Die Wunde muss genäht werden, Liebling.«

»Das will ich aber nicht.«

»Schwester«, rief die Ärztin, während sie sich am Waschbecken in der Ecke die Hände wusch und desinfizierte. »Mr. Cochran, Sie müssen solange draußen warten.«

»Nein.« June gelang es, sich wieder aufzusetzen. »Ich kenne Sie nicht«, erklärte sie der weiß gekleideten Frau. »Und sie kenne ich auch nicht.« Mit dem Kopf deutete sie auf die Schwester, die in den Raum kam. »Wenn ich wirklich stillhalten soll, während Sie mir den Arm nähen, dann möchte ich, dass jemand dabei ist, den ich kenne.« Sie umklammerte Blakes Hand. »Ihn kenne ich.« Sie legte sich auf die Liege zurück, ließ Blakes Hand aber nicht los.

»Also gut.« Die Ärztin gab nach. »Es wird auch nicht lange dauern.«

»Blake!« June holte tief Luft und sah ihm dann in die Augen. Sie dachte lieber nicht daran, was die beiden Frauen auf der anderen Seite der Liege mit ihrem Arm vorhatten. »Ich muss dir ein Geständnis machen. Ich bin nicht sehr gut in diesen Dingen. Ich brauche sogar Beruhigungstabletten, wenn ich zum Zahnarzt gehe.«

Aus den Augenwinkeln sah Blake, wie die Ärztin den ersten Stich machte. »Die hätten wir beinahe auch für Max gebraucht.« Beruhigend streichelte er ihre Hand. »Nach diesem Zwischenfall hier könntest du ihm erklären, dass du einen mit Holz gefeuerten Ofen in die Küche stellen willst, und er würde dir ohne Protest zustimmen.«

»Eine verdammt unangenehme Art, seine Kooperation zu gewinnen.« Sie zuckte zusammen, fühlte, wie ihr Magen wieder rebellierte, und schloss die Augen. »Sprich mit mir – über irgendetwas.«

»Wir sollten uns sehr bald einmal ein Wochenende freinehmen und ans Meer fahren. Irgendwo, wo es ruhig ist, direkt am Ozean.«

June versuchte, sich an diesem Bild festzuhalten. »An welchem Ozean?«

»Welchen du willst. Wir würden drei Tage nichts anderes tun, als am Strand zu liegen und uns zu lieben.«

Die junge Schwester blickte zu Blake, ein Seufzer kam über ihre Lippen, bis die Ärztin ihr einen bösen Blick zuwarf.

»Sobald ich aus Rom zurück bin. Du kannst ja inzwischen eine kleine Insel im Pazifik aussuchen.«

»Ich werde mich darum kümmern«, versprach Blake.

»Und in der Zwischenzeit«, unterbrach die Ärztin sie, »sorgen Sie bitte dafür, dass der Verband trocken bleibt. Lassen Sie ihn jeden dritten Tag erneuern, und in zwei Wochen kommen Sie wieder, um die Fäden ziehen zu lassen. Ein böser Schnitt«, fügte sie noch hinzu. »Aber Sie werden es überleben.«

Vorsichtig wandte June den Kopf. Die Wunde war jetzt von einem sterilen weißen Verband bedeckt, sofort schwand auch ihre Übelkeit. »Ich dachte aber, die Fäden lösen sich von selbst auf.«

»Es ist ein so hübscher Arm«, meinte die Ärztin und wusch sich die Hände. »Wir wollen doch nicht, dass eine Narbe zurückbleibt. Ich werde Ihnen noch ein paar Schmerztabletten verschreiben.«

»Die nehme ich nicht«, widersprach June trotzig.

Die Ärztin zuckte mit den Schultern. »Ganz wie Sie wollen. Oh, und vielleicht versuchen Sie es einmal mit den Solomon-Inseln vor der Küste von Neuguinea.« Dann war sie schon verschwunden.

»Eine tolle Frau«, murmelte June. »Vielleicht sollte ich sie als meine Leibärztin einstellen.«

Sie hat ihren Humor wiedergefunden, dachte Blake und lächelte ein wenig. Trotzdem legte er ihr einen Arm um die Taille. »Sie war genau das, was du gebraucht hast.«

»Wenn ich blute«, erklärte June ernst, »dann brauche ich eine ganze Menge Mitleid und Besorgnis.«

Blake küsste sie sanft auf die Stirn. »Was du jetzt brauchst, sind ein Bett, ein abgedunkeltes Zimmer und einige Stunden Ruhe.«

»Ich werde zurück an meine Arbeit gehen«, erklärte June entschlossen. »In der Küche herrscht wahrscheinlich das Chaos. Ich habe eine ganze Liste mit Anrufen, die ich unbedingt erledigen muss. Das heißt, sobald du dafür gesorgt hast, dass ich ein Telefon bekomme.«

»Du wirst jetzt nach Hause gehen, in dein Bett.«

»Ich blute aber nicht mehr. Und ich gebe ja zu, dass ich ein totaler Feigling bin, wenn ich Blut sehe oder Ärzte mit Nadeln. Aber das ist doch jetzt alles vorbei, und mir geht es ja wieder gut.«

»Du bist allerdings sehr blass.«

Blake half June in den Wagen und fuhr los. Eigentlich war ihm gar nicht klar, wie er selbst die vergangene Stunde überstanden hatte. »Dein Arm wird sicherlich schmerzen. Ich habe es mir zur Gewohnheit gemacht, meinen Angestellten für den Rest des Tages freizugeben, wenn sie während der Arbeit ohnmächtig werden.«

»Sehr liberal und auch sehr menschlich von dir. Ich wäre gar nicht erst ohnmächtig geworden, wenn ich nicht hingesehen hätte.«

»Nach Hause, June.«

Sie reckte sich, faltete die Hände in ihrem Schoß und holte tief Luft. Es stimmte, ihr Arm tat weh, doch das würde sie niemals zugeben. »Blake, ich wiederhole mich nicht gern, aber anders scheint das nicht zu gehen. Ich nehme von niemandem Befehle entgegen.«

Eine ganze Minute lang herrschte Schweigen im Wagen. Blake fuhr nicht zum Hotel, sondern in Richtung zu Junes Wohnung.

»Dann werde ich mir eben ein Taxi nehmen.«

»Das Einzige, was du nehmen wirst, ist eine Schmerztablette, ehe ich dich ins Bett verfrachte.«

Das hörte sich wirklich himmlisch an, und dennoch wehrte June sich. »Nur weil ich dich brauchte – ein wenig, als diese Ärztin mit der Nadel in meinen Arm stach –, bedeutet das noch lange nicht, dass du jetzt über mich bestimmen kannst.«

Es gab einen Weg, sie dazu zu bringen zu tun, was er wollte. Aber der direkte Weg war vielleicht der beste, überlegte Blake. »Ich nehme an, du weißt gar nicht, wie viele Stiche sie machen musste.«

»Nein.« June sah aus dem Fenster.

»Aber ich weiß es. Ich habe sie gezählt, es waren fünfzehn. Dann weißt du sicher auch nicht, wie dick die Nadeln waren?«

»Nein.« June presste eine Hand auf ihren Magen und starrte ihn an. »Das ist ein unfaires Spiel, Blake.«

»Wenn es aber klappt …« Er legte seine Hand auf ihre. »Nur ein kleines Schläfchen, June. Ich werde bleiben, wenn du willst.«

Wie sollte sie bloß mit ihm fertig werden, wenn er zuerst freundlich war, dann gemein und dann wieder zärtlich? Wie sollte sie mit sich selbst fertig werden, wenn sie sich nichts sehnlicher wünschte, als sich in seine Arme zu schmiegen, wo sie sicher und geborgen war?

»Ich werde mich ausruhen.« Und plötzlich hatte June auch das Gefühl, dass sie das brauchte, sehr sogar, aber es hatte nicht länger etwas mit ihrem Arm zu tun. Wenn er immer wieder ihre Gefühle so durcheinanderbrachte, würden die nächsten Monate schwierig werden.

»Allein«, fügte sie deshalb schnell hinzu. »Du hast im Hotel genug zu tun.«

Als Blake den Wagen vor ihrem Haus vorfuhr, legte sie schnell ihre Hand auf seine, als er den Motor ausstellen wollte. »Du brauchst nicht mit raufzukommen. Ich werde ins Bett gehen, das verspreche ich dir.« Als sie fühlte, dass er widersprechen wollte, drückte sie seine Hand und lächelte ihn an. Wenn er jetzt mit ihr nach oben gehen würde, könnte sich alles ändern.

»Ich werde eine Schmerztablette nehmen, Musik anmachen und mich hinlegen. Mir wäre es sehr lieb, wenn du im Hotel in der Küche vorbeigehen und nachsehen würdest, ob alles in Ordnung ist.«

Er sah sie aufmerksam an. Sie war blass, ihre Augen blickten matt. Er wollte bei ihr bleiben, wollte sie in seinen Armen halten. Selbst jetzt, hier im Auto, fühlte er den Abstand, der sich zwischen sie schob. Nein, das würde er nicht zulassen, entschied er. Doch im Moment brauchte sie ihre Ruhe mehr, als sie ihn brauchte.

»Wenn du es so möchtest. Ich werde dich aber heute Abend anrufen.«

Sie beugte sich zu ihm, gab ihm einen Kuss auf die Wange und stieg dann aus. »Danke, dass du meine Hand gehalten hast.«

10. Kapitel

Langsam ging es June auf die Nerven. Es war nicht so, dass June Aufmerksamkeit nicht genossen hätte, sie hatte sich während ihrer Karriere daran gewöhnt. Und sie mochte es auch, wenn sie umsorgt wurde. Doch wie jeder Koch wusste, musste man Zucker vorsichtig dosieren.

Monique hatte ihren Aufenthalt auf eine volle Woche ausgedehnt, hatte erklärt, dass sie Philadelphia unmöglich verlassen konnte, während sich June von ihrer Verletzung erholte. Je mehr June die Sache herunterzuspielen versuchte, desto bewundernder sah Monique sie an. Und je mehr Aufmerksamkeit und Bewunderung sie bekam, desto mehr fürchtete June den nächsten Besuch beim Arzt.

Monique kam jeden Tag zu ihrer Tochter ins Büro, brachte heilenden Tee oder kräftigende Suppe mit und stand dann neben June, bis diese alles getrunken oder aufgegessen hatte.

In den ersten Tagen hatte June sich über so viel Fürsorge gefreut. Monique war immer sehr liebevoll und freundlich zu ihr gewesen, mütterlich allerdings nie. Allein aus diesem Grund trank June die Tees, aß die Suppen und ließ die guten Ratschläge über sich ergehen. Doch als es immer weiterging und Monique sie oft bei wichtigen Arbeiten störte, wurde sie ungeduldig. Vielleicht hätte sie Moniques übertriebene Aufmerksamkeiten noch ertragen können, wenn das Küchenpersonal – allen voran Max – sie nicht genauso behandelt hätte.

Nichts durfte sie mehr selbst tun. Selbst wenn sie eine Kanne Kaffee kochen wollte, kam jemand, um ihr die Arbeit abzunehmen, und bestand darauf, dass sie sich setzte und ausruhte. Jeden Tag zur Mittagszeit brachte Max ihr ein Tablett mit den

Spezialitäten des Tages, gekochter Lachs, Hummersoufflé, gefüllte Auberginen. June aß es, weil Max neben ihr stehen blieb, bis sie alles aufgegessen hatte – doch dabei sehnte sie sich insgeheim nach einem doppelten Cheeseburger mit Schinken und einer großen Portion gebackener Zwiebelringe.

Türen wurden für sie geöffnet, besorgte Blicke folgten ihr, bis sie am liebsten laut geschrien hätte. Einmal, als sie jemanden anfuhr, dass sie nur eine Schnittwunde am Arm hätte und keine tödliche Krankheit, brachte ihr das lediglich eine neue Tasse Tee ein sowie einen Teller mit Vanillekeksen.

Man brachte sie mit Freundlichkeit um.

Und immer wenn sie glaubte, es nicht länger ertragen zu können, rückte Blake die Dinge für sie wieder zurecht. Er war nicht unfreundlich oder übersah ihre Verletzung, aber er behandelte sie auch nicht wie eine herausragende Persönlichkeit auf dem Sterbebett.

Er wählte immer genau den richtigen Zeitpunkt, um sie anzurufen oder um in der Küche zu erscheinen. Er war ruhig, wenn sie Ruhe brauchte, er gab Befehle, wenn sie sich danach sehnte. Er verlangte Dinge von ihr, während alle anderen glaubten, sie könnte nicht einmal den kleinen Finger heben.

Und bei ihm brauchte sie sich auch nicht zurückzuhalten oder sich schuldig zu fühlen, wenn ihr Temperament mit ihr durchging. Sie konnte ihn anschreien, ohne dabei diesen überaus geduldigen Ausdruck in seinen Augen zu sehen, den sie bei Max sah. Sie konnte vernünftig sein, ohne sich Sorgen darüber machen zu müssen, seine Gefühle zu verletzen, wie das bei ihrer Mutter der Fall war.

Ohne sich dessen richtig bewusst zu werden, begann sie, Blake als einen ruhenden Pol in einer verrückten Welt anzusehen. Und zum vielleicht ersten Mal in ihrem Leben brauchte June solch einen ruhenden Pol.

Genau wie Blake hatte auch June ihre Arbeit, in die sie sich vergraben konnte. Und das tat sie auch. Sie hatte lange Verhandlungen mit dem Drucker, um eine perfekte Speisekarte zu entwerfen. Dann gab es noch die Karten für den Zimmerservice, die ebenfalls gedruckt werden mussten. Stundenlang sprach sie mit möglichen Zulieferern für die Speisen, verhandelte, verlangte und genoss all das mehr, als sie sogar vor sich selbst zugeben wollte.

Die ganze Situation verlieh ihr eine tiefe Befriedigung – vielleicht nicht die Erregung, die sie verspürte, wenn sie ein ganz besonderes Dessert schuf, aber sie stellte fest, dass es genauso befriedigend war.

Und es ärgerte June, als man ihr nach einer besonders langen und erfolgreichen Verhandlung sagte, sie solle sich hinlegen und sich ausruhen.

»Chérie«, meinte Monique, als June gerade den Hörer aufgelegt hatte, nach einem langen Gespräch mit dem Metzger. »Es ist Zeit, dass du eine Pause machst. Du sollst dich nicht überanstrengen.«

»Mir geht es gut, Maman.« June warf einen Blick auf die Tasse mit dem Kräutertee, die Monique ihr gebracht hatte. »Ich muss nur noch einmal die Verträge mit den Lieferanten durchgehen. Es ist ein wenig kompliziert, einen oder zwei Anrufe muss ich noch erledigen.«

Wenn sie gehofft hatte, ihre Mutter so loswerden zu können, hatte sie sich geirrt. »Du hast heute schon so viele Stunden gearbeitet. Vergiss nicht, du hast einen tiefen Schock erlitten.«

»Ich habe mir den Arm verletzt«, korrigierte June und zwang sich zur Geduld.

»Fünfzehn Stiche«, rief Monique ihrer Tochter in Erinnerung und runzelte dann die Stirn, als June sich eine Zigarette anzündete. »Das ist nicht gut für deine Gesundheit, June.«

»Das ist diese nervöse Spannung auch nicht«, murmelte June und räusperte sich dann. »Mutter, ich bin ganz sicher, dass Keil dich schrecklich vermisst. Du solltest nicht so lange von ihm getrennt sein.«

»Ach ja.« Monique seufzte und blickte dann verträumt zur Decke. »Für eine frisch verheiratete Frau ist jeder Tag, den sie von ihrem Mann getrennt ist, wie eine Woche, und eine Woche ist wie ein Jahr.« Dann schüttelte sie den Kopf. »Aber mein Keil ist ein so verständnisvoller Mann. Er weiß, dass ich bei meiner Tochter sein muss, wenn sie mich braucht.«

June öffnete den Mund, um etwas zu sagen, schloss ihn dann aber wieder. »Du warst wirklich wundervoll«, begann sie nach einer Weile, und das stimmte ja auch. »Ich kann dir gar nicht sagen, wie sehr ich es zu schätzen weiß, dass du in dieser vergangenen Woche bei mir geblieben bist. Aber mein Arm ist jetzt fast wieder geheilt, und es geht mir gut. Ich fände es schrecklich, dich hier zu halten, wenn du doch deine Flitterwochen genießen solltest.«

Mit einem leisen Lachen wischte Monique Junes Einwände beiseite. »Mein Liebling, du wirst auch noch lernen, dass Flitterwochen sich nicht unbedingt auf eine gewisse Zeit beschränken oder auf eine Reise, sondern dass sie eine Lebenseinstellung sind. Mach dir deswegen keine Sorgen. Glaubst du etwa, ich könnte wegfahren, ehe man dir diese grässlichen Fäden aus dem Arm gezogen hat?«

»Mutter!« June fühlte, wie sich ihr Magen bemerkbar machte. Schnell griff sie nach der Tasse mit dem Tee.

»Ich war nicht bei dir, als der Arzt dir den Arm genäht hat, aber …« Ihre Lippen zitterten. »Ich werde bei dir sein, wenn die Fäden gezogen werden.«

June sah sich im Geiste auf der Liege, Monique würde danebenstehen und sich mit einem Taschentuch die Augen tupfen. Sie war nicht sicher, ob sie schreien oder ohnmächtig werden sollte.

»Maman, du musst mich entschuldigen, mir ist gerade eingefallen, dass ich eine Besprechung mit Blake in seinem Büro habe.« Ohne auf eine Antwort zu warten, lief June aus dem Zimmer.

Beinahe im gleichen Augenblick verzog sich Moniques Mund, sie lehnte sich in ihrem Stuhl zurück und lachte erfreut. Sie hatte vielleicht nicht immer gewusst, wie sie June behandeln musste, besonders nicht, als June noch ein Kind gewesen war. Aber jetzt ... Von Frau zu Frau wusste sie ganz genau, wie sie sie beeinflussen konnte. Und sie hatte die Absicht, sie Blake in die Arme zu treiben. Monique hatte keine Zweifel, dass ihre etwas störrische, liebenswerte Tochter genau dorthin gehörte.

»À l'amour«, sagte sie und hob die Teetasse.

June war es ganz gleich, dass sie überhaupt keine Verabredung mit Blake hatte. Sie musste ihn ganz einfach sehen, musste mit ihm reden, damit sie sich wieder fing. »Ich muss zu Mr. Cocharan«, erklärte sie seiner Sekretärin und lief an ihr vorbei.

»Aber Miss Lyndon ...«

Ohne anzuklopfen, riss sie die Tür zu Blakes Büro auf. »Hallo, Blake!«

Er zog eine Augenbraue hoch, winkte ihr, hereinzukommen, und fuhr dann in seiner telefonischen Unterhaltung fort. Sie sieht aus, als seien die Bluthunde hinter ihr her, dachte er. Sein erster Gedanke war, sie zu trösten, zu beruhigen. Aber es war offensichtlich, dass sie davon genug bekam – und dass sie es hasste.

Nervös lief sie in seinem Büro auf und ab. Schließlich trat sie ans Fenster, doch schon nach kurzer Zeit wandte sie sich wieder ab, ging an die Bar und goss sich einen Drink ein. Und als sie dann hörte, dass er den Hörer auflegte, wandte sie sich zu ihm um.

»Es muss etwas geschehen!«

»Gestikuliere nicht so mit dem Glas, sonst verschüttest du alles.«

Mit gerunzelter Stirn nahm June einen großen Schluck. »Blake, meine Mutter muss unbedingt nach Kalifornien zurück.«

»Oh.« Er notierte sich etwas auf einem Zettel. »Das ist aber schade.«

»Nein! Sie soll zurück, aber sie will nicht. Sie besteht darauf, hierzubleiben und mich zu versorgen, bis ich überschnappe. Und Max«, sprach sie weiter, noch ehe er etwas sagen konnte, »mit Max muss auch etwas geschehen. Heute waren es Shrimpssalat und Avocados. Ich kann es nicht mehr ertragen.« Sie holte tief Luft, dann beklagte sie sich weiter: »Charlie sieht mich an, als wäre ich die Heilige Johanna, und die anderen sind auch nicht viel besser – oder noch schlimmer. Sie machen mich verrückt.«

»Das sehe ich.«

Bei seinen Worten blieb June wie angewurzelt stehen und sah ihn wütend an. »Du brauchst mich gar nicht so belustigt anzulächeln.«

»Habe ich gelächelt?«

»Und du brauchst mich auch nicht so unschuldig anzusehen«, fuhr sie ihn erneut an. »Ein nervöser Zusammenbruch ist nichts, worüber man lacht.«

»Da hast du recht.« Er verschränkte beide Hände vor der Brust. »Warum setzt du dich nicht und erzählst mir alles von Anfang an?«

Sie ließ sich in einen Sessel sinken und nippte an ihrem Drink. »Es ist ja nicht so, als wüsste ich ihre Freundlichkeit nicht zu schätzen, aber zu viel des Guten ist niemals förderlich. Man kann eine Nachspeise auch durch zu viel Aufmerksamkeit und zu viel Getue verderben.«

»Das Gleiche sagt man auch von Kindern.«

»Hör bloß auf, so geistreich zu sein, verdammt!«

Er lächelte nur.

»Hörst du mir überhaupt zu?« June keifte förmlich.

»Ich höre jedes Wort.«

»Ich kann es nun mal nicht vertragen, so umsorgt zu werden, das ist alles. Meine Mutter – jeden Tag bringt sie mir diesen Kräutertee, ich habe schon das Gefühl, dass er in meinem Bauch gluckert, wenn ich gehe. Du sollst dich ausruhen, June, du bist noch nicht kräftig genug, June. Verflixt, ich bin stark wie ein Ochse!«

Blake griff nach einer Zigarette. Er genoss dieses Schauspiel. »Das glaube ich dir.«

»Und Max! Dieser Mann bringt mich mit seiner Fürsorge um. Jeden Tag, pünktlich um zwölf, gibt es Mittagessen.« Mit einem Aufstöhnen presste sie ihre Hand auf den Magen. »Ich habe seit einer Woche nichts Vernünftiges mehr gegessen. Ich habe dieses entsetzliche Verlangen nach Tacos, aber ich bin so voll mit Tee und Hummer, dass ich nichts mehr runterkriege. Wenn mir nur noch ein einziger Mensch sagt, ich solle mich ausruhen, ich glaube, ich werde ihm eins auf die Nase geben.«

Blake betrachtete angelegentlich seine Zigarette. »Ich werde dafür sorgen, dass ich nicht derjenige bin.«

June wirbelte zu Blake herum und setzte sich dann wieder hin. »Du bist der Einzige hier, der mich wie ein normaler Mensch behandelt. Du hast mich gestern sogar angeschrien. Dafür bin ich dir wirklich dankbar.«

»Gern geschehen.«

Lachend nahm sie seine Hand. »Ich meine das ernst. Ich war dumm genug, so einen Unfall in meiner Küche überhaupt geschehen zu lassen, man sollte mich nicht ständig wieder daran erinnern.«

»Ich verstehe dich.« Blake verschränkte seine Finger mit ihren. »Ich habe dich studiert, seit wir uns zum ersten Mal getroffen haben.«

Bei seinen Worten begann ihr Herz zu klopfen. »Ich bin nicht so leicht zu verstehen. Manchmal verstehe ich mich ja selbst nicht.«

»Dann will ich dir etwas über June Lyndon erzählen.« Er sah auf ihre verschränkten Hände. »Sie ist eine wunderschöne Frau, ein wenig verwöhnt durch ihre Kindheit und ihren Erfolg.« Er lächelte, als sie die Stirn runzelte. »Sie ist stark und vertritt ihren eigenen Standpunkt, und sie ist durch und durch weiblich, ohne berechnend zu sein. Sie ist ehrgeizig und besitzt die Gabe, sich völlig konzentrieren zu können. Und sie ist romantisch, auch wenn sie das abstreitet.«

»Das ist nicht wahr«, versuchte June ihn zu unterbrechen.

»Sie hört Chopin, wenn sie arbeitet, und auch wenn sie ihr Büro in einem Lagerraum einrichtet, stellt sie Rosen auf ihren Schreibtisch.«

»Der Grund, warum …«

»Unterbrich mich nicht«, befahl er, und mit einem Schulterzucken gab sie nach. »Ihre Ängste hält sie gut verborgen, denn sie gibt nicht gern zu, dass sie welche hat. Sie ist zäh genug, um es mit jedem aufzunehmen, und einfühlsam genug, eher eine unangenehme Situation zu erdulden, als die Gefühle eines anderen zu verletzen. Sie liebt den besten Champagner und dazu Essen von der Imbissbude. Es gibt niemanden, der mich schon so oft verärgert hat, und niemanden, dem ich so schrankenlos vertraue.«

June ließ die lang angehaltene Luft aus ihren Lungen entweichen. Nicht zum ersten Mal hatte er sie in eine Lage gebracht, in der ihr die Worte fehlten. »Nicht gerade eine sehr liebenswerte Frau.«

»Nicht unbedingt«, stimmte Blake ihr zu. »Aber eine sehr faszinierende.«

Sie lächelte, dann kam sie um den Schreibtisch herum und setzte sich auf seinen Schoß. »Das habe ich schon immer einmal tun wollen«, murmelte sie und schmiegte sich an ihn. »In einem eleganten Büro auf dem Schoß eines wichtigen Geschäftsmannes zu sitzen. Und plötzlich bin ich mir auch ganz sicher, dass ich lieber faszinierend sein möchte als liebenswert.«

»Mir gefällt das auch besser.« Er küsste sie sanft.

»Du hast gerade meinen nervösen Zusammenbruch verhindert – Kompliment!«

Er strich ihr über das Haar und dachte daran, dass er sie beinahe ganz für sich gewonnen hatte. »Unser Ziel ist es, die Leute zufriedenzustellen.«

»Wenn ich jetzt nur nicht in die Küche zurückmüsste.« Sie seufzte. »Und all die besorgten Gesichter sehen müsste.«

»Was würdest du denn lieber tun?«

Nachdenklich fuhr sie sich mit der Zungenspitze über die Zähne, dann grinste sie. »Am liebsten möchte ich jetzt ins Kino gehen, in einen ganz schrecklichen Film, und pfundweise Popcorn mit zu viel Salz essen.«

»Okay.« Er gab ihr einen Klaps auf den Po. »Dann werden wir uns jetzt einen schrecklichen Film suchen.«

»Du meinst, jetzt?«

»Jawohl.«

»Aber es ist erst vier Uhr.«

Er küsste sie und zog sie dann mit sich hoch. »So etwas nennt man ›sich aus dem Staub machen‹. Ich werde es dir unterwegs erklären.«

Mit June an seiner Seite fühlte Blake sich jung, unerhört jung und verantwortungslos, als sie jetzt in dem dunklen Kinosaal saßen, eine riesige Tüte mit Popcorn zwischen sich, während er ihre Hand hielt. Wenn er jetzt sein Leben Revue passieren ließ, so konnte er sich nicht erinnern, sich jemals so unbeschwert gefühlt zu haben. Das Multimillionen-Dollar-Unternehmen, das er zu führen hatte, erlaubte ihm solche Gefühle nicht. Auch wenn er in seiner Jugend davon hatte profitieren können, stets genug und nur das Beste von allem zu haben, so war doch auch immer der unausgesprochene Druck da gewesen, für sich selbst und auch für das Familienunternehmen verantwortlich zu sein.

Daher war Blake schon immer vorsichtig gewesen, nie impulsiv. Doch vielleicht änderte sich das jetzt – durch June? Er hatte den Wunsch, an diesem Nachmittag all das zu geben, was sie sich wünschte. Wäre es eine Reise nach Paris gewesen, ein

Abendessen im Maxim's – er hätte es möglich gemacht. Doch eigentlich hätte er wissen sollen, dass ein Film und Popcorn mehr nach ihrem Herzen waren.

Es war diese Mischung aus Eleganz und Einfachheit, die ihn von Anfang an zu ihr hingezogen hatte. Ganz ohne Zweifel wusste er, dass nie wieder eine Frau ihn so anrühren könnte, wie sie es tat.

June dachte, dass sie sich lange nicht mehr so entspannt gefühlt hatte. Eigentlich hatte sie sich nach diesem Unfall nur zusammen mit Blake so entspannt fühlen können. Er hatte sie unterstützt, aber, was noch viel wichtiger war, er hatte ihr Raum gelassen. In der letzten Woche hatten sie einander nicht sehr oft gesehen. June wusste, dass die Verhandlungen zur Übernahme der Hamilton-Kette in die Schlussphase getreten waren. Sie hatten beide viel zu tun gehabt, waren unter Druck gewesen, doch wenn sie allein waren, weg vom Cocharan-Hotel, sprachen sie nicht über geschäftliche Dinge. Sie wusste, wie hart er gearbeitet hatte, um dieses Geschäft abschließen zu können, doch all das schob er beiseite – für sie.

Sie lehnte sich zu ihm. »Süß.«

»Hmmm?«

»Du«, flüsterte sie ihm zu. »Du bist süß.«

»Weil ich einen so schrecklichen Film gefunden habe?«

Lachend griff sie nach dem Popcorn. »Er ist wirklich schrecklich, nicht wahr?«

»Entsetzlich. Deshalb ist das Kino wohl auch halb leer. Aber mir gefällt das. Es macht es so viel einfacher«, er lehnte sich zu ihr und nahm ihr Ohrläppchen sanft zwischen die Zähne, »so etwas hier zu genießen.«

»Oh!« June fühlte, wie ihr Körper von den Zehenspitzen aufwärts zu prickeln begann.

»Und so etwas.« Er knabberte an ihrem Hals. »Du schmeckst viel besser als das Popcorn.«

»Und es ist ganz ausgezeichnetes Popcorn.« Sie wandte den Kopf, damit ihre Lippen einander finden konnten.

Es war wundervoll, June hätte beinahe glauben können, dass ihre Lippen füreinander geschaffen waren. Wenn sie an so etwas geglaubt hätte, hätte sie sagen können, dass es vorbestimmt gewesen war, dass sie einander gerade zu diesem Zeitpunkt hatten finden sollen. Wenn er ihr so nahe war, wenn seine Lippen auf ihren lagen, konnte sie es beinahe glauben. Ach, sie wollte es so gern glauben!

Blake fuhr mit der Hand über ihr Haar. Es war so seidenweich und duftete so frisch. Es genügte, dass er ihr Haar berührte, und das Verlangen nach ihr brannte in ihm. Nie hatte er sich stärker gefühlt, als wenn er mit ihr zusammen war. Und nie hatte er sich verletzlicher gefühlt. Er hörte nicht länger, was auf der Leinwand vor sich ging, und auch June sah nicht länger, was geschah. Auf den engen kleinen Sitzen versuchten sie, einander so nahe wie möglich zu kommen.

»Entschuldigung.« Der junge Platzanweiser, der diesen Job nur in den Ferien machte, räusperte sich. »Entschuldigung.«

Als Blake aufsah, stellte er fest, dass das Licht brannte und die Leinwand dunkel war. June drängte ihr Gesicht an seine Schulter und unterdrückte das Lachen.

»Der Film ist vorbei«, erklärte der junge Mann förmlich. »Wir müssen das Kino nach jeder Vorstellung ... äh ... räumen.« Er warf einen Blick auf June und dachte, dass bei dieser Frau wohl jeder Mann das Interesse an dem Film verlieren konnte.

Als Blake aufstand, schluckte der junge Mann. Immerhin gab es genug Männer, die sich nicht besonders gern unterbrechen ließen.

Blake sah, wie der Adamsapfel des jungen Mannes sich auf und ab bewegte, als er nervös schluckte.

»Wir werden nur das Popcorn mitnehmen.« June nahm das Popcorn und hakte sich dann bei Blake ein. »Einen schönen Abend noch«, rief sie über ihre Schulter zurück, als sie Blake mit sich fortzog.

Draußen brachen beide in schallendes Gelächter aus. »Der arme Junge hat geglaubt, du wolltest auf ihn losgehen.«

»Der Gedanke ist mir auch gekommen, allerdings nur sehr flüchtig.«

»Trotzdem lange genug, um ihn nervös zu machen.« Sie stieg ins Auto und legte die Tüte mit Popcorn auf ihren Schoß. »Du weißt, was er gedacht hat, nicht wahr?«

»Was denn?«

»Er dachte, wir hätten eine verbotene Affäre.« Sie lehnte sich zu Blake hinüber und biss zart in sein Ohrläppchen. »Du weißt schon, deine Frau glaubt, du seist im Büro, und mein Mann glaubt, ich sei einkaufen.«

»Warum sind wir eigentlich nicht in ein Motel gegangen?«

»Da werden wir jetzt hingehen.« Sie aß weiterhin Popcorn und warf ihm einen schelmischen Blick zu. »Obwohl ich sagen würde, in unserer Situation wäre wahrscheinlich meine Wohnung vorzuziehen.«

»Ich bin flexibel, June ...« Er zog sie an sich und gab Gas, als die Ampel vor ihnen umsprang. »Worum ging es bei dem Film eigentlich?«

Lachend legte June den Kopf an seine Schulter. »Ich habe nicht die blasseste Ahnung.«

Später lagen sie nackt in ihrem Bett. Die Gardinen waren zurückgezogen, die Fenster offen. Aus dem Appartement unter ihnen hörten sie, wie jemand auf dem Klavier Tonleiter übte. Vielleicht war sie kurz eingenickt, denn als June die Augen wieder öffnete, war das Licht weicher geworden, beinahe rosafarben. Sie hatte jedoch keine Eile.

Das Bett war warm, die Laken zerwühlt von ihren brennenden Körpern. In der Luft lag ein Duft von gebratenem Fleisch, der aus der Wohnung unter ihnen zu kommen schien.

»Wie schön«, murmelte June und kuschelte sich an Blake. »Es ist wundervoll, einfach hier zu sein und zu wissen, dass alles, was erledigt werden muss, auch noch morgen getan werden kann. Wahrscheinlich hast du dich noch nicht oft genug aus dem Staub gemacht.« Sie war sicher, dass das bei ihr der Fall war.

»Wenn ich das tun würde, würde meine Arbeit darunter leiden, und der Aufsichtsrat würde sich beklagen. Beschwerden sind nämlich dessen Spezialität.«

June rieb ihr Bein an seinem. »Ich habe dich noch nicht nach der Hamilton-Hotelkette gefragt, weil ich dachte, du hast schon im Büro genug damit um die Ohren. Aber trotzdem wüsste ich gern, ob du das bekommen hast, was du wolltest.«

»Ich wollte diese Hotels haben«, antwortete er nach einem kurzen Schweigen. »Und am Ende hat der Vertragsabschluss alle Parteien zufriedengestellt. Mehr kann man doch nicht verlangen.«

»Nein.« Nachdenklich rollte sie herum, sodass sie ihn ansehen konnte. »Warum wolltest du denn die Hotels haben? War es der Kauf selbst, der Besitzer oder nur der Spaß an den Verhandlungen?«

»Wohl ein bisschen von allem. Ein großer Teil der Befriedigung im Geschäftsleben kommt daher, die Abschlüsse vorzubereiten, alle möglichen Hindernisse vorherzusehen und sie auszuschalten, bis man das hat, was man will. Eigentlich unterscheidet es sich gar nicht so sehr von der Kunst.«

»Mit Kunst hat das überhaupt nichts zu tun.«

»Es gibt Parallelen. Man hat eine Idee, arbeitet einen Weg aus, um sie in die Tat umzusetzen, und verfolgt ihn dann, bis man das geschafft hat, was man vorhatte.«

»Du bist viel zu logisch. In der Kunst folgt man seinen Gefühlen genauso sehr wie seinen Gedanken. Das kann man im Geschäftsleben nicht.« In einer typisch französischen Geste zuckte sie mit den Schultern. Irgendwie kam immer der französische Teil ihrer Abstammung dann mehr zur Geltung, wenn es um ihre Arbeit ging. »Im Geschäftsleben zählen nur Fakten und Zahlen.«

»Du hast die Intuition vergessen. Ohne die zählen auch Fakten und Zahlen nicht. Selbst solide Fakten hängen davon ab, wer unter welchen Umständen das Geschäft abschließen will.« Blake dachte jetzt an sie und an sich selbst. Er streckte den Arm aus und strich ihr eine Haarsträhne aus dem Gesicht. »Intuition ist manchmal verlässlicher als alles andere.«

Und June dachte jetzt an ihn und an sich selbst. »Vielleicht«, gab sie zögernd zu. »Aber nicht immer. Und das schafft die Möglichkeit für Fehlentscheidungen.«

»Es gibt überhaupt keine Fakten und auch keine noch so gründlichen Vorbereitungen, die eine Fehlentscheidung verhindern können.«

»Nein.« Sie legte ihren Kopf an seine Schultern und versuchte, die Panik abzuschütteln, die sich ihrer bemächtigen wollte.

Blake strich June über ihren Rücken. Sie ist noch immer so vorsichtig, dachte er. Sie brauchte noch mehr Zeit, mehr Raum. Vielleicht sollte ich jetzt besser das Thema wechseln.

»Ich habe zwanzig neue Hotels, die überwacht und umorganisiert werden müssen, das bedeutet zwanzig neue Küchen, die untersucht und eingeschätzt werden müssen. Da brauche ich einen Experten.«

June lächelte, dann hob sie den Kopf. »Das ist eine ganz beachtliche Anzahl, und es wird eine Menge Zeit brauchen.«

»Nicht für die beste Expertin der Branche.«

Sie sah ihn ein wenig hochmütig an. »Natürlich, aber das Beste ist oft sehr schwer zu bekommen.«

»Das Beste halte ich gerade sehr nackt und sehr anschmiegsam in meinen Armen.«

Sie verzog ihren Mund zu dem Lächeln, das Blake an ihr so liebte. »Das stimmt. Aber im Augenblick steht das wohl nicht zur Diskussion.«

»Hast du denn eine bessere Idee, wie wir den Abend verbringen könnten?«

Mit einer Fingerspitze fuhr sie über seine Lippen. »Eine viel bessere.«

Er hielt ihre Hand fest und nahm den Finger in den Mund. »Zeig es mir.«

Der Gedanke gefiel ihr. Doch diesmal würde sie dominieren, entschied sie. Sie würde das Tempo und die Art bestimmen, wie sie sich liebten, sie würde Blakes eiserne Kontrolle über sich selbst zerstören, diese Kontrolle, die sie insgeheim an ihm so bewunderte. Allein der Gedanke daran erregte sie.

Sie beugte sich zu ihm, berührte seine Lippen aber nur mit ihrer Zungenspitze. Ganz langsam zeichnete sie die Umrisse seines Mundes nach, dann seufzte sie auf und schob sich über ihn, während sie sein Gesicht mit Küssen bedeckte.

»Ich verlange nach dir, mehr als ich eigentlich sollte«, hörte sie sich selbst sagen. »Und ich habe dich viel seltener, als ich es mir wünsche.«

Ehe er noch etwas sagen konnte, presste sie ihre Lippen auf seine, und ihre gemeinsame Reise begann.

Sein ganzer Körper erbebte, allein durch ihre Worte. Das war es, was er von ihr hören wollte, auf das er so lange gewartet hatte. Genauso sehr, wie er darauf gewartet hatte, dass sie ihm endlich ihre Gefühle zeigte, die jetzt all seinen Widerstand beiseitefegten.

June berührte ihn. Seine Haut brannte.

Sie küsste ihn, sein Blut rauschte.

Sie besaß ihn, sein Denken setzte aus.

Ihre Hände waren kühl auf seiner erhitzten Haut, während sie ihn streichelte, erregte. Sie seufzte, und während sie seufzte, ließ sie ihre Hände seinen Körper erforschen. Bald, schon sehr bald würde seine eiserne Kontrolle nachgeben, das wusste sie. War es möglich, dass sie jetzt, nachdem sie einander geliebt hatten und sie seinen Körper kannte, noch größeres Glück erfahren würde, indem sie ihn immer wieder von Neuem erforschte?

Es schien kein Ende zu geben in den Gefühlen, die er in ihr hervorrief, in den Empfindungen, die sie hatte, wenn sie mit ihm zusammen war. Jedes Mal war es aufs Neue so erregend und einzigartig wie beim ersten Mal. Es war das Gegenteil von all dem, was June bis jetzt geglaubt und für möglich gehalten hatte. Jetzt stellte sie es nicht länger in Frage, sie genoss es.

Blake gehörte ihr, mit Leib und Seele, das fühlte sie. Und sie fühlte auch, dass er sich nicht viel länger würde zurückhalten können.

Es würde nicht mehr viel länger dauern. Während sie ihn streichelte und liebkoste, wurde sein Verlangen immer stärker, immer ungehemmter. Er wollte mehr, endlos mehr, und das Blut rauschte in seinen Ohren. Zum ersten Mal in seinem Leben fühlte Blake sich hilflos dem Ansturm der Gefühle gegenüber, die June in ihm hervorrief. Ihre Hände schienen alles zu wissen, er hörte, wie ihr Atem immer heftiger ging, sah die Leidenschaft in ihrem Blick. Nichts anderes auf der Welt schien mehr für ihn zu existieren, nur noch sie.

Dann küsste sie ihn wieder, und auch der letzte Rest an Zurückhaltung war verschwunden. Er war verrückt nach ihr. Seine Gedanken wirbelten unkontrolliert, sein Herz pochte wild. Mit rauer Stimme nannte er immer wieder ihren Namen, dann rollte er sie herum, schob sich über sie und drang mit einer einzigen Bewegung tief in sie ein.

Nun gab es nichts anderes als nur sie, bis sie gemeinsam den Höhepunkt der Leidenschaft erreichten.

11. Kapitel

»Ich verhungere.« Es war jetzt ganz dunkel. Kein Mond stand am Himmel. Doch die Dunkelheit war angenehm. Noch immer lagen sie nackt in Junes Bett, das Klavier unter ihnen war schon seit über einer Stunde verstummt. Es roch nicht mehr nach Essen.

Blake zog June an sich und ließ die Augen geschlossen, auch wenn er nicht schlafen wollte. In dieser absoluten Dunkelheit fühlte er sich ihr noch näher.

»Ich verhungere«, wiederholte June, dieses Mal ein wenig schmollend.

»Du bist doch die Köchin.«

»Oh nein, diesmal nicht.« Sie stützte sich auf ihren Ellbogen und blickte auf ihn hinunter. Nur die Silhouette seines Gesichtes konnte sie erkennen, sein Profil, das markante Kinn und die gerade Nase. Sie wollte es mit Küssen bedecken, aber sie wusste, jetzt war nicht die Zeit dafür. »Diesmal bist du an der Reihe mit dem Kochen.«

»Ich?« Vorsichtig öffnete er ein Auge. »Ich könnte uns eine Pizza bestellen.«

»Das dauert viel zu lange.« Sie rollte sich auf ihn, gab ihm einen schmatzenden Kuss und stieß ihn dann in die Rippen. »Ich habe gesagt, ich verhungere. Und das ist ein sehr dringendes Problem.«

Blake verschränkte die Hände hinter dem Kopf. »Ich kann nicht kochen.«

»Jeder kann irgendetwas kochen«, gab sie zurück.

»Rühreier«, erklärte er und hoffte, das würde sie abschrecken. »Mehr kann ich nicht.«

»Rühreier sind sehr gut.« Ehe er noch etwas sagen konnte, war sie aus dem Bett gesprungen und hatte die Nachttischlampe angeknipst.

»June!« Er hielt sich eine Hand vor die Augen und stöhnte auf. Sie grinste, dann ging sie zum Schrank und holte einen Morgenmantel heraus. »Ich habe Eier und eine Pfanne.«

»Ich mache aber sehr schlechte Rühreier.«

»Das ist nicht schlimm.« Sie warf ihm seine Hose zu. »Wenn man richtig hungrig ist, ist man nachsichtig.«

Entmutigt stand Blake auf. »Dann darfst du dich aber hinterher nicht beklagen.«

Sie sah ihm zu, als er seine dunkelblauen Boxershorts anzog. »Köche mögen es, wenn jemand für sie kocht«, meinte sie, als er seine Hose darüberzog.

Er knöpfte sein Hemd nicht zu. »Dann darfst du dich aber auch nicht einmischen.«

»Nicht im Traum.« Sie hakte sich bei ihm unter und führte ihn in die Küche. Wieder zuckte er zusammen, als sie das Licht anknipste. »Bediene dich.«

»Willst du mir denn nicht helfen?«

»Auf keinen Fall.« June nahm sich einen Keks. »Ich mache keine Überstunden, und ich arbeite auch nicht als Hilfskraft.«

»Sind das Bestimmungen aus dem Tarifvertrag?«

»Es sind meine Bestimmungen.« Sie reichte ihm einen Keks. »Möchtest du?«

»Nein, danke.« Im Kühlschrank fand er Eier und Milch.

»Vielleicht möchtest du noch etwas Käse reiben«, begann June, zuckte aber dann mit den Schultern, als er ihr einen bedeutungsvollen Blick zuwarf. Blake schlug vier Eier in eine Schüssel und goss dann Milch dazu. »Das solltest du aber lieber abmessen.«

»Und du solltest lieber nicht mit vollem Mund reden«, gab er zurück. Dann begann er die Eier zu schlagen.

Blake schlug sie viel zu lange, doch June sagte nichts. Aber kurz darauf konnte sie sich nicht mehr zurückhalten. »Du hast die Pfanne noch nicht erhitzt«, ermahnte sie ihn, und als er sich nicht von seiner Arbeit ablenken ließ, meinte sie: »Ich sehe schon, du brauchst dringend Nachhilfestunden.«

»Wenn du dich unbedingt betätigen willst, dann mach den Toast.«

Gehorsam nahm sie das Brot und steckte zwei Scheiben in den Toaster. »Es ist normal, dass Köche ein wenig unsicher werden, wenn man ihnen zusieht, aber ein guter Küchenchef muss sich darüber hinwegsetzen können und darf sich auch nicht ablenken lassen.« Sie wartete, bis er die Eier in die Pfanne gegeben hatte, ehe sie zu ihm hinüberging, von hinten die Arme um ihn schlang und ihn auf den Hals küsste. »Gegen jede Art von Ablenkung muss er immun sein. Und die Flamme ist zu stark.«

»Möchtest du die Eier nur leicht angebrannt oder völlig verbrannt?«

June lachte laut auf. »Leicht angebrannt genügt. Ich habe da noch einen hübschen weißen Bordeaux. Du hättest ein wenig davon zu dem Rührei geben können, aber da du das nicht getan hast, können wir ihn ja dazu trinken.«

Sie überließ Blake seiner Arbeit, und als die Eier fertig waren, lag der gebutterte Toast auf einer Platte, und der gekühlte Wein war in den Gläsern.

»Gar nicht so schlecht«, meinte sie nach dem ersten Bissen. »Ich könnte dich vielleicht in der Frühstücksschicht mitarbeiten lassen, natürlich nach einer angemessenen Probezeit.«

»Wenn nur Cornflakes auf der Speisekarte stehen, werde ich diesen Job vielleicht sogar annehmen.«

»Du musst dringend deinen Horizont erweitern.« June genoss das einfache Mahl. »Ich glaube, nach einigen Lektionen würdest du deine Arbeit ganz gut machen.«

»Nach Lektionen von dir?«

June hob ihr Glas und lachte ihn über den Rand des Glases

an. »Wenn du möchtest. Einen besseren Lehrer findest du sicher nicht.«

Ihr Haar war noch zerzaust, ihre Wangen leicht gerötet, und in ihren Augen tanzten die goldenen Fünkchen. Ihr Morgenmantel drohte ihr von der Schulter zu rutschen und enthüllte ihre nackte Haut.

Blakes Gefühle für diese Frau drohten ihn zu überwältigen. »Ich liebe dich, June.«

June starrte Blake an. Langsam verschwand das Lächeln von ihrem Gesicht. Was sie in diesem Augenblick fühlte, verriet ihm ihr Gesicht nicht. Eine Menge widerstreitender Gefühle schienen in ihrem Inneren zu toben, er las das aus ihrem verwirrten Gesichtsausdruck. Langsam stellte sie ihr Glas auf den Tisch und starrte dann beinahe verlegen hinein.

»Das sollte keine Drohung sein.« Blake nahm ihre Hand und hielt sie fest, bis sie ihn wieder ansah. »Ich verstehe nicht, dass dich das so sehr überrascht.«

Doch, es hatte sie überrascht. Zuneigung hatte sie erwartet, das war etwas, womit sie umgehen konnte. Respekt hätte sie auch verstanden. Aber Liebe – das war ein so zerbrechliches Wort. Und etwas in ihr sehnte sich so sehr danach, und doch kämpfte sie mit aller Kraft dagegen an.

»Blake, ich muss das nicht unbedingt hören, wie vielleicht andere Frauen. Bitte …«

»Vielleicht nicht.« Eigentlich hatte er es ganz anders anfangen wollen, doch jetzt musste er weitersprechen. »Aber ich musste es dir sagen. Ich wollte es schon lange sagen.«

Sie entzog ihm ihre Hand und hob wieder ihr Glas. »Ich habe immer geglaubt, dass es Worte sind, die eine Beziehung am ehesten zerstören können.«

»Wenn man sie nicht ausspricht«, gab Blake zurück. »Es ist der Mangel an Kommunikation, der eine Beziehung zerstört. Und dieses Wort gebrauche ich nicht leichtfertig.«

»Nein.« Das glaubte sie ihm, doch es machte ihre Angst nur noch größer. Liebe, wenn man sie verschenkte, verlangte etwas im Gegenzug. Und sie war nicht bereit dazu – sie war nicht sicher. »Ich glaube, es ist besser, wenn wir wollen, dass alles problemlos verläuft, dass wir ...«

»Ich möchte nicht, dass alles so weitergeht«, unterbrach Blake sie und fühlte, wie Panik in ihm aufstieg. »Ich möchte, dass du mich heiratest, June.«

»Nein«, wehrte June entsetzt ab. Schnell stand sie auf, als könnte der räumliche Abstand von ihm seine Worte wieder auslöschen. »Nein, das ist unmöglich.«

»Es ist sehr gut möglich.« Auch er stand auf. »Ich möchte, dass du mein Leben mit mir teilst, dass du meinen Namen trägst. Ich möchte Kinder von dir haben und mit dir zusammen sehen, wie sie aufwachsen.«

»Hör auf!« Abwehrend hob June die rechte Hand. Seine Worte rührten etwas in ihr an, und sie wusste, es würde einfach sein, Ja zu sagen und damit den größten Fehler ihres Lebens zu begehen.

»Warum?« Er machte einen Schritt auf sie zu und nahm ihr Gesicht in beide Hände. »Weil du dich fürchtest zuzugeben, dass auch du das möchtest?«

»Nein, ich möchte das nicht – ich glaube nicht an so etwas. Eine Ehe – es ist nur ein Stück Papier, das ein paar Dollar kostet. Und für ein paar tausend Dollar mehr bekommst du dann die Scheidung. Noch ein Stück Papier.«

Er fühlte, wie sie zitterte, und er verfluchte sich selbst dafür, dass er nicht wusste, wie er zu ihr durchdringen konnte.

»Du weißt, dass das nicht stimmt. Zu einer Ehe gehören zwei Menschen, die einander ein Versprechen geben und sich dann bemühen, dieses Versprechen zu halten. Scheidung bedeutet aufgeben.«

»Versprechen interessieren mich nicht.«

Verzweifelt stieß June seine Hände zurück und ging einige Schritte von ihm weg. »Ich will nicht, dass jemand mir Versprechungen macht, und ich selbst will auch keine machen. Ich bin mit meinem Leben so zufrieden, wie es ist. Ich muss an meine Karriere denken.«

»Das ist nicht genug, und das wissen wir beide. Du kannst mir nicht sagen, dass du nichts für mich fühlst. Jedes Mal, wenn wir zusammen sind, kann ich es in deinen Augen lesen.«

Ich mache alles falsch, dachte er, aber wie soll ich es sonst anfangen?

»Verflixt, June, ich habe wirklich lange genug gewartet. Und wenn ich vielleicht nicht den richtigen Zeitpunkt gewählt habe, um dir das alles zu sagen, kann ich jetzt auch nichts mehr daran ändern.«

»Den richtigen Zeitpunkt?«, fragte sie. »Wovon redest du überhaupt? War das vielleicht einer deiner sorgfältig ausgearbeiteten Pläne? Oh, ich verstehe.« Sie holte tief Luft, es störte sie gar nicht mehr, dass sie vielleicht unvernünftig war. »Hast du in deinem Büro gesessen und dir Punkt für Punkt deine Strategie zurechtgelegt? War es vielleicht das?«

»Mach dich doch nicht lächerlich …«

»Lächerlich?« Sie warf den Kopf zurück. »Nein, das glaube ich nicht. Du spielst dein Spiel sehr gut, du hast auch eine Menge Geduld. Hast du gewartet, bis du glaubtest, ich sei am meisten verletzbar?« Sie atmete jetzt heftig, die Worte überstürzten sich. »Ich will dir was sagen, Blake, ich bin keine Hotelkette, die du erwerben kannst, indem du darauf wartest, dass der Markt dafür günstig ist.«

Auf eine gewisse Weise hatte sie recht, und das Wissen darum machte ihn wütend. »Verdammt, June, ich will dich heiraten und nicht kaufen.«

»So wie ich das sehe, besteht darin kein sehr großer Unterschied. Doch diesmal ist dein Plan nicht aufgegangen, Blake.

Es gibt keinen Geschäftsabschluss. Und jetzt möchte ich, dass du mich allein lässt.«

»Es gibt aber noch eine ganze Menge, über das wir reden müssen.«

»Nein, das ist nicht wahr. Ich werde für dich arbeiten, bis mein Vertrag ausläuft, das ist alles.«

»Ich pfeife auf den Vertrag.« Er nahm sie bei den Schultern und schüttelte sie. »Und warum bist du nur so verflixt stur? Ich liebe dich. Das kannst du nicht einfach beiseiteschieben, als existiere dieses Gefühl nicht.«

Zu ihrer beider Überraschung füllten sich ihre Augen plötzlich mit Tränen. »Geh«, brachte sie noch hervor, dann liefen die Tränen über ihre Wangen. »Lass mich allein.«

Die Tränen machten ihn wehrlos. Etwas, was sie mit Worten nie geschafft hätte. »Das kann ich nicht.« Trotzdem ließ er sie los, obwohl er sich nichts sehnlicher wünschte, als sie in seinen Armen zu halten. »Ich werde dir Zeit geben, vielleicht brauchen wir beide Zeit, doch wir müssen noch darüber reden.«

»Geh endlich.« Noch nie hatte June vor einem anderen Menschen geweint. »Geh weg!« Sie wandte sich um und blieb wie erstarrt stehen, bis sie hörte, wie die Tür hinter ihm ins Schloss fiel.

Erst dann sah sie sich um, und obwohl Blake gegangen war, war er doch überall. Sie sank auf die Couch und ließ ihren Tränen freien Lauf, während sie sich wünschte, weit weg zu sein.

Sie war nicht wegen der Kathedralen, der Brunnen oder wegen der Kunst nach Rom gekommen. Auf ihrem Weg im Taxi vom Flughafen in die Stadt war June dankbar für den dichten Verkehr und den Lärm. Vielleicht bin ich diesmal zu lange in Amerika geblieben, dachte sie. Als sie am Trevi-Brunnen vorbeifuhren, dachte sie an Philadelphia.

Nur ein paar Tage, überlegte sie, ein paar Tage würde sie von dort weg sein, würde das tun, was sie am besten konnte, und das würde alles wieder ins rechte Licht rücken. Sie hatte einen Fehler gemacht mit Blake. Von Anfang an hatte sie gewusst, dass es falsch gewesen war, sich mit ihm einzulassen. Jetzt musste sie einen schnellen, vollständigen Bruch machen, und es würde nicht lange dauern, dann wäre er sogar dankbar dafür, dass sie ihn vor einem großen Fehler bewahrt hatte.

Sie lehnte sich in ihren Sitz zurück und sah aus dem Fenster. Sie fühlte sich elender als je zuvor in ihrem Leben.

Als das Taxi hielt, bezahlte sie den Fahrer und stieg dann aus. Es war gerade erst zehn Uhr vormittags, und dennoch war es schon heiß. Sie ging die Stufen zu einem alten, vornehmen Haus hoch und klopfte an die Tür. Sie wartete einen Augenblick, dann klopfte sie noch einmal.

Der Mann, der kurz darauf die Tür öffnete, trug einen seidenen Morgenmantel, der mit Pfauen bestickt war. An jedem anderen hätte dieser Morgenmantel lächerlich ausgesehen. Sein Haar war zerzaust, die Augen halb geschlossen.

»Hallo, Carlo. Habe ich dich geweckt?«

»June!« Schnell schluckte er den Fluch herunter, mit dem er den Störenfried hatte bedenken wollen, dann zog er sie in seine Arme. »Welche Überraschung!« Er küsste sie auf die Wangen, dann schob er sie ein wenig von sich weg. »Aber warum überraschst du mich in der Morgendämmerung?«

»Es ist schon nach zehn.«

»Wenn man erst um fünf Uhr ins Bett findet, dann ist zehn die Morgendämmerung. Aber komm rein, komm rein. Ich habe ganz vergessen, dass du zu Gravantis Geburtstag kommst.«

Von draußen war Carlos Haus lediglich vornehm. Drinnen jedoch war es luxuriös. In der großen Eingangshalle herrschten Marmor und Gold vor und verrieten seine Vorliebe für alles Kostspielige. Durch einen großen Bogen gingen sie in den Wohnbereich hinüber, in dem sich die Schätze aufhäuften, die zufriedene Kunden – und auch Frauen – ihm geschenkt hatten. Carlo besaß das Talent, sich Frauen auszusuchen, die seine

Freundinnen blieben, auch wenn sie nicht länger seine Geliebten waren.

Die Fenster wurden von Brokatvorhängen gerahmt, auf dem Boden lagen orientalische Teppiche, ein Tintoretto hing an der Wand. Zwei riesige Sofas waren mit Kissen überladen, neben einem saß ein Löwe aus Alabaster. Der große Kronleuchter spiegelte das Licht in seinen Tausenden von Kristallen wider.

Mit dem Finger strich June über den Rand einer wunderschönen blau-weißen chinesischen Vase. »Neu?«

»Sì.«

»Medici?«

»Aber natürlich. Ein Geschenk von einer … Freundin.«

»Deine Freundinnen sind ja immer bemerkenswert großzügig.«

Er grinste. »Aber das bin ich doch auch.«

»Carlo?«

Die etwas rauchige, ungeduldige Stimme kam oben von der Treppe. Carlo sah nach oben, blickte dann June an und grinste wieder.

June zog ihre Jacke aus. »Eine Freundin, nehme ich an.«

»Gib mir nur einen kleinen Augenblick, cara.« Schon während er sprach, lief er zur Treppe. »Vielleicht könntest du in der Küche etwas Kaffee machen.«

»Und so aus dem Weg gehen«, beendete June den Satz für Carlo. Sie nahm ihren Koffer mit in die Küche. Es hatte keinen Zweck, Carlo auch noch mit einer Erklärung für ihr Gepäck seiner Freundin gegenüber zu belasten.

Die Küche war genauso großartig wie der Rest des Hauses, June kannte sich hier beinahe genauso gut aus wie in ihrer eigenen Küche. Zwei Herde standen in dieser Küche sowie ein riesiger Kühlschrank. Es gab zwei Spülen und einen Geschirrspüler. Carlo Franconi tat alles, was er tat, in großem Rahmen.

June suchte im Schrank nach Kaffeebohnen und einer Kaffeemühle. Bei Carlo würde es sicher noch einen Augenblick dauern, dachte sie und entschloss sich, Crêpes zu backen.

Sie war gerade mit allem fertig, als er in die Küche zurückkam. »Ah, Bella, du kochst für mich. Welch große Ehre.«

»Ich fühlte mich ein wenig schuldig, weil ich dich heute Morgen gestört habe. Außerdem war ich hungrig.« Sie stellte die mit warmen Äpfeln und Zimt gefüllten Crêpes auf den Tisch. »Ich sollte mich entschuldigen, weil ich dich so einfach überfalle, ohne mich anzumelden. War deine Freundin böse?«

Er strahlte sie an, als er sich setzte. »Du kennst mich anscheinend immer noch nicht gut genug.«

»Scusa.« Sie reichte ihm die Sahne. »Wir werden also bei Enricos Geburtstag zusammenarbeiten.«

»Ich werde Kalbfleisch mit Spaghetti machen. Enrico hat eine Schwäche für meine Spaghetti. Jeden Freitag kommt er in mein Restaurant.« Carlo begann zu essen. »Und du wirst den Nachtisch machen.«

»Einen Geburtstagskuchen.« June trank ihren Kaffee, während die Crêpes auf ihrem Teller kalt wurden. Sie hatte plötzlich keinen Appetit mehr. »Enrico wollte etwas ganz Besonderes, nur für sich allein. Und da ich seine Vorliebe für Schokolade und Schlagsahne kenne, ist es mir nicht schwergefallen, mir etwas für ihn auszudenken.«

»Aber das Essen ist doch erst in zwei Tagen. Warum bist du so früh gekommen?«

June zuckte mit den Schultern. »Ich wollte ein wenig Zeit für mich haben.«

»Verstehe.« Und er glaubte wirklich zu verstehen. June sah schlecht aus, hatte Ränder unter den Augen. Das eindeutigste Anzeichen für Liebeskummer. »Geht in Philadelphia alles gut?«

»Der Umbau ist fertig, die neuen Speisekarten sind gedruckt. Ich denke, das Personal in der Küche gibt sein Bestes. Ich habe Maurice aus Chicago geholt, erinnerst du dich an ihn?«

»Oh ja, gepresste Ente.«

»Es ist ein aufregendes Gericht. Genau das würde ich auswählen, wenn ich einmal ein eigenes Restaurant hätte. Als ich mit dem ganzen Papierkram beschäftigt war, habe ich regelrecht Respekt für dich entwickelt, Carlo.«

»Ach, die ganzen Schreibarbeiten. Schrecklich, aber leider notwendig. Du isst ja gar nicht, June.«

»Hmm? Ach, das ist wahrscheinlich die Zeitverschiebung.« Sie deutete auf ihren Teller. »Bedien dich.«

Carlo nahm sie beim Wort. »Hast du das Problem mit Max gelöst?«

Abwesend berührte sie ihren Arm. Die Verletzung und auch die Stiche, all das gehörte der Vergangenheit an. »Es geht. Mutter hat mich für einige Zeit besucht, sie macht immer großen Eindruck.«

»Monique? Wie geht es ihr?«

»Sie ist wieder verheiratet. Diesmal mit einem Regisseur, einem Amerikaner.«

»Ist sie glücklich?«

»Natürlich. In ein paar Wochen beginnen sie mit einem neuen Film.«

»Vielleicht war das ihre klügste Wahl. Er ist sicher jemand, der ihr künstlerisches Temperament und ihre Bedürfnisse versteht.« Carlo sah sie an. »Und wie geht es deinem Amerikaner?« June stellte die Kaffeetasse auf den Tisch zurück. »Er will mich heiraten.« Carlo hätte sich beinahe an einem Bissen seiner Crêpes verschluckt. »So … meinen Glückwunsch.«

»Sei doch nicht dumm!« Sie konnte nicht länger still sitzen bleiben, deshalb stand sie auf und ging in der Küche hin und her. »Ich werde ihn nicht heiraten.«

»Nein?« Carlo ging zum Herd und goss ihnen beiden eine weitere Tasse Kaffee ein. »Warum denn nicht? Ist er vielleicht nicht attraktiv genug? Schlecht gelaunt? Dumm?«

»Natürlich nicht.« Sie ballte die Hände zu Fäusten. »Das hat damit gar nichts zu tun.«

»Womit denn?«

»Ich habe eben einfach nicht die Absicht zu heiraten. Das ist eine Sache, auf die ich gut verzichten kann.«

»Hast du etwa Angst, dass du dabei auf die Nase fällst?«

Sie hob trotzig das Kinn. »Sei vorsichtig, Carlo.«

Bei ihrem eisigen Ton zuckte er nur leicht mit den Schultern. »Du weißt, dass ich stets genau das sage, was ich denke. Wenn du etwas anderes hättest hören wollen, wärst du nicht zu mir gekommen.«

»Ich bin hierhergekommen, weil ich ein paar Tage einen Freund besuchen wollte, nicht, um über eine Heirat zu sprechen.«

»Aber du hast deswegen schlaflose Nächte.«

Sie hatte ihre Kaffeetasse hochgehoben, jetzt stellte sie sie klirrend auf die Untertasse zurück. »Es war ein langer Flug, und ich habe hart gearbeitet. Und, ja, vielleicht habe ich wegen dieser ganzen Sache schlaflose Nächte«, entgegnete sie heftig. »Ich habe das von ihm einfach nicht erwartet. Er ist ein ehrlicher Mann, und wenn er sagt, dass er mich liebt und mich heiraten will, dann meint er das auch. Wenigstens im Augenblick. Das macht es mir nicht gerade einfach, Nein zu sagen.«

Carlo ließ sich durch ihren Temperamentsausbruch nicht beeindrucken – er liebte so etwas an einer Frau. »Und du? Was fühlst du für ihn?«

Zögernd ging June zum Fenster hinüber und blickte in Carlos Garten. »Natürlich fühle ich etwas für ihn. Mehr, als gut für mich ist. Aber diese Gefühle bestärken mich nur noch darin, so schnell wie möglich mit ihm zu brechen. Ich möchte ihm nicht wehtun, Carlo, genauso wenig, wie ich mir selbst wehtun möchte.«

»Und du bist so sicher, dass Liebe und Ehe wehtun würden?« Er legte ihr beide Hände auf die Schultern und massierte sie leicht. »Wenn du dir so viele Gedanken über alle Eventualitäten des Lebens machst, dann hast du gar keine Zeit mehr zu leben, cara mia. Du hast jemanden, der dich liebt, und auch wenn du es nicht aussprichst, so glaube ich doch, dass du ihn ebenfalls liebst. Warum gibst du das denn nicht zu?«

»Eine Ehe, Carlo«, June wandte sich um und sah ihn ernst an, »ist nichts für Leute wie uns.«

»Leute wie uns?«

»Wir sind so mit dem beschäftigt, was wir tun. Wir sind daran gewöhnt, zu kommen und zu gehen, wann wir wollen. Wir sind niemandem Rechenschaft schuldig. Ist das nicht auch der Grund, warum du nie geheiratet hast?«

»Ich könnte sagen, ich bin ein sehr großzügiger Mensch, und ich habe das Gefühl, es wäre sehr selbstsüchtig, wenn ich meine Gaben nur für eine einzige Frau bewahren wollte.« Sie lächelte, und er strich ihr zart das Haar aus dem Gesicht. »Aber um ehrlich zu sein, ich habe nie die Frau gefunden, bei der mein Herz zu zittern begann. Ich habe danach gesucht, und wenn ich sie gefunden hätte, wäre ich auf dem schnellstmöglichen Weg zu einem Priester gelaufen und hätte sie geheiratet.«

Mit einem Seufzer wandte June sich wieder zum Fenster. »Die Ehe ist ein Märchen, Carlo, voll von Prinzen, Bauern und Kröten. Ich habe viel zu viele dieser Märchen gesehen, die sich in nichts aufgelöst haben.«

»Wir schreiben unsere eigenen Geschichten, June, das müsstest du doch am besten wissen.«

»Vielleicht. Aber diesmal weiß ich einfach nicht, ob ich den Mut habe, die Seite umzublättern.«

»Lass dir Zeit. Es gibt keinen besseren Ort auf der Welt, um über das Leben und die Liebe nachzudenken, als Rom. Und es gibt keinen besseren Mann, mit dem du darüber nachdenken könntest, als Franconi. Heute Abend werde ich für dich kochen. Linguine.« Er küsste ihre Fingerspitzen. »Dafür könntest du sterben. Und du kannst eine deiner Babas machen wie damals, als wir noch zusammen studierten, d'accordo?«

June ging zu ihm hinüber und schlang die Arme um seinen Hals. »Weißt du, Carlo, wenn ich wirklich an die Ehe glaubte, dann würde ich dich nehmen, und zwar schon allein wegen deiner Pasta.«

Er grinste. »Carissima, selbst meine Pasta ist nichts, verglichen mit meinem ...«

»Da bin ich ganz sicher«, unterbrach sie ihn schnell. »Warum ziehst du dich nicht an, dann gehen wir zusammen einkaufen. Ich muss mir etwas ganz Tolles kaufen, solange ich in Rom bin. Außerdem habe ich meiner Mutter auch noch kein Hochzeitsgeschenk gekauft.«

Wie hatte er nur so dumm sein können? Blake knipste sein Feuerzeug an und blickte in die Flamme. Es würde mindestens noch eine Stunde dauern, bis es hell wurde, aber er konnte nicht mehr schlafen. Er hatte es aufgegeben, sich vorzustellen, was June in Rom machte, während er in seiner leeren Wohnung saß und nur an sie dachte. Wenn er nach Rom fahren würde ...

Nein. Er hatte sich selbst das Versprechen abgenommen, ihr Zeit zu lassen, ganz besonders, weil er so ungeschickt an die ganze Sache herangegangen war.

Er stand auf und lief unruhig auf und ab. Wenn es stimmte, dass er die ganze Angelegenheit behandelt hatte, als sei es ein Problem, das er auf dem gewohnten Wege lösen musste, dann doch nur deshalb, weil das eben seine Arbeit war. Aber er liebte sie, und er war sicher, dass sie ihn ebenfalls liebte. Wie sollte er nur die Mauer der Abwehr einreißen, die sie um sich herum errichtet hatte?

Sollte er einfach so tun, als sei nichts geschehen? Das war unmöglich. Er blickte aus dem Fenster auf die Stadt. Der Himmel im Osten begann langsam, sich zu röten. Und plötzlich wurde Blake klar, dass er schon viel zu viele Sonnenaufgänge allein betrachtet hatte. Zwischen ihnen beiden hatte sich zu viel geändert, zu viel war gesagt worden. Man konnte nichts zurücknehmen, man konnte auch die Liebe nicht zurücknehmen und sie wegschließen, bis man sie mal wieder brauchen konnte.

Eine volle Woche hatte er sie nicht gesehen, bevor sie nach Rom abgeflogen war. Es war viel schwieriger gewesen, als er es sich vorgestellt hatte, aber ihre Tränen am letzten Abend hatten ihn dazu gebracht. Jetzt fragte er sich, ob er nicht wieder einen Fehler gemacht hatte. Wenn er vielleicht am nächsten Tag zu ihr gegangen wäre …

Er schüttelte den Kopf und trat dann vom Fenster zurück. Sein Fehler war es gewesen, an diese Situation mit Logik heranzugehen. In der Liebe gab es keine Logik, nur Gefühl. Und ohne Logik war er hilflos.

Er liebte June wahnsinnig. Ja, dachte er, das ist der richtige Ausdruck dafür: ein unheilbarer Wahnsinn. Wäre sie bei ihm, dann könnte er es ihr zeigen. Wenn sie zurückkäme, dachte er verzweifelt, dann würde ich diese verflixte Mauer, die sie um sich herum errichtet hat, einreißen, Stück für Stück, bis sie nicht mehr anders kann, als sich mir hinzugeben.

Als das Telefon läutete, starrte er verwundert darauf. June?
»Hallo.«

»Blake?« Die Stimme hatte einen leicht französischen Akzent.

»Ja. Monique?«

»Es tut mir leid, dass ich Sie störe, aber ich vergesse immer den Zeitunterschied zwischen Westen und Osten. Ich wollte gerade ins Bett gehen. Habe ich Sie geweckt?«

»Nein.« Die ersten Sonnenstrahlen erhellten das Zimmer. Der größte Teil der Stadt schlief noch. »Hatten Sie eine angenehme Reise, zurück nach Kalifornien?«

»Ich habe beinahe einen ganzen Tag geschlafen. Es gibt hier so schrecklich viele Partys, so wenig hat sich geändert in Hollywood, nur einige Namen, einige Gesichter. Um mit der Mode zu gehen, muss man jetzt seine Sonnenbrille an einem Band um den Hals tragen. Meine Mutter hat das auch immer getan, aber nur, damit sie ihre Brille nicht verlor.«

Er lächelte. »Sie brauchen doch nicht mit der Mode zu gehen, um chic zu sein.«

»Wie schmeichelhaft.«

»Was kann ich für Sie tun, Monique?«

»Oh, zuerst muss ich Ihnen sagen, wie nett es war, in Ihrem Hotel zu wohnen. Und wie geht es Junes Arm? Ist er besser?«

»Offensichtlich. Sie ist in Rom.«

»Oh, ja, jetzt erinnere ich mich. Nun, sie hat es noch nie lange an einem Ort ausgehalten, meine June. Ich habe sie nur kurz gesehen, ehe ich abgereist bin. Sie schien mir ... irgendwie abgelenkt.«

Blake fühlte, wie sein Magen sich zusammenzog. Er versuchte sich zu entspannen. »Sie hat sehr hart gearbeitet.«

Moniques Mund verzog sich. Er gibt nichts zu, dachte sie bewundernd. »Ja, vielleicht werde ich sie noch einmal kurz sehen. Ich möchte Sie um einen Gefallen bitten, Blake. Sie waren so nett zu mir während meines Besuches in Philadelphia.«

»Was kann ich für Sie tun?«

»Die Suite, in der ich gewohnt habe, ich fand sie so angenehm, so agréable. Könnten Sie mir diese Suite vielleicht reservieren? Ich werde nämlich in zwei Tagen noch einmal zurückkommen.«

»In zwei Tagen?« Blake runzelte die Stirn.

»Ja, ich war so dumm, so vergesslich. Ich habe in Philadelphia noch etwas zu erledigen, und durch Junes Unfall habe ich das ganz vergessen. Ich muss noch einmal zurückkommen, um alles in Ordnung zu bringen. Und die Suite?«

»Aber natürlich. Ich werde dafür sorgen, dass sie für Sie reserviert ist.«

»Merci. Vielleicht dürfte ich Sie um noch etwas bitten. Am Samstagabend gebe ich eine kleine Party, nur für einige Freunde. Ich wäre Ihnen sehr dankbar, wenn Sie auch dabei sein würden, nur für ein paar Minuten. So gegen acht?«

Im Augenblick war Blake ganz und gar nicht nach einer Party zumute. Aber seine gute Erziehung und auch sein Geschäft ließen ihm keinen anderen Ausweg. Er schrieb sich Datum und Zeit auf. »Ich werde gern kommen.«

»Wunderbar. Bis Samstag dann, au revoir.«

Nachdem sie den Hörer aufgelegt hatte, lachte Monique zufrieden auf. Es stimmte, sie war Schauspielerin und keine Drehbuchautorin, aber ihr kleines Drehbuch war einfach perfekt. Absolut perfekt.

Sie nahm den Telefonhörer noch einmal zur Hand und schickte ein Telegramm nach Rom.

12. Kapitel

Chérie. Ich muss wegen unerledigter Geschäfte noch einmal nach Philadelphia zurückkommen, ehe wir mit dem Film beginnen. Ich werde über das Wochenende in meiner Suite im Cocharan-Hotel sein. Am Samstagabend gebe ich eine kleine Soirée. Komm bitte um halb neun. À bientôt. Maman.

Was hatte sie nur vor? Neugierig betrachtete June das Telegramm noch einmal, während ihr Flugzeug über den Atlantik flog. Sie konnte sich nicht vorstellen, welche Geschäfte ihre Mutter wohl in Philadelphia haben mochte. Sie hatte doch immer behauptet, eine gute Schauspielerin bliebe in ihrem Herzen immer ein Kind und hätte daher keinen Sinn für Geschäfte. Doch das war nur ein Vorwand für sie gewesen, um genau das zu tun, was sie wollte. June konnte sich wirklich nicht vorstellen, was ihre Mutter in Philadelphia zu tun hatte.

Achselzuckend steckte sie das Telegramm in ihre Handtasche zurück. Sie hatte absolut nicht den Wunsch, in etwa fünf Stunden mit fremden Menschen angestrengte Konversation bei einem Cocktail zu machen. Am Abend zuvor erst hatte sie bis zur Erschöpfung gearbeitet, um Enrico einen Geburtstagskuchen zu machen, der die Form seines palastartigen Hauses in einem der teuersten Vororte von Rom hatte. Zwölf Stunden hatte sie daran gearbeitet, und zum ersten Mal hatte sie, weil ihr Gastgeber darauf bestand, die Party mitgemacht, auf der der Kuchen dann schließlich gegessen wurde.

Sie hatte geglaubt, es würde ihr guttun, die eleganten Menschen und die festliche Atmosphäre würden sie ablenken. Aber nur eines war ihr dabei klar geworden: Sie wollte nicht in Rom sein, viel lieber wäre sie zu Hause gewesen. Und zu ihrem eigenen Erstaunen stellte sie fest, dass zu Hause für sie Philadelphia war.

Sie sehnte sich nicht nach Paris und nach ihrer kleinen Wohnung am linken Seineufer. Sie sehnte sich nach ihrer Wohnung in Philadelphia, wo in jedem Raum die Erinnerung an Blake lebte. Wie dumm es auch sein mochte, wie unklug oder töricht, sie wollte Blake.

Auch jetzt, auf ihrem Heimflug, hatte sich das nicht geändert. Sobald sie wieder festen Boden unter den Füßen hatte, war es Blake, zu dem sie gehen wollte. Und Blake wollte sie auch all die Geschichten erzählen, die sie von Enrico gehört hatte. Blake sollte darüber lachen. Und sie wollte sich an ihn schmiegen und in seinen Armen die Anstrengungen der letzten Tage vergessen.

Seufzend legte June den Kopf gegen die Rückenlehne und schloss die Augen. Nun, sie würde ihre Pflicht tun und zu der Party ihrer Mutter gehen. Vielleicht war es eine willkommene Ablenkung. Es würde ihr eine kleine Zeitspanne verschaffen, ehe sie Blake wiedersehen musste. Blake und ihr Entschluss, den sie schon gefasst zu haben glaubte.

B.C. fuhr sich mit dem Finger in seinen Hemdkragen und hoffte, dass er nicht so nervös aussah, wie er sich fühlte. Monique wiederzusehen, nach all den Jahren – und er würde ihr Lillian vorstellen müssen. Monique, meine Frau Lillian. Lillian, das ist Monique Dubois, eine frühere Geliebte. Die Welt ist doch klein, nicht wahr?

Auch wenn er ein Mann war, der gute Scherze liebte, so konnte er an dem bevorstehenden Zusammentreffen nichts Komisches finden.

Es stimmte, er war seiner Frau nur ein einziges Mal untreu gewesen. Und das auch nur, weil sie sich damals im Streit voneinander getrennt hatten und er bitter und verängstigt gewesen war. Aber ein Vergehen, das man vor langer Zeit begangen hatte, war noch immer ein Vergehen.

Er liebte Lillian, er hatte sie immer geliebt, aber er hatte nie zu verleugnen versucht, dass er diese kurze Affäre mit Monique gehabt hatte. Und er konnte auch nicht abstreiten, dass sie aufregend, leidenschaftlich und unvergesslich gewesen war.

Danach hatten sie nie wieder versucht, miteinander Kontakt aufzunehmen, auch wenn er sie noch ein- oder zweimal flüchtig gesehen hatte. Aber auch das war schon so lange her.

Warum also hatte sie ihn jetzt, nach all den Jahren, so plötzlich angerufen und darauf bestanden, dass er mit seiner Frau in ihre Suite im Cocharan-Hotel kommen sollte? Wieder fuhr er mit seinem Finger den Hemdkragen entlang. Irgendetwas schien ihn ersticken zu wollen. Moniques einzige Erklärung war gewesen, dass es um das Glück seines Sohnes und ihrer Tochter ging.

An ihm war es danach gewesen, einen Grund zu finden, um in die Stadt zu kommen und seine Frau zu bewegen mitzufahren. Einfach war das wirklich nicht gewesen. Aber im Vergleich zu dem, was ihm bevorstand, schien ihm das jetzt eine Kleinigkeit, denn immerhin war er mit einer intelligenten, unabhängigen Frau verheiratet.

»Willst du den ganzen Tag an deinem Schlips herumfummeln?« B. C. zuckte zusammen, als seine Frau plötzlich hinter ihn trat. »Nur mit der Ruhe.« Lachend strich sie über seine Schultern. »Man könnte ja meinen, dass du noch nie zuvor einen Abend mit einer berühmten Frau verbracht hast. Oder machen dich nur französische Schauspielerinnen so nervös?«

Nur diese eine französische Schauspielerin, dachte B. C., dann wandte er sich zu seiner Frau um. Sie war hübsch, nicht so atemberaubend wie Monique, aber sie war von einer ruhigen Schönheit, an der sich auch in all den Jahren nichts geändert hatte. In ihrem dichten dunkelbraunen Haar zeigten sich graue

Strähnen, die sie nicht zu verbergen versuchte, sondern so frisierte, dass der Kontrast vorteilhaft wirkte.

Lillian hatte schon immer Stil besessen. Sie war seine Partnerin gewesen, hatte ihm immer zur Seite gestanden. Er brauchte eine starke Frau, und die war sie gewesen. Und dazu noch die beste Kameradin, die ein Mann sich nur wünschen konnte. Er legte seine Hand auf ihre Schulter und küsste sie zärtlich.

»Ich liebe dich, Lily.« Als sie ihn anlächelte, nahm er ihre Hand und fühlte sich wie ein Mann auf dem Weg zum Schafott. »Wir gehen besser, sonst kommen wir noch zu spät.«

Blake legte verärgert den Telefonhörer auf. Er war ganz sicher, dass June an diesem Abend zurückkommen würde. Aber schon seit über einer Stunde rief er immer wieder in ihrer Wohnung an und bekam keine Antwort. Seine Geduld war zu Ende, und er war absolut nicht in der Stimmung, jetzt zu Moniques Party zu gehen. Genau wie sein Vater rückte auch er seinen Schlips zurecht.

Wenn das alles vorbei war, wenn sie wieder zurück war, dann würde er einen Weg finden, sie davon zu überzeugen, mit ihm wegzufahren. Er würde diese verflixte Insel im Pazifik finden, koste es, was es wolle. Er würde sie kaufen und mit ihr dorthin ziehen. Er würde eine Pizzeria-Kette aufbauen oder eine Kette mit Imbisslokalen, vielleicht würde sie das zufriedenstellen.

Er wusste, dass er unvernünftig war, unvernünftig und gemein, und er verließ ärgerlich seine Wohnung.

Monique sah sich in der Suite um und nickte dann befriedigt. Die Blumen verliehen dem Raum eine sinnliche Atmosphäre. Es waren nicht viele, ein kleiner Strauß hier, ein Strauß da, und doch fand sie, dass alles gleich viel romantischer aussah. Der Wein war gekühlt, die Kristallgläser blinkten in dem gedämpften Licht. Max hatte sich selbst übertroffen mit den Horsd'œuvres, ein wenig Kaviar, etwas Paté, einige kleine

Quiches – alles sah sehr elegant aus. Sie durfte nicht vergessen, ihn in seiner Küche zu besuchen.

Mit der Hand berührte Monique ihren Haarknoten. Eigentlich war diese Frisur gar nicht ihr Stil, aber heute Abend wollte sie würdevoll aussehen. Sie hatte das Gefühl, es war für die Gelegenheit angebracht. Die schwarze Seidenhose und die schulterfreie Bluse waren jedoch sexy und chic. Sie hatte nicht widerstehen können, sich ein wenig außergewöhnlich zu kleiden.

Die Szene war bereit, entschied sie, jetzt kam es nur noch auf die Akteure an …

Mit einem Lächeln ging sie zur Tür, als es klopfte. Der erste Akt würde beginnen.

»B. C.!« Mit einem strahlenden Lächeln streckte sie ihm beide Hände entgegen. »Wie wundervoll, dich nach all den Jahren wiederzusehen.«

Ihre Schönheit war noch genauso atemberaubend wie früher, ihrem Lächeln konnte er nicht widerstehen. Auch wenn er sich vorgenommen hatte, kühl und sehr höflich zu sein, war seine Stimme warm und freundlich. »Monique, du bist überhaupt nicht älter geworden.«

»Und du bist noch immer der gleiche Charmeur.« Sie lachte und gab ihm einen Kuss auf die Wange, ehe sie sich zu der Frau neben ihm wandte. »Und Sie sind Lillian! Wie schön, dass wir einander endlich kennenlernen. B. C. hat mir so viel von Ihnen erzählt, dass ich das Gefühl habe, wir seien alte Freundinnen.«

Lillian bedachte sie mit einem abschätzenden Blick und zog dann die Augenbrauen hoch. »Oh?«

Sie lässt sich nichts vormachen, dachte Monique und entschied, dass sie diese Frau mochte. »Aber natürlich ist das alles schon so lange her, wir müssen unsere Bekanntschaft unbedingt auffrischen. Komm rein, B. C. Wirst du bitte so freundlich sein, den Champagner aufzumachen?«

B. C. war nur noch ein Nervenbündel. Etwas zu trinken würde ihm vielleicht helfen, hoffte er, als er Moniques Wunsch erfüllte. Doch lieber hätte er ein großes Glas Bourbon pur getrunken.

»Natürlich habe ich Sie schon sehr oft gesehen, Mrs. Dubois. Ich glaube, Sie haben keinen Film gemacht, den ich nicht mindestens einmal gesehen habe.«

»Nennen Sie mich doch bitte Monique.« Sie nahm eine einzelne Rose aus einer der Vasen und reichte sie Lillian. »Und ich fühle mich geschmeichelt. Immer wieder habe ich versucht, mich vom Film zurückzuziehen, doch wieder zum Film zurückzukommen, ist genauso, als käme man zu einem alten Geliebten zurück.«

Wie eine Rakete flog der Korken der Champagnerflasche an die Decke. Monique hakte sich bei Lillian ein, innerlich kicherte sie wie ein junges Mädchen. »Ist das nicht ein aufregendes Geräusch?«, fragte sie. »Wir müssen einander unbedingt zuprosten, n'est-ce pas?«

Sie hob das Glas. »Ich trinke auf das Schicksal«, erklärte sie. »Und auf die seltsame Art, in der es uns alle miteinander verbindet.« Sie stieß mit B. C. und seiner Frau an. »Erzähle mir, bist du noch immer ein so begeisterter Segelfan?«

Er räusperte sich und wusste nicht, ob er seine Frau beobachten sollte oder Monique. Beide beobachteten ihn, daran bestand kein Zweifel. »Ah, ja. Lillian und ich sind gerade erst von Tahiti zurückgekommen.«

»Wie schön. Ein perfekter Ort für Liebende, oui?«

Lillian nippte an ihrem Glas. »Perfekt.«

»Et voilà, da kommt unser nächster Gast«, sagte Monique, als es an der Tür klopfte.

Jetzt begann der zweite Akt. Selten hatte Monique etwas so sehr genossen. »Blake, wie nett, dass Sie kommen konnten. Sie sehen fantastisch aus.«

»Monique.« Er zog ihre Hand an die Lippen, während er insgeheim überlegte, wie lange er wohl würde hierbleiben müssen. »Willkommen zurück in Philadelphia.«

»Sie werden sicher überrascht sein, wenn Sie sehen, wer meine anderen Gäste sind.« Sie zog ihn in die Suite.

Damit hatte ich wirklich nicht gerechnet, dachte Blake, als er seine Eltern sah. Er ging zu seiner Mutter hinüber. »Ich wusste gar nicht, dass ihr in der Stadt seid.«

»Wir sind auch noch nicht lange hier.« Lillian reichte ihrem Sohn ein Glas Champagner. »Wir haben bei dir angerufen, aber dein Telefon war besetzt.« Was hat diese Frau eigentlich vor? fragte sich Lillian, als Monique zu ihnen trat.

»Familien«, begann Monique und nahm ein wenig von dem Kaviar, »ich liebe Familien. Und Ihnen beiden muss ich sagen, dass ich Ihren Sohn bewundere. Der junge Cocharan führt die Familientradition weiter, nicht wahr?«

Einen kurzen Moment lang blickten Lillians Augen wachsam. Sie hätte gern gewusst, auf welche Familientradition die Schauspielerin anspielte.

»Wir sind beide sehr stolz auf Blake«, erklärte B. C. »Er hat nicht nur den Standard der Cocharan-Hotels erhalten, er hat ihn sogar noch gesteigert. Der Kauf der Hamilton-Kette war ein ausgezeichnetes Geschäft.« Er prostete seinem Sohn zu. »Und wie geht der Umbau der Küche voran?«, fragte er ihn.

»Sehr gut.« Das war wirklich das letzte Thema, über das Blake jetzt reden wollte. »Morgen fangen wir mit der neuen Speisekarte an.«

»Dann haben wir unseren Besuch ja genau richtig eingerichtet«, warf Lillian ein. »Wir können dann gleich testen, wie es geworden ist.«

»Wissen Sie überhaupt, welchen Zufall es dabei gegeben hat?«, fragte Monique. »Ist das nicht lustig? Es ist meine Tochter, die für Ihren Sohn die Küche organisiert hat.«

»Ihre Tochter?« Lillian warf ihrem Mann einen schnellen Seitenblick zu. »Nein, das habe ich nicht gewusst.«

»Sie ist eine ausgezeichnete Küchenchefin, nicht wahr, Blake? Sie hat schon oft für ihn gekocht«, fügte sie dann mit einem vielsagenden Lächeln hinzu.

Lillian hielt die Rose an ihre Nase und sah darüber hinweg ihren Sohn an. »Wirklich?«

»Ein sehr charmantes Mädchen«, meinte jetzt auch B. C. »Sie hat das gute Aussehen von dir geerbt, Monique, obwohl ich kaum glauben konnte, dass du schon eine erwachsene Tochter hast.«

»Ich war ebenso überrascht, als ich zum ersten Mal deinen Sohn kennenlernte.« Sie lächelte B. C. an. »Ist es nicht erstaunlich, wie schnell die Jahre vergehen?«

Statt einer Antwort räusperte B. C. sich nur und goss dann Champagner nach.

Vor einigen Wochen hatte Blake sich gefragt, was für eine geheime Botschaft es gewesen war, die zwischen June und seinem Vater ausgetauscht wurde. Jetzt, als er B. C. und Monique beobachtete, wurde ihm auf einmal alles klar. Er sah zu seiner Mutter hinüber, doch die trank ruhig ihren Champagner.

Mein Vater und Junes Mutter? Wann? fragte er sich, während er versuchte, diese Neuigkeit zu verdauen. Solange er sich erinnern konnte, waren seine Eltern unzertrennlich gewesen. Nein – plötzlich fiel ihm wieder ein, dass es eine kurze, turbulente Zeit gegeben hatte, als er ungefähr zehn Jahre alt gewesen war. B. C. war damals für einige Wochen verschwunden gewesen – waren es drei Wochen gewesen? Eine Geschäftsreise, hatte seine Mutter ihm seinerzeit erklärt, aber selbst damals schon hatte er gewusst, dass das nicht stimmte. Doch dann war alles so schnell wieder vorbei gewesen, dass er seither nicht mehr daran gedacht hatte. Jetzt … jetzt hatte er plötzlich eine Ahnung, wo sein Vater die Zeit damals verbracht hatte. Und mit wem.

Er sah seinen Vater an, erkannte, wie unbehaglich der sich fühlte. Nun zahlte er für seine Untreue von vor beinahe zwanzig Jahren.

Blake sah Moniques Lächeln. Was zum Teufel hatte sie eigentlich vor?

Noch ehe er seinem Ärger Ausdruck verleihen konnte, legte sie ihm eine Hand auf den Arm. Es war eine Bitte, zu warten, geduldig zu sein. Und dann klopfte es noch einmal an der Tür.

»Ah, Entschuldigung. B. C., würdest du ein weiteres Glas Champagner eingießen? Wir haben noch einen Gast heute Abend.«

Hocherfreut sah Monique dann ihre Tochter an, als sie die Tür geöffnet hatte. In dem schlichten jadefarbenen Seidenkleid, das ihre Blässe noch hervorhob, sah June zart und zerbrechlich aus und dennoch äußerst sexy. »Chérie, wie nett von dir, mich nicht zu enttäuschen heute Abend.«

»Ich kann allerdings nicht lange bleiben, Mutter. Ich muss unbedingt schlafen.« June hielt ihr ein kleines Päckchen mit einer großen rosa Schleife entgegen. »Aber ich habe dir ein Hochzeitsgeschenk mitgebracht.«

»Reizend!« Monique gab ihrer Tochter einen Kuss auf die Wange. »Ich habe auch etwas für dich. Etwas, was du hoffentlich immer in Ehren halten wirst.« Sie trat zur Seite und ließ June eintreten.

Nein, nicht so, dachte June verzweifelt, als der Schock über Blakes Anblick sie durchfuhr. Sie hatte sich auf das Wiedersehen vorbereiten wollen, wenn sie ausgeruht war und ihr Selbstvertrauen wiedergefunden hatte. Sie wollte ihn jetzt noch nicht sehen. Und was taten seine Eltern hier? Ein Blick auf die Frau neben B. C. sagte ihr, dass es Blakes Mutter war.

»Ich finde dein Spielchen gar nicht lustig, Mutter«, murmelte sie auf Französisch.

»Ganz im Gegenteil. Es könnte sich herausstellen, dass es

das wichtigste Spielchen ist, das ich je in meinem Leben gespielt habe. B. C.«, sagte sie dann in fröhlichem Ton, »du hast meine Tochter schon kennengelernt, nicht wahr?«

»Ja, das habe ich.« Lächelnd reichte er June ein Glas Champagner. »Nett, Sie wiederzusehen.«

»Und das ist Blakes Mutter. Lillian, darf ich Ihnen meine einzige Tochter vorstellen?«

»Ich freue mich, Sie kennenzulernen.« Lillian reichte June die Hand. Es war ihr nicht entgangen, wie entsetzt ihr Sohn und die Tochter dieser Schauspielerin einander angesehen hatten. Überraschung, Unsicherheit und auch Verlangen hatten in ihren Blicken gelegen. Wenn Monique deswegen dieses kleine Spielchen hier spielte, dann würde sie ihr Bestes tun, ihr dabei zu helfen. »Ich habe gerade gehört, dass Sie Küchenchef sind und dass wir morgen Ihr neu zusammengestelltes Menü probieren werden.«

»Ja.« June suchte nach Worten. »War Ihr Segelausflug schön? Es war Tahiti, nicht wahr?«

»Wir hatten eine wundervolle Zeit, auch wenn B. C. manchmal die Tendenz zeigt, zum Sklaventreiber zu werden, wenn man nicht aufpasst.«

»Unsinn.« B. C. legte seiner Frau einen Arm um die Taille. »Diese ist die einzige Frau, die ich je an das Steuer eines meiner Schiffe lasse.«

Sie beten einander an, dachte June, und es überraschte sie. Ihre Ehe dauerte jetzt schon beinahe vierzig Jahre, und sie war offensichtlich auch nicht ohne Stürme abgelaufen … und trotzdem beteten sie einander noch immer an.

»Ist es nicht wunderbar, wenn Mann und Frau die gleichen Interessen haben – und trotzdem Individuen bleiben?« Monique strahlte June an, dann blickte sie zu Blake. »Sie stimmen mir doch sicher auch zu, dass so etwas einen Mann und eine Frau noch enger aneinanderbindet, auch wenn sie harte Zeiten überstehen müssen?«

»Ganz bestimmt.« Blake sah June an. »Es hängt alles ab von der Liebe und von dem Respekt, den sie füreinander empfinden ... und vielleicht auch noch von ihrem Optimismus.«

»Optimismus!« Dieses Wort schien Monique zu gefallen. »Aber ja, natürlich. Ich bin immer optimistisch – vielleicht zu sehr. Ich habe schon den vierten Ehemann, das zeigt, dass ich sicher viel zu optimistisch bin.« Sie lachte. »Aber ich habe immer zuerst nur nach der Romantik gesucht in meinen Beziehungen. Würden Sie sagen, dass das falsch ist, Lillian?«

»Wir suchen alle nach Romantik, nach Liebe und Leidenschaft.« Sie legte eine Hand auf den Arm ihres Mannes. »Und auch natürlich nach gegenseitigem Respekt.« Sie sah ihren Mann an. »Aber ich muss dieser Liste noch zwei Dinge hinzufügen, nämlich Toleranz und Hartnäckigkeit, die sind in einer Ehe unerlässlich.«

Sie wusste es, dachte B. C., als er seiner Frau in die Augen sah. Sie hat es immer gewusst, seit zwanzig Jahren.

»Ausgezeichnet.« Monique stellte Junes Geschenk auf den Tisch. »Ich glaube, das ist der rechte Augenblick, ein Hochzeitsgeschenk zu öffnen. Diesmal habe ich die Absicht, all diese Dinge in meiner Ehe zu vereinen.«

Sie wollte gehen. June sagte sich, sie brauchte sich nur umzudrehen und zur Tür zu gehen. Und doch blieb sie wie angewurzelt stehen und sah Blake in die Augen.

»Oh, wie reizend!« Vorsichtig hob Monique das kleine handgearbeitete Karussell aus der Schachtel. Kleine vergoldete Pferde aus Elfenbein drehten sich zu einem romantischen Prélude von Chopin. »Liebling, das ist wirklich zauberhaft. Die kleinen Pferde sollte man Romantik, Liebe, Hartnäckigkeit und so weiter taufen. Ich werde es immer in Ehren halten.«

»Ich ...« June sah ihre Mutter an, und dann konnte sie ihr plötzlich nicht mehr böse sein. »Sei glücklich, Maman.«

Monique küsste sie. »Du auch, mignonne.«

B. C. lehnte sich zu seiner Frau und flüsterte in ihr Ohr: »Du weißt es, nicht wahr?«

Mit einem belustigten Lächeln hob sie ihr Glas. »Natürlich«, antwortete sie leise, »du konntest doch noch nie Geheimnisse vor mir haben.«

»Aber ...«

»Ich habe es damals gewusst, und ich habe dich gehasst, beinahe einen ganzen Tag lang. Weißt du noch, wer damals die Schuld an allem hatte? Ich kann mich nicht mehr so richtig daran erinnern.«

»Herrje! Lily, wenn du gewusst hättest, wie schuldig ich mich fühlte. Heute Abend wäre ich beinahe erstickt an ...«

»Gut«, erklärte sie. »Und jetzt, du alter Dummkopf, lass uns machen, dass wir hier wegkommen, damit die Kinder ihre Probleme ins Reine bringen können. Monique ...« Sie reichte ihr die Hand, und als sich ihre Hände berührten, trafen sich auch ihre Blicke. In dem geheimen Einverständnis, das zwischen ihnen herrschte, brauchte jedoch nichts ausgesprochen zu werden.

»Herzlichen Dank für den netten Abend und meine besten Wünsche auch für Ihren Mann.«

»Danke.« Mit einem kleinen wehmütigen Lächeln streckte Monique B. C. die Arme entgegen. »Au revoir, mon ami.«

Er nahm sie in seine Arme und fühlte sich wie ein Mann, dem gerade eine Generalamnestie zuteilgeworden war. Er wollte nichts weiter, als jetzt mit seiner Frau allein zu sein, um ihr zu sagen, wie sehr er sie liebte. »Vielleicht werden wir morgen zusammen essen«, meinte er dann allgemein in die Runde. »Gute Nacht.«

Monique begann zu kichern, als sich die Tür hinter den beiden geschlossen hatte. »Liebe, ich muss immer lachen. Also ...« Sie begann, ihr Geschenk wieder einzupacken. »Meine gepackten Koffer stehen schon unten, mein Flugzeug geht in einer Stunde.«

»In einer Stunde?«, fragte June erstaunt. »Aber ...«

»Meine Geschäfte hier sind erledigt.« Mit dem Geschenk unter dem Arm stellte sie sich bis auf die Zehenspitzen, um Blake einen Kuss zu geben. »Sie haben das Glück, wunderbare Eltern zu haben.«

Dann küsste sie June. »Und du, mein Schatz, hast das ebenfalls, auch wenn sie nicht Mann und Frau geblieben sind. Die Suite ist bezahlt bis morgen früh, und der Champagner ist noch kalt.«

Monique ging zur Tür. Dort blieb sie stehen und sah sich noch einmal um. »Bon appétit, mes enfants.«

Sie fand, das sei einer ihrer besten Abgänge gewesen.

Als die Tür hinter Monique ins Schloss gefallen war, blieb June wie angewurzelt stehen. Sie wusste nicht: Sollte sie applaudieren, oder sollte sie etwas gegen die Wand werfen?

»Eine tolle Inszenierung«, meinte Blake nach einer Weile. »Möchtest du noch etwas Champagner?«

Ich kann genauso lässig sein wie er, dachte sie. »Gern.«

»Und wie war es in Rom?«

»Heiß.«

»Und dein Kuchen?«

»Herrlich.« Sie hob das Glas und machte dann zwei Schritte von ihm weg. Es war besser, von unwichtigen Dingen zu sprechen, wenn so viel Unausgesprochenes zwischen ihnen lag. »Ging hier alles glatt?«

»Erstaunlicherweise ja. Auch wenn ich glaube, dass alle erleichtert sein werden, dass du wieder da bist, vor allem angesichts der Umstellung morgen.« Er nippte an seinem Glas. »Sag mal, seit wann weißt du eigentlich, dass mein Vater und deine Mutter eine Affäre hatten?«

Er ist wirklich sehr direkt, dachte sie, aber sie konnte genauso direkt sein. »Ich habe es gewusst, als es damals passierte. Ich war zwar noch ein Kind, aber Kinder sind in diesen Dingen sehr aufmerksam. Man könnte sagen, ich habe es damals geahnt, sicher war ich erst, als ich deinem Vater den Namen meiner Mutter nannte.«

Er nickte und dachte wieder an den Tag in seinem Büro. »Und wie sehr hast du dich davon beeinflussen lassen?«

»Es war mir unangenehm.« Sie zuckte mit den Schultern.

»Und du warst entschlossen, dafür zu sorgen, dass sich die Vergangenheit nicht noch einmal wiederholt, stimmt's?«

Blakes Einfühlungsvermögen war entblößend. »Vielleicht.«

»Aber dann ist es doch passiert.«

June versuchte sich abzulenken, indem sie Kaviar auf einen Cracker strich. »Wir waren beide ja nicht verheiratet.«

Blake nahm sich eine Quiche, als führten sie eine ganz nebensächliche Unterhaltung. »Du weißt, warum deine Mutter das heute Abend gemacht hat?«

»Monique konnte noch nie dem Wunsch widerstehen, so etwas in Szene zu setzen. Sie hat das getan, um mir klarzumachen, dass eine Ehe von Dauer sein kann, auch wenn sie nicht unbedingt perfekt ist.«

»Und? War sie damit erfolgreich?« Als June nicht antwortete, stellte Blake sein Glas ab. Es war an der Zeit, nicht länger um den heißen Brei herumzureden. »Es hat keine Stunde gegeben, in der ich nicht an dich gedacht habe«, gestand er ihr.

Ihre Blicke trafen sich. Hilflos schüttelte sie den Kopf. »Blake, ich finde, du solltest nicht …«

»Verflixt, du wirst mich jetzt anhören. Wir passen zueinander. Du kannst mir nicht sagen, dass du das nicht weißt. Vielleicht hattest du recht, als du mir vorgeworfen hast, dass ich an die Sache herangegangen bin wie an ein geschäftliches Problem. Ich war vielleicht zu sehr darauf bedacht, auf den richtigen Moment zu warten. Aber ich musste sichergehen, sonst wäre ich verrückt geworden, weil ich versuchte, dir genug Zeit zu geben, damit du selbst einsehen würdest, was uns beide miteinander verbindet.«

June verschränkte die Arme vor der Brust. »Ich habe das gesagt, weil du mir Angst gemacht hast. Ich habe das alles gar nicht so gemeint.«

»June.« Er legte eine Hand an ihre Wange. »Ich habe alles genau so gemeint, was ich dir in dieser Nacht gesagt habe. Ich verlange so sehr nach dir wie damals.«

»Ich bin hier.« Sie machte einen Schritt auf ihn zu. »Wir sind allein.«

Das Verlangen nach ihr zerriss Blake beinahe. »Ich will dich lieben, aber nicht, ehe ich weiß, was du von mir erwartest. Willst du nur ein paar Nächte, ein paar Erinnerungen, so wie unsere Eltern das hatten?«

Sie wandte sich ab. »Ich weiß nicht, wie ich es dir erklären soll.«

»Sag mir, was du fühlst.«

June brauchte einen Augenblick, um die richtigen Worte zu finden. »Also gut. Wenn ich koche, dann nehme ich diese Zutaten und jene. Mit meinen eigenen Händen gebe ich sie zusammen und schaffe daraus etwas Perfektes. Wenn ich feststelle, dass es nicht perfekt ist, werfe ich es weg. Ich habe sehr wenig Geduld.«

Sie hielt einen Augenblick inne und fragte sich, ob er sie wohl verstand. »Ich habe immer geglaubt, wenn ich mich auf eine Beziehung einlasse, gibt es diese Zutat und jene, und ich würde sie zusammentun. Aber ich wusste, ich würde daraus nie etwas Perfektes schaffen können. Deshalb …« Sie holte tief Luft, »deshalb habe ich mich gefragt, ob daraus auch etwas entstehen würde, das ich lieber wegwerfen würde.«

»Eine Beziehung ist etwas, das nicht an einem einzigen Tag entstehen kann und das auch nicht nach einem einzigen Tag schon perfekt sein kann. Ein Teil des Geheimnisses ist, dass man daran arbeiten muss, und dazu sind fünfzig Jahre noch immer nicht ausreichend.«

»Das ist eine lange Zeit, um an etwas zu arbeiten, das nie vollkommen sein wird.«

»Ist die Herausforderung zu groß für dich?«

June zuckte zusammen, dann sah sie Blake an. »Dafür kennst du mich zu gut«, murmelte sie. »Vielleicht sogar besser, als mir lieb ist. Vielleicht zu gut, als für uns beide gut ist.«

»Falsch«, widersprach er ruhig. »Du bist für mich gut.«

Sie öffnete den Mund, um etwas zu sagen, schloss ihn dann aber wieder.

»Bitte«, begann June nach einer Weile. »Wir müssen diese Sache zu Ende bringen. Als ich in Rom war, habe ich versucht, mir einzureden, dass es mein Wunsch war, hierhin und dahin fliegen zu können, ohne mir Sorgen zu machen.« Sie seufzte. »Als ich in Rom war, habe ich mich elender gefühlt als je zuvor in meinem Leben.«

Er konnte ein Grinsen nicht unterdrücken. »Das tut mir aber leid.«

»Das tut es nicht.« Sie wandte sich ab. Sie würde es ihm nur einmal erklären, deshalb musste sie sichergehen, dass er sie auch verstand. »Im Flugzeug habe ich mir vorgenommen, dass wir uns vernünftig miteinander unterhalten müssen, wenn ich wieder zurück wäre. In meinem Kopf sagte ich mir, dass das bedeutete, dass wir unser Verhältnis so weiterführen würden, wie es vorher war. Intimität ohne Bindung, was wahrscheinlich überhaupt keine wahre Intimität ist.« Sie nippte an ihrem Glas. »Aber als ich heute Abend hier hereinkam und dich sah, da wusste ich, dass es unmöglich ist. Wir können nicht einfach so weitermachen wie bisher, am Ende würde das uns nur beide zerstören.«

»Du wirst nicht einfach aus meinem Leben verschwinden.«

Sie wandte sich zu ihm um. Jetzt stand sie ganz nahe vor ihm. »Das würde ich tun, wenn ich es könnte. Und verflixt, du bist nicht der Einzige, der mich davon zurückhält. Ich selbst bin es! All deine Pläne, all deine Logik konnten nichts an dem ändern, was in meinem Inneren ist. Nur ich hätte es ändern können, nur meine Gefühle.«

Sie nahm seine Hände, dann holte sie noch einmal tief Luft. »Ich möchte auf diesem Karussell mit dir fahren, ich will die Möglichkeit haben, es gemeinsam mit dir zu erschaffen ...«

Blake zog sie in seine Arme. »Warum? Sag mir, warum.«

»Weil ich irgendwann, zwischen dem Augenblick, als du zum ersten Mal in meine Wohnung kamst, und jetzt, mich in dich verliebt habe. Ganz egal, wie dumm das auch sein mag, aber ich will es versuchen.«

»Wir werden gewinnen.« Seine Lippen suchten ihre, und als sie zitterte, wusste er, dass es nicht nur aus Leidenschaft war. Um die Leidenschaft würde er sich später kümmern, jetzt musste er zuerst ihre aufgebrachten Nerven beruhigen. »Wenn du möchtest, können wir ja eine Probezeit abmachen.« Er bedeckte ihr Gesicht mit Küssen. »Wir können sogar einen Vertrag machen, wenn du möchtest.«

»Probezeit?« Sie wollte sich aus seinen Armen lösen, aber er hielt sie fest.

»Ja, und wenn einer von uns während der Probezeit eine Scheidung will, muss er nur warten, bis die Probezeit abgelaufen ist.«

June runzelte die Stirn. Konnte er jetzt wirklich von Geschäften sprechen? Würde er das wagen? Sie hob herausfordernd ihr Kinn. »Und wie lange würde diese Probezeit sein?«

»Fünfzig Jahre.«

Lachend schlang sie ihre Arme um seinen Hals. »Einverstanden. Ich will, dass der Vertrag morgen aufgesetzt wird, in dreifacher Ausfertigung. Aber heute Nacht«, sie knabberte an seiner Unterlippe und schob ihre Hände unter seine Jacke, »heute Nacht sind wir nur Liebende. Die Suite gehört uns bis morgen.«

Der Kuss, der folgte, dauerte eine kleine Ewigkeit.

»Erinnere mich doch bitte daran, Monique eine Kiste Champagner zu schicken«, sagte Blake schließlich, als er June auf seine Arme nahm.

»Da wir gerade davon sprechen ...« Sie beugte sich vor und nahm die beiden halb vollen Gläser vom Tisch. »Wir sollten ihn nicht verderben lassen. Und später«, meinte sie, als er sie in das Schlafzimmer trug, »viel später könnten wir uns dann eine Pizza schicken lassen.«

– ENDE –

Theresa Hill

Zuckersüße Zärtlichkeiten

Roman

Aus dem Englischen von
Patrick Hansen

Prolog

Eleanor Barrington Morgan rang sich ein Lächeln ab, als ihr Patensohn Tate Darnley erzählte, dass er wieder einmal eine Frau kennengelernt hatte. Die Neue war Investmentbankerin.

»Mmm.« Tate war ihr der liebste Mensch auf der Welt, daher ließ sie sich nicht anmerken, was sie von seiner Wahl hielt. »Jemand aus deiner Firma?«

»Ja.«

Eleanor konnte sich die Frau nur zu gut vorstellen – streng zu sich selbst, was Kleidung, Diätplan und Fitness anging, logisch und analytisch begabt, äußerst fleißig und ehrgeizig.

Vermutlich geht sie abends mit ihren Zahlen ins Bett.

Eleanors Mann war genauso gewesen – intelligent, kühl, berechnend und im zwischenmenschlichen Bereich in etwa so warmherzig wie eine Gefriertruhe. Dreißig Jahre lang hatte sie sich gefragt, warum er ihr nicht die Art von Liebe schenken konnte, nach der sie sich so sehr sehnte. Nun wollte sie Tate ersparen, das Gleiche zu erleben.

Am liebsten hätte sie ihn heftig geschüttelt und ihm erklärt, dass es im Leben viel mehr gab als Geld und Aktienkurse – aber eine Barrington war dazu erzogen, niemals die Fassung zu verlieren.

Eleanor hörte also Tate ruhig zu, bis er sie auf die Wange küsste und dann ging. Kathleen und Gladdy, ihre besten Freundinnen in der Remington-Park-Seniorenresidenz, sahen ihn davonfahren und eilten neugierig herbei.

»Er hat eine Neue!«, erzählte Eleanor. »Offenbar wieder ein kalter Fisch. Wie können Männer nur so *dumm* sein?«

Kathleen und Gladdy seufzten betrübt.

»Die Erste hat ihn nicht glücklich gemacht«, fuhr Eleanor fort, »die Zweite auch nicht und die Dritte erst recht nicht. Jetzt hat er Nummer vier, und die scheint eine geklonte Version der anderen drei zu sein. Wenn er von ihr erzählt – keine echten Gefühle, keine Vorfreude, keine Wärme. Nur dieser Blödsinn über Verträglichkeit und gemeinsame Ziele. Tate klingt, als würden sie zusammen eine Firma gründen.«

Kathleen runzelte die Stirn. »Und wenn wir … ihn behutsam mit einer anderen bekanntmachen? Mit einer Frau, die ihn glücklich macht?«

»Meine Mutter hat immer gesagt, man darf sich bei der Partnerwahl nicht einmischen«, erwiderte Eleanor nachdenklich.

Gladdy schnaubte. »Deine Mutter ist vor zwanzig Jahren gestorben! Sie wird dich ja wohl kaum anrufen und zur Rede stellen.«

»Ach, ich habe schon mal versucht, Tate in eine andere Richtung zu lenken, aber … So etwas liegt mir einfach nicht«, gab Eleanor zu.

Kathleen lachte. »Ach, Gladdy und ich haben keine Skrupel. Da kannst du jeden fragen. Was wir beide bei meiner Enkeltochter Jane abgezogen haben …«

»Eine wahre Meisterleistung!«, schwärmte Gladdy. »Inzwischen ist sie glücklich verheiratet.«

Kathleen nickte. »Glaub mir, wir können auch deinen Patensohn vor sich selbst retten. Wenn du willst, machen wir uns sofort an die Arbeit!?«

Eleanor seufzte. Sie kannte die Geschichte – ihre Freundinnen hatten fast die gesamte Seniorenresidenz eingespannt, um Jane unter die Haube zu bringen. Es hatte allen viel Spaß gemacht.

»Ich würde Tate so gern helfen, aber ich weiß nicht, wie ich es anstellen soll.«

»Keine Sorge.« Gladdy tätschelte die Hand von Eleanor. »*Wir* wissen es.«

Eleanor wollte sich nicht einmischen, obwohl der arme Tate vermutlich nicht einmal mehr richtigen Sex hatte.

Er war mit Victoria Ryan verlobt – einem Mädchen, das er seit Jahren kannte. Und zudem hatte sie leider eine äußerst unsympathische Mutter.

Insgeheim hatte sie gehofft, dass Victoria es nicht lange bei Tate aushalten würde. Aber jetzt wollten die beiden tatsächlich heiraten, und noch dazu in der Villa, in der Eleanor gelebt hatte, bevor sie nach Remington Park umgezogen war. Und es gab keinerlei Anzeichen dafür, dass die Hochzeit ausfallen würde.

Zwei Tage bevor die ersten Hochzeitsgäste eintrafen, gab Eleanor auf und fragte Kathleen und Gladdy um Rat.

Kathleen ließ sich von der Panik nicht anstecken. »Na ja, der einfachste Weg wäre natürlich eine andere Frau.«

»Aber er hat keine andere!«

»Dann müssen wir ihm eine besorgen – eine richtige Frau und keinen eiskalten Engel«, sagte Gladdy.

»Wo sollen wir die denn so schnell finden? Und selbst wenn wir es schaffen, ist nicht garantiert, dass er sich in sie verliebt. Ich bezweifle, dass er ausgerechnet am Wochenende seiner Hochzeit Augen für eine andere Frau hat!«

»Wir bringen sie zusammen – der Rest liegt bei den beiden«, erwiderte Kathleen zuversichtlich.

»Genau! Und wir wissen alle, wer dafür in Frage kommt!«, rief Gladdy und schaute zur Küche hinüber, wo eine junge Köchin und Konditorin gerade eine Geburtstagstorte für einen Hochzeitsgast auslieferte. Es war Amy Carson, eine äußerst liebenswürdige junge Frau, die früher einmal in Remington Park gearbeitet hatte. »Eleanor, hast du nicht gesagt, dass du einen Küchenchef für das Wochenende einstellen willst?

Um all die Hochzeitsgäste durchzufüttern, die bei dir wohnen?«

»Ja, einen netten Mann namens Adolfo.«

»Leider muss er in letzter Minute *absagen*.« Gladdy zwinkerte und zeigte auf die Frau in der Küche. »Und du ersetzt ihn durch Amy.«

1. Kapitel

Am Mittwochabend betrat Tate Darnley die Villa seiner Patentante nicht nur später als geplant, sondern auch ein wenig beschwipst. Victorias Vater hatte eine Cocktailparty gegeben, auf der Champagner in Strömen geflossen war. Die kleine Familienfeier hatte sich zu einem Riesenevent ausgewachsen, und Victoria – die normalerweise durch nichts zu erschüttern war – glich inzwischen einer Frau auf der Brücke der Titanic, die einen Ozean voller Eisberge vor sich sah.

Tate war fest entschlossen, nicht die Nerven zu verlieren. Er würde die Hochzeit überstehen, und danach konnten sie ihr gemeinsames Leben beginnen, und zwar in ruhigem Fahrwasser. Schließlich waren sie zwei intelligente, hart arbeitende Menschen, die sich seit vielen Jahren kannten und einander respektierten. *Eine bessere Voraussetzung für eine glückliche Ehe kann es doch gar nicht geben, oder?*

Er horchte in sich hinein und stellte erleichtert fest, dass er vollkommen gelassen war. Er pfiff sogar leise vor sich hin, als er zu seinem Zimmer schlich – bis ihm ein unglaublicher Duft in die Nase stieg.

Würzig, aber frisch ... nach Zitrone. Und nach etwas Süßem. Ja, Zitrone, Zucker und ... irgendwelche Beeren!?

Es roch so herrlich, dass Tate unwillkürlich seufzte und stehen blieb. Wenn jemand das Recht hatte, sich einen Bissen dieser Köstlichkeit zu gönnen, dann wohl *er*. Schließlich war er der Bräutigam. Also machte er kehrt und ging in die Küche. Dort traf er auf eine schlanke junge Frau in gestärkter weißer Schürze. Der lange kupferfarbene Zopf fiel ihr auf die Schulter, als sie einen Zitronenblechkuchen aus dem Backofen zog.

Der Duft wurde noch unwiderstehlicher.

Auf dem Hocker neben ihr saß ein etwa sieben Jahre alter Junge. »*Ein* Stück!«, flehte er. »Komm schon, Mom, nur ein einziges!«

»Max, du hattest schon zwei vom ersten Blech. Wenn du noch mehr isst, wird dir schlecht, und das geht gar nicht. Ich kann mich nicht gleichzeitig um dich kümmern und für alle diese Leute backen und kochen.«

»Aber …«

»Nein«, unterbrach sie ihn und schob den Kuchen auf eine Platte. »Jetzt bleib hier und pass auf. Ich muss in der Speisekammer nach Puderzucker suchen.«

Der Junge zog einen Schmollmund.

Tate wartete, bis die Köchin fort war, und schlenderte – wie rein zufällig – in die Küche. »Wow, das riecht ja toll hier!«

Der Junge hob den Kopf. »Ja, das finde ich auch.«

Aus dem Vorratsraum kam eine strenge Frauenstimme. »Max, ich habe die Stücke gezählt und merke das, wenn etwas fehlt!«

Max seufzte schwer. »Ich esse ja gar nichts.«

»Das ist nicht fair, was?«, fragte Tate leise.

Der Junge warf ihm einen betrübten Blick zu.

Tate sah sich die Kuchenstücke genauer an. Tatsächlich, Zitrone … und etwas Pinkfarbenes. »Zitrone und Erdbeere?«, riet er.

»Keine Ahnung, aber er schmeckt echt gut.«

»Das glaube ich gern.« Tate schnupperte. »Himbeere!?«

»Kann sein. Mom nennt die Stücke *Sugardaddies*.«

»Oh.« *Interessanter Name.* »Weil sie Puderzucker darauf verstreut?«

»Nein, wegen Leo«, sagte Max.

Leo? Sugardaddies? Sie benennt ihren Zitronenkuchen nach einem reichen älteren Mann, der eine junge Frau mit Geschenken überhäuft, weil die ihm erotische Dienste leistet?

»Leo ist … dein Dad?«

»Nein.« Max schüttelte den Kopf. »Ein Freund von mir und meiner Mom. Sie hat für ihn gekocht und so, und er mochte sie sehr.«

»Aha.« Tate fragte lieber nicht genauer nach.

»Deshalb ist sie auch zur Kochschule gegangen«, erklärte Max. »Das wollte sie schon immer. Und irgendwann gehe ich auch zur Schule. Ich habe zwar keine große Lust dazu, aber Leo hat mir Geld dafür hinterlassen. Nicht für die Kochschule, sondern … die andere. Wissen Sie, was ich meine?«

»College?«

»Genau.«

»Dann … war Leo ein netter Typ, was?«

»Hatten Sie schon mal einen Sugardaddy?«

Tate musste lächeln. »Nein, das Vergnügen hatte ich noch nicht.«

»Das ist der beste Kuchen, den meine Mom macht«, vertraute Max ihm an. »Und dazu musste sie nicht mal zur Kochschule gehen. Den konnte sie schon vorher.«

»Wow.«

Max beugte sich vor. »Sie gibt mir kein Stück mehr, weil sie Angst hat, dass mir sonst schlecht wird«, flüsterte er, »aber vielleicht bekommen *Sie* eins und können es dann mit mir teilen!?«

Tate lachte. »Ich tue mein Bestes«, versprach er.

»Und hatten Sie schon mal einen anderen Sugardaddy?«, wollte Max wissen.

»Eine *anderen*?«

»So einen wie Leo!«

Tate räusperte sich, um Zeit zu gewinnen. »Ich … ich glaube nicht.«

»Wissen Sie, warum Mom ihn so genannt hat?«

»Nein.«

»Weil er so süß war. Er war wie ein richtiger Dad und hat auf uns aufgepasst.«

»Oh.« Tate nickte. Eine bessere jugendfreie Erklärung wäre ihm auch nicht eingefallen. »Na, das freut mich für dich. Und für deine Mom.«

Im Wohnzimmer nahm Eleanor das Ohr von der Wand zur Küche und warf ihren Freundinnen einen entsetzten Blick zu.

»*Sugardaddy*? Oje, das dürfte Tate aber gar nicht gefallen.«

Kathleen, die ihren verstorbenen Ehemann Leo noch immer über alles liebte, seufzte. »Okay, im Moment läuft es nicht besonders gut«, gab sie zu.

»Es läuft katastrophal!«, rief Eleanor.

»Nicht ganz«, widersprach Gladdy. »Ich meine, jetzt kommt dein Patensohn ganz bestimmt nicht darauf, dass wir Amy engagiert haben, um sie miteinander zu verkuppeln. Nicht nach dem, was der kleine Max ihm gerade erzählt hat.«

Genau, denn er wird Amy für eine Frau halten, die nach einem Nachfolger für Leo sucht, dachte Eleanor niedergeschlagen.

Nur noch 96 Stunden bis zur Hochzeit!

»Warum sollte er sie jetzt noch kennenlernen wollen?«

»Wegen ihrer Backkünste!«, antwortete Gladdy unbeschwert.

Eleanor presste das Ohr wieder an die Wand.

Mit dem Puderzucker in der Hand stieg Amy von der Leiter. Worauf hatte sie sich bloß eingelassen? Eine so große Speisekammer hatte sie noch nie gesehen, und das gesamte Haus glich eher einem Schloss.

Sie hatte gerade erst die Kochausbildung abgeschlossen und besaß nicht die Berufserfahrung, die man für eine so große Hochzeit brauchte. Sie war in letzter Minute für den armen Adolfo eingesprungen und hatte ihren Sohn Max mitbringen müssen, weil sie so kurzfristig keinen Babysitter gefunden hatte.

Sie öffnete die Packung Puderzucker. Hoffentlich hatte der Junge auf sie gehört. Als sie in die Küche zurückkehrte, saß ihr

Sohn auf seinem Hocker und unterhielt sich mit einem atemberaubend gut aussehenden Mann in einem – soweit sie es beurteilen konnte – sehr teuren Anzug.

Amy blieb stehen und starrte auf sein markantes Profil – kurzes dunkelblondes Haar, das attraktive Gesicht leicht gebräunt, ein schöner Kontrast zum blütenweißen Hemd, zu dem er eine dunkelblaue Krawatte trug. Alles an ihm strahlte Geld und Privilegien aus – ein Mann wie er war bestimmt in einem Haus wie diesem zur Welt gekommen.

Absolut nicht meine Liga, dachte Amy.

Aber einen kurzen Blick darf ich doch wohl riskieren, oder?

Der letzte Mann in ihrem Leben war Max' Vater gewesen. Seitdem war sie vorsichtig.

»Hey, Mom! Rate mal, wer das ist. Mein neuer Freund Tate, und er hatte noch nie einen Sugardaddy!«

Amy lächelte verlegen. Den Kuchen so zu nennen, war eindeutig ein Fehler gewesen. Ihr Sohn würde wahrscheinlich nie lernen, wann es besser war, den Mund zu halten.

»Noch nie ein Stück von deinem Zitronenkuchen oder jemanden wie Leo.«

Sie zuckte zusammen, schloss die Augen und murmelte etwas, das nicht für Max' Ohren bestimmt war. Sie wollte es dem Fremden erklären und redete wie so oft sehr gestenreich mit den Händen, dachte aber nicht an den Puderzucker darin.

Die Packung rutschte ihr aus den Fingern.

Sowohl sie griff danach als auch der Mann, sie kamen beide jedoch zu spät.

Mit einem dumpfen Geräusch landete die Packung auf dem Boden und platzte auf. Eine weiße Wolke stieg auf und traf sie beide mitten ins Gesicht.

Amy und der Mann erstarrten. Der Puderzucker hüllte sie ein, verteilte sich auf ihren Gesichtern und dem Haar und drang ihnen in den Mund, sogar in die Nase.

Sie blinzelte. Selbst ihre Wimpern waren weiß.

Der Mann hustete, Amy ebenso. Fast gleichzeitig stießen sie kleine weiße Wolken hervor.

Max fiel vor Lachen fast von seinem Hocker, denn die Küche sah aus, als hätte es geschneit.

Er wollte zu seiner Mom gehen, aber sie hob abwehrend beide Hände. »Halt, Max, bleib, wo du bist!«

»Mom …«

»Mach es nicht noch schlimmer, als es schon ist.« Sie sah den Mann an. »Tut mir leid.«

Er wirkte nicht verärgert.

»Jetzt habe ich Ihren Anzug ruiniert.«

»Machen Sie sich darüber keine Gedanken.« Als er lächelnd den Kopf schüttelte, rieselte Puderzucker aus seinem Haar.

Amy versuchte, die weiße Schicht von seinem Anzug zu wischen. Vergeblich, denn der Puderzucker war so fein, dass er zwischen die Fäden des dunkelblauen Stoffs drang und ihn hellgrau schimmern ließ.

»Tut mir wirklich leid«, wiederholte sie.

»Ich ziehe ihn einfach aus.« Er streifte das Jackett von den Schultern, und wieder verbreitete sich eine weiße Wolke.

»Warten Sie, ich gebe Ihnen etwas dafür, sonst verteilen wir das Zeug im ganzen Haus.« Hastig holte sie einen frischen Müllbeutel und öffnete ihn, damit er das Jackett hineinstopfen konnte.

Er nahm die Krawatte ab und ließ sie auf die Anzugjacke fallen, bevor er prüfend an sich hinabschaute und das Hemd aufzuknöpfen begann. Nach einem Moment hielt er inne. »Macht es Ihnen etwas aus?«

Amy schüttelte den Kopf.

Ob es mir etwas ausmacht? Im Gegenteil. Oh oh, ich habe ein Problem. Einen Mann wie ihn hatte sie noch nie gesehen – außer in Werbespots für Rasierwasser oder Bluejeans.

Er knüllte das Hemd zusammen und stopfte es in den Müllbeutel. »Ich glaube, das reicht.«

Max lachte. »Ihre Augenbrauen sehen aus wie die vom Weihnachtsmann.«

Verwirrt sah der Mann Amy an.

»Die sind auch weiß«, erklärte sie, »genau wie Ihr Haar.«

Er senkte den Kopf.

Vorsichtig ging sie nahe genug an ihn heran. Sein Aftershave setzte sich gegen den Duft von Zucker und Zitrone durch und stieg ihr in die Nase. Zögernd hob sie die Hand und rieb mit dem Daumen über seine Augenbrauen. Geschafft, dachte sie erleichtert, bevor sie die Finger in sein Haar schob.

Es war so lange her, dass sie einen Mann in ihrem Alter berührt hatte. Sie holte tief Luft. Es fühlte sich herrlich an.

Verdammt.

Hastig schaute sie zu Boden. Das war ein Fehler, denn ihr Atem wirbelte den Puderzucker an seiner Brust auf. Finger weg, befahl sie sich, während sie auf die gebräunte Haut und die straffen Muskeln starrte.

Max lachte schon wieder. Der Mann, der gerade eben noch völlig entspannt gewirkt hatte, sah plötzlich verlegen aus.

»Ich fürchte, ich habe es nur noch schlimmer gemacht«, gab sie zu.

»Ich werde es überleben, versprochen. Es ist nicht das erste Chaos, das ich in dieser Küche angerichtet habe.«

»Oh nein!«, stöhnte sie. »Mrs. Brown, die Haushälterin, hat Wochen gebraucht, um das Anwesen blitzblank zu bekommen. Und Mrs. Brown ... macht mir Angst.«

»Mir auch!«, warf Max ein.

»Sie macht allen Angst«, sagte der Mann.

»Mom, du machst besser sauber.«

Erst jetzt sah Amy, dass auch Max voller Puderzucker war.

»So etwas habe *ich* noch nie angerichtet«, verkündete ihr Sohn stolz.

»Gut für dich, Max«, sagte der Mann, »aber deine Mom hat

recht. Wir wollen Mrs. Brown nicht verärgern, deshalb müssen wir beide beim Saubermachen helfen.«

Max runzelte die Stirn. »Mom meint, meistens mache ich alles nur schlimmer.«

»Dann sollten wir genau überlegen, wie wir vorgehen. Ihr wohnt dort hinten in dem Raum neben der Speisekammer?«

Max nickte.

»Dann trage ich *Mad Max* vorsichtig ins Bad, damit er duschen kann.«

»Ich habe mich heute schon gewaschen!«, protestierte Amys Sohn.

»Anders wirst du den Zucker nicht los. Also lass Mr. ...«

»Tate, bitte. Tate Darnley.«

»Amy. Ich bin in letzter Minute für den Küchenchef eingesprungen, der eigentlich übers lange Wochenende herkommen sollte, und Max ...«

»Hier soll noch ein Junge sein!«, unterbrach Max sie. »Mit dem möchte ich spielen.«

»Max, du hältst auf dem Weg ins Bad ganz still, okay?«

Mühelos trug Tate Darnley ihn durchs Zimmer, das der Junge mit seiner Mutter bewohnte, und ins angeschlossene Bad. Dann ging er zur Seite, damit Amy übernehmen konnte.

»Ist das kalt!«, rief Max hinter dem Duschvorhang.

Tate lehnte am Türrahmen und betrachtete Amy lächelnd. »Gehören die Koffer auf dem Bett Ihnen?«

Als sie nickte, brachte er sie ins Bad.

»Danke.« Amy holte Max' Schlafanzug heraus. »Max, denk an die Seife und das Shampoo.«

»Ach, Mom!«

»Ein toller Junge«, sagte Tate sanft.

»Danke.«

»Ich wette, mit ihm ist es nie langweilig.«

»Stimmt.«

»Wie alt ist er? Fünf? Sechs?«

»Sieben.« Amy wusste, was er dachte – dass sie eine sehr junge Mutter war. »Ich habe ihn mit sechzehn bekommen und allein großgezogen.«

Tate nickte. »Das war bestimmt nicht einfach.«

»Nein, aber Max ist jede Anstrengung wert.«

»Dann würde ich sagen, Max hat eine Menge Glück gehabt«, erwiderte der Mann.

Amy war fast sicher, dass sie nur träumte.

Denn die meisten Männer reagierten entsetzt, wenn sie erfuhren, dass sie eine alleinerziehende Mutter war – auch deshalb hatte sie sich in den letzten sieben Jahren vom anderen Geschlecht ferngehalten.

»Danke.« *Wenigstens einen klitzekleinen Fehler hat Tate Darnley garantiert, oder? Mensch, hör bloß auf zu träumen und mach dich an die Arbeit, bevor Mrs. Brown auftaucht.*

Amy knöpfte die weiße Kochjacke auf, und als sie den Kopf wieder hob, sah sie, dass Tate noch immer in der Badezimmertür stand. In seinen Augen blitzte etwas auf.

»Keine Sorge«. Sie rang sich ein Lachen ab. »Ich … ich habe darunter etwas an.«

»Natürlich.«

Unter der Jacke trug sie ein schwarzes BH-Hemdchen mit Spaghettiträgern – nichts Aufregendes. Am Herd wurde ihr schnell warm.

Er machte er einen zaghaften Schritt auf sie zu. »Sie haben noch immer Puderzucker im Haar.«

»Oh, das habe ich ganz vergessen.« Sie strich sich über den Kopf und den Zopf, aber es half nicht. Sie verteilte die weiße Schicht nur. Nach kurzem Zögern löste sie den Zopf.

»Beugen Sie sich vor«, sagte er.

Und dann fühlte sie seine Hände in ihrem Haar.

Es war nicht besonders erotisch, aber sie liebte es, wenn jemand mit ihrem Haar spielte. Und wenn es nur der Friseur war – sie war ganz und gar nicht stolz darauf, denn es war das einzige kleine Geheimnis, das sie sich in all den Jahren erlaubt hatte. Und jetzt hatte *Mr. Perfect* seine Finger darin. Der Puderzucker rieselte zu Boden.

Amy seufzte genießerisch. »Ich muss zurück in die Küche. Max? Dein Schlafanzug liegt vor der Dusche. Komm zu mir, sobald du angezogen bist.«

»Mom, ich bin kein Baby mehr!«

Mr. Perfect lachte. »Ich helfe Ihnen beim Saubermachen.«

Bloß nicht, dachte sie, bitte nicht.

Aber er folgte ihr.

Überall in der Küche war Puderzucker – auf den Arbeitsflächen, der Spüle, dem Fußboden und wie zum Hohn auch auf dem Zitronenkuchen.

»Sehen Sie sich das an! Jetzt brauche ich die Kuchenstücke gar nicht mehr selber mit Puderzucker zu bestäuben. Kennen Sie das Gefühl, dass sich die ganze Welt gegen Sie verschworen hat?«

»Na ja, und *ich* bin übrigens hergekommen, um heimlich von Ihrem Kuchen zu naschen«, gab Tate zu.

Sie servierte ihm ein Stück am Frühstückstresen. »Den haben Sie sich verdient.«

»Aber ich wollte Ihnen doch erst beim Saubermachen helfen.«

»Ich weiß es zu schätzen, aber noch ist der Kuchen warm. Dann schmeckt er am besten.«

Er zögerte noch immer. »Außerdem habe ich Max versprochen, dass er auch noch ein Stück bekommt oder wenigstens einen Bissen von meinem.«

»Ach, das Kind ist unersättlich, bei allem.«

Tate zuckte mit den Schultern. »Die Naschsucht hat uns gleich zusammengeschmiedet.«

»Ich hebe ihm ein paar Krümel auf. Oder wollen Sie ihm wirklich die Hälfte abgeben?«

»So dick sind wir nun auch nicht miteinander.« Er nahm sich einen Bissen und schnupperte daran, bevor er sich ihn in den Mund schob. »Himmlisch!«

»Vielen Dank.«

Er seufzte genießerisch und sah dann Amy an.

Sie schaute in die hinreißendsten schokoladenbraunen Augen, die sie je gesehen hatte. Und als wäre das nicht genug, hatte Tate auch noch dichte volle Wimpern. Bei seinem Anblick wurde ihr Mund trocken.

Er leckte sich den Mund und stöhnte auf.

Plötzlich wurde Amy bewusst, dass sie ihren Zitronenkuchen noch nie an den Lippen eines Mannes geschmeckt hatte.

Flirtete Tate Darnley etwa mit ihr?

So unauffällig wie möglich schaute sie auf seine Hand – kein Ehering. Und wenn schon, manche Männer trugen keinen.

»Wirklich, noch nie im Leben habe ich …«

Er verstummte, als jemand die Küche betrat.

Fast gleichzeitig drehten sie sich um. Vor ihnen stand eine der gepflegtesten, makellosesten Frauen, die Amy je gesehen hatte – eine hochgewachsene gertenschlanke Blondine in einem unwahrscheinlich teuren Designerkostüm. Ihr Blick war kühl und prüfend.

»Noch nie in deinem Leben hast du *was*, Liebling?«, fragte sie.

Amy schluckte. Warum kam sie sich vor, als wäre sie in flagranti ertappt worden?

»Hallo, Victoria.« Tate küsste sie auf die perfekt geschminkte Wange. »Ich wusste gar nicht, dass du hier bist.«

Ihr Lachen klang wenig erfreut. »Ganz offensichtlich.«

»Ich wollte gerade sagen, dass ich noch nie etwas so Leckeres wie Amys Zitronenkuchen gegessen habe.«

Eine anmutig geschwungene Augenbraue zuckte noch höher. Victoria schien ihm nicht zu glauben.

»Wo sind deine Sachen?«, fragte die Frau und warf einen spitzen Blick auf seinen nackten Oberkörper.

»Hier.« Amy griff nach dem Müllbeutel mit seinem Jackett und dem Hemd. »Ich hatte einen kleinen Unfall mit dem Puderzucker, und leider hat sein Hemd etwas abbekommen.«

Tate nahm ihr den Beutel ab. »Tut mir leid«, flüsterte er und hob erst dann die Stimme. »Danke, Amy. Ich habe euch noch nicht bekannt gemacht. Victoria, dies ist Amy ... Entschuldigung, ich fürchte, ich kenne Ihren Nachnamen gar nicht.«

»Carson.«

»Victoria, dies ist Amy Carson«, fuhr er fort, »Amy, dies ist Victoria Ryan, meine Verlobte.«

Verlobte?

»*Sie beide* sind das Brautpaar?« Amy wäre am liebsten im Erdboden versunken.

»Ja, wir heiraten in vier Tagen.« Victoria nickte ihr flüchtig zu. »Und *Sie* sind ...?«

»Die Köchin. Der Kollege, den Eleanor engagiert hat, ist in letzter Minute ausgefallen, und ich bin für ihn eingesprungen.«

Tates Verlobte musterte sie von Kopf bis Fuß. »Sie sehen nicht aus wie eine Köchin.«

Amy errötete. »Meine Kochjacke ist im Bad. Sie war voller Puderzucker.«

Plötzlich ging ihr auf, wie sich das anhörte – als hätten sie beide sich eine Kuchenschlacht geliefert, was vermutlich immer noch besser klang als das, was seine Verlobte sich ausgemalt hatte. Amy konnte es ihr nicht verdenken. Tates Stöhnen und Seufzen ließ einen nicht gerade an den Genuss von Zitronenkuchen denken.

Das hier lief nicht gut. Sie starrte abwechselnd auf das Chaos, an die Zimmerdecke und auf die Arbeitsfläche zwischen ihr und Miss Perfect, der idealen Partnerin für Mr. Perfect. Was hatte sie schon zu verlieren? Kurz entschlossen griff sie nach der Platte mit dem Kuchen und hielt sie Victoria hin. »Möchten Sie auch ein Stück?«

»Nein, danke.«

»Wir sollten Amy nicht länger aufhalten.« Tate schob sich den letzten Bissen in den Mund und verließ mit seiner Verlobten die Küche.

Amy sah ihnen nach. Sie wollte nicht lauschen, hörte aber trotzdem, was die beiden zueinander sagten.

»Was war *das* denn?«, fragte Victoria.

»Nichts. Sie hat den Puderzucker verschüttet, und die Wolke …«

»*Puderzucker*, ja? Und das soll ich dir glauben? Tate, wir heiraten in vier Tagen …«

»Meine Sachen sind hier in diesem Müllbeutel.«

»Das kannst du nicht tun, nicht jetzt.«

»Ich habe nichts getan. Da war nichts. Ihr kleiner Junge …«

»Ich habe keinen kleinen Jungen gesehen.«

»Der war auch voller Puderzucker. Wir haben ihn unter die Dusche …«

»*Wir?*«

»Victoria, was traust du mir zu?«

Und dann hörte Amy nichts mehr.

Die beiden waren fort.

Victorias Auftritt in der Küche hinterließ bei Eleanor ein schlechtes Gewissen. Zugleich aber freute es sie, dass Tates Verlobte überhaupt Gefühle zeigte.

»Na also, läuft doch blendend!«, sagte Gladdy begeistert, als es in der Küche wieder still wurde.

»Es ist ein Anfang, nehme ich an«, gab Eleanor zu. Sie war nicht sicher, ob sie die Hochzeit noch überhaupt verhindern konnten. Tate liebte Pläne. Erst schmiedete er sie und hielt sich dann genauestens daran – und der Plan sah vor, dass er Victoria am Samstag heiratete.

Kathleen schnaubte. »Hast du Amys Gesicht nicht gesehen?«

Eleanor schaute noch einmal um die Ecke. Amy lehnte an einem der Küchenschränke und starrte mit verträumter Miene an die Decke.

»Ich wette, sie denkt daran …, wie lange es her ist, dass sie einem Mann so nahe war«, flüsterte Kathleen.

»Das alles siehst du ihr an?«, fragte Eleanor skeptisch.

»Ich habe mit ihr gesprochen. Es ist sehr lange her. Ich bezweifle, dass sie im letzten Jahr auch nur ein einziges Date hatte!«, warf Gladdy ein.

»Wir haben ihr angeboten, auf den Jungen aufzupassen, damit sie mal ausgehen kann«, erzählte Kathleen, »aber sie wollte nicht. Angeblich hat sie genug von Männern.«

»*Genug von Männern*? Vier Tage vor der Hochzeit soll ausgerechnet jemand, der genug von Männern hat, meinen Patensohn seiner Verlobten ausspannen?«

»Ist dir etwa entgangen, wie sie Tate angesehen hat, als er sein Hemd auszog? Oder als sie ihm den Zucker aus dem Haar gebürstet hat?«

»Nein, keineswegs. Und ich glaube nicht, dass er Victoria jemals so angesehen hat«, gab Eleanor zu.

Gladdys lächelte. »Als wollte er sie in eine dunkle Ecke schleifen und über sie herfallen!«

»Leider würde er das nie tun. Tate ist nicht der Typ dafür.«

»Schade.«

»Vielleicht können wir ihn dazu bringen«, sagte Gladdy, »oder Amy kann es.«

Später am Abend saß Tate mit Rick, einem seiner besten Freunde, auf der Terrasse.

»Also«, beendete er seinen Bericht über die Puderzuckerwolke, die hübsche Köchin und die Beinahekatastrophe in der Küche. »Wie schlimm findest du es?«

»Du warst mit Puderzucker bedeckt, hast dich halb ausgezogen und ihr geholfen, den Jungen unter die Dusche zu stellen?

Und dann hast du auch noch Zitronenkuchen gegessen und dabei geseufzt und gestöhnt, während Victoria in der Tür stand?« Rick lehnte sich im Korbsessel zurück.

»Richtig.«

»Und diese Amy ... hat dich nicht berührt?«

»Sie hat den Puderzucker aus meinem Haar gebürstet und meine Sachen abgeklopft.«

»Aber du hast sie nicht angefasst?«

»Nein. Doch! Sie war ja auch voll davon. Ich habe ihr geholfen, das Haar auszuschütteln, und am Hals war auch Zucker und ... an den Schultern. Leider.«

»Gib es zu, es hat dir gefallen.«

Tate nickte verlegen. »Sehr sogar. Aber ich bin verlobt und will in vier Tagen heiraten.«

»Ich würde sagen, du hast Mist gebaut«, erwiderte Rick, der seit einem Jahr verheiratet war. »Tate, natürlich darfst du andere Frauen ansehen. Schließlich bist du nicht blind. Du darfst dich nur nicht in eine Situation bringen, in der du mit einer anderen ...«

»Das war doch keine *Absicht*! Der Kuchen, den sie gerade gebacken hatte, roch so gut. Das war alles. Und als ich die Küche betrat, war da dieser Junge, und ich habe mich mit ihm unterhalten. Ein lustiger kleiner Bursche ...«

»Und der hat dir von dieser Sugardaddy-Sache erzählt?«

»Genau.« Tate seufzte. »Dann kam sie herein und ... puff! Plötzlich steckten wir beide in dieser weißen Wolke!«

»So eine Geschichte habe ich noch nie gehört. Der Angriff der *Puderzuckerschwaden*.« Rick lachte. »Und deshalb hast du dich ausgezogen? Also wirklich ...«

»Wirklich, so war es«, beteuerte Tate.

»Warst du betrunken?«, fragte sein Freund. »Das wäre eine Entschuldigung.«

»Nein, ich war nur ... lockerer als sonst. Und dann ... Es ist halt einfach passiert.«

Rick senkte die Stimme. »Aber geküsst hast du sie nicht?«

»Natürlich nicht!«

»Nein?«

»Also wolltest du es.«

»Ja, okay«, gab Tate zu, »eine Sekunde lang. Ich war einfach neugierig. Ich meine, ich bin kurz davor, Victoria zu heiraten, und plötzlich habe ich die Hände in Amys Haar.« Er schüttelte den Kopf. »Ganz schön mies, was?«

»Nicht unbedingt. Du warst … in einer Grauzone. Für mich hört es sich an, als hättest du nichts Schlimmes gemacht.«

»Habe ich auch nicht. Ich schwöre es!«

»Wir sind alle nur Menschen. Die Versuchung lauert an jeder Ecke, man darf sich ihr nur nicht aussetzen.«

»Ich hätte einfach weggehen sollen«, flüsterte Tate.

»Aber das bist du nicht.«

»Es war dieser verdammte Zitronenkuchen.«

Rick schnaubte verächtlich.

»Du hast ihn nicht probiert und nicht gerochen! Er steht noch da.«

»Finger weg, mein Freund, auch von dem Kuchen. Ab sofort ist die Küche für dich tabu, verstanden!?«

»Du hast recht, aber *du* könntest uns ein Stück holen«, schlug Tate vor. »Du kannst dir nicht vorstellen, wie lecker er schmeckt.«

2. Kapitel

Amy schlief nicht gut.

Dauernd hatte sie Albträume, in denen sie von einer unheimlichen Frau mit einem riesigen Handmixer bedroht und in ein menschliches Backwerk verwandelt wurde – splitternackt, mit Puderzucker bestäubt und auf dem Hochzeitsempfang zur Schau gestellt.

Vielleicht hatte sie auch noch geträumt, wie jemand ihr den Puderzucker von der Haut leckte ... Mit grimmiger Entschlossenheit vertrieb sie jede Erinnerung daran.

Seit Max auf der Welt war, hatte Amy sich derartige Gedanken strikt versagt. Musste sie sich ausgerechnet jetzt so etwas ausmalen? Hätte sie nicht noch drei Tage warten können? Bis Tate Darnley verheiratet war?

Sie hatte sich alles so schön vorgestellt – ihr erster richtiger Job und etwas Geld auf der Bank für harte Zeiten und unerwartete Ausgaben. Und irgendwann würde sie vielleicht einen interessanten attraktiven Mann kennenlernen ...

Amy war kurz davor, wieder einzuschlafen, als sie Geräusche hörte.

Machte sich da etwa jemand in der Küche zu schaffen?

Um vier Uhr morgens?

Schranktüren knallten, Geschirr klapperte, Bestecke klirrten.

Max schlief fest. Seufzend stand sie auf und zog eine saubere Kochjacke über den Baumwollpyjama. Barfuß eilte sie nach nebenan und sah ...

Oh nein!

Es war Victoria!

Amy wollte die Flucht ergreifen, aber Tate Darnleys Verlobte hatte sie bereits entdeckt und sah aus, als wäre ihr bei dem Anblick übel geworden.

Ihr Kostüm war zerknittert, die Bluse aufgeknöpft und aus dem Rock gerutscht. Das Haar hatte sich aus einer perfekten Hochsteckfrisur gelöst.

In dieser Sekunde wusste Amy, dass es ein Fehler gewesen war, diesen Job anzunehmen. Sie musste weg von hier, und zwar je schneller desto besser. Sie würde mit Max in der Dunkelheit verschwinden und sich nie wieder vorstellen, wie Tate Darnley ihr den Puderzucker von der Haut leckte.

Doch dann sah sie, dass die Braut sich den Bauch hielt.

»Geht es Ihnen gut?«

»Nein, leider gar nicht«, flüsterte Victoria. »Ich suche etwas, womit ich meinen Magen beruhigen kann, aber im Gästehaus ist nichts.«

Sie fand Kamillentee. Der würde auch helfen. Rasch rieb sie frischen Ingwer in eine kleine Kanne. *Bin ich schuld daran, dass es der Braut so schlecht geht? Ich und ... der blöde Puderzucker?* Sie tauchte den Teebeutel ins heiße Wasser und zwang sich zu warten.

»Das mit Ihrem Verlobten tut mir so leid«, begann sie. »Vorhin in der Küche, meine ich. Aber mein Sohn war die ganze Zeit dabei.«

Leider hatte Max dem Bräutigam erzählt, dass sie einen Sugardaddy hatten, der für sie beide sorgte. Hatte Victoria das auch schon gehört? Wenn ja, traute sie ihr vermutlich alles zu.

Victoria presste eine Hand auf den Bauch.

Ungeduldig starrte Amy auf die Kanne. Endlich war der Tee fertig. Sie goss einen Becher ein und gab ihn Victoria, die ihn betrachtete, als wäre er vergiftet. *Du meine Güte, sehe ich wirklich so aus, als hätte ich schon mehrere zukünftige Ehemänner und deren Verlobte auf dem Gewissen?*

Victoria gab sich einen Ruck und nippte an dem Getränk.

Amy wartete. Victoria wartete. Beide hielten den Atem an.

»Oh nein!«, stöhnte Victoria, dann drehte sie sich um und erbrach sich ins Spülbecken.

Amy brachte Victoria ein feuchtes Tuch und ein Glas Wasser, räumte hastig den Tee und die Cracker fort, säuberte das Spülbecken und stellte ein paar Lufterfrischer auf.

»Kann ich noch etwas für Sie tun?«, fragte sie die Braut.

Victoria wischte sich eine Träne ab. »Gibt es irgendwo eine Drogerie, die rund um die Uhr geöffnet hat?«

»Ich kann mich im Haus umsehen. In einem der zehn Badezimmer wird sich doch wohl etwas für Ihren Magen finden lassen.«

»Ich wünschte, es gäbe *etwas anderes*.«

»Was meinen Sie?«, fragte Amy verwirrt.

»Ich fürchte, ich brauche … einen Schwangerschaftstest.«

»Oh.« Mehr brachte Amy nicht heraus.

Perfekt.

Erst bestäubte sie Mr. Perfect mit Puderzucker, und jetzt sollte sie seiner Verlobten einen Schwangerschaftstest besorgen?

»Ich weiß, es ist viel verlangt.« Victoria klang plötzlich richtig menschlich. »Ich kenne Sie gar nicht und war auch sehr unfreundlich zu Ihnen. Es tut mir leid, ehrlich. Diese Hochzeit … macht mich verrückt.«

Amy fragte sich, ob Tate eine Familie gründen wollte.

»Kann ich mich auf Ihre Verschwiegenheit verlassen?«

»Natürlich«, erwiderte Amy. »Sie wollen es Ihrem Verlobten selbst erzählen, und es soll ein wunderschöner Moment werden, nicht wahr?«

Victoria schien sich nicht darauf zu freuen. Im Gegenteil, sie sah aus, als würde sie sich jeden Augenblick wieder übergeben.

»Will er etwa keine Kinder?«, fragte Amy überrascht.

Betrübt schüttelte Victoria den Kopf. »Das ist nicht das Problem.«

»Oh, Sie wollten sich noch etwas Zeit lassen, was? Ach, bestimmt freut er sich riesig, dass er jetzt schon Vater wird.«

Die Braut wurde noch blasser. Amy nahm sie in den Arm und half ihr beim Hinsetzen.

»Ich weiß einfach nicht, was ich tun soll«, schluchzte Victoria.

»Erst einmal müssen Sie herausfinden, ob Sie wirklich schwanger sind«, schlug Amy vor. Sie selbst hatte drei Monate gebraucht, um sich einzugestehen, dass sie wirklich ein Kind bekam. »Ich muss ohnehin einkaufen und wenn ich schon mal unterwegs bin, kann ich Ihnen auch einen Test besorgen.«

»Vielen, vielen Dank. Ich kann sonst niemanden darum bitten, weil …«

»Schon gut.«

»Alle halten Tate und mich für das ideale Paar. Wir haben so viel gemeinsam und arbeiten sogar in derselben Branche. Jeder weiß, unter welchem Druck der andere steht und welche Opfer er für seinen Beruf bringen muss, und … Alles war so perfekt, wissen Sie.«

Amy nickte. »Gleich heute früh hole ich Ihnen den Test. Wo sind Sie untergebracht?«

»Im Gästehaus mit meiner Mutter. Ich habe solche Angst, dass sie hört, wie ich mich übergebe. Sie wissen ja nicht, *wie* sie ist.«

»Perfekt?«

»Jedenfalls hält sie sich dafür.«

Amy graute davor, die Frau kennenzulernen. »Wenn ich Ihnen nachher den Test bringe, gehe ich ihr aus dem Weg.«

Victoria nickte niedergeschlagen.

Tates Zimmer lag über der Küche, und als er erwachte, stieg ihm ein noch leckerer Duft in die Nase als am Abend zuvor. Wie schaffte es diese Amy, den köstlichen Geruch des Zitronenkuchens noch zu überbieten?

Er spielte kurz mit dem Gedanken, so lange mit der Stirn gegen das Kopfteil des Betts zu hämmern, bis er in Ohnmacht fiel und daraufhin nicht mehr in die Küche gehen konnte … aber es war nur der Duft, der ihn anzog, sonst nichts. Er hatte Hunger, das war alles.

Soll ich etwa drei Tage lang nichts essen? Und auf meiner eigenen Hochzeit vor Schwäche umkippen?

Rick konnte ihm etwas holen. Dann würde er Amy nicht begegnen und Victoria keinen Grund zur Eifersucht geben.

Alles kein Problem!

Erleichtert ging er joggen. Eleanors Anwesen war ideal dafür, vor allem im Frühling. Er würde sich von der Küche und den anderen Gästen fernhalten, vor allem auch von Victoria. Und danach würde er frühstücken, ohne einen Fuß in die Küche zu setzen.

Das war ein guter Plan. Er lief, bis er vor Erschöpfung fast umfiel, und steuerte den Hintereingang der Villa an.

Leider stand davor ein Wagen. Und wer beugte sich gerade in den Kofferraum, um Einkäufe auszuladen? Die Köchin!

Als er verunsichert stehen blieb, hob sie den Kopf, bemerkte ihn und lächelte entschuldigend.

Nach kurzem Zögern traf er eine Entscheidung. Er würde einfach so tun, als wäre gestern nichts Ungewöhnliches geschehen. Dann würde er duschen – eiskalt – und frühstücken.

Er erwiderte ihr Lächeln hoffentlich nicht zu freundlich und ging auf sie zu. »Warten Sie, ich helfe Ihnen.«

»Nicht nötig.« Sie hielt die Tüte fest, als er sie ihr abnehmen wollte.

»Ich bestehe darauf. Eleanor würde es mir nie verzeihen, wenn ich untätig zusehe, wie Sie sich mit den Sachen abmühen.«

»Okay, Sie können den Rest ins Haus tragen«, gab sie schließlich nach.

Tate nahm die anderen Tüten aus dem Kofferraum und folgte Amy an den Ort, den er eigentlich meiden wollte – die Küche. Dort war es blitzblank – keine Spur von Puderzucker, und es roch herrlich nach frisch gebackenem Brot, gebratenem Speck und Spiegeleiern.

Sein Magen knurrte. Er stellte die Einkaufstüten ab.

»Sie haben das Frühstück verpasst«, sagte Amy, bevor er sich davonmachen konnte.

»Stimmt.«

»Und ich bin hier, um die Gäste zu versorgen, also auch Sie.«

Tate schluckte. Noch drei Tage bis zur Hochzeit. *Irgendwann muss ich wirklich was essen, oder nicht?*

»Danke, ich würde sehr gern frühstücken.«

»Nehmen Sie Platz.« Amy zeigte auf einen Hocker. Dort wäre er durch solide Schränke und eine breite Arbeitsfläche aus schwarzem Granit von ihr getrennt.

Perfekt!

Er würde auf seiner Seite bleiben, sie auf ihrer. Er würde essen und dann verschwinden.

Alles kein Problem.

Tate setzte sich.

Weil er immer ehrlich war, gestand er sich ein, dass Amy nicht nur eine begnadete Köchin war, sondern auch noch ein hübsches Lächeln hatte. Und dass sie herrlich duftete, aber auch das hatte mit dem Essen nichts zu tun. Sobald er sie ansah, lief ihm regelrecht das Wasser im Mund zusammen. Nein, das stimmte nicht – bei ihrem Anblick wurde sein Mund trocken …

Ups.

Alles in Ordnung, sagte er zu sich. *Ganz ruhig, Tate. Atme einfach tief durch.*

»Ich stelle kurz diese Sachen weg, dann mache ich Ihnen sofort etwas zu essen.«

»Danke.«

Amy summte leise vor sich hin, während sie arbeitete. Das hörte er trotz des Sicherheitsabstands.

Er schloss die Augen, um sie nicht anzustarren, doch auch das erwies sich als Fehler. Sofort musste er an die feine Schicht aus Puderzucker auf ihrer Haut denken. Und daran, wie gern er sie abgeleckt hätte.

Tate stöhnte leise auf und schüttelte energisch den Kopf. Als er die Augen öffnete, sah er, dass Amy sich nach ihm umgedreht hatte.

»Geht es Ihnen gut?«, fragte sie besorgt.

Nein, dachte er verzweifelt und sagte: »Bestens.«

»Heute Morgen gibt es gebratenen Speck, eine Spinatquiche, frische Croissants, Bratkartoffeln und frisches Obst«, verkündete Amy. »Ich könnte Ihnen etwas aufwärmen.«

Warum eigentlich nicht? Er würde sich das herzhafte Frühstück schmecken lassen – und die Köchin ignorieren.

»Okay.«

»Und was möchten Sie?«

»Alles.«

Erstaunt sah sie ihn an.

»Ich …« Tate zögerte. War es schlimm, dass er von allem wollte? »Nach dem Joggen habe ich immer einen Riesenappetit.« Klang das harmlos genug?

Sie stellte ihm einen Obstsalat hin. »Sie können mit dem hier anfangen, während ich die Quiche aufwärme«, sagte sie und legte eine hübsche Stoffserviette und auf Hochglanz poliertes Silberbesteck dazu.

Tate machte sich über den Salat her, als hätte er seit Tagen nichts mehr gegessen. Es ist nur Obst, sagte er sich. Sie hatte es nur geschält und geschnitten, also bildete er sich bestimmt nur ein, dass es besser schmeckte als jeder Apfel und jede Orange, die er jemals gegessen hatte. Oder lag es daran, dass er sich schon auf den Speck freute? Auf die Spiegeleier, die Bratkartoffeln, die Quiche und die frischen Croissants?

Niemand wusste, dass er wieder einmal in der Küche saß. Insgeheim war er stolz auf sich – er war wieder Tate Darnley, der perfekte Bräutigam, aus dem schon bald ein ebenso perfekter Ehemann werden würde. Alles war gut.

Die Köchin servierte ihm ein Stück von der Quiche, die auf der Zunge zerging. Vermutlich ein Geheimrezept, das außer ihr niemand kannte. Selbst die Bratkartoffeln …

»Möchten Sie noch etwas anderes?«

Er riss die Augen auf. »Nein, danke. Das hier ist optimal. Nicht zu übertreffen.« Vorsicht, befahl er sich, es ist nur ein Frühstück.

Sie stellte ihm Butter hin und Salz. Dann griff sie nach dem Pfefferstreuer. »Augenblick, ich habe Pfefferkörner gekauft. Frisch gemahlen schmeckt der Pfeffer einfach besser.« Sie öffnete eine Schranktür und stieß dabei eine Einkaufstüte um. Ein kleiner Behälter fiel heraus und rollte in Tates Richtung.

Er bückte sich danach. »Kürbiskernmehl, entölt«, las er. Das würde bestimmt auch toll schmecken. Egal, was sie damit würzte. Obwohl er Kürbis überhaupt nicht mochte.

Plötzlich bemerkte er etwas, das ebenfalls aus der Tüte gerutscht war. Hastig griff Amy danach, aber Tate war schneller.

Es war ein Schwangerschaftstest.

3. Kapitel

Amy erstarrte.

In der Küchentür stand Victoria. Ihre Augen wurden immer größer.

»Entschuldigung«, sagte Tate und reichte Amy die Schachtel.

»Kein Problem.«

»Alles in Ordnung?«

Sie legte die Schachtel in die Tüte zurück und nickte – als wäre es das Normalste der Welt, zusammen mit Kürbiskernmehl auch einen Schwangerschaftstest zu kaufen.

Tate schien das nicht so zu sehen. »Na ja, ich nehme an, Max wird sich freuen. Als ich in seinem Alter war, habe ich mir sehnlichst einen kleinen Bruder oder eine kleine Schwester gewünscht.«

»Max?« *Oh nein!* Da wollte sie seiner Braut einen Gefallen tun als Wiedergutmachung für das Puderzuckerfiasko, und das hatte sie nun davon! »Sie dürfen es ihm auf keinen Fall erzählen. Er weiß noch nichts davon. Ich eigentlich auch nicht, weil ... noch gar nichts sicher ist.«

»Natürlich. Ich würde nie ... ich meine, Sie können Max erzählen, was Sie für richtig halten ... wann immer Sie es für ...«

»Falls es überhaupt etwas zu erzählen gibt«, unterbrach Amy ihn. »Ich bin nicht ... Es ist nur so, dass ... Es ist überhaupt nicht meins.«

»Es ist nicht *Ihr Baby*?«, fragte er verblüfft. »Bekommen Sie das Kind für eine andere?«

»Nein, *der Test*. Es ist nicht mein Test. Ich ... habe ihn für eine Freundin gekauft. Wirklich.«

»Okay.« Er klang nicht sonderlich überzeugt.

»Vergessen Sie es einfach, ja?«

»Natürlich. Ich habe nichts gesehen. Von mir erfährt niemand etwas. Versprochen.« Er ging mit seinem Teller zur Tür und drehte sich noch einmal um. »Max hat erzählt, dass Leo … Es ist doch nicht von ihm, oder?«

»Nein!«

Verlegen suchte er das Weite.

Amy schlug die Hände vors Gesicht.

Ein paar Minuten später schaute Victoria in die Küche.

»Keine Angst, er ist weg.« Amy winkte sie herein.

»Ich wollte nur mal nachsehen, ob Sie schon aus der Drogerie zurück sind, und habe nicht damit gerechnet, dass Tate …«

»Ach, er glaubt jetzt, dass *ich* schwanger bin. Er hat mich gefragt, ob das Baby von Leo ist, was absolut lächerlich ist, denn Leo ist tot und war sechsundachtzig.«

»Sie hatten eine Affäre mit einem Sechsundachtzigjährigen?«

»Nein! Aber selbst wenn – Leo ist vor einem Jahr gestorben. Von ihm ein Kind zu bekommen, wäre … ein biologisches Wunder.«

»Ich habe mich im Esszimmer versteckt und gelauscht. Ich fühle mich schrecklich, nicht nur weil mir übel ist. Das mit Tate tut mir wirklich sehr leid.«

»Solange er Max nichts erzählt, ist alles in Ordnung«, erwiderte Amy, »oder Kathleen oder Gladdy oder Eleanor. Kathleen ist nämlich Leos Witwe und müsste wissen, dass das Kind nicht von Leo sein kann. Aber natürlich würden die drei mich löchern.«

»Oh Gott!«

»Keine Sorge«, beruhigte Amy sie. »Tate hat versprochen, den Mund zu halten, und ist hoffentlich ein Mann, der sein Wort hält.«

»Ist er. Immer. Aber er ist auch …« Victoria verstummte.

»Was ist er?«

»Jemand, der sich um seine Mitmenschen kümmert und ihre Probleme zu lösen versucht. Bestimmt will er auch Ihnen helfen. Ich hätte Sie gar nicht erst mit hineinziehen dürfen. Ich bringe das wieder in Ordnung, das ...«

Victoria brach ab, als Amy eine Schublade aufzog und den in eine Plastiktüte gewickelten Schwangerschaftstest herausholte.

»Hier.« Amy hielt ihn ihr hin.

Victoria sah wieder so aus, als würde sie sich jede Sekunde übergeben.

»Sie müssen ihn machen.« Sie drückte der Braut die Tüte in die Hand. »Sie können mein Badezimmer nehmen. Max spielt draußen und wird Sie nicht stören.«

Victoria zögerte noch immer.

»Na los! Ich warte hier, falls Sie danach jemanden zum Reden brauchen.«

Tate ließ sich gerade auf der Terrasse das restliche Frühstück schmecken, als seine Patentante mit ihren Freundinnen ins Freie trat.

»Guten Morgen, mein Lieber. Wie war's beim Joggen?«

»Herrlich, wie immer. Du weißt ja, wie sehr ich dieses Anwesen liebe.« Er gab Eleanor einen Kuss auf die Wange und lächelte den beiden anderen Frauen zu. »Ich freue mich, dass Sie das Wochenende mit uns verbringen.«

»Es ist wirklich schön hier«, erwiderte Kathleen. »Schade, dass das Haus nach der Hochzeit wieder leer steht.«

»Es ist einfach zu groß für eine Person und eine Handvoll Personal. Ich komme mir vor wie in einem Museum. Ich hätte es schon vor Jahren aufgeben sollen.«

»Was ist mit all den Erinnerungen?«, fragte Gladdy.

»Die bleiben mir doch«, entgegnete Eleanor, »und wir haben so viele wunderbare, nicht wahr, mein Lieber?«

»Ganz meine Meinung. Bisher war alles tadellos.« Kathleen lehnte sich seufzend zurück und schaute zum Park hinüber.

»Wirklich schade, dass Leo nicht dabei sein kann.«

Tate zuckte zusammen. »Leo?«

»Ihr Ehemann«, erklärte Eleanor.

»Leider ist er schon von uns gegangen.« Kathleen lächelte traurig. »Niemand liebte Partys so sehr wie Leo.«

»Ihr *Ehemann*?«, wiederholte Tate entgeistert. Das konnte nicht sein. Kathleen war über sechzig, wenn nicht noch älter. Bestimmt meinten die beiden einen anderen Leo.

»Er war ein so lieber Mensch.«

»Sie haben sich in Remington Park kennengelernt, wo ich mich nach der Knieoperation erholt habe. Ich habe dir doch erzählt, wie schön es dort ist«, sagte Eleanor, »zumal es dort jede Menge attraktiver älterer Herren gibt. Allerdings bezweifle ich, dass auch nur einer davon so lebensfroh wie Leo ist!«

Tate hatte das Gefühl, in ein absurdes Theaterstück geraten zu sein. Das ergab alles keinen Sinn. Die hübsche junge Frau, die ihm das Frühstück gemacht hatte, konnte doch unmöglich von *dem* Leo ein Kind bekommen – von dem verstorbenen Ehemann der Freundin seiner Patentante!? Und dann verbrachten die beiden – Leos Witwe und seine ehemalige Geliebte – auch noch das Wochenende hier. Zusammen!? Nein, solche Zufälle konnte es nicht geben.

Aber hatte Eleanor nicht erzählt, dass Amy einmal in der Seniorenresidenz gearbeitet hatte?

»Ich hoffe, die Hochzeit von Tate und Victoria weckt bei dir keine traurigen Erinnerungen«, sagte Eleanor zu Kathleen.

Tate verschluckte sich und musste husten. Besorgt drängten sich die Ladys um ihn und klopften ihm auf den Rücken.

Wie viele Leos, die am liebsten Zitronenkuchen aßen, konnte es geben?

Wusste Amy, dass Kathleen hier war? Und ahnte Kathleen, dass Amy eine Affäre mit ihrem verstorbenen Ehemann gehabt hatte und – noch schlimmer – von ihm ein Baby bekam?

Bestimmt nicht.

Eleanors Freundinnen waren erst in letzter Minute zur Hochzeit eingeladen worden. Und Eleanor hatte Amy erst engagiert, nachdem der eigentlich vorgesehene Koch ausgefallen war.

Was für eine bizarre Situation.

»Weißt du, Eleanor, wir könnten jemanden für dich suchen«, begann Gladdy, und die Vorfreude war ihr deutlich anzusehen. »Kathleen und ich brauchen dringend ein neues Projekt, damit wir uns nicht langweilen. Vorausgesetzt, du willst überhaupt einen Mann in deinem Leben.«

»Na ja, wenn er nicht zu anstrengend ist. Mal ehrlich, Männer in unserem Alter sind nicht gerade pflegeleicht.«

»Da hast du leider recht. Aber lasst es uns trotzdem versuchen«, schlug Gladdy vor. »Es macht bestimmt Spaß.«

Tate atmete tief durch.

Sie wollten Eleanor einen Ehemann verschaffen? Jetzt? Hoffentlich einen besseren als diesen Mistkerl Leo, der sich mit einer jungen Frau vergnügte, deren Großvater er sein könnte – und sie dann, als sie schwanger wurde, im Stich ließ, obwohl sie schon ein Kind hatte, das sie allein großziehen musste. Hatte er Amy mit Geld abgespeist? Mit dem Geld, von dem Max gesprochen hatte? Der Junge hatte behauptet, es sei für seine Ausbildung, aber er war erst sieben. Was wusste Max schon?

Was wussten sie alle übereinander?

Tate wollte sich lieber nicht ausmalen, was passieren würde, wenn gewisse Geheimnisse ans Licht kamen. Kathleen würde sich wahrscheinlich in Grund und Boden schämen. Die arme Frau hatte ihren Ehemann verloren und musste jetzt auch noch erfahren, dass er sie mit einer viel Jüngeren betrogen hatte und ihre Rivalin von ihm ein Kind bekam!

»Könntest du noch etwas bleiben?«, bat Tate seine Patentante.

»Aber natürlich.« Sie nickte ihren Freundinnen zu und versprach, ihnen später das Haus und den Park zu zeigen.

»Nein, bitte nicht«, flüsterte er, als Kathleen und Gladdy fort waren, »keine Besichtigung.«

Seine Patentante lächelte belustigt. »Warum denn nicht?«, wisperte sie mit Verschwörermiene zurück.

»Weil die beiden nicht in die Küche dürfen!«

»Warum nicht?«, wiederholte Eleanor.

»Weil *sie* dort ist, die Köchin, die du engagiert hast. Amy.«

»Wo soll sie denn sonst sein? Sie gehört doch in die Küche. Ist Amy nicht wunderbar? Hat das Frühstück nicht himmlisch geschmeckt?«

»Nein!«

»Tate, was ist los?«

»Es wäre besser, wenn Kathleen und Amy einander nicht begegnen. Erst recht nicht an diesem Wochenende.«

Eleanor fiel ein, was sie gestern gehört hatte, als sie – rein zufällig – an der Küche vorbeigekommen war. Max hatte ihrem Patensohn von seinem Sugardaddy erzählt, Und Amy hatte nicht bestritten, dass Leo ihr Sugardaddy gewesen war.

»Ach du meine Güte«, wisperte sie.

»Also weißt du von Amy und Leo? Dass sie ein Verhältnis mit dem Ehemann deiner Freundin hatte? Mit einem Mann in den Sechzigern … oder Siebzigern?«

»Tate, Liebling, ich weiß ja nicht, was du gehört hast, aber …«

»Max hat mir erzählt, wie gern er Leo hatte. Und Amy hat nicht widersprochen.«

Eleanor seufzte betrübt. Genau das hatte sie befürchtet. Was sollte sie dazu sagen? »Es ist nicht so, wie du glaubst.«

»Doch, ganz genau so. Ihr Junge hat es mir erzählt, Eleanor. Weiß deine Freundin Kathleen Bescheid? Sonst könnte es nämlich eine ziemlich unschöne Szene geben.«

»Ich kann dir versichern, dass Kathleen und Amy nicht aufeinander losgehen werden. Jedenfalls nicht wegen ihres verstorbenen Ehemanns. Die beiden verstehen sich sehr gut.«

Verblüfft starrte er Eleanor an. Zwei Frauen – eine mit ihm

verheiratet, die andere seine junge Gespielin – hatten denselben Mann geliebt und verstanden sich sehr gut? Unmöglich.

»Du musst mir einfach glauben. Die beiden mögen sich.«

»Obwohl sie etwas mit demselben Mann hatten? Zur gleichen Zeit?«

»Das alles geht uns nichts an«, sagte Eleanor verzweifelt, weil ihr nichts Besseres einfiel. »So kenne ich dich gar nicht. Es war nie deine Art, über andere Leute zu tuscheln.«

»Das tue ich doch gar nicht«, protestierte Tate. »Ich versuche nur, eine liebenswürdige Witwe und einen kleinen Jungen vor einer äußerst peinlichen Situation zu bewahren.«

Sie nickte. »Mach dir bitte keine Sorgen. Ich kümmere mich darum.«

Er zögerte.

»Gibt es noch etwas? Möchtest du über irgendetwas reden?«, fragte Eleanor. Über Amy und ihn? Über Puderzucker und sehnsuchtsvolle Blicke? Vielleicht war es ja doch ganz gut, dass sich seine Patentante eingemischt hatte.

»Ich habe versprochen, es niemandem zu erzählen.«

Eleanor lächelte nur.

»Es gibt da etwas, von dem noch niemand weiß. Etwas, das zwischen Amy und deiner Freundin … zu Komplikationen führen könnte.«

»Der Mann liegt unter der Erde. Wie könnte er jetzt noch für Schwierigkeiten sorgen?«

»Er selbst nicht, aber … vielleicht seine *Hinterlassenschaft*.«

»Das Geld, meinst du? Das für Max und Amy? Kathleen weiß davon.«

Tate traute seinen Ohren nicht. »Tatsächlich? Und es stört sie nicht?«

»Ich bezweifle, dass ich dir erklären könnte, was Frauen stört und was nicht«, begann Eleanor, ohne zu wissen, was sie eigentlich sagen wollte. »Deshalb musst du es mir einfach glauben – das Geld ist kein Problem.«

»Und wenn da noch etwas ist?«, fragte er. »Wenn er nicht nur Geld hinterlassen hat, sondern etwas … von sich selbst … bei Amy?«

»Liebling, ich kann mir beim besten Willen nicht vorstellen, dass der gute Leo etwas hinterlassen hat, worüber Amy und Kathleen sich streiten könnten.«

»Nicht mal … ein Baby?«

»Ein *Baby*?«, wiederholte sie verdutzt. »Du meinst Max? Max ist kein Baby, er ist sieben und …«

»Nein, kein richtiges Baby. Na ja, irgendwie schon, aber … *noch* nicht, sondern … eines Tages – Leos Baby.«

Eleanor musste lachen. »Du glaubst allen Ernstes, Leo Gray hätte ein Kind gezeugt? Mit sechsundachtzig?«

»Sechsundachtzig?« Tate sah aus, als hätte er in eine Zitrone gebissen.

Erst jetzt begriff sie, worauf er hinauswollte. »Amy?«, flüsterte sie fassungslos. »Du glaubst, unsere liebe Amy ist schwanger?«

Ihr Patensohn senkte verlegen den Blick. »Ich weiß es nicht. Vielleicht. Ich dachte nur, falls sie es ist, und zwar von Leo … Er war wirklich sechsundachtzig?«

»Ja. Wir reden später weiter, ja?«

»Ich kümmere mich darum.« Eleanor eilte davon, um ihre Freundinnen zu suchen. Ohne die beiden hätte sie sich gar nicht erst auf diesen idiotischen Plan eingelassen.

Victoria ging vor Amys Badezimmer auf und ab, in der Hand noch immer die Schachtel mit dem Schwangerschaftstest.

Ich schaffe es. Ich bin Victoria Elizabeth Ryan, ich schaffe alles.

Amy hatte recht. Sie musste es tun. Victoria gab sich einen Ruck, ging auf wackligen Beinen ins Badezimmer und schloss hinter sich ab.

Nach dem Gespräch mit Eleanor verstand Tate noch weniger als vorher. Zwei Frauen teilten sich einen Mann, die eine war von ihm schwanger, die andere trauerte um ihn – alles kein Problem?

Seine Patentante begriff offenbar nicht, wie gefährlich die Situation war. Amy und Kathleen unter einem Dach – das kam einer tickenden Zeitbombe gleich.

Schuldgefühle trieben ihn in die Küche. Er musste Amy gestehen, dass er ihr Geheimnis verraten hatte.

»Wir stehen vor einer Katastrophe!«, flüsterte Eleanor ihren Freundinnen zu.

»So schlimm kann es nicht sein«, entgegnete Gladdy. »Tate ist als Erstes in die Küche gegangen, um sich Amys Frühstück schmecken zu lassen.«

»Er glaubt, dass Amy einen Sugardaddy hatte! Er traut ihr allen Ernstes zu, dass sie sich hat aushalten lassen von einem älteren Mann! Und … ich muss dich das fragen«, sagte sie zu Kathleen, »Leo war doch nicht wirklich ihr Sugardaddy, oder?«

»Ganz bestimmt nicht.«

»Leider ist Tate davon überzeugt, und Amy hat es nicht bestritten.«

»Sie ist eine attraktive junge Frau und hat ihre Ausbildung tatsächlich auch mit der Hilfe eines älteren Mannes finanziert«, sagte Kathleen. »So etwas kann schnell zu bösen Gerüchten führen. Bestimmt war Amy zuerst wütend und gekränkt, aber dann hat sie wohl das Beste daraus gemacht. Vielleicht war sie irgendwann sogar froh darüber, dass die Leute ihr ein Verhältnis mit einem älteren Wohltäter angedichtet haben …«

»Weil alle auf diese Weise gedacht haben, dass sie vergeben ist«, warf Gladdy ein.

»Genau, und deshalb haben sie die Männer in ihrem Alter in Ruhe gelassen. Was ihr ganz recht war, denn so konnte sie sich auf ihre Ausbildung konzentrieren«, fuhr Kathleen fort.

Eleanor atmete auf. Das erklärte Amys Verhalten. »Das heißt, sie hat Leo nur vorgeschoben?«

»Natürlich!« Kathleen schien nicht daran zu zweifeln.

»Aber das ist jetzt vorbei? Dass sie die Männer von sich fernhält? Wir brauchen nämlich eine Frau, die Tate seiner Verlobten ausspannen kann, und zwar bevor er Victoria heiratet!«

»Na ja …«

»Aber sie hat Tate von Leo erzählt.« Eleanor seufzte. Warum musste alles so kompliziert sein?

»Sie hat nicht davon angefangen«, wandte Kathleen ein. »Es war Max.«

»Aber sie hat es auch nicht bestritten. Im Gegenteil, sie hat Tate glauben lassen, dass ihr egal ist, wie alt ein Mann ist. Hauptsache, er hat Geld.«

Betrübt schüttelte Gladdy den Kopf. »Nicht gerade der optimale Beginn einer Beziehung.«

Eleanor zögerte. »Und dabei habe ich euch das Schlimmste noch gar nicht erzählt!«

»Was denn noch?«, fragte Kathleen entsetzt.

»Tate scheint sich in den Kopf gesetzt zu haben, dass … Amy schwanger ist.«

»Wenn sie mit jemandem zusammen gewesen wäre, hätte sie es uns bestimmt erzählt«, sagte Gladdy.

»Gladdy hat recht. Wenn da etwas gewesen wäre, wüssten wir davon.« Kathleen sah Eleanor an. »Er glaubt wirklich, dass sie schwanger ist?«

»Ja, leider.«

»Obwohl … ein neues Baby …« Kathleens Blick wurde verträumt. »Wir könnten Amy helfen, das Kleine zu verwöhnen.«

»Hör mal, wir haben sie hergeholt, um Tate von seiner Heirat abzuhalten!«

»Was hält er eigentlich von Kindern? Vielleicht hat der Vater des Babys – wer immer es ist – sich längst abgesetzt. Du hast selbst gesagt, dass Tate ein fürsorglicher Mensch ist.«

Eleanor stöhnte auf. »Worauf habe ich mich bloß eingelassen? Ihr ahnt ja nicht, warum er mir sein Herz ausgeschüttet hat! Weil er befürchtet, dass Amys Baby von *deinem Leo* ist, Kathleen!«

In der Küche starrte Amy auf die Tür zu ihrem Zimmer. Wo blieb Victoria bloß? Der Test dauerte höchstens ein paar Minuten.

Vielleicht traute sie sich nicht, ihn zu machen.

Oder sie kannte das Ergebnis längst und lag schluchzend auf dem Boden. Sollte sie nach ihr sehen?

Als Amy hinter sich Schritte hörte, zuckte sie zusammen.

Sie atmete tief durch und drehte sich langsam um.

Tate hielt seinen leeren Frühstücksteller in der Hand, und neben ihm stand ihr Sohn mit schmutzigen Jeans und Erdkrümeln an der Nase.

»Max!«

»Ich kann nichts dafür!«

»Der andere Höhlenforscher sieht noch schlimmer aus«, sagte Tate und legte ihm eine Hand auf die Schulter.

»Du warst in einer *Höhle*?«

»Keine richtige«, sagte Max, »die Büsche stehen ganz dicht zusammen, die Zweige hängen bis auf die Erde, und darunter ist es dunkel und eng … wie in einer Höhle.«

»Als ich in seinem Alter war, hat mich so was auch magisch angezogen«, warf Tate ein.

»Muss ich schon wieder duschen?«

»Ja.«

»Mooom! Ich mache mich doch gleich wieder schmutzig!«

Amy seufzte. »Wahrscheinlich.«

»Der Park ist toll. Nach dem Mittagessen machen wir weiter.«

»Wasch dir wenigstens Hände und Gesicht und zieh dich um. Wir wollen es uns nicht mit Mrs. Brown verderben.«

»Okay.«

Erst als ihr Sohn sich widerwillig in Bewegung setzte, fiel ihr Victoria ein.

»Warte! Du kannst jetzt nicht in unser Zimmer.«

Verwirrt sah Max sie an.

Tate warf ihr einen fragenden Blick zu.

»Aber ich brauche meine Sachen, Mom!«

»Die hole ich. Du kannst dich inzwischen waschen.«

»Hier? Sonst darf ich mir nie in der Küche …«

»Heute darfst du. Ausnahmsweise.«

Max zögerte noch immer.

Und Tate fragte sich wahrscheinlich gerade, was in ihrem Zimmer vorging und ihr Sohn auf keinen Fall sehen durfte. Aber er sagte nichts, sondern schnappte sich einen Fußhocker und ein sauberes Geschirrtuch und legte den Arm um Max. »Komm schon. Es tut nicht weh und geht ganz schnell. Versprochen.«

Dankbar lächelte Amy ihm zu, bevor sie in ihr Zimmer ging und leise hinter sich abschloss. Bestimmt fand er auch das verdächtig.

Plötzlich war sie den Tränen nahe.

Was macht er nur mit mir?

Er war nur ein gewöhnlicher Mann. Einer, der ihr vermutlich zutraute, dass sie neben der Küche heimlich einen Lover versteckte, von dem sie vielleicht zum zweiten Mal in ihrem Leben schwanger war, ohne verheiratet zu sein!?

Verwirrt schüttelte Tate den Kopf, als Amy hinter sich abschloss.

War das Baby doch nicht von Leo? Versteckte der Vater sich etwa in ihrem Zimmer? Wusste er nicht, dass sie schwanger war?

Frauen! Tate verstand einfach nicht, wie sie tickten.

Warum regte er sich auf? Es ging ihn nichts an. Außerdem heiratete er am Samstag.

»Mütter sind manchmal richtig seltsam«, verkündete Max, während er sich im Spülbecken die Hände wusch.

»Stimmt.« Sollte er den Jungen davor warnen, sich von Frauen den Kopf verdrehen zu lassen?

Amy wollte gerade an die Badezimmertür klopfen, da ertönte ein leiser Aufschrei. Dann wurde die Tür zum Bad aufgerissen.

»*Sie* sind es!«, wisperte Victoria. »Ich dachte, ich hätte Tate gehört.«

»Er ist in der Küche.«

In den Augen der Braut glitzerten Tränen.

»Keine Angst«, fuhr Amy beruhigend fort. »Ich habe abgeschlossen.«

»Danke.«

»Haben Sie den Test gemacht?«

Victoria nickte betrübt.

»Und?«

»Ich habe das Ding vor Schreck fallen lassen.«

»Und … sind Sie es?«

»Ich weiß es nicht!«

»Dann heben Sie den Test auf und sehen Sie nach.«

»Ich glaube nicht, dass er noch funktioniert. Er ist in die Toilette gefallen!«

»Oh.« Mehr brachte Amy nicht heraus.

»Wahrscheinlich ist das Ergebnis jetzt nicht mehr zuverlässig, oder?«

»Nein, wahrscheinlich nicht.« Amy schüttelte den Kopf. »Aber keine Sorge. Ein Gast will unbedingt Artischockenherzen, also muss ich ohnehin wieder los. Ich besorge Ihnen einen neuen.«

»Danke.«

Amy ließ Victoria im Bad zurück, schnappte sich ein paar saubere Sachen und ging wieder in die Küche. Sie gab sie Max und scheuchte ihn in den Wirtschaftsraum. »Mom! Unser Zimmer ist gleich nebenan.«

»Ich weiß.«

Ihr Sohn sah sie an, als hätte sie den Verstand verloren, gehorchte jedoch.

»Ich weiß, es geht mich nichts an …«, begann Tate.

»Stimmt.«

»Wen verstecken Sie in Ihrem Zimmer?«

»Es ist nicht so, wie Sie denken.«

»Nein?«

»Nein.«

»Warum musste Max dann in den Wirtschaftsraum?«

»Weil ich diskret bin.«

»Ach ja?«

»Ich wahre die … Intimsphäre einer anderen Person.«

»Intimsphäre«, wiederholte er, »ja, das trifft es wohl. Was hat Ihr Test ergeben?«

»Er war nicht für mich.«

»Klar.«

»Was glauben Sie eigentlich, wer Sie sind?«, fragte Amy gereizt. »Der Anstandswauwau vom Dienst, oder wie?«

»Ich mag Ihren Sohn, und Sie sind …« Er zögerte.

»*Was* bin ich?«

»Zu jung, um ganz allein ein Kind großzuziehen.«

»Wer wüsste das besser als ich?«, entgegnete Amy spitz.

»Und ich könnte mir denken, dass Sie es sich und Max nicht noch schwerer machen wollen.«

»Stimmt, das will ich nicht. Und deshalb sollte ich diesen Job nicht aufs Spiel setzen, indem ich den Bräutigam …«

»*Leos Witwe* ist hier!«, unterbrach er sie leise.

»Das weiß ich. Ich habe ihr heute Morgen das Frühstück zubereitet.«

»Also weiß sie, dass Sie hier sind?«

»Natürlich. Warum denn nicht?«, fragte Amy und verlor langsam die Geduld.

»Es könnte unangenehm werden, wenn herauskommt, dass

Sie von Leo schwanger sind. Kathleen ist eine rührende alte Lady, und ich möchte nicht, dass ihre Gefühle verletzt werden.«

Amy starrte Tate an. Dass er ihr nicht glaubte, machte sie wütend, aber zugleich fand sie die Situation so absurd, dass sie laut lachen musste.

»Sie finden das *lustig*?«, fragte er fassungslos.

»Lustig? Es ist mehr als nur das, es ist ...«

»Mir ist nicht nach Lachen zumute«, unterbrach er sie. »Sie sind schwanger, und ein paar Türen weiter sitzt Leos Witwe!«

»Jetzt hören Sie mir endlich mal zu! Leo Gray war sechsundachtzig und für einen Mann seines Alters noch sehr rüstig, aber ich *kann* gar nicht schwanger von ihm sein. Erstens habe ich nicht mit ihm geschlafen, und zweitens ist der Mann seit einem Jahr tot!«

»Seit einem Jahr?«

»Ja, und falls Sie zufällig wissen, wie lange eine Schwangerschaft dauert, dürfte Ihnen klar sein, dass ich unmöglich von ihm ein Kind bekommen kann.«

Erstaunt sah Tate sie an. »Kathleen hat gesagt, dass er erst kürzlich gestorben ist. Ich dachte ... vor ein paar Monaten.«

»Für Kathleen ist der Verlust noch frisch. Wenn Sie mir nicht glauben, fragen Sie jemand anderen. Es ist über ein Jahr her. Ich bekomme kein Kind von ihm. Ich bekomme überhaupt kein Kind. Und Kathleen wird keineswegs in Ohnmacht fallen, wenn wir uns über den Weg laufen. Sie kennt mich. Wir sind befreundet, gut befreundet. Sie und Gladdy haben manchmal auf Max aufgepasst. Sie vergöttern ihn geradezu – sie vergöttern sogar mich, auch wenn es Ihnen schwerfällt, das zu glauben.«

Er antwortete nicht. Offenbar fiel es ihm tatsächlich schwer.

»Wissen Sie was?«, fuhr Amy fort. »Wenn Sie wollen, fragen Sie Max. Er kennt die beiden auch und mag sie. Aber wehe, Sie erzählen ihm von Ihrem lächerlichen Verdacht, ich könnte von Leo schwanger sein. Dann ist es mir egal, dass das hier mein erster richtiger Job ist und Sie der Bräutigam sind. Ein einziges Wort zu meinem Sohn, und Sie werden es bereuen, das schwöre ich! Es wäre nämlich sehr einfach, ein Stück Zitronenkuchen so zu präparieren, dass Sie die nächsten Stunden im Bad verbringen. Darauf können Sie sich verlassen.«

Tate imponierte, wie Amy sich schützend zwischen ihren Sohn und den Rest der Welt stellte. Als jemand, der ohne Mutter aufgewachsen war, konnte er das nur bewundern. Es freute ihn für Max, dass der Junge eine so fürsorgliche Mom hatte. Jedes Kind sollte so jemanden haben.

Zugleich war Amy für ihn wie ein Rätsel, das er unbedingt lösen wollte. Ihre Persönlichkeit schien so facettenreich zu sein, dass er viel Zeit brauchen würde, um sie kennenzulernen – und er würde jede Minute mit ihr zusammen genießen, davon war er überzeugt.

Amy zu durchschauen, war eine echte Herausforderung. Sie würde ihn abblitzen lassen, ihn wütend machen und manchmal sogar um den Verstand bringen, aber auch das war okay.

Mehr als okay.

Im Moment konnte er sich nichts Schöneres vorstellen.

Wäre ihm das hier früher passiert – bevor er ein vernünftiger, vorsichtiger Mann geworden war –, würde er sich einen Zauberstab herbeiwünschen. Damit würde er die Zeit anhalten – nur für sie beide. Er würde Amy in aller Ruhe kennenlernen und für eine Weile vergessen, dass er eine andere Frau heiraten wollte.

Ja, genau das würde er tun. Und wer konnte wissen, was sich daraus ergeben würde?

Vielleicht müsste er einsehen, dass die Wolke aus Puderzucker seine Wahrnehmung getrübt hatte und Amy nur eine Frau mit außergewöhnlichen Kochkünsten und einem lustigen Kind war. Und sonst nichts.

Aber die Zeit verrann unerbittlich. Er konnte nicht zu

Victoria gehen und um ein paar Tage oder gar Wochen Bedenkzeit bitten und erwarten, dass alles normal weiterlief, nachdem er seine Neugier auf Amy erst einmal gestillt hatte.

Er hatte seiner Verlobten etwas *versprochen*. Er kannte Victoria sehr gut, schätzte alle ihre positiven Eigenschaften, wusste genau, worauf er sich mit ihr einließ und freute sich darauf. Alles würde gut werden.

Es wäre nur nicht so wie … *das hier* – dieser überraschende kleine Anfall von Wildheit und Sehnsucht.

Natürlich würde er sein Leben nicht für etwas so Belangloses ruinieren – für ein ungewohntes Kribbeln, ein Herzklopfen, einen völlig unrealistischen Tagtraum.

Und genau deshalb musste er der ebenso talentierten wie sinnlichen Köchin aus dem Weg gehen.

Ab sofort. Ich muss endlich wieder zur Vernunft kommen.

»Sie haben recht«, sagte Tate zu Amy. »Es geht mich tatsächlich nichts an, und ich würde Max niemals wehtun. Ich wollte nur verhindern, dass die Gefühle einer alten Dame verletzt werden, das ist alles. Ich schwöre es Ihnen.«

Amy entspannte sich ein wenig und sah ihn nicht mehr an, als wäre er der verabscheuungswürdigste Mensch auf Erden. »Ich habe Kathleen sehr gern. Ich glaube, ich würde sie auch beschützen, wenn ich Angst um sie haben müsste.«

Erleichtert nickte er. »Danke.«

»Und vermutlich bin ich daran nicht ganz unschuldig. Max hat Ihnen von Leo und dieser idiotischen Sugardaddy-Sache erzählt, und ich habe es nicht richtiggestellt, sondern Sie in dem Glauben gelassen, dass … Sie wissen schon. Ich rede ungern über mein Privatleben, denn das ist allein meine Angelegenheit. Außerdem macht es mich rasend, dass die Leute das Schlimmste annehmen und mir nicht zuhören, wenn ich ihnen die Wahrheit erzähle.«

»Leute wie *ich*?«

»Nein, Leute, die viel gemeiner sind als Sie.«

Hatte sie gerade gelächelt? Er war nicht sicher, aber immerhin schien sie seine Entschuldigung zu akzeptieren. »Wenn Sie möchten, können Sie mir die Geschichte erzählen.«

Sie seufzte, immer noch ein wenig verärgert, aber nicht so, als könnte sie ihn absolut nicht ausstehen.

»Leo lebte in Remington Park, der gleichen Seniorenresidenz, in der Kathleen und Gladdy wohnen. Ich habe dort gearbeitet. Leo war unmöglich, flirtete mit allem, was sich bewegte – auch mit mir, wie ich zugeben muss. Wenn er eine Frau sah, konnte er unglaublich charmant sein. Bei einem jüngeren Mann wäre es vermutlich aufdringlich gewesen, aber bei einem Sechsundachtzigjährigen war es einfach nur süß und rührend. Und er war ganz vernarrt in Max und in meinen Zitronenkuchen.«

»Das kann ich gut verstehen«, sagte Tate.

»Ja, wir alle vermissen Leo noch immer. Vor seinem Tod hat er Max etwas Geld fürs College vererbt und eine Stiftung für alleinerziehende Mütter eingerichtet, die wieder zur Schule gehen wollen. Er hat festgelegt, dass ich die erste Nutznießerin bin.«

»Wow«, entfuhr es ihm. »Leo muss ein großes Herz gehabt haben.«

»Ja, er war ein wunderbarer Mensch. Ich konnte kaum fassen, dass jemand so etwas für mich getan hatte. Seit ich schwanger wurde und meine Familie mich auf die Straße gesetzt hat, waren Max und ich allein. Also bin ich Köchin geworden und brauchte dank Leos Geld nicht zu arbeiten, während ich die Ausbildung gemacht habe.«

Sie lächelte. »Das war ein großes Glück, denn sonst hätte Max quasi rund um die Uhr bei einer Tagesmutter bleiben müssen, und ich hätte ihn immer nur kurz sehen können. Das wäre schrecklich gewesen, und ich weiß nicht, ob ich es lange durchgehalten hätte. Aber Leo hat dafür gesorgt, dass ich meinen Traum verwirklichen und Köchin werden konnte. Das war ein grandioses Geschenk für Max und mich.«

»Und deshalb haben die Leute gedacht, dass Sie einen Sugar-daddy hatten? Weil Leo Ihnen Geld hinterlassen hat?«

Amy nickte. »So etwas spricht sich schnell herum. Die Leute hörten nur, dass ein älterer Mann meine Ausbildung bezahlte, und egal, was ich gesagt habe, sie glaubten mir die Wahrheit nicht. Eines Tages hat jemand vor Max behauptet, dass wir einen Sugardaddy haben, und ich wollte ihm nicht erklären, was das wirklich bedeutet. Ich habe ihm nur gesagt, dass es etwas Gutes ist, dass Leo unser Freund ist und uns beiden hilft, so-lange ich die Ausbildung mache. Jetzt denkt Max natürlich, dass ein Sugardaddy etwas ganz Tolles ist, und erzählt allen von Leo als von unserem *Sugardaddy*!«

Tate lachte herzhaft.

»Ich weiß.« Auch sie musste lachen. »Ich bin selbst schuld, was? Und dann habe ich gemerkt, dass die Geschichte Männer abschreckt. Und das war gut so, denn mit Max und der Koch-schule hatte ich sowieso keine Zeit für eine Beziehung. Das Ge-rede erwies sich als Segen, deshalb habe ich mich irgendwann nicht mehr dagegen gewehrt. Sollten die Leute doch glauben, was sie wollten, solange sie mich in Ruhe ließen.«

Er nickte anerkennend. »Sie haben das Beste daraus gemacht. Das hätte ich an Ihrer Stelle wahrscheinlich auch getan. Es tut mir wirklich leid, dass ich es Ihnen noch schwerer gemacht habe.«

»Schon gut. Ich habe es ja überlebt. Außerdem bedeutet Kathleen mir sehr viel, und wer sich für sie einsetzt, ist mir gleich sympathisch.«

Tate nickte erleichtert, doch dann kam ihm ein beunruhigen-der Gedanke.

»Also sind Sie für die Männerwelt noch nicht komplett ver-loren? Wir sind nämlich durchaus nicht alle wertlos.« Dies sagte der Mann, der an diesem Wochenende heiraten sollte – der nicht wollte, dass eine so junge, hübsche und talentierte Frau wie Amy Carson wie eine Nonne lebte. Verzweifelt versuchte er, beiläufig und freundschaftlich zu klingen. »Ich meine … Niemand will auf Dauer allein sein.«

»Nein, aber … so ist alles weniger kompliziert.«

»Stimmt«, gab er zu.

»Und ich muss an Max denken. Viele Männer wollen keine Frau mit Kind.«

»Stimmt auch.«

»Und es wäre schrecklich, wenn Max sich an jemanden gewöhnt und leidet, wenn die Beziehung in die Brüche geht.«

»Max ist ein Schatz. Das darf nicht passieren«, stimmte Tate ihr zu, »aber ich finde, Sie sollten … sich nicht völlig zurückziehen.«

»Das tue ich nicht. Ich habe Max und meine Arbeit und gute Freunde.«

»Und das reicht Ihnen?«

»Mein Leben gefällt mir, wie es ist«, beharrte Amy.

»Das kann schon sein.« Tate bezweifelte es allerdings. Wollte denn nicht jeder mehr vom Leben? Und dann schoss ihm etwas durch den Kopf. »Oder vielleicht haben Sie nur Angst vor …«

»Oh nein, ich habe keine *Angst* vor Männern«, unterbrach sie ihn heftig. »So etwas Lächerliches habe ich noch nie gehört. Vor Männern muss man keine Angst haben. Sie sind …«

»Nicht *vor* Männern. Angst vor sich selbst – davor, dass Sie noch einen Fehler begehen.«

Sie sah aus, als würde sie ihn am liebsten mit einer der herumstehenden Bratpfannen verprügeln. »Max ist doch kein *Fehler*!«

»Nein, natürlich nicht. Max könnte niemals ein Fehler sein. Ich habe nicht Ihren Sohn gemeint, sondern seinen *Vater*. Vielleicht haben Sie Angst davor, sich ein zweites Mal in den falschen Mann zu verlieben. Sie haben ihn doch geliebt, oder? Den Vater von Max?«

»Ich war jung und dumm. Ich habe ihm jedes Wort geglaubt. Und ja, ich dachte, dass ich ihn liebe«, gestand Amy.

»Jetzt sind Sie nicht mehr jung und dumm.«

»Hoffentlich auch nicht so alt, dass ich Falten und graues Haar bekomme.« Sie lächelte. »Aber manchmal frage ich mich, ob ich wirklich etwas daraus gelernt habe.«

Tate wusste, was sie meinte.

Ob sie sich auch von ihm zu einer Dummheit verleiten lassen würde!? Er hatte jedenfalls große Angst, eine Dummheit zu begehen, und zwar wegen ihr – er, der in seinem ganzen Leben noch nie leichtsinnig gewesen war.

Im Gegenteil, bisher hatte er jedes Risiko gescheut.

Und ich will jetzt nicht damit anfangen, sagte er sich.

Nicht so kurz vor der Hochzeit.

»Vielleicht sollten Sie aufhören, sich zu bestrafen«, sagte er trotzdem. *Nur ihretwegen, nicht meinetwegen. Nicht, weil aus uns beiden etwas werden könnte.* »Für mich sieht es nämlich so aus, als hätten Sie ein einziges Mal einen Fehler begangen und die vergangenen sechs Jahre damit verbracht, ihn wiedergutmachen zu wollen.«

»Ich *bestrafe* mich doch nicht!«, widersprach Amy. »Ich versuche, für Max und mich zu sorgen, und das ist nicht einfach.«

»Das weiß ich, zumal Sie es allein tun müssen.«

»Es hat meine ganze Kraft gekostet.« In ihren ausdrucksvollen Augen glitzerten Tränen.

»Aber vielleicht bleibt Ihnen dazwischen etwas Zeit und Energie für sich selbst. Vielleicht können Sie das alles … mit jemandem teilen!?«

Aber nicht mit mir. Ganz bestimmt nicht mit mir.

Tate unterdrückte einen Fluch. »Tut mir leid«, sagte er rasch. »Das alles geht mich überhaupt nichts an.«

»Nein, tut es wirklich nicht.« Wie er selbst schien auch sie überrascht zu sein, welche Richtung ihr Gespräch genommen hatte.

In ihrer Gegenwart vergaß er mit einem Mal, wer er war und was von ihm erwartet wurde. Ehe er sich versah, behandelte er Amy wie eine Frau, die er unbedingt besser kennenlernen wollte. Er benahm sich wie ein Mann, der jedes Recht dazu hatte, was absolut unsinnig war. Schließlich wollte *er* heiraten. An diesem Wochenende. Hier, in Eleanors Villa – seine Patentante hatte Amy als Köchin engagiert.

Tate fühlte sich ein wenig benommen. Und als wäre das nicht genug, merkte er auch noch, dass er großen Hunger hatte. Er schnupperte unauffällig. Was war das für ein Duft? Was hatte Amy heute gekocht? Durfte er sich davon bedienen, nachdem er sich so rücksichtslos in ihr Leben gedrängt und sie zutiefst gekränkt hatte?

Vermutlich nicht, zumal auch *sie selbst* ihm … Appetit machte.

Hör auf damit, befahl er sich streng. Das ist kein guter Gedanke!

»Ich sollte jetzt gehen«, sagte er schließlich, um sich – vor sich selbst – in Sicherheit zu bringen.

»Ja, das sollten Sie wohl.«

»Ich … Verdammt, das habe ich ganz vergessen.« Mit einem leisen Aufstöhnen erinnerte er sich an den Schwangerschaftstest, an seine Befürchtung und daran, dass er sein Versprechen nicht gehalten hatte.

»Was denn noch?«, flüsterte sie und öffnete die Augen weit.

»Es … es tut mir wirklich leid. Ehrlich. Aber ich hatte solche Angst, dass Sie von Leo schwanger sind und Kathleen es erfährt. Deshalb habe ich …«

»Nein!«, rief Amy entsetzt. »Sie haben es jemandem erzählt?«

Er nickte nur.

»Wem? Kathleen?«

»Nein.«

»Dem Himmel sei Dank. Kathleen würde nämlich nicht locker lassen, bis sie genau weiß, was los ist …«

»Nein, der habe ich es nicht erzählt, aber meiner Patentante, und die wird es vermutlich Kathleen verraten.«

Sie gab einen Laut von sich, den er nicht richtig deuten konnte. War sie enttäuscht? Oder zornig?

»Es tut mir leid«, wiederholte Tate. »Ich sage ihr einfach, dass ich mich geirrt habe. Ich sage ihr alles, was Sie wollen, das schwöre ich. Sagen Sie mir einfach, was ich weitergeben soll.«

»Nichts. Kein Wort mehr darüber. Zu niemandem.«

»Okay«, versprach er. Sie war wütend auf ihn, aber das nahm er in Kauf, denn er hatte sie einfach nicht belügen wollen.

»Müssen Sie nicht Ihren Junggesellenabschied oder so etwas feiern?«

»Ja.« Das musste er. Heute Abend.

Weil er am Samstag heiratete.

Eine andere Frau.

Trotzdem stand er schon wieder in der Küche und versuchte, Amy zu verstehen. Und wiedergutzumachen, was er ihr durch das Missverständnis angetan hatte.

Er wusste nicht einmal, wo Victoria steckte. Er hatte sie heute noch gar nicht gesehen. Und keine Sekunde an sie gedacht.

Was war bloß los mit ihm?

Bisher hatte er in seinem Leben nur selten einen Fehler begangen. Nie wäre er auf die Idee gekommen, dass er es einmal bereuen würde, sich mit Victoria verlobt zu haben. Im Gegenteil, er hatte es für eine seiner vernünftigsten Entscheidungen gehalten.

Er kannte Victoria besser als jeden anderen Menschen. Bei ihr war er vor unangenehmen Überraschungen sicher – wahrscheinlich auch vor angenehmen. Zu wissen, was vor ihm lag, hatte ihn beruhigt. Sehr beruhigt sogar.

Bis jetzt, da Amy vor ihm stand, ihn verärgert anfunkelte und nicht einmal davor zurückschreckte, ihn mit einer Lebensmittelvergiftung außer Gefecht zu setzen. Keine Frage, sie war eine äußerst … interessante Frau. Eine, die ihn sicherlich stets aufs Neue überraschen würde.

Victoria dagegen hatte noch nie etwas Unerwartetes getan. Und bisher war ihm das immer recht gewesen, denn er hatte sich immer für einen Menschen gehalten, der in einer Beziehung – und besonders in einer Ehe – keine Überraschungen brauchte, sondern Wert auf Beständigkeit und Zuverlässigkeit legte.

Natürlich würde er Victoria heiraten. Natürlich würden sie zusammen glücklich sein, als ideale Partner füreinander – mit wechselseitigem Respekt und Verständnis nach all den Jahren der Freundschaft. Und sie war eine attraktive Frau, eine sehr reizvolle. Natürlich war sie das.

Zugegeben, es war keine Beziehung, die seine Leidenschaft entfachte. Tate war ehrlich genug, sich das einzugestehen, aber sie waren beide damit zufrieden. Ihre Gefühle waren beständiger als jedes Vergnügen, das sie einander im Bett bereiten konnten, und er wollte etwas Dauerhaftes. Er wollte jemanden, mit dem er alt werden konnte.

Warum irritierte ihn der Gedanke plötzlich, dass Victoria in ihm kein unbändiges Verlangen weckte?

Und dass die Frau, die vor ihm stand, es wahrscheinlich konnte?

Halb frustriert, halb belustigt musterte Amy ihn.

»Was ist denn?«, fragte er verärgert.

»Der Junggesellenabschied!«, wiederholte sie. »Erinnern Sie sich? Die Party mit Ihren Freunden? Heute Abend!?«

»Ja.« Jetzt fiel es ihm wieder ein.

»Dann sollten Sie jetzt besser gehen. Ich kümmere mich um Eleanor und Kathleen und dieses idiotische Schwangerschaftsgerücht. Irgendwie bekomme ich das schon hin.« Sie seufzte.

»Okay. Ich gehe. Sofort.« Aber dann musste er an seine Verlobte denken. »Sagen Sie, haben Sie Victoria heute Morgen gesehen? Niemand scheint zu wissen, wo sie steckt.«

»Ich weiß es auch nicht«, behauptete Amy.

Er hätte schwören können, dass sie log.

Was noch verwirrender war.

Aber er hatte keine Lust, sich mit ihr auch noch darüber zu streiten.

»Na gut. Ich bin weg.« Tate drehte sich um und verließ fluchtartig die Küche.

Amy machte Max, seinem neuen Freund Drew und dessen Nanny ein paar Snacks für ein Picknick und legte ein paar Süßigkeiten für die junge Frau dazu – als Dank dafür, dass sie ihr Max eine Weile abgenommen hatte.

Gegen elf war sie damit fertig, und wenn sie sich beeilte, konnte sie zum Supermarkt fahren und um halb zwölf zurück sein, um das Mittagsbüfett anzurichten. Es gab Lasagne, die schon im Ofen steckte, und einen Salat, den sie gleich heute früh zubereitet hatte. Also brauchte sie nur noch Brot zu backen. Der Hefeteig war angerührt und ging bereits auf.

Im Supermarkt kaufte sie Artischockenherzen und in der Drogerie nebenan einen zweiten Schwangerschaftstest. Die Frau an der Kasse erkannte sie wieder und lächelte wissend. Dem ersten trauen Sie nicht, was? schien sie zu denken.

Als Amy auf das Anwesen zurückgekehrt war, schlich sie durch die Hintertür ins Haus, um niemandem zu begegnen, der ihr unangenehme Fragen stellen konnte. Sie schaffte es ungesehen bis in die Küche, aber dort erwarteten sie Kathleen und Gladdy. Die beiden strahlten sie an wie zwei kleine Mädchen, die gerade erfahren hatten, dass der Zirkus in die Stadt kam.

Am liebsten hätte sie auf dem Absatz kehrtgemacht, aber sie kannte die Ladys und wusste, dass sie keine Ruhe geben würden, bis sie ihnen Rede und Antwort gestanden hatte. Die Küche war nun einmal ihr Arbeitsplatz, und irgendwann würden die beiden sie abfangen. Also wickelte sie die Einkaufstüte fester um die Artischocken und den Test, setzte ein unbeschwertes Lächeln auf und stellte sich Kathleens und Gladdys erwartungsvollen Blicken.

Demonstrativ schauten die beiden von Amys Gesicht auf deren Bauch und wieder nach oben.

»Schätzchen«, begann Gladdy. »Kann es sein, dass Sie uns etwas zu erzählen haben?«

»Nein.« Sie verstaute die Einkaufstüte in einem weit entfernten Winkel der Küche und ging zu ihnen. »Nichts. Ehrenwort!«

Die beiden strahlten sie noch immer an.

»Das alles ist ein großes Missverständnis«, versicherte Amy ihnen. »Sie kennen mich und wissen, dass ich kein … Liebesleben habe.«

»Na ja, das dachten wir auch, aber vielleicht haben wir uns getäuscht. Sie sind viel zu jung, um den Männern zu entsagen, meine Liebe«, sagte Kathleen.

»Das tue ich doch gar nicht. Ich lege nur gerade eine Pause ein. Das ist alles. Jetzt, da ich mit der Kochschule fertig bin …«

»Ja?«, fragten die beiden hoffnungsvoll.

»Sobald ich einen festen Job habe, gehe ich wieder häufiger aus. Aber im Moment gibt es bei mir keinen Mann und erst recht kein Baby.«

Die älteren Damen wechselten einen verwirrten Blick, schienen aber noch nicht überzeugt zu sein.

»Wir wissen von dem Schwangerschaftstest.« Gladdy lächelte triumphierend. »Und wo es einen Schwangerschaftstest gibt, findet sich auch eine Frau, die glaubt, dass sie schwanger sein könnte.«

Amy seufzte. »Okay – ja, es gab einen Test, aber der war *nicht für mich*, das schwöre ich! Ich musste ohnehin einkaufen und … Jemand brauchte einen, da habe ich angeboten, den Test zu besorgen. Das ist alles, wirklich. Mehr habe ich mit dem Test und einer möglichen Schwangerschaft nicht zu tun.«

Gladdy wirkte enttäuscht.

Kathleen dagegen schien zu ahnen, dass sie noch nicht die ganze Geschichte kannte. »Tate hat sich große Sorgen um Sie gemacht.«

»Er ist ein so netter Junge«, fügte ihre Freundin hinzu.

»*Netter Junge?*«, wiederholte Amy ungläubig. »Warum preisen Sie ihn denn so an? Er heiratet am Samstag. Wir sind alle hier, um seine Hochzeit zu feiern.«

»Das glauben Sie nur«, erwiderte Kathleen leise.

Augenblick mal, was haben die beiden vor? Fassungslos starrte Amy sie an. »Sie versuchen doch nicht etwa, mich mit einem Mann zu verkuppeln, der übermorgen vor den Traualtar tritt?«

Gladdy zuckte mit den Schultern. »Man kann nie wissen, Liebes. Noch hat er nicht Ja gesagt.«

»*Man kann nie wissen?*« Amy traute ihren Ohren nicht. »Er heiratet übermorgen, und Sie beide sind mit seiner Patentante befreundet. Was führen Sie im Schilde?«

»Nichts, nichts«, beteuerte Gladdy.

»Wie kommen Sie denn auf so etwas?«, fügte Kathleen hinzu, als wäre die Vorstellung absurd.

Amy musste daran denken, wie die beiden es im letzten Jahr geschafft hatten, Kathleens Enkelin mit Leos Neffen zusammenzubringen. Sie hatte ihnen sogar dabei geholfen, obwohl sie sicher gewesen war, dass es nicht klappen würde. Aber inzwischen waren die Enkelin und der Neffe verheiratet und – soweit sie gehört hatte – sehr glücklich.

Trotzdem, man versuchte nicht, einen Bräutigam mit einer anderen zu verkuppeln, schon gar nicht zwei Tage vor dessen Hochzeit. Was für ein verrückter Plan. Der Mann war verlobt – und seine zukünftige Ehefrau vielleicht noch im Badezimmer nebenan, wo sie auf den zweiten Schwangerschaftstest wartete.

Doch das konnten Kathleen und Gladdy natürlich nicht wissen.

»Sie beide sehen aus, als würden Sie etwas verheimlichen«, sagte Amy.

»Sie auch, Liebes«, entgegnete Gladdy, »Sie auch!«

»Da irren Sie sich. Und Sie werden brav sein und Tate in Ruhe lassen. Versprechen Sie es mir.«

»Keine Sorge, wir sind nur als Eleanors Gäste hier, um uns mit ihr ein schönes Wochenende zu machen, ihr zur Seite zu stehen und dieses wunderschöne Anwesen zu genießen, bevor sie es verkauft. Das ist alles.«

Amy zögerte. Plötzlich kam ihr ein Verdacht. »Eleanor gefällt es nicht, dass Tate seine Victoria heiraten will?«

Gladdy seufzte. »Sie hat den beiden angeboten, die Hochzeit in ihrem Haus zu feiern. Das tut man nicht, wenn man gegen die Heirat ist, Liebes.«

Vielleicht nicht, aber Amy blieb misstrauisch. »Mag sie Victoria denn?«

»Na ja, Eleanor will nicht heiraten, sondern ihr Patensohn. Also lautet die Frage vielmehr: Mag Tate denn Victoria? Wichtig ist doch allein, ob *er* sie liebt.« Gladdy zuckte mit den Schultern und sah Kathleen an, die ebenfalls mit den Schultern zuckte. »Ich nehme an, das tut er. Aber ich habe ihn nicht gefragt. Das wäre schrecklich unhöflich, nicht wahr, Liebes? Den Bräutigam kurz vor der Hochzeit zu fragen, ob er die Braut liebt? Nein, das wäre äußerst indiskret, finden Sie nicht auch?«

»Ja, so etwas tut man nicht.«

»Haben Sie ihn denn zufällig gefragt, Liebes? Ob er Victoria liebt?«

»Nein, habe ich nicht.«

»Meinen Sie, wir sollten es nachholen?« Kathleen sah zutiefst besorgt aus. Wie eine Frau, die es wirklich nur gut meinte.

»Nein, da haben Sie mich falsch verstanden«, versicherte Amy hastig, »und ehrlich gesagt, mir ist *schleierhaft* …« *Ups!* Das Wort hätte sie besser vermieden. »Mir ist schleierhaft, wie wir auf dieses Thema gekommen sind.«

Kathleen spitzte die Lippen. »Ich muss gestehen, Victoria macht auf mich einen eher … kühlen Eindruck.«

»Reserviert«, ergänzte Gladdy.

»Distanziert.«

»Ernst.«

»Hören Sie auf damit!« Amy konnte nur hoffen, dass Victoria sie nicht belauschte.

»Tut mir leid. Sie haben natürlich recht. Wir sollten nicht so über das arme Ding reden. Sie scheint nur … keine besonders glückliche Braut zu sein«, beharrte Kathleen.

Natürlich nicht. Victoria hatte sich die ganze Nacht hindurch übergeben und befürchtete, dass sie schwanger war. Der Bräutigam wusste nichts davon. Vielleicht mochte er Kinder nicht oder wollte noch keine! Unter den Umständen wäre jede Braut unglücklich.

Doch das durfte Amy den beiden alten Damen nicht erzählen.

»Ich würde ja gern noch eine Weile über die beiden und ihre Gefühle füreinander plaudern, aber gleich kommen die Gäste zum Mittagessen, und ich habe noch viel zu tun.«

»Oh, wir helfen gern.« Gladdy sah sich in der Küche um.

»Sie haben Lasagne gemacht, nicht wahr? Sie riecht köstlich. Ich liebe Ihre Lasagne. Leo war auch ganz verrückt danach«, schwärmte Kathleen.

»Sagen Sie uns einfach, was wir tun sollen, Liebes. Sie wissen ja, wir freuen uns immer, wenn wir Sie und Ihren süßen kleinen Jungen unterstützen können.«

Amy musste sich beherrschen, um nicht laut aufzustöhnen. Sie bat die beiden, sie kurz zu entschuldigen, aber die Ladys ließen sich nicht abschütteln. Im Gegenteil, sie holten bereits Teller und Bestecke heraus, als Amy sich die Einkaufstüte schnappte und die Küche verließ.

Doch die Tür zu ihrem Zimmer ließ sich nicht öffnen.

Sie war abgeschlossen.

Hatten Kathleen und Gladdy gehört, wie sie daran rüttelte? Wie sollte sie ihnen das bloß erklären?

»Victoria?«, flüsterte sie durch den winzigen Spalt zwischen Tür und Rahmen. »Ich bin's. Amy. Machen Sie auf!«

Die Tür ging auf, sie schlüpfte hindurch, und sofort schloss Victoria hinter ihr wieder ab.

Die Braut war noch immer blass und weinte. »Die beiden haben recht. Eleanor mag mich nicht.«

»Nein, nein«, widersprach Amy.

»Doch! Sie hat mich noch nie gemocht. Die meisten Frauen mögen mich nicht. Ich weiß nicht, warum. Vielleicht, weil ich zu ernst bin. Ich glaube nicht, dass ich gefühllos bin, ich wirke nur nicht besonders warmherzig. Ich versuche nett und umgänglich zu sein, aber ich weiß einfach nicht, wie ich …« Victoria schluchzte auf. »Und deshalb wäre ich auch keine gute Mutter. Wahrscheinlich würde ich komplett versagen, und das arme Kind müsste eine Therapie machen und würde dem Psychologen erzählen, dass seine Mutter kalt und distanziert und viel zu ernst ist – dass kein Mensch sie mag. Es würde ohne Liebe aufwachsen und später ein Serienkiller oder so etwas werden, und das wäre alles meine Schuld …«

Amy warf die Tüte mit dem Schwangerschaftstest aufs Bett, nahm Victoria in die Arme und sah ihr in die Augen. »Atmen Sie jetzt tief durch, okay? Hören Sie auf zu reden, und holen Sie einfach ganz langsam Luft …«

»Aber es ist wahr! Tate vergöttert Eleanor, und sie kann mich nicht ausstehen. Ich weiß zwar nicht, was für eine Frau sie sich für ihn vorgestellt hat, aber ich bin es eindeutig nicht!«

»Vielleicht ist es wirklich so, vielleicht aber auch nicht. Das können wir nicht wissen. Und darauf kommt es auch gar nicht an. Hauptsache, Tate liebt Sie. Schließlich hat *er* Ihnen einen Heiratsantrag gemacht, oder etwa nicht?«

»So ungefähr«, erwiderte Victoria leise.

So ungefähr?

»Was soll das heißen?«

»Das heißt, wir arbeiten seit drei Jahren zusammen, und es vergeht kein Tag ohne Überstunden. Er hat gesagt, ich sei seine erste Freundin, die versteht, unter wie viel Druck er in seinem Job steht. Dass wir dieselben Dinge wollen und einander sehr ähnlich sind. Da liegt es doch nahe, dass wir heiraten, finden Sie nicht auch? Ich weiß gar nicht mehr, wann er mich gefragt hat. Irgendwie waren wir uns plötzlich einig, dass wir zusammenbleiben, und dann haben wir einfach Ringe gekauft.«

»Oh.« Etwas anderes fiel Amy zu einer so unromantischen Verlobung nicht ein. Das konnte doch nicht alles gewesen sein.

Victoria sah mit einem Mal sehr nachdenklich aus. Ihre Unterlippe begann zu zittern. »Ja, so war es. Ich glaube, er hat nicht mal gesagt, dass er mich liebt. Ich erinnere mich auch nicht, ob ich gesagt habe, dass *ich* ihn liebe. Aber ich glaube schon.«

»Okay.«

»Ich meine, Tate ist ein toller Mann, und ich vertraue ihm voll und ganz. Ich bin sicher, dass ich mich auf ihn verlassen kann. Er ist ein vernünftiger, freundlicher, hart arbeitender Mensch. Er versteht mich, und … und … natürlich haben wir starke Gefühle füreinander. Sonst würden wir wohl kaum heiraten, oder?«

Sie hat kein einziges Mal gesagt, dass sie ihn liebt. Amy würde es für sich behalten, aber sie musste zugeben, dass Victoria tatsächlich ein wenig kühl und reserviert klang. Wie eine Unternehmensberaterin, die nach Gründen für die Fusion zweier Firmen suchte. Dabei war sie doch angeblich so klug.

Amy holte tief Luft und überlegte, was sie jetzt tun sollte. Die Antwort war klar. Sie ließ Victoria los, griff nach der Einkaufstüte, nahm den Schwangerschaftstest heraus und reichte ihn ihr.

»Ich glaube, im Moment sind Sie ziemlich durcheinander, Victoria.«

»Ja, das glaube ich auch.«

»Was verständlich ist, denn Sie stehen unter großem Druck, seit Sie den Verdacht haben, dass Sie schwanger sind. Deshalb sollten Sie erst mal herausfinden, ob Sie es wirklich sind, bevor Sie darüber nachdenken, was Sie für Tate empfinden – und er für Sie. Man sollte keine wichtigen Entscheidungen treffen, ohne alle Fakten zu kennen, finden Sie nicht auch?«

Victoria nickte. »Okay. Gut.«

Amy nahm Victoria bei der Hand, gab ihr die Schachtel mit dem Test, drehte Victoria zur Badezimmertür und gab ihr einen kleinen Schubs.

»Ich schließe hinter mir ab«, sagte Amy. »Falls Sie mich brauchen, ich bin in der Küche.«

Amy flüchtete, bevor Victoria erneut protestieren oder in Tränen ausbrechen konnte. Sie wollte nichts mehr über die bevorstehende Hochzeit hören. In der Küche hatten Gladdy und Kathleen bereits Teller, Bestecke und Servietten für das Mittagsbüfett bereitgelegt. Die beiden schauten ihr erwartungsvoll entgegen, als sie die Küche betrat.

»Alles in Ordnung?«, fragte Kathleen nach einem Moment.

»In Ordnung? Was denn?«

»Ja, Liebes, der Test. Ist er so ausgefallen, wie Sie wollten?«

»Ich habe Ihnen doch gesagt, dass er nicht für mich ist! Ich bin nicht schwanger! Und ich habe absolut keinen Grund zu glauben, dass ich es sein könnte! Im Gegenteil, ich kann es gar nicht sein. Es wäre das achte Weltwunder, weil ich seit ... ich weiß nicht mehr, wie lange ... mit keinem Mann zusammen war. Männer bringen nichts als Ärger! Alle sind sie ...«

Sie verstummte, als die Ladys über die Schulter blickten und ihr unauffällig signalisierten, dass sie den Mund halten sollte. Erst jetzt bemerkte sie Tate. Er stand in der Tür und schaute schuldbewusst drein. Aber vielleicht glaubte er ihr jetzt endlich, dass sie nicht schwanger war.

Nach einem Moment lächelte er verlegen. »Was riecht denn hier so lecker?«

»Lasagne«, sagte Amy.

»Super. Ich bin am Verhungern.«

Kathleen nickte zufrieden. »Die meisten Frauen haben keine Ahnung, wie sie einen Mann mit ihren Kochkünsten glücklich machen können. Aber unsere Amy weiß ganz genau, dass Liebe nun mal durch den Magen geht.«

Amy schluckte. Sie musste sich verhört haben.

Schamlos. Die beiden sind absolut schamlos!

»Das stimmt.« Gladdy strahlte Tate an. »Und es ist so schön, einen jungen Mann mit einem gesunden Appetit zu sehen. Sie werden Amys Lasagne lieben. Eine bessere bekommen Sie nirgends.«

Tate schwieg, bis er neben Amy stand. »Enttäuschen Sie die beiden nicht«, flüsterte er ihr zu. »Sie sind alt und rührend. Das haben Sie mir selbst gesagt.«

»Das ist alles Ihre Schuld!«, wisperte sie zurück.

Sein Lächeln verblasste nicht. »Kommen Sie, meine Damen, schließen Sie sich mir an. Ich hasse es, allein essen zu müssen.«

Und dann reichte er jeder der Frauen einen Teller, versorgte sie mit Salat, Lasagne und dem noch warmen Brot und folgte ihnen ins Esszimmer.

Aber zuvor drehte er sich noch einmal zu Amy um. »Mehr konnte ich nicht tun«, sagte er so leise, dass nur sie es verstand.

Ungeduldig scheuchte sie ihn hinaus, schaute zu ihrer – bestimmt noch immer verschlossenen – Zimmertür hinüber und dachte an die arme Victoria.

Dass Frauen so kurz vor ihrer Hochzeit die Nerven verloren, hatte sie bisher nur für ein Gerücht gehalten. Jetzt wusste sie, dass es stimmte.

Nie wieder würde sie einen solchen Job annehmen!

4. Kapitel

Da während der nächsten eineinhalb Stunden immer wieder Gäste in die Küche kamen, um sich am Mittagsbüfett zu bedienen, konnte Amy nicht nach Victoria sehen.

Insgeheim war sie froh darüber, denn ihr graute davor, was sie in ihrem Schlafzimmer erwartete. Da sich die Braut nicht für immer dort verstecken konnte, musste sie letztlich herauskommen und sich ihrem Schicksal stellen. Irgendwann verlor Amy die Geduld – sie war hundemüde und wünschte, sich eine Weile hinlegen zu können. Gestern hatte sie bis spät gearbeitet, war wegen Victoria mitten in der Nacht aufgestanden und hatte sich im Morgengrauen um das Frühstück gekümmert.

Daher ging sie hinüber und klopfte leise an. Victoria öffnete, und Amy sah ihr sofort an, was der Test ergeben hatte.

Die Braut nickte nur. Offenbar brachte sie es nicht fertig, das Wort *schwanger* auch nur auszusprechen.

»Was soll ich nur tun?«, jammerte sie stattdessen.

»Erzählen Sie es ihm. Sofort. Das ist eine Entscheidung, die Sie beide zusammen treffen müssen. Wenn er nicht Vater werden will, müssen Sie es rechtzeitig wissen. Wenn er Sie verlässt, auch. Ehrlich gesagt, Victoria, ich halte ihn nicht für so feige und verantwortungslos. Oder haben Sie Angst, dass Sie keine gute Mutter sein würden?«

Victoria wurde immer blasser. »Sie verstehen nicht, worum es geht. Das hier war nicht vorgesehen. Ich habe immer einen Plan! Ich mache jeden Tag einen und halte mich auch daran. Ich notiere mir, was ich tun will, gehe die Liste durch und hake ab, was ich erledigt habe. Aber das hier … stand auf keiner meiner Listen!«

»Okay.« Amy stellte sich ein Kind vor, das To-do-Listen auf-stellte, noch bevor es lesen konnte, und mit seinen Buntstiften die einzelnen erledigten Posten durchstrich, damit seine pedantische Mutter es dafür lobte.

Aber seit wann ist das mein Problem? Hatte Victoria denn keine Freunde? Was war mit den Brautjungfern? Wo steckten die, wenn die Braut sie brauchte?

»Wissen Sie, vielleicht sollten Sie lieber … mit einer guten Freundin darüber reden!?«, schlug Amy behutsam vor. »Vielleicht mit einer Ihrer Brautjungfern?«

Entsetzt schüttelte Victoria den Kopf. »Oh nein, denen kann ich es nicht erzählen. Niemand darf es erfahren.«

Na toll, dachte Amy.

»Sie verstehen nicht!«, rief Victoria.

»Was verstehe ich nicht?«

»Tate ist im letzten Monat nach Tokio geflogen!«

»Na und? Was hat Tokio denn mit Ihrer möglichen Schwangerschaft zu tun?«

»Er war drei Wochen dort, um ein wichtiges Geschäft abzuschließen, und ich habe … gearbeitet. Hart gearbeitet. Das tun wir beide. Es ist mindestens einen Monat her, wenn nicht länger, dass wir … *zusammen* waren. Ich musste die Hochzeit planen, und meine Mutter hat mich dabei fast um den Verstand gebracht – alle diese dämlichen Details, alles sollte einfach perfekt sein. Und ich hatte auch alles im Griff, denn auf meine To-do-Listen konnte ich mich verlassen.«

Victoria atmete tief durch, um nicht erneut in Tränen auszubrechen. »Dann musste Tate plötzlich nach Tokio. Ich sollte mich eigentlich gar nicht um die Musikbegleitung für den Hochzeitsempfang kümmern, sondern er. Und das hat Tate vor seinem Abflug auch getan, aber die Band, die er gebucht hatte, löste sich auf, während er in Tokio war, und ich musste nach einer anderen suchen. Warum eigentlich *ich*? Warum musste ich mich um alles kümmern? *Ich* hätte nach Japan fliegen und *ihn* mit meiner Mutter und der Hochzeit und meinen blöden To-do-Listen allein lassen sollen!«

»Also mussten Sie neue Musiker engagieren?«

Victoria nickte.

»Und das ist so schlimm? Warum denn?«

»Sie müssen wissen, ich war immer ein braves Mädchen. Ein sehr braves Mädchen.«

»Bestimmt«, bestätigte Amy. Sie selbst war auch immer ein braves Mädchen gewesen. Aber auch brave Mädchen wurden schwanger. Sie verliebten sich und rechneten nicht damit, dass ausgerechnet sie Pech hatten – diese Geschichte kannte Amy nur zu gut.

»So eine Frau bin ich einfach nicht, okay? Das hat Tate gestern Abend zu mir gesagt, als ich dachte, dass Sie und er … Sie wissen schon. *So ein Typ bin ich nicht*, hat er gesagt, *das weißt du, Victoria*. Und ich dachte, ja, das weiß ich. Tate ist ein toller Mann. Aber die Sache ist die – ich hätte immer geschworen, dass *ich* auch nicht *so* bin. Aber … das kann ich jetzt nicht mehr behaupten, weil ich nun mal … doch so bin. Ich bin zu einer Frau geworden, die …, die …«

Victoria brach in Tränen aus.

Okay, das hört sich nicht gut an. »Sie meinen …«

»Die Musikband, die ich angerufen habe … Es gab nicht viele, die so kurzfristig noch frei waren, und ich wusste nicht mal, dass es *seine* ist. Das wurde mir erst klar, als er plötzlich vor mir stand.«

»Sie kennen jemanden von der Band?«, erriet Amy.

Victoria nickte. »Von der Highschool. Von meinem … Fehltritt. Meinem einzigen Ausrutscher! Meine Mutter war entsetzt. Sie hat ihn *gehasst*.«

»Das kann jeder Frau passieren, oder!?«

»Er ist so süß, so sexy und ein wenig gefährlich, und ich … Sie wissen, was ich meine.«

»Ja, ich weiß es.« Amy wusste es wirklich. Was war an diesen gefährlichen Typen bloß so reizvoll? Obwohl Tate nach allem, was sie gehört hatte, zu den eher harmlosen Exemplaren gehörte, spürte sie jedoch auch bei ihm etwas, das ihr gefährlich werden konnte.

Oh nein. Amy erstarrte innerlich. Was fiel ihr ein, so etwas zu denken? Noch dazu von Tate Darnley, dem Bräutigam – während dessen Verlobte ihre sämtlichen Sünden beichtete! Ausgerechnet ihr!

»Aber es war nur ein Ausrutscher und hatte nichts zu bedeuten«, versicherte Victoria verzweifelt.

»Richtig.« Sich vorzustellen, wie Tate ihr den Puderzucker vom Körper leckte, hatte auch nichts zu bedeuten. Einige Sekunden lang war ihre Fantasie mit ihr durchgegangen, mehr nicht. Warum konnte sie es nicht endlich vergessen?

»Wie gesagt, ich habe einfach nur versucht, eine Ersatzband aufzutreiben«, fuhr Victoria fort. »Zufällig war es seine … und ich hatte ihn seit Jahren nicht mehr gesehen und … Er sah noch immer so gut aus!«

»Oh, ich weiß. Glauben Sie mir, ich weiß, was Sie meinen«, entfuhr es Amy, dabei dachte sie – leider – nicht an Victorias Musiker, sondern an … *Hör auf damit*, befahl sie sich.

»Und er hatte noch immer diese verwegene Ausstrahlung und benahm sich, als hätte er immer bereut, dass wir beide nie … Sie wissen schon? In der Highschool.«

Amy nickte nur.

»Er ist der Typ, der jede Frau will, die er sieht – für den es nur ein Spiel ist. Ich dachte wirklich, ich wäre schlauer«, erzählte Victoria ihre traurige Geschichte weiter, ohne zu ahnen, dass Amy dabei an keinen anderen als an ihren Verlobten dachte.

»Wenn es um Männer geht, halten wir Frauen uns für so schlau, dabei sind wir es meistens nicht«, murmelte Amy.

Victoria nickte schluchzend. »Alle meine alten Gefühle für ihn kamen hoch, obwohl ich schon bald heiraten soll. Ich wollte *in Tate* verliebt sein und mit ihm alt werden, deshalb habe ich nicht verstanden, wie ich so etwas für einen anderen Mann empfinden konnte.«

»Nein, natürlich nicht.« Amy war versucht, sich einen Zipfel des Geschirrtuchs in den Mund zu stopfen. Wie kam sie dazu, der Braut Ratschläge über den Umgang mit verwegenen Männern zu erteilen? Dazu hatte sie überhaupt kein Recht – nicht, solange ihr Victorias Zukünftiger nicht mehr aus dem Kopf ging.

»Selbstverständlich ist das keine Entschuldigung.«

Nein, dachte Amy, das ist es nicht.

»Tate war in Tokio, James hier, genau wie alle die schlimmen gefährlichen Gefühle, und dann … habe ich mit ihm geschlafen. Mit James, dem Typen von der Highschool, aus der Band. So, jetzt habe ich es ausgesprochen! Ich bin mit James ins Bett gegangen.«

»Na ja, es war nur ein einziges Mal«, begann Amy, »das ist …«

Victoria schluchzte wieder. »Aber das stimmt nicht! Es war nicht nur ein einziges Mal!«

»Okay.« Amy tätschelte tröstend Victorias Schulter.

»Was soll ich bloß tun?«

»Oh, Victoria! Ich bin wirklich nicht diejenige, die Sie das fragen sollten. Ich meine … Das können nur Sie selbst beantworten. Können Sie sich verzeihen? Es vergessen? Es … abhaken? Und einfach so weiterleben, als wäre gar nichts passiert?«

»Sie meinen … Tate heiraten und ihm verheimlichen, dass das Baby nicht von ihm ist?«

Amy traute ihren Ohren nicht. Fassungslos starrte sie Victoria an.

Dass das Baby nicht von ihm ist?

»Augenblick mal! Was haben Sie gerade gesagt? Das Baby ist nicht von ihm?«, wiederholte sie. »Nicht von Tate?«

»Nein! Er war doch in Tokio. Drei Wochen lang. Die entscheidenden drei Wochen, in denen … Es kann nicht von Tate sein.«

»Oh.«

Amy war so in ihren eigenen Gedanken gefangen gewesen, dass sie nicht sofort begriffen hatte. Victoria hatte nicht nur mit dem Typen aus der Band geschlafen, sie war höchstwahrscheinlich auch noch von ihm schwanger.

Okay.

»Also, was schlagen Sie vor?«, fragte Victoria. »Was würden Sie an meiner Stelle tun?«

»Ich … Sie … Ich kann Ihnen nicht sagen, was Sie tun sollen. Es tut mir wirklich leid. Ich kann es einfach nicht.«

Und dann brach Victoria wieder in Tränen aus.

Tate wollte keinen Junggesellenabschied feiern.

Jedenfalls keinen von *denen*, bei denen halb nackte Frauen auf seinem Schoß saßen, während betrunkene Männer ihn anfeuerten. Weil er darauf keine Lust hatte, schlug er seinen Freunden etwas Ruhigeres vor, zum Beispiel einen Ausflug zu einem Spiel der Basketball-Profiliga und danach einen guten Scotch, bei dem sie sich gemeinsam an die alten Zeiten erinnern konnten.

Aber niemand hatte auf ihn gehört.

Außerdem hatte er Victoria den ganzen Tag nicht gesehen. Ging sie ihm etwa aus dem Weg? Versteckte sie sich irgendwo? Er verstand nicht, was los war. Hatte sie noch Wut auf ihn, weil sie ihn am Abend zuvor mit Amy in der Küche erwischt hatte? Oder machten ihre Mutter und der ganze Trubel vor der Hochzeit sie verrückt? Hoffentlich lag es nur an Mrs. Ryan – dass die ihre Tochter um den Verstand brachte, war normal.

Als er am späten Abend von der Party zurückkam – mit etwas mehr Alkohol im Blut als geplant –, war er fest entschlossen, seine Verlobte zu suchen. Er ließ den Chauffeur der gemieteten Limousine am Gästehaus halten und schlich von Fenster zu Fenster, weil er nicht wusste, welches Zimmer genau Victoria bewohnte. Seine Freunde machten sich über ihn lustig, aber das nahm er hin, denn er musste unbedingt mit ihr reden – mehr nicht. Er wollte sicher sein, dass alles in Ordnung war, denn danach sah es überhaupt nicht aus.

Auf dem Weg um das Gästehaus herum wagte er einen verstohlenen Blick in jedes Fenster. Falls Victoria im Haus war, schlief sie bestimmt schon. Auf keinen Fall würde er an die Tür klopfen und es riskieren, ihre Mutter zu wecken. Er hatte Victoria mehrfach angerufen, doch sie hatte nicht abgenommen. Nach einer Weile gab er auf. Was immer los war, es würde bis morgen warten müssen.

Zurück am Haupthaus, nahm er den Hintereingang. Inzwischen war ihm das fast schon zur Gewohnheit geworden, und erst als er auf Zehenspitzen an der Küche vorbeikam, fragte er sich, ob es eine gute Idee war.

Wie es Max wohl ging? Hatte er noch weitere *Höhlen* erkunden dürfen? Und Amy? War sie immer noch wütend auf ihn? Hatte sie es geschafft, Kathleen und Gladdy davon zu überzeugen, dass sie nicht schwanger war? Und …

Ups.

Er war mit jemandem zusammengestoßen, der aus der Küche kam.

»Was zum Teufel …!?«, sagte eine tiefe Männerstimme.

»Entschuldigung.«

Wer konnte das sein? Die Stimme klang fremd. Dabei war er sicher gewesen, dass er jeden kannte, der das Wochenende auf dem Anwesen verbrachte. Tate schaltete das Licht auf dem Flur ein und kniff die Augen zusammen – genau wie sein Gegenüber, ein schlaksiger Typ mit Dreitagebart und langem Haar.

»Tut mir leid, Mann. Konnte nicht wissen, dass noch jemand hier ist.«

»Kein Problem«, erwiderte Tate. »Kennen wir uns?«

»Keine Ahnung. Ich bin James Fallon. Meine Band spielt auf dem Hochzeitsempfang.«

»James Fallon?« Warum klang der Name irgendwie vertraut?

Und hatte er das Gesicht nicht schon einmal gesehen? *Augenblick mal!* »Trinity Prep? Die Privatschule? Sie waren ein oder zwei Jahrgänge über Victoria und mir, stimmt's?«

Wie der Kerl es auf die Schule geschafft hatte, würde Tate nie begreifen. Nicht, dass James Fallon dumm gewesen war, aber er hatte immer nur auf seiner Gitarre spielen wollen und den Unterricht als störende Ablenkung empfunden. Die Mädchen waren verrückt nach ihm gewesen. *Was haben diese Rockmusiker nur an sich?*

»Ja, ich war auf der Trinity Prep«, bestätigte James, »aber das glaubt mir keiner, wenn ich es erzähle. Ich musste hin, denn sonst hätte mein Vater meine Musikstunden nicht bezahlt. Er wollte mich unbedingt in dasselbe spießige Internat stecken, in dem er als Kind gewesen war.«

»Ja, mein Dad war auch dort gewesen. Genau wie der von Victoria.«

»Die Welt ist klein, was?«

Tate nickte. »Victoria hat mir erzählt, dass sie eine neue Band für unsere Hochzeit engagieren musste. Ich bin froh, dass ihr so kurzfristig einspringen konntet.«

»Ja, ich auch. Wir hatten in letzter Minute eine Absage, sonst hätten *wir* absagen müssen. Schätze, das Schicksal wollte es so.«

»Kann sein«, erwiderte Tate und sah auf die Uhr. Es war fast zwei Uhr morgens. Und wenn schon. »Was machst du so spät noch hier?«

»Ich wollte nur … Na ja, wir hatten in der Nähe einen Auftritt, und ich dachte mir … ich sehe mir mal an, wo wir am Wochenende spielen. Ob wir genug Platz haben, genug Steckdosen für die Verstärker, die Scheinwerfer, die Musikinstrumente, weißt du?«

»Ah, okay.« Vermutlich waren Musiker eher Nachtmenschen.

»Also … du und Victoria, was?«, fragte James.

»Ich und Victoria, genau.«

James nickte, schien noch etwas sagen zu wollen, überlegte es sich jedoch offenbar anders. »Dann sehen wir uns an eurem großen Tag, ja?«

»Ja.« Tate sah ihm nach, als er über den Flur zur Hintertür schlich.

Amy hätte schwören können, dass wieder jemand in der Küche war. Dem Musiker James war sie schon begegnet. Angeblich hatte der Victoria gesucht, um mit ihr abzusprechen, welche Titel seine Band auf dem Hochzeitsempfang spielen sollte. Da sie nicht wusste, ob Victoria ihn sehen wollte oder nicht, hatte sie ihm nicht verraten, wo er die Braut finden konnte.

Blinzelnd schaute sie auf den Wecker. Es war zwei Uhr morgens. Was war bloß los mit den Leuten? Schliefen sie denn nie? Und wenn es Victoria war, die sich in der Küche übergeben musste, was dann? Stöhnend starrte Amy an die Zimmerdecke. Trotz der leisen Stimmen vor der Tür schlief Max neben ihr weiter, erschöpft von seinen Abenteuern auf dem weitläufigen Anwesen.

Am Abend hatte das Brautpaar den Abschied vom Junggesellendasein gefeiert – getrennt natürlich. Waren da draußen vor der Tür etwa ein paar beschwipste Nachtschwärmer, die in der Küche nach einem Snack suchten? Was konnte sie ihnen anbieten? Oder sollte sie ihnen gestatten, sich selbst zu bedienen? Aber wenn es doch Victoria war – würde sie von allein wieder gehen oder abwarten, bis Amy herauskam?

Kopfschüttelnd stand sie auf, strich sich das zerzauste Haar glatt und zog eine Kochjacke an, die zum Glück lang genug war und ihr fast bis zu den Knien reichte. Sie knöpfte die Jacke zu, atmete tief durch und ging in die Küche.

Es war Tate.

Super.

Ein nächtliches Treffen mit der männlichen Hauptperson dieses Wochenendes war nun wirklich das Letzte, was sie gebrauchen konnte. Ein Treffen mit dem Bräutigam, der vielleicht gar kein Bräutigam war, weil seine Braut das Kind eines anderen Mannes bekam. Und Tate war außerdem nicht allein. Auf dem Flur stand jemand, dessen Gesicht sie nicht erkennen konnte. Zaghaft machte sie einen Schritt in die Richtung der beiden Personen und erinnerte sich dann. Doch, sie hatte den anderen Mann schon einmal gesehen. Es war der Musiker, Victorias Gitarrist, der Vater des Babys. James war heute schon zwei Mal in die Küche gekommen, um nach der Braut zu suchen.

Und da war er nicht der Einzige. Hatte Tate etwa Victoria und James zusammen ertappt?

Nicht in der Küche, dachte Amy flehentlich. *Bitte nicht in der Küche. Ich will mit euren vorehelichen Problemen nichts zu tun haben.*

Leise zog sie sich zurück. Wenn die beiden Männer sich nicht umdrehten, würde sie unbemerkt in ihrem Zimmer verschwinden können, konnte den Kopf unter dem Kissen vergraben und die ganze Sache vergessen. Doch bevor sie in Sicherheit war, ging James Fallon davon. Tate betrat die Küche und sah Amy. Er lächelte überrascht, schien neugierig und erfreut, aber auch ein wenig verlegen.

»Tut mir leid, wenn wir Sie geweckt haben. Das wollte ich nicht.« Sein Blick wurde noch neugieriger, vielleicht auch verwirrter. »Oder haben Sie vielleicht gar nicht geschlafen?«

»Wie bitte?«

Er schaute dorthin, wo der Gitarrist verschwunden war.

Empört starrte Amy ihn an. Ging das schon wieder los? Glaubte er etwa, der Gitarrist hätte sie besucht? Morgens um zwei?

Sie holte tief Luft, um ihren ganzen Ärger über seine Unverschämtheit und die ganze chaotische Hochzeit herauszulassen, aber er kam ihr zuvor.

»Schon gut, schon gut. Vergessen Sie es einfach, okay!? Es geht mich nichts an, ich weiß. Ich … bin dem Typen zufällig über den Weg gelaufen, und ob Sie es glauben oder nicht, wir waren auf derselben Highschool. Victoria auch.«

»Ja, das hat sie erwähnt«, erwiderte Amy. Glaubte er allen Ernstes, dass sie an Fallon interessiert war? Was für eine absurde Vorstellung! »Victoria hat mir gesagt, dass jemand von der Band vorbeikommt, um sich anzusehen, wo sie auftreten sollen. Und dass Sie beide mit einem der Musiker zur Schule gegangen sind.«

»Richtig.« Tate nickte. »Er ist ein … ungewöhnlicher Mensch. Jedenfalls war er es damals.«

Amy runzelte die Stirn. »Wollen Sie mir gerade sagen, dass er ein schlechter Mensch wäre? Ein schlechter Freund oder auch … ein schlechter Vater?«

»Nein, auf gar keinen Fall. Niemals«, beteuerte Tate, machte jedoch keine Anstalten, wieder auf sein Zimmer zu gehen.

Sie wartete. Sollte sie ihn vielleicht vorwarnen oder ihm wenigstens vorschlagen, seine Verlobte zu suchen und mit ihr zu reden? Das konnte sie doch guten Gewissens tun, oder?

Tate sah sie nur an. Sein Blick war voller Fragen.

Ich mag ihn. Er scheint wirklich ein netter Kerl zu sein. Und offenbar hat er nicht die leiseste Ahnung, welche Überraschung seine Braut für ihn bereithält.

»Haben Sie zufällig Victoria gesehen?«, fragte er. »Ich habe sie nämlich den ganzen Tag gesucht und konnte sie nirgends finden.«

»Sie war ein paarmal in der Küche.« Das war nicht gelogen.

»Hmm. Sie hat viel zu tun, nehme ich an, wegen der Hochzeit und so. Was für ein Aufwand aber auch!«

»Kann ich sonst noch etwas für Sie tun?«

Er zuckte mit den Schultern. Dann schnupperte er. »Sie haben heute Abend wieder etwas gebacken, nicht wahr?«

»Ja.«

»Aber keinen Zitronenkuchen. Was denn?«

»Erdbeertörtchen. Frische Erdbeeren in einem Bett aus lockerem Biskuitteig. Sie haben Hunger? Um diese Uhrzeit?«

»Warum nicht?«

Amy nahm einen Plastikbehälter aus dem Kühlschrank, legte drei Törtchen auf einen Dessertteller und wärmte sie in der Mikrowelle auf. Dann stellte sie ihm den Teller mit einem Glas Wasser und einer Serviette hin.

Er setzte sich, nahm sich eines der Törtchen und biss hinein. Mit einem glücklichen Lächeln schloss er die Augen, seufzte genussvoll auf und ließ sich viel Zeit, als wollte er den Geschmack so lange wie möglich auf der Zunge behalten.

»Sagen Sie mal«, begann er zaghaft, »kennen Sie … das Gefühl, dass man genau zu wissen glaubt, was einen erwartet – und dann kommt alles ganz anders?«

»Meine Törtchen schmecken Ihnen nicht?«

»Doch, doch. Ich liebe Ihre Törtchen.« Wie um es ihr zu beweisen, nahm er einen zweiten Bissen. »Ich rede von … Sie wissen schon … von *allem*.«

»Vom Heiraten?«

»Na ja, noch sind wir nicht verheiratet. Wir befinden uns … im Vorstadium, und es fühlt sich nicht so an, wie ich dachte.«

»Sie sollten mit Victoria reden.« Sprachen die beiden Verlobten denn gar nicht miteinander?

»Das versuche ich doch. Ich kann sie nur nicht finden. Es fühlt sich *falsch* an, wissen Sie? Irgendetwas fühlt sich nicht so an, wie es sollte. Und ich weiß nicht, was es ist. Geht es einem kurz vor seiner Hochzeit immer so? Ist es einfach nur Lampenfieber oder aber etwas anderes? Fühlt es sich für Sie auch falsch an?«

Sehr sogar, dachte Amy.

»Sie sollten mit Victoria reden«, wiederholte sie und versuchte, noch energischer zu klingen als beim ersten Mal.

»Das werde ich«, versprach Tate, »sobald ich sie aufspüre. Ich wollte ins Gästehaus schleichen, aber dort schläft auch ihre

Mutter. Und wenn Mrs. Ryan mich erwischt, bekommt sie garantiert einen ihrer gefürchteten Wutanfälle. Glauben Sie mir, das wäre das Letzte, was jemand an diesem Wochenende will. Die Frau legt großen Wert auf Äußerlichkeiten, wissen Sie?«

»Mmm.« Amy konnte sich nur zu gut vorstellen, was Mrs. Ryan davon halten würde, dass ihre *ach so perfekte* Tochter ausgerechnet vom Gitarristen einer Rockband schwanger war.

»Das von gestern tut mir wirklich leid«, beteuerte er. »Ich hätte meiner Patentante nicht erzählen dürfen, dass Sie vielleicht von Kathleens verstorbenem Mann schwanger sind. Es tut mir leid, ehrlich.«

Sie lächelte. »Schon gut.«

Wusste sonst noch jemand, dass Victoria schwanger war? Und dass ihr Baby nicht von Tate war? Wollten Eleanor und ihre Freundinnen sie deshalb mit dem Bräutigam verkuppeln, und zwar auf dessen eigener Hochzeit? Um ihn davon abzulenken, dass er seine Braut auf so unschöne Weise und kurz vor der Trauung verloren hatte? Ein anderer Grund fiel Amy beim besten Willen nicht ein.

Ja, vielleicht wussten die drei Ladys längst Bescheid.

Aber wenn es so war und sie einfach nur verhindern wollten, dass er Victoria zur Frau nahm, brauchten sie ihm doch nur zu erzählen, dass es nicht sein Baby war, oder? Das klang logisch.

Nein, sie konnten es nicht wissen.

Vielleicht mochten sie die arme Victoria nur nicht, oder sie hatten mitbekommen, dass sie sich hinter Tates Rücken mit dem Gitarristen vergnügte. Sie mussten Tate doch nur vom Kind erzählen, und schon wäre alles vorbei. Doch das hatten sie nicht getan – also hatten sie keine Ahnung von der Dreiecksbeziehung.

Was um alles in der Welt hatten sie vor?

Alles ergab einfach keinen Sinn. Nichts an dieser Hochzeit und den Machenschaften einiger Gäste ergab einen Sinn.

Und was tat sie selbst? Sie stand morgens um halb drei mit dem Bräutigam in der Küche, fütterte ihn mit Erdbeertörtchen und freute sich auch noch darüber, dass es ihm schmeckte.

Das durfte sie aber doch, oder? Es war schließlich harmlos. Die Grenze zwischen brav und verboten war nicht überschritten.

Noch hatte sie nichts Unerlaubtes getan.

Genau das hatte Victoria auch gedacht – bis aus heiterem Himmel ein gewisser Rockmusiker auftauchte. Und was hatte es ihr eingebracht? Ein weitaus größeres Problem als das, vor dem Amy jetzt stand.

Vielleicht würde auch sie eines Tages ihre pikante Geschichte erzählen – die Geschichte von ihr und Tate. *Ich wollte ihn doch nur mit meinen Erdbeertörtchen füttern und zusehen, wie es ihm schmeckt. Wird einst unsere gemeinsame Geschichte so anfangen? So unschuldig?*

»Essen Sie auf und gehen Sie wieder!«, befahl sie ihm. Noch hatte sie die Willenskraft dazu.

Überrascht sah er sie an. »Sie werfen mich hinaus? Aus der Küche *meiner* Patentante?«

»Ja. Beeilen Sie sich mit den Törtchen, und gehen Sie dann«, wiederholte sie. »Sie wissen, dass Sie nicht hierbleiben dürfen.«

»Ja, ich weiß«, sagte er, stand aber nicht auf.

Er aß seelenruhig weiter und ließ sie dabei nicht aus den Augen. Was für eine verrückte Situation. Was für eine *gefährliche* Situation.

»Los, stehen Sie auf.« Amy versuchte, streng zu klingen. »Gehen Sie jetzt.«

Und dann hörte sie plötzlich etwas.

Stimmen – tiefe Stimmen – und ein leises Lachen. Unsicher klingende Schritte kamen näher. Eine Tür wurde geöffnet und wieder geschlossen.

Verdammt.

Waren es Gäste, die von Tates Junggesellenabschied kamen? Ja, wenn sie Glück hatte. Wenn sie nämlich Pech hatte, kamen sie von Victorias Party. Vielleicht war es sogar die Braut höchstpersönlich!?

Wunderbar, einfach toll.

Blitzschnell glitt Tate vom Hocker, nahm Amy am Arm und zog sie in die Speisekammer.

»Augenblick mal! Was soll …«

»Nur, bis sie weg sind!«, flüsterte er. »Ich will jetzt mit niemandem reden. Und ich möchte auch nicht schon wieder in der Küche erwischt werden – mit Ihnen. Wie gestern Abend.«

Verständlich, dachte Amy.

»Na gut«, gab sie nach. »Aber nur, bis sie fort sind.«

5. Kapitel

Bei geschlossener Tür war es in der Vorratskammer stockdunkel. Spätestens jetzt sah Tate ein, dass das hier keine gute Idee gewesen war – vielleicht sogar eine schlechtere, als mit Amy in der Küche zu bleiben und sich dort erwischen zu lassen.

Etwas Besseres, als sich zu verstecken, war ihm auf die Schnelle nicht eingefallen. Gerade hatte er sich vorgestellt, wie er mit Amy … Nein, daran durfte er nicht einmal denken. Jedenfalls hatte er plötzlich Stimmen gehört und war in Panik geraten. Wie es der Zufall wollte, war diese Situation für ihn wesentlich riskanter, denn hier …

Nein, befahl er sich wieder. Er hätte die Erdbeertörtchen mit auf sein Zimmer nehmen sollen. Und noch besser wäre es gewesen, gar nicht erst in die Küche zu gehen. Warum war er jetzt nicht bei Victoria, um mit ihr über alles zu reden und zu überlegen, was sie jetzt tun sollten?

Stattdessen stand er hinter einer geschlossenen Tür. Im Dunkeln. Mit Amy.

Tate stöhnte leise auf. Da er Amy nicht wieder losgelassen hatte, stand sie direkt vor ihm. Viel zu nahe.

Das ist nicht gut, dachte er. Überhaupt nicht gut.

»Tut mir leid«, flüsterte er und ließ die Hand an ihrem Arm, damit er wusste, wo sich Amy in der Dunkelheit befand.

Hier drinnen mit ihr zusammenzustoßen, wäre nicht sehr klug.

Und wahrscheinlich sollte er sich das nicht einmal vorstellen.

Seine Freunde betraten die Küche. Er konnte sie hören. Sie entdeckten den Behälter mit den Erdbeertörtchen, machten sich darüber her und überlegten laut, ob sie sich noch etwas Herzhaftes gönnen sollten.

»Na toll«, wisperte Amy, »die bleiben eine Weile. Schlafen die Leute in diesem Haus denn nie? Sind das alles Nachtmenschen? Haben die alle am nächsten Morgen denn nichts zu erledigen?«

»Tut mir leid«, wiederholte er, »wenn sie nicht bald abhauen, gehe ich einfach hinaus.«

»Und erklären ihnen, dass Sie sich in der Speisekammer versteckt haben – aus einem Grund, den Sie ihnen nicht nennen können?«

»Okay, Sie haben recht. Ich … weiß nicht, ich …«

»Ach, halten Sie einfach den Mund«, unterbrach Amy ihn verärgert.

Er ließ den Kopf sinken, was bewirkte, dass seine Stirn ihre berührte. Das hatte er nicht geplant. Wirklich nicht. Und ihr Gesicht war noch warm vom Bett und roch so gut.

Gut? Sie roch *verführerisch* – wie Zucker und Gewürze und Erdbeermarmelade.

Tate stöhnte auf.

»Nicht«, flüsterte sie. »Wagen Sie es nicht!«

»Wissen Sie«, platzte er heraus, »so bin ich nicht. Ich schwöre es Ihnen, so bin ich nicht.«

»Ja, das hat man mir erzählt, aber trotzdem sind Sie hier. Mit mir. In einer stockfinsteren Speisekammer. Und ich weiß, was Ihnen gerade durch den Kopf geht. Deshalb sage ich Ihnen – denken Sie nicht einmal daran!«

»Schon gut. Verklagen Sie mich. Ich habe nicht die leiseste Ahnung, was mit mir los ist. So kenne ich mich gar nicht. Du meine Güte, ich soll in zwei Tagen Victoria heiraten.«

»Inzwischen sind es nur noch anderthalb«, erinnerte Amy ihn.

»Anderthalb Tage, und ich verstehe nicht, wie ich es tun soll, obwohl ich dauernd daran denke, Sie …«

»Sagen Sie es nicht!«, warnte sie.

»Obwohl ich dauernd daran denke, Sie zu küssen.«

Sie wollte zurückweichen, aber er hielt sie fest. Noch immer standen sie Stirn an Stirn, und er nutzte die Gelegenheit, um mit der Nasenspitze über ihre Wange und Schläfe zu streichen. Auch ihr Haar duftete herrlich.

»Ich weiß, ich bin ein schlechter Mensch. Ich wollte nur … Ich weiß nicht. Liegt es an der Torschlusspanik? Oder ist es etwas anderes?«

»Keine Ahnung. Jedenfalls koche ich nie wieder für ein Brautpaar und seine Gäste. Dies ist die letzte Hochzeitsfeier, das steht fest. Bei Hochzeiten herrscht emotionaler Ausnahmezustand – da werden selbst Unbeteiligte angesteckt.«

»Stimmt genau! Das habe ich schon mal erlebt. Ich hätte nur nicht damit gerechnet, dass es auch mich erwischt. Aber jetzt ist es nun mal passiert, und … ich weiß nicht, wie ich damit umgehen soll.«

»Reden Sie mit Victoria!«

»Ich will nicht mit *Victoria* darüber reden. Ich will *Amy* küssen. Nur ein einziges Mal, okay?« Tate wusste, dass er zu betteln begonnen hatte, aber das war ihm egal.

»Nein, es ist nicht okay. Ich bin doch kein Versuchskaninchen!«

»Ich weiß. Ich benehme mich unmöglich, aber …« Verdammt, er musste endlich herausbekommen, was mit ihm los war. Amy konnte ihm dabei helfen, auch wenn sie die falsche Frau dafür war. »Die Sache ist die, ich bin nicht sicher, ob ich die Hochzeit durchziehen kann, solange ich dieses Gefühl nicht los werde. Vielleicht ist es nur Lampenfieber, oder aber ich bin unzurechnungsfähig. Besser, ich finde es jetzt heraus, nicht wahr?«

»Das dürfte ja wohl der billige Spruch sein, den Männer seit jeher von sich geben, wenn sie sich kurz vor ihrer Hochzeit ein letztes Mal mit einer anderen Frau amüsieren wollen.«

»Nein! So ist es nicht, das schwöre ich. Wenn es so wäre, hätte ich es doch längst getan ... Oh, das klingt nicht gut, oder?« Es klang sogar ziemlich mies. »Ich komme gerade von meinem Junggesellenabschied. Glauben Sie mir, wenn jede Beliebige dafür in Frage käme ... Es gab da nämlich eine Stripperin, und die war mehr als bereit. Aber ich nicht.«

»Ach, nein?«, entgegnete Amy spitz. »Was sind Sie nur für ein toller Typ. Sie haben die Stripperin nicht geküsst. Wollen Sie einen Orden dafür?«

»Ich will keinen Orden. Ich will einfach nur Sie. Ich habe die Stripperin nicht geküsst, weil ich immerzu an *Sie* denken muss, Amy. An Ihren Zitronenkuchen und wie der geschmeckt hat und wie *Sie* voller Puderzucker waren und wie *Sie* schmecken würden und ...«

»Hören Sie auf!«, befahl sie. »Lassen Sie das besser. Wir würden es beide bitter bereuen.«

»Ich würde es mehr bereuen, wenn ich es *nicht* täte.«

Er senkte den Kopf und küsste sie einfach.

Amy wollte ihn auf Abstand halten, aber sie stieß mit dem Rücken an ein Regal – sie war Tate Darnley ausgeliefert. Das Schicksal wollte es offenbar so. Ohne länger zu überlegen, strafte sie ihre Worte lügen und ließ sich von ihm küssen.

Sie schmeckt nach Erdbeeren, dachte Tate. Hatte sie die Törtchen probiert? Oder den Teig?

Er malte sich aus, wie sie den Finger in die Rührschüssel steckte, ihn langsam an die Lippen hob und ableckte. Oder wie er ihren Finger nahm und es tat.

Das hier war falsch und sehr richtig zugleich, schlecht und sehr gut, gefährlich und ... genau das, wonach er sich gesehnt hatte.

Hitze durchströmte ihn, und er stöhnte leise auf. Wo Amy ihn berührte, schien seine Haut zu brennen – so heiß, dass sie mit ihrer Haut verschmolz.

Hör auf, befahl er sich. *Ich muss sofort damit aufhören.*

Aber er folgte seinem Vorsatz nicht, sondern küsste Amy wieder und wieder. Er schmiegte sich an sie und fühlte, wie sie seine Küsse erwiderte ... und hörte, wie sie ihn beschimpfte, noch während sie ihn küsste.

Und dann musste er lachen.

Er vergaß alles andere und lachte einfach nur, weil es so guttat.

Sie hatte ihn aufgefordert, sie ihn Ruhe zu lassen und zu verschwinden, aber sie klammerte sich an ihn, als würde sie Halt suchen. Und sie küsste ihn, als hätte sie nur darauf gewartet.

Tate fragte sich, ob er das Geschehen bereuen würde, aber zugleich wusste er, dass es etwas gab, das er noch schmerzlicher bereut hätte – Amy Carson hatte ihn davor bewahrt, einen schrecklichen Fehler zu begehen.

Seine Situation war nicht einfach, sie war verzwickt und würde sogar noch komplizierter werden. Dann könnte sich die Lage wieder bessern, und irgendwann würde alles gut werden.

Sehr gut.

Alles.

Er hielt Amy in den Armen und war so glücklich wie seit einer Ewigkeit nicht mehr – außer sich vor Freude und Erleichterung.

Dann zuckte Tate zusammen und riss die Augen auf, denn die Tür zur Vorratskammer öffnete sich leise quietschend. Grelles Licht schien herein. Blinzelnd hörte er auf zu küssen und starrte in die Gesichter seiner drei besten Freunde.

Sie grinsten schadenfroh. Jedenfalls kam es ihm so vor, aber vielleicht waren sie auch nur verblüfft, peinlich berührt oder zutiefst schockiert!?

»Entschuldigung«, sagte Rick, »wir dachten, wir hätten etwas gehört ... in der Speisekammer. Interessanter Ort für euch beide. Sieht zwar ein bisschen unbequem aus, aber ... Hauptsache, ihr fühlt euch wohl und seid vor Victorias Mutter sicher.«

Instinktiv hatte Tate sich vor Amy gestellt, aber es half nicht.

Sein Trauzeuge hatte kaum zu Ende gesprochen, da registrierte er, dass es gar nicht die Braut war, mit der Tate sich in die Speisekammer zurückgezogen hatte.

»Oh!« Verlegen wich Rick zurück. »Entschuldigung. Wir verschwinden jetzt besser.«

»Ja, bitte«, sagte Tate.

»Sofort.«

»Gleich«, mischte sich Todd ein. »Sind noch Erdbeertörtchen da?«

Rick schob ihn unsanft in die Küche zurück und schloss leise die Tür zum Vorratsraum.

In der plötzlichen Dunkelheit hörte Tate, wie Amy nach Luft schnappte, und spürte, wie auch sie innerlich auf Abstand ging.

»Der letzte Teil tut mir wirklich leid«, begann er.

»Der letzte Teil? Nur der? Dass man dich auf frischer Tat ertappt hat?«

»Ja.«

»Sonst nichts?«

»Dass ich dich geküsst habe? Nein, das tut mir nicht leid. Und dir auch nicht, oder? Jedenfalls hast du nicht gerade heftig protestiert.«

»Raus aus meiner Küche!«, fuhr sie ihn an. »Auf der Stelle!«

»Na gut, ich gehe. Und ich bleibe weg, bis ich mit Victoria gesprochen habe.«

»Ja, tu das. Es ist höchste Zeit dafür.«

»Danach komme ich wieder«, versprach er, »und dann habe ich dir mehr zu sagen. Viel mehr.«

Zurück in ihrem Schlafzimmer, machte Amy so gut wie kein Auge zu – sie war einfach zu aufgewühlt.

Sie konnte noch immer nicht fassen, dass Tate sie geküsst hatte. Mr. *So-bin-ich-nicht*! Und auch nicht, dass es sich so gut angefühlt hatte, dass sie noch nie in ihrem Leben zuvor so zärtlich und leidenschaftlich zugleich geküsst worden war.

Es war beunruhigend und … einfach nur falsch.

Nichts sollte sich so herrlich, so richtig, so selbstverständlich anfühlen.

Der Mann war verlobt, und zwar mit einer Frau, die von einem anderen ein Baby bekam, und hatte sich morgens um zwei in der Speisekammer erwischen lassen – mit der Köchin, die für das leibliche Wohl der Hochzeitsgäste sorgen sollte.

In wenigen Stunden würde ein Sturm der Entrüstung losbrechen, und Amy hätte sich am liebsten Max geschnappt und wäre zum Wagen gerannt, um so schnell wie möglich von hier zu verschwinden.

Aber mehr hatte sich nicht ereignet. Ein kleiner Ausrutscher. Dabei war sie sicher gewesen, dass ihr ein so leichtsinniger Fehler nie wieder unterlaufen würde. Den letzten hatte sie vor Jahren begangen, mit Max' Vater. Deshalb verstand sie einfach nicht, warum sie Tate in der Speisekammer geküsst hatte.

Entweder träumte Amy nur, oder Eleanor beugte sich tatsächlich besorgt über sie.

»Geht es Ihnen gut, Liebes?«

»Hmm?« Verwirrt setzte Amy sich auf.

Wo war sie? Warum war Tates Patentante bei ihr? Wo war Max? Sie drehte sich nach ihm um und atmete auf. Der Junge lag neben ihr und schlief fest – im großen Bett im Zimmer der Köchin in Eleanors Villa, wo deren Patensohn in wenigen Stunden sein Jawort geben sollte. Oder war die Hochzeit bereits abgesagt worden?

War Eleanor deshalb hergekommen?

»Oh, mein Gott!« Am liebsten hätte Amy sich die Decke über den Kopf gezogen, um den ganzen Tag im Bett zu bleiben.

»Fühlen Sie sich nicht gut?«, fragte Eleanor. »Wenn ja, machen Sie sich keine Sorgen. Notfalls kommen wir auch ohne Sie zurecht, meine Liebe.«

»Was?« Amy warf einen Blick auf den Wecker. Es war fast acht. »Oooh. Es tut mir so leid. Ich muss … verschlafen haben.«

War Eleanor nur deshalb besorgt? Weil sie so spät noch im Bett lag?

»Na ja, wenn Sie sicher sind, das alles in Ordnung ist …«

Amy wartete darauf, dass ihr träger Verstand wieder funktionierte. Tates Freunde vom Junggesellenabschied waren bestimmt noch nicht auf. Also konnte Eleanor nicht wissen, was sich mitten in der Nacht in der Speisekammer abgespielt hatte.

Oder doch?

Eleanors Blick war voller Erwartung, vielleicht sogar Hoffnung.

Was war bloß los?

»Es geht mit gut«, versicherte Amy. »Geben Sie mir fünfzehn Minuten, dann gehe ich in die Küche und bereite das Frühstück zu. Es tut mir leid.«

»Kein Problem. Außer Kathleen, Gladdy und mir schlafen alle noch, und wir können uns selbst versorgen. Wir kochen zwar nicht annähernd so gut wie Sie, aber wir werden nicht verhungern. Also lassen Sie sich ruhig Zeit.«

»Okay.« Amy überlegte, ob sie ihre und Max' Sachen packen und das Weite suchen sollte, bevor sie jemand anderem über den Weg lief. Auch wenn es sie ihren ersten richtigen Job kostete.

Sie wartete, bis Eleanor fort war, schleppte sich unter die Dusche und zog sich hastig an. Achtzehn Minuten nach dem Aufwachen stand sie in der Küche. Nicht schlecht nach einer so turbulenten Nacht.

Eleanor und ihre Freundinnen musterten sie neugierig. Ahnten die drei etwas, oder litt sie schon unter Verfolgungswahn? Ersteres war gut möglich. Die Ladys platzten fast vor Neugier, aber Amy schwieg eisern und war fast ein wenig stolz auf sich.

Und dann betrat die Mutter der Braut die Küche.

Amy zuckte zusammen, ganz genau wie Eleanor – die Patentante von Tate mochte Susan Whitman Ryan nicht, was ganz offenbar auf Gegenseitigkeit beruhte. Zwischen den beiden Frauen herrschte eine eisige Förmlichkeit, wobei Mrs. Ryan sich aufführte, als wäre die Villa ein Filmstudio und sie selbst nicht nur die Regisseurin, sondern auch die Produzentin, die alles finanzierte. Dass die Dreharbeiten in Eleanors Haus stattfanden, schien sie kein bisschen zu stören.

Ein Gerücht besagte, dass Mrs. Ryan vor Längerem Eleanor mit deren Ehemann betrogen und ein Auge auf dessen Anwesen geworfen hatte. Wie es aussah, hatte Eleanor das Anwesen bekommen und Mrs. Ryan den Mann – jedenfalls für eine Weile. Amy hatte nicht genauer nachgefragt, denn sie wollte sich nicht an dem Klatsch beteiligen. Da die Gäste aber immer wieder in die Küche gekommen waren, hatte sie so manches ungewollt mitgehört.

Mrs. Ryan schwebte herein wie eine königliche Hoheit und schien darauf zu warten, dass alle einen Hofknicks vollführten. »Guten Morgen zusammen.«

»Morgen«, murmelten die vier.

»Ich möchte einen Kaffee, bitte«, sagte sie zu Amy. »Nur Sahne, kein Zucker.«

»Gern, Ma'am.« Amy eilte zur Kaffeemaschine.

»Und etwas Obst. Nichts zu Schweres für die Mutter der Braut so kurz vor der Hochzeit«, fügte sie hinzu, nachdem Amy ihr den Kaffee serviert hatte.

»Ja, Ma'am«, erwiderte Amy, um sie so schnell wie möglich wieder loszuwerden.

»Im Esszimmer bitte.«

»Natürlich. Ich bringe es Ihnen sofort.«

Sie hörte, wie Eleanor, Kathleen und Gladdy hinter ihr die Köpfe zusammensteckten. Den Ladys gefiel nicht, wie herablassend Mrs. Ryan die Köchin behandelte, noch dazu in einem fremden Haus.

Amy machte es nichts aus. Sie hatte einfach nur schreckliche Angst davor, dass Susan Whitman Ryan erfuhr, was in der

Nacht in der Speisekammer geschehen war. Sie servierte der Brautmutter im Esszimmer das Obst und kehrte in die Küche zurück, wo die drei Ladys noch immer tuschelten.

»Die arme Victoria tut mir leid«, wisperte Gladdy. »Bei so einer Mutter aufzuwachsen, muss schrecklich sein. Kein Wunder, dass sie so kühl und distanziert ist.«

»Also, mir tut eher Tate leid«, warf Kathleen ein. »Eine solche Schwiegermutter wünscht man keinem Mann!«

»Mir tun sie alle beide leid und ich mir selbst dazu. Was fällt der Frau ein, sich in *meinem* Haus so zu benehmen? Ehrlich gesagt, mir graut vor all den Familienfeiern, die ich noch ertragen muss.«

Die drei drehten sich zu Amy um und starrten sie an.

»Ich mag sie auch nicht.«

Noch immer sagten die Ladys kein Wort.

Erst nach einem langen Moment brach Kathleen das Schweigen. »Amy, Liebes, gibt es etwas, das Sie uns erzählen möchten?«

»Nein.«

Gladdy lächelte verständnisvoll. »Sie sehen aus, als hätten Sie nicht geschlafen. Natürlich sind Sie auch heute Morgen so hübsch wie immer. Trotzdem scheint Sie etwas zu belasten, wenn Sie kein Auge zugetan haben. Erzählen Sie uns davon, vielleicht können wir helfen!?«

»Das bezweifle ich«, entgegnete Amy.

Die drei redeten gleichzeitig auf sie ein und versicherten, dass ihre Lebenserfahrung sie zu perfekten Ratgeberinnen machte, und zwar in allen erdenklichen Situationen.

»In dieser nicht.«

Die Augen der drei Damen wurden noch größer.

»Na ja, es ist ohnehin nicht mein Problem«, sagte Amy, »wirklich nicht.«

Sie nickten und warteten.

»Sie wissen doch, wie sehr wir Sie mögen, Amy«, versuchte

Eleanor es nach einer Weile. »Sie können uns *alles* anvertrauen. Ehrlich.«

»Es ist ein Geheimnis.«

»Ein *Geheimnis*?«, wiederholte Gladdys begeistert. »Oh, ich liebe Geheimnisse.«

»Ich auch!«, sagte Kathleen. »Heraus damit.«

»Nein, das darf ich nicht.«

»Amy, was immer es ist, wir verstehen das, versprochen. Es gibt nichts, womit Sie uns schockieren oder …«

Jemand schrie leise auf.

Amy drehte sich in Richtung des Geräuschs um. In der Tür stand Victoria, blass und reglos. Eleanor, Kathleen und Gladdy starrten die Braut wortlos an.

»Guten Morgen«, begrüßte Amy sie mit einem freundlichen Lächeln, um Victoria zu signalisieren, dass es keinen Grund zur Panik gab. »Wie geht es der Braut heute?«

Okay, das war keine sehr taktvolle Frage, aber auch Amy war nicht in Höchstform, und etwas Geistreicheres war ihr auf die Schnelle nicht eingefallen.

»Victoria, Sie sind schrecklich blass!«, stellte Eleanor fest. »Ist es beim Junggesellinnenabschied spät geworden?«

Victoria nickte emotionslos.

»Zu viel Champagner, was, Liebes?«, fuhr Eleanor fort.

Wieder nickte die Braut nur. Amy war sich sicher, dass Victoria keinen Tropfen Alkohol angerührt hatte.

»Setzen Sie sich doch«, begann Eleanor. »Ihre Gesichtsfarbe …«

Aber es war zu spät.

Victoria fiel in Ohnmacht.

Bevor die Braut bewusstlos zu Boden sinken konnte, hielt Amy sie fest.

Genau wie Eleanor.

Und der Gitarrist. *James.*

Wo kam der denn her? Er musste vor der Tür gestanden und

gelauscht haben, sonst hätte er es nicht so schnell geschafft. Oder er war mit Victoria zusammengewesen, ehe sie in die Küche geeilt war, um zu verhindern, dass Amy ihr Geheimnis verriet.

James war als Erster bei Victoria und bewahrte sie davor, mit dem Kopf auf den Fliesen aufzuschlagen. Ihre Mutter kam herbeigerannt, drängte sich zwischen neugierigen Leuten auf dem Flur hindurch und sah ihre Tochter auf dem Fußboden liegen – und wie James sich besorgt über sie beugte.

»Was ist passiert?«, rief Mrs. Ryan. »Geht es ihr gut? Was haben Sie ihr getan?«

»Nichts«, erwiderte Eleanor. »Sie ist ohnmächtig geworden.«

»Meine Tochter ist noch nie in ihrem Leben in Ohnmacht gefallen! Und wer ist dieser Mann? Sind Sie Arzt? Was wollen Sie hier?«

»Ich versuche herauszufinden, was passiert ist«, antwortete James, während er nach Victorias Puls tastete. Dann legte er eine Hand auf ihre Stirn und flüsterte ihr etwas zu.

Er schaute nicht hoch, sondern konzentrierte sich ganz auf die Bewusstlose. Mrs. Ryan schien ihn an seiner Stimme zu erkennen, denn sie starrte ihn erst neugierig und dann entsetzt an.

»Sie!«, schrie Victorias Mutter. »Sie sind der ... Junge! Dieser furchtbare Junge!«

Erst jetzt hob er den Kopf und sah ihr gelassen ins Gesicht. »Ich bin zweiunddreißig, Mrs. Ryan. Ich bin garantiert kein *Junge* mehr.«

Richtig, Victoria hatte erzählt, dass ihre Mutter sich vor Jahren über die Beziehung ihrer Tochter mit James schrecklich aufgeregt hatte. Offenbar hatte Mrs. Ryan es nicht vergessen. Zum Glück begann sich ihre Tochter zu bewegen, bevor es zu einer hässlichen Auseinandersetzung kam.

»Seht nur«, sagte Eleanor erleichtert, »Victoria kommt wieder zu sich.«

James, der noch immer auf dem Fußboden kniete, nahm ihre Hand und wisperte Victoria etwas ins Ohr. Sie stöhnte leise auf, sah ihn an, blinzelte ungläubig und vielleicht ein wenig panisch und brach in Tränen aus.

Jetzt haben wir ein echtes Problem, dachte Amy.

Mrs. Ryan war so blass geworden, als hätte James versucht, ihre Tochter auf der Stelle zu köpfen. James sah zugleich konsterniert und besorgt aus.

Amy war sich sicher, dass es nicht noch schlimmer werden konnte, aber dann kam Tate herein.

6. Kapitel

Tate hatte den Lärm gehört und sich eine schreckliche Szene ausgemalt – wie jemand vom Junggesellenabschied in die Küche ging, um sich etwas gegen seinen Kater zu mixen, dort Victoria begegnete und ihr brühwarm erzählte, wen er in der Speisekammer in flagranti erwischt hatte. Und zwar bevor er selbst seiner Braut alles beichten konnte.

Doch stattdessen bot sich ihm ein noch albtraumhafterer Anblick – Victoria lag schluchzend auf dem Boden, um sie herum ein halbes Dutzend Leute, darunter ihre Mutter mit finsterem Gesicht und … War das etwa James? Der Mann, der neben Victoria kniete und sie stützte?

»Was zum Teufel ist hier los?«, fragte Tate, wobei sein Zorn in erster Linie Victorias Mutter galt. Denn wenn es jemanden gab, der bei Victoria Weinkrämpfe auslösen konnte, dann war es Susan Whitman Ryan. Er bezweifelte, dass jemand anderes das schaffen würde.

»Der Mann da, der hat es getan!« Mrs. Ryan zeigte auf James.

»*Was* getan?«, fragte Tate.

»Seien Sie still!«, befahl Eleanor der vor Entrüstung zitternden Brautmutter. »Der Mann hat gar nichts getan. Victoria ist ohnmächtig geworden, und er hat sie festgehalten, bevor sie umfallen konnte.«

»Wie ich bereits sagte, ist meine Tochter noch nie in ihrem Leben ohnmächtig geworden!«, wiederholte Mrs. Ryan. »Eine solche Schwäche erlaubt man sich in unserer Familie nicht. Also, ich wiederhole – wer hat ihr das angetan und was um alles in der Welt hat dieser Mann hier zu suchen?«

»Seine Band spielt auf unserem Empfang«, erklärte Tate,

während auch er sich zu Victoria kniete.

»Warum sollte sie seine Band dafür engagieren? Wir hatten doch bereits eine ganz hervorragende Combo …«

»Die hat vor über einem Monat abgesagt, und Victoria hat James' Band als Ersatz angeheuert. Aber ich glaube, im Moment gibt es Wichtigeres. Könnten wir diese Diskussion verschieben, bis es Victoria besser geht?«

»Ja, bitte«, sagte der Musiker, der inzwischen Victorias Kopf in seinem Schoß bettete. »Ich gebe dir hundert Dollar, wenn du die Frau aus der Küche schaffst«, flüsterte er Tate zu.

Tate verdrehte die Augen. »Und ich gebe dir, was immer du willst, wenn du dafür sorgst, dass sie mindestens vierundzwanzig Stunden lang von hier verschwindet«, wisperte er zurück.

Ihm graute davor, Mrs. Ryan von dem nächtlichen Vorfall in der Speisekammer zu erzählen. Sogar noch mehr als davor, es Victoria zu beichten. Wenn er darauf bestand, die Hochzeit abzublasen, würde er es vermutlich ihrer Mutter erklären müssen. Na ja, das wäre nur fair, und trotz seiner Fehltritte versuchte er immer, fair zu sein.

Wimmernd betastete Victoria ihren Kopf.

»Wir sollten ihr aufhelfen«, schlug Tate vor. »Würden Sie alle etwas Platz machen, bitte?«

»Sie können sie in mein Bett legen«, bot Amy an. »Das ist am nächsten.«

Endlich stand James auf. Er ließ sich von Amy den Weg zeigen und bahnte sich dann einen Weg durch die Küche. Dort kamen immer mehr Gäste zusammen. Tate trug Victoria in Amys Zimmer, wo Max noch immer friedlich schlief. Amy weckte ihn so behutsam wie möglich und bat ihn, in der Küche auf sie zu warten.

Als Victoria auf dem Bett lag, setzte Tate sich zu ihr. Er nahm ihre Hand und lächelte sie aufmunternd an. »So, das wäre geschafft. Geht es dir jetzt besser?«

Sie nickte und erschrak, als sie über seine Schulter blickte.

»Soll ich deine Mutter wegschicken?«, flüsterte er.

»Ja«, erwiderte sie mit schwacher Stimme.

»Könnten wir einen Moment allein sein, bitte?«, bat Tate und starrte Victorias Mutter an, die sie beide missbilligend betrachtete.

Mrs. Ryan blieb, wo sie war, und sah noch hochnäsiger aus als sonst.

»Mutter, geh jetzt!«, befahl Victoria in einem Tonfall, den er bei ihr noch nie gehört hatte, jedenfalls nicht gegenüber ihrer Mutter.

Bravo, Victoria, dachte er.

Mrs. Ryan zögerte und schien zu überlegen, ob sie ihrer Tochter einen Kurzvortrag halten sollte – über respektlose Kinder und deren bedauernswerte Eltern.

Tate kam ihr zuvor. »Victoria und ich müssen reden. Ungestört.«

James, der noch in der Tür stand, kam herüber, drehte Mrs. Ryan an den Schultern um und schob sie aus dem Zimmer. »Hier entlang. Erzählen Sie mir nur, was für ein unmöglicher Mensch ich bin und was für einen schlimmen Einfluss ich schon in der Highschool auf Victoria hatte. Ich weiß, Sie können es kaum erwarten.«

Tate wartete, bis die beiden fort waren. »Du kanntest ihn damals so gut, dass er einen schlechten Einfluss auf dich hatte?«

Sie war wieder blass geworden. »Jedenfalls scheint meine Mutter es so zu sehen.«

»In den Augen deiner Mutter ist fast jeder auf diesem Planeten schlecht für dich.«

»Ich weiß. Es tut mir leid. Sie wird sich nie ändern.«

Er drückte Victorias Hand. »Du kannst doch nichts dafür.«

»Trotzdem wundert es mich, dass du eine Frau mit einer so unerträglichen Mutter heiraten wolltest. Uns beide gibt es leider nur im Doppelpack.«

Tate lächelte traurig. Er wollte Victoria nicht wehtun. Sie hatte es nicht verdient, aber hoffentlich ersparte er ihnen beiden dadurch noch mehr Schmerzen. In der Zukunft. Dazu mussten sie beide aber erst einmal die bittere Gegenwart überstehen. Und offenbar war Victoria auch noch gesundheitlich angeschlagen. Anders ging es jedoch nicht. Er musste es ihr erzählen, bevor jemand anderes es tat. Wenigstens das war er ihr schuldig.

»Victoria, es gibt da ein paar Dinge, über die wir dringend reden müssen …«

»Ich weiß. Aber nicht jetzt, okay?«

Er zögerte. Am liebsten würde er die Aussprache selbst noch eine Weile hinauszögern, aber die Hochzeit sollte in weniger als achtundvierzig Stunden stattfinden. Er durfte nicht länger warten.

»Heute Nachmittag, ja? Dann reden wir, ganz egal, wie ich mich fühle«, versprach Victoria. »Wir … legen alles auf den Tisch.«

Das hörte sich nicht gut an.

Wusste sie schon die Geschichte von Amy und ihm in der Vorratskammer? »Einverstanden.«

Sie war weiß im Gesicht und sah irgendwie … zerbrechlich aus. *Zerbrechlich?* Victoria Ryan war an sich das genaue Gegenteil davon.

»Was ist in der Küche passiert?«, fragte er sanft. »Sie haben gesagt, du bist ohnmächtig geworden!?«

»Plötzlich hat sich alles um mich gedreht, und ich konnte nicht mehr stehen.«

Auch das klang nicht nach der Victoria, die er kannte. »Ist es die Hochzeit? Der Stress?«

»Ich bin nicht sicher. Mir war gestern schon nicht gut.«

»Bleib eine Weile liegen und ruh dich aus. Amy stört es bestimmt nicht. Soll ich dir etwas holen, etwas zu essen oder zu trinken? Was kann ich tun?«

»Ich … ich bitte dich nur ungern darum, aber könntest du meine Mutter von mir fernhalten? Bitte!«

Tate machte ein entsetztes Gesicht, und sie belohnte ihn mit einem matten Lächeln.

»Ich möchte sie jetzt nicht sehen«, gestand sie. »Ich schleiche mich durch die Hintertür zum Wagen und verschwinde, bevor sie mir auflauert und …«

»Meinst du wirklich, dass du fahren kannst?«

»Ich glaube schon. Ich muss weg von hier, wenigstens für eine Weile.« Mühsam setzte Victoria sich auf und sah aus, als würde sie erneut in Ohnmacht fallen.

»Das ist wohl keine gute Idee«, sagte Tate und schob sie behutsam zurück. »Victoria, was ist los?«

»Heute Nachmittag, okay? Ich verspreche es. Ich bin ja selbst noch nicht sicher, aber … Ich gehe zum Arzt. Nur eine kurze Untersuchung, damit ich weiß, ob … alles in Ordnung ist, vor der Hochzeit und bevor wir in die Flitterwochen nach Griechenland fliegen. Schließlich will ich nicht in einem fremden Land krank werden.«

»Du gehst zum *Arzt*?«, wiederholte er und machte sich auf einen Tiefschlag gefasst.

Victoria war nie krank gewesen.

Natürlich hatte sie nicht ausdrücklich gesagt, dass sie … *krank* war.

Aber sie war ohnmächtig geworden, was bedeutete, dass …

»Nein, nein, nein! Sieh mich nicht so an«, flehte sie. »Ich bin nur … Ich erkläre dir alles heute Nachmittag. Aber halte meine Mutter von mir fern, bitte! Und könnte jemand mich fahren. Vielleicht … Amy?«

»Amy?« Er schluckte. Das Haus war voller Leute, und sie wollte ausgerechnet Amy? »Warum?«, fragte er mit belegter Stimme.

»Sie ist so nett«, antwortete Victoria und wirkte völlig ahnungslos.

Das mulmige Gefühl in Tates Magen nahm zu. Victoria sah nicht aus wie eine zutiefst empörte Braut, aber warum sollte Amy sie fahren?

Dann begriff er endlich.

Victoria war schwindlig und übel, sie war wacklig auf den Beinen und sah schwach aus. Sie war nervös und so verunsichert, wie er sie noch nie erlebt hatte.

Und er hatte Amy mit einem Schwangerschaftstest ertappt, der angeblich nicht für sie bestimmt war. Jetzt wollte Victoria gerne Amy bei sich haben – Amy, die bereits eine Schwangerschaft hinter sich hatte und schon Mutter geworden war.

»Oh mein Gott!«, flüsterte Tate.

»Nein, wirklich nicht! Das darfst du nicht denken!«, beschwor Victoria ihn. »Ich weiß genau, was dir gerade durch den Kopf geht, aber so ist es nicht! Das heißt, ich bin ziemlich sicher, dass es nicht so ist. Also warte einfach ab, ja? Ich fahre zum Arzt und lasse mich untersuchen, um festzustellen, was mit mir los ist. Also … dreh jetzt nicht durch, okay?«

Er wünschte, er könnte ebenfalls einfach in Ohnmacht fallen, anstatt das zu denken, was er dachte. Er hatte Amy in der Speisekammer geküsst und die Hochzeit absagen wollen, aber wenn Victoria schwanger war …

Plötzlich blieb ihm die Luft weg, und er atmete mehrmals tief durch.

»Wir haben doch aufgepasst!«, sagte er. »Wir waren immer vorsichtig. In jeder Hinsicht. Unser ganzes gemeinsames Leben war ein Musterbeispiel an Vorsicht!«

»Ich weiß und deshalb bin ich überzeugt … dass es nicht das ist, was du glaubst. Wirklich nicht. Aber ich schleiche mich aus dem Haus und fahre zum Arzt, damit wir ganz sicher sind. Lass uns nichts Unüberlegtes tun.«

»Wenn du meinst.« Tate hatte kein gutes Gefühl.

Nicht, dass er Kinder etwa nicht mochte. Im Gegenteil, er wünschte sich welche.

Aber so früh? Und mit Victoria?

»Oh Gott!«, entfuhr es ihm wieder.

»Bitte, Tate, verliere jetzt nicht die Nerven. Du musst mir helfen, und zwar sofort. Geh zu Amy und schick sie herein. Und dann suche meine Mutter und schließ sie irgendwo ein, bis ich aus dem Haus bin. Okay?«

Er schloss die Augen und verzog das Gesicht.

Amy.

Der Kuss.

Die Kumpels vom Junggesellenabschied, die ihn mit ihr in der Speisekammer erwischt hatten.

»Das ist doch lächerlich!«, brachte er heraus. »*Ich* kann dich zum Arzt bringen.«

»Nein«, beharrte Victoria.

Warum reagierte sie so panisch auf seinen Vorschlag?

»Entschuldige«, fuhr sie hastig fort. »Ich ... ich möchte, dass eine Frau mich begleitet. Du weißt schon ... Das ist Frauensache.«

Es ist *unsere* Sache, dachte Tate, gab jedoch nach. Die Zeit, bis sie vom Arzt wiederkam, würde ihm wie eine Ewigkeit erscheinen. Und bis dahin musste er den glücklichen Bräutigam spielen und vielleicht auch noch seine Schwiegermutter – die ihn nicht mochte und die er ebenfalls nicht ausstehen konnte – mit körperlicher Gewalt in einen Schrank oder ein Zimmer sperren.

Oh Gott!

Vielleicht büßte er gerade für alle seine Sünden. Eine Konfrontation mit Susan Whitman Ryan war so ungefähr die schlimmste Strafe, die er sich vorstellen konnte.

Er gab sich einen Ruck. »Na gut, ich mache es. Ich schicke dir Amy, aber ... Victoria, da ist noch etwas.«

»Was denn?«

In diesem Moment fiel ihm ein, dass Amy ihn geradezu angefleht hatte, mit Victoria zu reden.

Plötzlich ergab alles einen Sinn.

Amy wusste es.

Sie musste es gewusst haben.

Tate senkte den Kopf und atmete noch einmal tief durch.

»Schon gut«, sagte er leise. »Wir reden, sobald du zurück bist.«

In der Küche hielten sich auffallend viele Leute auf, die immer wieder Kaffee holten, frühstückten, leise miteinander sprachen und dabei mit Sicherheit die Ohren spitzten. Alle wollten mitbekommen, worüber das Brautpaar im Nebenzimmer redete.

Am liebsten hätte Amy sie alle hinausgescheucht, aber als Köchin hatte sie wohl kein Recht dazu. Außerdem bedienten sich auch Eleanor, Kathleen und Gladdy am Büfett. Seit Tate und Victoria hinter der Zimmertür verschwunden waren, versuchten die drei, Amy abzufangen und auszuhorchen. Bisher war es ihr gelungen, den Ladys auszuweichen.

Victorias Mutter hatte sich im Durchgang zu Amys Zimmer postiert, und ihr war anzusehen, dass sie am liebsten durchs Schlüsselloch geschaut hätte. Auch James war noch da, obwohl Mrs. Ryan ihn mehrfach aufgefordert hatte, endlich zu gehen.

»Ich will sicher sein, dass es Victoria gut geht«, hatte er jedes Mal erwidert.

Amy vermutete, dass die Brautmutter den Musiker am liebsten eigenhändig aus dem Haus befördert hätte. Wahrscheinlich tat sie es nur deshalb nicht, weil Eleanor anwesend war und offenbar nichts dagegen hatte, dass James blieb.

Es war das bizarrste Frühstück, das Amy jemals erlebt hatte. Eigentlich fehlten nur noch Tates Freunde vom Junggesellenabschied, die zum Besten gaben, wen sie mitten in der Nacht in der Speisekammer überrascht hatten.

»Nie wieder eine Hochzeitsfeier!«, schwor sie sich leise, während sie frisches Obst in mundgerechte Stücke schnitt. *Nie und nimmer. Auf keinen Fall.*

»Was haben Sie gesagt, Liebes?«, fragte Eleanor und lächelte verschwörerisch.

»Nichts.«

»Mir ist, als hätte ich etwas gehört.«

»Ich glaube, ich muss noch mal in den Supermarkt. Die Gäste essen mehr, als ich erwartet habe. Wenn sie so weitermachen, haben wir morgen nichts mehr zum Frühstück.« Amy gratulierte sich zu ihrer Idee. Auf diese Weise konnte sie flüchten, ohne Verdacht zu erregen. Was immer passierte, sobald Tate und Victoria aus ihrem Zimmer kamen, es würde ohne sie stattfinden.

»Bestimmt sind Sie so neugierig wie alle anderen«, flüsterte Eleanor ihr zu.

»Nein«, widersprach Amy, »ganz und gar nicht.«

»Was nur bedeuten kann, dass Sie längst Bescheid wissen!«

»Keineswegs.« Das war eine glatte Lüge, aber Amy hielt sie für gerechtfertigt. Schließlich war es Victorias Geheimnis. Das größte jedenfalls.

Mrs. Ryan schien über ein äußerst empfindliches Gehör zu verfügen, denn sie eilte sofort herbei. »*Sie* wissen, was hier los ist?«, fuhr sie Amy an. »Erzählen Sie es mir. Sofort!«

Amy wich so hastig zurück, dass sie gegen Eleanor stieß.

Schützend legte Tates Patentante einen Arm um sie und nahm ihr die Antwort ab. »Du meine Güte, Susan. Ich lasse nicht zu, dass Sie das arme Mädchen verhören. Seien Sie doch wenigstens ein Mal in Ihrem Leben geduldig. Warten Sie gefälligst, bis das Gespräch zwischen Ihrer Tochter und deren Verlobten zu Ende ist.«

Mrs. Ryan schnaubte hochnäsig, warf Amy einen vernichtenden Blick zu und stellte sich wieder in den Durchgang, um den verdutzten James anzufunkeln.

»Danke«, wisperte Amy.

»Gern geschehen, Liebes«, erwiderte Eleanor, »aber als Belohnung dafür, dass ich Sie vor dieser grässlichen Person gerettet habe, sollten Sie mir alles erzählen, was Sie wissen.«

Bevor Amy antworten konnte, ging eine Tür auf. Jeder in der Küche verstummte und schaute hinüber. Tate kam heraus, blass und mit gequälter Miene. Als er sah, wer ihn alles erwartete, murmelte er etwas Unverständliches, holte tief Luft und straffte die Schultern.

»Und? Was ist los? Heraus damit!«, befahl Victorias Mutter.

»Wir beide müssen reden«, sagte Tate zu ihr und sah aus, als würde er lieber von einer Klippe springen, als sich mit ihr zu unterhalten. »Aber erst mal brauche ich Amy.«

Amy erstarrte. Alle drehten sich nach ihr um.

»Amy?«, wiederholte Mrs. Ryan schrill. »Was hat *die* denn damit zu tun?«

Tate ignorierte sie. »Victoria möchte Sie sehen«, sagte er zu Amy.

Sie sehen? Was genau bedeutete das?

»Oh.« Eleanor klang sowohl überrascht als auch enttäuscht.

Mrs. Ryan runzelte die Stirn. James sah noch verwirrter aus. Und Eleanor und Gladdy wirkten ein wenig schuldbewusst, fand Amy.

»Ich verstehe beim besten Willen nicht, warum …«, begann Victorias Mutter.

»Nicht jetzt!«, unterbrach Tate sie so energisch, wie Amy es von ihm noch nie gehört hatte.

Mrs. Ryan schien um einige Zentimeter zu wachsen, als sie sich emporreckte, um Tate zurechtzuweisen. »So lasse ich nicht mit mir …«

Aber in diesem Moment nahm Eleanor sie beim Arm und zerrte sie praktisch ins Esszimmer – offenbar war sie der einzige Mensch, der keine Angst vor Susan Whitman Ryan hatte. »Tate, mein Lieber, wir warten auf dich. Komm, sobald du reden möchtest.«

Amy fügte sich in ihr Schicksal, ging zu ihm und folgte ihm. Bei jedem Schritt spürte sie die neugierigen Blicke der anderen.

»Weiß sie es?«, flüsterte sie ihm zu.

»Nein.«

»Wozu braucht sie mich dann?«

»Du sollst sie zum Arzt fahren.«

»Oh.« Vor der geschlossenen Tür ihres Zimmers blieb sie stehen.

»Es war der Test, nicht wahr? Hast du ihn für sie besorgt?«

»Ja, aber es ist nicht …«

»Nicht so, wie ich *denke*?« Tate lachte bitter. »Du meinst, ich habe dich nicht in der Speisekammer geküsst, während meine Verlobte auf das Ergebnis des Schwangerschaftstests gewartet hat, den du ihr gebracht hast?«

»Psst! Warte einfach nur ab, okay? Und verrate Victorias Mutter nichts. Noch nicht.«

»Genau das hat Victoria auch gesagt.« Erstaunt sah er sie an. »Wieso weißt du so viel mehr darüber als ich?«

»Das kann ich dir im Moment nicht erklären.«

Er hielt sie fest. »Augenblick mal. Wenn du wusstest, dass meine Verlobte schwanger ist, wieso hast du dich von mir küssen lassen?«

»Du hast mich praktisch überfallen!«, erinnerte sie ihn empört.

»Kann sein, aber du hast mich zurückgeküsst, und das weißt du auch!«

»Ja, das habe ich, aber ich bin nicht für dieses Chaos verantwortlich. Das hast du mit Victoria zusammen verbockt, und irgendwie habt ihr mich mit hineingezogen. Und obwohl du keine Ahnung hast, was wirklich los ist …«

»Natürlich weiß ich es!«, fuhr er sie an.

»Nein, tust du nicht«, flüsterte Amy.

Tate schien es endgültig die Sprache verschlagen zu haben. Ungläubig starrte er sie an.

»Hör zu, ich fahre Victoria jetzt zum Arzt, und du hältst uns nicht auf. Bleib einfach ruhig, ja? Ich weiß, es fällt dir schwer, aber versuch es. Und was immer du tust, halt um Himmels willen den Mund, bis wir zurück sind, okay?«

Fassungslos schüttelte er den Kopf. »Aber …«

»Ich weiß, es ergibt keinen Sinn, und es tut mir auch leid, aber entspann dich, ja? In zwei Stunden bekommst du alle Antworten, die du brauchst.«

Amy öffnete die Tür und ging in ihr Schlafzimmer, bevor Tate noch etwas fragen konnte. Im Moment hatte sie es lieber mit Victoria zu tun als mit deren bedauernswertem Verlobten.

7. Kapitel

Die nächsten zwei Stunden waren die längsten in Tates bisherigem Leben.

Als er in die Küche zurückkehrte, fühlte er sich wie auf dem Weg zu seiner eigenen Hinrichtung. Alle schauten ihm erwartungsvoll entgegen. Offenbar hatte sein kleiner Wortwechsel mit Amy ihre Neugier nur noch gesteigert. War er zu unvorsichtig gewesen? Hatte er ihnen etwas verraten?

Tate ignorierte die fragenden Mienen und zwang sich, zu Victorias Mutter zu gehen, die Eleanor abgeschüttelt hatte und in der ersten Reihe stand. Hätten Blicke töten können, läge er längst im Leichenschauhaus. Aber sein Herz schlug weiter, also musste er irgendwie mit der Frau fertig werden.

»Wissen Sie«, begann Mrs. Ryan, »ich habe Sie nie gemocht.«

»Was für eine Überraschung!«, antwortete er, bevor er ihren Arm nahm und sie in den Ostflügel der Villa führte, wo sie hoffentlich nicht mitbekam, wie ihre Tochter das Anwesen im Wagen verließ.

»Ich habe Victoria gleich gesagt, dass Sie nicht der Richtige für sie sind. Ich habe ihr gesagt, dass Sie sie blamieren und enttäuschen werden, und sehen Sie sich an, was passiert ist. Ich habe recht behalten, nicht wahr!?«

»Das wird sich zeigen.« Tate war entschlossen, das hier durchzustehen. Er musste es tun. Für Victoria, denn die Untersuchung beim Gynäkologen war auch ohne ihre Mutter schon stressig genug.

»Ich bestehe darauf, dass Sie mir auf der Stelle erzählen, was los ist«, fauchte sie.

Er blieb in einem Salon stehen, vor dessen Fenstern sich

nicht die lange Zufahrt, sondern der weitläufige Park erstreckte. Er ließ sich Zeit, lehnte sich gegen eine wuchtige Anrichte mit Marmorplatte, atmete tief durch, um sich ein wenig zu entspannen, und scheiterte jämmerlich. Und dann wartete er noch eine Weile, um Amy und Victoria einen Vorsprung zu verschaffen.

Vielleicht saßen die beiden ja schon im Wagen und würden gleich die Straße erreichen. Solange Mrs. Ryan ihn nicht folterte, bis er das Fahrtziel verriet, waren sie in Sicherheit. Sie würde nicht so schnell aufgeben, das wusste er, aber er würde die Zähne zusammenbeißen und dichthalten.

»Also?«, bellte Susan Whitman Ryan.

»Also *was*?«

»Worüber müssen wir reden?«

Tate zuckte mit den Schultern. »Eigentlich über nichts.«

»Nichts? Sie haben doch behauptet, dass wir reden müssen. Sie haben mich praktisch hierher geschleift, weg von all diesen aufdringlichen Menschen, damit wir ungestört …«

»Nein, das habe ich nicht.«

Sie rümpfte die Nase, und ihre Augen blitzten. »Ich habe keine Lust, mit Ihnen zu diskutieren. Zwischen Ihnen, meiner Tochter und dieser Köchin geht etwas vor! Glauben Sie etwa, das hätte ich nicht gemerkt? Ich verlange, dass Sie mir sofort erzählen, was los ist!«

»Ich fürchte, da werden Sie noch ein Weilchen warten müssen – wie der Rest von uns«, entgegnete er, weil es ihm einfach zu anstrengend war, sie anzulügen, bis die beiden Frauen vom Arzt zurückkamen. Und warum sollte er auch?

Er wollte Victoria lediglich helfen, unauffällig vom Anwesen zu fahren, und das hatte er hoffentlich bereits geschafft.

»*Warten?* Ich habe nicht vor zu warten. Ich bin Victorias Mutter!«

»Doch, Sie warten«, beharrte Tate. »Victoria hat ein paar Dinge zu erledigen.«

»*Ein paar Dinge zu erledigen*«, wiederholte sie entrüstet. »Was soll das denn heißen?«

»Ein paar Dinge eben. Und wenn sie wieder da ist ...«

»Wieder da? Wo ist sie denn?«

»Weg. Victoria ist sofort losgefahren, als der Weg frei war. Und fragen Sie mich nicht, wohin sie will. Ich weiß es nämlich nicht.« Das war nur halb gelogen, denn er hatte keine Ahnung, wie ihr Arzt hieß und wo sich dessen Praxis befand.

Vor Empörung schien Mrs. Ryan kein Wort mehr herauszubekommen, während sie sich umsah und überlegte, in welchen Teil des Hauses er sie geführt hatte.

Tate hielt den Atem an. Würde sie gleich losrennen, um ihre Tochter aufzuhalten? Falls ja, würde er sie lange genug festhalten können, um Victoria die Flucht zu ermöglichen?

Vermutlich würde er sich eine Ohrfeige einhandeln, wenn er es auch nur versuchte. Vielleicht würde er mit einem glühenden Handabdruck im Gesicht heiraten müssen, vielleicht sogar mit einem blauen Auge – vorausgesetzt, die Hochzeit fand überhaupt noch statt. Mrs. Ryan wäre sicher *begeistert*.

Aber sie rannte nicht los. Sie schäumte vor Wut, und ihre Blicke waren wie Messerstiche. Einen Moment lang rechnete er damit, dass sie auf ihn losging, obwohl sie ihn noch gar nicht berührt hatte.

Dann straffte sie die Schultern, rümpfte noch einmal die Nase und musterte ihn von Kopf bis Fuß, als wäre er ein Wesen aus einer anderen Welt. »Wir werden sehen!«, sagte sie mit eisiger Stimme.

Kein Zweifel, das werden wir, dachte Tate.

Amy half Victoria in den Wagen, startete den Motor und trat das Gaspedal durch. Sie raste durchs Tor des Anwesens und bog auf die kaum befahrene Straße ein. Erst als sie sicher war, dass sie nicht verfolgt wurden, entspannte Victoria sich ein wenig.

Sie lehnte sich gegen die Autotür, legte den Kopf zurück und sah Amy an. »Dies muss der schlimmste Tag meines Lebens sein. Und dabei habe ich es noch nicht mal meiner Mutter erzählt!«

»Aber Tate?«

»Nicht wirklich. Er hat es erraten – nur, dass ich schwanger bin. Nicht, dass es nicht von ihm ist.«

»Oh.«

»Allein die Vorstellung, ich könnte schwanger sein, hat den armen Kerl umgehauen. Deshalb habe ich ihm gesagt, ich sei sicher, dass es nicht *das* ist, was er denkt. Also habe ich ihn im Glauben gelassen, dass das Baby von ihm ist. Mehr nicht. Ich habe ihn nicht belogen.«

Seufzend legte Victoria den Kopf an die Seitenscheibe. »Zugegeben, ich habe ihm nicht die Wahrheit gesagt. Aber ich wollte nur nicht, dass er sich zu viele Sorgen macht. Noch steht ja nicht fest, dass ich schwanger bin. Sobald ich es mit Bestimmtheit weiß, sage ich ihm, dass es nicht sein Kind ist.«

»Na ja, das wäre immerhin ein Anfang«, erwiderte Amy leise.

»Ja.« Sie lachte betrübt. »Und danach erzähle ich es James oder meiner Mutter. Wahrscheinlich zuerst James, damit er sich vor ihr in Sicherheit bringen und überlegen kann, wie er damit umgehen will. In der Situation soll er nicht auch noch meine Mutter ertragen müssen. Vielleicht können wir ihn ja auf dem Rückweg anrufen. Wir treffen uns mit ihm, und ich sage ihm, dass er Vater wird. Dann kann er rechtzeitig verschwinden. Ich finde, dass bin ich ihm schuldig.«

»Damit er *verschwinden* kann?« Hielt Victoria so wenig von James? Nahm sie an, dass er sich vor der Verantwortung drücken würde, anstatt zu ihr und zu seinem Baby zu stehen?

»Nein, damit er es von mir erfährt und in Ruhe über alles nachdenken kann. Allein und ohne dass meine Mutter ihn sich vorknöpft.«

»Das ist sehr rücksichtsvoll von Ihnen.« Tröstend tätschelte Amy ihr die Hand.

»Ich bin froh, dass Sie hier sind. Sie waren so nett zu mir. Ich weiß gar nicht, wie ich Ihnen jemals dafür danken kann.«

Amy lächelte. So verrückt diese ganze Geschichte auch war, sie mochte Victoria. Unter der kühlen polierten Oberfläche verbarg sich ein ganz normaler Mensch, und sie fühlte mit jeder Frau mit, die Mutter wurde, wenn sie es am allerwenigsten erwartete. Und deshalb schämte sie sich noch mehr dafür, dass sie Victorias Verlobten in der Speisekammer geküsst hatte.

»Victoria, ich muss Ihnen etwas erzählen«, begann sie zaghaft. »Etwas, das mir zutiefst leidtut. Ich weiß nicht, wie es passieren konnte, aber … Ich weiß genau, was Sie meinten, als sie mir gesagt haben … dass Sie nicht *so* sind. Denn ich bin auch nicht *so*. Trotzdem …«

»Tate mag Sie!« Zum ersten Mal, seit sie eingestiegen war, setzte Victoria sich auf.

»Das weiß ich nicht, aber …«

»Er interessiert sich für Sie«, fuhr Victoria fort, »das habe ich deutlich gemerkt. Er ist kein Mann, der mit jeder hübschen Frau flirtet, und erst recht keiner, der jedes weibliche Wesen anstarrt oder sogar anmacht. Er ist einfach nur ein netter Kerl. Er gibt einem ein Gefühl von Geborgenheit, und ich habe immer gewusst, dass ich ihm vertrauen kann.«

Amy zuckte zusammen. Victorias Worte machten alles noch schlimmer. »Es fällt mir schwer, Ihnen das zu sagen … aber er war spät in der Nacht noch in der Küche und … hat mich geküsst.«

»Oh.« Victoria sah überrascht und verunsichert aus.

»Er meinte, es sei … ein Experiment gewesen. Wissen Sie, was ich meine? Um sicher zu sein, dass er Sie wirklich heiraten will, wollte er erst wissen, wie es sich anfühlt, eine andere zu küssen. Jedenfalls hat er das gesagt. Bei manchen Männern mag das ein billiger Vorwand sein, bei Tate ... Vielleicht bin ich auch verrückt, aber es hat sich nicht so angefühlt.«

»Das überrascht mich.« Victorias Blick war erst ein wenig erstaunt, dann einfach nur traurig. »Ich glaube, Tate war für mich so etwas wie ein Sicherheitsnetz. Ich dachte, wenn James in Panik gerät und mich verlässt, habe ich immer noch Tate. Und ich habe gehofft, dass ich ihm leidtue. Dass Tate zu mir und dem Baby hält, obwohl es nicht von ihm ist. Ich weiß, das ist unfair, aber ... Er ist ein guter Mensch, und wir sind seit ewigen Zeiten befreundet.«

In Amy stieg ein mulmiges Gefühl auf.

Tate als *Sicherheitsnetz*?

Er verdient mehr als das, dachte sie. *Viel, viel mehr.*

In ihr wehrte sich etwas gegen Victorias Notfallplan. Sie wollte protestieren, wegen Tate und vielleicht auch ihretwegen.

»Ich will ehrlich zu Ihnen sein«, begann sie mit leiser, aber fester Stimme. »Ich habe seinen Kuss erwidert. Ich habe ihn richtig geküsst. Ich hatte es nicht vor, aber ... Ich weiß nicht, wie es passiert ist. Zuerst bin ich zurückgewichen und dann ... habe ich mich an ihn geschmiegt, als wollte ich ihn nie wieder loslassen. Und das ist noch nicht das Schlimmste!«

Victoria schnappte nach Luft. »Was denn noch?«

»Ich fürchte, einige seiner Freunde vom Junggesellenabschied haben uns dabei gesehen.«

»Oh nein!« Victoria schüttelte den Kopf, schlug die Hände vors Gesicht und lachte auf einmal. Es klang fast ein wenig hysterisch. »Was für ein Albtraum! Falls es auf dem Anwesen irgendwelche Waffen gibt, sollten wir sie konfiszieren. Denn wenn meine Mutter davon erfährt, ist sie zu allem fähig.«

»Es tut mir wirklich leid«, beteuerte Amy. »Ich habe es Ihnen noch schwerer gemacht.«

»Nein, nein, machen Sie sich keine Vorwürfe. Alles fing schon an, als ich James wiedergesehen habe. Da habe ich wohl dasselbe gefühlt wie Tate in Ihrer Gegenwart. Ich wollte nicht heiraten, ohne James ein letztes Mal geküsst zu haben. Und als ich es tat, wurde viel mehr daraus als nur ein Abschiedskuss.«

»Bereuen Sie es?«

In Victorias Augen schimmerten Tränen. »So verrückt es klingt – nein. Das heißt, ich bereue, dass ich ein solches Chaos angerichtet habe. Dass ich es getan habe, während ich mit Tate verlobt war. Ich habe Wochen verstreichen lassen, weil ich nicht wusste, was ich tun sollte. Der Hochzeitstermin rückte immer näher, und ich fühlte mich schuldig. Aber ich brachte nicht den Mut auf, es Tate zu beichten.«

Sie schluchzte. »Ich habe gehofft, dass alles wieder normal wird. Dass das mit James nur ein verrückter Ausrutscher war, den ich schnell wieder vergessen würde. Und jetzt sitze ich hier. Anstatt in wenigen Stunden meine Hochzeit zu proben, bin ich von einem anderen Mann schwanger und fahre zum Arzt. Das ist … Wahnsinn. Absoluter Wahnsinn!«

»Und die Frau, die Sie hinbringt, hat auch noch im Vorratsraum Ihren Verlobten geküsst«, ergänzte Amy.

»Ja! Im Moment komme ich mir vor wie in einer schlechten Seifenoper!« Victoria seufzte erst, dann stöhnte sie gequält auf und ließ den Kopf nach hinten fallen, als wäre sie zu schwach, um ihn hochzuhalten.

»Ich sage es nur ungern, aber ich glaube, wir sind da«, sagte Amy und bog auf den Parkplatz ein, der zu der Adresse der Arztpraxis gehörte, die Victoria ihr genannt hatte.

»Oh Gott!« Die Braut sah aus, als wollte sie aus dem Wagen springen und davonrennen.

Amy nahm Victorias Hand und hielt sie fest. Nur zu gut erinnerte sie sich daran, wie ihr selbst zumute gewesen war, als sie ihre Schwangerschaft festgestellt hatte. Und wie viel Angst vor der ungewissen Zukunft da gewesen war.

Victoria starrte auf ihre gefalteten Hände. »Sie waren die ganze Zeit so nett zu mir, und dafür bin ich Ihnen dankbar.

Ich freue mich sogar für Tate, dass er vielleicht jemanden gefunden hat, der zu ihm passt. Es war ein schreckliches Gefühl, ihn betrogen zu haben und ihn nicht so zu lieben, wie ich es sollte. Er hat es wirklich verdient, bis über beide Ohren verliebt zu sein, und zwar genauso verliebt wie ich in James – so verliebt, wie Tate es in mich nie war, das weiß ich.«

Amy zögerte. »Ich will nicht, dass er bis über beide Ohren in mich *verliebt* ist und ich nicht in ihn. Das würde ich niemandem auf der Welt wünschen.«

»Ich auch nicht, aber ich konnte nicht anders. Meine Gefühle waren einfach da und haben mich überwältigt. Ich weiß, ich hätte anders handeln können. Ich hatte Tate eine Chance geben können, trotz des Babys.« Victoria senkte den Blick. »Was ich gerade gesagt habe, war mein Ernst – Tate würde mich vielleicht auch so heiraten und das Kind eines anderen annehmen. Ich habe Angst und wäre versucht, sein Angebot anzunehmen. Aber das werde ich nicht, denn ich will nicht, dass er mich aus einer Verpflichtung heraus heiratet. Eine Ehe muss mehr sein als ein Freundschaftsdienst!«

»Ich halte mich aus dieser Sache raus, bis Sie beide wissen, was Sie tun wollen«, versprach Amy.

Es war vernünftig. Das einzig Richtige.

»Okay«, erwiderte Victoria, »aber Sie müssen wissen, dass ich Tate sehr, sehr gern habe. Ich will, dass er glücklich wird. Glücklicher, als er es mit mir wäre.«

»Ich halte mich trotzdem raus!«, beharrte Amy.

»Na gut.« Victoria starrte auf das Praxisschild. »Ich sollte jetzt hineingehen. Ich habe Angst und weiß, dass ich es nicht von Ihnen verlangen darf, aber vielleicht könnten Sie mich begleiten und während der Untersuchung meine Hand halten!? Dann verzeihe ich Ihnen vielleicht, dass Sie so kurz vor der Hochzeit meinen Bräutigam geküsst haben.«

Amy lachte. »Abgemacht.«

Fast hätte Victorias Mutter die Polizei gerufen und ihre Tochter als vermisst gemeldet. Aber bevor sie zum Telefonhörer greifen konnte, zog jemand sie zum Fenster und zeigte auf Victorias Wagen, der noch vor der Villa stand. Also war Victoria mit der Köchin in deren Wagen unterwegs, und niemand wusste, was für ein Automodell Amy fuhr. Mrs. Ryan versicherte, dass sie Mittel und Wege besaß, um es herauszufinden.

Eleanor redete es ihr aus und warnte sie davor, die anderen Gäste auf sich aufmerksam zu machen. Bisher wussten alle nur, dass Victoria aufgebrochen war, um in der Stadt etwas zu erledigen. Wenn ihre Mutter sich weiterhin wie eine Wahnsinnige aufführte, würde die komplette Hochzeitsgesellschaft mitbekommen, dass etwas nicht stimmte.

Also gab Mrs. Ryan nach und beschränkte sich darauf, vor dem Hintereingang der Villa auf und ab zu marschieren. Eleanor erzählte allen, dass die Brautmutter nervös war, weil der Partyservice sich verspätete. Die meisten Leute waren schlau genug, sich von der sichtlich aufgeregten Susan Whitman Ryan fernzuhalten.

Tate postierte sich auf einem Balkon im ersten Stock, von wo aus er die Einfahrt überschauen konnte. Auch er war nervös, versuchte jedoch, es sich nicht anmerken zu lassen.

Nach fast einer Stunde spürte sein Trauzeuge Rick ihn dort auf. »Oh mein Gott«, entfuhr es ihm, als er sah, wie blass Tate war. »Victoria weiß Bescheid?«

»Worüber?«

»Über das in der Speisekammer. Über dich und Amy. Weiß sie es?«

»Nein, ich glaube nicht.«

Rick runzelte die Stirn. »Was ist dann los? Ihre Mutter sieht aus, als wollte sie jemanden umbringen. Ich hatte schon Angst, dass du das bist.«

Tate schüttelte den Kopf. »Sie hasst mich, aber sie ist nicht sicher, ob ich schuld bin oder nicht.«

»Woran?«

Tate wehrte sich gegen das mulmige Gefühl, das erneut in ihm aufstieg. »Ich glaube, Victoria ist schwanger.«

»Oh!« Sein Freund dachte kurz nach. »Soll das heißen, Victoria ist vielleicht schwanger und weiß noch nicht, dass du letzte Nacht in der Speisekammer eine andere Frau geküsst hast?«

»Ja, das auch.«

»Das *auch*? Wie meinst du das denn? Was geht hier eigentlich vor?«

»Ich fand es wirklich schön, Amy zu küssen«, gab Tate unumwunden zu, »und ich wollte gar nicht mehr aufhören. Versteh mich nicht falsch, ich küsse Victoria gern. Ich habe Victoria immer gemocht, aber nicht *so*. Nicht so, als müsste man uns mit Gewalt trennen.« Er zögerte. »Und bei dem, was ich für Victoria fühle, kann ich sie unmöglich heiraten. Das wollte ich ihr – Victoria, meine ich – heute Morgen sagen, aber ich hatte gar keine Gelegenheit dazu, weil sie mir erzählt … oder eher *nicht* erzählt hat, dass sie … Ach, sagen wir einfach, ich bin mir ziemlich sicher, dass Victoria schwanger ist. Und das kam heraus, bevor ich ihr erklären konnte, warum ich sie morgen nicht heiraten werde.«

»Oh verd…«

»Genau!« Tate drehte sich zu seinem besten Freund um. »Und wenn du auch nur einer Menschenseele erzählst, dass ich das gesagt habe, drehe ich dir den Hals um. Verstanden?«

»Verstanden.« Rick machte das betroffene Gesicht, das in einer solchen Situation von einem Trauzeugen erwartet wurde. »Was willst du jetzt tun?«

»Keine Ahnung.« Zum ersten Mal in seinem Leben hatte Tate keinen Plan und keine Idee, was richtig war. »Ich warte darauf, dass Victoria zurückkehrt, und höre mir an, was sie zu sagen hat. Dann sehe ich weiter.«

»Kann ich etwas tun?«

»Halt ihre Mutter von uns fern, damit Victoria und ich allein miteinander reden können, sobald sie wieder hier ist.«

»Klar, ich sage ihr einfach …, dass die ganze Gegend evakuiert werden muss, weil irgendein blutrünstiges Raubtier aus einem Zoo ausgebrochen ist.«

»Sag ihr, dass mit der Hochzeitsplanung etwas schiefgelaufen ist«, schlug Tate vor. »Das dürfte im Moment das Einzige sein, das wirken könnte. Erzähl ihr, dass die Floristin – sie hasst die Floristin – absagen will oder so was.«

»Ist so gut wie erledigt«, versprach Rick.

Sein Freund verschwand, und Tate ging wieder auf dem Balkon hin und her.

Zwanzig Minuten später läutete sein Handy. Er kannte die Nummer auf dem Display, meldete sich aber trotzdem mit seinem Namen – es war nicht Victoria, sondern Amy.

»Wir fahren jetzt zur Villa zurück. Victoria will wissen, ob jemand ihre Mutter ablenken kann, damit ihr beide euch ungestört unterhalten könnt.«

»Dafür ist bereits gesorgt«, antwortete er. »Was für einen Wagen fährst du und wann seid ihr hier?«

»Einen alten blauen Honda. Wir stehen vor der Ampel an der Wilmont Road, also …«

»Okay.« Dann fiel ihm noch etwas ein. »Können Victoria und ich uns in deinem Zimmer treffen? Ich bezweifle, dass ihre Mutter sie dort suchen würde. Jedenfalls nicht gleich. Außerdem liegt es in der Nähe des Hintereingangs.«

»Stimmt. Viel Glück.«

Tate lachte. »Das werde ich brauchen, was? Amy, es tut mir so leid. Ich hatte keine Ahnung, was mit Victoria los ist.«

»Ich weiß. Rede mit Victoria und mach dir um den Rest erst mal keine Sorgen.«

Er beendete das Gespräch, rief Rick an und bat ihn, Mrs. Ryan aus der Gefahrenzone zu locken. Vom Balkon aus beobachtete er, wie sein Freund auf sie einredete und sie ihm schließlich wohin auch immer folgte. Dann eilte er nach unten und zum Hintereingang, um auf den blauen Honda zu warten.

Victoria sah blass aus, klang aber ruhig, als sie sich bei Amy bedankte. Tate und sie gingen zur Villa, drehten jedoch ab, weil Eleanor plötzlich auftauchte und hektisch zum Gästehaus zeigte.

»Beeilt euch, Victorias Mutter ist dicht hinter mir. Rick kann sie nicht länger aufhalten. Und Amy, Sie verschwinden auch besser. Steigen Sie wieder in den Wagen und fahren Sie weg. Ich rufe Sie an, sobald die Luft rein ist. Und machen Sie sich keine Sorgen um Max. Dem geht es gut.«

Amy raste in dem Moment vom Anwesen, in dem Tate und Victoria das Gästehaus betraten, in dem sich glücklicherweise niemand aufhielt.

»Das war eine gute Idee von Eleanor«, sagte er atemlos. »Hier sucht sie uns bestimmt nicht.«

Victoria nickte ernst und traurig.

»Es ist wirklich lächerlich, dass zwei erfolgreiche, intelligente und gut ausgebildete Menschen sich vor einer Frau fürchten«, fuhr er fort, um die Stimmung etwas aufzulockern – oder das Unausweichliche hinauszuschieben.

»Ich weiß«, erwiderte sie leise. »Das wird sich ändern. Es steht auf meiner Liste. Aber ganz oben kommen wir beide, du und ich! Ich muss mich setzen. Das solltest du auch tun.«

»Victoria, es wird alles gut«, sagte er beschwörend. »Wir beide finden schon eine Lösung.«

»Ich wusste, dass du das sagen würdest.« Trotz allem lächelte sie ihm zu. »Da kannst du Amy fragen.«

»Es ist mein Ernst. Vorher muss ich dir etwas erzählen, aber du sollst wissen, dass wir beide für das Baby sorgen werden. Nichts und niemand wird mich davon …«

»Ich weiß von dir und Amy im Vorratsraum«, unterbrach sie ihn. »Sie hat es mir auf dem Weg zum Arzt gesagt.«

Tate schloss kurz die Augen. »Es tut mir unglaublich leid, und ich habe keine Entschuldigung dafür, was ich …«

»Ich auch nicht, und ich habe viel mehr getan als du.«

Erst nachdem er ihr gegenüber Platz genommen hatte, wurde ihm klar, dass er offenbar noch nicht alles wusste. »Was meinst du?«, fragte er nach einem Moment. »Was hast *du* denn getan?«

»Ich wollte nicht, dass es dazu kommt. Das musst du mir glauben. Es ist einfach passiert, wie aus heiterem Himmel, ohne Vorwarnung. Du weißt ja – die Band, die wir engagiert hatten, hat abgesagt, und ich musste eine andere besorgen. Du warst auf Reisen, und da ich tausend Dinge im Kopf hatte, habe ich gar nicht gemerkt, dass es *seine* Band ist. Und als ich anrief, um sie zu buchen …«

»War James dran?«, fragte Tate fassungslos.

Victoria nickte und sah dabei sehr traurig und ängstlich aus.

Ungläubig starrte er sie an. Wie um alles in der Welt war es ihm entgangen!? Sicher, er war drei Wochen lang in Japan gewesen, und sie hatten sich um alles Mögliche kümmern müssen und wie immer bis spät abends gearbeitet. Bei seiner Abreise nach Tokio war es mindestens einen Monat, vielleicht sogar sechs Wochen her gewesen, dass sie eine Nacht zusammen verbracht hatten. Und da hatte Victoria die Zeit gefunden, mit einem anderen ins Bett zu gehen?

Trotzdem …

»Du und James Fallon? Wirklich?«

Wieder nickte sie. Blinzelnd wehrte sie sich gegen die Tränen. »Wir hatten auf der Highschool … etwas miteinander.«

»Ich glaube es nicht! Du und James!?«

»Ich auch nicht. Ich konnte ihm einfach nicht widerstehen, obwohl ich jemanden heiraten wollte, den ich vergöttere und dem ich mein Leben anvertrauen würde – bei dem ich mich so sicher fühle!«

»Vielleicht zu sicher?«

»Ja, kann sein. Ich wusste nicht, was ich tat.«

Tate kannte das Gefühl nur zu gut. *Verdammt.* Das Leben hielt so manche Überraschung bereit. Und mit dieser waren sie noch nicht fertig. »Du bist also schwanger?«

»Ja.«

»Und das Baby ist …«

»Von ihm.«

»Bist du sicher? Absolut sicher?«

Victoria nickte. »Ich weiß nicht, was ich jetzt machen soll. Jedem sagen, dass die Hochzeit ausfällt, und dann …« Sie begann zu lachen. »Weglaufen? Mich verstecken? Hauptsache, ich muss mich nicht mit meiner Mutter herumschlagen.«

»Ja. Das wird nicht sehr angenehm«, pflichtete Tate ihr bei. »Was ist mit James? Weiß er es?«

»Ich glaube, er ahnt es, seit ich heute Morgen in der Küche in Ohnmacht gefallen bin, aber sicher kann er sich auf keinen Fall sein.«

»Aber du wirst es ihm mitteilen, oder?«

»Natürlich. Eigentlich sollte er es als Erster erfahren, aber dann habe ich gekniffen und es dir zuerst erzählt«, gestand sie. »Danke, dass du so verständnisvoll bist. Dass du … einfach du bist.«

Tate setzte sich neben sie, legte den Arm um sie und hielt sie eine Weile fest. Sie zitterte schon jetzt am ganzen Körper, dabei stand ihr noch so viel bevor.

Arme Victoria.

Noch nie hatte sie vor einem Problem gestanden, das sie nicht mit Anstand und voller Zuversicht bewältigen konnte. Nur ihre Mutter war immer eine Herausforderung gewesen, an der sie regelmäßig scheiterte. Susan Whitman Ryan würde nicht gerade erfreut sein, aber er wusste, dass Victoria am meisten Angst vor James' Reaktion hatte.

»Okay«, begann er, während ihr Kopf noch an seiner Schulter lag. »Bringen wir es hinter uns. Weißt du, wo James ist?«

»Nein«, flüsterte sie, ohne ihn anzusehen, »aber er ruft dauernd an.«

»Na gut. Gib mir dein Handy.«

»Nein, das brauchst du nicht zu tun. Du musst nicht nett zu mir sein und mir helfen!«, wehrte Victoria ab.

»Natürlich muss ich das.« Tate küsste sie auf die Stirn. »Ich glaube, wir beide haben gerade einen großen Fehler verhindert. Dafür sollten wir beide dankbar sein. Und wir bleiben immer Freunde. Gib mir das Handy.«

»Du bist doch der Beste«, flüsterte sie.

»Hey, ich könnte Taufpate werden!«

»Vor weniger als fünf Minuten graute dir noch davor, *Vater* zu werden«, erinnerte sie ihn.

»Stimmt, aber als Pate erlebt man nur die schönen Seiten. Das schaffe ich.«

Schließlich löste sie sich von ihm, wühlte in ihrer Tasche nach dem Handy und reichte es ihm. Er suchte nach entgangenen Anrufen, fand einen von James, rief zurück und sagte ihm nur, dass es Victoria gut ging und sie mit ihm reden wollte – ungestört und möglichst weit weg von ihrer Mutter.

James erklärte sich sofort dazu bereit.

»Okay.« Tate klappte das Handy zu. »Er wartet in dem Coffeeshop zwei Querstraßen von hier. Nun komm schon. Ich fahre dich hin.«

Victoria stand auf, machte zwei Schritte und blieb abrupt stehen. »Warte! Was ist mit meiner Mutter? Ich kann nicht zulassen, dass du allein mit ihr sprichst. Was um alles in der Welt willst du ihr sagen?«

»Keine Ahnung. Ich spiele auf Zeit. Ich habe sie schon so lange hingehalten, da macht mir eine weitere Stunde nichts aus.«

Amy war fast eine halbe Stunde fort, als Eleanor sie anrief und sagte, dass sie zurückkommen konnte.

»Was ist passiert?«, fragte Amy, als sie kurz darauf die Küche betrat.

»Ich bin nicht sicher«, flüsterte Eleanor. »Tate ist hier, aber Victoria nicht, und er will nicht verraten, wo sie steckt.«

»Aber sie haben geredet? Victoria und Tate?«

»Ich weiß es nicht. Ich wollte ihn dazu zwingen, den Mund aufzumachen, doch dann tauchte Victorias Mutter auf. Sie war noch wütender als vorher, und Tate ist mit ihr verschwunden. Mit Victorias Mutter, meine ich. Ich platze zwar vor Neugier, aber im Moment möchte ich lieber nicht in deren Nähe sein.«

Das konnte Amy gut verstehen.

Eleanor öffnete den Mund, um sie auszuhorchen, aber in dem Moment kam ein Mann mit einem riesigen Blumenstrauß den Flur entlang.

Amy warf Eleanor einen fragenden Blick zu.

»Tate hat die Floristin gebeten, für den Blumenschmuck zu sorgen«, erklärte Eleanor. »In ein paar Stunden kommt der Geistliche, um die Trauung zu proben. Der Partyservice kommt noch früher, um das Probeessen vorzubereiten. Es ist alles sehr seltsam.«

Ja, das war es.

Amy fragte sich, ob Victoria wohl Tate die Wahrheit über ihre Schwangerschaft erzählt hatte und er sie trotzdem heiraten wollte. Vielleicht war Victoria in Panik geraten und hatte sich darauf eingelassen. Amy fand die Vorstellung entsetzlich, dass Tate und Victoria heirateten, nur damit das Baby eines anderen einen Vater bekam.

Plötzlich fiel ihr das Atmen schwer. Sie schluckte mühsam. Ihr Herz begann zu rasen, und ihre Knie wurden weich.

»Ich … bin gleich zurück, Eleanor. Ich muss an die frische Luft.« Sie eilte ins Freie, atmete mehrmals tief durch und stützte sich an der Hauswand ab.

Was ist los mit mir?

»Amy?«

Sie drehte sich um, aber es war nicht Eleanor, sondern Victorias Mutter.

Auch das noch.

»Sie!« Mrs. Ryan baute sich vor ihr auf. »Was haben Sie mit meiner Tochter gemacht?«

»Nichts.«

»Wo ist sie?«

»Ich weiß es nicht. Ich habe sie schon vor einer halben Stunde zurückgebracht.«

Mrs. Ryan schien es die Sprache verschlagen zu haben. Sie wurde erst blass, dann lief sie rot an. »Wohin haben Sie Victoria gefahren?«, fragte sie scharf.

»Das müssen Sie Ihre Tochter fragen, Mrs. Ryan.«

Erleichtert sah Amy, wie Tate aus dem Haus eilte und ihr zu Hilfe kam.

»Amy«, sagte er mit fester Stimme, »meine Patentante braucht Sie in der Küche. Es gibt ein Problem mit dem Abendessen.«

»Sie kocht es doch gar nicht selbst!«, fuhr Mrs. Ryan ihn an. »Der Partyservice kümmert sich um alles.«

»Na ja, vielleicht geht es auch ums Mittagessen«, erwiderte er gelassen.

»Das ist längst vorbei. Niemand wollte etwas essen. Allen ist der Appetit vergangen. Wo ist Victoria und was geht hier eigentlich vor?«

»Ich habe nicht die leiseste Ahnung«, antwortete er, bevor er Amys Arm nahm und sie beiseitezog.

Mrs. Ryan folgte ihnen. »Mir ist nicht entgangen, wie Amy und Sie einander angesehen haben! Kennen Sie diese Frau?«, fragte sie Tate. »Sind Sie ihr schon vor diesem Wochenende begegnet?«

»Nein.«

»Na, das nehme ich Ihnen nicht ab. Egal, was Sie behaupten, ich glaube Ihnen kein Wort. Ich bin doch nicht *blind*. Zwischen Ihnen beiden läuft doch etwas. Ja, das muss es sein. Und Victoria hat es herausgefunden. Ich habe ihr gleich gesagt, dass Sie kein Mann für sie sind.«

Tate drehte sich zu ihr um, ohne Amys Arm loszulassen. »Und wenn Ihre Tochter ein Problem hat, geht sie nicht zu Ihnen, sondern zu jemand anderem. Sie hat sich sogar den ganzen Tag lang vor Ihnen versteckt. Denken Sie mal darüber nach und fragen Sie sich, was für eine Mutter Sie sein wollen.« Und damit kehrte er Mrs. Ryan wieder den Rücken zu und ging mit Amy zur Hintertür.

»Gut gesagt«, flüsterte sie und drückte seine Hand.

»Darauf habe ich zehn Jahre gewartet«, gestand er. »Victoria befindet sich nur ein paar Querstraßen entfernt. Sie kommt bald wieder, also müssen wir ihre Mutter nur noch für kurze Zeit hinhalten. Ich habe Victoria versprochen, mein Bestes zu versuchen. Sie muss sich nur noch … über einige Dinge klar werden.«

»Okay.«

»Amy, ich weiß nicht, was hier heute passieren wird. Im Moment liegt einiges in der Luft, aber … Wir reden später, einverstanden? Versprich mir, dass wir am Abend miteinander reden.«

Sie fühlte sich, als hätte sie einen Tritt in die Magengrube bekommen, und war den Tränen nahe.

Reden?

Wenn Männer *reden* wollten, war es ihrer mageren Erfahrung nach kein gutes Zeichen.

»Warte«, bat sie ihn, als sie das Haus betraten. »Tate, hat sie dir erzählt, dass …«

»Sie hat mir alles erzählt. Jetzt trifft sie sich mit James, um es ihm zu sagen, und danach … Ich weiß nicht, was danach wird.«

»Du hast ihr angeboten, sie trotzdem zu heiraten, nicht wahr?«

Sie sah es ihm an. Er hatte es getan, genau wie Victoria vorhergesagt hatte. Eben gerade hatte er Amy gerettet, sich zu ihr gestellt und ihr gegen Mrs. Ryan beigestanden. Es war ein herrliches Gefühl gewesen, nicht mehr allein zu sein und sich auf jemanden verlassen zu können.

Das hatte sie noch nie erlebt.

Die Männer hatten Angst vor der Verantwortung, langweilten sich mit ihr und verließen sie.

Und jetzt wollte Tate auch Victoria beistehen? So wie ihr? Amy wusste nicht, wie sie ihm sagen sollte, dass es falsch war. Und in gewisser Weise bewunderte sie ihn sogar dafür.

So einen Mann brauchte sie – einen Mann, der ihre Hand nahm, ihr versprach, das alles gut werden würde, und dann auch dafür sorgte, dass dies eintrat.

Welche Frau würde einen solchen Mann nicht wollen?

Welche hatte das Glück, ihn zu finden?

Ich doch nicht.

Und sie konnte Tate nicht einmal sagen, dass er Victoria nicht heiraten durfte. Dazu hatte sie kein Recht. Es war nur ein Kuss gewesen im Vorratsraum. Mehr nicht. Ein Kuss, nach dem sie sich so sehr gesehnt hatte, dass ihre Knie weich geworden waren.

Aber es war nur ein Kuss. Ein Strohfeuer. Heiß, aber kurz.

Victoria hatte ein Problem und brauchte Tate. Victoria, die er schon ewig kannte und von der er mal geglaubt hatte, dass er sie liebte.

Was war ein einziger verrückter Kuss verglichen mit einer so langen Beziehung und der Verantwortung für ein Baby?

»Ich weiß einfach nicht, was jetzt wird«, wiederholte er leise. Dann drückte er ihre Hand, ging mit ihr in die Küche und schob sie zu Eleanor. »Victorias Mutter ist hinter ihr her.«

»Ich beschütze sie vor der alten Hexe«, versprach seine Patentante und legte fürsorglich den Arm um Amy.

»Gut. Danke.« Er gab Eleanor einen Kuss auf die Wange.

»Tate, mein Lieber, was um alles in der Welt ist hier los?«

»Das weiß ich noch nicht«, gestand er traurig und blickte von ihr zu Amy. »Ich weiß es wirklich nicht.« Er sah aus, als hätte er eigentlich etwas anderes sagen wollen.

Er ging davon, drehte sich um und kehrte zu Amy zurück. Als er vor ihr stand, zog er sie an sich und küsste sie. Es war ein kurzer, aber zärtlicher Kuss voller Sehnsucht und Bedauern. Es war der traurigste Kuss, den sie jemals bekommen hatte.

»Ich komme wieder«, flüsterte er.

Diesmal drehte er sich nicht um.

»Amy?« Eleanor warf ihr einen besorgten Blick zu und nahm sie tröstend in die Arme, als Amy in Tränen ausbrach.

8. Kapitel

In der Villa ging es zu wie in einem Bienenstock. Überrascht und besorgt beobachtete Eleanor, wie sich der Partyservice, die Hochzeitsplanerin, ein Pianist, eine Sängerin, ein Filmemacher und gleich mehrere Fotografen überall mit ihrer Ausrüstung ausbreiteten.

Irgendwann erschien auch der Pfarrer. Eine hochgradig nervöse Mrs. Ryan setzte sich mit ihm ins Musikzimmer. Sie bestand darauf, dass alle sich benahmen, als wäre nichts passiert, und Eleanor brachte es nicht fertig, ihr zu widersprechen. Noch schien niemand zu wissen, ob die Hochzeit wie geplant stattfand oder nicht.

Auch Tate schien es nicht zu wissen. Amy war in Tränen ausgebrochen und wollte nicht mehr darüber reden. Und wenn sich selbst der Bräutigam nicht sicher war, ob er demnächst vor den Traualtar treten würde, konnte alles Mögliche passieren. Die Situation war äußerst verwirrend.

Erst als Amy sich etwas beruhigt hatte, ließ Eleanor sie allein in der Küche zurück. Dort war sie sicher vor Victorias Mutter, denn die klebte an der Seite des Geistlichen, damit er auf keinen Fall merkte, dass etwas nicht stimmte.

Eleanor ging ins Esszimmer, wo Kathleen und Gladdy gespannt auf die neuesten Informationen warteten. Sie musste die beiden allerdings enttäuschen.

»Ich habe nicht die leiseste Ahnung!«, gestand sie.

Wieder einmal war sie dabei gescheitert, jungen Menschen zu ihrem wahren Glück zu verhelfen. Wenigstens hatte sie die arme Amy ein wenig trösten können. Leider hatte sie dadurch auch nicht mehr erfahren, als sie schon wusste.

»Aber was ist mit Amy und mit Victorias Mutter?«, fragte Gladdy. »Und was wird aus der Hochzeit? Findet der Probe- lauf statt?«

»Ich weiß es nicht!« Eine so katastrophale Hochzeit hatte Eleanor noch nie erlebt. »Habt ihr mehr gehört als ich?«

»Nein, aber irgendetwas muss passiert sein«, antwortete Kathleen, »etwas Unerwartetes, etwas sehr Seltsames!«

»Und es hat garantiert mit Amy zu tun«, warf Gladdy ein, »obwohl … Victorias Mutter ist ein Drache und faucht alle an. Dass sie so gemein zu Amy ist, muss nicht unbedingt daran liegen, dass Amy und Tate …« Sie sah sich ängstlich um und senkte die Stimme. »Ihr wisst schon.«

Eleanor nickte. »Da hast du natürlich recht. Susan Whitman Ryan ist *immer* unausstehlich. Das muss also nichts bedeuten. Aber Amy hat so herzzerreißend geweint, und dafür gibt es bestimmt einen triftigen Grund. Was glaubt ihr, warum sie so traurig ist?«

»Das weiß ich nicht, aber ich kann einfach nicht vergessen, wie Victoria in der Küche ohnmächtig geworden ist. Ich kann mir nicht vorstellen, dass eine Braut so etwas nur vorspielt, um mit derjenigen Frau allein zu sein, die sie für ihre Rivalin hält.« Kathleen seufzte betrübt. »Jedenfalls wäre ich nie auf die Idee ge- kommen. Warum sollte Victoria so eine Show abziehen? Sie hätte doch nur zu warten brauchen, bis alle anderen die Küche verlas- sen haben. Dann hätte sie sich ungestört Amy vorknöpfen kön- nen. Nein, die Ohnmacht war echt, davon bin ich überzeugt!«

»Niemand kann auf Befehl so blass werden«, fügte Gladdy zu hinzu. »Kathleen, du warst in deinen jungen Tagen keine schlechte Schauspielerin, aber so etwas hättest selbst du nicht abziehen können, oder?«

»Warum ist sie dann umgekippt? Lampenfieber, Schlafman- gel, Unterzuckerung?«, überlegte Eleanor laut. »Oder lag es an dem Schwangerschaftstest, von dem Tate erzählt hat? Der für Amy gewesen sein sollte, wie er befürchtet hat?«

»Aber sie hat doch geschworen, dass das nicht stimmt!«, wandte Kathleen ein. »Sag mal, Eleanor, hast *du* nicht erzählt, dass Tate und Victoria nicht gerade ein leidenschaftliches Paar sind? Dass sie wahrscheinlich die Bettdecke festhält, wenn sie neben ihm liegt?«

»Vermutlich, aber hin und wieder wird sie die Decke wohl auch losgelassen haben.« Eleanor seufzte. »Was für eine entsetzliche Situation! Wenn es stimmt, dass Tate jetzt in Amy verliebt ist, obwohl Victoria von ihm ein Baby bekommt … Hätten wir uns bloß nicht eingemischt! Ich habe euch gesagt, dass ich so etwas nicht kann! Was haben wir nur angerichtet! Eine einzige Katastrophe ist das!«

»Reg dich nicht auf. Wir wissen doch noch gar nicht, was wirklich los ist«, versuchte Gladdy zu beruhigen.

»Aber wir wissen, dass es etwas Schlimmes sein muss! Tate ist völlig durcheinander, und Amy hat sich in meinen Armen ausgeweint! Ich könnte es mir nie verzeihen, wenn wir alles ruiniert haben!«

»Noch ist nichts ruiniert. Wir dürfen nicht die Nerven verlieren«, riet Kathleen. »Hier geht etwas vor, wir wissen nur nicht, was es ist.«

»Und was sollen wir tun?«, fragte Eleanor verzweifelt.

»Abwarten.«

»Das konnte ich noch nie gut!«

»Ich auch nicht«, sagte Gladdy.

»Psst! Da kommt jemand. Das könnten die Brautjungfern sein!« Eleanor schaute auf die Uhr. »Jetzt schon?«

»Sie sind hier, um sich mit Victoria im Gästehaus umzuziehen. Ich habe vorhin gehört, wie Mrs. Ryan gefragt hat, wo sie bleiben«, berichtete Gladdy.

»Also ist die Hochzeit nicht abgesagt?«

»Nein, noch nicht«, erwiderte Kathleen.

Eleanor stöhnte leise auf. »Seid ehrlich zu mir. Was meint ihr, wird es morgen eine Hochzeit geben oder nicht?«

»Ich würde sagen, es steht bestenfalls fifty-fifty.«

Irgendwann konnte Tate nicht länger warten. Er musste in die oberen Stockwerke der Villa, um sich für das Probeessen umzuziehen. Victoria war noch nicht wieder aufgetaucht, aber ihre Mutter hatte entschieden, dass alle so weitermachten wie geplant.

Tate hatte nicht vor, sich der aufgebrachten, misstrauischen, aber entschlossenen Mrs. Ryan in den Weg zu stellen und ihr zu erzählen, was los war. Die Frau war Victorias Mutter, also musste Victoria selbst entscheiden, was ihre Mutter wissen durfte und was nicht – und wann sie es erfahren sollte.

Daher erklärte Tate seinen Freunden, dass er einen Moment Ruhe brauchte, um einen klaren Kopf zu bekommen, und verschwand in seinem Zimmer. Seine Freunde wollten ohnehin nur über ihn und Amy reden. Wusste Victoria davon? War sie deshalb in Ohnmacht gefallen? Und warum war Mrs. Ryan so angespannt, dass sie jeden Augenblick zu explodieren drohte?

Er bekam nicht mit, wie Victoria von ihrem Treffen mit James zurückkehrte. Jemand erzählte es ihm – und dass er im großen Foyer erwartet wurde, wo gleich die Probe und morgen vielleicht die richtige Trauung stattfinden sollte.

Also ging er nach unten. Dort saßen etwa dreißig Gäste, die später auch am Probeessen teilnehmen sollten. Alle starrten ihn neugierig an und tuschelten miteinander.

Als Tate dem Geistlichen die Hand gab, zog der ihn beiseite. »Was um alles in der Welt geht hier vor, mein Sohn?«

»Ich habe keine Ahnung, Reverend.«

Der Mann schien ihm nicht zu glauben, traute sich jedoch nicht, ihn einen Lügner zu nennen.

Eleanor saß mit ihren Freundinnen in der ersten Reihe und sah so ängstlich aus, dass er ihr aufmunternd zulächelte. Das verwirrte sie offenbar noch mehr.

Er hatte gehofft, vorher mit Victoria reden zu können, aber das konnte er wohl vergessen. Ihm blieb nichts anderes übrig, als mitzumachen, bis er wusste, was sie wollte. Ob sie die

Zeremonie probten oder nicht, war im Grunde egal, daher stellte er sich neben den Pfarrer und spielte den glücklichen Bräutigam, der auf seine Braut wartete.

Wenige Augenblicke später erschien Victoria. Auf ihren High Heels kam sie praktisch ins Foyer gerannt. Ihre Mutter hielt ihren Arm umklammert, als hätte sie Angst, ihre Tochter könnte in letzter Sekunde davonlaufen. Die arme Victoria trug ein gelbes Kleid, in dem sie sogar noch blasser aussah, als es in der Küche der Fall gewesen war. Die Brautjungfern scharten sich um sie, als wollten sie die Braut vor ihrer eigenen Mutter beschützen.

Viel Glück dabei, dachte Tate.

Reverend Walker übernahm die Regie. Da das Brautpaar sich verspätet hatte, schlug er vor, sich zu beeilen – damit das leckere Essen nicht kalt wurde.

Victoria warf Tate einen flehenden Blick zu. Obwohl er nicht wusste, was sie ihm damit signalisieren wollte, nahm er gehorsam seinen Platz vor dem Pfarrer ein. Geduldig ließ er einen Vortrag über den Ablauf der Trauung über sich ergehen und war nicht sicher, ob er erleichtert aufatmen sollte, als Victoria endlich den Mittelgang entlangschritt und sich neben ihn stellte. Nach kurzem Zögern nahm er ihre zitternde Hand in seine.

»Tut mir leid«, flüsterte sie. »Ich wollte vorher mit dir reden, aber als ich zurückkam, waren schon alle hier.«

»Es ist okay. Wirklich.«

»Ich weiß nicht, was ich tun soll«, wisperte sie verzweifelt und wirkte verletzlicher, als er sie jemals erlebt hatte.

Der Reverend räusperte sich demonstrativ und warf dem Brautpaar einen tadelnden Blick zu.

»Entschuldigung. Bitte machen Sie weiter«, sagte Tate und drückte Victorias Hand, bevor der Pfarrer mit seinen Regieanweisungen fortfuhr.

»Im Moment müssen wir überhaupt nichts tun, oder?«, flüsterte er ihr zu, als Reverend Walker sich an die Hochzeitsgäste wandte. »Das hier ist nur eine Probe, und deiner Mutter die Wahrheit zu sagen, während dreißig Leute gebannt zuhören, wäre keine gute Idee. Deshalb …«

»Darf ich Sie beide daran erinnern, dass Sie sich für den Rest Ihres Lebens unterhalten können?«, unterbrach der Geistliche ihn. »Vielleicht könnten wir uns jetzt der Probe widmen?«

»Ja, Sir«, erwiderte Victoria gehorsam, »Reverend, meine ich. Ja, Reverend.«

»Meine Liebe, Sie sind schrecklich blass. Möchten Sie sich setzen?«

Sie schüttelte den Kopf, schwankte dabei jedoch ein wenig.

»Ich wusste nicht, dass Sie krank sind«, sagte der Pfarrer. »Könnte jemand der Braut einen Stuhl besorgen, bitte?«

»Sie braucht keinen Stuhl!«, meldete Mrs. Ryan sich mit zusammengebissenen Zähnen zu Wort, als einer von Tates Freunden einen Stuhl aus ihrer Reihe nahm. »Es geht ihr gut. Machen Sie einfach weiter.«

Dem Reverend schien ihr herrischer Tonfall nicht zu gefallen, denn er brachte sie mit einem strengen Blick zum Schweigen. Respekt, dachte Tate. In all den Jahren, die er Victoria und ihre Familie inzwischen kannte, war das noch niemandem gelungen. Vielleicht konnte der Mann bleiben und ihnen beistehen, wenn sie Mrs. Ryan alles erklärten!?

Victoria bekam ihren Stuhl, setzte sich jedoch nicht. Leise dankte sie dem Pfarrer und versprach, darauf Platz zu nehmen, wenn sie nicht mehr stehen konnte.

Dann kamen die Jaworte. Tate hatte Mühe, die Worte nachzusprechen, was ihm einen giftigen Blick von Mrs. Ryan und einen verwirrten von Victoria einbrachte.

»Danke«, wisperte sie.

Reverend Walker sah sie an. »Willst du, Victoria Elizabeth Ryan, diesen Mann …«

»Nein, das will sie *nicht*!«, rief ein Mann von hinten.

Victoria ließ sich auf den Stuhl sinken und schloss die Augen.

Sämtliche Gäste drehten sich nach der Stimme um. Mrs. Ryans Miene wurde noch finsterer.

Wenn Blicke töten könnten, dachte Tate.

Hinter den Sitzreihen stand James Fallon – der nicht standesgemäße Rockmusiker mit ängstlichem, aber entschlossenem Gesicht.

Eine Minute lang herrschte im Foyer das reine Chaos. Mrs. Ryan sah aus, als würde sie gleich über die Stühle hinweg klettern und James eigenhändig erwürgen.

Dann rief James jedoch Victorias Namen und bahnte sich einen Weg durch die verblüfften Gäste, um vor der Braut niederzuknien.

Die Hochzeitsgesellschaft erstarrte, und alle verstummten schlagartig.

Alle bis auf Victorias Mutter.

»Was fällt Ihnen ein?«, rief sie und versuchte, sich an Tate und einem seiner Freunde vorbeizudrängen. »Das hier ist eine Probe einer Hochzeit! Meine Tochter heiratet …«, sie stieß Tate mit dem Zeigefinger an, »… *diesen* Mann.«

»Seien Sie still!«, befahl James ihr.

»Von Ihnen lasse ich mir gar nichts sagen! Tate Darnley, unternehmen Sie etwas! Der unverschämte Mensch versucht gerade, Ihre Verlobte … Was hat er vor?«

»Warten wir ab, dann wissen wir es«, sagte Tate.

Victoria liefen Tränen übers Gesicht. James Fallon hielt ihre Hand in seiner. Er schien nur Augen für Victoria zu haben. »Ich weiß, dass das hier verrückt ist«, begann er, »und wir beide haben es auch nicht so geplant, aber du kannst Tate morgen nicht heiraten, Victoria.«

»Natürlich kann sie das!«, rief Mrs. Ryan.

Tate bat zwei seiner Freunde, sie zu entfernen. Die beiden hatten jahrelang Football gespielt und waren dementsprechend trainiert. Sie hoben Mrs. Ryan einfach hoch und trugen sie hinaus. Es dauerte einen Moment, bis ihr entrüstetes Kreischen nicht mehr zu hören war.

»Es tut mir so leid«, sagte Victoria zu James.

»Das muss es nicht«, erwiderte er. »Alles wird gut, Victoria. Ich weiß, das hier kommt überraschend, aber … Ich finde, du solltest nicht *ihn*, sondern *mich* heiraten.«

Sie lächelte matt und sah unglaublich süß aus.

»Ich werde ein guter Ehemann sein, das verspreche ich. Und ein guter Vater!«, fuhr James fort. »Ich weiß, was du denkst. Dass ich nur ein verrückter Musiker bin und nicht für dich und das Kind sorgen kann.«

Einige Gäste schrien entsetzt auf, aber er ließ sich nicht bremsen.

»Ich gebe zu, ich habe etwas Angst davor, aber ich schaffe es. Vorausgesetzt, unser Kind bekommt eine eigene Gitarre. Spätestens mit drei kann es darauf spielen. Die Musik wird uns verbinden, und wir beide werden viel Spaß miteinander haben. Was meinst du dazu?«

Victoria sah Tate an. Er nickte lächelnd.

Dann wandte sie sich wieder ihrem Rockmusiker zu. Schließlich nickte auch sie, und ein glückliches Lächeln huschte über ihr verweintes Gesicht.

Die Gäste hielten den Atem an. Sollten sie applaudieren oder abwarten, ob James und Tate aufeinander losgingen?

Tate nahm ihnen die Entscheidung ab. Er ging zu Victoria und küsste sie auf die Wange. Dann schüttelte er James die Hand und verkündete laut, dass er sich für die beiden freute. Daraufhin beugte er sich zu ihnen. »Was haltet ihr davon, wenn ich alle zum Essen schicke, damit ihr eine Weile ungestört seid? Und nur damit ihr es wisst, für morgen ist eine Hochzeit geplant – und ich habe kein Problem damit, wenn *ihr zwei* das Brautpaar seid.«

Victoria und auch James dankten ihm überschwänglich.

Einen Moment lang war Tate zumute, als würde sein ganzes Leben noch einmal vor ihm ablaufen – das risikolose, berechenbare Leben, das er mit Victoria hatte führen wollen. Jetzt lag mit Amy und Max etwas ganz anderes vor ihm – wie ein weites unbekanntes Land voller Möglichkeiten. Er fühlte sich, als hätte er plötzlich den festen Boden unter den Füßen verloren, als hätte er eine Zukunft vor sich, von der er nicht wusste, was sie ihm bringen würde. Aber es machte ihm nichts aus. Im Gegenteil! Zum ersten Mal seit sehr langer Zeit fühlte er sich wirklich frei.

Er würde die Gäste abschütteln und Amy suchen.

Durch ein Fenster sah er, wie Mrs. Ryan seinen Freunden mit schriller Stimme befahl, sie endlich loszulassen, aber die beiden ließen sich davon nicht einschüchtern.

Armer James, dachte er.

Irgendwann würde sie ihn aufspüren, und dann stand ihm eine ziemlich frostige Begegnung mit seiner zukünftigen Schwiegermutter bevor.

Halb verborgen hinter einer großen Kübelpalme beobachtete Amy mit klopfendem Herzen, was sich in der Eingangshalle der Villa abspielte.

Ihr kamen die Tränen, als Tate nach vorn ging und den Pfarrer begrüßte. Wollte er die Hochzeit mit Victoria wirklich durchziehen?

Nein, das lasse ich nicht zu! Er liebt sie doch gar nicht. Jedenfalls glaube ich nicht, dass er es tut. Und sie liebt ihn auch nicht. Und das Baby, das sie bekommt, ist nicht mal von ihm!

Es war, als gehorchten ihr ihre Beine nicht mehr. Wie von selbst setzte sich ein Fuß vor den anderen. Ihr Hals war wie zugeschnürt. Sie war nicht sicher, ob sie überhaupt ein Wort herausbekommen würde.

Dann schritt Victoria durch den Mittelgang und sah aus, als würde sie gleich wieder in Ohnmacht fallen – damit wären alle

Probleme gelöst, schoss es Amy durch den Kopf. Ohne die Braut konnten sie schließlich nicht weitermachen.

Aber Victoria wirkte fest entschlossen, Tate zu heiraten, und er schien es nicht verhindern zu wollen. Als er etwas zu Victoria sagte, öffnete Amy den Mund, um einzugreifen, aber sie brachte keinen Laut heraus. Etwas sagen zu wollen und es nicht zu können, war ein grauenhaftes Gefühl, das sie bisher nur aus ihren schlimmsten Albträumen kannte.

Wenn sie heute beim Probelauf nicht protestieren konnte, würde sie es morgen bei der richtigen Hochzeit erst recht nicht schaffen. Gerade wollte Amy aufgeben und sich damit abfinden, dass sie Tate für immer verloren hatte, da passierte etwas, mit dem niemand rechnete.

Der Gitarrist erschien!

Halleluja!

Ihre Knie wurden weich, und sie musste sich an die Wand hinter der Palme anlehnen. Gebannt hörte sie zu, als Tate sich an die Gäste wandte und ihnen sagte, dass er sich für Victoria und James Fallon freute.

Victoria weinte.

Tate sieht erleichtert aus, dachte Amy. Er war nicht traurig, sondern wirkte irgendwie erlöst. Victorias Mutter wurde von zwei jungen Männern nach draußen gebracht, während sie kreischte und wild mit den Beinen um sich trat, und dann … Ja! Victoria sagte Ja! Sie wollte morgen James heiraten!

Amy weinte vor Freude. Es waren die wohltuendsten Tränen, die ihr jemals übers Gesicht gelaufen waren.

Tate scheuchte alle Gäste von der Eingangshalle in den Wintergarten, wo die Tische für das Probeessen gedeckt waren.

Plötzlich verließ Amy der Mut. Sie schlüpfte durch eine Seitentür und flüchtete in die Küche. Was sollte sie jetzt tun? Zwischen Tate und ihr war nicht wirklich etwas passiert, oder? Jedenfalls sagte sie sich das, während sie wartete. Sie musste vernünftig bleiben und durfte sich keine Hoffnungen machen.

Sie hatte sich ein paarmal mit ihm unterhalten, vor allem über seine Verlobte, mehr nicht. Sie hatten ein wenig gelacht. Er war nett zu Max gewesen. Sie hatten sich geküsst – *leidenschaftlich*.

Das war alles.

Von einer Beziehung konnte keine Rede sein.

Das redete Amy sich noch immer ein, als es im Haus ruhig geworden war und die Gäste sich das Probemenü schmecken ließen.

Aber dann kam Tate in die Küche geeilt, sah sich hektisch um und rief ihren Namen.

Sie hatte überlegt, ob sie sich in der Speisekammer verkriechen sollte, bis sie ihre albernen Gefühle wieder unter Kontrolle hatte, und stand schon an der Tür zum Vorratsraum, als er sie entdeckte.

»Da bist du ja!«, rief er erleichtert. »Ich hatte schon befürchtet, du würdest verschwinden, bevor ich dich finde«, fuhr er leiser fort und strahlte dabei übers ganze Gesicht.

Amy schüttelte den Kopf. Das Sprechen fiel ihr noch immer schwer. »Ich würde nicht gehen, ohne vorher mit dir geredet zu haben.«

Er nickte nur und machte einen Schritt in ihre Richtung.

Abwehrend hob sie die Hand. »Die Sache ist … Wir kennen uns eigentlich gar nicht.«

»Wir kennen uns noch nicht lange, das gebe ich zu.«

»Wir wissen so gut wie nichts übereinander«, verbesserte sie sich, denn dieses Mal musste sie vorsichtiger sein. Viel vorsichtiger.

»Wir könnten uns die Zeit nehmen, einander besser kennenzulernen«, schlug er vor.

»Ja, das könnten wir«, erwiderte sie, die Hand noch immer erhoben, obwohl sie ihn nicht aufhalten würde, wenn er sie jetzt küsste. »Aber ich will nichts überstürzen. Ich darf es nicht. Ich muss an Max denken.«

»Natürlich. Das müssen wir beide.«

»Manchmal fühlt Max sich einsam und wünscht sich einen Vater. Das ist eine gewaltige Verantwortung, die man nicht leichtfertig übernehmen sollte. Ich will nicht, dass er sich Hoffnungen macht und sich auf jeden Mann fixiert, der … was auch immer will.« Sie zögerte. »Ich … weiß gar nicht, was du von mir willst. Du wahrscheinlich auch nicht, denn … wir kennen uns gar nicht richtig«, wiederholte sie.

»Na ja, im Moment will ich dir etwas mitteilen und dann will ich dich küssen.«

Amy presste sich mit dem Rücken gegen die Wand. Vielleicht hätte sie sich doch in der Speisekammer verstecken sollen, um in Ruhe nachdenken und wenigstens ein paar klare Gedanken fassen zu können. Aber das hatte sie nicht getan, und jetzt war Tate hier und wollte sie küssen.

Und wenn schon. Was war heutzutage schon ein Kuss?

Sie holte tief Luft und machte sich darauf gefasst, als könnte sie sich dagegen wappnen, welche Empfindungen Tate in ihr auslöste. Sie war vorsichtig und musste an ihren Sohn denken. Und außerdem war zwischen Tate und ihr nichts Weltbewegendes passiert.

Er kam immer näher, und dann war er bei ihr und schmiegte sich an sie. Sie hob die Arme, um ihn von sich zu schieben, und umklammerte dann seine Schultern.

»Was ich dir erzählen will, ist …«, flüsterte er, und sein Atem strich an ihrem Hals hinab, »… dass ich morgen *nicht* heiraten werde.«

»Oh.« Mehr als das brachte Amy nicht heraus.

»Und dass ich nicht mehr verlobt bin. Ich bin jetzt offiziell ein freier Mann!«

Sie nickte. »Das ist … gut.«

»Es ist sogar *sehr gut*, denn es wäre ein gigantischer Fehler gewesen, eine andere zu heiraten«, sagte er und strich dabei mit den Lippen über ihre Wange.

Ihre Knie wurden weich, und das Verlangen, das sich unaufhaltsam in ihr ausbreitete, raubte ihr den Atem.

»Das war es, was ich dir erzählen wollte«, wisperte er und knabberte zärtlich an ihrem Ohrläppchen.

Sie schnappte nach Luft und schmiegte sich an ihn. Was sollte sie darauf antworten?

Aber sie brauchte nichts zu sagen, weil er sie küsste.

9. Kapitel

Amy schmeckte süß wie Zucker. Ging mit Tate gerade seine Fantasie durch? Oder schmeckte – und duftete – sie wirklich so? *Süß.* Tatsächlich, es war so! Es lag nicht an dieser verrückten, quasi in letzter Minute abgesagten Hochzeit.

Er drückte Amy gegen die Küchenwand und wäre am liebsten hier und jetzt über sie hergefallen. Ihm war fast schwindlig vor Glück, und in diesem Moment kannte seine Zuversicht keine Grenzen.

»Ich wusste es nicht«, flüsterte er zwischen zwei zärtlichen Küssen. »Ich wusste nicht, dass ich mich so herrlich fühlen kann. Jahrelang habe ich darauf gewartet, dass es passiert, aber es kam nie. Irgendwann habe ich mich damit abgefunden und gedacht, dass manche Menschen eben unfähig dazu sind – dass mit mir eben etwas nicht stimmt.«

Tate hob den Kopf und sah Amy an, um sicher zu sein, dass es kein Traum war.

»Was denn?«, fragte sie atemlos.

»Ich habe mir gesagt, dass ich zu hohe Erwartungen habe, dass ich mir zu viel erhoffe. Dass ich aufhören sollte, nach so etwas wie dem hier zu suchen. Dass ich erwachsen werden und mich mit etwas begnügen muss, das vernünftig und sicher ist.«

»Heißt das, du willst mich nur, weil deine Vernunft aussetzt?«

Er lachte, weil er sie noch immer in den Armen hielt und küsste und dabei endlich kein schlechtes Gewissen mehr zu haben brauchte. »Weil du mich verrückt machst und es mir gefällt! Sehr sogar.«

»Okay. Im Moment gefällt es dir, aber das muss nicht bedeuten …«

»Ja, ich weiß. Könnten wir später darüber reden?«, bat er, während er die Hände um ihre Hüften legte und Amy an sich zog.

Sie schrie leise auf, ließ es jedoch geschehen.

»Nicht viel später«, versprach er, »nur ein wenig später.«

Amy zögerte. »Aber eins musst du wissen. Ich werde in dieser Küche keinen Sex mit dir haben oder in der Vorratskammer. Und auch nicht im Zimmer der Köchin!«

»Einverstanden.«

»Oder anderswo!«

»Ich verstehe«, sagte er enttäuscht, aber nicht wirklich überrascht. Sie hatte ein Kind und musste vorsichtig sein. Und sie hatte recht, sie kannten sich kaum. »Ich hatte nur gehofft, wir könnten uns sofort etwas besser kennenlernen.«

Er biss sie in den Nacken, ganz leicht, ganz zärtlich, bis sie aufseufzte.

»Es ist nur … So etwas wie das hier, dieses verrückte Gefühl … Es geht vorüber, weißt du?«

»Vielleicht, vielleicht aber auch nicht. Wir beide könnten die Ausnahme sein und Glück haben. Es gibt Menschen, die zusammen glücklich sind.«

»Nein«, widersprach sie. »Ich kenne keine, die es wirklich sind. Jedenfalls nicht auf Dauer.«

»Amy, im Augenblick würde ich mich mit fünf Minuten begnügen. Fünf Minuten, in denen wir uns besser kennenlernen, aber keinen Sex miteinander haben. Was hältst du davon?«

Lachend legte sie den Kopf an seine Brust, schmiegte sich noch fester an ihn und sah ihm tief in die Augen. Kein Zweifel, in der Küche braute sich etwas zusammen.

Eine Minute später zog sie ihn in die Speisekammer und schloss die Tür.

Tate küsste Amy sofort stürmisch und voller Ungeduld, hob

sie an und drückte sie behutsam gegen die geschlossene Tür. Sie schlang die Beine um seine Taille und die Arme um seine Schultern.

Tate hoffte schon auf mehr als nur fünf herrliche Minuten, da hörte er jemanden in die Küche kommen. Er murmelte etwas wenig Schmeichelhaftes und lauschte.

»Was ist denn?«, fragte sie mit leiser, unglaublich erotischer Stimme.

»Draußen ist jemand.«

Sie stöhnte auf.

»Psst«, flüsterte er und brachte sie mit einem Kuss zum Schweigen. »Wir sind schon mal hier drin erwischt worden. Ein zweites Mal wäre ziemlich blamabel.«

»Wieso, solange es nicht Victorias Mutter ist!?«

Er lächelte. »Eigentlich dachte ich, ich wäre sie für den Rest meines Lebens los. Oder wenigstens für die nächsten Stunden. Im Moment ist das Leben so schön, dass ich es kaum fassen kann. Das ist ein Grund zum Feiern, findest du nicht? Und ich möchte mit dir feiern.«

Auch sie lächelte.

Wieder küsste er sie.

Und dann wurde die Tür zur Speisekammer geöffnet.

»Seltsam.« Eleanor schaute sich in der leeren Küche um. »Ich habe doch gesehen, wie Tate in die Küche gegangen ist, und ich weiß, dass Amy hier war.«

»Sie müssen ja nicht hiergeblieben sein!«, warf Kathleen ein.

»Allerdings. Amys Zimmer ist gleich nebenan«, fügte Gladdy hinzu.

»Das stimmt«, murmelte Eleanor. »Meint ihr wirklich, die beiden …«

Kathleen lächelte wissend. »Sie mag ihn. Er mag sie und kann jetzt tun, was er will.«

»Könnte es wirklich so einfach sein?« Eleanor hoffte es.

»Natürlich. Schließlich ist die Hochzeit abgesagt, was deine Hauptsorge war. Und Victoria heiratet den jungen Mann, der Gitarre spielt, und bekommt sein Baby. Ich würde sagen, das Wochenende war ein voller Erfolg!«, verkündete Gladdy stolz. »Ich habe doch gesagt, wir schaffen es!«

»Und dafür bin ich euch beiden ewig dankbar. Aber ich glaube, der Wendepunkt war, dass Victoria mit dem Gitarristen geschlafen hat und von ihm schwanger wurde«, sagte Eleanor.

»Ich bin trotzdem überzeugt, dass wir die Finger im Spiel hatten«, beharrte Kathleen. »Ich könnte mir vorstellen, dass Tate jetzt bei unserer süßen Amy ist. Und mir ist, als hätte ich gerade jemanden lachen gehört. Vielleicht waren es sogar zwei Personen.«

Die drei Ladys sahen sich an. Das Zimmer der Köchin lag gleich hinter einem Durchgang, aber nicht nahe genug, um zu hören, was darin vorging. Eleanor war schon fast sicher, dass Kathleen sich getäuscht hatte, da kam eine Mitarbeiterin vom Partyservice herein und fragte nach Balsamicoessig. Ein Gast wollte keinen anderen, und den hatten sie leider nicht mitgebracht.

»Sie können sich gern in der Speisekammer umsehen.« Eleanor zeigte hinüber auf die Tür.

Als die junge Frau die Tür öffnete, ertönte ein dumpfes Geräusch.

Tate fiel zusammen mit Amy heraus. Die beiden landeten auf dem Küchenboden – Tate unten, Amy auf ihm. Abgesehen von ein paar geöffneten Knöpfen waren sie vollständig bekleidet. Amys Gesicht war gerötet, und Tate sah glücklicher aus, als Eleanor ihn jemals gesehen hatte.

»Oh, Entschuldigung«, sagte die Partyservicemitarbeiterin und starrte Tate an. »Sind *Sie* nicht der Bräutigam?«, flüsterte sie.

»Nein, nicht mehr!«, antwortete Gladdy für ihn.

»Hab ich doch gesagt«, meinte Kathleen, »unser Plan hat bestens funktioniert.«

Erst Stunden später kehrte im Anwesen Ruhe ein.

Bis dahin bekam Amy mehr Beachtung, als ihr lieb war. Neugierige Gäste bombardierten sie mit indiskreten Fragen. James Fallon bedankte sich bei ihr dafür, dass sie Victoria geholfen hatte. Victoria selbst umarmte sie herzlich, aber ihre Mutter warf ihr dafür immer wieder vernichtende Blicke zu.

Mrs. Ryan hatte offenbar beschlossen, gute Miene zum bösen Spiel zu machen und so zu tun, als würde sie sich für ihre Tochter freuen. Was blieb ihr auch anderes übrig, nachdem die schwangere Braut vor dem Pfarrer und ihrem Bräutigam von einem anderen Mann gefragt worden war, ob sie ihn heiraten wollte!?

Eleanor, Kathleen und Gladdy waren die glücklichsten Frauen auf der Welt. Max übernachtete bei seinem neuen Freund Drew. In dessen Zimmer hatten die Jungen aus Wolldecken eine Festung gebaut. Und Amy konnte noch immer nicht glauben, wie sehr sich ihr Leben innerhalb von vier Tagen verändert hatte. All die Jahre, in denen sie versucht hatte, Max eine verantwortungsvolle Mutter zu sein – sozusagen explodiert in einer Wolke aus Puderzucker.

Seitdem war nichts mehr so, wie es einmal gewesen war.

»Du machst dir schon wieder Sorgen, das sehe ich dir an!«, sagte Tate.

»Tate, das hier ist völlig verrückt!«, erwiderte Amy.

»Ich weiß. Das hast du schon mal gesagt. Ich bin ganz deiner Meinung, aber es stört mich nicht im Geringsten.« Er legte die Arme um ihre Taille. »Manchmal passiert so etwas eben. Manchmal passieren verrückte Dinge.«

Es fiel ihr schwer, sich sachlich mit ihm zu unterhalten. Immer wieder lenkte er sie ab. Er streichelte sie, küsste sie und brachte sie dazu, ihn zu wollen. Hier und jetzt und ganz und gar nicht *so*, wie es eine vernünftige, vorsichtige Frau nach nur vier Tagen sollte.

»Genau das ist der Punkt, Tate. Ich glaube nicht, dass es

einfach so passiert ist. Ich bin mir ziemlich sicher, dass sich einige Leute gegen dich und Victoria verschworen haben. Du weißt ja, wie stolz Kathleen und Gladdy darauf sind, dass sie im letzten Jahr Kathleens Enkelin mit Leos Neffen verbandelt haben. Ich ... na ja, ich habe ihnen sogar dabei geholfen.«

»*Du* hast geholfen?« Er lachte.

»Ja, ein wenig.« Sie hatte sich nicht vorstellen können, dass es ihr einmal so ergehen würde wie Kathleens Enkelin.

»Du meinst, Eleanor hat ihre Freundinnen eingeladen, um meine Hochzeit mit Victoria zu verhindern? An einem einzigen langen Wochenende?«

»Gut möglich. Dauernd tauchten sie in der Küche auf und benahmen sich seltsam. Findest du das nicht auch verdächtig?«

»Ich weiß nicht, vielleicht! Und wenn schon«, sagte er unbeschwert und knabberte an ihrem Ohrläppchen, »falls sie es so geplant haben, bin ich froh, dass es geklappt hat. Fast hätte ich einen Riesenfehler begangen. Und Victoria auch. Zum Glück ist uns das erspart geblieben. Was hältst du davon, wenn wir beide Morgen zusammen an der Hochzeit teilnehmen?«

»James und Victoria wollen es wirklich durchziehen? Die beiden heiraten? Morgen schon? Einfach so?«

Tate nickte und strich mit der Nasenspitze über ihre Wange. »Und du dachtest, wir beide sind zu schnell, was?«

»Das sind wir oder werden es sein, fürchte ich.«

»Ich nicht. Im Gegenteil, ich halte es für eine gute Idee«, flüsterte er und senkte den Kopf.

Er küsste sie nicht einmal, sie fühlte nur seinen warmen Atem an ihrem Hals, und trotzdem sehnte sie sich nach seiner Berührung und wollte mehr von ihm, *viel mehr*.

»Aber vielleicht sollten wir uns Zeit lassen«, flüsterte er und wusste genau, dass sie es nicht tun würden, wenn er so weitermachte. »Ich bin nämlich ein durchaus vernünftiger Mensch. Das wirst du feststellen, wenn du mich ...«

»Wenn ich dich besser kennengelernt habe?«

»Ja.« Er hob den Kopf und lächelte hinreißend. »Und deshalb frage ich dich ganz förmlich, ob du mich morgen zur Hochzeit begleiten möchtest.«

»Das ist doch verrückt!«, entfuhr es ihr. »Bis vor wenigen Stunden sollte Victoria dich heiraten.«

»Sie ist schwanger, Amy, und sie will das Baby nicht allein bekommen. James würde es niemals zulassen. Vielleicht ist es verrückt, aber die beiden wissen, was sie tun. Es ist ihre große Chance, und sie ergreifen sie. Ich glaube, sie ist immer in ihn verliebt gewesen, seit sie auf der Highschool zusammen waren. Die beiden haben sich nicht erst vor ein paar Tagen kennengelernt.«

»Aber wir.«

»Stimmt.«

»Es war sehr großzügig von dir, deinen Platz am Traualtar für James zu räumen.«

»Ja, so bin ich eben – ein netter Kerl.« Langsam knöpfte er ihre Kochjacke auf. »Trägst du darunter eins von diesen kleinen Oberteilen wie am ersten Abend? Das hat mir gefallen. Du hast mir darin gefallen.«

»Ja.«

Er lächelte verführerisch.

»Tate, wir sind in der *Küche*!«, protestierte Amy. »Und jedes Mal, wenn wir uns hier zu etwas hinreißen lassen, werden wir dabei ertappt. Ist dir das schon aufgefallen?«

Er schlug die Jacke auseinander und starrte auf das enge weiße Top mit Spaghettiträgern, unter dem sich ihre Brust immer schneller hob und senkte.

»Wir könnten woandershin gehen«, schlug er vor.

»Ja, sicher. In den Vorratsraum vielleicht?«

»Ich glaube nicht, dass der sich abschließen lässt. Wer verschließt schon eine Speisekammer? Aber ich finde, sobald wir ein eigenes Haus und eine eigene Speisekammer haben, sollten wir ein Schloss einbauen. Nur für alle Fälle. Man kann nie wissen, auf welche Ideen man in einer Speisekammer kommt.«

Sie wollte lachen, konnte es jedoch nicht, denn sie schnappte nach Luft, als Tates liebkosende Finger ihrer Brust gefährlich nahe kamen.

Dieser Mann brachte sie um den Verstand.

Und es war so lange her ...

»Weißt du«, begann er, »ich habe James und Victoria die Hochzeit überlassen, aber von den *Flitterwochen* habe ich nichts gesagt.«

Er strich an der Einfassung des Tops entlang, während sie normal zu atmen versuchte – ganz langsam, mehr nicht, aber es war, als käme er ihrer Brust immer näher.

»Ich nehme nicht an, dass du mit mir nach Griechenland fliegen würdest, oder!? Morgen, für zwei Wochen.«

Amy lachte, aber es klang nicht belustigt. »Als könnte ich von einem Tag auf den nächsten zwei Wochen Urlaub machen – mit einem Mann, den ich gerade erst kennengelernt habe, und zwar anstelle seiner Braut, die kurzfristig einen anderen geheiratet hat ...«

»Ich weiß.« Er streichelte ihre Arme. »Warst du schon mal in Griechenland?«

»Nein.« Wenn er sie jetzt nicht gleich küsste, würde sie vor Verlangen sterben.

»Es ist ein wunderschönes Land.« Er zog ihr das Top aus der Hose und zog mit den Fingerspitzen kleine Kreise auf ihrem Bauch. »Prächtige antike Bauwerke, leckeres Essen, tolle Strände.«

»Tate, ich habe ein *Kind*, schon vergessen?« Sie durfte nicht den Kopf verlieren, so verlockend sein Angebot auch war.

»Möchtest du Max mitnehmen?«

Verblüfft sah sie ihn an. Das konnte nur ein Scherz sein.

»Ich wette, es würde ihm gefallen«, sagte er.

Ihre Knie wurden weich, als er mit dem Daumen ihren Nabel streichelte. »Ich ... ich ... aber ...«

»Ja, Amy?«, fragte er, als würde er gar nicht merken, dass seine Zärtlichkeiten ihr den Atem raubten.

»Ich ... ich fürchte, Max hat keinen ... Reisepass.«

»Schade, dann kann Max wirklich nicht mit nach Europa fliegen.«

»Nein.« Sie schüttelte den Kopf und unterdrückte nur mit Mühe ein Wimmern, als er die Hände um ihre Hüften legte. »Das kann er nicht.«

»Was ist mir dir?«

»Ich habe auch keinen Reisepass.«

»Na, dann wird es wohl nichts mit Griechenland«, sagte er und sah nicht besonders betrübt aus, während er mit den Handflächen ihre Hüften streichelte.

Obwohl er sie nur ganz leicht berührte, fühlte sie es überall. Es kostete sie ihre gesamte Selbstbeherrschung, ihn nicht anzuflehen, hier und jetzt mit ihr zu schlafen. Es war ihr egal, dass sie ihn erst kurze Zeit kannte und so wenig über ihn wusste. Es war ihr sogar egal, dass er noch vor wenigen Stunden eine andere hatte heiraten wollen.

»Tate«, flüsterte sie ungeduldig.

»Hmm? Ich bin doch nicht zu schnell für dich, oder? Ich tue mein Möglichstes, dir zu gehorchen und mir Zeit zu lassen.«

»Ja, das tust du. Und ich weiß, warum. Du willst, dass ich dich anflehe. Glaubst du etwa, das merke ich nicht?«

Er lächelte, und selbst das ging ihr unter die Haut.

»Heißt das, ich bin zu schnell? Oder nicht schnell genug? Sag's mir. Ich bin ein Mann, der jeden Wunsch erfüllt«, erwiderte er und bewies es ihr, indem er ihren Po umschloss, sie anhob und an sich presste.

Er war so erregt wie sie, daran gab es keinen Zweifel. Seine Ruhe, seine Gelassenheit war nichts als Fassade.

»Was immer du willst, Amy, im Ernst. Es ist allein deine

Entscheidung. Solange du nichts Süßes backst und mich damit fütterst, halte ich durch.«

Sie lachte. »Ich soll dich *nicht* füttern? Aber ich füttere dich doch so gern.«

»Ich weiß, aber inzwischen bin ich geradezu süchtig nach Zucker, und in der ganzen Küche gibt es nichts Süßeres als dich. Egal, woran ich nasche, ich muss dabei immer an dich denken.«

Sie schmiegte sich an ihn und genoss es, zum ersten Mal seit sehr langer Zeit den kräftigen festen Körper eines Mannes an ihrem zu fühlen. Sie wollte ihn nicht so sehr begehren und erst recht wollte sie ihn nicht *brauchen*, denn sie hatte Angst, ihm zu vertrauen und sich zu schnell auf ihn einzulassen.

Aber sie war nun mal eine Frau, und eine Frau fühlte sich manchmal einsam. Sie hatte sich so lange dagegen gewehrt und sich mit Arbeit abgelenkt, aber manchmal wurde das Verlangen eben übermächtig.

Tate stand einfach nur da, wartete und zeigte ihr, wie sehr er sie begehrte. Sie hatte es noch nie erlebt, dass ein Mann so geduldig und verständnisvoll war. Einen wirklich guten Mann hatte sie nie gekannt, und manchmal bezweifelte sie sogar, dass es so einen Mann überhaupt gab.

Wenn Tate sie küsste, leidenschaftlich küsste, wäre sie verloren, und bestimmt spürte er es. Trotzdem wartete er ab.

»Ich habe Angst«, gab sie schließlich zu.

»Oh, Honey, ich weiß.« Er wich zurück, um ihr ins Gesicht zu schauen, und lächelte. »Wirklich, ich weiß es. Ich will dir keine Angst machen, deshalb gehe ich jetzt, aber … Begleitest du mich morgen zur Hochzeit, ja? Ich muss hin, damit alle sehen, dass ich Victoria und James alles Gute wünsche. Und ich möchte, dass *du* bei mir bist. Sieh es als unser erstes Date an.«

»Bei der Hochzeit, die eigentlich deine sein sollte?«

»Genau, kann es ein originelleres Date geben?«

»Nein, wohl kaum.«

»Du kommst also mit? Ich weiß, dass Victoria sich freuen wird. Sie braucht jedes freundliche Gesicht, das sie kriegen kann.«

»Na gut, ich begleite dich. Und jetzt verschwinde aus meiner Küche!«

Er küsste sie noch einmal. »Träum von mir, Amy. Ich werde nämlich von dir träumen.«

10. Kapitel

Als Eleanor, Kathleen und Gladdy am nächsten Morgen wie gute Feen vor ihrer Zimmertür auftauchten, kam Amy sofort der Verdacht, dass die drei in der Küche gelauscht hatten. Woher sollten die Ladys sonst wissen, dass sie Tate zu Victorias und James' Hochzeit begleiten wollte?

Sie fuhren mit ihr zum schicksten Frisiersalon, in dem sie je gewesen war, und spendierten ihr in einem Kaufhaus ein Kleid, das sich auf ihrer Haut wie flüssige Seide anfühlte. Und nicht nur das – sie suchten passende Sandaletten aus, und Eleanor legte ihr persönlich eine ihrer Halsketten um, die wie geschaffen für ihr neues Outfit war.

»Wir sind so gut«, verkündete Gladdy stolz, »vielleicht sollten wir eine Firma gründen!?«

»Ich wette, in der Seniorenresidenz gibt es jede Menge Leute, die sich für ihre Enkelkinder andere Partner wünschen«, erwiderte Kathleen begeistert. »Was meinst du, Eleanor?«

»Ladys, ich bin nicht in Tate *verliebt*!«, protestierte Amy. »Und er nicht in mich. Wir kennen uns erst seit vier Tagen.«

Eleanor lächelte. »Das wissen wir.«

»Man soll die Hoffnung nie aufgeben«, mahnte Kathleen.

Die drei weinten vor Rührung, und Amy war auch kurz davor. Nur die Angst um ihr Make-up hielt sie davon ab.

Der Samstag war warm und sonnig – ideal für den Hochzeitsempfang auf der großen Terrasse hinter dem Haus.

Amy hielt sich dicht an Tates Seite und lächelte die ganze Zeit. Was machte es schon, dass dies eigentlich seine und Victorias Hochzeit hatte sein sollen? Und dass Victoria nun nicht ihn, sondern James heiratete? Die Gäste waren noch ein wenig verwirrt und platzten fast vor Neugier, weil sie nicht genau wussten, was sich hinter den Kulissen abgespielt hatte.

Victoria war eine strahlende Braut, James sah etwas nervös, aber glücklich aus. Mrs. Ryan wirkte, als hätte sie ein starkes Beruhigungsmittel genommen. Nachdem alle verkraftet hatten, dass der Bräutigam ausgewechselt worden war, wurde es ein überraschend schöner Tag. Es gab Unmengen zu essen und trinken. James' Band spielte mal mit ihm, mal ohne ihn und begeisterte das Publikum.

Amy tanzte eng in Tates Arme geschmiegt. Sie trank etwas zu viel, ließ ihn den Zuckerguss des Zitronenkuchens von ihrem Finger lecken und fing den Brautstrauß, den Victoria gezielt in ihre Richtung warf.

Danach brachte Tate sie zu ihrem Zimmer, gab ihr einen leidenschaftlichen Gutenachtkuss und befahl ihr, die Tür abzuschließen, damit er nicht in Versuchung geriet, sie in der Nacht zu besuchen.

Sie gehorchte, schlief trotz des in ihr pulsierenden Verlangens irgendwann ein und träumte von einer glücklichen Zukunft.

Am Sonntagmorgen bereitete Amy für die abreisenden Gäste ein leichtes Frühstück zu. Als sie endlich allein in der Küche war, kam Eleanor herein und vermeldete erleichtert, dass auch Victorias Mutter ihr Zimmer im Gästehaus geräumt hatte. Außer ihnen beiden waren nur Kathleen, Gladdy, Max und Tate in der Villa.

»Ich räume die Küche auf, dann packe ich unsere Sachen und fahre mit Max nach Hause.«

»Oh, Liebes, ich wünschte, Sie würden bleiben.«

»Max und ich können nicht einfach hier einziehen!«

»Nein, natürlich nicht. Ich habe nur gemerkt, wie sehr mir mein Haus gefehlt hat.«

Amy umarmte Eleanor. »Es ist wunderschön, aber Sie haben doch selbst gesagt, wie einsam Sie in den letzten Jahren hier waren.«

»Weil es leer stand. Kathleen und Gladdy leisten mir noch ein wenig Gesellschaft, während ich überlege, was ich mit dem Anwesen mache. Und wir würden uns sehr freuen, wenn Sie und Max auch noch eine Weile bleiben könnten. Max fühlt sich hier sehr wohl, und wir brauchen jemanden, der sich um uns kümmert. Was denken Sie?«

»Ich denke, dass Sie schon wieder Amor spielen wollen.«

Eleanor gab sich gekränkt. »Das stimmt nicht! Wir haben unsere Liebespfeile schon verschossen.«

Amy musste lachen. »Also hat Ihr Vorschlag nichts mit Tate zu tun?«

»Na ja, er muss aus seiner Wohnung ausziehen. Er hatte sie schon gekündigt, weil er mit Victoria zusammenziehen wollte. Das geht nun natürlich nicht mehr.«

»Stimmt.«

»Und hier ist so viel Platz. Ich habe ihn dazu eingeladen, in der Villa zu wohnen. Das wollte er nicht, aber ich konnte ihn überreden, ins Gästehaus …«

»Ah, jetzt ist mir klar, woher der Wind weht.«

»Unsinn!«, widersprach Eleanor. »Ich weiß nur noch nicht, ob ich das Anwesen wirklich verkaufen will, und meine Freundinnen helfen mir dabei, darüber nachzudenken. Tate übernachtet im Gästehaus, bis er eine neue Wohnung hat. Warum sollten Sie und Max nicht auch hier …«

»Sie müssen mich nicht mit Tate verkuppeln«, unterbrach Amy sie sanft. »Ich mag ihn sehr, und wir … lernen einander immer besser kennen. Aber wir wollen uns Zeit lassen und sehen, was passiert.«

Eleanor schien das nicht zu reichen. »Ich könnte auf Max aufpassen, während sie Tate helfen, sich im Gästehaus einzurichten, und ab und zu mit ihm ausgehen. Sie haben Ihre Ausbildung beendet und sollten – wie wir alle – in Ruhe überlegen, wie Sie Ihre Zukunft gestalten wollen.«

Amy zögerte. Es war ein verlockender Vorschlag.

»Sie wollen bleiben!«, rief Eleanor. »Ich wusste es!«

»Für ein paar Tage vielleicht. Ich würde Tate sehr gern helfen, und Max würde sich riesig freuen.«

»Oh, ich freue mich ja so!« Tates Patentante strahlte.

»Nur ein paar Tage.«

»Natürlich, Liebes.«

»Die drei führen etwas im Schilde«, sagte Amy zu Tate, als sie im Gästehaus seine Umzugskartons auspackten.

»Sie meinen es nur gut.«

»Ja, das tun sie wohl.« Sie reichte ihm einen Kleidersack, damit er ihn in den Schrank hängen konnte.

»Du willst doch nur ein paar Tage bleiben. Dies ist keine Entscheidung fürs Leben«, sagte er.

Sie hörte etwas heraus, das sie misstrauisch machte. »Du steckst mit ihnen unter einer Decke!?«

Er bestritt es heftig, doch sein Lächeln verriet ihn.

»Es stimmt also! Du hast dich mit ihnen verschworen!«

Tate lachte. »Das muss ich gar nicht – du magst mich doch schon. Sehr sogar. Und irgendwo müssen wir alle doch wohnen, oder? Und hier ist genug Platz.«

»Tate …«

»Amy.« Er küsste sie zärtlich. »Eleanor liebt dieses Haus und überlegt, wie sie es behalten kann, ohne allein darin zu leben und sich einsam zu fühlen. Das ist für sie eine wichtige Entscheidung, und sie möchte, dass wir bei ihr sind, wenn sie sich entschließt. Das willst du ihr doch nicht verwehren, oder?«

»Du hast dich mit ihnen verbündet. Ich weiß es!«

»Irgendwo muss ich schließlich wohnen. Das Gästehaus stand leer, das ist alles. Ich bin absolut unschuldig.«

»Das glaube ich dir nicht.«

Er zog sie an sich, und diesmal fiel sein Kuss viel länger und leidenschaftlicher aus.

Amy hielt Tate zwei weitere Wochen hin. Sie wusste nicht, wie sie es schaffen sollte. Es wäre so einfach, mit ihm ins Bett zu gehen, aber etwas in ihr wehrte sich dagegen.

Sei vorsichtig.

Tu es.

Bleib vorsichtig.

Tu es endlich.

Die zwei Wochen erschienen ihr endlos. Tate war sexy, dazu freundlich, lustig und verstand sich sehr gut mit Max.

Eleanor hatte das Haus voller Architekten, Hotelmanager, Hochzeitsplanerinnen und Spitzenköche, um mit ihnen zu überlegen, was sie aus der Villa machen konnte. Kathleen und Gladdy waren schließlich in ihre Seniorenresidenz zurückgekehrt. Max erkundete jeden Winkel des weitläufigen Anwesens. Tate schien sich bisher nicht nach einer neuen Wohnung umgesehen zu haben, sondern nahm an Eleanors Besprechungen teil.

Und Amy – sie hatte Angst, dass es schon zu spät war und sie sich längst in Tate verliebt hatte. Und dass es nur eine Frage der Zeit war, bis sie mit ihm schlief.

An diesem Abend wollten sie eigentlich essen gehen, doch als er sie abholte, hatte er einen Picknickkorb und eine Wolldecke dabei.

Oh, jetzt habe ich aber ein Problem, dachte sie. *Oder auch nicht.*

Er ging mit ihr in eine entlegene, vom Haus aus nicht einsehbare Ecke des Parks, wo es nur grünes Gras, Büsche und hohe Bäume gab. Auf den atemberaubenden Sternenhimmel hatte man beste Sicht.

Er breitete die Decke aus und stellte den Korb darauf.

»Tate Darnley, das hier machst du nicht zum ersten Mal!«, sagte Amy, als sie beide saßen.

»Ich habe noch nie mit dir gepicknickt.«

»Aber mit einer anderen Frau.«

»Nein.«

»Ach komm, hier ist es einfach zu perfekt, zu schön und zu einsam.«

Sie warf ihm einen skeptischen Blick zu.

»Ich habe nur davon *geträumt*, Frauen herzubringen, nein, *Mädchen* – als *Teenager* nämlich!«, gab er zu.

»Na gut, das glaube ich dir.«

»Aber ich habe es nie geschafft. Deshalb wird heute ein Traum für mich wahr. Ich habe das tollste Mädchen hier, es ist ein herrlicher Abend, die Sterne funkeln, es ist nicht zu kalt, und wir haben köstliches Essen. Ich habe alles, was ich brauche.«

»Alles?«

»Na ja.« Er machte eine Pause. »Du könntest mich füttern.«

»Dich *füttern*?«

Tate nickte.

Amy erinnerte sich daran, wie er ihr den Zuckerguss von den Fingern geleckt hatte. Wären sie allein beim Hochzeitsempfang gewesen, hätte sie ihn wahrscheinlich zu Boden geworfen und sich auf ihn gestürzt.

Und dann musste sie an die Puderzuckerwolke in der Küche denken und daran, wie er an ihrem Ohrläppchen geknabbert und ihren Hals geküsst hatte.

Sie atmete tief durch, doch es half nicht – noch immer zitterte sie vor Verlangen.

Er klappte den Picknickkorb auf, holte einen Behälter heraus und nahm den Deckel ab.

Puderzucker.

Sie musste lachen. Er lächelte nur.

Dann hielt er ihr einen Finger an den Mund, und sie befeuchtete ihn mit der Zunge. Er tauchte ihn in den Behälter und strich mit seinem Finger über ihre Lippen, bevor er sie küsste. Stürmisch, leidenschaftlich und fast ein wenig ungeduldig.

Ihn zu küssen war herrlich. Es weckte in ihr ein überwältigendes Verlangen und machte sie lebendiger, als sie sich jemals gefühlt hatte.

Ohne den Kuss zu unterbrechen, zog er sie mit sich auf die Decke.

Er leckte ihr den Puderzucker von den Lippen, legte damit eine süße Spur am Hals und auf den Wangen und folgte ihr mit der Zunge.

Es war ein kühler Abend, aber ihr Körper schien zu glühen und überall dort zu entflammen, wo sein Mund ihn berührte.

Sie knöpfte ihr Kleid auf. Er zog ihr den BH aus. Sie fühlte die frische Luft an den Brüsten, beobachtete fasziniert, wie er den Puderzucker darauf verstreute, und zog ihn wieder zu ihr hinab.

Tate ließ sich Zeit und steigerte ihre Lust auf eine Weise, die sie sich nur in ihren kühnsten Träumen ausgemalt hatte. Sein Mund schien überall zugleich zu sein, nur nicht dort, wo sie es so sehr ersehnte. Erst als sie sich unter ihm wand und leise seufzte, liebkoste er die längst festen Brustspitzen mit der Zunge und mit seinen Lippen, bis sie nach seiner Hüfte griff und seine Taille mit den Beinen umklammerte.

Dann tastete sie nach den Knöpfen seines Shirts und zerrte es ihm von den Schultern. Sie öffnete seinen Gürtel, und er half ihr, nicht nur seine Kleidung, sondern auch sich selbst ganz auszuziehen.

Als sie beide nackt waren, zog sie ihn zwischen ihre Schenkel und genoss es, deutlicher als je zuvor zu fühlen, wie sehr er sie begehrte. Und dann küsste er sie wieder, und ihr Verlangen wurde so gewaltig, dass sie alle Hemmungen ablegte und ihn anflehte, endlich mit ihr zu schlafen.

Er hob den Kopf und sah ihr tief in die Augen. »Amy, ich werde dir niemals wehtun, und ich werde dich nie verlassen, das schwöre ich«, flüsterte er.

Damit hatte sie am allerwenigsten gerechnet. Ihre Augen füllten sich mit Tränen. Als sie blinzelte, rannen ihr die Tränen über die Wangen.

»Hey! Nein, nein, ich will nicht, dass du weinst«, sagte er besorgt und wollte sich von ihr lösen.

Sie schüttelte den Kopf, hielt Tate fest und bewegte sich unter ihm, bis die Berührung so intim wurde, dass sie es kaum noch aushielt. Erst dann hob sie die Hüften an und kam ihm entgegen. Er stöhnte auf und drang in sie ein.

Und es war herrlich, ihn endlich dort zu fühlen.

Es war sogar noch schöner, als sie zu hoffen gewagt hatte.

Er küsste ihr die Tränen von den Wangen, und dann schmeckte sie das Salz an seinen Lippen. Sie weinte noch immer, hätte ihm allerdings nicht erklären können, warum sie es tat. Sie wusste nur, dass sie sich ihrer Tränen nicht mehr schämte, sondern sie genau wie all die anderen Empfindungen willkommen hieß, die sie in diesem Moment durchströmten.

Sie öffnete sich ihm noch weiter, nahm ihn ganz in sich auf und genoss, sein Gewicht zu fühlen, die breiten Schultern, die muskulösen Arme und Beine, den ganzen schlanken kräftigen Körper. So intensiv wie jetzt war sie noch nie mit einem Mann zusammen gewesen. Sie verstand nicht, warum sie so lange gewartet hatte, und fragte sich, wie sie ihm bisher hatte widerstehen können.

»Alles in Ordnung?«, fragte er.

Sie nickte nur und presste ihn fester an sich.

»Das, was ich gerade gesagt habe ...«, fuhr er atemlos fort. »Ich wollte, dass du es weißt. Ich wollte es dir versprechen.«

Als ihr wiederum Tränen kamen, blinzelte sie heftig und nahm sein Gesicht zwischen die Hände. »Es geht mir gut.«

Er schien ihr nicht zu glauben, aber sie wollte nicht länger darüber sprechen. Sie wollte einfach nur mit ihm zusammen sein und ihn alles fühlen lassen, was sie fühlte – die Gewissheit, dass sie niemals genug von ihm bekommen würde, dass dieser Abend erst der Anfang und nicht das Ende war.

Ihre Lust auf ihn verstärkte sich. Sie brauchte ihn so sehr, wollte so viel mehr und musste es haben. Ihr ganzer Körper schien vor Verlangen zu vibrieren.

Er bewegte sich immer schneller, legte die Hände um ihre Hüften und hielt Amy fest. Dann ließ er eine Handfläche zwischen ihre Körper gleiten, und als er ihre empfindlichste Stelle fand, war es um Amy geschehen. Sie konnte nicht mehr denken, nur noch fühlen, wie die Lust in ihr explodierte. Sie schrie auf und klammerte sich an ihn, sie öffnete kurz die Augen und sah sein Gesicht unter dem mit Sternen übersäten Himmel. Tate hatte die Augen geschlossen, aber er lächelte zufrieden – ganz genau wusste er, was er in ihr auslöste.

Und dann ließ er auch sich gehen. Er rief ihren Namen, legte die Stirn an ihren Hals, wurde noch schneller und ließ sich schließlich erschöpft auf Amy sinken.

Lange lagen sie so da, er auf ihr, seine Hand in ihrem Haar. Amy hielt Tate in den Armen, streichelte seinen erhitzten Rücken, schaute zu den Sternen hinauf und dachte an Träume, die wahr wurden, und an einen Mann, dem sie vertrauen konnte, der sie nie im Stich lassen würde.

Irgendwann rollte er sich neben ihr auf den Rücken, zog sie an sich und deckte sie beide mit der Wolldecke zu.

Er wischte ihr die letzten Tränen von der Wange und stützte sich auf einen Ellbogen, um ihr in die Augen sehen zu können. »Was ich gesagt habe, war mein Ernst! Ich möchte, dass du das weißt. Sag mir, dass du mir glaubst, Amy.«

»Das tue ich«, antwortete sie, und wieder kamen ihr Tränen.

Er wischte sie fort. »Dich zum Weinen zu bringen, war das Letzte, was ich wollte! Was habe ich …«

Sie berührte seine Lippen mit den Fingerspitzen. »Es war herrlich. Was du gesagt hast, war … Etwas Schöneres hätte ich mir gar nicht wünschen können, und ich … Du lässt mich so viel fühlen, dass ich manchmal glaube, ich halte es kaum aus. Geht es …«

»Ja«, unterbrach er sie sanft und sah wieder so zufrieden aus wie vorhin. »Mir geht es genauso. Bei dir fühle ich mehr, als ich mir jemals vorstellen konnte. Ich will und brauche dich mehr als alles andere auf der Welt.«

Und dann schliefen sie zum zweiten Mal miteinander – unter den funkelnden Sternen –, und für sie beide erfüllten sich noch mehr Träume.

Kurz vor Morgengrauen schlichen sie zum Haus zurück. Tate öffnete die Hintertür und betrachtete Amy. Sie war in die Wolldecke gehüllt und hielt ihre Kleidung und die Schuhe in den Händen.

»Na los, ab in dein Bett!«, sagte sie leise, als sie spürte, wie sie errötete.

»Komm mit mir.«

»Das geht nicht. Ich weiß ja nicht mal, wo Max ist.«

»Eleanor würde ihn niemals allein lassen. Bestimmt schläft er in dem Zimmer neben ihrem.«

»Das bedeutet, sie weiß, dass ich die Nacht nicht in meinem Bett verbracht habe!?«

Er lächelte. »Und das dürfte sie sehr glücklich machen.«

»Ich weiß. Ich möchte nur nicht, dass alle davon erfahren. Könnten wir …«

»… noch eine Weile durch die Nacht schleichen?«

»Ja, genau. Sicher, es ist albern. Du im Gästehaus in deinem Bett, ich hier in meinem, wenigstens am Morgen, aber … so möchte ich es nun mal. Okay?«

»Amy?« Er schaute ihr tief in die Augen. »Habe ich dir nicht deutlich genug gesagt, was ich mir wünsche?«

»Doch, das hast du. Könntest du trotzdem …« Sie verstummte.

»Auf dich *warten*? Ja, das kann ich. Weil ich weiß, dass du mir eines Tages das geben wirst, was ich mir erhoffe.«

»Ich dachte, das hätte ich gerade getan.«

»Oh, das hast du, aber ich will mehr als das, und du wirst es mir geben.« Er sah aus, als würde er nicht daran zweifeln. »Du weißt genau, was ich meine, aber noch bist du nicht bereit, darüber zu reden, richtig?«

»Richtig«, bestätigte sie.

»Dann gehe ich jetzt zu Bett.« Er küsste sie noch einmal und verschwand.

Sie schlüpfte ins Haus, machte in der Küche Halt, um ein Glas Wasser zu trinken, und zuckte zusammen.

Kurz vor Tagesanbruch, Amy nackt in eine Decke gehüllt mit zerzaustem Haar und geröteten Wangen – diesen Anblick hatte sich Eleanor nicht entgehen lassen wollen.

»Guten Morgen, Liebes!«, sagte sie, als wäre es das Normalste auf der Welt. »Falls Sie Max suchen, der schläft im Zimmer neben meinem.«

»Danke.«

»Möchten Sie mir etwas sagen?«

»Nein, eigentlich nicht.«

»Na gut.« Eleanor drückte sie an sich. »Und machen Sie sich keine Sorgen. Mein Patensohn ist ein geduldiger Mensch. Er wird warten.«

Amy blickte an sich herab. Sie sah nicht gerade so aus, als würden sie noch warten. Fragend sah sie Eleanor an.

»Darauf, dass er Sie *heiraten* kann, meine Liebe.«

Offenbar entging der alten Lady nichts, was in ihrem Haus geschah.

Amy fürchtete, dass sie recht hatte.

Epilog

Eleanor entschied sich, ihr Zuhause nicht aufzugeben. Es steckte voller Erinnerungen, und sie war nur in die Seniorenresidenz gezogen, weil sie sich in der Villa einsam gefühlt hatte. Doch das ließ sich ändern.

»*Hochzeiten?*«, wiederholte Amy sechs Wochen später, was Eleanor gerade zu ihr gesagt hatte. Tates Patentante war gerade in die Küche gekommen und mit ihrem Plan herausgeplatzt.

»Ja, romantische Hochzeitswochenenden sind heutzutage schwer angesagt!«, erklärte Eleanor.

»Sie meinen ... *hier*, mit allen Gästen?«

Die alte Lady nickte strahlend.

»Aber das letzte Mal war ... der reine Wahnsinn!«

»Ich fand es schön«, entgegnete Eleanor. »Und am Ende ist doch alles gut geworden, oder? Nur darauf kommt es an.«

Amy verzog das Gesicht.

Eleanor lachte.

»Und damit kann man Geld verdienen?«, fragte Amy skeptisch.

»Nicht nur damit, auch mit Tagungen für Manager, Fortbildungsseminaren und Wohltätigkeitsveranstaltungen. Wir füllen das Haus wieder mit Leben. Ich muss keinen Gewinn erzielen, denn es reicht mir, wenn ich das Anwesen unterhalten kann. Und da all die Gäste essen müssen, brauche ich jemanden, der sich um die Küche kümmert!«

»Aha, Sie sind immer noch dabei.«

»Wobei?«

»Mich mit Tate zu verkuppeln.«

»Das muss ich doch gar nicht mehr«, Eleanor lächelte wissend, »aber wenn Sie den Job nicht wollen, sondern sich ganz auf Ihre Torten und Süßspeisen konzentrieren wollen, ist mir das auch recht. Dann kaufe ich meine Desserts eben bei Ihnen.«

Amy hatte in den vergangenen sechs Wochen wie verrückt gebacken und gekocht, neue Rezepte ausprobiert und eigene Spezialitäten entworfen, die bei den Restaurants der Umgebung gut ankamen.

»Amy, Sie sind doch glücklich hier, oder?«

»Ja.«

»Und Max auch.«

»Das stimmt.«

»Na ja, ich bin glücklich und weiß, dass Tate es ebenfalls ist. Können wir nicht einfach alle zusammen glücklich sein?«

»Es ist nur … Eleanor, ich habe es im Leben nie einfach gehabt«, sagte Amy nach einem Moment.

»Oh, Liebes, das weiß ich doch.« Eleanor umarmte sie. »Und ich habe versprochen, mich nie wieder einzumischen.«

Amy musste lachen.

»Und ich finde, ich habe mich daran gehalten.«

Eleanors Unterlippe begann zu zittern, und dann brach die alte Dame in Tränen aus.

»Wissen Sie … Mein Mann und ich hatten keine eigenen Kinder, und als Tates Mutter starb … Hätte ich einen Sohn gehabt, so hätte ich ihn mir so wie Tate gewünscht. Und eine Tochter und einen Enkelsohn so wie Sie und Max. Mein Leben ist so erfüllt und glücklich, dass ich *vor lauter Freude* eben ein bisschen heulen muss.«

»Ich bin auch glücklich. Meine Großmutter ist gestorben, als ich fünf war. Sie fehlt mir noch immer. Jeder Mensch braucht eine Großmutter.«

Eleanor nickte schluchzend.

Als die Hintertür aufging und Tate mit Max hereinkam, wischten beide Frauen sich hastig die Tränen ab.

Tate entging es nicht. »Hey, was ist los?«

»Nichts«, antworteten die Frauen wie aus einem Mund.

Er sah den Jungen an. »*Mad Max*, mein Freund, ich glaube, wir sollten nicht länger warten. Es ist höchste Zeit!«

Max nickte. »Du hast gesagt, sie weinen *hinterher*!«, flüsterte er.

»Stimmt, aber ich habe die Reihenfolge durcheinanderbekommen. Das passiert einem Mann manchmal, vor allem bei Frauen.«

»Okay, aber ...« Max warf einen Blick auf sein nicht mehr ganz sauberes T-Shirt. »... wir sind nicht umgezogen.«

»Da hast du recht.« Tate wandte sich Eleanor und Amy zu. »Ladys, wir brauchen noch einen Moment. Bleibt, wo ihr seid.«

»Aber ...«, begann Amy.

»Keine Fragen. Wir sind gleich zurück.«

Amy war sicher, dass Eleanor wusste, was los war, auch wenn sie beschwor, keine Ahnung zu haben. Während Amy immer nervöser wurde, lächelte Eleanor nur wie jemand, der endlich bekam, was er wollte.

Kurz darauf beobachteten sie durchs Fenster, wie zwei tadellos gekleidete Personen – ein Mann und ein Junge – das Gästehaus verließen und sich dem Hintereingang näherten.

Beide trugen einen Smoking mit blütenweißem Hemd und schwarzer Fliege. Und Max war sogar gekämmt.

»Was für gut aussehende Kerle!«, schwärmte Eleanor. »Und so elegant.«

Wie für eine schicke Party.

Oder eine Hochzeit.

Ihr Sohn strahlte übers ganze Gesicht, als die beiden die Küche betraten.

»Ich habe auch Duftzeug im Gesicht!«, flüsterte er ihr zu.

Sie beugte sich hinab und schnupperte. »Ja, du riechst toll, Max.«

»Und so *männlich*«, fügte Eleanor schmunzelnd hinzu.

»Hey!?«, sagte Tate. »Und was ist mit mir?«

Eleanor küsste ihren Patensohn auf die Wange. »Ich glaube, ich lasse euch drei jetzt allein.« Sie verschwand, bevor jemand protestieren konnte.

Verunsichert musterte Max seine Mutter und sagte zu Tate: »Sie weint schon wieder.«

»Das ist okay«, beruhigte Tate ihn. »Frauen weinen auch, wenn sie glücklich sind.«

»Wollen wir jetzt?«, fragte der Junge.

»Ja, jetzt!«

Sie knieten sich vor Amy. Tate nahm ihre Hand und legte einen Arm um Max.

»Amy«, begann er, »Max und ich haben schon darüber gesprochen, und er ist dafür.«

Max nickte heftig.

»Du hast zuerst Max gefragt?«

»Na ja, er war bereit. Und Max muss mit allem einverstanden sein, was wir beide tun. Und deshalb sollst du wissen, dass er und ich uns vollkommen einig sind.«

»Jetzt?«, wiederholte Max ungeduldig.

»Ja, genau jetzt.«

Max holte ein winziges Etui aus der Tasche und gab es Tate.

Tate öffnete es und nahm den Ring heraus. Er sah altmodisch aus – ein schlichter Reif mit einem einzelnen Stein.

»Der hat meiner Mutter gehört«, sagte Tate. »Ich dachte mir, er passt zu dir.«

»Amy, Max und ich möchten, dass du mich heiratest und dass wir drei eine Familie werden.«

»Du hast was vergessen!«, wisperte der Junge aufgeregt.

»Ach ja.« Auch Tates Augen glitzerten feucht. »*Für immer*. Das ist uns wichtig.«

Max nickte zufrieden und schaute seiner Mutter ins Gesicht. »Sie weint immer noch.«

»Ich weiß.« Tate wischte ihr die Tränen ab. »Amy?«

»Mom?«

»Ja«, flüsterte sie. »Wie könnte ich zu euch beiden Nein sagen?«

Tate schob ihr den Ring ganz auf den Finger.

Max umarmte sie stürmisch. »Das muss ich Eleanor erzählen!«, rief er und rannte los.

Tate nahm Eleanor in die Arme und küsste sie zärtlich. »Manchmal klappt alles so, wie man es sich vorstellt.«

Sie schmiegte sich an ihn. »Da hast du recht.«

– ENDE –

Kate Carlisle

Verführerische Julia

Roman

Aus dem Englischen von
Sarah Heidelberger

1. Kapitel

Cameron Duke hatte genau drei Wünsche: Seine Krawatte loswerden, ein kühles Bier und Sex, wobei die Reihenfolge eher nebensächlich war. Er hatte viel zu lange viel zu hart an dem laufenden Projekt von Duke Development gearbeitet, der Entwicklungsfirma, die er gemeinsam mit seinen beiden Brüdern leitete. Und er hatte es, verdammt noch mal, satt, in einem Hotelzimmer zu wohnen!

Andererseits, dachte er, während er die Schlüsselkarte in das Lesegerät neben der Tür schob, hätte ich es wirklich schlechter treffen können. Immerhin gehörte ihm das Hotel, und seine Suite im Monarch Dunes bestand aus zweihundert Quadratmetern reinem Luxus – inklusive riesiger Terrasse, Meerblick und Zimmerservice. Nein, eigentlich hatte er keinen Grund zum Klagen.

Während er den Vorraum seiner Suite betrat, schwor er sich, dass er angeln gehen würde, sobald die Internationale Catering-Konferenz vorüber war. Die Hotelanlage lief mittlerweile wie am Schnürchen und war voll ausgebucht. Zeit, sich ein paar Wochen Urlaub zu nehmen, abzuhauen und einfach mal nichts zu tun. Vielleicht würde er ein Hausboot auf dem Shasta-See mieten oder eine Kanutour auf dem King River machen. Oder aber er wählte einfach ein paar Nummern und …

Kein Zweifel, er brauchte unbedingt Sex.

Während er seine Krawatte lockerte, warf er seinen Schlüsselbund auf das Sideboard, stellte seine Aktentasche auf dem Marmorboden ab und betrat das Wohnzimmer, in dem alle Lichter angeschaltet waren.

»Was ist denn hier los?«, murmelte er. Als er die Suite vor zwei Tagen verlassen hatte, waren die Lampen ganz sicher aus gewesen.

Doch die Lichter waren nicht das einzige Problem: Entgegen seiner Gewohnheit waren die Vorhänge geschlossen. Dabei wusste das Hauspersonal doch ganz genau, wie sehr er den Meerblick zu schätzen wusste!

Aber Cameron ließ sich von dieser kleinen Unregelmäßigkeit nicht weiter irritieren, sondern zog sich das Jackett aus und warf es auf einen Sessel. Wahrscheinlich gab es einen Neuzugang beim Personal, der seine Vorlieben noch nicht kannte. Gleich morgen würde er mit dem Chef der Reinigungskräfte sprechen und dafür sorgen, dass so etwas in Zukunft nicht mehr vorkam.

Doch dann fiel ihm ein Taschenbuch auf, das aufgeschlagen und mit dem Rücken nach oben auf dem Couchtisch lag und ganz sicher nicht ihm gehörte. Außerdem hing ein fremdes Kleidungsstück über der Sofalehne.

Überrascht nahm er das weiche rosafarbene Hemdchen in die Hand, das mit einer weißen Spitzenbordüre eingefasst war. Nachtwäsche, und zwar teure. Die selbstredend einer Frau gehören musste. Ein zarter Duft von Orangenblüten stieg Cameron in die Nase. Der Geruch kam ihm irgendwie bekannt vor und ließ ein unerklärliches Verlangen in ihm aufsteigen.

»Was, zum Teufel?«, murmelte er verwirrt und legte das transparente Hemdchen wieder aufs Sofa zurück. Nicht dass er etwas gegen Reizwäsche gehabt hätte, aber im Moment interessierte ihn vor allem, wer sich unerlaubt in seiner Suite breitgemacht hatte.

Sicher würde ihm die Lösung dieses Rätsels mit einem Bier in der Hand leichter fallen. Aber als er in den großzügigen Küchenbereich hinüberlief, stolperte er fast über ein Paar High Heels, rot, sexy und unglaublich hoch.

Das musste ja wohl ein Witz sein! Wahrscheinlich steckte mal wieder sein Bruder Brandon dahinter. Wäre Cameron nicht so genervt darüber gewesen, dass sein ruhiger Abend gestört worden war, hätte er wohl darüber lachen können.

Misstrauisch spähte er hinter die Bar, doch dort hatte sich Brandon nicht versteckt. Dieser blöde Scherzkeks! Wahrscheinlich saß er in irgendeinem Schrank und wartete den richtigen Moment ab, um hervorzuspringen und »Reingelegt!« zu brüllen. Cameron holte sich ein Bier aus dem Kühlschrank und trank einen großen Schluck. Dann ließ er die Flasche wie in Zeitlupe auf den Tresen sinken. Warum, um Himmels willen, standen da Babyfläschchen neben dem Spülbecken?

»Okay, jetzt reicht's«, murmelte er. Dann rief er laut: »Brandon, komm raus, du Blödmann!« Aber niemand antwortete.

»Ich weiß, dass du hier irgendwo bist!«, fuhr er fort, während er durch den breiten Flur lief.

Und da hörte er den Gesang.

Er erstarrte mitten in der Bewegung und lauschte. Eine Frauenstimme, die ein bisschen schräg »Girl from Ipanema« sang. Und zwar unter seiner Dusche! In seinem Badezimmer!

Irritiert warf er einen Blick in den Schlafzimmerschrank, um sich zu versichern, dass er sich nicht in der Suite vertan hatte. Tatsächlich hingen dort all seine Sachen, ordentlich in Reih und Glied. Was allerdings bedeutete, dass sich die fremde Frau im Zimmer geirrt haben musste. Inzwischen war er sich hundertprozentig sicher, dass Brandon dahintersteckte. Es passte einfach zu gut zu seinem Bruder, als »Überraschung« eine Frau anzuheuern. Anders ließ sich das Ganze nicht erklären, denn ohne Anweisung eines Mitglieds des Duke-Clans hätte das Personal sicher keine Fremde in diese Suite gelassen.

Während er dem leisen Singsang aus dem Bad lauschte, fragte er sich, was er als Nächstes tun sollte. Ein Gentleman würde wohl warten, bis die Frau fertig geduscht und sich angezogen hatte, bevor er sie vor die Tür setzte. Allerdings hätte Cameron niemals für sich in Anspruch genommen, ein Gentleman zu sein.

Schließlich war er hier nicht derjenige, der einfach in ein fremdes Hotelzimmer eingebrochen war! Also beschloss er, sich im Badezimmer direkt vor der Duschkabine auf die Lauer zu legen.

Sekunden später hörte er, wie das Wasser abgedreht wurde. Dann öffnete sich die Kabinentür einen Spaltbreit. Ein sommersprossiger, leicht gebräunter Arm kam zum Vorschein und tastete nach einem Handtuch. Als Nächstes folgte ein unglaublich langes, feucht glänzendes Bein.

»Kann ich Ihnen behilflich sein?«, fragte Cameron und drückte ein weiches Frotteetuch in die tastende Hand.

Der darauffolgende Schrei war so schrill, dass Cameron sich wunderte, dass der Badezimmerspiegel nicht zerbarst.

»Raus!«, brüllte die Frau. Nervös ließ sie das Handtuch fallen und hob es gleich hastig wieder auf, um sich zu bedecken.

»Ist ja lustig. Genau dasselbe wollte ich Ihnen auch gerade vorschlagen.«

Eigentlich war Cameron kein Voyeur. Aber er schaffte es einfach nicht, sich von dem Anblick der Fremden loszureißen. Wie gebannt starrte er auf ihre Brüste, die der Traum jedes Teenagers waren. Ach was, eher der Traum jedes männlichen Wesens von hier bis Kuala Lumpur! Zwei vollkommen geformte, seidige Kugeln mit harten, rosigen Brustwarzen, die förmlich danach zu schreien schienen, von ihm berührt zu werden. Nicht, dass seine Fantasie hier schon aufhörte: Nachdem er diese sensationellen Brüste erobert hätte, würde er seine Hände über den flachen, feucht schimmernden Bauch gleiten lassen und seine Finger in den zarten Flaum zwischen den Oberschenkeln der Unbekannten schieben, und dann …

Im Bauchnabel der Frau glitzerte ein kleiner Diamant, der Cameron aus unerklärlichen Gründen zum Lächeln brachte.

»Würden Sie freundlicherweise aufhören, mich anzustarren, und mir ein bisschen Privatsphäre lassen?«, herrschte die Frau ihn an und schlang sich das Handtuch um den schönen Körper – sehr zu Camerons Bedauern.

Ende der Vorstellung, dachte er enttäuscht. Dann sah er der Fremden zum ersten Mal ins Gesicht und erstarrte. Diese blitzenden blauen Augen hätte er unter Tausenden wiedererkannt. Denn sie gehörten der einen Frau, die er nie wirklich hatte vergessen können.

»Hallo, Julia«, sagte er, nachdem sich der erste Schreck gelegt hatte.

»Was glaubst du eigentlich, was du hier machst?«, fauchte sie ihn an.

Lässig lehnte er sich an die Tür. »Na ja, da ich hier wohne, hatte ich eigentlich vor, mir ein Bier zu schnappen und Football zu gucken.« Dann verschränkte er die Arme vor der Brust. »Sehr viel interessanter finde ich die Frage, was *du* hier machst.«

Julia fluchte leise und trat aus der Kabine. »Ich dachte, du würdest dich in den nächsten zwei Wochen nicht hier blicken lassen.«

»Ich bezweifle, dass irgendjemand vom Personal so etwas behaupten würde.«

»Stimmt«, gestand sie schlecht gelaunt ein und öffnete die Tür. Im Schlafzimmer zog sie einen kleinen Koffer unter dem Bett hervor.

Cameron folgte ihr gelassen, trank noch einen Schluck Bier und beobachtete, wie sie ein paar Kleidungsstücke aus dem Koffer zog. »Wenn du angezogen bist, sollten wir uns mal ein paar Takte über das Thema Grenzen unterhalten«, bemerkte er schließlich.

»Ach, halt doch die Klappe«, fuhr sie ihn zornig an. Cameron entging nicht, dass ihr die Hände vor Nervosität zitterten, als sie sich das feuchte, wellige Haar aus der Stirn strich. »Was machst du überhaupt hier?«

»Ich?« Gegen seinen Willen musste Cameron über ihre Unverschämtheit lachen. »Falls ich mich nicht irre, ist das immer noch meine Suite.«

»Aber du solltest überhaupt nicht hier sein!«

»Süße, das ganze Hotel gehört mir. Ich kann mich aufhalten, wo immer ich will.«

Julia raffte ihre Sachen zusammen und schob sich, an Cameron vorbei, in den begehbaren Kleiderschrank. Keine Minute später kam sie in Shorts und einem knappen T-Shirt wieder heraus.

Cameron atmete tief durch und versuchte, das beharrliche Pochen seiner Libido zu ignorieren. Er hatte gehofft, dass es helfen würde, wenn Julia sich etwas anzog. Doch jetzt faszinierte ihr Anblick ihn noch mehr.

»Also, würdest du mir bitte erklären, was das alles soll?«, fragte er und zog seine Krawatte aus, weil ihm das Atmen plötzlich außerordentlich schwerfiel.

Julia fuhr sich durchs Haar, atmete tief durch und sagte dann gefasst: »Sally meinte, dass …«

»Was?«, unterbrach er sie harsch. Auf einmal war er in Alarmbereitschaft. »Moment mal!«

Dass Julia plötzlich seine Mutter ins Spiel brachte, war ein wirklich schlechtes Zeichen. Sally Duke, die Frau, die ihn adoptiert hatte, als er acht gewesen war, ließ sich nur als Naturgewalt bezeichnen. Seit einer Weile hatte sie es sich in den Kopf gesetzt, ihre drei Söhne möglichst schnell unter die Haube zu bringen. Und wie er sie kannte, würde sie nicht eher ruhen, bis sie ihr Ziel erreicht hatte. Verdammt, wenn Sally etwas mit Julias Anwesenheit hier zu tun hatte, steckte er ganz schön in der Klemme.

»Welcher Zusammenhang besteht zwischen meiner Mutter und der Tatsache, dass ich dich gerade nackt in meinem Badezimmer angetroffen habe?«

Ganz klar auf der Hut, musterte Julia ihn eindringlich.

Offenbar versuchte sie, seine Laune einzuschätzen. »Äh, da gibt es keinen Zusammenhang. War nur ein Versprecher.«

»Ein Versprecher?«, wiederholte er gedehnt. »Über meine Mutter? Na klar, sehr glaubwürdig.«

Wütend richtete Julia sich auf, wodurch ihre Brüste noch etwas deutlicher unter dem dünnen T-Shirt hervorragten. Ihr feuchtes Haar hatte den zarten Stoff durchnässt, sodass er an ihrem Körper klebte wie eine zweite Haut. Julia schien das im Moment allerdings vollkommen egal zu sein. »Eigentlich solltest du überhaupt nicht hier sein.«

»Du wiederholst dich, und du lenkst vom Thema ab.« Vorsichtig kam er näher, beobachtete dabei aber jede ihrer Gesten. »Und jetzt raus mit der Sprache: Was genau hat meine Mutter zu dir gesagt?«

Mit vor Schreck geweiteten Augen sah Julia zu ihm hoch. »Nichts. Gar nichts! Vielleicht sollte ich einfach meine Siebensachen packen und verschwinden. Ja, genau, das wäre das Beste.«

»Nicht so schnell«, warf er ein und griff nach ihrem Arm. »Ich will wissen, was meine Mutter mit all dem hier zu tun hat.«

»In Ordnung«, sagte Julia, während sie vergeblich versuchte, sich aus seinem Griff zu winden. »Sally meinte, dass du irgendeine Konferenz hättest und deine Suite währenddessen sowieso nicht benutzen würdest. Und weil es hier so gemütlich ist, meinte sie, dass ich solange hier wohnen könnte.«

Cameron lief es eiskalt den Rücken hinab. Es stimmte, eigentlich hatte er noch zwei Wochen im Norden bleiben wollen. Aber gestern hatte er seine Mutter angerufen und ihr mitgeteilt, dass er seinen Plan geändert hatte.

Also hatte Sally das hier eingefädelt.

Bildete seine Mutter sich wirklich ein, dass ein so durchschaubarer Plan ihn davon überzeugen könnte, doch zu heiraten? Tja, den Gefallen würde er ihr nicht tun.

Als Julia sich erneut in seinem Griff wand, regte sich südlich seines Bauchnabels so einiges. Unwillkürlich fragte sich Cameron, ob es gerade wirklich wichtig war, was seine Mutter getan hatte. Nein, mit Sally würde er sich irgendwann auseinandersetzen. Später.

Denn im Moment stand nur wenige Zentimeter von ihm entfernt eine hinreißende, nur dürftig bekleidete Frau. Eine sinnliche Frau, der er vor einiger Zeit sehr, sehr nahe gewesen war.

Als er sie dichter an sich zog, stieg ihm wieder dieser vertraute Duft nach Orangenblüten in die Nase, in den sich eine dunklere, exotische Note mischte. Trotz redlicher Bemühungen hatte er Julia nie wirklich vergessen können, genauso wenig wie ihren Duft.

An ihre erste Begegnung erinnerte er sich noch so genau, als wäre es gestern gewesen.

Alles hatte begonnen, als seine Mutter Cupcake, Julias Konditorei in der Altstadt von Dunsmuir Bay, entdeckt hatte. Nachdem sie alle Spezialitäten des Hauses durchprobiert hatte, war sie zu dem Entschluss gekommen, dass ihre Söhne auch unbedingt in den Genuss dieser Köstlichkeiten kommen mussten. Tatsächlich waren alle von Julias Backkünsten hin und weg gewesen, und kurz darauf hatte Cupcake alle Duke-Hotels mit Gebäck, Keksen und Brot beliefert.

Nach einer Weile war Julia zu einer eintägigen Informationsveranstaltung für die Lieferanten eingeladen worden, die in einem der Küstenhotels ausgerichtet worden war. Als persönlicher Gast der Dukes hatte man ihr ein Zimmer für ein verlängertes Wochenende reserviert. Und dort in der Hotellobby hatte Cameron sie zum ersten Mal gesehen. Er hatte sie angesprochen. Das Interesse hatte auf Gegenseitigkeit beruht, und am Ende hatten sie das ganze Wochenende miteinander verbracht.

Und damit war die Sache gegessen gewesen. Jedenfalls bis heute.

Cameron hatte zwar immer wieder von Julia geträumt, doch Kontakt zu ihr aufzunehmen war nicht in Frage gekommen. Was Frauen betraf, hatte er eine Regel, an die er sich konsequent hielt: Ein klarer Schlussstrich erspart Kummer und Sorgen. Cameron Duke kehrte nie zu einer Frau zurück. Er *blickte* nicht einmal zurück. So war das Leben weitaus einfacher, und zwar für beide Seiten. Cameron wollte nicht, dass sich die Frauen, mit denen er Affären hatte, falsche Hoffnungen machten und sich einbildeten, dass aus einer Liebelei eine ernsthafte Beziehung werden könnte. Also hielt er es bei kurzen Affären. Und er machte nie einen Hehl daraus, dass bei ihm nicht mehr zu holen war.

Nach ihrem leidenschaftlichen Wochenende hatte er noch ein paar E-Mails von Julia erhalten, in denen sie ihn um einen Anruf gebeten hatte. Und tatsächlich hatte er in schwachen Momenten daran gedacht, sich wieder bei ihr zu melden. Doch die Erfahrung hatte ihn gelehrt, dass eine Affäre, die zu lange lief, immer ein schlimmes Ende nahm. Also hatte er, auch Julia zuliebe, ihre Bitte ignoriert, und schließlich hatte sie aufgehört, sich zu melden.

Und hier stand sie nun, über eineinhalb Jahre später, in seiner Hotelsuite. In ihren sexy Shorts und einem praktisch durchsichtigen Top, durch das ihr Bauchnabelpiercing glitzerte. Als sie mit ihren leuchtend blauen Augen zu ihm hochsah, gab es in seinem Kopf nur noch einen Gedanken: Er wollte noch einmal sehen, wie sich diese Augen vor Lust dunkel färbten. Er wollte noch einmal diese sinnlichen Lippen schmecken, noch einmal diesen weichen, geschmeidigen Körper eng an seinem spüren. Hatte er vor ein paar Sekunden tatsächlich noch ernsthaft darüber nachgedacht, Julia aus der Suite zu werfen?

Was war das denn für eine bescheuerte Idee gewesen?

»Okay, es tut mir leid«, lenkte er in einem wesentlich sanfteren Tonfall ein und strich über ihre Arme. »Sally muss vergessen haben, dass ich schon heute zurückkomme. Am besten bleibst du diese Nacht einfach hier, und morgen suchen wir dir ein anderes Zimmer.«

Plötzlich lag in ihrem Blick eine Besorgnis, die er sich nicht erklären konnte. »Ich könnte ja auf der Couch schlafen«, schlug sie vor.

»Lass uns später darüber reden, wer wo schläft.« Er trat noch einen halben Schritt näher. »Ich freue mich sehr, dich zu sehen, Julia.«

Zaghaft lächelnd erwiderte sie: »Wirklich?«

Cameron senkte den Kopf und fuhr mit den Lippen durch ihr duftendes Haar. »Ja.«

Seufzend schloss sie die Augen. Offenbar war sie doch nicht ganz immun gegen ihn. »Und was ist mit deiner Regel?«, flüsterte sie.

Cameron hob sanft ihr Kinn. »Welche Regel?«

Sie schlug die Augen wieder auf und flüsterte: »Die ›Einmal vorbei, immer vorbei‹-Regel.«

Irritiert runzelte er die Stirn. »Davon habe ich dir erzählt?«

Mit einem feierlichen Nicken erwiderte sie: »Als wir uns das letzte Mal gesehen haben. Du hast erklärt, dass es eine tolle Zeit war, du dich aber nie wieder bei mir melden würdest. Damit ich mir keine falschen Hoffnungen mache.« Als seine Lippen nur noch wenige Millimeter von ihren entfernt waren, begann ihre Stimme zu beben.

»Manchmal bin ich echt ein Idiot«, flüsterte er und legte eine Hand in ihren Nacken.

Lächelnd sah sie ihm in die Augen. »Du meintest, das wäre die einzige Regel, bei der du keine Ausnahme machst.«

»Regeln sind dazu da, gebrochen zu werden«, murmelte er und küsste sie.

Unwillkürlich drängte Julia sich an ihn. Aus ihrer Kehle drang ein leises Stöhnen. In diesem Moment schob er sanft die Zunge zwischen ihre weichen, feuchten Lippen, die sich so vertraut anfühlten, als hätte er nie aufgehört, sie zu liebkosen. All seine Probleme schienen sich plötzlich in Luft aufzulösen. Jetzt zählten nur noch Julias berauschender Geschmack und seine Lust auf mehr.

Sie schlang ihm die Arme um den Hals und drängte sich an ihn. Die Süße ihres Atems, ihre Wärme und ihre Leidenschaft benebelten seine Sinne und schalteten seinen Verstand ab. Erst jetzt wurde Cameron klar, dass er sie tatsächlich vermisst hatte. Doch als sie begann, seine Zunge mit ihrer zu umspielen, verblasste auch dieser Gedanke.

Wie durch Watte vernahm er ihr Stöhnen, wollte mehr davon hören, wollte hören, wie sie seinen Namen schrie, wie sie ihn anbettelte, bis er …

Schreien?

Cameron erstarrte. Ja, irgendwo schrie tatsächlich jemand! Draußen vor der Suite? Nebenan? Nein, das klang wenig plausibel, schließlich waren die Räume im Hotel bestens isoliert.

Doch da war das Geräusch wieder, unterdrückt, aber deutlich zu hören. Er wich ein wenig zurück und suchte Julias Blick. »Hast du das auch gehört?«

»Ja«, erwiderte sie, löste sich aus seiner Umarmung und sah sich lauschend um. Sie schien darauf zu warten, dass sich das Geräusch wiederholte. Doch als nichts weiter geschah, zog Cameron sie wieder in seine Arme.

»Muss von nebenan gekommen sein«, flüsterte er und begann, erst ihre Lippen und dann ihre Wangen mit Küssen zu übersäen. Langsam tastete er sich zu ihrem Ohr und ihrem erregend zarten Hals vor.

Als er seine Hände ihren Rücken hinabgleiten ließ und ihren festen Po umschloss, stöhnte sie auf. Während er sie hungrig küsste, presste er seine harte Männlichkeit an sie und schob Julia langsam auf das Bett zu. Er war heiß und hart, und er wollte sie, jetzt.

»Oh, Cameron«, flüsterte sie.

»Ja, ich weiß.« Er setzte sich auf den Bettrand und zog sie näher, bis sie zwischen seinen Beinen stand. Dann schob er ihr Zentimeter für Zentimeter das Top hoch – bis plötzlich ein lautes Wimmern durch die Suite hallte.

Julia stöhnte laut auf, während sie sich aus Camerons Armen befreite. Ihre Gedanken rasten. Aber am wichtigsten war jetzt, dass das Baby sie brauchte. Als Cameron überraschend aufgetaucht war, hatte sie dummerweise das Babyfon im Badezimmer vergessen. Doch wenn der kleine Jake etwas wollte, brüllte er so durchdringend, dass man ihn wohl selbst durch Stahlwände hören könnte. Zwar hatte er sich anfangs wieder beruhigt, aber erfahrungsgemäß hielt die Ruhe nie lange an.

Nun war es also so weit: Cameron würde Jake kennenlernen. Früher oder später wäre es sowieso dazu gekommen. Da er das Thema heute Abend nicht angesprochen hatte, ging sie davon aus, dass er keine ihrer E-Mails gelesen hatte. Was hieß, dass er keine Ahnung von dem Baby hatte. Blieb nur zu hoffen, dass er offen für Überraschungen war.

Seufzend ging sie zum anderen Ende des Flurs, wo das zweite Schlafzimmer abging. »Ich muss mich kurz um das hier kümmern.«

»Um was denn genau?«, fragte Cameron, der hinter hier herkam und seine Arme wieder um ihre Taille schlang.

»Um das Geräusch, das du gerade gehört hast. Das Geschrei.«

»Ach, das kam doch bestimmt aus der Suite nebenan. Ich kann jedenfalls nichts mehr hören.« Er führte fort, was er begonnen hatte, indem er sie erst auf den Nacken küsste und gleich darauf den Mund auf die empfindliche kleine Stelle hinter ihrem Ohr presste.

Wo auch immer Camerons Lippen sie berührten, begann ihre Haut auf der Stelle zu kribbeln, und seine Hände schienen ihren ganzen Körper zu elektrisieren. Gott, sie hatte ganz vergessen, wie aufregend, wie überwältigend erregend Cameron Duke war!

Aber warum, zum Teufel, hatte sie darauf vertraut, dass er nicht herkommen würde? Sie hätte sich denken können, dass das verräterische Funkeln in Sallys Augen nichts Gutes verhieß. Schließlich war Camerons Mutter eine berühmt-berüchtigte Kupplerin!

Anfangs hatte Julia ihren Sohn zu Hause bei seiner Nanny lassen wollen, während sie selbst zu der Konferenz reiste. Doch dann hatte das Kindermädchen um Urlaub gebeten. Außerdem hatte sich herausgestellt, dass viele alte Freunde von Julia, die ebenfalls an der Konferenz teilnahmen, ihre Kinder mitbrachten. Alle waren gespannt auf den kleinen Jake. Und Julia wusste nur zu gut, wie schrecklich sie ihren Sohn vermisste, wenn sie länger als ein paar Stunden von ihm getrennt war. Also hatte sie ihn kurz entschlossen mitgebracht.

Und jetzt brachte Cameron all ihre Pläne durcheinander! Nicht, dass sie ihm das Baby hatte vorenthalten wollen. Aber nun würde die erste Begegnung mit Sicherheit anders ausfallen, als sie es sich vorgestellt hatte.

»Mmm, das fühlt sich gut an«, murmelte sie, drehte sich um und küsste ihn mit allem Feuer, das sie aufbringen konnte – was ihr nicht schwerfiel. Schließlich war Cameron unglaublich sexy und schön wie die Sünde selbst. Er wirkte größer und kräftiger, als sie ihn in Erinnerung gehabt hatte, und, falls das möglich war, noch selbstbewusster. Aus seinen dunkelgrünen Augen musterte er sie mit dem Blick einer Raubkatze, was Julia zu ihrer eigenen Überraschung unglaublich erregend fand.

Aber trotzdem: Hatte er ausgerechnet jetzt hier auftauchen müssen, verdammt noch mal?

Tja, was Cameron Duke betrifft, bist du eben nicht unbedingt ein Glückspilz.

Als sie ihn vor über eineinhalb Jahren kennengelernt hatte, war sie sofort seinem bezwingenden Charme verfallen. Ihre

Affäre war so intensiv und leidenschaftlich, wie sie gleichzeitig kurz gewesen war. Ein paar Wochen nach ihrem viertägigen Techtelmechtel hatte Julia die Schwangerschaft bemerkt.

Natürlich hatte sie sich korrekt verhalten und Cameron kontaktieren wollen, aber er hatte ja diese dämliche Affärenregel. Also hatte er ihre E-Mails nicht einmal gelesen, geschweige denn beantwortet.

Vielleicht war es aber auch besser so gewesen. Ein Mann, der so penibel darauf achtete, jede engere Beziehung zu vermeiden, hatte wohl auch keinerlei Interesse daran, ein Kind großzuziehen.

Sie konnte sich schon vorstellen, was er davon hielt, dass sie das Baby mitgebracht hatte, besonders, wenn er herausfand, dass Jake sein Sohn war.

»Oh«, flüsterte sie, als er sie kraftvoll an sich zog. Seine Berührungen machten es Julia so gut wie unmöglich, einen klaren Gedanken zu fassen. Sie hoffte inständig, dass sie Cameron so lange ablenken konnte, bis Jake sich beruhigt hatte. Nachdem sie eine Nacht lang Zeit gehabt hatte, sich eine Strategie zurechtzulegen, könnte sie morgen in Ruhe mit Cameron sprechen. Das mochte zwar feige sein, aber damit konnte sie leben.

Was auch immer sie als Nächstes tat: Es musste schnell passieren, bevor Jake beschloss, die Zukunft in seine Patschehändchen zu nehmen. Als Erstes musste sie Cameron irgendwie aus dem Flur bugsieren.

»Sag mal«, setzte sie an, als sie eine Atempause zwischen seinen leidenschaftlichen Küssen fand. »Was hältst du davon, dir ein frisches Bier zu holen? Und ich ziehe mir währenddessen etwas ...«

»Ich will kein Bier, Julia«, unterbrach er sie und strich über ihren Oberschenkel. »Ich will einfach nur dich.«

»Mir geht es doch genauso«, flüsterte sie und streichelte seine angespannten, muskulösen Schultern. »Aber vorher brauche ich eine Minute, um mich frisch zu machen.«

»Du hast doch gerade erst geduscht«, erinnerte er sie und fuhr mit den Lippen über ihren Nacken. »Du bist so frisch wie der Morgentau!«

Stöhnend löste sie sich aus seiner Umarmung. »Aber ich muss mir wirklich die Haare föhnen!«

»Sicher?« Er strich ihr ein paar lockige Strähnen aus der Stirn. »Ich finde, an deinen Haaren ist absolut nichts auszusetzen.«

»Danke, aber ich will mich nicht erkälten.«

Er warf ihr einen skeptischen Blick zu. »Na klar.«

Julia lächelte ihn strahlend an. »Also, was hältst du von dem kühlen Bier?«

»Was?«

»Bier«, wiederholte sie geduldig. »In der Küche. Und meintest du nicht, dass du ein Football-Spiel ansehen wolltest?«

»Ja, aber …«

»Na, dann geh schon mal vor. Ich komme gleich nach.« Sie versuchte, ihn in Richtung Wohnzimmer zu schieben, aber Cameron stand so starr wie eine Mauer.

»Julia, was ist hier eigentlich los?«, fragte er argwöhnisch.

Und genau in dem Moment schrie Jake nach ihr. Laut und vernehmlich.

Cameron riss überrascht die Augen auf.

So viel zum Thema Ablenkungsmanöver …

»Also gut. Ich wollte dich nicht …«

»Ich bin mir sicher, dass das aus dem zweiten Schlafzimmer kam«, unterbrach Cameron sie und lief um sie herum.

»Nein, nein, nein!«, rief Julia panisch und raste ihm hinterher, um ihn aufzuhalten. »Bestimmt ist das nur eine Katze! Ich kümmere mich schon darum.«

»Eine Katze.« Stirnrunzelnd sah er den Flur hinab. »Das bezweifle ich.«

Als das Baby erneut schrie, ließ sich Julia frustriert gegen die Wand sinken.

»Aha!«, verkündete Cameron und lief mit langen Schritten zum Schlafzimmer.

Julia kam wieder in Bewegung und warf sich förmlich zwischen ihn und die Tür. »Was hier drin ist, geht dich nichts an, Cameron. Also, warum gehst du nicht einfach ins Wohnzimmer und guckst dein Spiel?«

Er sah sie nur an, als wäre sie wahnsinnig geworden. Was vielleicht ja auch der Fall war. Seit Cameron in ihrer Nähe war, schien ihr normalerweise ausgesprochen funktionstüchtiger Verstand nur noch auf Sparflamme zu arbeiten. »Lass mich durch, Julia.«

Sie hob die Hand, um ihn aufzuhalten. »Auf keinen Fall. Das hier mag zwar deine Suite sein, aber du gehst da nicht ohne mich rein.«

»Dann öffne die Tür!« Sein Blick verriet, dass er, wenn nötig, bis zum Sankt-Nimmerleins-Tag hier ausharren wollte.

»In Ordnung.« Irgendwann musste er es ja erfahren. Am wichtigsten war jetzt, dass Cameron Jake nicht erschreckte. Sie atmete einmal tief durch und schob langsam die Tür auf. »Aber es ist nicht, was du denkst. Ich meine, doch, ist es, aber ...«

»Ach, wirklich?«, unterbrach er sie sarkastisch, nachdem er eingetreten war und das Reisekinderbett entdeckt hatte. Jake hatte sich an den Gitterstäben hochgezogen und grinste Cameron und seiner Mutter fröhlich entgegen.

»Ich bin mir nämlich ziemlich sicher, dass das hier ein Baby ist.« Cameron drehte sich zu ihr um und sah sie an. »Oder was meinst du?«

Julia trat an das Bettchen und sah lächelnd auf ihren Sohn hinab. »Ja, das ist allerdings ein Baby.«

Als Jake die Arme nach ihr ausstreckte, begannen seine kleinen Knie zu wackeln. »Ma-ma-ma-ma«, stammelte er strahlend, und Julias Herz zog sich vor Liebe zusammen.

»Na, mein Schatz?« Sie beugte sich hinab, nahm Jake auf den Arm und bettete ihn an ihrer Schulter. »Wir sind ja alle da, mein Süßer. Alle sind da, du bist nicht allein.«

»Was zur …« Camerons Stimme klang plötzlich irgendwie gefährlich. »Julia, ist das etwa *dein* Kind?«

Lächelnd drückte sie ihrem Sohn einen Kuss auf die weiche Wange und sog seinen warmen, puderigen Babygeruch ein. Dann wandte sie sich Cameron zu. »Ja, das ist mein Kind. Und auch deins. Cameron Duke, ich möchte dir deinen Sohn Jacob Cameron Parrish vorstellen.«

2. Kapitel

Wie vom Blitz getroffen, wich Cameron zwei Schritte zurück und stieß sich dabei den Ellenbogen an der Türklinke an.

»Das soll ja wohl ein Witz sein!«, herrschte er Julia an und rieb sich den schmerzenden Arm. »Und zwar kein besonders komischer!«

Mindestens eine Person im Raum schien da anderer Meinung zu sein, denn das Baby gab ein kehliges Lachen von sich und klatschte fröhlich in die Hände. »Ba-da-ba!«

Cameron warf dem Kleinen einen finsteren Blick zu und sah dann wieder Julia an, die ein Lächeln zu unterdrücken schien. Das regte Cameron nur noch mehr auf. Er hatte keine Lust, sich zum Narren halten zu lassen.

Er kannte dieses Spiel zur Genüge. Schließlich war Julia nicht die erste Frau, die versuchte, ihm ein Kind anzuhängen. Das war eine der Schattenseiten seines Reichtums. Zum Glück war Cameron aber kein Idiot, ganz egal, was er gerade noch im Scherz behauptet hatte. Seine Armee von Anwälten würde schon wissen, wie sie mit diesem Unsinn fertig wurde. »Nicht, dass ich dir auch nur ein Wort glauben würde, aber dein Kind ist ja wohl kaum mehr ein Neugeborenes! Warum hast du so lange gewartet? Wenn er wirklich von mir ist, warum hast du mir dann nicht viel früher Bescheid gegeben?«

»Jetzt machst *du* wohl Witze, oder?« Julia lachte bitter auf. »Cameron, ich habe dir mehrmals gemailt und dich um einen Anruf gebeten! In meiner letzten Nachricht habe ich dir alles erzählt. Welchen Teil von ›Du wirst Vater‹ hast du nicht verstanden?«

Die Augen zu schmalen Schlitzen zusammengekniffen, kam er näher. »Und welchen Teil von ›Ich glaube dir kein Wort‹ hast du nicht verstanden? Das ist ja wohl der älteste Trick der Welt! Wenn du dir einbildest, dass du auch nur einen Cent von mir bekommst, hast du dich gewaltig geschnitten!«

»Ich brauche dein Geld nicht«, fuhr sie ihn an. Doch als das Baby unruhig wurde, senkte sie Stimme sofort die Stimme. »Ich wollte einfach nur, dass du weißt, dass du Vater wirst. Aber du warst ja nicht dazu in der Lage, meine Mails auch nur zu öffnen. Nein, du hast ja Regeln!«

Während sie dem Baby sanft den Rücken klopfte, lief sie vor der Wiege auf und ab. Doch dann kam sie zu Cameron zurück und bohrte ihm aufgebracht den Finger in die Brust, um ihre Worte zu unterstreichen. »Und weißt du was? Vielleicht ist es sogar besser, dass du Jake und mich ignoriert hast. In Anbetracht deines Lebenswandels würdest du wahrscheinlich sowieso einen grauenhaften Vater abgeben!«

Wütend packte er ihre schmale Hand, bevor sie erneut zustoßen konnte. »Wag es bloß nicht anzudeuten, dass ich je mein eigenes Kind im Stich lassen würde.«

Dann löste er seinen Griff und beobachtete, wie Julia schwer schluckte. »Entschuldige, das wollte ich nicht. Ich meinte nur, dass ...«

»Ich würde mein Kind niemals verletzen«, unterbrach er sie mit zusammengebissenen Zähnen. »Dafür weiß ich viel zu gut, wie es ist, mit einem ...« Abrupt verstummte er und fuhr sich mit der Hand durchs Haar. »Ach, ist ja auch egal.«

Was war nur los mit ihm? Abgesehen von seinen beiden Brüdern hatte er noch nie mit jemandem über seine Vergangenheit gesprochen. Vergangen war vergangen, basta. Seine Kindheit war der Hauptgrund dafür, dass er auf keinen Fall eigene Kinder wollte.

»Tut mir leid«, flüsterte Julia betroffen.

Mühsam sammelte Cameron sich wieder und antwortete: »Schon in Ordnung. Aber die Tatsachen bleiben bestehen: Ich glaube dir nicht. Wir haben verhütet. *Ich* habe verhütet.«

»Ich doch auch, aber der kleine Jake hat sich eben durchgesetzt. Kein Verhütungsmittel wirkt hundertprozentig.«

»Keine Ahnung, was für ein Spiel du hier spielst«, beharrte Cameron, »aber das da ist nicht mein Sohn.«

»Dada, dada«, sagte Jake und wippte begeistert im Arm seiner Mutter auf und ab. »Dada, dada!« Als er grinste, erschien in seiner rechten Wange ein Grübchen.

Dada? Cameron runzelte die Stirn und rieb sich verlegen die rechte Wange. Plötzlich war ihm ein wenig flau im Magen. »Sag ihm, dass er aufhören soll, das zu sagen!«

Julia lachte auf. »Er brabbelt doch nur so vor sich hin. Für ihn sind das nur bedeutungslose Silben!«

Jake wippte weiter auf und ab, und mit seinem Grinsen wuchs auch das Grübchen. Cameron knirschte mit den Zähnen. Na gut, dann hatte dieses Kind eben zufällig dasselbe Grübchen wie er. Das hatte gar nichts zu sagen!

»Komm, mein Schatz«, flüsterte Julia ihrem Sohn zu und drehte sich wieder zum Kinderbettchen um. »Mal sehen, ob du nach all der Aufregung wieder einschlafen kannst.«

»Na! Dada! Dada!«, schrie Jake und wedelte mit den Armen in Camerons Richtung.

»Sieht so aus, als ob er will, dass du ihn ins Bett bringst«, bemerkte Julia trocken, und ehe Cameron sich versah, hatte sie ihm den Kleinen auch schon in den Arm gedrückt.

»Hey, ich werde nicht …«

»Dada«, sagte Jake und schaukelte grinsend auf und ab. »Dada!«

Dann hielt er mit einem Mal inne und sah bedeutungsschwer in Camerons Augen. Unwillkürlich erwiderte Cameron den Blick, und plötzlich schwappte eine gigantische Woge aus den verschiedensten Gefühlen durch seinen Körper: Verwirrung, Wut, Frustration, Schmerz, aber auch Zuneigung, Freude und … Staunen. Sie zwinkerten im gleichen Augenblick, und für einen Moment hatte Cameron den Eindruck, als würde dieser kleine Mensch ihm direkt in die Seele blicken. Verdammt, wie kam er bloß auf so eine verrückte Idee? Das alles war zu viel für ihn. Er konnte nicht glauben, dass all das tatsächlich *ihm* passierte. Er sollte plötzlich Vater geworden sein? Das Letzte auf der Welt, was er je hatte sein wollen?

Jake gähnte und schloss die Augen. Dann ließ er seinen kleinen Kopf gegen Camerons Brust sinken und klammerte sich mit seinen winzigen Fäusten in dessen T-Shirt fest. Als Cameron mit seiner großen Hand über Jakes Fingerchen fuhr, spürte er, wie sich etwas in ihm veränderte. Vorsichtig schlang er die Arme fester um das Baby, nur für den Fall, dass es nach hinten kippen könnte.

»Er ist müde«, flüsterte Julia. »Leg ihn einfach auf den Rücken und streichle ihm für ein paar Sekunden den Bauch, dann schläft er sofort ein.«

»Tut mir leid, Kleiner, aber deine Mom hat ein Machtwort gesprochen«, murmelte Cameron. Dann beugte er sich über das Bettchen und legte Jake ab. Als er ihm vorsichtig über das weiche Haar fuhr, öffnete Jake die Augen wieder und sah ihn fasziniert an.

Ein hübscher Bursche, der Kleine, aber das machte ihn noch lange nicht zu seinem Sohn!

Ach, verdammt, wem machte er hier etwas vor? Ein einziger Blick auf das Baby genügte. Die goldblonden Haare, die Form der dunkelgrünen Augen, das verräterische Grübchen … Er konnte es nicht leugnen: Vor ihm lag sein Sohn.

Aber trotzdem wurde er den Verdacht nicht los, dass Julia Parrish ihn zum Narren hielt. Vielleicht war sie ja absichtlich schwanger geworden! Alle Welt wusste, dass die Duke-Brüder Geld wie Heu hatten – vielleicht hoffte sie ja auf einen dicken Scheck? Natürlich hatte Cameron nicht vor, seinen Sohn im Stich zu lassen, aber das bedeutete noch lange nicht, dass er es Julia leicht machen würde!

Als Jake seine Augen nicht mehr offen halten konnte, trat Cameron leise in den Flur hinaus und hielt Julia auffordernd die

Tür auf. Dann baute er sich vor ihr auf und sagte in scharfem Ton: »Ich will einen Vaterschaftstest.«

Sie erstarrte. Ganz offensichtlich hatte er sie tief getroffen. Aber hatte sie wirklich gedacht, dass er ihr einfach so glauben würde? Von ihrer ersten Begegnung an hatte Cameron in ihrem Gesicht lesen können wie in einem offenen Buch. Auf all seine Berührungen und Bewegungen hatte sie damals so entwaffnend ehrlich und unverfälscht reagiert, dass Cameron fast daran gezweifelt hatte, dass sie überhaupt wusste, wie man sich verstellte.

Aber eben nur fast. Alle Frauen, mit denen er je im Bett gewesen war, hatten Hintergedanken gehabt, und Julia war ganz sicher keine Ausnahme.

»Na gut«, murmelte sie widerwillig. »Du bekommst deinen Vaterschaftstest.«

Camerons Gedanken sprangen wieder in die Gegenwart zurück. »Gut, dann ziehen wir das morgen durch.«

»Aber morgen beginnt meine Konferenz«, warf Julia ein, während sie das Wohnzimmer betrat. Cameron, der ihr langsam folgte, konnte seinen Blick nicht von ihren langen, geschmeidigen Beinen lösen. »Bevor ich wieder in der Stadt bin, habe ich keine Zeit für einen Arztbesuch.«

»Moment mal«, unterbrach Cameron sie, als er die Bedeutung ihrer Worte begriff. »Du bist wegen der Konferenz hier?«

Julia warf ihm einen Blick zu, der mehr als deutlich sagte, für was für einen Idioten sie ihn gerade hielt. »Natürlich! Warum sollte ich wohl sonst hier sein?«

Um mir ein paar dicke Unterhaltszahlungen abzuluchsen, dachte Cameron, biss sich aber auf die Zunge. Natürlich glaubte er ihr kein Wort, aber einen Augenblick lang hätte sie ihn mit ihrer Empörung fast überzeugt. Er räusperte sich, um sein Zögern zu verbergen. »Uns steht hier rund um die Uhr eine Krankenschwester zur Verfügung. Sie soll einfach morgen früh vorbeikommen und dem Baby Blut abnehmen.«

»Okay«, murmelte Julia und schauderte sichtbar.

»Was ist los?«

Seufzend erwiderte sie: »Ach, ich weiß ja, dass es notwendig ist, aber bei der Vorstellung, dass sie Jake in seinen winzigen Arm piksen, wird mir ganz anders.«

»Es ist aber wichtig«, beharrte er und unterdrückte sein eigenes Unbehagen. Natürlich fühlte auch er sich nicht wohl dabei, und eigentlich wollte er diesen Vaterschaftstest bloß, um Julia für ihre Hinterhältigkeit zu strafen. Nur dass die Nadel nicht in ihrem Arm stecken würde, sondern in dem eines winzigen, unschuldigen Babys.

Tief in seinem Inneren wusste Cameron auch ohne Test schon längst, dass er sich nichts vorzumachen brauchte: Jake war sein Sohn.

Die Art und Weise, auf die Julia ihn darüber informiert hatte, passte ihm zwar nicht, aber er glaubte ihr. Auch wenn er nicht vorhatte, ihr das heute Abend schon zu verraten. Nein, diese eine Nacht lang würde er sie noch in ihrem eigenen Saft braten lassen.

»Gut.« Julia griff nach ihrem Buch und dem sexy Spitzenjäckchen auf dem Sofa. Dann holte sie ihre Pumps unter dem Esstisch hervor und sammelte die Babyfläschchen in der Küche ein.

»Was machst du da eigentlich?«, fragte Cameron mit gerunzelter Stirn.

»Ich packe.«

»Warte.« Cameron sprang zu ihr hinüber und griff nach ihrem Arm. »Hör auf damit. Du kannst hierbleiben.«

Mit kühlem Blick sah sie zu ihm auf. »Nein, kann ich nicht. *Du* bist hier.«

»Ganz genau«, erwiderte er entschieden. »Und eben deswegen solltest du bleiben.«

Wieder sah sie ihn mit großen Augen an, ungläubig und fassungslos. Cameron hatte keine Ahnung, warum, aber er fand ihre Reaktion unglaublich sexy – vielleicht gefiel es ihm ja einfach nur, dass sie ihren eigenen Willen hatte und nicht sofort klein beigab.

Kopfschüttelnd sagte sie: »Wenn du dir einbildest, dass zwischen uns beiden etwas läuft, irrst du dich ganz gewaltig.«

»Honey«, antwortete er zuckersüß, »vor einer halben Stunde hast du das noch ganz anders gesehen.«

»Aber jetzt …«

»Trotzdem hast du natürlich recht«, fuhr er unbeirrt fort. »Heute wird zwischen uns ganz bestimmt nichts mehr passieren.« Mit einer Beiläufigkeit, die in direktem Widerspruch zu seinen eigentlichen Gefühlen stand, ließ er ihren Arm los und ging wieder in den Wohnbereich hinüber. »Aber ihr könnt trotzdem hier übernachten.«

»Okay. Wahrscheinlich ist es sowieso besser, Jake schlafen zu lassen. Gleich morgen früh nehme ich mir ein anderes Zimmer.«

Sehr zu seinem Missfallen verärgerte ihn Julias abweisende Reaktion. Um sich nichts anmerken zu lassen, wandte er sich von ihr ab und holte sich noch ein Bier aus dem Kühlschrank. »Du kapierst es einfach nicht. Bis wir den Vaterschaftstest hinter uns haben, bleibst du besser, wo du bist. Am besten, ihr wohnt während der gesamten Konferenz in meiner Suite. Schließlich sind alle anderen Zimmer ausgebucht.«

Zähneknirschend gab Julia sich geschlagen. »Dein Tonfall gefällt mir zwar nicht, aber du hast wohl recht. Das Zimmer, das ich eigentlich reserviert hatte, ist jetzt bestimmt schon vergeben.«

»Parallel zu deiner Konferenz läuft auch noch ein Golfturnier«, sagte er bestätigend und beobachtete voller Genugtuung, wie sie ihm einen frustrierten Blick zuwarf.

»Aber das Hotel gehört dir doch! Kannst du nicht etwas für Jake und mich arrangieren?«

»Ich könnte schon. Aber ich will nicht«, erklärte er rundheraus und nickte in Richtung des zweiten Schlafzimmers. »Wenn das da drin wirklich mein Sohn ist, dann will ich, dass er hier bei mir ist. Morgen werden wir die Wahrheit erfahren.«

»Hätte schlimmer laufen können«, murmelte Julia, während sie sich zwischen den duftenden Laken ausstreckte. Jake schlief tief und fest, ahnungslos, was für Dramen sich um ihn herum abspielten. Dankbar lauschte Julia seinem leisen Atem. Wenn es ihr nur gelang, das Beste für ihn zu tun, war alles gut. Sie wusste, dass sie ihn nicht für immer würde beschützen können. Aber dass sich seine Mommy und sein Daddy gerade wegen ihm stritten, sollte er nicht mitbekommen.

Ja, sie musste sich auf das Wohl ihres Babys konzentrieren! Doch leider schummelten sich immer wieder Gedanken an Cameron in ihren Kopf. Wie leicht sie in seinen Armen dahingeschmolzen war … Einfach unglaublich, dass er immer noch so eine Wirkung auf sie hatte.

Ihr war immer klar gewesen, dass sie ihm eines Tages von Jake würde erzählen müssen. Aber sie hatte gedacht, dass sie mehr Zeit haben würde, sich auf diesen Augenblick vorzubereiten. Doch anstatt sich hart und entschlossen zu zeigen, hatte sie ihm deutlich zu verstehen gegeben, dass er nur mit dem kleinen Finger zu winken brauchte, damit sie ihm wieder in die Arme fiel.

Angesichts dieser deprimierenden Einsicht krümmte Julia sich frustriert zusammen. In nur wenigen Stunden würde sie ihm wieder gegenüberstehen! Würde sie noch einmal seinem Charme verfallen, oder würde sie seiner faszinierenden Ausstrahlung diesmal widerstehen können? Verdammt, es war, als hätte er sie verhext!

Gähnend schüttelte sie ihr Kissen auf und versuchte, sich zu beruhigen, indem sie mehrmals tief durchatmete und bis zehn zählte. Wenn sie Cameron Duke morgen früh gegenübertrat, musste sie ausgeschlafen sein. Sonst würde sie diese Schlacht niemals gewinnen.

Cameron reckte sich, versuchte, sich auf den Rücken zu drehen, und landete unversehens einen halben Meter weiter unten auf dem Boden.

»Was, zum Teufel?«, murmelte er schlecht gelaunt und versuchte, sich zu orientieren.

Nur langsam kam sein Gehirn in Schwung. Genau, das Wohnzimmer. Stöhnend rappelte er sich auf und setzte sich aufs Sofa.

Nachdem Julia ins Bett gegangen war, hatte er sein Bier ausgetrunken und versucht, sich auf das Footballspiel zu konzentrieren, es aber nicht mehr sonderlich interessant gefunden. Also war er ins Bett gegangen, wo er sich stundenlang hin und her gewälzt hatte. Das Wissen, dass Julia nur einige Meter von ihm entfernt schlief, hatte ihn schier um den Verstand gebracht. Er wollte sie in seinem Bett, wollte ihren geschmeidigen, weichen Körper dicht an seinem spüren, wollte in ihre seidige Wärme gleiten.

Tja, man kann nicht immer alles haben, dachte er. Jedenfalls nicht sofort. Aber mit etwas Geduld würde er bekommen, was er wollte.

Doch als er allein in seinem Bett gelegen hatte, war dieser Gedanke seiner Nachtruhe nicht eben zuträglich gewesen. Also war er wieder ins Wohnzimmer gegangen, um sich mit dem Spätprogramm abzulenken. Dann war er auf dem Sofa eingeschlafen, und nun hatte er den Salat: schlechte Laune, ein schmerzendes Kreuz und ein unangenehmes Ziehen in seinen Lenden, das ihn schmerzhaft an sein unausgelebtes Verlangen erinnerte.

Wahrscheinlich war es am besten, den Tag mit einer Trainingsrunde zu beginnen, um sich in Form zu bringen. Nachdem Cameron sich Shorts und Turnschuhe angezogen hatte, verließ er das Apartment, um einmal um die großzügige Parkanlage des Hotels zu joggen.

Fünfundvierzig Minuten, eine heiße Dusche und zwei Tassen

Kaffee später fühlte er sich deutlich besser – was auch nötig war. Schließlich musste er in Spitzenform sein, um mit seinen beiden neuen Mitbewohnern zurechtzukommen.

»Dada!«

Wenn man vom Teufel spricht …

»Guten Morgen.« Julia trug Jake in einer Babyschale, die ein bisschen an ein Hightech-Raumschiff erinnerte, in den Küchenbereich. Ohne nachzudenken, nahm Cameron ihr den Kleinen ab und stellte ihn auf die Anrichte.

Julia trug einen dunkelblauen, schmal geschnittenen Nadelstreifenanzug, dazu ein strahlend weißes Hemd und hohe Absätze. Ihr welliges blondes Haar hatte sie zu einem einfachen Zopf zurückgebunden. Ihr Anblick machte Cameron für einen Augenblick sprachlos. Verdammt, ihre bloße Anwesenheit brachte ihn dermaßen durcheinander, dass sein Verstand ihm einfach den Dienst verweigerte! Schweigend beobachtete er, wie sie sich einen Apfel nahm und gleichzeitig ein Fläschchen für Jake aufwärmte.

»Dada«, flüsterte das Baby und sah strahlend zu Cameron auf.

Irritiert bemerkte er, dass Jakes offenkundige Zuneigung ihn bei Weitem nicht mehr so sehr beunruhigte wie am Tag zuvor.

»In vierzig Minuten habe ich eine Sitzung mit dem Konferenzgremium«, meinte da Julia. »Gleich kommt die Babysitterin vorbei – falls es dir nichts ausmacht, wenn heute jemand Fremdes in deiner Suite ist.«

»Klar, kein Problem.«

»Danke.«

»Hast du gut geschlafen?«, fragte er.

»Wunderbar, danke der Nachfrage«, erwiderte sie und trank einen Schluck Kaffee. »Und selbst?«

»Wie ein Stein«, log er.

»Freut mich.«

Gott, war das alles seltsam. Cameron lehnte sich gegen den

Tresen und beobachtete, wie Julia ihre Tasse in den Geschirr-spüler räumte. Dann sah er zu Jake hinüber, der beneidenswer-terweise schon wieder zu schlafen schien.

In diesem Moment klingelte es, und Jake öffnete die Augen. Seine Lippen begannen Unheil verkündend zu beben, und Cameron begriff, dass er gleich weinen würde.

»Hey, alles gut, Kleiner«, sagte er in beruhigendem Ton und streichelte Jakes festen Babybauch. »Keine Angst. Ich finde Türklingeln auch gruselig, aber eigentlich tun sie einem nichts.«

Jake sah seinen Vater so ehrfurchtsvoll an, als hätte er gerade eine lebenswichtige Lektion gelernt. Für einen Augenblick stieg ein machtvolles, überwältigendes Gefühl in Cameron auf, das ihn aus heiterem Himmel traf. Für seinen Sohn war er einen Moment lang der wichtigste Mensch auf der Welt ge-wesen.

»Das ist die Babysitterin«, sagte Julia. »Ich mach ihr auf.«

Zehn Minuten später hatte sich die junge Frau mit Jake ins Gästeschlafzimmer zurückgezogen, und Julia brach auf. Mit ihrer ledernen Aktentasche unter dem Arm sah sie eher wie eine Anwältin aus als wie eine der besten Konditorinnen der gesamten Westküste.

»Ich habe der Babysitterin alles gezeigt. Wenn doch etwas ist, ruft sie mich an«, erklärte sie nervös. »Ich bin ja nur ein paar Stockwerke entfernt.«

»Es wird aber nichts sein«, versicherte Cameron. Als sie auf die Tür zugehen wollte, versperrte er ihr den Weg. »Wir haben noch gar nicht über den Vaterschaftstest gesprochen«, fuhr er fort.

»Oh«, murmelte sie und stellte stirnrunzelnd die Aktenta-sche ab. Mit verschränkten Armen sah sie zu ihm auf. »Ich hatte gehofft, dass du deine Meinung geändert hast.«

Cameron warf ihr einen strengen Blick zu. »Du bildest dir doch wohl nicht ein, dass ich Alimente zahle, ohne sicher zu wissen, dass Jake mein Sohn ist?«

»Ich will deine Alimente nicht, Cameron«, erwiderte sie zornig. »Dein blödes Geld kannst du behalten.«

»Na klar, das sagen sie alle.«

Ihre Lippen verzogen sich zu einem schmalen Strich. »Alles, was mich interessiert, ist, dass es Jake gut geht. Hast du eigentlich eine Ahnung, wie oft er in den letzten Monaten geimpft worden ist? Ich kann die Nadeln, mit denen er seit seiner Geburt traktiert worden ist, schon gar nicht mehr zählen! Aber keine Sorge, du bekommst deinen verdammten Vaterschaftstest! Und außerdem …«

»Aber Julia, ich …«

Sie unterbrach ihn mit einer unwirschen Geste. »Lass mich ausreden! Bevor du dich mit weiterem Blödsinn über Alimente blamierst, solltest du mal den Begriff ›Parrish-Fonds‹ googeln. Sobald ich zurückkomme, können wir gern ein paar Wörtchen über Geld reden, wenn dir das Thema so wichtig ist.«

»In Ordnung.« Gut, vielleicht hätte er etwas einfühlsamer an das Thema herangehen können. Aber bildete sie sich ernsthaft ein, dass er ihr einfach so glauben würde?

Wütend nahm sie ihre Aktentasche wieder auf. Kurz vor der Tür hielt sie ein letztes Mal inne und warf ihm einen eiskalten Blick zu. »Und wenn du schon vor dem Laptop sitzt, könntest du auch gleich meine E-Mails lesen. Vielleicht begreifst du dann, worum es hier geht.«

»Julia, ich …«

»Falls du dich dafür interessierst, was dein Sohn in den letzten Monaten so alles erlebt hat, kannst du dich ja hiermit auf den neuesten Stand bringen.« Sie zog ein buntes Fotoalbum aus ihrer Handtasche. »Eigentlich wollte ich es auf der Konferenz ein paar Freunden zeigen.«

Wortlos nahm er das Album aus ihrer Hand und blätterte kurz darin.

»Und eins noch«, fuhr sie fort, ehe er etwas sagen konnte. »Gestern hast du mich in einem schwachen Moment erwischt.

Glaub ja nicht, dass sich das wiederholen wird. Ich bleibe gern für die nächsten zehn Tage hier, aber Sex kannst du dir abschminken. Ein einziger Versuch, und ich verschwinde auf der Stelle.«

Und ehe er sich versah, war die Tür hinter ihr ins Schloss gefallen.

3. Kapitel

Sex? Ein Grund, zu verschwinden? Das war ja wohl der größte Schwachsinn, den er je gehört hatte! Nein, Cameron konnte sich ganz genau daran erinnern, wie bereitwillig Julia am Abend zuvor in seine Arme gesunken war. Ganz egal, was sie gerade gesagt hatte, es war nur eine Frage der Zeit, bis sie mit ihm ins Bett gehen würde.

Nachdem sie gegangen war, hatte Cameron seinen Laptop auf dem Esstisch aufgeklappt. Wenn auch widerwillig, hatte er getan, was Julia vorgeschlagen hatte, und ihren Familiennamen bei Google eingegeben.

Nun lehnte er sich verblüfft in seinem Stuhl zurück und las erneut den Text auf dem Bildschirm durch. Tausende von Gedanken rasten ihm durch den Kopf, bis sich schließlich einer herauskristallisierte. Wie betäubt griff er nach seinem Telefon und rief bei der Haustechnik von Duke Development an.

Wenige Minuten später wurden ihm alle E-Mails von Julia zugeschickt, die er damals einfach gelöscht hatte.

Julias Eltern waren bei einem Flugzeugabsturz ums Leben gekommen, als sie erst zehn Jahre alt gewesen war. Zahlreiche Webseiten befassten sich mit dem Erbe der Parrishs, die ihr Leben der Unterstützung anderer gewidmet hatten. Über Julia selbst hatte er kaum etwas gefunden, und auch die Frage, ob sie noch weitere Verwandte hatte, blieb unbeantwortet.

Nur eines hatte er herausgefunden: dass sie fast genauso wohlhabend war wie er selbst.

Aber warum verschwendete sie dann ihre Zeit damit, Kuchen für andere Leute zu backen?

Der Parrish-Fonds war eine der wichtigsten gemeinnützigen

Organisationen Kaliforniens. Von Forschungsprogrammen bis hin zu weltweiter Kinderhilfe gab es kaum einen guten Zweck, für den Julias Eltern sich nicht engagiert hatten. Natürlich war der Fonds Cameron ein Begriff gewesen, aber er wäre nie im Leben darauf gekommen, ihn mit Julia in Verbindung zu bringen.

Kein Wunder, dass sie sich kein bisschen für sein Geld interessierte. Und kein Wunder, dass sie ihre Kontaktversuche schließlich aufgegeben hatte. Sie brauchte seine Unterstützung nicht. Die Mutter seines Sohnes war eine Millionenerbin.

Cameron wusste nicht recht, was er von alldem halten sollte. Auf jeden Fall konnte er davon ausgehen, dass es dem kleinen Jake an nichts mangeln würde. Ja, so gesehen war Julias finanzielle Situation eine gute Sache. Aber Cameron hätte sich nun mal gewünscht, dass er derjenige war, der für seinen Sohn sorgte. Und das würde er auch tun. Sobald Julia von der Konferenz zurückkam, würde er mit ihr reden und ihr mitteilen, dass sie sich nicht mehr allein um Jake zu kümmern brauchte. Von nun an würde auch er Verantwortung übernehmen.

»Mal sehen, was sie davon hält«, murmelte er, zuckte dann aber mit den Achseln. Sollte sie doch denken, was sie wollte. Er war Jakes Vater, und er würde für ihn sorgen. Vielleicht war es sogar keine schlechte Idee, wenn Julia den Kleinen für eine Weile in seiner Obhut ließ und sich eine Pause gönnte!

Seufzend ließ er sich gegen die Stuhllehne sinken. Nein, dem würde Julia nie im Leben zustimmen. Wenn er für seinen Sohn da sein wollte, musste er auch Julia in Kauf nehmen. Der Junge brauchte beide Eltern, also würden sie nicht umhinkommen, Frieden miteinander zu schließen.

Für einen Moment schoss ihm der Gedanke durch den Kopf, einfach mit Julia und seinem Sohn zusammenzuziehen – doch das war lächerlich. Cameron Duke war nicht der Typ für ernsthafte Bindungen. Und sie würden es auch so schaffen, Jake ein geregeltes Leben zu bieten.

Schließlich war Cameron selbst auch nicht gerade in geordneten Verhältnissen groß geworden. Tatsächlich hatte sein Vater ein absolut lausiges Vorbild abgegeben, und seine Mutter war kaum besser gewesen. Camerons Erfahrung nach waren Beziehungen, ganz zu schweigen von Ehen, nichts, wonach man sich sehnen sollte.

Und dann waren da natürlich auch noch seine Brüder und der Pakt, den sie miteinander geschlossen hatten.

Er erinnerte sich, als wäre es gestern gewesen, wie er damals, kurz nach seinem achten Geburtstag, zum ersten Mal die riesige Villa von Sally Duke auf den Klippen von Dunsmuir Bay betreten hatte. Zunächst hatte es ihn beunruhigt, dass Sally nicht nur ihn, sondern noch zwei weitere Jungen als Pflegekinder aufgenommen hatte.

Die ersten Wochen mit Adam und Brandon waren unglaublich anstrengend gewesen. Mit allen Mitteln kämpften die drei Jungen um den obersten Platz in der Hackordnung. Tag für Tag prügelten sie sich um Spielzeug, die Fernbedienung, Essen und Sallys Aufmerksamkeit. Gleichzeitig aber fürchteten sie ständig, dass ihre neue Pflegemutter sie zurück ins Waisenhaus schicken könnte. Für keinen von ihnen wäre es das erste Mal gewesen.

Doch sie hatten ihre Rechnung ohne Sally Duke gemacht.

Eines Tages hatte sie genug von den Streitereien ihrer Pflegekinder und verbannte die drei Rabauken kurzerhand in das Baumhaus, das sie für sie hatte errichten lassen. Sie sagte ihnen klipp und klar, dass sie sich erst wieder blicken lassen sollten, wenn sie gelernt hatten, sich wie Brüder zu verhalten.

Es dauerte Stunden, bis die drei Jungen sich schließlich aussprachen. Brandon erzählte von seiner drogenabhängigen Mutter, die ihn schon früh mit seinem gewalttätigen Vater allein gelassen hatte, der kurz darauf bei einer Schlägerei in einer Bar ums Leben gekommen war. Adam war von seinen Eltern vor einem Krankenhaus ausgesetzt worden, als er noch nicht einmal zwei

Jahre alt war. Nach einigen Jahren im Waisenhaus war er dann von einer Pflegefamilie zur nächsten weitergereicht worden.

Cameron hatte als Letzter von seiner Vergangenheit berichtet. Auch sein Vater war gewalttätig gewesen, wobei das meiste seine Mutter abbekommen hatte. Da sie drogen- und alkoholabhängig gewesen war, hatte sie weder sich noch ihren Sohn schützen können. Cameron wusste, dass sie fürchterliche Dinge getan hatte, um ihre Sucht zu finanzieren. Doch er gab seinem Vater die Schuld dafür, dass sie überhaupt erst süchtig geworden war. Noch heute wachte er manchmal schweißgebadet aus Albträumen auf, in denen er die Angstschreie seiner Mutter und das dumpfe Klatschen der Schläge seines Vaters hörte. »Ich tue das nur, weil ich dich liebe«, hatte sein Vater immer wieder gebrüllt, wenn er sie verprügelte. Bis Cameron mit gerade mal sieben Jahren eines Morgens aufgewacht war und seine Eltern tot aufgefunden hatte.

Nachdem er seine Erzählung beendet hatte, waren Adam und Brandon offensichtlich erschüttert gewesen. Und so war es zu ihrem Pakt gekommen.

Sie schworen, einander niemals im Stich zu lassen und nie zu heiraten und Kinder zu bekommen, da die Ehe ganz offensichtlich die pure Hölle war – für die Eltern genauso wie für ihre Kinder.

Außerdem schworen sie, dafür zu sorgen, dass Sally Duke stolz auf sie sein würde.

Und tatsächlich waren sie alle erfolgreiche, ehrbare Männer geworden, und Sally gab ihnen Tag für Tag zu spüren, dass sie den letzten Teil ihres Schwurs erfüllt hatten. Es gab nur eine einzige Sache an ihrer Mutter, die die Brüder in den Wahnsinn trieb: Sallys unermüdliche Bemühungen, sie zu verkuppeln.

Nichts wünschte sie sich so sehr wie eine Horde Enkelkinder, und obwohl Cameron wirklich alles dafür getan hatte, es nicht so weit kommen zu lassen, hatte seine Mutter jetzt genau das bekommen, was sie wollte.

»Mann«, sagte er laut. »Mal abwarten, wie Mom reagiert, wenn sie den kleinen Jake zu Gesicht bekommt.« Er lachte leise in sich hinein, als er sich Sallys freudig-fassungslosen Gesichtsausdruck vorstellte.

Wahrscheinlich würde sie ein bisschen enttäuscht sein, dass er nicht vorhatte, Julia zu heiraten, aber damit musste sie leben. Cameron würde niemals heiraten, basta. Ein paarmal hatte er dem Thema Beziehung eine Chance gegeben, aber letzten Endes war er immer gescheitert. Also war er zu dem Schluss gekommen, dass er damals mit acht Jahren genau die richtige Entscheidung getroffen hatte: Beziehungen bedeuteten Schmerzen, und er hatte nicht vor, sich selbst oder jemand anderem auf diese Weise zu schaden.

Unruhig stand er auf und warf einen Blick auf seine Armbanduhr. Die Babysitterin war mit Jake spazieren gegangen, und Cameron hatte kurzerhand beschlossen, seine Brüder in die Suite einzuladen, um ihnen die Neuigkeit mitzuteilen. Sie mussten jede Sekunde auftauchen.

Wie sie wohl darauf reagieren würden, dass er den heiligen Pakt gebrochen hatte? Nun ja, immerhin war er nicht der Erste. Diese Ehre war Adam zugekommen, der im letzten Monat geheiratet hatte.

Ein paar Minuten später klingelte es, und die Brüder begrüßten einander herzlich. Dann führte Cameron die beiden in die Küche. »Jemand ein Bier?«

»Was für eine Frage«, sagte Brandon und zog drei Flaschen aus dem Kühlschrank.

»Wie geht's Trish?«, fragte Cameron an Adam gewandt, der seine frischgebackene Ehefrau für ein paar romantische Tage nach Monarch Dunes entführt hatte.

»Großartig«, erwiderte Adam lächelnd. »Gerade ist sie Mom und ihren Freundinnen über den Weg gelaufen – wahrscheinlich liegen sie jetzt am Pool und entspannen sich.«

»Von Entspannung kann ja wohl keine Rede sein, wenn

Mom mit von der Partie ist.« Brandon lachte. »Vermutlich sollten wir uns beeilen, damit wir Trish schneller erlösen können.«

»Gute Idee«, murmelte Adam, der am Esstisch saß und einen schmalen Aktenordner aufschlug.

Cameron und Brandon gesellten sich zu ihm, und in den nächsten zehn Minuten besprachen die drei einige Probleme, die bei ihren Immobilienprojekten aufgetaucht waren und schnell gelöst werden mussten.

»Mit Monarch Dunes hast du echt ganze Arbeit geleistet, Bruderherz«, bemerkte Brandon und wies mit seiner Bierflasche anerkennend in Camerons Richtung.

»Danke«, erwiderte dieser nickend. »Die Sache mit Napa Valley scheint aber auch gut anzulaufen.«

Die drei Männer hatten vor Jahren herausgefunden, dass ihr gemeinsames Unternehmen am besten lief, wenn jeder von ihnen seine eigenen Projekte hatte, die er von Anfang bis Ende betreute. Monarch Dunes war Camerons Baby, und er hatte das Hotel genauso hochgezogen, wie er auch sein Leben führte: mit militärischer Präzision.

Das vielseitige Luxushotel, das nicht einmal hundert Kilometer von ihrer Heimat Dunsmuir Bay entfernt lag, war schon jetzt für die nächsten drei Jahre fast ausgebucht und hatte sich zu einem der beliebtesten Urlaubsziele an der kalifornischen Küste gemausert.

Cameron war an jeder einzelnen Entscheidung bezüglich des Projekts beteiligt gewesen. Von der weitläufigen Lobby, die auf eine gigantische Terrasse mit Blick auf den Ozean und die Klippen hinausging, bis hin zu den Grünanlagen und dem topmodernen Golfplatz hatte er überall seine Finger im Spiel gehabt.

»Ich schätze mal, im Moment wäre mein Personal froh, wenn ich endlich abreise«, gab er zu. »Inzwischen salutieren sie schon, wenn ich sie um etwas bitte.«

»Wenn du sie *bittest*?«, fragte Adam grinsend. »Wohl eher: wenn du Befehle brüllst.«

Brandon schüttelte den Kopf. »Einmal Marine, immer Marine.«

Achselzuckend warf Cameron ein: »Ich will eben, dass alles in geregelten Bahnen verläuft. Also, zurück zum Geschäftlichen.« Damit zückte er sein Notizbuch und las einige Anmerkungen vor: »Ich werde meine Assistentin informieren, dass die Eröffnungsfeier in Napa um eine Woche nach hinten verschoben werden muss, damit sie gleichzeitig mit der Traubenernte stattfindet. Dann kann sie die Zeitpläne mit dem dortigen Personal erstellen.«

Das Napa-Anwesen der Duke-Brüder lag direkt neben einem riesigen Weingarten und einer Winzerei, die sich schon seit Jahren im Besitz von Duke Development befand. Sowohl die Weiß- als auch die Rotweine genossen weltweit einen exzellenten Ruf.

»Gut«, sagte Brandon und lief in die Küche, um sich noch ein Bier zu holen. »Hey, was ist das denn?«

Als Cameron begriff, dass sein Bruder Julias Fotoalbum entdeckt hatte, war es schon zu spät. »Nichts, lass das liegen«, sagte er hastig, doch Brandon blätterte schon eifrig darin.

»Mann, das sind ja Babyfotos!«

»Von was für einem Baby?«, fragte Adam neugierig und gesellte sich zu Brandon, um ihm über die Schulter zu schauen.

Verdammt.

Cameron versuchte, Brandon das Album zu entreißen. »Gib her.« Plötzlich hatte er überhaupt keine Lust mehr, seinen Brüdern die große Neuigkeit mitzuteilen.

»Auf keinen Fall!«, erklärte Brandon und drehte sich weg.

Adam warf Cameron währenddessen einen durchdringenden Blick zu. »Gibt es vielleicht etwas, das du uns sagen willst?«

»Glaubt bloß nicht, dass ich dieses blöde Spiel mitspiele.« Geduldig streckte Cameron die Hand aus und wartete, bis Brandon ihm das Fotoalbum wiedergegeben hatte. »Gut, Jungs, dann sehen wir uns später.«

»Du machst wohl Witze, oder?«, fragte Brandon und stemmte die Hände in die Hüften.

»Also, was ist los, Cam?«, fragte Adam ruhig.

Früher oder später musste er es ihnen ja sagen – also konnte er genauso gut jetzt mit der Sprache herausrücken. Seufzend setzte Cameron sich an den Esstisch. »Also gut, ich wollte es euch sowieso erzählen.«

»Na, dann los!«, sagte Brandon und nahm ihm gegenüber Platz.

»Ich habe einen Sohn.«

Seine Verkündung wurde mit sprachlosem Staunen honoriert. Brandon blinzelte ungläubig und öffnete mehrmals den Mund, aber er brachte keinen Ton heraus.

Adam war der Erste, der sich wieder fing. »Würdest du das bitte wiederholen?«

Und dann erzählte Cameron ihnen die ganze Geschichte.

»Du hast wirklich keine von ihren E-Mails gelesen?«, fragte Brandon ungläubig, nachdem sein Bruder geendet hatte.

»Warst du gar nicht neugierig, was sie von dir will?«

»Ehrlich gesagt dachte ich, dass es um das Übliche geht«, erwiderte Cameron entschuldigend.

»Na, dann sollten wir uns mal dieses Fotoalbum vornehmen«, schlug Adam vor.

»Eigentlich würde ich es mir zuerst gern selber ansehen«, warf Cameron ein.

»Mann, wir sind Brüder!«, protestierte Brandon. »Und vielleicht sehen wir die ganze Sache ein bisschen objektiver als du.«

Womit er vermutlich recht hatte. Also öffnete Adam widerwillig das Album, während seine Brüder rechts und links von ihm Platz nahmen.

Auf der ersten Seite war ein Bild von Jake zu sehen, das nur eine Stunde nach seiner Geburt aufgenommen worden war, wie der Text neben dem Foto erklärte.

»Er sieht aus wie ein runzliger Greis«, stellte Brandon fest.

»Überhaupt nicht«, widersprach Cameron.

»Babys sehen am Anfang immer so aus! Man darf nicht vergessen, wo sie sich gerade durchgequetscht haben.«

»Echt eklig«, murmelte Brandon.

Lachend blätterte Cameron weiter und betrachtete die Babyfotos, auf denen Jake meistens in Julias Armen lag. Wer wohl die Kamera bedient hatte? Eigentlich hätte er selbst das sein sollen – doch er hatte Julia einfach ignoriert. Der Gedanke nagte immer stärker an ihm, je weiter er durch das Album blätterte und je älter Jake auf den Bildern wurde.

Schließlich gelangten sie auf eine Seite, auf der zu sehen war, wie Jake zum ersten Mal geimpft wurde. Julia hatte ihn fest im Arm. Der Text neben den Bildern erklärte, dass eine Krankenschwester die Fotos gemacht hatte.

»Autsch, das wird wehtun«, bemerkte Brandon. Auf dem ersten Bild war ein Arzt mit einer Spritze zu sehen, dann folgte eine Serie mit Jakes Gesichtsausdruck, der immer entsetzter wurde, so als würde er begreifen, dass ihm etwas Schreckliches bevorstand. Auf dem letzten Bild brach der kleine Kerl dann in Tränen aus. Sein winziges Gesicht war purpurfarben vor Wut über diese Ungerechtigkeit, die Augen hatte er fest zusammengekniffen und den Mund weit aufgerissen.

Cameron glaubte fast, die Schreie seines Sohnes hören zu können.

»Mann, das ist einfach nur grausam«, warf Adam ein.

»Ja, ich kann die Schmerzen fast fühlen«, entgegnete Brandon und schüttelte sich.

Auf dem nächsten Bild war Jake bei seinem ersten Bad im Meer zu sehen. Julia, die ihn mit einem fröhlichen Lachen in die Wellen tauchte, trug einen knappen Bikini, in dem sie so umwerfend sexy aussah, dass Cameron unwillkürlich über die Seite strich.

Doch als ihm auffiel, dass seine Brüder ihn beobachteten, blätterte er hastig weiter.

»Moment mal, nicht so schnell«, protestierte Adam.

»Ja, genau, mach mal langsamer«, meinte auch Brandon. »Echt talentiert, der Fotograf. Ich will mehr von den Strandbildern sehen!«

»Na klar«, sagte Cameron kopfschüttelnd. Er wusste nur zu gut, was die Aufmerksamkeit seiner Brüder erregt hatte, und er würde ganz bestimmt nicht zulassen, dass sie Julia anstarrten, als wäre sie ein Pin-up-Girl.

»Ach, komm schon, Cam, blätter noch mal zurück!«, sagte Adam. Dann fuhr er in ernstem Ton fort: »Schließlich sollten wir so viel wie möglich über die Mutter unseres Neffen wissen.«

»Ihr habt beide genug gesehen«, beschloss Cameron und klappte das Album zu.

»Na gut«, seufzte Brandon und lehnte sich wieder entspannt zurück. »Aber mich interessiert wirklich brennend, warum du nie auf ihre E-Mails reagiert hast.«

Cameron fuhr herum und funkelte ihn an. »Alles, was ich in der ersten E-Mail gelesen habe, war, dass eine Frau, mit der ich geschlafen habe, mich auffordert, sie anzurufen. Wer kann so was bitte schön brauchen? Ich dachte, sie ist eine von denen, die mir auf die Nerven gehen wollen, also habe ich von da an alle Mails von ihr gelöscht.«

»Scheint mir ein bisschen streng«, warf Brandon ein.

»Ach, komm schon! Du hast doch selbst schon genug durchgeknallte Frauen an den Hacken gehabt. Was hättest du denn bitte an meiner Stelle getan?«

Brandon runzelte die Stirn, entgegnete aber nichts.

»Da hat Cam einen Punkt«, gestand Adam widerwillig ein.

Cameron atmete tief durch. »Ich habe einfach nur getan, was mir in dem Augenblick richtig vorkam.«

»Ja, kommt mir bekannt vor«, sagte Brandon. Er hatte zehn Jahre lang in der National Football League gespielt und damals einige aufdringliche weibliche Fans gehabt. »Wahrscheinlich kann man dir keinen Vorwurf machen. Aber sie sieht so ... normal aus!«

»Versteht mich nicht falsch«, erwiderte Cameron. »Ich mochte sie. Sehr sogar. Aber dann hat sie angefangen, mir diese verdammten Mails zu schreiben. Am ersten Tag waren es gleich vier Stück. Vier! Jetzt mal im Ernst, das hat einfach so gewirkt, als wäre sie ein verzweifelter Single, der sich einbildet, das zwischen uns wäre die große Liebe. Ihr wisst schon, ein paar Tage lang Sex gehabt, plötzlich bis über beide Ohren verliebt, das ganze Programm. Am Ende hat sie mir sogar einen Brief geschrieben! Den ich natürlich ungeöffnet in den Müll geworfen habe.«

»Schon klar, ich verstehe«, sagte Adam.

»Das freut mich. Und als die E-Mails plötzlich aufgehört haben, dachte ich eben, dass sie endlich begriffen hat, dass sie keine Chance hat.«

»Wahrscheinlich hat sie dich einfach als Mistkerl abgestempelt«, warf Brandon ein.

Auch wenn Cameron diese Einschätzung überhaupt nicht gefiel, wehrte er sich nicht. Schließlich gab es nichts, was er zu seiner Verteidigung hätte vorbringen können.

Adam sah ihn ernst an. »Und wie geht es jetzt weiter?«

»Irgendwie werde ich das schon geradebiegen.«

»Ach ja?« Brandon lachte auf. »Viel Glück!«

Cameron warf seinem Bruder einen verächtlichen Blick zu. »Ich habe die Situation unter Kontrolle.«

»Ach, die berühmte Cameronsche Kontrolle«, sagte Adam mit einem weisen Nicken. »Da die holde Mutter deines Sohnes die nächsten Tage über hier wohnen wird, gehe ich mal davon aus, dass noch das eine oder andere passieren wird, das deinen Kontrollwahn auf die Probe stellt.«

So wie Adam lachte, gewann Cameron den Eindruck, dass sein Bruder in Sachen Kontrollverlust derzeit selbst einiges dazulernte. So wie er seine frischgebackene Schwägerin Trish kannte, hatte Adam inzwischen schon aufgegeben: Sie hatte das Kommando übernommen. Zu Camerons Erstaunen wirkte Adam allerdings überhaupt nicht so, als würde ihm das etwas ausmachen.

Cameron freute sich für seinen Bruder und dessen Glück, aber für ihn selbst kamen Ehe und Familie als Lebensentwurf einfach nicht in Frage.

In diesem Moment stand Adam auf und verstaute seine Unterlagen in seiner Aktentasche. »Trish wird das Baby sehen wollen.«

»Ja, und ich auch«, sagte Brandon. »Immerhin ist der kleine Jake mein Neffe.«

»Können wir einfach heute Abend vorbeikommen?«, fragte Adam.

»Heute passt es nicht«, erwiderte Cameron rasch. Er musste Julia unbedingt auf den Ansturm seiner Familie vorbereiten. »Ich werde etwas für morgen Abend arrangieren.«

Zehn Minuten nachdem seine Brüder verschwunden waren, kam die Babysitterin mit Jake zurück. Cameron beobachtete genau, wie sie die Windeln wechselte und Jake die Flasche gab. Dann stellte er noch ein paar Fragen und ließ sich zeigen, was er zu tun hatte. Nach einer halben Stunde Einweisung war er bereit, sich seiner neuen Aufgabe zu stellen: Er würde sich ganz alleine um seinen Sohn kümmern.

Nachdem er sich von der jungen Frau verabschiedet hatte, sah er seinem Sohn tief in die Augen. »So, jetzt sind wir zwei auf uns gestellt«, erklärte er dem Baby. Dann nahm er Jake auf den Arm und spazierte für ein paar Minuten mit ihm durch die Suite. Schließlich blieb er vor dem Panoramafenster stehen und sah aufs Meer hinaus. »Kannst du die Landspitze da vorne sehen?«, fragte er seinen Sohn, während er nach Norden wies. »Da wohnen wir.«

Als eine Möwe über die Bucht segelte, fuhr er fort: »Guck

mal, ein Vogel! Willst du dem winken? Warte, ich helf dir.«
Dann nahm er Jakes winzige Hand in seine und wedelte damit
hin und her. »Kluger kleiner Kerl«, flüsterte er und atmete tief
den sauberen Babygeruch seines Sohnes ein.

Nein, Ehe und Familie waren wirklich nicht das Wahre für
Cameron Duke. Aber wo er sich schon um Jake kümmern
musste, würde er sein Bestes geben, um seinen Sohn glücklich
zu machen. Seinem Kind würde es nie an irgendetwas mangeln.

Erstaunt begriff er, dass er schon jetzt tiefe Gefühle für Jake
entwickelt hatte. Von Liebe konnte natürlich keine Rede sein.
Wenn er ehrlich war, bezweifelte er, dass er dieses Wort jemals
in seinem Leben über die Lippen bekommen würde.

»Dadadada«, schnatterte das Baby fröhlich.

»Hey, Kleiner«, sagte Cameron und drückte seinen Sohn
liebevoll an sich. »Mal sehen, ob wir was zu essen für dich auf-
treiben können.«

In der Küche fand er eine Packung Kinderkekse, an denen
Jake in seinem Hochstuhl eifrig herumlutschte. Nachdenklich
beobachtete Cameron seinen Sohn dabei, wie er die tierförmi-
gen Kekse mit dem Eifer eines Wissenschaftlers untersuchte.
Nur langsam wurde ihm klar, wie viel Verantwortung ein Kind
bedeutete.

Trotz der Gewalt, die Cameron in seiner Kindheit erfahren
hatte, war für ihn alles gut ausgegangen. Durch Sally Dukes
Liebe und Fürsorge hatte er gelernt, anderen Menschen zu
vertrauen. Sosehr sein Vater ihm auch eingeredet hatte, dass er
wertlos sei: Sally hatte ihm sein Selbstwertgefühl wiedergegeben. Und gegen Ende der Highschool und nach einigen ober-
flächlichen Techtelmechteln hatte Cameron sich dann endlich
bereit gefühlt, eine etwas ernsthaftere Beziehung einzugehen –
die leider in einer Katastrophe geendet hatte.

In seinem letzten Schuljahr war er mit Wendy zusammen-
gekommen, einem bildhübschen Mädchen, das sich Hals über
Kopf in ihn verliebt hatte. Eines Nachts gestand sie ihm, dass

sie ihn liebte. Sie forderte so hartnäckig, dass er dasselbe sagen sollte, dass er schließlich nachgab, obwohl er wusste, dass er eigentlich nicht genug für sie empfand. Er liebte sie nun einmal nicht, und deswegen versuchte er bald darauf, sich im Guten von ihr zu trennen. Doch Wendy drehte durch und tat alles, um ihn zurückzugewinnen. Als sie begriff, dass sie keine Chance hatte, hetzte sie seine Freunde gegen ihn auf und drohte ihm sogar damit, vor dem Direktor auszusagen, dass er bei den Prüfungen geschummelt hätte. Da Cameron auch diesen Erpressungsversuch ignorierte, zeigte sie ihn schließlich wegen Körperverletzung an.

In Anbetracht seiner Vergangenheit war Cameron der Letzte, der je einem anderen Menschen Gewalt angetan hätte. Wendy war das nicht klar, aber zum Glück wusste Sally Duke nur zu gut um die friedfertige Natur ihres Sohnes. Deshalb setzte sie alles in Bewegung, um Camerons Namen wieder reinzuwaschen. Und tatsächlich brach Wendy im Gerichtssaal zusammen und gestand, dass sie sich all ihre Anschuldigungen nur ausgedacht hätte. Die Klage zog sie daraufhin zwar zurück, doch in Cameron hatten die Ereignisse etwas zerstört, das irreparabel war. Bis heute erinnerte er sich in aller Deutlichkeit an seinen Zorn und den Adrenalinschub damals im Gerichtssaal, als der Richter ihn freigesprochen hatte. Bis heute fragte er sich, ob er, so wie sein Vater, gewalttätig geworden wäre, wenn die Sache anders ausgegangen wäre.

Damals hatte er sich geschworen, nie wieder eine Frau so nah an sich heranzulassen, dass sie ihn zerstören könnte – und das im Namen sogenannter Liebe. Wendy hatte ihm ein für alle Mal klargemacht, dass die Liebe Menschen in den Wahnsinn trieb, dass sie letzten Endes immer im Schmerz endete.

Wenig später war er zu den Marines gegangen, um Abstand zu gewinnen. Doch auch die Jahre beim Militär hatten an seinem Entschluss, der Liebe nie wieder eine Chance zu geben, nichts ändern können.

Aber nun gab es Jake. Und Julia.

Cameron hatte keine Ahnung, wie er mit dieser Situation umgehen sollte.

Nachdem Julia ihren Vortrag über Nahrungsmittelallergien beendet und alle Publikumsfragen beantwortet hatte, trat sie in die Hotellobby – und erstarrte. Am anderen Ende der Halle stand Sally Duke mit zwei Freundinnen und plauderte angeregt.

Nach kurzem Nachdenken kam Julia zu dem Schluss, dass es das Beste war, sich an ihr vorbeizuschleichen. Diesen Kampf musste Cameron alleine mit seiner Mutter austragen. Julia jedenfalls hatte im Moment absolut keine Kraft für eine Konfrontation. Während sie sich auf Umwegen zu den Fahrstühlen stahl, dachte Julia an ihre Begegnung mit Sally vor einigen Tagen zurück.

Sie hatte das Hotel gerade erst betreten. Flankiert von einem Pagen, der einen Wagen mit ihrem Gepäck vor sich herschob, und mit Jakes Buggy vor den Füßen, hatte sie gehört, wie jemand ihren Namen rief.

»Julia, das ist aber eine schöne Überraschung!«

Als sie sich umdrehte, erkannte sie entsetzt Sally Duke, die sie fröhlich anstrahlte. Normalerweise hätte sie sich über diese Begegnung gefreut – immerhin hatte sie Camerons Mutter den Löwenanteil ihrer Aufträge zu verdanken. Doch inzwischen war Sally nicht nur ihre Wohltäterin, sondern, ohne dass sie es wusste, auch die Großmutter ihres Kindes.

Ehe Julia etwas erwidern konnte, beugte Sally sich auch schon über den Kinderwagen.

Zögernd sagte Julia: »Sally, das ist mein Sohn Jake.«

»Ach, was für ein süßer kleiner Spatz.« Sally kniete sich vor den Buggy und streichelte Jakes Zehen. »Hallo, Jake, schön, dich kennenzulernen.«

Als Jake auflachte, erschien das Grübchen in seiner Wange.

Und mit einem Mal schien Sally zu begreifen. Einen Augenblick lang starrte sie das Baby fassungslos an, dann sah sie mit Tränen in den Augen zu Julia auf.

»Das ist doch unmöglich«, flüsterte sie.

Jetzt gab es kein Zurück mehr. Julia rang nach Luft, suchte verzweifelt nach einem Ausweg, aber es war zu spät.

»Cameron ist sein Vater, nicht wahr?«, sagte Sally, die Julias Panik zu bemerken schien, sanft.

Mühsam schluckte Julia und nickte wortlos.

»Dachte ich's mir doch«, flüsterte Sally und streichelte ihrem Enkelsohn über die Wange. »Dieses Grübchen sagt mehr als tausend Worte.«

Dann sprang sie unvermittelt auf und umarmte Julia stürmisch. »Ich bin jetzt schon ganz verliebt in ihn«, sprudelte es aus ihr heraus. »Danke! Danke für dieses wunderbare Geschenk!«

Verstört rang Julia ihr das Versprechen ab, Cameron nichts zu sagen, bis sie ihm die Neuigkeit selbst mitgeteilt hatte.

»Aber warum weiß er denn noch nichts davon?«, fragte Sally schockiert. »Wieso hast du ihm nichts gesagt?«

Hastig erklärte Julia, was vorgefallen war, woraufhin Sally verzweifelt die Augen verdrehte.

»Wieso erstaunt mich das bloß nicht? Tut mir leid, Julia, aber manchmal ist Cameron wirklich ein wahnsinniger Dummkopf. Auch wenn er mein Sohn ist.«

Dann versprach sie Julia, Stillschweigen zu bewahren, und organisierte Julias Aufenthalt in Camerons Suite. Julia protestierte zwar, aber Sally versprach ihr, dass sie Cameron nicht eine Sekunde lang zu Gesicht bekommen würde, weil er die nächsten zwei Wochen unterwegs sei.

Erst als Cameron gestern Abend plötzlich im Badezimmer gestanden hatte, war Julia klar geworden, was das Glitzern in Sallys Augen bedeutet hatte.

Als Julia die Suite betrat, fiel ihr als Erstes die erstaunliche Ruhe auf. Die Lichter waren aus, kein Laut war zu hören. Ob Cameron mit Jake spazieren gegangen war?

Leise stellte sie ihre Tasche auf dem Esstisch ab und schlüpfte aus ihren hochhackigen Pumps. Dann schlich sie zu ihrem Schlafzimmer und öffnete vorsichtig die Tür. Das Babybettchen war leer. Doch dann fiel ihr Blick auf das Doppelbett, auf das durch die geschlossenen Vorhänge sanftes Abendlicht fiel. Cameron hatte es sich, den kleinen Jake auf der Brust, zwischen den Kissen gemütlich gemacht. Seine großen Hände ruhten schützend auf dem Baby.

Bei dem Anblick wurde Julia für einen kurzen Moment unendlich warm ums Herz. Mühsam schluckte sie ihre Rührung herunter und atmete tief durch. Sie bezweifelte, dass sie je zuvor etwas so Schönes und Friedliches gesehen hatte wie diesen großen Mann mit ihrem Baby im Arm.

Nur langsam dämmerte ihr, was diese Gefühle wirklich bedeuteten. Nämlich Schwierigkeiten. Wie konnte es nur sein, dass sie Cameron Duke absolut nichts entgegenzusetzen hatte? Nein, sie würde ihm nicht wieder verfallen! Immerhin hatte sie ihre Lektion in Sachen bindungsallergische Männer gelernt. Abgesehen davon kamen sie und Jake ganz prima alleine zurecht.

Und eines hatte Cameron ihr mehr als deutlich zu verstehen gegeben: dass er nicht glaubte, dass Jake sein Sohn war. Und das, obwohl er den Kleinen erstaunlich gernzuhaben schien. Vermutlich war das nur eine Taktik, um sie wieder in sein Bett zu locken. Tja, das konnte er sich abschminken. Julia musste jetzt an ihr Kind denken, und Sex ohne Liebe passte nun mal nicht in dieses neue Leben.

In den letzten zwanzig Monaten war sie stark geworden. Dass sie ihren Sohn alleine würde großziehen müssen, hatte sie spätestens in dem Moment begriffen, als Cameron auch auf ihren Brief nicht reagiert hatte. Aber sie war auch ohne ihn glücklich. Sie hatte ein erfülltes Leben, und sie brauchte keinen Cameron Duke, um sich vollständig zu fühlen.

Wenn da nur nicht diese leise Stimme in ihrem Kopf gewesen wäre, die behauptete, dass sie sich mit ihrer angeblichen Unabhängigkeit etwas vormachte ...

4. Kapitel

Als Cameron ein leises Seufzen hörte, schlug er die Augen auf. Julia stand nur ein paar Meter vom Bett entfernt da und blickte liebevoll auf ihn und Jake hinab. Noch immer trug sie ihren strengen Hosenanzug, aber nun wirkte sie weicher als am Morgen, fast schon zerbrechlich. Ohne sich zu bewegen, flüsterte Cameron: »Er schläft.«

»Das sehe ich«, erwiderte sie ebenso leise. »Habe ich dich geweckt?«

»Nein, ich hab mich nur ein bisschen ausgeruht.«

»Ach so.« Sie lächelte. »Am besten wecken wir Jake jetzt, sonst schläft er die Nacht über nicht durch.«

Stirnrunzelnd erwiderte Cameron: »Daran habe ich gar nicht gedacht.«

»Macht nichts, das konntest du ja auch nicht wissen.« Mit leisen Schritten kam sie näher.

Sanft streichelte Cameron seinem Sohn über den Rücken. »Hey, Kleiner, deine Mom ist daheim! Zeit fürs Essen!«

Jake streckte sich und gab ein unwilliges Geräusch von sich. Dann schlug er blinzelnd die Augen auf, sah Cameron an und fing an zu wimmern.

»Schsch«, machte Cameron, dann sah er besorgt zu Julia auf. »Warum weint er?«

»Ach, wenn er aufwacht, ist er immer ein bisschen nörgelig«, erwiderte sie und streckte die Arme nach ihrem Sohn aus. »Wahrscheinlich ist er noch müde, und außerdem braucht er bestimmt eine frische Windel.«

»Schon wieder?« Widerwillig reichte Cameron Julia das Baby. Auf einmal fühlte sich seine Brust seltsam leer an.

»Aber die Babysitterin hat das doch erledigt, bevor sie gegangen ist.«

Lächelnd drückte Julia den Kleinen an sich und schlüpfte in die flachen Ballerinas, die sie neben dem Bett hatte liegen lassen. »Mit einem Mal am Tag ist es leider nicht getan.«

Cameron stand auf und streckte sich. »Dann gucke ich dir wohl am besten zu. Du weißt schon, damit ich lerne, wie das geht, falls du mal nicht da bist.«

»Oh.« Sie wirkte verblüfft, so als wäre ihr niemals in den Sinn gekommen, dass er sich genug für Jake interessieren könnte, um sich um ihn kümmern zu wollen. »Okay, gute Idee.«

Minuten später beobachtete Cameron staunend, mit welcher Effizienz Julia die Katastrophe in Jakes Windel beseitigte. »Hast du eigentlich schon mit der Krankenschwester gesprochen?«, fragte sie beiläufig, während sie den Strampler wieder zuknöpfte.

Es dauerte einen kurzen Moment, bis ihm einfiel, wovon sie da überhaupt sprach. »Ach so, der Bluttest! Nein, das habe ich vergessen.«

Seufzend erwiderte sie: »Ich verstehe sowieso nicht, warum du nicht auf Anhieb erkannt hast, dass er dein Sohn ist. Deine Mutter wusste es nach wenigen Sekunden. Und nur, um deinen Anschuldigungen gleich vorzubeugen: Ich habe ihr kein Wort verraten. Sie ist von selbst drauf gekommen.«

»Meine Mutter?«, fragte Cameron entsetzt. »Sie weiß Bescheid?«

Während Julia ihrem Sohn seinen hellblauen Schlafanzug überstreifte, erzählte sie Cameron, was passiert war.

»Meine Güte, da hat Sally aber mal wieder tief in die Trickkiste gegriffen«, murmelte Cameron resigniert. »Ich fürchte, ihre Verkupplungsversuche werden niemals aufhören.« Dann räusperte er sich. »Wie dem auch sei, das beweist noch lange nicht, dass Jake mein Sohn ist. Immerhin haben wir verhütet.«

Julia sah mit hochgezogenen Augenbrauen zu ihm auf. »Das

mag ja sein. Aber falls du dich erinnerst, sind wir an dem Wochenende damals öfter übereinander hergefallen, als ich zählen kann. So unwahrscheinlich ist ein Unfall da nicht.«

Ja, allerdings erinnerte er sich. Und zwar in allen Details. Bei dem bloßen Gedanken an Julias geschmeidigen Körper, ihre Wärme und ihr Stöhnen begann sein Herz zu rasen.

Ohne weiter auf ihn zu achten, nahm Julia ihren Sohn auf den Arm und eilte aus dem Schlafzimmer. »Ich mach ihm eine Flasche warm.«

Inzwischen hatte Cameron wieder die Fassung gewonnen und folgte ihr in den Küchenbereich. Anscheinend hielt Julia das Thema für beendet, denn sie wich seinem Blick aus. Schweigend setzte sie Jake in seine Babyschale und begann, sein Fläschchen vorzubereiten.

»Natürlich erinnere ich mich«, flüsterte Cameron und trat hinter sie. Ohne einen weiteren Gedanken an die Konsequenzen zu verschwenden, schlang er die Arme um ihre Taille. »An jede einzelne Minute dieser zweiundsiebzig Stunden, in denen wir uns immer wieder geliebt haben.«

Als er sie an sich drückte und seine Erektion gegen ihren Po presste, stöhnte Julia leise auf. »Erinnerst du dich denn auch?«, fragte er leise.

»Allerdings«, erwiderte sie. »Es ist nur dem Zimmerservice zu verdanken, dass wir damals nicht verhungert sind.«

Sein Lachen ging in ein ersticktes Stöhnen über, als sie sich gegen ihn sinken ließ. »Weißt du noch, wie wir in der Badewanne Champagner getrunken haben?«, fuhr er fort und zeichnete mit den Lippen ihren Wangenknochen nach.

»Ja«, keuchte sie.

»Gott, wie gut du riechst.« Er drehte sie zu sich um und küsste sie auf die Wange, aufs Kinn und schließlich, endlich, auf den Mund, den sie bereitwillig öffnete. Gierig sog er ihren Duft ein, suchte ihre Zunge. Als Julia aufstöhnte und ihr Bein um ihn schlang, zog er sie noch fester an sich.

Als der Klang der Klingel durch die Suite schrillte, taten sie beide einen Satz und sahen einander ungläubig an.

»Das ist doch verrückt«, murmelte Julia und drehte sich zum Kühlschrank um, aus dem sie eine Flasche nahm.

»Wer zur Hölle ist das denn jetzt?«, fluchte Cameron und ging steifbeinig zur Tür, die er allerdings erst öffnete, nachdem er sich versichert hatte, dass ihm seine Erregung nicht mehr anzusehen war.

»Hallo, Darling«, sagte seine Mutter.

»Juuhuu, Cameron«, flötete Sallys Freundin Beatrice aufgeregt.

»Wir wollen das Baby sehen«, erklärte Marjorie, die Dritte im Bunde. »Wir stören doch nicht etwa, oder?«

Überrumpelt schüttelte Cameron den Kopf, doch die drei Freundinnen hatten sich schon an ihm vorbei in die Suite gedrängelt. Sie kannten sich schon länger, als Cameron denken konnte, und spielten jeden Dienstag zusammen Bridge. Beatrice und Sally leisteten beide Freiwilligenarbeit im Krankenhaus, und Marjorie war die Personalleiterin von Duke Development.

»Hallo, die Damen«, murmelte er, während er die Tür schloss.

»Sind wir etwa zu spät?«, fragte Marjorie und sah sich suchend nach dem Baby um.

Sally folgte ihrem Blick und wandte sich dann an Cameron. »Wir dachten, dass wir für ein paar Stunden babysitten, damit ihr zwei mal in Ruhe essen gehen könnt.«

In diesem Moment tauchte Julia aus dem Küchenbereich auf. »Aber das ist doch nicht ...«

»Klingt toll«, fuhr Cameron dazwischen. »Gebt uns fünf Minuten, dann sind wir weg.«

»Wow, das nenne ich mal ein Überfallkommando«, murmelte Julia düster und trank einen Schluck Chardonnay.

Cameron sah sich in dem eleganten Speisesaal des Monarch

Dunes Hotels um. Zu seiner Freude war der Laden voll und wirkte dennoch intim. Die stilisierten Leuchter warfen dramatische Schatten auf die salbeigrünen Wände und die hohe, gewölbte Decke. Wandschirme und Pflanzen sorgten für Privatsphäre, ohne den Raum zu erdrücken. Das Personal war aufmerksam, aber diskret, und das Essen war selbstverständlich exquisit – für die Duke-Brüder ein absolutes Muss.

»Findest du es wirklich so schlimm, mit mir auszugehen?«, fragte er Julia, die noch immer aufgebracht wirkte.

»Aber nein.« Sie sah sich bewundernd um. »Natürlich nicht. Es ist wirklich wunderschön hier.«

»Gut«, erwiderte er und lehnte sich entspannt zurück. »Dann kannst du es dir ja einfach mal einen Abend lang gut gehen lassen.«

Endlich huschte ein Lächeln über ihr Gesicht.

Sie saßen direkt an der Fensterfront, die auf den Golfplatz und die Klippen hinausging und einen fantastischen Meerblick freigab. Gerade in sternklaren Nächten wie heute war die Aussicht spektakulär. Kristallgläser und Silberbesteck glänzten im sanften Kerzenlicht und warfen winzige Regenbogen auf das weiße Leinentischtuch.

»Schön, dass es dir gefällt«, sagte Cameron leise.

Seufzend erwiderte Julia: »Ich möchte nur nicht den Eindruck erwecken, ich würde damit rechnen, dass Sally sich um Jake kümmert.«

»Gewöhn dich dran.« Cameron lachte sarkastisch auf. »Jetzt, wo sie von Jake weiß, wirst du keine ruhige Minute mehr haben.«

»Ich weiß«, erwiderte Julia lächelnd. »Sie hat mir schon angedroht, dass sie in meinem Vorgarten zelten wird, damit sie Jake jeden Tag sehen kann.«

Cameron hob eine Braue. »Wenn sie zu aufdringlich wird, sag mir einfach Bescheid, und ich rede mit ihr.«

»Aber nein!«, sagte Julia schnell und berührte sanft seine

Hand. »Ich freue mich doch über ihr Interesse! Ich habe keine Familie mehr. Deswegen finde ich es toll, dass Jake jetzt eine Großmutter hat, die ihn nach Strich und Faden verwöhnt.«

Als sie ihre Hand wieder zurückziehen wollte, verschränkte Cameron seine Finger mit ihren. »Apropos Familie: Ich habe getan, was du vorgeschlagen hast, und den Parrish-Fonds gegoogelt.«

»Dann weißt du jetzt also, dass ich es nicht auf dein Geld abgesehen habe?«

»Allerdings. Und ich habe bei meinen Recherchen herausgefunden, dass deine Eltern gestorben sind, als du noch klein warst. Das tut mir sehr leid.«

»Ja, sie sind bei einem Flugzeugabsturz ums Leben gekommen. Es war furchtbar. Schließlich war ich erst zehn, und meine Eltern waren meine einzige Familie!«

»Wie ging die Geschichte denn weiter?«

Mit einem wehmütigen Lächeln antwortete sie: »Ich hatte eine Nanny, die sich seit meiner Geburt um mich gekümmert hatte. Der Richter hat verfügt, dass sie bei mir bleiben darf, und meine beiden gerichtlichen Vormunde zogen ebenfalls bei uns ein. Sie waren beide Anwälte meiner Eltern.«

»Du machst Witze. Du hattest Anwälte als Vormunde?«

Julia verzog das Gesicht. »Genau. Glaub mir, ein weniger herzliches Umfeld kann man sich kaum vorstellen. Vor ein paar Jahren habe ich das Testament meiner Eltern gelesen. Sie haben über mich geschrieben, als wäre ich irgendein Besitz! Natürlich haben sie mich geliebt. Aber in dieser Amtssprache zu lesen, wie mit mir verfahren werden sollte, war wirklich schrecklich. Jedenfalls hatten meine Eltern beide keine Geschwister, und meine Großeltern waren schon lange tot. Also gab es keine Verwandten, bei denen ich hätte unterkommen können.«

»Sei froh, dass du nicht bei irgendeiner Pflegefamilie gelandet bist.«

»Oh, das bin ich auch«, erklärte sie hastig. »Meine Nanny Rosemary war wirklich toll. Sie war wie eine Mutter.«

»Schön, dass du so jemanden gehabt hast.«

»Ja, allerdings.« Julia stärkte sich mit einem weiteren Schluck Weißwein, dann fuhr sie fort: »Aber zwei Jahre später ist auch sie gestorben, ganz plötzlich an Krebs. Ich habe wochenlang geweint und keinen Bissen gegessen.«

»Wie schrecklich«, murmelte Cameron und drückte Julias Hand.

Sie nickte. »Natürlich haben meine Vormunde eine neue Nanny eingestellt, aber sie hatte keine Chance. Ich war einfach schon zu alt, um mir von jemand Wildfremdem etwas sagen zu lassen.«

»Aber du warst doch gerade mal zwölf!«

»Ach, eigentlich hatte ich mich schon mein ganzes Leben lang erwachsen gefühlt«, erwiderte sie lächelnd. »Meine Eltern sind sehr viel gereist, also war ich oft allein. Mir war das nur recht. So habe ich früh gelernt, auf eigenen Füßen zu stehen.«

Nun trank auch Cameron einen Schluck Wein. »Klingt ziemlich einsam.«

»Ach, ich bitte dich«, sagte sie und winkte ab. »Mach mich bloß nicht zum armen reichen Mädchen.«

»Warum nicht?« Camerons Stimme klang so mitfühlend, dass Julia fast die Tränen in die Augen traten. Verdammt, war sie jetzt schon so weit, dass sie fast losheulte, nur weil jemand freundlich zu ihr war?

»Weil es so ein Klischee ist«, erklärte sie, nachdem sie ihre Tränen heruntergeschluckt hatte. »Alles Geld der Welt, aber niemand, der sie liebt.«

»Klischees gibt es nicht grundlos.« Nachdenklich stellte er sein Weinglas ab. »Manche Dinge sind wichtiger als Geld.«

Sprach er etwa von Liebe? Julia traute sich nicht, nachzuhaken, sondern sagte nur: »Das mag ja stimmen, aber Leute mit Geld haben leicht reden. Ich kenne einfach zu viele Menschen, die ums Überleben kämpfen müssen, um mich zu beschweren. Also rede ich eben so wenig wie möglich über mich und meine Vergangenheit.«

»Außer mit mir«, sagte Cameron und warf ihr ein jungenhaftes Grinsen zu.

Genau dasselbe hatte Julia gerade auch gedacht. Stirnrunzelnd murmelte sie: »Ja, sieht ganz so aus.«

Als sie in die Suite zurückkehrten, schlief Jake schon tief und fest. Sally und ihre Freundinnen verabschiedeten sich erst, nachdem sie den beiden mehrfach versichert hatten, dass sie einen tollen Abend gehabt hatten und unbedingt bald wieder auf das Baby aufpassen wollten.

»Möchtest du noch einen Drink?«, fragte Cameron, nachdem die Tür hinter seiner Mutter ins Schloss gefallen war.

»Ich habe morgen einen langen Tag vor mir«, sagte Julia, während sie aus ihrem Pullover schlüpfte. »Aber auf eine heiße Schokolade hätte ich Lust.«

»Ist zwar nicht unbedingt das, woran ich gedacht habe. Aber ich sehe mal, was ich tun kann«, erwiderte er lächelnd und begann, in den Küchenschränken herumzustöbern. »Ich bin mir nur nicht sicher, ob ich alle Zutaten im Haus habe.«

»Du vielleicht nicht, aber ich.« Julia trat neben ihn und zog eine Tafel Bruchschokolade aus einer Schublade. »Ich reise nie ohne meinen privaten Schokoladenvorrat. Kleine Sünden müssen sein.«

»Du nimmst Schokolade mit, wenn du wegfährst?«, fragte Cameron verblüfft.

Sie sah ihn an, als wäre er der letzte Schwachkopf. »Aber natürlich! Schließlich weiß ich nie, wann ich etwas backen muss.«

Fasziniert beobachtete Cameron, wie sie die Schokolade in einen Topf bröselte und zusammen mit etwas Wasser erhitzte.

»Und das ist alles?«, fragte er ungläubig.

Lachend wies sie auf den Topf auf dem Herd. »Hitze plus Schokolade ergibt heiße Schokolade.«

»Klingt irgendwie verdächtig nach Schummelei«, stellte er trocken fest.

In gespielter Empörung stemmte Julia die Fäuste in die Seiten. »Findest du etwa, dass ich erst die Kakaobohnen ernten und von Hand mahlen sollte?«

»Die Vorstellung gefällt mir jedenfalls.«

Wieder lachte sie auf. »Die Arbeit spare ich mir lieber.«

Er warf ihr einen letzten skeptischen Blick zu und spähte dann in den Topf. »Also, ich weiß ja nicht ...«

»Erst probieren, dann beschweren«, unterbrach sie ihn und rührte weiter in der Schokoladenmasse herum.

»Jetzt fängt es an, gut zu riechen.«

»Hier, rühr mal weiter. Ich mache solange Schlagsahne.« Sie reichte ihm den Löffel, goss mit geübten Handgriffen Sahne in eine Plastikschüssel, steckte den Mixer ein und schlug die weiße Flüssigkeit zu einem wolkigen Schaumberg auf.

Ein paar Minuten später hielten sie beide duftende, dampfende Tassen in der Hand, auf denen Sahnekronen ruhten.

»Du musst die Schokolade durch die Sahne schlürfen«, instruierte sie Cameron. »Dann hat sie genau die richtige Temperatur und Konsistenz.«

Gespannt beobachtete sie, wie er probierte. Sie hatte nicht zu viel versprochen: Das hier war mit Abstand das Dekadenteste, Süßeste und Leckerste, das er jemals zu sich genommen hatte.

»Und?«, fragte sie schließlich. »Gut?«

Er sah sie an und stellte sich vor, wie die Sahne wohl schmecken würde, wenn er sie Julia von den Brüsten leckte. »So gut, dass es verboten gehört«, erwiderte er schließlich mit rauer Stimme.

Julia schien den anzüglichen Unterton bemerkt zu haben, denn sie errötete und versuchte unauffällig, sich hinter ihrer

Tasse zu verstecken. Es gefiel ihm, dass ihre Gedanken in dieselbe Richtung abzudriften schienen wie seine.

»Dann schmeckt es dir also?«, fragte sie schließlich.

»Absolut. Wenn du das Zeug verkaufen würdest, würde es garantiert als Suchtmittel eingestuft werden«, antwortete er und trank mit einem großen Schluck seine Tasse leer.

»Ich nehme das mal als Kompliment«, sagte sie schüchtern und stellte ihre Tasse ab. »Danke.«

»*Ich* muss mich bedanken.« Dann stellte er seine Tasse neben ihre und streckte seine Hand nach Julia aus. »Und jetzt will ich wissen, wie dein Geheimrezept auf deiner Zunge schmeckt.«

Und ehe sie auch nur ein Wort erwidern konnte, verschloss er ihre Lippen mit einem leidenschaftlichen Kuss.

Die knisternde Atmosphäre, die sich den ganzen Abend über zwischen ihnen aufgebaut hatte, entlud sich mit einem Schlag und einer überwältigenden Wucht, die Cameron so nicht erwartet hatte. Verlangend drückte er Julia gegen die Küchenwand und küsste sie immer hungriger. Die Bereitwilligkeit, mit der Julia ihm nachgab, verriet ihm, wie sehr sie ihn begehrte. Genau das hier hatte er gewollt, seit er sie gestern in der Dusche überrascht hatte. Er wollte Julia mit einer Leidenschaft, die er seit Ewigkeiten nicht mehr verspürt hatte – wahrscheinlich seit er das letzte Mal mit ihr geschlafen hatte.

Immer wieder küsste er sie, bis ihre Lippen ganz geschwollen waren. Schließlich schlang Julia die Arme um ihn und ließ sich von ihm hochheben, sodass er zwischen ihren langen, geschmeidigen Beinen stand. Sie war so leicht, dass er sie mit nur einem Arm halten konnte. Die andere schob er unter ihre Bluse. Als er ihre Brüste berührte, keuchte Julia laut auf.

Sein ganzer Körper schien förmlich danach zu schreien, sie hier und jetzt zu nehmen, ihr die Kleider vom Leib zu reißen und sie zu lieben, bis sie beide vor Erschöpfung zu Boden sanken. Er konnte sich nicht erinnern, je etwas so sehr begehrt zu haben wie Julia in diesem Augenblick. Er brauchte sie wie die Luft zum Atmen.

Doch Julia schob ihn sanft von sich und atmete tief durch. »Cameron, ich kann nicht …«

Aber so einfach würde er sie nicht davonkommen lassen. »Ich weiß«, raunte er und glitt spielerisch mit den Lippen ihren Hals entlang. Gleichzeitig fing er an, ihr die Bluse aufzuknöpfen.

»Cameron, bitte«, murmelte sie. »Es … es tut mir leid.« Nun stieß sie ihn endgültig von sich. »Ich kann das einfach nicht.«

Frustriert stöhnte er auf. »Doch, du kannst.«

Sie drückte ihre Hand gegen seine Brust und stieß ihn weg. »Ich bin einfach nicht …« Dann verstummte sie, so als würden ihr die Worte fehlen.

Endlich schaltete sein Gehirn sich wieder ein, und er trat widerwillig einen Schritt zurück. »… nicht bereit?«, vollendete er ihren Satz versuchsweise.

»Mit Bereitschaft hat das nichts zu tun«, erwiderte sie zerknirscht lächelnd. »Dir wird ja wohl nicht entgangen sein, wie mein Körper auf dich reagiert.«

Nein, allerdings nicht.

»Aber ich bin nicht dumm, Cameron«, fuhr sie fort. »Ich kenne dich gut genug, um zu wissen, dass das hier keine Perspektive hat. Du denkst immer noch, dass ich dich anlüge und dir ein Kind unterjubeln will.«

»Das stimmt nicht«, protestierte er.

»Doch, das tut es«, beharrte sie ruhig. »Du hast deine Regeln, und ich habe Jake. Wenigstens ihm zuliebe muss ich vernünftig sein. Mit dir zu schlafen würde alles nur unnötig verkomplizieren. Wir haben ja noch nicht einmal den Vaterschaftstest gemacht.«

Verdammt. Dieser elende Test!

Gott, was bist du nur für ein Trottel.

»Julia, hör mir zu«, setzte er an, entschlossen, so ehrlich wie möglich zu sein. »Ich glaube dir. Mir ist schon seit gestern klar, dass Jake mein Sohn ist. Nur deswegen habe ich mich nicht weiter um den Vaterschaftstest gekümmert.«

Julia entspannte sich zwar ein bisschen, aber sie erwiderte: »Das sagst du wahrscheinlich nur, weil du hoffst, mich damit ins Bett zu kriegen.«

»So ein Blödsinn«, widersprach er sanft. Dann sah er sie neugierig von der Seite an. »Würde das denn funktionieren?«

»Ich wünschte wirklich, dass ich diese Nacht mit dir verbringen könnte. Aber Jake zuliebe sollten wir uns zusammenreißen.«

Als er ihr tief in die Augen sah, erkannte er in ihrem Blick nicht nur Entschlossenheit, sondern auch aufrichtiges Bedauern, durch das die letzten Überreste ihrer Erregung schimmerten. »Lass uns die Komplikationen doch einfach in Kauf nehmen«, schlug er vor.

Nun mischte sich ein Hauch von Trauer in ihren Blick, der Cameron seine unbedachten Worte sofort bereuen ließ.

»Für dich mag es bequem sein, mit mir zu schlafen, wo ich doch schon in deiner Suite wohne. Aber mir reicht das nicht.«

»Julia«, unterbrach er sie und umschloss sanft ihr Handgelenk. »Lass mich noch mal von vorne anfangen. Alles, was ich gerade gesagt habe, klang irgendwie falsch. Also: Ich glaube dir, dass Jake mein Sohn ist. Und ich begehre dich. Nicht nur, weil du zufällig gerade greifbar bist.«

Traurig sah sie zu ihm auf, als versuche sie, in seinem Gesicht Antworten auf ihre unausgesprochenen Fragen zu finden.

»Ich will dich auch«, gestand sie ihm schließlich. »Und es freut mich, dass du mir glaubst. Aber ich kenne deine Regeln. Und ich befürchte, dass Jake darunter leiden wird, wenn du noch einmal beschließt, dass du nichts mehr mit mir zu tun haben willst. Ganz abgesehen davon, dass ich bezweifle, das ein weiteres Mal durchstehen zu können.«

Nun lag in ihrem Blick nur noch absolute Entschlossenheit. Widerstrebend ließ Cameron sie los und wich zurück. Sicher, mit etwas Überzeugungsarbeit hätte er sie noch heute Nacht in sein Bett locken können. Doch der Preis war einfach zu hoch.

»Es tut mir leid«, flüsterte sie bedauernd.

»Mir auch.« Ein letztes Mal küsste er sie auf die vollen, geschwollenen Lippen. »Träum süß, Julia.«

5. Kapitel

Diese gottverdammten Regeln!

Frustriert schlug Cameron in sein Kissen. Noch eine Nacht, in der er kaum Schlaf finden würde. Was vielleicht gar nicht so schlecht war, da er so mehr Zeit hatte, sich selbst für seine eigene Blödheit in den Hintern zu treten. Außerdem musste er dringend nachdenken. Beispielsweise über seine Regeln. Nicht dass er vorhatte, sie zu ändern. Aber vielleicht war es besser, nie wieder über sie zu reden. Jedenfalls nicht mit der Frau, die genau jetzt neben ihm im Bett gelegen hätte, wenn er sich damals nicht verplappert hätte.

Vergiss die Regeln. Du willst Julia doch!

Wie sollte er sie nur davon überzeugen, dass sie ihm glauben konnte? Er hätte ihr gleich sagen sollen, dass er wusste, dass Jake sein Sohn war. Schließlich war es ihm fast von der ersten Sekunde an klar gewesen. Aber darum ging es Julia überhaupt nicht, oder? Jedenfalls nicht mehr. Wütend hieb er auf die Matratze ein.

Was auch immer ihr Problem war, er wollte sie, Regeln hin oder her. Aber wenn er ihr das gestand, würde sie ihn abblitzen lassen, weil sie dachte, dass er einfach nur mit ihr ins Bett wollte. Und obwohl das stimmte … nein, verdammt, es stimmte eben nicht! Wenigstens steckte mehr dahinter als reine Lust.

Er mochte sie. Ihren klaren Verstand, ihren Sinn für Humor, ihre Integrität. Nicht dass er ihre Qualitäten im Bett nicht zu schätzen gewusst hätte – aber zu seinem eigenen Erstaunen musste er feststellen, dass es ihm längst nicht mehr nur darum ging.

Abgesehen davon war sie die Mutter seines Sohnes, was bedeutete, dass sie sich in absehbarer Zukunft sehr häufig über den

Weg laufen würden. Also warum sollten sie nicht gleich auch …
ja, was eigentlich? Eine Beziehung eingehen? Eine »Vereinbarung«, treffen? Eine regelmäßige Affäre daraus machen?

Klang gar nicht so übel.

Jedenfalls in seinen Ohren. Dass Julia das ganz anders sehen
würde, war ihm vollkommen klar.

Aber sie würde nicht verhindern können, dass er sich um
Jake kümmerte. Gleich am nächsten Morgen würde er sie da-
rum bitten, dass sie sich zusammensetzten und sich auf eine
Regelung des Sorgerecht einigten.

Und wo er schon dabei war, konnte er auch gleich dafür sorgen, dass sein Haus kindersicher gemacht wurde. Gleich morgen früh würde er seine Haushälterin anrufen und sie bitten,
sich darum zu kümmern.

Außerdem musste er noch eins der Gästezimmer zum Kinderzimmer umbauen lassen. Am besten mit einem Kinderbett
in Form eines Rennautos. Und einem Riesenberg an Spielzeug.

Dann würde er einen Zaun um den Swimmingpool ziehen
lassen. Irgendwann würde er Jake zwar das Schwimmen bei-
bringen, aber noch war dieser zu klein dafür.

Eine große Schaukel, eine Rutsche und ein Klettergerüst
mussten auch her. Und natürlich ein Hund, und zwar ein großer.

Kaum war Cameron kurz davor, doch noch einzudösen, da
fuhr er plötzlich wieder hoch. Denn mit einem Schlag war ihm
klar geworden, dass es ihm überhaupt nicht gefiel, Jake nur alle
paar Tage, ja, vielleicht sogar nur alle paar Wochen bei sich zu
haben. Vielleicht war es ja einfacher, wenn Julia und sein Sohn
einfach zu ihm zogen? Immerhin hatte Camerons Haus sechs
Schlafzimmer und eine riesige Küche, in der Julia weiterarbei-
ten konnte.

Doch als er begriff, was er da gerade gedacht hatte, setzte er
sich ruckartig auf. »Duke, jetzt bist du endgültig wahnsinnig
geworden.«

Was war denn nur los mit ihm? Er war überhaupt nicht bereit, in die Rolle des Vaters zu schlüpfen! Und es kam gar nicht in Frage, dass Julia und Jake bei ihm einzogen! Schließlich hatte er das alles schon einmal durchlebt, wenigstens teilweise. Oder hatte er etwa vergessen, wie es damals mit Martina gelaufen war?

Vor einigen Jahren, lange nach dem Fiasko mit seiner Jugendfreundin Wendy, hatte er die Marines verlassen und zusammen mit seinen Brüdern Duke Development gegründet. Durch Geschäftsfreunde lernte er Martina Moran kennen, eine höchst attraktive Frau, der die Männer zu Füßen lagen. Vor ihrer Begegnung hatte er gedacht, dass er seine Lektion in Sachen Frauen gelernt hätte. Aber als er Martina zum ersten Mal sah, hatte sein Verstand nicht mehr viel zu melden. Martina tat alles, um ihn für sich zu gewinnen, und kurze Zeit später waren sie ein Paar.

Ihre Beziehung wurde immer enger, und schließlich war er sich sicher, dass er in sie verliebt war. Wahrscheinlich hatte er auch sich selbst beweisen wollen, dass er seine düstere Vergangenheit und das gewalttätige Erbe seines Vaters hinter sich gelassen hatte. Jedenfalls machte er Martina wenig später einen Heiratsantrag, und sie sagte Ja. Eine Zeit lang bildete er sich ernsthaft ein, er könne endlich loslassen und eine glückliche, liebevolle Ehe führen.

Nur dass er jung, dumm und absolut auf dem Holzweg war. Denn schließlich stellte sich heraus, dass Martina ihn von Anfang an nur benutzt hatte, um einen anderen Mann eifersüchtig zu machen. Ihr Plan ging auf, und ihr Exfreund Andrew Gray, ein verwöhnter Schnösel, flehte sie an, ihn zu heiraten. Daraufhin verließ sie Cameron so schnell, wie ihre Füße sie in ihren Designer-High-Heels tragen konnten.

Cameron hatte Martinas hinterhältiges Verhalten als Wink des Schicksals interpretiert. Von da an war er sich sicher, dass er von Geburt an dazu verdammt war, alleine zu bleiben. Es war an der Zeit, das zu akzeptieren. Er war ein Risikofaktor, und so

reich er auch sein mochte: Was die Liebe betraf, war er ein Ver-
lierer, ein Mensch zweiter Klasse, der etwas Schlechtes in sich
trug. Die Lektion war hart gewesen, aber schließlich schluckte
er die bittere Pille und schwor sich, der Liebe nie wieder eine
Chance zu geben. Das war einfach für alle Beteiligten das Beste.
Denn es würde sowieso zwangsläufig in einer Katastrophe
enden.

Inzwischen war er älter und reifer, aber war er tatsächlich
auch klüger geworden? Klug genug, um einen Weg zu finden,
mit den neuen Umständen zurechtzukommen, ohne dass dabei jemand verletzt wurde? Jake war sein Sohn, und Julia war
die Mutter seines Kindes. Es musste einfach einen Weg geben!
Solange er und Julia nicht vergaßen, dass es bei all dem nur um
Jakes Wohlergehen ging, konnten sie es schaffen, eine Beziehung aufzubauen, von der alle profitierten.

Langsam ließ er sich wieder zurückfallen und starrte gedankenverloren an die Zimmerdecke. Als er Stunden später endlich
einschlief, hatte er einen Plan gefasst.

Als Julia am nächsten Abend in die Suite zurückkehrte, war sie
so müde, dass sie kaum noch die Schlüsselkarte in den Leser
schieben konnte. Sie hatte fast nicht geschlafen, und der Konfe-
renztag war sehr anstrengend gewesen. Jetzt wollte sie nur noch
ein Glas Wein und ein ausgiebiges Bad.

Doch als sie den Vorraum der Suite betrat, drangen durch die
offen stehende Wohnzimmertür Stimmengewirr und Musik.
Hatte Cameron etwa eine Party organisiert? Und wo war Jake?

Julia war nicht in der Stimmung für viele Menschen und
Small Talk. Also überlegte sie, sich einfach ins Gästezimmer zu
stehlen und Camerons Gäste zu ignorieren.

Doch ehe sie flüchten konnte, wurde sie von einer jungen
Frau entdeckt, die durch die Wohnzimmertür spähte.

»Du musst Julia sein«, sagte sie lächelnd. »Cameron hat uns
schon alles über dich erzählt.«

Was sollte das denn bitte heißen?

»Hallo«, erwiderte Julia, bemüht, die Fremde nicht allzu misstrauisch zu mustern. Mit ihrem dicken braunen Haar und der perfekten Haut sah sie nicht nur absolut umwerfend aus, sondern wirkte auch noch freundlich und liebenswert.

Ob sie Camerons neueste Flamme war? Nicht dass Julia ihm daraus einen Vorwurf hätte machen können: Die junge Frau war absolut hinreißend. Aber Julia hätte es durchaus zu schätzen gewusst, wenn Cameron etwas diskreter mit seinen Liebschaften umgegangen wäre.

In diesem Augenblick spazierte Sally Duke in den Vorraum. »Trish, wo bleibt denn nur …« Dann erkannte sie Julia und rief ins Wohnzimmer: »Leute, sie ist da-ha!«

»Hallo, Sally«, murmelte Julia, die nun vollends verwirrt war.

»Jetzt komm doch erst mal rein, Darling. Du musst schrecklich erschöpft sein nach deinem langen Tag, und jetzt gehen auch noch wir alle dir auf die Nerven!«

»Schon in Ordnung«, erwiderte Julia erschöpft.

»Na, dann wirst du jetzt Camerons ganze Familie treffen. Adams Frau Trish hast du ja schon kennengelernt.«

»Nicht wirklich.« Julia wandte sich der jungen Frau zu und reichte ihr die Hand. Plötzlich fiel es ihr ganz leicht, ihr ein herzliches Lächeln zu schenken. »Hallo, Trish. Freut mich sehr, dich kennenzulernen.«

Doch Trish ignorierte ihre Hand und drückte Julia fest an sich. »Ebenfalls! Jake ist wirklich ein Schatz. Cameron hat ein Riesenglück, dass er euch beide hat.«

»Danke«, murmelte Julia verlegen.

»Ich bin auch noch recht neu in der Familie«, erzählte Trish fröhlich, während sie sich bei Julia unterhakte. »Adam und ich haben erst vor einem Monat geheiratet.«

»Oh, meine Glückwünsche!«

»War ja schwer genug, die beiden zusammenzubekommen«, warf Sally lachend ein. »Aber die ganze Geschichte wirst du schon noch früh genug zu hören bekommen. Und jetzt los, ich will dir meine Jungs vorstellen.«

Sally hakte sich ebenfalls bei Julias ein, und zu dritt stürmten die Frauen das Wohnzimmer. Der Küchenbereich sah wegen der drei hünenhaften Männer, die es sich am Tresen bequem gemacht hatten, seltsam klein aus. Cameron und seine Brüder plauderten angeregt mit Sallys Freundinnen Beatrice und Marjorie.

Der Größte der drei Männer spielte Flugzeug mit Jake, der lachte und quietschte vor Vergnügen. Das musste Brandon sein, der ehemalige Football-Quarterback.

»Mann, jetzt will ich ihn mal halten«, beschwerte sich der dritte Bruder, bei dem es sich nach dem Ausschlussverfahren um Adam handeln musste.

Als er nach Jake griff, lachte dieser vergnügt auf.

»Hi, Jake«, sagte Adam. »Willkommen im Duke-Clan.«

Brandon kitzelte Jake, der wild mit den Beinchen strampelte und fröhlich krähte, am Bauch.

»Toller kleiner Kerl«, sagte Brandon zu Cameron und klopfte ihm anerkennend auf die Schulter.

»Allerdings«, erwiderte Cameron und nahm seinen Sohn auf den Arm. Für einen Augenblick drückte er den Kleinen voller Zuneigung fest an sich, und Julia wurde bei dem Anblick ganz warm ums Herz.

Dann sagte er: »Jetzt schon ein echter Herzensbrecher. Kommt ganz nach seinem Vater, findet ihr nicht?«

»Gegen diese Beleidigung würde ich mich entschieden wehren, Jake«, scherzte Brandon.

Adam lachte auf. »Ganz genau. Er ist viel hübscher als sein Dad.«

»Sehr witzig«, murrte Cameron und hob seinen Sohn in die Luft.

»Dada!«, rief Jake und streckte die Arme nach seinem Vater aus.

Für einen kurzen Moment verstummten alle und wechselten Blicke. Dann schlug Adam seinem Bruder heftig auf den Rücken. »Glückwunsch, Dad!«

Cameron atmete tief durch. »Danke.«

»Genau, herzlichen Glückwunsch«, fiel Brandon ein. »Ich kann es gar nicht abwarten, den heißen Feger aus dem Fotoalbum kennenzulernen.«

Hüstelnd machte Julia sich bemerkbar.

»Mom-my!«, rief Jake und wedelte mit den Ärmchen, während die drei Männer sich verlegen zu ihr umdrehten.

Gerade war Julia noch zutiefst gerührt darüber gewesen, mit welcher Begeisterung die Duke-Brüder das neue Familienmitglied aufgenommen hatten, und hatte mit den Tränen gekämpft. Doch nun, als sie die beschämten Mienen der drei Männer bemerkte, musste sie lachen. »Hallo, mein Schatz«, sagte sie und streckte die Arme nach ihrem Sohn aus. »Dein heißer Feger von Mom ist zu Hause!«

Jake zappelte wie wild auf dem Arm seines Vaters herum.

Der riesenhafte Brandon schien einen Moment zu brauchen, um sich zu fangen, doch dann gab er Julia mit einem strahlenden Lächeln die Hand. »Hallo, ich bin Brandon, Cams intelligenterer und attraktiverer Bruder.«

Beeindruckt ergriff Julia seine riesige Hand. Brandon war groß wie ein Bär, deswegen aber nicht weniger gut aussehend als seine Brüder. Sein welliges hellbraunes Haar war einen Tick zu lang und verlieh ihm etwas Wildes, Ungezähmtes. Ja, mit seinen breiten Schultern und seinen markanten Zügen war Brandon eindeutig der Bad Boy unter den Duke-Brüdern.

Nun trat auch der Dritte im Bunde zu ihnen. »Hi, Julia. Ich bin Adam.« Während sie seine Hand schüttelte, musterte sie ihn neugierig. Adam war etwas größer als Brandon, aber zierlicher gebaut und eindeutig der ernsteste Duke-Sprössling. Mit seinen dunklen Haaren, den eisblauen Augen und seinem kultivierten Auftreten war auch er eine eindrucksvolle Erscheinung.

»Schau mal einer an, da verstummt sie doch glatt«, bemerkte Brandon und trank einen Schluck Bier. »Adam hat wirklich ein Talent, die Damenwelt in Angst und Schrecken zu versetzen.«

Julia lachte auf und nahm das Weinglas, das Cameron ihr reichte. Das Eis war gebrochen: Eine angeregte Unterhaltung kam in Gang, die nächste Flasche Wein wurde geöffnet, und alle Anwesenden stritten darum, wer Jake wann auf den Arm nehmen durfte.

Nach einem Glas kühlem Weißwein spürte Julia, wie die Anspannung merklich von ihr abfiel, und nach einer halben Stunde fühlte sie sich geradezu energiegeladen, obwohl sie vorher noch so erschöpft gewesen war. Was für eine ausgelassene, fröhliche Runde! Wenn das hier Familie bedeutete, hätte sie nichts dagegen gehabt, auf Dauer ein Teil davon zu werden.

Kurz darauf brachte der Zimmerservice das Abendessen, das Cameron für alle bestellt hatte. »Ich hoffe, es macht dir nichts aus«, flüsterte er Julia ins Ohr. »Wo du doch so einen langen Tag hattest.«

»Kein bisschen«, erwiderte sie fröhlich. »Deine Familie ist einfach toll!«

»Allerdings«, sagte Cameron und sah ihr tief in die Augen.

Sein Blick war so intensiv, dass Julia spürte, wie sie errötete. »Ich helfe mal beim Tischdecken«, murmelte sie nervös und wandte sich ab.

Während sie zusammen mit Trish den Tisch deckte, begutachtete sie die drei Brüder erneut. Sicher, sie sahen alle miteinander ungewöhnlich gut aus. Aber mit seiner schlanken, muskulösen Figur, den klaren grünen Augen und dem unwiderstehlichen Lächeln stach Cameron doch heraus. Kein Wunder, dass sie ständig rot wurde, wenn sie in seiner Nähe war!

Zehn Minuten später hatten sich alle um den großen Tisch versammelt. Lachend und plaudernd fiel die ganze Meute über das Dinner her. Eine Familienanekdote nach der anderen wurde erzählt, und am Ende konnte Julia sich nicht mehr erinnern, wann sie zuletzt so viel gelacht hatte. Es berührte sie tief, wie herzlich die Dukes Jake und sie selbst in den Kreis ihrer Familie aufnahmen. Für einen Moment stiegen ihr die Tränen in die Augen. Als Cameron unter dem Tisch ihr Knie streichelte, stockte ihr kurz der Atem.

»Geht es dir gut?«, fragte Cameron leise.

Sie sah ihm lächelnd in die Augen. »Besser als je zuvor.«

Diese Menschen waren genau das, wovon Julia ihr Leben lang geträumt hatte: eine Familie. Doch wie konnte sie sicher sein, dass es kein Fehler war, ihr Herz zu öffnen?

Cameron hatte Julia den ganzen Abend über genau beobachtet. Sicher, es war besser, nichts zu beschreien, aber bisher lief alles perfekt nach Plan.

Unauffällig beugte er sich zu ihr hinüber und flüsterte: »Würdest du kurz mit mir raus auf den Balkon kommen?«

»Vorher sollte ich das Baby ins Bett bringen«, erwiderte sie.

»Oh, können wir das vielleicht machen?«, fragte Trish. »Adam und ich sollten langsam anfangen zu üben.«

»Moment mal«, sagte Brandon argwöhnisch. »Gibt es bei euch etwa Neuigkeiten?«

»Ich weiß nicht«, antwortete Adam und warf seiner Frau einen scharfen Blick zu. »Gibt es welche?«

Sie lächelte unschuldig. »Ach was, aber Übung kann doch nicht schaden!«

Mit einem erleichterten Seufzer, der aus tiefster Seele zu kommen schien, stand Adam auf und zog Trish mit sich in die Höhe. »Jag mir bloß nie wieder so einen Schreck ein!«

Alle lachten, und Cameron legte Trish das Baby in den Arm. »Guck mal, er dämmert schon weg«, flüsterte er und strich seinem Sohn über die Wange.

»Ach, er ist so niedlich«, schwärmte Trish. Dann sah sie Julia an. »Wir sind natürlich ganz vorsichtig.«

»Jake ist ziemlich robust«, versicherte Julia ihr lachend. Dann gab sie ihrem Sohn einen Gutenachtkuss.

Endlich war der Moment gekommen, auf den Cameron schon den ganzen Tag lang hingefiebert hatte. Ungeduldig führte er Julia auf den Balkon. Die laue Abendbrise spielte mit ihrem langen blonden Haar.

»Was für ein wunderschöner Ausblick«, sagte sie und lehnte sich gegen die Brüstung, hinter der sich die Silhouetten der Sequoiabäume dunkel gegen den sternenübersäten Nachthimmel abzeichneten.

Unverwandt sah Cameron die Mutter seines Sohnes an. »Ja, wunderschön.«

Beim Klang seiner Stimme wandte sie sich um und sah zu ihm auf. Auch wenn er in der Dunkelheit nicht genug sehen konnte, um sicher zu sein, glaubte er doch, dass sie wieder rot geworden war. Bei dem Gedanken musste er lächeln. In den letzten Jahren war er nicht vielen Frauen begegnet, die überhaupt noch dazu in der Lage waren, zu erröten.

»Hattest du heute Abend Spaß?«, fragte er, während er sich neben Julia an die Brüstung stellte.

»Oh ja!« Ihre Augen funkelten im Mondlicht. »Du hast eine tolle Familie, und alle waren so liebevoll mit Jake. Er scheint richtig willkommen zu sein!«

»Auch du bist willkommen, Julia.«

»Ich weiß.« Sie lachte warm auf. »Alle sind so freundlich und entgegenkommend. Etwas Besseres hätte Jake gar nicht passieren können.«

»Wird es dich nicht irgendwann nerven, dass sich alle um ihn prügeln?«, fragte er, ebenfalls lachend.

Aber Julias Reaktion fiel unerwartet ernst aus. »Nein, auf keinen Fall. Es gibt doch nichts Besseres für ein Kind als eine heile Familie.«

»Schön, dass du das sagst, denn über genau diesen Punkt habe ich den ganzen Tag nachgedacht.«

»Wie meinst du das?«

»Ich versuche herauszufinden, was das Beste für Jake ist.«

Verblüfft sah sie zu ihm auf. »Im Ernst?«

»Ja«, erwiderte er lächelnd. Verdammt, sie war einfach atemberaubend schön. Wann immer er Julia ansah, traf ihn die Erkenntnis, wie umwerfend sie war, aufs Neue. »Und ich denke, das Beste für unseren Sohn wäre es, wenn wir heiraten.«

6. Kapitel

»*Was?!*«

Ein Schatten legte sich auf Julias Augen. »Jake hat auch jetzt schon eine glückliche Kindheit.«

»Aber wenn wir zusammenleben, wird sie noch besser«, beharrte er.

»Das bezweifle ich«, sagte Julia und schüttelte entschieden den Kopf.

Ihr Tonfall gefiel ihm ganz und gar nicht. Aufgebracht wich er einen Schritt zurück und verschränkte die Arme vor der Brust. »Willst du mir etwa meinen Sohn vorenthalten?«

Bestürzt sah sie zu ihm auf. »Nein, absolut nicht! Wir finden sicher eine Besuchsregelung, mit der wir beide zufrieden sind, und du …«

»Ich will keine Besuchsregelung«, unterbrach Cameron sie. »Ich will meinen Sohn.«

»Aber das ist unmöglich«, schrie sie. »Ich bin seine Mutter, er war sein Leben lang bei mir, und wir kommen bestens alleine zurecht. Du kannst ihn mir nicht einfach wegnehmen!«

»Das will ich doch auch gar nicht«, sagte Cameron beschwichtigend. Verdammt, das lief alles überhaupt nicht so, wie er es sich vorgestellt hatte! »Ich bitte dich, mich zu heiraten, damit wir ihn gemeinsam großziehen können.«

Fassungslos sah sie ihn an. »Wer bist du, und was hast du mit Cameron Duke gemacht?«

»Das ist kein guter Zeitpunkt für Witze.«

»Ich mache ja auch keine Witze. Ich erkenne dich einfach nicht mehr wieder! Wie bist du nur auf diese absolut schwachsinnige Idee gekommen? Du, der Mann mit den Regeln, der

451

Heiratsgegner! Ich werde auf gar keinen Fall bei dir einziehen!«

»Und warum nicht?«

»Weil du mich schon einmal einfach aussortiert hast wie ein abgetragenes Kleidungsstück, Cameron Duke! Und weil du mir mitgeteilt hast, dass dieses Verhalten für dich zum Programm gehört.«

»Die Menschen ändern sich eben. Und Regeln müssen an die Umstände angepasst werden.« Wieso begriff sie denn nicht, dass er recht hatte?

»Oh, wie reif du bist«, sagte sie spöttisch. »Aber das heißt noch lange nicht, dass ich in dein Haus ziehe und das Kindermädchen spiele, damit du weiter deinen Geschäften nachgehen kannst!«

»Habe ich irgendetwas von einem Kindermädchen gesagt?«, fragte er stirnrunzelnd.

»Ach, komm schon, Cameron, hör auf, mir etwas vorzumachen. Ich bin doch keine Idiotin! Du willst Jake, also nimmst du mich mit in Kauf, weil sich schließlich jemand um ihn kümmern muss.«

»Das verstehst du alles vollkommen falsch, Julia! Natürlich will ich auch dich!«

»Jake und ich sind absolut glücklich in unserem Zuhause. Und du kannst uns jederzeit gerne besuchen.«

»Ich will niemanden besuchen, ich will mit meinem Sohn und seiner Mutter zusammenleben! Ich will, dass du mich heiratest. Warum ist das nur so schwer zu verstehen?«

»Weil du mich benutzt, um an Jake zu kommen.« Ihre Stimme zitterte vor Wut. »Und ich lasse mich nicht benutzen.«

Und da begriff er. Julia hatte Angst! Verdammt, schon wieder hatte er sich wie ein völliger Idiot benommen! Seufzend ließ Cameron sich mit dem Rücken gegen die Balustrade sinken und zog Julia an sich, um ihr beruhigend über die Arme zu streichen. »Ich schwöre dir, dass ich dich nicht benutzen will. Alles, was ich will, ist die Chance auf eine Familie. Für Jake, dich und mich.«

Sie sah zu ihm auf. »Aber du liebst mich nicht, Cameron.«

Er konnte nicht verhindern, dass ihm sein Entsetzen anzusehen war. Sie wollte Liebe? Von ihm? Nein. Alles, nur das nicht. Er konnte ihr keine Liebe schenken.

»Aber dafür bewundere ich dich, Julia«, sagte er. »Ich respektiere dich, ich mag dich verdammt gerne, ich will bei dir sein, und ganz offensichtlich sind wir beide ziemlich scharf aufeinander. Glaubst du nicht, dass das reicht, um ein schönes Leben miteinander zu haben? Und das andere … Verstehst du, Liebe gibt es bei mir einfach nicht. Tut mir leid.«

Julia legte den Kopf in den Nacken und musterte ihn ausgiebig. »Liebst du denn Jake?«

Stirnrunzelnd dachte er nach. Liebte er seinen Sohn? War er dazu überhaupt in der Lage? Was für ein Gefühl war das tief in ihm, wenn er seinem Sohn in die Augen sah und glaubte, der kleine Mann würde ihm bis in die Seele blicken? Nannte man so etwas Liebe? Und spielte das überhaupt eine Rolle? Nein, jedenfalls nicht in Camerons Augen. Und damit würde Julia sich abfinden müssen.

»Jake ist mein Sohn«, erwiderte er. »Und ich würde mein Leben geben, um ihn zu beschützen.«

Wortlos nickte Julia. Ihr war der kurze Moment der Erkenntnis, der durch Camerons Augen gehuscht war, nicht entgangen. Julia kannte diesen Blick. Immer wenn sie sich im Spiegel betrachtete, während sie Jake im Arm hielt, sah sie ganz genauso aus. So sah Liebe aus. Die Liebe, die man nur für sein Kind empfinden konnte. Vielleicht brachte Cameron das Wort nicht über die Lippen, aber Julia wusste nun ganz sicher, dass er seinen Sohn liebte.

Trotzdem traute sie sich nicht, ihm zu gestehen, dass sein Angebot verlockend war. Denn konnte man etwas Verzweifelteres tun, als einen Mann zu heiraten, der einen nicht liebte? Nein, so sehr konnte sie sich überhaupt nicht nach einer Familie sehnen, dass sie bereit gewesen wäre, dafür die Chance auf Liebe für immer zu verschenken.

Als sie eine Weile später in die Suite zurückkehrte, hallten Camerons Worte noch immer in ihrem Kopf wider.

Respekt, Zuneigung, Leidenschaft ... War das wirklich genug, um eine Familie zusammenzuhalten? Andererseits gab es ihrer Erfahrung nach eine ganze Menge Familien, die noch viel weniger miteinander verband.

Ihr Leben lang hatte Julia von einer Familie geträumt. Davon, wie schön es wäre, Brüder und Schwestern zu haben. In Camerons Brüdern und Trish könnte sie vielleicht so etwas wie Geschwister finden. Und Sally würde vielleicht eines Tages so etwas wie eine Mutter für sie werden. Sie könnten einander ihre Träume und Geheimnisse verraten, zusammen Shoppen und Brunchen gehen, und ...

»Na klar«, wies sie sich selbst leise zurecht. »Und als Nächstes machen wir dann eine Pyjamaparty und lackieren uns gegenseitig die Zehennägel!«

Wie tief war sie nur gesunken, dass sie jetzt schon überlegte, Cameron nur wegen seiner Mutter zu heiraten!

Leise trat sie in ihr Schlafzimmer, wo Trish gerade den letzten Druckknopf an Jakes Pyjama schloss.

»Wow, wir haben es wirklich geschafft«, sagte Trish und sah stolz zu Adam auf.

»Du bist ein echtes Naturtalent«, erwiderte er lachend und gab ihr einen sanften Kuss auf die Stirn.

Beim Anblick dieser romantischen Geste wurde Julia noch schwerer ums Herz. Als sie leise seufzte, drehte Trish sich zu ihr um. »Oh, hallo, Julia! Dein Sohn war ein echter Schatz!«

»Und anscheinend hat er das Experiment unbeschadet überstanden«, bemerkte Julia lachend. »Danke, dass ihr euch um ihn gekümmert habt.«

»Danke, dass du ihn uns anvertraut hast«, gab Trish zurück.

Als Adam ihr noch einen Kuss auf die Schläfe gab, strahlte Trish ihn verliebt an. Die beiden waren so hin und weg voneinander, dass es fast schon wehtat, sie zu beobachten.

Ob Cameron wohl überhaupt dazu in der Lage war, einer Frau so tiefe Gefühle entgegenzubringen? Zu spät wurde ihr klar, dass das die vollkommen falsche Fragestellung war. Cameron Duke würde niemals eine Frau lieben. Und zwar, weil er es nicht *wollte*. Julia war einfach nicht der Typ, der sich unrealistische Hoffnungen machte. Nein, sie würde sich mit dem zufriedengeben, was sie hatte, und das Beste daraus machen.

Nachdem Adam und Trish das Schlafzimmer verlassen hatten, brachte sie Jake ins Bett und streichelte ihm den Bauch, bis er zur Ruhe gekommen war.

»Träum süß, mein Schatz«, flüsterte sie und betrachtete ihren Sohn, der friedlich schlummerte. Machte sie einen Fehler, wenn sie ihm die Möglichkeit nahm, eine enge Beziehung zu seinem Vater aufzubauen? War es vielleicht doch besser für Jake, auf Camerons Angebot einzugehen?

Während sie das Licht ausmachte, dachte sie an den anderen Punkt, den Cameron genannt hatte: das Begehren, das sie zweifellos füreinander empfanden.

Bei dem bloßen Gedanken daran, wieder mit Cameron zu schlafen, verspürte Julia ein drängendes Pochen zwischen den Beinen. Das Bild in ihrem Kopf war so lebendig, dass sie einen Moment innehalten mussten, um sich zu sammeln.

Als sie das Wohnzimmer betrat, suchte sie unwillkürlich Camerons Blick, der sie mit einer Intensität musterte, die sie so nicht kannte.

Oh ja, keine Frage: Zwischen ihnen knisterte es ganz gewaltig. Aber wie lange würde es dauern, bis dieses Feuer erlosch?

Seufzend schüttelte Cameron sein zerknülltes Kissen auf und lehnte sich zurück. Ob er wohl je wieder vernünftig schlafen würde?

Nachdem seine Gäste gegangen waren, hatte er Julia zu ihrem Zimmer begleitet, ihr einen sanften Gutenachtkuss gegeben und war dann in seinem eigenen Schlafzimmer verschwunden.

»Und zwar zum dritten Mal hintereinander!«, knurrte er frustriert. Was zur Hölle war nur in ihn gefahren? Verdammt, er war ein Marine. Er war im Krieg gewesen und hatte dem Feind gegenübergestanden! Aber nichts hatte ihn je so viel Überwindung gekostet, wie Julia einfach stehen zu lassen.

Verzweifelt erinnerte er sich daran, dass er all das nur für einen guten Zweck tat. Sein Plan würde aufgehen: Er würde Julia zermürben, bis ihr Verlangen nach ihm so groß war, dass sie freiwillig mit ihm ins Bett ging. Und bei ihm einzog.

Sein Verlangen schien sich allerdings kein bisschen für logische Argumente zu interessieren. Der gute Zweck hatte einen hohen Preis – eine weitere schlaflose Nacht.

Am nächsten Morgen hatte Julia keine Chance, Cameron aus dem Weg zu gehen, da er schon am Esstisch saß und Jake fütterte. Es war wirklich unglaublich, wie schnell er sich an den Alltag mit einem Baby gewöhnt hatte. Nach nicht mal drei Tagen benahm er sich schon wie der geborene Vater.

Gerade heute hatte sie seine Unterstützung dringend nötig, da sie die ganze Nacht über kein Auge zubekommen hatte. Nicht nur, dass Cameron sie aus heiterem Himmel gebeten hatte, ihn zu heiraten. Nein, danach hatte er sie auch noch mit einem flüchtigen Kuss abserviert und sie dann stehen lassen, obwohl ihr Körper vor Verlangen förmlich gebebt hatte!

»Mann, Kleiner, das Zeug gehört in deinen Mund, nicht in deine Haare«, murmelte Cameron und wischte seinem Sohn mit einem feuchten Waschlappen die Hände und das Gesicht ab.

Trotz ihrer schlechten Laune musste Julia ein Lachen unterdrücken. Als Cameron zu ihr aufsah, machte ihr Herz einen kleinen Sprung.

»Musst du gleich los zur Konferenz?«

»Super«, erwiderte er und nahm Jake sein Lätzchen ab. Dann zwickte er seinem Sohn zärtlich in die Nase, der daraufhin zufrieden gluckste.

Julia musste sich dringend auf den Weg machen, aber der Anblick der beiden fesselte sie so sehr, dass sie sich kaum losreißen konnte. Die ganze Stimmung war so … familiär, so normal und vertraut! Ihr Leben lang hatte sie sich nach genau so einer Umgebung gesehnt. Konnte sie jetzt Nein sagen? Nur weil die Bedingungen nicht perfekt waren?

Wie verzaubert beobachtete Julia, wie Cameron seinen Sohn auf den Arm nahm. Die Tränen kamen wie aus dem Nichts. Verlegen wandte Julia sich ab und versuchte, sich nichts anmerken zu lassen. Zu viele Gefühle auf einmal stiegen in ihr auf. Widersprüchliche, verwirrende Gefühle, die sie erst einmal in Ruhe ordnen musste.

Nachdem sie tief durchgeatmet hatte, gab sie Jake einen Kuss auf die Wange. »Bis später, mein Schatz. Ich liebe dich.«

Und ohne nachzudenken, gab sie auch Cameron einen Kuss. Als sie begriff, was sie gerade getan hatte, schrak sie zusammen und versuchte, zurückzuweichen. Doch Cameron zog sie an sich und verlängerte ihren Kuss, bis sie kaum noch Luft bekam.

Atemlos brachte sie ein »Bis später« heraus.

»Bis später, Schatz«, erwiderte Cameron und grinste schelmisch, während sie fluchtartig die Suite verließ.

Das Meeting mit den Investoren war gut gelaufen. Zufrieden schob Cameron die Visitenkarten seiner neuen Geschäftspartner in die Sakkotasche. Noch eine Stunde, bis er zum Lunch mit seinen Managern verabredet war. Kurzerhand beschloss er, Julia bei ihrem Vortrag einen Besuch abzustatten. Wenige Minuten später hatte er den richtigen Konferenzsaal gefunden, öffnete leise die Tür und lehnte sich an die Wand, um Julia zu beobachten.

»Können Sie den Unterschied schmecken?«, fragte sie das Publikum, während sie mit einer großen Schüssel in der Hand den Gang hinabspazierte und einzelne Teilnehmer von kleinen Plastiklöffelchen probieren ließ.

»Die Glasur ist so hell, dass sie förmlich leuchtet«, erklärte sie begeistert. »Das gefällt mir daran am besten. Und sehen Sie, wie klebrig sie ist? Das liegt am hohen Eiweißanteil. Diese Art von Glasur zuzubereiten dauert zwar länger, aber meiner Meinung nach ist es die Mühe wert. Sehen Sie mal: Wenn ich die Masse hier mit dem Löffel aufwerfe, bleibt eine harte Spitze zurück. Damit lässt sich hervorragend arbeiten!« Julia steckte sich selbst einen der kleinen Plastiklöffel in den Mund und verdrehte genussvoll die Augen. »Mmhh, und sie schmeckt so süß, dass sie einem förmlich auf der Zunge schmilzt!«

Cameron brauchte ihr nur einige Sekunden lang zuzuhören, um hart zu werden. Es spielte überhaupt keine Rolle, dass der Raum voller Fremder war oder dass Julia mit ihrer schmalen dunkelblauen Hose, dem blassblauen Hemd und der Küchenschürze eher dezent gekleidet war. Er wollte sie, und zwar sofort. Für einen Moment schloss er die Augen, um sich vorzustellen, wie sie aussehen würde, wenn sie nichts weiter als die Schürze und ihre Pumps trug.

Wie war es nur möglich, dass ihn eine harmlose, zwanzig Sekunde lange Beschreibung von Kuchenglasuren an hemmungslosen Sex denken ließ? Daran, Julia auf die nächstbeste flache Oberfläche zu werfen und sich tief in sie zu versenken?

Vielleicht lag es ja am Vokabular. Klebrige, harte Spitzen? Die einem auf der Zunge schmolzen? Verdammt, was brachte sie den Leuten hier eigentlich bei?

In diesem Augenblick bemerkte Julia ihn und hielt mitten in der Bewegung inne. Kurz fragte er sich, ob sie wohl wusste, was sie ihm gerade antat.

Dann löste sie ihren Blick von seinem und hüstelte. »Gut,

dann machen wir jetzt eine zehnminütige Pause«, sagte sie. »Wenn Sie zurückkommen, verrate ich Ihnen das Geheimnis einer gelungenen Buttercremeglasur.«

Cameron ignorierte den Menschenstrom um ihn herum und fixierte Julia, die den Gang hinab auf ihn zukam, bis der letzte Konferenzteilnehmer gegangen war.

»Was für eine schöne Überraschung«, sagte sie und hielt ihm einen Löffel hin. »Möchtest du auch mal probieren?«

»Allerdings«, sagte er mit rauer Stimme.

Aber nicht von deiner Glasur.

Dann nahm er ihr die Schüssel und den Löffel aus den Händen und stellte beides auf einem Tisch ab. Im nächsten Moment zog er Julia heftig an sich und küsste sie leidenschaftlich. Er wollte ihre Lippen schmecken, ihre Zunge an seiner spüren, wollte alles, und zwar sofort!

Sie schlang die Arme um seinen Nacken und presste sich so eng an ihn, dass sie ganz sicher das Ausmaß seiner Erregung spürte.

»Wohin können wir gehen?«, raunte er. »Ich muss mit dir alleine sein.« Natürlich gehörte ihm das Hotel, und keiner wusste besser als er, was für geheime Nischen es hier gab, aber er konnte einfach nicht mehr klar denken. Nicht, solange Julia ihren geschmeidigen, warmen Körper an seinen schmiegte und ihr betörender Duft ihn berauschte.

»Meine Zuhörer«, flüsterte sie zwischen seinen Küssen. »Sie kommen jede Minute zurück!«

»Aber ich will dich jetzt.« Nicht, dass seine Härte noch irgendeiner Erklärung bedurft hätte. Er vertiefte seinen Kuss so sehr, dass er kaum noch wusste, wo er selbst aufhörte und Julia begann.

»Ich will dich auch«, keuchte sie atemlos. »Aber wir müssen warten.«

»Ich kann nicht länger warten«, murmelte er und schob die Hände unter ihre Bluse.

»Heute Abend«, versprach sie ihm. Dann schob sie ihn von sich – genau im richtigen Moment, denn schon kamen die ersten Kongressteilnehmer zurück.

»Heute Abend«, wiederholte er.

»Und dann werden wir reden«, fügte sie hinzu.

Er nickte wortlos und verließ den Saal.

7. Kapitel

Julia betrat die Suite und sah sich in dem ruhigen, menschen-
leeren Wohnzimmer um. Ob Cameron und Jake schon wieder
ein Nickerchen machten?

Doch dann hörte sie entferntes, fröhliches Lachen. Unwillkürlich musste sie lächeln. Auf leisen Sohlen folgte sie dem
vergnügten Quietschen bis in das kleine Bad, das an ihr eigenes
Schlafzimmer anschloss. Als sie einen Blick durch die Tür warf,
lachte sie laut auf.

Jake saß zwischen einer ganzen Armee von Badeenten in
seiner kleinen Kinderwanne und planschte herum, was das
Zeug hielt. Cameron, der von Kopf bis Fuß durchnässt war,
stand daneben und rieb den Kleinen mit einem Waschlappen
ab. »Sohnemann«, sagte er gerade, »wir müssen mal ein ernstes
Wort über das Thema Wasserverbrauch reden.«

Julia lächelte. Den ganzen Vormittag über hatte sie die Vor-
und Nachteile einer Ehe mit Cameron Duke abgewogen. Doch
als er plötzlich bei ihrem Vortrag erschienen war, hatte er all
ihre Gedanken einfach weggewischt. Der Blick in seinen Augen
hatte ihr alles verraten, was sie wissen musste. Vielleicht liebte
er sie nicht, und vielleicht würde er das auch niemals tun. Aber
was sie in jenem Moment in seinen Augen erkannt hatte, war
von so einer Intensität und Aufrichtigkeit gewesen … Ein Teil
von ihr wollte sich einfach ins kalte Wasser stürzen, wollte zu
ihm, zu seiner Familie gehören. Wollte Tag für Tag all die Leidenschaft empfinden, die sie im Konferenzsaal überflutet hatte.
Doch leider gab es da noch einen anderen Teil, der auf Abstand
ging. Der sich ganz und gar nicht sicher war, ob eine Ehe ohne
Liebe nicht ein großer Fehler war.

Mit tropfendem Gesicht sah Cameron zu ihr auf. »Willst du übernehmen?«

»Nein, du machst das toll«, erwiderte sie hastig und flüchtete.

Eineinhalb Stunden später hatten sie gegessen und brachten Jake gemeinsam ins Bett. Kaum schlief das Baby, griff Cameron nach Julias Hand. Auf Zehenspitzen verließen sie das Schlafzimmer und setzten sich ins Wohnzimmer, wo eine Flasche Wein und ein Teller mit Julias hausgemachten Keksen auf sie warteten.

Cameron bemerkte, dass Julia angespannt und nervös war, doch er war sich nicht ganz sicher, warum. Immerhin war sie doch diejenige, die alle Trümpfe in der Hand hielt!

Als er auf die Idee gekommen war, dass Julia und Jake bei ihm einziehen könnten, hatte er nicht vorgehabt, um ihre Hand anzuhalten. Schließlich war die Ehe seit seinem achten Lebensjahr ein rotes Tuch für ihn gewesen. Andererseits hatte er sich damals aber auch geschworen, nie Kinder zu bekommen. Und nach langem Nachdenken war ihm klar geworden, dass es einfach sinnvoll und konsequent war, Julia zu heiraten.

Er hoffte sehr, dass sie begriffen hatte, worum es ihm ging: dass er sie respektieren würde, dass er sie begehrte und dass er sich ein harmonisches Elternhaus für seinen Sohn wünschte.

»Cameron, ich …«

»Julia, ich …«, setzte er gleichzeitig an.

Sie lachten befangen auf, dann fuhr er fort: »Fang du an. Was wolltest du sagen?«

»Okay«, murmelte sie zögernd und strich sich eine Haarsträhne aus der Stirn.

»Lass mich das machen«, flüsterte er und fuhr durch ihr dichtes, glänzendes Haar. Unwillkürlich beugte er sich ein paar Zentimeter vor, um Julias betörenden Duft einzuatmen.

»Das fühlt sich gut an«, sagte Julia leise.

»Gott, du bist so schön«, erwiderte er und vergrub seine Hand in ihrer Mähne, während er ihr tief in die Augen sah. Dann beugte er sich zu ihr hinunter und küsste sie zart auf den Hals. »Und du riechst so gut«, flüsterte er.

»Danke«, erwiderte sie. Als er sie erneut küsste, schloss sie mit flatternden Lidern die Augen und stöhnte leise auf. »Du lenkst vom Thema ab«, sagte sie schwach.

»Ich weiß«, murmelte er und liebkoste weiter ihren Hals. »Nur eine Minute.«

Doch sie berührte zart, aber bestimmt seine Wange und schob ihn von sich. »Wenn ich jetzt nicht mit dir rede, werde ich nie den Mut finden.«

»In Ordnung.« Er seufzte frustriert und lehnte sich wieder zurück. »Schieß los.«

Sie atmete tief durch; dann sah sie ihm in die Augen. »Also, ich habe … ich habe mich dafür entschieden, dich zu heiraten.«

Die ganze Zeit über hatte er gehofft, sie überzeugen zu können. Doch erst jetzt wurde ihm klar, wie wichtig ihm gewesen war, dass sie Ja sagte. Ihm war, als würde ihm ein riesiger Stein vom Herzen fallen. Zum ersten Mal seit seinem Antrag schienen sich seine Muskeln zu entspannen.

»Hast du etwa gerade meinen Antrag angenommen?«, fragte er, um ganz sicherzugehen.

»Ja«, erwiderte sie mit einem zögerlichen Lächeln. »Ja, Cameron, das habe ich. Ich werde dich heiraten.«

»Gut, dann wäre das ja geklärt.« Mit einer raschen Bewegung zog er Julia auf seinen Schoß und schnitt ihr das Wort mit einem leidenschaftlichen Kuss ab. Als er die Arme um ihre schmale Taille schlang, spürte er, dass Julia vor Lust förmlich vibrierte. Ihr ganzer Körper schien vor Verlangen zu beben, und sie erwiderte seinen stürmischen Kuss mit einem solchen Hunger, dass es ihm für einen kurzen Moment den Atem verschlug.

Gott, was hatte er diese Frau vermisst! Ihre Nähe, ihre Wärme, ihre überwältigende Sinnlichkeit … Er musste sie haben, jetzt sofort, wollte ihre Haut an seiner spüren.

Julia schien es genauso zu gehen, denn sie setzte sich rittlings auf ihn und flüsterte: »Berühr mich!«

Wie im Rausch befreite er sie aus ihrem Pullover. Als er bemerkte, dass sie keinen BH trug, stieß er hörbar die Luft aus. Wie hypnotisiert blickte er auf ihre perfekt geformten Brüste. Sie waren voller, als er sie in Erinnerung hatte, rund und schwer, die Spitzen hart und rosig.

Stöhnend umschloss er sie mit den Händen und fuhr mit den Daumen über die harten Erhebungen. Julia keuchte auf und legte ihre Hände auf seine, hob ihm ihre Brüste entgegen, bis er den Kopf senkte und sie nacheinander mit den Lippen liebkoste. Wie durch Watte hörte er Julia stöhnen und leise Worte flüstern, die ihm verrieten, wie sehr sie ihn begehrte.

Seine Sinne wurden überflutet von Julias seidener Weichheit, ihrem blumigen Duft, ihrem Geschmack nach süßer Sünde.

Heftig atmend, drückte sie seinen Kopf noch enger an ihre warme Haut. Sein Plan, es langsam angehen zu lassen, löste sich in Luft auf. Ihm war, als würde er fallen, als gäbe es nichts anderes auf der Welt als Julia und sein Verlangen.

Gierig küsste er sie wieder auf den Mund, spürte voller Befriedigung, wie sie bereitwillig die Lippen für ihn öffnete, seine Zunge suchte.

Stöhnend ließ sie die Hüften kreisen, schmiegte sich eng an ihn, bis seine Erektion schmerzhaft gegen seine Hose drückte. Gott, wenn sie so weitermachte, würde er heute Nacht den Verstand verlieren.

»Du machst mich wahnsinnig«, raunte er heiser. »Leg die Arme um meinen Hals.« Nachdem sie es getan hatte, schob er die Hände unter ihren Po und stand auf. Mit raschen Schritten trug er Julia in sein Schlafzimmer, wo er sie auf das Bett legte.

Sie stützte sich auf einen Ellenbogen und beobachtete ihn, während er sich auszog. Als er seine Boxershorts abstreifte, hob sie die Augenbrauen. Ihr begehrlicher Blick steigerte seine Erregung ins Unermessliche. Rasch griff er nach Julias Beinen und zog sie zu sich, sodass er zwischen ihren Oberschenkeln stand. Dann beugte er sich vor und zog ihr die Jeans von den langen Beinen. Als Julia schließlich in nichts als ihrem schwarzen Spitzenslip vor ihm lag, begann ihm das Blut in den Ohren zu rauschen.

»Hab ich Geburtstag?«, fragte er.

»Hast du dir denn etwas gewünscht?«, entgegnete sie mit glitzernden Augen.

»Allerdings. Und mein Wunsch wurde eben erfüllt.«

Sie befeuchtete sich die Lippen. Allein das zu sehen, ließ ihn aufstöhnen. Und er kniete sich zwischen ihre seidig schimmernden Oberschenkel. Julia blinzelte überrascht, als er sich ihre Beine über die Schultern legte.

»Ich will dich schmecken«, flüsterte er. Dann senkte er den Kopf und küsste ihre empfindsamste Stelle. Als er seine Zunge in ihrer feuchten Wärme versenkte, schrie Julia leise auf und hob sich ihm entgegen.

»Endlich gehörst du mir«, raunte er und schlang die Arme um ihre Beine, während er sie weiter liebkoste. Sie warf sich stöhnend auf dem Bett hin und her, drehte und wand sich, doch er hielt sie unerbittlich fest. Als er einen Finger in sie schob, begann sie, immer wieder seinen Namen zu keuchen.

»Jetzt, Cameron«, stöhnte sie schließlich. »Bitte, ich muss dich jetzt in mir spüren.«

Langsam ließ er ihre Beine los. Dann stand er auf und ging zur Kommode hinüber, während Julia leise protestierte, bis sie bemerkte, dass er ein Kondom überstreifte. Sekunden später war er wieder bei ihr und kniete sich erneut zwischen ihre Oberschenkel. Ein letztes Mal glitt er mit der Hand zwischen ihren Beinen, um sicherzugehen, dass sie wirklich bereit für ihn war. Und das war sie: heiß, geschwollen, feucht.

»Bitte, jetzt«, flüsterte sie und zog ihn an sich.

»Ja ...«, raunte er und drang mit einem einzigen tiefen Stoß in sie ein. Sie schrie leise auf, suchte seine Lippen. Mit seinem Kuss erstickte er ihre Schreie, liebkoste ihre Zunge im Rhythmus seiner Stöße.

Immer tiefer schien sie ihn in sich zu ziehen, bis er glaubte, sich in ihr zu verlieren. Er stützte sich über ihr auf und sah ihr tief in die Augen, beobachtete, wie ihre Augen dunkel wurden vor Lust, wie sich pures Verlangen in ihrem Blick spiegelte. Mit kreisenden Hüften erwiderte sie seine Stöße, warf den Kopf hin und her, stöhnte immer wieder seinen Namen.

Als er sah, wie nahe sie dem Höhepunkt war, drang er ein letztes Mal in sie ein. Dann ließ er sich fallen, taumelte in den Abgrund seiner Begierde und sank schließlich keuchend in Julias Arme.

Sie heirateten drei Tage später auf den Klippen von Monarch Dunes. Die Sonne schien, und über ihnen spannte sich ein strahlend blauer Himmel, während in der Tiefe der Ozean rauschte.

Ihre Hochzeit hätte unendlich romantisch sein können, wenn ... ja wenn der Bräutigam die Braut geliebt hätte. Und wenn Julias und Camerons Anwälte nicht auf einem vollkommen unromantischen Ehevertrag bestanden hätten, den das Brautpaar noch am selben Morgen unterschrieben hatte.

Doch Julia weigerte sich, über all diese widrigen Umstände nachzudenken. Nein, in diesem Augenblick zählten nur Camerons Worte: »Ja, ich will.« Eine Minute später zog er sie in seine Arme und küsste sie leidenschaftlich. Die wenigen Gäste applaudierten, und für einen kurzen Moment schien die Welt einfach vollkommen zu sein.

Julia hatte in der hoteleigenen Boutique ein hübsches weißes

Sommerkleid gefunden. Es war zwar kein Brautkleid im eigentlichen Sinn, aber ein kitschiges Ungetüm aus Tüll wäre den Umständen auch nicht angemessen gewesen. Cameron sah in seinem schwarzen Smoking absolut umwerfend aus, und Sally hatte einen passenden Mini-Smoking für den kleinen Jake hervorgezaubert.

Adam hielt eine kurze Rede. Dann hob er sein Glas, und die Gäste stießen auf das frischgebackene Brautpaar an. Als Julia einen Schluck von dem erlesenen Champagner trank, funkelte der Diamant an ihrem Finger im Sonnenlicht auf. Bei dem Anblick musste sie lächeln. Am Tag, nachdem sie Ja gesagt hatte, war Cameron für ein paar Stunden verschwunden und dann mit dem schönsten Ring zurückgekehrt, den sie je gesehen hatte. Wenig später hatten sie sich noch einmal geliebt, und Cameron war so zärtlich gewesen, dass sie in Tränen ausgebrochen war. Ja, sie wusste, dass er sie nicht liebte. Aber er gab sich alle Mühe, dieses Manko auf jede erdenkliche Art auszugleichen.

Julia hatte ihre Vorträge nicht mehr absagen können. Deshalb hatte sie kaum Zeit für die spontanen Hochzeitsvorbereitungen gehabt. Doch Sally war begeistert eingesprungen und hatte sich auch um die Gästeliste gekümmert. Als Julia bemerkt hatte, dass fast alle ihre Freunde anwesend waren, waren ihr fast die Tränen gekommen. Am meisten freute sie sich darüber, dass auch Karolyn gekommen war, ihre beste Freundin und rechte Hand bei Cupcake, die nun spontan als Trauzeugin eingesprungen war. Dass ihre Schwiegermutter so liebevoll und aufmerksam auf ihre Wünsche eingehen würde, hatte Julia nicht erwartet.

Kaum war die Zeremonie vorbei, rief Jake laut nach Cameron.

»Komm her, Cowboy!« Liebevoll nahm Cameron seinen Sohn auf den Arm. Sofort hörte der Kleine auf zu quengeln. Cameron schlang den anderen Arm um ihre Taille und zog

Julia an sich. »Du wirst schon sehen: Wir werden sehr glücklich sein«, flüsterte er.

»Ich weiß«, erwiderte sie lächelnd. Dann griff jemand nach ihr, umarmte sie fest und gab ihr einen dicken Schmatzer auf die Wange.

»Willkommen in der Familie«, sagte Brandon strahlend.

»Danke, Brandon«, erwiderte sie und lächelte ihren gut aussehenden Schwager an. »Aber jetzt darfst du mich gerne wieder loslassen.«

»Ich will dich auch willkommen heißen«, warf Adam ein und unterzog sie derselben Prozedur wie sein Bruder.

Lachend klopfte Julia ihm auf die Finger, wand sich aus seiner Umarmung und rief: »Alle bereit für den Kuchen?«

Cameron warf seinen aufdringlichen Brüdern tadelnde Blicke zu.

»Sind sie nicht ein Trio Infernale?«, fragte Sally und hakte sich bei Julia unter.

»Allerdings«, erwiderte Julia, die nach den stürmischen Attacken der Duke-Brüder immer noch etwas außer Atem war.

Sie waren Teil einer Familie! Sie und Jake! In diesem Augenblick war Julia so glücklich, dass sie sich nicht mehr erinnern konnte, warum sie je gezögert hatte, Cameron zu heiraten.

»So wie Cameron dich ansieht, wird mir ganz warm ums Herz«, sagte Sally ungewöhnlich ernst. Nach einer kurzen Pause fuhr sie fort: »Julia, wir kennen uns nun doch schon eine ganze Weile.«

Oh, oh, was kommt jetzt?

»Deswegen möchte ich dich bitten, mir die Wahrheit zu sagen: Du liebst Cameron, nicht wahr?«

Julia blinzelte überrascht. »Liebe? Ich, also, aber natürlich …«

Sally hielt inne und sah sie aufmerksam an. »War das ein Ja?«

Betreten schwieg Julia. Eine Sally Duke konnte man einfach nicht anlügen. Und auch wenn Julia mit Cameron darüber gesprochen hatte, dass er nicht lieben konnte, war nie zur Sprache gekommen, wie es andersherum aussah.

Wie sollte sie die Gefühle, die sie für ihn hatte, denn nur benennen? Alles, was sie mit Sicherheit wusste, war, dass sie ein Teil dieser Familie sein wollte und dass sie Cameron über alle Maßen schätzte. Dass er ihr wichtig war. Sonst hätte sie ihn schließlich nie im Leben geheiratet.

Sie sank in sich zusammen. »Ehrlich gesagt, weiß ich es nicht.«

»Du weißt es nicht?«, fragte Sally. »Interessant. Ich dachte, über solche Dinge spricht man, bevor man heiratet.«

Verlegen biss Julia sich auf die Lippe. »Haben wir auch. Aber ... aber nicht so, wie du vielleicht denkst.«

»Ich weiß deine Ehrlichkeit sehr zu schätzen«, erwiderte Sally beruhigend. »Und ich wage mal zu behaupten, dass ihr beide schon sehr bald feststellen werdet, dass ihr einander liebt.«

Gerührt ergriff Julia die Hand ihrer Schwiegermutter und drückte sie sanft. »Danke, das hoffe ich auch. Aber bis dahin kannst du dir sicher sein, dass ich sehr, sehr glücklich bin.«

»Das bin ich auch, Schätzchen«, sagte Sally. Ihre Augen glitzerten verdächtig. »Es freut mich von ganzem Herzen, dass Cameron sich für dich entschieden hat. Ehrlich gesagt, habe ich mir oft Sorgen gemacht, dass meine Söhne an die falschen Frauen geraten. Du weißt schon, wegen des Geldes.«

Julia lachte auf. »Na, was das Thema betrifft, kannst du bei mir ganz beruhigt sein.«

Nun lachte auch Sally. »Ja, das kann man wohl sagen.«

»Was ist denn so lustig?«, fragte Cameron, der sich von hinten angeschlichen hatte und nun seine Arme um Julias Taille schlang.

»Ach, wir haben nur darüber geredet, dass Geld bei dieser Hochzeit keine Rolle gespielt hat«, erklärte Julia.

»Nein«, sagte Cameron leise und drehte sie zu sich, sodass

er ihr in die Augen sehen konnte. »Wir hatten bessere Gründe, uns füreinander zu entscheiden.« Er lehnte seine Stirn an ihre.

Aus dem Augenwinkel bemerkte Julia, dass Sally die Szene interessiert beobachtete, sich dann aber zurückzog, um dem Paar etwas Privatsphäre zu lassen.

»Habe ich dir heute eigentlich schon gesagt, wie schön du bist?«, fragte Cameron.

Seufzend ließ sie sich gegen ihn sinken. Ja, Sally hatte recht: Wenn ihr Sohn so weitermachte, würde es sicher nicht mehr lange dauern, bis Julia sich rettungslos in ihn verliebte.

Oh, Gott!

Erschrocken fuhr sie zusammen. Daran durfte sie nicht einmal denken! Denn eins hatte Cameron Duke ihr unmissverständlich klargemacht: Zwischen ihnen ging es um Lust, nicht um Liebe.

Und wenn sie sich schützen wollte, dann musste sie dafür sorgen, dass es auch von ihrer Seite aus dabei blieb.

Sie räusperte sich und wich einen halben Schritt zurück. »Sieht so aus, als ob alle die Feier genießen«, sagte sie, um vom Thema abzulenken, und sah sich um.

»Ohne dich und deinen Mut hätte es diese Hochzeit nie gegeben«, erwiderte Cameron leise. Als seine Brüder zu ihnen herüberkamen, um zu plaudern, hob er gedankenverloren Julias Hand an seine Lippen und küsste ihre Knöchel.

Auf gar keinen Fall durfte sie zu viel in solche zärtlichen Gesten hineininterpretieren. Es musste daran liegen, dass Hochzeiten einfach generell romantisch waren. Kein Wunder, dass Cameron sich benahm wie ein ganz normaler verliebter Bräutigam. Und kein Wunder, dass sie selbst mit ihren Gefühlen haderte.

Es war wichtig, dass sie nicht aus dem Blick verlor, worum es hier wirklich ging. Wenn sie sich in einen Mann verliebte, der ihr gestanden hatte, dass er sie niemals lieben würde, dann konnte sie sich gleich selbst das Herz aus der Brust reißen und darauf herumtrampeln.

Sie waren eine Vernunftehe eingegangen, zu der zufällig auch noch ganz fantastischer Sex gehörte. Aber von großer Liebe konnte keine Rede sein. Je eher Julia sich mit der Realität abfand, desto besser für sie. Und für ihr Herz.

8. Kapitel

An diesem Abend nahm Sally den kleinen Jake mit in ihre Suite. Es war das erste Mal, dass er nicht bei Julia schlief. Während Sally das Ganze als großes Abenteuer betrachtete, war Julia besorgt.

Cameron bestellte Champagner zu den Gourmet-Häppchen, die auf der Hochzeitsfeier übrig geblieben waren. Während er die Flasche öffnete, schlüpfte Julia aus ihrem Brautkleid und zog sich etwas Bequemeres an.

Als sie ins Wohnzimmer zurückkehrte, hielt sie abrupt inne und sah Cameron panisch an. »Hat Sally auch an die Feuchttücher gedacht?«

»Ich weiß nicht …«

»Am besten sehe ich mal schnell nach.« Sie machte auf dem Absatz kehrt und verschwand in ihrem Schlafzimmer, war aber schon einige Sekunde später wieder zurück. »Sieht ganz so aus, als hätte sie sie mitgenommen.«

»Julia, jetzt entspann dich mal.« Lächelnd drückte er ihr ein Glas Champagner in die Hand.

»Du hast ja recht, ich führe mich wirklich albern auf.« Nachdem sie einen Schluck getrunken hatte, setzte sie sich auf die Couch, sprang aber sofort wieder auf. »Oh nein, ich habe vergessen, die Flaschenbürste mit einzupacken!«

»Glaubst du wirklich, dass Sally Fläschchen abspülen wird?«

Seufzend sank Julia wieder auf das Sofa. »Natürlich nicht. Oh Gott, es ist zum Verrücktwerden.« Nach einem weiteren großen Schluck Champagner gelang es ihr, sich wenigstens ein bisschen zu entspannen. »Wahrscheinlich vermisse ich Jake einfach zu sehr.«

Lässig stützte sich Cameron mit dem Ellenbogen auf dem Kaminsims ab. »Immerhin hast du ihn in den letzten zwölf Monaten die ganze Zeit bei dir gehabt. Frag mal, wie es mir geht! Ich habe ihn ja jetzt erst …«

Als er bemerkte, wie sich Julias Blick verdunkelte, brach er betreten ab. Am liebsten hätte er seine Worte sofort wieder zurückgenommen, aber es war zu spät. Julia funkelte ihn wütend an. »Willst du mir etwa immer noch die Schuld dafür geben, dass du nichts von Jakes Existenz gewusst hast?«

»Nein, nein«, erwiderte er beschwichtigend.

Doch Julia war schon aufgesprungen und knuffte ihm aufgebracht in den Arm. »Du hättest nur ein einziges Mal ans Telefon zu gehen brauchen. Aber dafür war sich der Herr ja zu schade.«

»Du hast vollkommen recht, Julia. Nur, damals hatte ich einfach den Eindruck, dass du … na ja, ein bisschen durchgeknallt warst.«

Julia erstarrte und blickte empört zu ihm auf. »Durchgeknallt? Ich war nicht durchgeknallt! Ich war … einfach nur sehr engagiert.«

In diesem Augenblick wurde ihm klar, dass sie noch nie wirklich über all die E-Mails gesprochen hatten, und auch nicht darüber, warum er nie geantwortet hatte. Vielleicht war ihre Hochzeitsnacht nicht unbedingt der richtige Zeitpunkt, um sich das Thema vorzuknöpfen, doch früher oder später mussten sie sich sowieso damit auseinandersetzen. Seufzend sagte er: »Julia, du hast mir vier E-Mails an einem einzigen Tag geschickt! Findest du nicht, dass das ein bisschen durchgeknallt wirkt?«

Abwehrend verschränkte sie die Arme vor der Brust. »Dann hast du meine E-Mails also gesehen?«

»Ja, das habe ich«, erwiderte er nüchtern. »Die erste, in der du mich aufgefordert hast, dich anzurufen, habe ich sogar geöffnet. Und kurz darauf hätte ich mich auch fast bei dir gemeldet. Aber dann habe ich gesehen, dass du mir am selben Tag noch drei weitere Mails geschickt hast. Und da dachte ich … na ja, eben, dass du …«

»Dass ich durchgeknallt bin«, warf sie ein und begann, unruhig auf und ab zu laufen.

Er zuckte mit den Achseln. »Schätze schon! Aber das ist doch alles Vergangenheit. Komm, lass uns das alles vergessen und den Abend genießen.«

Doch Julia war ganz offensichtlich nicht bereit, das Thema ruhen zu lassen. Erschrocken stellte Cameron fest, dass ihre Wut anscheinend verpufft war und sie stattdessen einfach nur sehr verzweifelt aussah. »Cameron, ich war schwanger und vollkommen allein. Findest du es wirklich verwunderlich, dass ich ein bisschen durchgeknallt war?«

»Ich mache dir doch auch überhaupt keinen Vorwurf«, erklärte er ruhig. »Aber ich möchte, dass du weißt, wie die Situation aus meiner Perspektive aussah. Im Nachhinein könnte ich mir natürlich dafür in den Hintern beißen, dass ich dich nicht angerufen habe. Aber damals fühlte sich die Entscheidung absolut richtig an. Ich wollte mich schützen!«

»Na klar, weil dir die Frauen scharenweise hinterherlaufen und dir keine ruhige Minute lassen.«

Er hatte nicht vor, seiner frischgebackenen Ehefrau zu erklären, dass es im Laufe der Jahre tatsächlich einige Frauen gegeben hatte, die von ihm fast schon besessen gewesen waren. Viel wichtiger war, dass Julia das Gespräch gerade in eine gefährliche Richtung lenkte.

»Komm schon, Julia. Ich verstehe ja, dass du gerade wütend bist, aber …«

»Da hast du verdammt recht. Ich bin stinkwütend!«

»Dann lass uns doch in Ruhe darüber sprechen.«

»Ach, ist ja auch egal.« Sie entfernte sich von ihm, fuhr dann jedoch wieder herum. »Tut mir leid, aber ich kann das gerade einfach nicht. Gib mir etwas Zeit zum Nachdenken. Ich … es tut mir wirklich leid.« Mit diesen Worten drehte sie sich wieder um und verschwand in ihrem Schlafzimmer.

»Na, das ist ja super gelaufen«, murmelte Cameron und sah ihr fassungslos hinterher. War das gerade wirklich passiert? Schon wieder hatte er alles vermasselt, auch wenn er nicht wirklich wusste, wie er es hätte besser machen können.

Und dabei hätten sie eigentlich genau in diesem Augenblick Sex haben sollen. Verdammt, es war ihre Hochzeitsnacht! Frustriert rieb er sich über die Stirn und schenkte sich einen ordentlichen Scotch ein. Dann hob er das Glas und prostete seinem Spiegelbild in der Panoramascheibe zu. »Prost, du Schwachkopf!«

Julia hatte ihn wirklich auf dem falschen Fuß erwischt. Bisher war ihm überhaupt nicht bewusst gewesen, dass Julia so irrational, so emotional werden konnte! Bisher hatte er nur ihre vernünftige, kluge und humorvolle Seite kennengelernt. Aber offenbar hatte er unterschätzt, wie groß der Druck gewesen war, der in den letzten Tagen auf ihr gelastet hatte. Die Hochzeit, die Tagung, das Baby … Gott, wie rücksichtslos war er eigentlich?

Einige Scotch später nagte das schlechte Gewissen nicht mehr ganz so schlimm an ihm, und er fiel auf der Wohnzimmercouch in einen unruhigen Schlummer.

Cameron erwachte von einem schmerzhaften Pochen gegen seine Schädeldecke. Hatte er gestern wirklich so tief ins Glas geschaut?

»Dada!«

Mühsam öffnete er ein Auge und sah, verschwommen, aber eindeutig erkennbar, Jake vor sich sitzen, der mit seiner kleinen Babyfaust gegen Camerons Stirn klopfte.

»Guten Morgen, Kumpel«, flüsterte Cameron und griff nach der Hand seines Sohnes. »Können wir uns auf Flüsterton einigen?«

»Dada!«, krähte Jake begeistert und begann, sich aufgeregt hin und her zu wiegen.

Langsam wurde Camerons Sicht klarer. Nun erkannte er auch Julia, die mit verschränkten Armen neben der Couch stand und ihn kopfschüttelnd beobachtete.

»Bitte nicht schreien«, murmelte Cameron. »Ich weiß, dass ich ein Dreckskerl bin und deinen Zorn verdient habe. Aber ich will, dass du glücklich bist und wir *zusammen* leben, nicht gegeneinander. Also: Es tut mir leid. Alles. Können wir noch mal von vorne anfangen?«

Ein sanftes Lächeln breitete sich auf ihrem Gesicht aus. »Ja, sehr gerne.«

Cameron war fest entschlossen, seine Frau an diesem Abend zu verführen. Dieses Mal würde er alles richtig machen. Jake hatten sie wieder bei Sally untergebracht, und Cameron hatte für mehr Champagner und ein Tablett voller Leckerbissen gesorgt.

Nun saß er neben Julia auf dem Sofa, umschloss ihr Gesicht mit seinen Händen und sah ihr tief in die Augen. »Bitte verzeih mir, Julia.«

»Aber klar doch«, erwiderte sie leichthin.

»Ich will nicht wieder für schlechte Stimmung sorgen, aber eins muss ich noch loswerden«, fuhr er fort. »Bitte lass uns nie wieder eine Nacht im Streit verbringen. In meinem Leben hat es schon genug Zorn gegeben, und ich will das nicht mehr.«

Sie sah ihn fragend an und schien in seinen Augen die Antwort zu finden, die sie sich erhofft hatte. Jedenfalls nickte sie. »Klingt nach einem sinnvollen Vorschlag.«

»Gut.« Nachdem er sie geküsst hatte, zog er aus seiner Hosentasche eine schmale blaue Schachtel hervor. »Ich habe etwas für dich, als Zeichen meiner Gefühle für dich. Und für meine Dankbarkeit, und … na ja. Hier.«

Er reichte Julia das kleine Kästchen. »Oh nein!« Betreten sah sie auf das Etui in ihrer Hand und runzelte die Stirn. »Aber ich habe überhaupt nichts für dich!«

Leise lachte er auf. »Aber ich habe doch schon alles, was ich je wollte: dich und Jake!«

Vorsichtig öffnete sie die Schachtel und zog eine fein gearbeitete Diamantkette hervor. Schockiert flüsterte sie: »Oh, Cameron, sie ist wunderschön! Aber ... warum?«

»Weil ich will, dass du eine Kleinigkeit hast, die dich immer an diesen Abend erinnert. Komm, ich leg sie dir an.«

»Unter ›Kleinigkeit‹ verstehe ich allerdings etwas anderes«, murmelte sie, hob aber ihre Haare an, damit er die Kette in ihrem Nacken verschließen konnte.

Sanft küsste Cameron sie auf den Hals und drehte sie dann zu sich, damit er das Schmuckstück bewundern konnte. »Es ist perfekt. Genau wie du.«

Lächelnd ließ sie die Finger über die Kette gleiten. »Das wäre zwar nicht nötig gewesen, aber danke!«

Dann schenkte er ihr ein Glas Champagner ein, und wenig später liebten sie sich langsam und ausgiebig auf der Couch. Danach zogen sie ins Schlafzimmer um und begannen noch einmal von vorne.

Tief in der Nacht waren sie beide so aufgekratzt, dass sie kein Auge zubekamen. Stattdessen unterhielten sie sich fest umschlungen über Julias Schwangerschaft und die Geburt. Cameron wollte wirklich alles wissen, quetschte Julia sogar über Jakes Kindermädchen und Julias Alltag bei Cupcake aus.

Doch auch Julia hatte eine Menge Fragen und lachte Tränen, als er ihr weitere Anekdoten aus dem Hause Duke erzählte. Aber aus ihrem Gelächter wurden schnell leidenschaftliche Küsse, und so liebten sie sich ein weiteres Mal.

Am nächsten Morgen frühstückten sie gemeinsam auf der Dachterrasse. Zufrieden stellte Cameron fest, dass Julia immer noch seine Diamanthalskette trug.

»Möchtest du noch Kaffee?«, fragte er und hob die Kanne an.

»Ja, sehr gerne.« Sie warf ihm einen Blick zu, bei dem sein Herz für einen Moment stillzustehen schien. »Danke für die letzte Nacht.«

Cameron stand auf, zog Julia auf die Füße und schlang seine Arme um sie. »Ich muss mich bedanken. Und ich hoffe, dass wir die kommende Nacht genauso verbringen werden.«

»Dienstag.«

»Törtchen!«, rief sie panisch. »Ich muss Törtchen backen!« Hastig wand sie sich aus seiner Umarmung und lief ins Wohnzimmer. An der Glastür drehte sie sich noch einmal um und drohte ihm mit dem Finger. »Das ist ganz alleine deine Schuld. Du hast mich abgelenkt!«

»Das will ich aber auch hoffen«, murmelte er und folgte ihr in die Suite.

»Du weißt genau, was ich meine.« Hastig lief sie in der Küche hin und her, öffnete die Schränke und zog hier und da Zutaten hervor. »Die Präsentation ist um zwei Uhr. Das heißt, dass ich sofort mit dem Backen anfangen muss.«

»Keine Sorge«, sagte er beschwichtigend. »Du hast ja mich. Ich helfe dir.«

Julia hielt mitten in der Bewegung inne und warf ihm einen skeptischen Blick zu. »Sehr witzig, Cameron.«

»Ich bin ein guter Koch«, protestierte er empört. »Mein Chilirezept ist echt der Hit!«

»Chili«, murmelte sie, während sie einige Schüssel aus dem Küchenschrank holte. »Wie niedlich.«

In Windeseile baute Julia in der Küche ihr Profi-Equipment auf, bis Cameron den Eindruck hatte, mitten in einem Kochstudio zu stehen.

Er hatte Sally angerufen und sie gebeten, Jake noch ein paar Stunden länger zu behalten, während er und Julia gemeinsam die Törtchen zubereiteten. Sally und ihre Freundinnen hatten wie immer begeistert zugestimmt und saßen jetzt mit Jake unten am Pool.

»Na dann, lass uns loslegen«, sagte Cameron und wickelte sich, ganz Profi, eine Kochschürze um. »Wie viel Mehl brauchst du?«

»Backen ist etwas ganz anderes als Kochen«, erklärte Julia geduldig. »Vielleicht wäre es besser, wenn du dich einfach an den Tresen setzt und für moralische Unterstützung sorgst.«

»Du machst ja wohl Witze, oder?«

Seufzend schüttelte sie den Kopf. »Na gut. Drei Tassen Mehl in jede von den großen Glasschüsseln, bitte.«

»Wird erledigt.« Er griff nach einem der Glasmessbecher, doch Julia hielt ihn sofort zurück. »Bitte benutz die aus Plastik, die aus Glas sind für Flüssigkeiten.«

Zwanzig Minuten später war Cameron von Kopf bis Fuß mit Mehl und Eiweiß bedeckt und hatte den halben Fußboden mit Zucker bestreut. Seine Schürze zierten Schokoladen- und Butterflecken.

Julia dagegen sah aus wie aus dem Ei gepellt und pfiff fröhlich vor sich hin, während sie die Schüsseln abwusch.

»Sobald die dritte Fuhre im Ofen ist, fange ich mit der Glasur an«, erklärte sie und trocknete sich die Hände ab. »Wenn du willst, kannst du am Ende die Schokostreusel auf den Törtchen verteilen.«

»Schokostreusel?« Er knallte eine Schranktür zu. »Hör auf, mir nur die Idiotenjobs zuzuteilen!«

Julia lachte hell auf. »Blödsinn. Schokostreusel sind das Tüpfelchen auf dem i!«

»Soll ich dir mal zeigen, was *mein* Tüpfelchen auf dem i wäre?«, fragte er und umarmte sie von hinten.

Ihr Protest ging in fröhlichem Gekreische unter, als Cameron ihr die Bluse aufknöpfte und ihre Jeans öffnete.

»Wie hast du das denn hinbekommen?«, fragte Julia staunend, als sie sich plötzlich in nichts weiter als ihrer Schürze in der Küche wiederfand.

Er hob mit vielsagendem Blick die Hände. »Du magst eine

Küchenfee sein, aber dafür kann ich zaubern.« Dann drückte er sie gegen die Wand, riss sich die Schürze von der Taille und knöpfte sich das Hemd auf.

In diesem Moment piepste der Ofen. »Einen Augenblick.« Im Handumdrehen zog er die zweite Fuhre Törtchen aus dem Ofen, schob die dritte hinein und stellte den Timer ein.

»Cameron, ich muss mich jetzt um die Glasur kümmern«, protestierte Julia, als er sie erneut gegen die Wand drückte und seine Hose zu Boden fallen ließ.

»Zwei Minuten«, flüsterte er und tauschte den Platz mit ihr, sodass nun er mit dem Rücken zur Wand stand. Dann schob er seine Hände unter ihre Schürze und umschloss ihren festen Po. »Wetten, genau davon haben alle Männer in deinem Seminar die ganze Woche über geträumt?«

»Ach, sei doch nicht albern ... oh!«

Als er sie mit einer schnellen Bewegung hochhob, verstummte sie und schlang die Beine um seine Taille. Stöhnend spreizte sie die Beine und nahm ihn tief in sich auf.

»Ich hab dir doch gesagt, dass ich mich mit Küchen auskenne«, flüsterte er noch, und dann sagten sie eine Weile gar nichts mehr.

Julias Konferenz endete zwei Tage später. Mit zwei Autos voller Koffer, Babyausstattung und Küchenequipment reisten sie gemeinsam nach Dunsmuir Bay.

Nachdem Cameron in die von Bäumen gesäumte Einfahrt gebogen war, die zu seiner zweistöckigen Villa auf den Klippen führte, stellte er seinen Porsche neben der Dreifachgarage ab. Dann sprang er aus dem Wagen und eilte zu Julias Minivan, um Jake aus seinem Babysitz zu befreien.

»Willkommen zu Hause, Kumpel«, flüsterte er, während Julia aus dem Auto stieg. »Hoffentlich fühlst du dich hier wohl.«

Mit dem Baby auf dem Arm führte er Julia zu der schweren handgeschnitzten Eichentür. Doch Julia war noch vollkommen versunken in den Anblick des großen Gartens, der bis zu den Klippen reichte.

»Es ist wunderschön hier«, murmelte sie und schirmte ihre Augen mit der Hand vor der Sonne ab. »Ich bin mir sicher, dass wir uns schnell einleben werden.«

»Gut«, erwiderte Cameron und küsste sie. »Dann fangen wir mal mit der Hausführung an.«

Auf der Türschwelle hielt er inne und reichte Julia das Baby. »Aber wir sollten das richtig machen«, erklärte er und hob die beiden auf seine Arme, um seine Braut über die Schwelle zu tragen. »Willkommen in deinem neuen Heim.«

»Danke«, erwiderte Julia lachend. »Aber jetzt kannst du uns wieder runterlassen.«

Nach einem weiteren Kuss setzte er sie ab und nahm Jake wieder auf den Arm, damit Julia sich in Ruhe umsehen konnte.

Der große Wohnbereich mit dem schimmernden Parkett und der Glaswand auf der Rückseite schien sie zu beeindrucken, ebenso wie die hochmoderne Küche, die direkt daran anschloss. An einer der Wände führte eine Treppe in eine Galerie im zweiten Stock.

Große Teppiche bedeckten den Boden, und vor dem steinernen Kamin lud eine sorgfältig arrangierte Sitzecke zu langen Gesprächen ein.

»Meine Haushälterin hat dafür gesorgt, dass alles kindgerecht eingerichtet ist, aber am besten gehen wir zur Sicherheit noch einmal alle Räume ab«, erklärte er, während er Jake in die rollende Babywippe setzte.

»Was für ein toller Raum«, murmelte Julia bewundernd und begutachtete den großen Esstisch, an dem Platz für zwölf Personen war. Dann wandte sie sich dem Panoramafenster zu, durch das der Ozean funkelte. »Wirklich spektakulär.«

»Und aus der Küche hast du dieselbe nette Aussicht«, sagte er und zog sie in den nächsten Raum.

»Nett?« Lächelnd sah sie sich in der Küche um und blickte

dann auf die Segelboote hinaus, die auf dem Meer schaukelten. »Diese Küche ist ein Traum! Ich freue mich schon darauf, hier zu arbeiten. Die Wände sind für meinen Geschmack vielleicht ein bisschen zu dunkel gestrichen, aber ansonsten ist der Raum perfekt!«

»Ich hoffe, dass du dich hier zu Hause fühlen wirst«, sagte er leise.

»Das tue ich jetzt schon«, erwiderte sie enthusiastisch und schlang ihm die Arme um den Hals. »Allerdings hoffe ich, dass dir klar ist, worauf du dich eingelassen hast«, fuhr sie fort. »Mit Jake wird es hier nicht mehr lange so ordentlich aussehen.«

»Ich kann es gar nicht abwarten, über sein Spielzeug zu stolpern«, erklärte er und folgte Julia zurück ins Wohnzimmer.

»Wart's nur ab! Ein Tornado ist nichts gegen Jake!«

»Ich glaube, dem Haus wird ein bisschen mehr Chaos sehr gut stehen.« Dann hielt Cameron inne und ergriff Julias Hand. »Und bitte sag mir, wenn dir irgendetwas nicht gefällt. Ich will, dass du dich hier wohlfühlst. Und Jake natürlich auch.«

»Danke, Cameron. Aber ich hoffe wirklich, dass dir bewusst ist, was für eine Veränderung ein Baby bedeutet.«

»Hör endlich auf, dir Sorgen zu machen. Ich bin glücklich, dass ihr hier seid, und freue mich darauf, dass etwas Leben in die Bude kommt«, versicherte Cameron ihr und unterstrich seine Worte mit einem sanften Kuss.

Seufzend beobachtete Julia, wie Jake in seiner Wippe über den teuren Perserteppich rollte. »Aber sag später nicht, ich hätte dich nicht gewarnt.«

9. Kapitel

»Was für eine verdammte Zeitverschwendung«, schimpfte Brandon, als er im Fond der Limousine Platz nahm und die Tür hinter sich zuschlug.

Adam nahm seine Sonnenbrille ab und schob sie in seine Jackentasche. »Na ja, die ersten beiden Tage waren ja noch vielversprechend. Aber den Termin heute hätten wir uns echt schenken können.«

»Allerdings«, warf Cameron ein. »Na ja. Immerhin wissen wir jetzt, mit wem wir es zu tun haben.«

»Genau, mit Idioten«, stellte Brandon trocken fest.

Jeremy, der Geschäftsführer eines ihrer Tochterunternehmen, hatte ein Meeting in Delaware für sie organisiert, bei dem sie einen angeblich potenziellen neuen Geschäftspartner kennenlernen sollten. Nur dass sich dieser, gelinde gesagt, als absoluter Versager entpuppt hatte.

»Gleich morgen früh mache ich einen Termin mit Jeremy«, sagte Adam. »Mal sehen, was zur Hölle er sich dabei gedacht hat.«

Den Rest der Fahrt vom Flughafen nach Hause verbrachten die Brüder schweigend.

Cameron wurde als Erster abgesetzt. Er war froh, endlich wieder zu Hause zu sein. Eigentlich mochte er Geschäftsreisen, doch diesmal war er nicht ganz bei der Sache gewesen. Tatsächlich hatte er seine neue Familie die ganze Zeit vermisst. Immer wieder hatte er während seiner Termine auf die Uhr gesehen und sich gefragt, was Julia und Jake wohl gerade taten. Natürlich hatte das nicht viel zu bedeuten – jedenfalls redete er sich das ein. Wahrscheinlich war er es eben einfach noch nicht gewöhnt, plötzlich Teil einer Familie zu sein.

Nachdem er das Haus betreten hatte, blieb er für einen Moment in der Vorhalle stehen und lauschte den Stimmen, die aus dem ersten Stock zu ihm herunterdrangen. Dann lief er nach oben, wo er Julia und seinen Sohn im Kinderzimmer fand. Sie brachte Jake gerade ins Bett, und Cameron blieb schweigend im Türrahmen stehen, um die heimelige Szene zu beobachten. Als Julia ihn bemerkte, breitete sich ein warmes Lächeln auf ihrem Gesicht aus. Strahlend kam sie auf ihn zu, zog leise die Tür hinter sich ins Schloss und fiel ihm dann um den Hals. »Wie schön, dass du wieder da bist.«

»Ja, das finde ich auch.«

»Soll ich dir was kochen?«

»Nein danke, ich habe schon am Flughafen gegessen. Aber ein Bier könnte nicht schaden.«

Hand in Hand liefen sie in die Küche hinunter. »Was habt ihr zwei denn so getrieben, während ich unterwegs war?«

»Das siehst du gleich«, erwiderte Julia geheimnisvoll.

Als Cameron den Kühlschrank öffnen wollte, hielt er plötzlich inne. Verwirrt sah er sich um. Es dauerte einen Moment, bis ihm klar wurde, was ihn irritierte. »Du hast die Küche neu gestrichen! Und wo ist mein Kühlschrank?«

Mit einem strahlenden Lächeln antwortete sie: »Die Wände sind jetzt etwas heller als vorher. Findest du nicht auch, dass die Küche dadurch viel freundlicher aussieht? Und dein Kühlschrank steht jetzt in der Garage. Ich habe meinen anliefern lassen, weil er größer ist. Ich hoffe, das stört dich nicht.«

Mit gerunzelter Stirn öffnete Cameron den neuen Kühlschrank und suchte nach dem Bier, das er schließlich in einem Türfach fand. Nach einem großen Schluck murmelte er: »Du hättest mich wenigstens fragen können.«

Julias Lächeln verblasste. »Es war eine ganz spontane Entscheidung. Vermutlich hätte ich dich vorwarnen sollen. Aber du warst ja nicht da.«

»Warum hast du nicht einfach angerufen?«

»Weil ich dich nicht von deinen Geschäften abhalten wollte.«

»Aber gestern Abend haben wir doch sowieso telefoniert.«

Julia presste die Lippen zu einer strengen Linie zusammen, dann erwiderte sie: »Falls du dich erinnerst, hatten wir gestern Abend andere Themen.«

Na klar. Der Telefonsex. Cameron unterdrückte ein Lächeln, dann murmelte er: »Sag mir nächstes Mal bitte einfach Bescheid.«

»Klar.«

Sie klang genervt. Willkommen im Klub! dachte er und sagte gereizt: »Ich will doch einfach nur, dass du mich informierst, wenn du irgendwelche Änderungen an meinem Haus vornimmst.«

»Und ich dachte ernsthaft, dass es jetzt *unser* Haus wäre«, erwiderte Julia bissig. »Da hab ich mich wohl getäuscht.«

»So hab ich das doch nicht gemeint.«

»Ach nein? Es klang nämlich genau so.«

»Tut mir leid, ich hatte einen langen, frustrierenden Tag.«

»Und ich vielleicht nicht?«

»Darum geht es doch gar nicht!«

»Und worum bitte geht es dann?«

Mann, sie schien echt sauer zu sein – genauso wie er selbst. »Ich meine doch nur, dass wir solche Entscheidungen in Zukunft zusammen treffen sollten!«

»Klar.« Wütend verschränkte sie die Arme vor der Brust. »Ich rufe gleich morgen die Maler an und lasse die Küche wieder so streichen wie vorher. Und dann sprechen wir gemeinsam über die neue Farbe.«

»Jetzt sei doch nicht albern.«

»Ach, jetzt, wo ich tue, was du willst, bin ich also plötzlich albern?«

»Ich sage doch nur, dass es wichtig ist, dass wir …«

»Jetzt sag ich dir mal, was wichtig ist«, erklärte sie und stürmte auf ihn zu, um ihm mit dem Finger in die Brust zu stoßen. »Ich. *Ich* bin wichtig. Und mein Arbeitsplatz ist wichtig. Nenn mich eine abgehobene Künstlernatur, aber ich brauche eine Arbeitsumgebung, in der ich mich wohlfühle. Und ich arbeite nun mal in der Küche. Dein Kühlschrank war unpraktisch, und die Wände waren viel zu dunkel gestrichen. Jetzt fühle ich mich hier zu Hause, und damit wirst du wohl leben müssen.«

»Das versuche ich ja, Julia«, erwidere er und hielt ihre Hand fest, damit sie aufhörte, ihn zu piksen. »Aber du kannst nicht erwarten, dass ich es gut finde, wenn du mich einfach überrollst und alles veränderst, was mir gehört, nur weil du …« Zögernd brach er ab.

»Oh, red nur weiter«, sagte Julia bedrohlich leise.

Alles, was mir gehört … Verdammt, hatte er das gerade wirklich gesagt? Julia hatte recht: Sein Haus war jetzt ihr gemeinsames Zuhause, und es war wichtig, dass sie sich darin wohlfühlte. Er würde sich schon an den neuen Kühlschrank gewöhnen, und die Farbe der Küchenwände war ihm eigentlich vollkommen egal. Tatsächlich sah es hier jetzt viel freundlicher und gemütlicher aus. Warum regte er sich also überhaupt so auf?

Viel interessanter war doch eigentlich Julias betörender Duft, der ihm in der Nase kitzelte. Warum stritten sie, wenn es so viele angenehme Dinge gab, mit denen sie ihre Zeit verbringen konnten?

»Am besten hängst du kleine Schilder an alles, was dir gehört«, fuhr Julia ihn weiter an. »Ach, spar dir die Mühe. Eigentlich gehört ja sowieso alles dir!«

Cameron zog sie an sich und atmete tief ein. »Du duftest nach Blumen. Und Zitrone.«

»Hör auf, vom Thema abzulenken!«, wies sie ihn zurecht, doch dann fuhr sie etwas sanfter fort: »Ich habe Limonade gemacht.«

»Ich liebe Limonade«, flüsterte Cameron und drückte sie

gegen die Kühlschrankwand. Doch Julia versuchte, sich aus seinem Griff zu winden.

»Lass mich, ich will ins Bett.«

»Aber du kannst noch nicht ins Bett. Du hast nämlich noch etwas vergessen.«

»Was denn?«

»Das hier«, erwiderte er und küsste sie fordernd. Die Lust, die er in den letzten Tagen hatte unterdrücken müssen, schoss ganz plötzlich und mit solcher Wucht durch seinen Körper, dass ihm schwindelig wurde.

Als Julia aufstöhnte, hob Cameron sie auf die Anrichte und fuhr an der Innenseite ihrer Oberschenkel entlang, um ihre Beine zu spreizen. Dann zog er Julia näher an die Kante der Arbeitsfläche und ging vor ihr auf die Knie.

»Cameron«, flüsterte sie schwach.

»Pst«, antwortete er leise. Mit den Lippen tastete er sich ihren seidigen Oberschenkel empor und streifte ihr den Slip von den Beinen. Julia stöhnte genussvoll auf und spreizte ihre Beine noch ein wenig weiter. Als er mit der Zunge in das feuchte Zentrum ihrer Lust vordrang, schrie Julia auf. Ihre Hingabe und Hemmungslosigkeit waren genau das, was Camerons Ego in diesem Augenblick gebraucht hatte. Als sie begann, sich unter seinen Liebkosungen zu winden, hielt er ihre Beine mit hartem Griff fest und leckte und saugte weiter, bis Julia hilflos immer wieder seinen Namen schrie. Gott, diese Frau war wie eine Droge – er konnte einfach nicht genug von ihr bekommen! Noch während ihr Höhepunkte nachbebte, stand er auf und ließ seine Hose auf den Küchenboden fallen.

Als Julias Blick auf den beachtlichen Beweis seiner Erregung fiel, blitzten ihre Augen auf.

»Komm her«, flüsterte Cameron und hob ihre Beine an. Langsam, ganz langsam drang er in sie ein, bis er sie vollkommen ausfüllte. Ihr lustvolles Stöhnen brachte ihn fast um den Verstand, aber er zwang sich, es ruhig angehen zu lassen.

Wenigstens anfangs. Doch Julia war so heiß, so eng und bereit, dass er das Tempo seiner Stöße nicht lange zügeln konnte. Minuten später erzitterte sie unter ihm, und Cameron folgte ihr in einen Höhepunkt, der so intensiv war, dass er für einen Augenblick befürchtete, gleich in Flammen aufzugehen.

Atemlos ließen sie sich gegen die Anrichte sinken und hielten sich trunken aneinander fest.

»Vielleicht werde ich die Frage bereuen«, sagte sie keuchend, nachdem sie wieder halbwegs zu Atem gekommen war, und strich ihm sanft über den Rücken. »Aber was denkst du gerade?«

Er sah sich um. Dann suchte er lächelnd ihren Blick. »Dass die Küche durch die neue Farbe wirklich gewonnen hat.«

Viel schneller als erwartet fanden sich Julia und Cameron in eine Routine ein. Cameron war erstaunt, wie reibungslos und harmonisch sich das Leben zu dritt gestaltete.

Auch wenn Cupcake mehrere Angestellte und Julia mit Karolyn einen wahren Engel an ihrer Seite hatte, der den Löwenanteil der Arbeit erledigte, backte sie ihre beliebtesten Delikatessen nach wie vor am liebsten zu Hause. Jeden Morgen stand sie in aller Frühe auf und verschwand in der Küche, und Cameron gewöhnte sich an, ihr zusammen mit Jake dabei Gesellschaft zu leisten. Nach ihrem gemeinsamen Frühstück erschien dann das Kindermädchen, sodass Julia und Cameron sorglos zur Arbeit gehen konnten. Manchmal arbeitete Cameron auch von zu Hause aus, um mehr Zeit mit seinem Sohn verbringen zu können.

Ja, auch wenn ihm der Gedanke nicht gefiel, ihr Zusammenleben war wie eine richtige Ehe. Er hatte nicht erwartet, dass es so kommen würde. Und auch nicht, dass Julia ihm so viel bedeuten würde. Von Tag zu Tag fiel es ihm schwerer, seine Gefühle zu kontrollieren, und diese Tatsache beängstigte ihn mehr als alles andere.

Der Nachmittag war so sonnig und warm gewesen, dass Julia im Cupcake spontan etwas früher Schluss gemacht hatte, um noch ein wenig Zeit mit Cameron und Jake zu verbringen. Wie erwartet planschten die beiden im Pool herum, Jake in einer knallgelben Schwimmweste, Cameron in Hawaiishorts. Unbemerkt beobachtete sie ihre beiden Männer durch die gläserne Schiebetür im Wohnzimmer.

»Bereit?«, fragte Cameron, und Jake hieb mit seinen kleinen Ärmchen begeistert auf das Wasser ein.

»Eins, zwei drei!«, rief Cameron, warf Jake in die Luft und fing ihn wieder auf. Sein Sohn quietschte vor Lachen. Der Anblick berührte etwas tief in Julias Herzen. War es etwa möglich, dass sie die beiden noch mehr liebte als zuvor?

»Oh nein«, flüsterte sie, als ihr klar wurde, was sie da gerade gedacht hatte. Plötzlich wurden ihr die Knie weich, und sie ließ sich auf einen Küchenstuhl sinken. Ihr stiegen die Tränen in die Augen. Nein, sie konnte, sie durfte Cameron Duke nicht lieben!

Doch der Anblick der beiden im Pool machte es ihr so gut wie unmöglich, ihr Herz noch länger zu verschließen. »Mach dich nicht lächerlich«, schimpfte sie sich selber laut. Was sie empfand, war eine seltsame Mischung aus Lust und Zuneigung, die sie eben ab und an mit Liebe verwechselte!

Hatte sie nach der Hochzeit nicht lang und breit darüber nachgedacht? Sie führten eine Zweckehe, und Cameron zu lieben war alles andere als zweckmäßig. Derartige Gefühle gehörten nicht zum Plan.

Aber warum schlug ihr Herz dann so schnell? Warum gaben ihre Knie nach? Sie konnte nur hoffen, dass ihre Empfindungen erste Anzeichen einer nahenden Grippe waren, denn die Alternative würde ihr das Herz brechen.

Schließlich riss Jakes vergnügtes Kinderlachen sie aus ihren düsteren Gedanken. Sie musste sich zusammenreißen, und zwar jetzt sofort. Denn Cameron würde ihre Gefühle niemals erwidern.

Langsam stand sie auf, zwang sich zu einem Lächeln und öffnete die Schiebetür. Cameron winkte ihr lächelnd zu und schwenkte auch Jakes kleine Hand hin und her.

»Ich mache eben eine Kanne Limonade«, rief Julia betont fröhlich und flüchtete wieder ins Haus.

Er war ein guter Vater. Und ein guter Ehemann. Er las ihr jeden Wunsch von den Augen ab, hörte ihr zu, versuchte, ihr zu helfen, wo er nur konnte. Außerdem überschüttete er sie mit teurem Schmuck: die Diamantkette, nachdem sie geheiratet hatten. Ein passendes Armband, nachdem sie mit Jake bei ihm eingezogen war.

Tatsächlich schenkte er ihr immer dann etwas Kostbares, wenn etwas Positives in seinem Leben geschah. Ihr kam der Verdacht, dass es mit diesen Schmuckstücken vielleicht mehr auf sich hatte. Dass sie bedeutsam waren und von Herzen kamen. Ob Cameron ihr wohl auf diese Weise mitteilen wollte, dass er sie liebte?

»Ach komm, jetzt hör schon auf damit«, schimpfte sie sich laut und drückte wütend eine Zitrone aus. »Er liebt dich nicht. Find dich endlich damit ab.«

Cameron Duke kümmerte sich um seine Frau und seinen Sohn. Er würde alles dafür tun, seine Familie glücklich zu machen. Er würde sein Leben für ihres geben. Wen kümmerte es da, ob er Julia liebte oder nicht?

Mich, sagte eine Stimme in ihrem Kopf.

»Halt die Klappe«, murmelte Julia und schüttete Zucker in den Limonadenkrug. Cameron war der beste Mann, der ihr je begegnet war. Kein Wunder, dass sie sich in ihn verliebt hatte. Aber wenn sie das Gleichgewicht ihrer Ehe nicht zerstören wollte, musste sie ihre Gefühle tief in ihrem Herzen vergraben. Denn Cameron durfte nichts davon wissen. Die Liebe, das hatte er Julia mehr als deutlich zu verstehen gegeben, gehörte nicht zu seinem Plan.

10. Kapitel

»Sieht so aus, als ob die Dinger gleich in Flammen aufgehen«, sagte Julia besorgt.

Cameron und seine Brüder standen plaudernd und lachend um den Grill herum und brieten Würstchen, Buletten und Steaks. Die Rauchwolke, die von dem Fleisch aufstieg, schienen sie überhaupt nicht zu bemerken.

»Das werden sie aber nicht«, versicherte Sally und fügte trocken hinzu: »Ich denke seit Jahrzehnten, dass die Jungs mir gleich das Haus abfackeln. Aber bisher ist immer alles gut gegangen.« Zusammen mit Julia deckte sie den Tisch auf der Veranda und legte Servietten auf die Teller. »Das scheint ein Männerritual zu sein. Versuch bloß nicht, den Sinn des Ganzen zu ergründen.«

»Genau, mach dir nicht so viele Sorgen«, sagte Trish und drückte beruhigend die Schulter ihrer Schwägerin, bevor sie die Gläser aufstellte. »Du hast noch mindestens zwei Jahre Zeit, bis Jake sich mit ihnen in ihre männliche Rauchwolke hüllt.«

Bei dem bloßen Gedanken zuckte Julia zusammen und strich ihrem Sohn über den Kopf. Dann legte sie ihm ein paar Kinderkekse auf das Tablett an seinem Hochstuhl. Inzwischen lebten sie seit zwei Monaten bei Cameron, und er hatte beschlossen, diesen denkwürdigen Tag mit ihrem ersten offiziellen Familiengrillen zu feiern.

Es war ein sonniger, warmer Tag im Spätfrühling, den sie mit einem ausführlichen Bad im Pool begonnen hatten. Jetzt tummelte sich die ganze Familie auf der Veranda, die Männer mit Bier, die Frauen mit Julias hausgemachtem Sangria. »Will noch jemand ein Glas?«, fragte Julia und nickte in Richtung des Krugs.

»Sehr gerne«, sagte Sally.

»Für mich nicht.« Trish schüttelte den Kopf. »Das wäre nicht gut für das Baby.«

Für einen kurzen Augenblick wurde es ganz still. Sally war mitten in der Bewegung erstarrt und sah ihre Schwiegertochter aus großen Augen fassungslos an. »Nein«, flüsterte sie.

»Ja«, erwiderte Trish und lachte auf.

»Oh …« Sally traten die Tränen in die Augen, und sie schlug sich die Hand vor den Mund. In ihrem Blick lagen Rührung, Staunen und Freude.

Auch Julia spürte, wie ihre Augen feucht wurden. »Du bist schwanger?«

Mit einem stolzen Lächeln nickte Trish.

Dann sprang ihre Schwiegermutter auf und zog sie ganz fest in ihre Arme. »Oh Gott, ich freue mich so wahnsinnig!«

»Ja, das ist wirklich eine tolle Nachricht«, sagte Julia und lachte auf, als Sally sie ebenfalls in ihre Arme zog. In diesem Augenblick war ihr Herz so voller Liebe für diese beiden Frauen und das Baby, das bald auf die Welt kommen würde, dass sie glaubte, gleich zerspringen zu müssen. Endlich war sie Teil einer Familie!

Nachdem Sally die beiden jungen Frauen losgelassen hatte, setzte sie sich an den Gartentisch, vergrub ihr Gesicht in den Händen und schluchzte auf. »Meine Güte, ich bin vollkommen überwältigt! Ich hätte nie gedacht … Erst der kleine Jake, und jetzt bekommt ihr auch noch ein Baby, und …«

Julia und Trish setzten sich neben sie und streichelten ihr den Rücken.

»Das ist der schönste Tag in meinem Leben«, flüsterte Sally mit leuchtenden Augen. »Der kleine Jake bekommt einen kleinen Cousin. Oder eine kleine Cousine.«

Nun war es Julia, der die Tränen die Wangen hinabliefen. »Na toll, jetzt habt ihr mich auch so weit.«

Sally tätschelte ihren beiden Schwiegertöchtern die Wangen.

»Ihr zwei seid wirklich ein Geschenk des Himmels. Für mich und für meine Söhne.«

In diesem Moment kam Cameron zu ihnen herüber und sah besorgt in die Runde. »Was ist denn hier los? Julia, warum weinst du? Ist etwa etwas mit Jake?«

»Nein, nein«, versicherte Julia ihm hastig. »Es ist nur … Trish bekommt ein Baby! Das sind Freudentränen.«

Auch Cameron grinste von einem Ohr bis zum anderen. Dann zog er Trish an sich und umarmte sie stürmisch. »Herzlichen Glückwunsch!«

»Danke, Cameron.«

Erst nach geraumer Zeit ließ er sie wieder los, um Adam ebenfalls zu gratulieren. »Gut gemacht, Bruderherz!«

»Was ist denn los?«, fragte Brandon irritiert.

»Sie bekommen ein Baby«, erklärte Cameron.

Brandon verschluckte sich an seinem Bier, und Cameron klopfte ihm kräftig auf den Rücken. Nachdem Brandon sich erholt hatte, umarmte er Adam kumpelhaft. »Junge, Junge, herzlichen Glückwunsch!«

»Danke«, erwiderte Adam lachend und stieß mit seinen Brüdern an. Auch Sally und Julia kamen dazu und umarmten den werdenden Vater. »Ganz schön was los an der Kuschelfront«, bemerkte Cameron trocken.

»Ach, mein Schatz, ich freue mich so für dich«, jubelte Sally und küsste Adam zum wiederholten Mal auf die Wangen.

»Danke, Mom«, murmelte Adam, der sich in seiner neuen Rolle als Familienvater schon ausgesprochen wohlzufühlen schien.

»Gut zu wissen, dass er mit scharfer Munition schießt, was?«, sagte Brandon grinsend.

»Ach, du!«, schalt ihn Sally und kniff ihm in den Arm. »Wart nur ab, bis du an der Reihe bist.«

»Autsch! Soll das eine Drohung sein?« Er warf ihr einen ungläubigen Blick zu. »Tut mir leid, Mom, aber ich werde deine Hoffnungen enttäuschen.«

»Das werden wir ja noch sehen«, sagte Sally und sah ihn tadelnd an, bevor sie sich wieder den Frauen zuwandte.

Brandon schüttelte sich und murmelte: »Habt ihr auch diesen kalten Windhauch gespürt?«

»Ja, sie hat dir *den Blick* zugeworfen«, sagte Cameron. »Ich hab's genau gesehen. Freundchen, bald bist du dran.«

Verzweifelt sah Brandon zwischen seinen Brüdern hin und her. »Was ist denn nur aus unserem Schwur geworden? Wir haben doch einen Pakt geschlossen! Blutsbrüder für immer, falls ihr euch erinnert!«

»Und Blutsbrüder sind wir immer noch«, erklärte Adam feierlich.

»Ach, komm schon«, jammerte Brandon. »Erst heiratest du, dann lässt mich auch noch Cameron hängen, jetzt kriegst du ein Kind, und ich stehe ganz allein auf weiter Flur.«

»So was passiert eben«, bemerkte Cameron lapidar. Er hätte seinem Bruder ja gerne mehr dazu gesagt, aber leider hatte er selbst noch nicht so ganz begriffen, was in den letzten Monaten mit seinem Leben geschehen war.

Fassungslos schüttelte Brandon den Kopf. »Mom wird alles dafür tun, meinem Junggesellendasein ein Ende zu bereiten. Aber so weit lasse ich es nicht kommen. An mir beißt sie sich die Zähne aus, das schwöre ich euch.«

»Sei dir da mal nicht zu sicher«, murmelte Adam trocken.

»Niemals!«, beharrte Brandon stur und wies anklagend mit seiner Bierflasche auf seine Brüder. »Ihr zwei seid jämmerliche Amateure, wenn es darum geht, Moms Intrigen zu entkommen. Aber ich bin ein Profi!«

Adam warf den Kopf in den Nacken und lachte schallend. »Ein Profi … sehr witzig, Kleiner.«

Währenddessen klopfte Cameron seinem Bruder mitfühlend auf den Rücken. Vor einiger Zeit war er sich genauso sicher gewesen. Vor einiger Zeit hatte er noch eine ganze Menge Regeln gehabt. Aber manchmal überrollte einen das Leben mit so einer

Wucht, dass man seine Regeln wohl oder übel über Bord werfen musste. »Viel Glück dabei«, sagte er aufmunternd, zwinkerte Adam aber gleichzeitig wissend zu.

»Ihr macht mich echt fertig«, brummte Brandon frustriert und trank sein Bier in einem Zug aus. »Heutzutage kann man sich wirklich auf niemanden mehr verlassen.«

»Warum erzählst du ihm nicht einfach, was du für ihn empfindest?«, fragte Karolyn, während sie die Kühlvitrine mit frischen Sandwichs aus der Cupcake-Küche füllte.

»Keine Ahnung, wovon du da redest«, sagte Julia ausweichend und schnappte sich einen feuchten Lappen. »Lynnie hat Pause, also räume ich mal eben die Tische am Fenster ab.«

»Du weichst mir aus«, erklärte Karolyn grinsend. »Also habe ich wohl recht.«

»Kann sein«, erwiderte Julia. »Vielleicht will ich aber auch einfach nur arbeiten.«

Doch ihre alte Freundin verdrehte einfach nur die Augen und faltete einige der schicken weißen Kartons zusammen, in denen die Kunden ihre Einkäufe nach Hause trugen. In die Deckel war in dunkelblauen Buchstaben das Wort »Cupcake« eingeprägt. Darüber prangte das Emblem der Konditorei, ein stilisiertes Törtchen. In Dunsmuir Bay war das Markenzeichen inzwischen zu einem Inbegriff für echte Leckerbissen geworden.

Während Julia Gläser, Tassen und Teller stapelte, grüßte sie einige Stammkunden und empfahl ihnen das Sandwich des Tages. Dann wischte sie die Tische ab und warf einen prüfenden Blick auf den freundlich eingerichteten, blitzsauberen Café-Bereich. Sie war stolz auf das, was sie hier aufgebaut hatte.

Als Julia das schmutzige Geschirr in die Spülmaschine geräumt hatte, kam Lynnie aus der Pause wieder und übernahm den Tresen. Kaum hatte Julia den Küchenbereich betreten, packte Karolyn sie auch schon am Arm und drückte sie in einen Stuhl. »Setz dich hin«, befahl die junge Frau streng.

Julia versuchte, ihrem Blick auszuweichen. Doch als sie in Karolyns zusammengekniffene Augen sah, musste sie feststellen, dass sie um dieses Gespräch wohl nicht herumkommen würde. »Also gut. Was willst du?«

Karolyn setzte sich zu Julia und ergriff ihre Hand. »Ich mache mir Sorgen um dich.«

»Aber mir geht es hervorragend«, erwiderte Julia betont fröhlich. »Das Geschäft läuft blendend, ich habe einen tollen Mann geheiratet, der nebenbei auch noch ein fantastischer Vater ist! Cameron liebt Jake, und er behandelt mich wie eine Königin. Er ist sexy und aufmerksam und warmherzig, und ich bin … glücklich.«

Julia merkte selbst, wie kläglich und unsicher das letzte Wort geklungen hatte. Auch Karolyn schien die Veränderung in ihrem Tonfall nicht entgangen zu sein.

»Aber wenn er so ein Engel ist, hat er es dann nicht verdient zu wissen, dass du ihn liebst?«

»Ach, verdammt«, murmelte Julia frustriert und sank in sich zusammen. »Ich hätte dir nie erzählen dürfen, warum ich ihn geheiratet habe.«

»Ich bin deine beste Freundin und habe damit ein Recht darauf, deine düsteren Geheimnisse zu erfahren«, erwiderte Karolyn zwinkernd.

»Du hast ja recht. Aber warum glaubst du überhaupt, dass ich ihn liebe?«

»Ach, sagen wir einfach, dass es dir dick und fett ins Gesicht geschrieben steht. Sogar Lynnie ist es schon aufgefallen, und Lynnie ist im Moment eigentlich voll und ganz damit beschäftigt zu pubertieren.«

Julia lachte auf, wurde aber sofort wieder ernst. »Was genau ist Lynnie denn aufgefallen?«, fragte sie misstrauisch.

»Ach, nur dass du den ganzen Tag über vor dich hinsummst, dass du manchmal minutenlang verträumt aus dem Fenster siehst und dass du oft früher gehst.« Karolyn beugte sich vor und flüsterte verschwörerisch: »Sie denkt, dass du bis über beide Ohren verknallt bist.«

»Aber natürlich gehe ich früher«, sagte Julia und zog einen Schmollmund. Es gefiel ihr überhaupt nicht, dass sie so durchschaubar war. »Schließlich habe ich ein Kind.«

»Was dich vor deiner Hochzeit mit Cameron Duke kein bisschen davon abgehalten hat, Überstunden zu schieben.« Karolyn grinste. »Schließlich hast du ein super Kindermädchen.«

Julia atmete tief durch und ließ den Kopf auf die Tischplatte sinken. »Wenn es selbst Lynnie aufgefallen ist, muss es wirklich schlimm um mich stehen«, flüsterte sie verzweifelt.

»Traurig, aber wahr.«

»Und was soll ich jetzt machen?«

»Nach Hause gehen und ihm sagen, dass du ihn liebst, zum Beispiel«, schlug Karolyn vor. »Und wenn er kein Feigling ist, wird er dir dasselbe sagen.«

Hoffnungslos sah Julia ihre Freundin an. »Aber er liebt mich doch gar nicht.«

Karolyn lachte amüsiert auf. »Ach, Julia ...«

»Das ist nicht witzig.«

»Schätzchen, Cameron liebt dich so sehr, dass es fast schon albern ist.«

»Unsinn.«

»Ich hab ihn auf der Hochzeit genau beobachtet. Damals war er schon hin und weg von dir, und jetzt ist es noch viel, viel schlimmer.«

Julia schüttelte den Kopf. »Er begehrt mich, Karolyn, und das weiß ich auch. Aber mit Liebe hat das leider nicht viel zu tun.«

Seufzend murmelte ihre Freundin: »Sobald er die Konditorei betritt, knistert die Luft, Julia. Cameron betet dich an.«

»Wenn es doch nur so wäre. Was er empfindet, ist Begehren, nicht mehr und nicht weniger.«

»Und wenn er seine Gefühle noch so stur verleugnet«, erklärte Karolyn entschieden. »Cameron Duke liebt dich. Und zwar über alles.«

Am folgenden Freitag brachten sie Jake zu Sally, da Cameron an einer Konferenz für Hotelbesitzer in Monarch Dunes teilnehmen wollte. Am Samstag würde dort ein Wohltätigkeitsball stattfinden, den sie gemeinsam besuchen wollten.

Anders als bei Julias letztem Besuch in der luxuriösen Hotelanlage, bei dem sie ein Baby, eine Konferenz und eine Hochzeit unter einen Hut hatte bringen müssen, konnte Julia sich diesmal entspannen. Cameron hatte als Überraschung mehrere Terminen im Spa für sie vereinbart, wo sie es sich gut gehen lassen konnte, während er die Tagung besuchte. Sie konnte sich kaum noch daran erinnern, wann sie zuletzt so viel Ruhe und Zeit für sich gehabt hatte. Als sie sich am frühen Abend für den Ball zurechtmachte, fühlte sie sich nach Maniküre, Pediküre und Ganzkörpermassage vollkommen erholt.

Ausnahmsweise föhnte sie sich die Haare glatt. Nachdem sie zufrieden ihre Frisur begutachtet hatte, zog sie das trägerlose burgunderrote Kleid an, das sie zusammen mit Trish gekauft hatte, und legte sich die Diamantkette und das passende Armband von Cameron um. Dazu trug sie ein Paar Diamantohrringe, das sie von ihrer Mutter geerbt hatte. Nach einem letzten Blick in den Spiegel betrat sie das Wohnzimmer, wo Cameron in einem schicken Smoking auf sie wartete. Lächelnd öffnete er eine Flasche Champagner und füllte zwei Gläser.

»Sieht toll aus«, sagte Julia bewundernd. Sie war sich selbst nicht ganz sicher, ob sie damit den Champagner oder ihren Mann meinte. Wahrscheinlich beides.

Als er ihr ein Glas reichte, hielt er mitten in der Bewegung abrupt inne. Ein Ausdruck wilden Verlangens trat in seine Augen. Die Intensität seines Blickes ließ Julia erzittern.

»Wow«, murmelte Cameron mit angehaltenem Atem.

Julia lächelte und nahm ihm das Glas aus der Hand. Seine Bewunderung machte sie unendlich glücklich. »Danke.«

»Nein, ich habe zu danken«, erwiderte er leise und stieß mit ihr an. »Lass uns die Party schwänzen und hierbleiben.«

»Aber du bist doch der Gastgeber!«

Frustriert verzog er das Gesicht. »Na gut, zu einer halben Stunde lasse ich mich breitschlagen.«

»Lange genug, um zu tanzen«, sagte sie und trank einen Schluck Champagner.

»Aber das können wir doch auch hier«, flüsterte er und zog sie in seine Arme. Dann wiegte er sich sanft mit ihr im Kreis und lachte auf. »Wusstest du, dass Sally uns drei Jungs zu Highschoolzeiten zu einem Tanzkurs verdonnert hat?«

Julia lachte ebenfalls. »Ihr Armen ... Ich musste das auch über mich ergehen lassen.«

»Und wir haben beide überlebt«, sagte er anerkennend.

Julia ließ ihren Kopf an seine Schulter sinken und flüsterte: »Du bist wirklich ein sehr guter Tänzer.«

»Mit dir in meinen Armen fällt es mir nicht schwer«, erwiderte er und begann, zärtlich ihren Hals zu küssen. »Vor einer Stunde hätte ich es nicht für möglich gehalten, dass du noch schöner werden könntest. Aber dein Auftritt gerade hat mich eines Besseren belehrt.«

Mit klopfendem Herzen sah Julia zu ihm auf und erkannte das Verlangen in seinem Blick. Was würde er wohl tun, wenn sie ihm sagte, dass sie ihn liebte? Wäre er schockiert? Oder wütend, weil sie die Regeln gebrochen hatte? Würde er vielleicht sagen, dass er sie auch liebte? Wahrscheinlich täuschte sie sich, und es war nur Wunschdenken. Aber für einen kurzen Moment hatte sie den Eindruck, dass sich in seinen Augen dieselben Gefühle widerspiegelten, die in ihr tobten.

Während Julia und Cameron im Ballsaal herumspazierten und hier und da plauderten, hielt er ununterbrochen ihre Hand fest.

Sie war so atemberaubend, dass jeder einzelne männliche Gast sie bewundernd musterte. In so einem Haifischbecken würde er sie ganz sicher keine Sekunde lang allein lassen.

»Da ist ja der Mann der Stunde«, sagte eine vertraute Stimme, und Cameron fuhr herum. Ihm gegenüber stand sein alter Freund Byron Mirabelle, Besitzer der Luxushotelkette Pinnacle. Die beiden Männer schüttelten sich herzlich die Hände, dann stellte ihn Cameron seiner Frau vor. »Byron hat sich auf kleine Luxushotels in den Bergregionen von Colorado, Wyoming und Montana spezialisiert«, erklärte er.

»Nächstes Jahr kommt noch ein Hotel in Utah dazu«, sagte der attraktive ältere Herr stolz.

»Das ist ja fantastisch«, erwiderte Cameron und fuhr, an Julia gewandt, fort: »Byron ist mein wichtigster Mentor gewesen. Eigentlich habe ich den Erfolg meiner Hotels nur ihm zu verdanken.«

»Wie schön, Sie kennenzulernen«, sagte Julia.

»Und Sie sind also die Dame, die Camerons Herz erobert hat. Ich war sehr gespannt auf Sie, allerdings auch aus anderen Gründen«, erwiderte er geheimnisvoll.

»Gespannt? Auf mich? Warum denn?«

»Ihretwegen zwingt mich meine Frau bei jedem Aufenthalt in Kalifornien, in einem Duke-Hotel zu wohnen.«

»Aber …« Verwirrt sah Julia zu Cameron auf. Dann wandte sie sich wieder an Byron. »Wieso denn das?«

»Na, weil sie süchtig nach Ihren Schokoladencroissants ist«, erklärte er. »Und die gibt es nun mal nirgendwo sonst.«

»Oh, das ist aber ein nettes Kompliment«, sagte Julia lachend.

Byron beugte sich vertraulich zu ihr hinüber. »Mir persönlich haben es ja Ihre Apfelringe angetan. Wenn mein Arzt mich lassen würde, würde ich den ganzen Tag nichts anderes essen.« Stirnrunzelnd klopfte er sich auf den Bauch. »Schätze, es macht sich langsam bemerkbar.«

Cameron beobachtete voller Zärtlichkeit, wie die beiden weiterplauderten. Die Welle an Zuneigung, die ihn durchströmte, war so mächtig, dass er kaum noch atmen konnte.

Was zur Hölle war nur los mit ihm? Zum ersten Mal seit Jahren fühlte er sich vollkommen wohl und erfüllt.

Dieses unbekannte Gefühl verwirrte ihn so sehr, dass er beschloss, dass nur ein Glas Scotch helfen konnte. Da er wusste, dass Julia bei Byron in besten Händen war, ließ er die beiden allein und lief zur Bar. Nachdem er seinen Whiskey heruntergestürzt hatte, konnte er nur noch an eines denken, und das war Julia. Julia, die er gleich in die Suite entführen würde. Julia, die er langsam von ihrem umwerfenden Kleid befreien würde. Julia, die er …

In diesem Moment riss ihn eine Hand auf seiner Schulter aus seinen Träumereien. Erschrocken fuhr er herum.

»Hallo, Cameron.«

Unwillkürlich spannte er all seine Muskeln an. »Martina.«

»Ach, du siehst einfach fabelhaft aus«, sagte seine Ex mit sinnlich tiefer Stimme. Sie trug ein schwarzes Spitzenkleid, dessen tiefer Ausschnitt ihr üppiges Dekolleté betonte. Mit flatternden Lidern beugte sie sich zu ihm vor. »Ich hatte gehofft, dir hier zu begegnen.«

Es hatte eine Zeit gegeben, in der er diese Frau geliebt hatte. Wenigstens hatte er das geglaubt. Doch jetzt, wo sie vor ihm stand, empfand er rein gar nichts. Er war einfach nur desinteressiert.

»Und wo ist Andrew?«, fragte er. Viel wichtiger war aber, wo Julia steckte. Suchend sah er sich im Saal um, konnte sie aber nirgends entdecken.

Martina zog einen Schmollmund. »Andrew ist heute unpässlich. Aber er hätte mich sowieso nur gestört. Ich habe dich vermisst, Cameron. Wie geht es dir?«

»Könnte nicht besser gehen«, erwiderte er knapp.

»Wie schön für dich.« Sie ließ ihre Finger sein Revers entlangwandern. »Ehrlich gesagt, hatte ich gehofft, dass wir zwei uns irgendwohin zurückziehen könnten, wo wir alleine sind, und ...«

»Und was?«, fragte er scharf und entfernte vorsichtig ihre Hand von seinem Jackett. »Willst du vielleicht deinen Ehemann betrügen? Ihn eifersüchtig machen? Danke, kein Interesse.«

»Ach, Cameron, jetzt sei doch nicht so nachtragend«, sagte sie und umklammerte seinen Arm. »Ich ... Andrew und ich lassen uns scheiden.«

»Das tut mir leid für dich«, murmelte er geistesabwesend und suchte weiter nach Julia.

»Ich dachte, das solltest du wissen«, sagte Martina leise. »Denn du bist der Grund dafür, dass meine Ehe gescheitert ist. Ich habe dich nie vergessen können. Und ich will dich zurück.«

Mit einem trockenen Lachen sah er zu ihr hinab. »Das ist doch absurd.«

»Da bist du ja!«, sagte Julia fröhlich und strich ihm über die Schulter. »Byron ist ja wirklich ein Schatz!« Erst jetzt schien sie Martina zu bemerken. »Oh, hallo.«

Erleichtert zog Cameron sie an seine Seite und legte den Arm um ihre Taille. »Martina, das hier ist meine Frau Julia.«

»Deine ... was?« Martina schien etwas sagen zu wollen, entschied sich dann aber doch dagegen. Was vermutlich auch besser so war.

»Schön, Sie kennenzulernen«, sagte Julia freundlich, obwohl Cameron spüren konnte, dass ihr Körper vor Anspannung zitterte. Vermutlich hatte sie beobachtet, wie Martina an ihm herumgefummelt hatte.

»Sehr erfreut«, erwiderte Martina kühl. Auf ihren Wangen waren zwei nervöse rote Flecken erschienen. Cameron kannte seine Exfreundin gut genug, um zu wissen, dass das Anzeichen für einen nahenden Wutanfall waren.

Er beugte sich zu Julia hinab und flüsterte: »Ich denke, unsere halbe Stunde ist abgelaufen.«

»Na dann«, sagte sie und warf Martina ein Lächeln zu. »Hat mich gefreut.«

»Jaja, mich auch.« Martina machte auf dem Absatz kehrt und verschwand in der Menschenmenge.

Julia musterte ihn neugierig. »Eine Freundin von dir?«

»Wohl kaum«, sagte er ausweichend. »Komm, lass uns von hier verschwinden.«

Bevor sie in die Suite zurückkehrten, machten sie noch einen langen Spaziergang am Strand. Eine warme Brise kitzelte Julias Haut und spielte mit ihrem Haar. Weiche Wellen leckten am Ufer, und Julia schlüpfte aus ihren Stilettos, um den Sand unter ihren Füßen zu spüren. Sie hatte einen Teil von Camerons Gespräch mit Martina mitbekommen, und nun wartete sie auf den richtigen Moment, um nachzufragen. Martinas Aussage, dass sie Cameron zurückwolle, hallte noch immer in ihren Ohren wider und ließ kalte Schauder ihren Rücken hinabwandern. Doch Cameron hatte Martina abgewiesen, und so hoffte Julia, dass sie die fremde Frau und ihr beeindruckendes Dekolleté nie wieder sehen musste.

»Komm, wir gehen hier entlang«, sagte Cameron und zog sie zu einer Treppe, die zum Hotel führte. Am Ende der Treppe schlug er einen verwilderten Pfad ein, der in ein kleines Wäldchen führte. Als sie näher kamen, hörte Julia ein leises Rauschen. »Ist das ein Wasserfall?«

»Ja, da drüben zwischen den Bäumen.«

Sie drückte seine Hand. »Komm, den will ich sehen.«

Während sie durch das Wäldchen wanderten, zogen ein paar Wolken über den Nachthimmel und enthüllten einen milchigen Vollmond. Nach einigen Minuten erreichten sie einen großen Felsen, in dessen Fuß ein Becken gehauen worden war. Kaskaden von Wasser ergossen sich von den Steinen in den Pool, in den kleine Lichter eingelassen waren, sodass das Wasser geheimnisvoll leuchtete.

»Das ist ja wunderschön«, sagte Julia. »Fast wie eine Tropen-lagune! Können wir hier baden?«

Lächelnd berührte Cameron ihre Wange. »Ich hatte gehofft, dass du fragst.« Er wies mit einer Kopfbewegung zu einigen Liegen neben dem Pool, auf denen Bademäntel und Handtücher für sie bereitgelegt worden waren. »Niemand wird uns stören, dafür habe ich schon gesorgt«, flüsterte er.

Lächelnd sah sie zu Cameron auf. »Na, dann lass uns schwimmen!«

Zärtlich küsste er sie auf die Schulter, während er den Reißverschluss ihres Kleides öffnete. »Ich will dich, Julia«, flüsterte er.

Sie erzitterte unter seiner Berührung. »Und ich will dich.«

»Ist dir kalt?«

»Nein, überhaupt nicht.«

»Gut.« Raschelnd fiel ihr Kleid zu Boden. Cameron trat einen Schritt zurück und betrachtete Julia, die in nichts weiter als einem trägerlosen roten BH und einem passenden Spitzenslip vor ihm stand.

»Du bist atemberaubend.«

Seufzend schloss sie die Augen. »Berühr mich. Bitte.«

Und das tat er, doch er ließ sich alle Zeit der Welt. Langsam glitt er mit den Fingern über ihr Rückgrat, die Schultern, die Arme. Dann zog er die Linie ihrer Hüften und ihrer Oberschenkel nach. Er stand hinter ihr, senkte die Lippen auf ihren weichen Nacken und strich mit den Händen über ihren Bauch. Kurz hielt er an dem kleinen Stein in ihrem Bauchnabel inne, dann umschloss er ihre Brüste.

Julia stöhnte auf. »Cameron, ich brauche …«

»Ich weiß«, unterbrach er sie. »Ich brauche dasselbe wie du.« Mit sanften Bewegungen streichelte er ihre Brüste, bis die Spitzen hart emporstanden. Als Julia begann, sich unter seinen Berührungen zu winden, öffnete er den BH-Verschluss und presste seine Härte gegen ihren weichen Po. Dann drehte er sie um und ging vor ihr in die Knie, um ihr den Slip abzu-streifen.

Als er sanft ihre Oberschenkel spreizte, keuchte Julia auf. Sie zitterte vor Erregung und schob sich ihm entgegen, bis er mit seiner Zunge das Zentrum ihrer Lust entdeckte. Leise schrie sie seinen Namen. »Nimm mich, jetzt«, stöhnte sie, woraufhin Cameron aufstand und sie auf seine Arme hob.

»Wir schwimmen später«, murmelte er und legte sie auf eine der Liegen.

Ungeduldig beobachtete sie, wie Cameron den Smoking aus-zog, und breitete die Arme aus. Als er sich auf sie legte, hob sie stöhnend die Hüften an und spürte, wie er tief in sie eindrang.

Sein Herz mochte sie nicht erobert haben, doch das pure Verlangen in seinen Augen verriet ihr, dass wenigstens seine Leidenschaft ihr allein gehörte.

Später zeigte Cameron ihr noch das Geheimnis des Wasserfalls: eine romantisch beleuchtete Grotte hinter dem Wasservorhang, in der sie sich ein zweites Mal liebten.

»Ist dir klar, dass du gerade eine meiner geheimsten Fantasien hast wahr werden lassen?«, fragte Cameron lächelnd, nachdem sie keuchend gegeneinander gesunken waren.

Julia lachte auf und küsste ihn. »Ich liebe dich, Cameron.« Als sie merkte, was sie gerade gesagt hatte, japste sie erschro-cken und schlug sich die Hände vor den Mund.

Cameron erstarrte. Was sollte er jetzt tun? Erwartete sie, dass er dasselbe sagte? Aber sie wusste doch, dass er das nicht konnte! Damit würde er alles ruinieren, und das konnte er ihr nicht antun! Ganz egal, wie viel ihm Julia bedeuten mochte: Spätestens seine Begegnung mit Martina hatte ihn wieder da-ran erinnert, wozu er in der Lage war. Wie zerstörerisch seine Gefühle waren.

»Ich schätze, das hätte ich nicht sagen sollen«, murmelte Julia und löste sich aus seiner Umarmung. Dann stieg sie aus dem

Becken und nahm sich ein Handtuch, das auf dem Beckenrand bereitlag.

»Warte«, sagte er. »Geh nicht.«

»Warum sollte ich denn bleiben? Ich habe es nicht sagen wollen, aber jetzt ist es mir nun mal herausgerutscht, und ich werde mich nicht dafür entschuldigen. Ich liebe dich, aber ich weiß, dass das nicht auf Gegenseitigkeit beruht. Glaubst du, dass es mir damit gut geht?« Sie schlang das Handtuch um ihren nackten Körper. »Ich gehe zurück in die Suite.«

Cameron hievte sich aus dem Wasser und griff nach ihrer Hand. »Julia, du bist mir unendlich wichtig.«

»Das weiß ich doch. Aber ich bin nicht sicher, ob mir das reicht. Jedenfalls nicht mehr.«

»Aber ich kann nicht …« Gott, wie sollte er ihr nur klarmachen, dass er sie nicht lieben konnte? Sie versuchte, die Regeln zu ändern, aber das durfte er nicht zulassen! Schließlich hatte Julia keine Ahnung, was das für Konsequenzen haben würde. Dass er sie früher oder später unweigerlich verletzen würde, wenn Liebe ins Spiel kam. Er stand auf und sah ihr in die Augen. »Ich habe dir doch von Anfang an gesagt, dass …«

»Jaja, ich weiß. Liebe gehört nicht zu unserer Vereinbarung.«

Ihr Tonfall war so zynisch, dass Cameron unwillkürlich nach ihrem Arm griff. »Das stimmt, und du solltest froh darüber sein! Aber du …«

»Lass mich raten«, unterbrach sie ihn traurig. »Ich habe mich nicht an die Regeln gehalten, stimmt's? Und das passt dir nicht.«

»Ganz genau«, stieß er zwischen zusammengepressten Zähnen hervor. »Wir hatten eine Abmachung, falls du dich erinnerst.«

Wortlos ließ sie ihr Handtuch fallen und glitt wieder ins Wasser.

»Ich begleite dich«, sagte er hastig.

»Lass mich bitte für eine Weile in Ruhe. Ich möchte jetzt alleine sein.«

»Pech für dich«, erwiderte er und sprang ihr hinterher ins Becken. Dann nahm er ihre Hand, doch sie entzog sie ihm entschieden.

»Im Moment haben wir uns nichts mehr zu sagen«, sagte sie leise.

»Doch, es gibt da noch etwas.«

Zögerlich wandte sie sich zu ihm um. »Und was?«

»Dass ich froh bin, dass du mich liebst.«

»Was?« Verwirrt runzelte sie die Stirn. »Wieso?«

»Weil das unsere Ehe wesentlich einfacher macht.«

Ihr blieb erst einmal der Mund offen stehen. »Und was soll das bitte heißen?«

»Na ja, solange du mich liebst, wirst du nicht versuchen, mich zu verlassen. Und das ist gut für alle Beteiligten.«

»So, jetzt hör mir mal zu, du arroganter, eingebildeter Mistkerl«, sagte sie und schwamm auf ihn zu, um ihm mit dem Zeigefinger in die Brust zu stoßen. »Ich habe bisher keine Sekunde lang darüber nachgedacht, dich zu verlassen. Aber gerade hast du mir allen Grund gegeben, es mir anders zu überlegen! Und bilde dir bloß nicht ein, dass ich die Wahrheit nicht kenne!«

»Was für eine Wahrheit?«

»Dass du mich genauso liebst wie ich dich. Ganz egal, wie sehr du dagegen ankämpfst: Eines Tages wirst du merken, dass ich recht hatte. Und ich hoffe für dich, dass es dann nicht zu spät ist.«

Im nächsten Augenblick war sie untergetaucht und schwamm aus der Grotte.

11. Kapitel

Also liebte sie ihn!

Trotz Julias brüsker Reaktion konnte er nicht leugnen, dass ihr Geständnis ihn über alle Maßen gefreut hatte. Natürlich verstand er nur zu gut, dass sie sauer auf ihn war, aber sie würde schon darüber hinwegkommen. Schließlich liebte sie ihn ja! Eine bessere Grundlage für eine Ehe und ein harmonisches Familienleben konnte er sich nicht vorstellen. Wenn das so weiterging, würde Jake vielleicht sogar eines Tages ein kleines Geschwisterchen bekommen!

Was das mit Arroganz zu tun haben sollte, konnte er nun wirklich nicht verstehen. Aber er würde sich hüten, das Thema je wieder anzusprechen. Cameron lachte leise auf, während er den Wasserschlauch aufdrehte, um die Autos abzuspritzen. Zwei Tage war es her, dass sie aus Monarch Dunes zurückgekommen waren. Zwei Tage, seitdem Julia ihm gestanden hatte, dass sie ihn liebte und ihn dann hatte stehen lassen. Mit der Begründung, dass es arrogant von ihm wäre, ihre Gefühle für etwas Positives zu halten.

Dabei war er überhaupt nicht arrogant. Er war clever. Clever, weil er erkannt hatte, dass Julia sich nichts so sehr wünschte wie eine Familie. Clever, weil er sie und Jake zu sich in sein Haus geholt und dafür gesorgt hatte, dass sie wie eine Familie zusammenlebten. Und clever, weil er verhindert hatte, dass er sich ebenfalls in Julia verliebte. Denn er wusste, dass er das Erbe seiner Eltern in sich trug und seine Liebe immer zerstörerisch sein würde.

Und wenn er je kurz davor gewesen war, sein Herz zu öffnen und der Liebe eine Chance zu geben, dann hatte Martinas unerwünschte Anwesenheit auf der Party dafür gesorgt, dass er diesen dummen Gedanken sofort wieder fallen ließ. Hatte er sich damals ernsthaft eingebildet, dass er Martina liebte? Gott, im Vergleich zu Julia war sie nichts weiter als ein seelenloses Strichmännchen!

Aber Martina wiederzusehen hatte eine Menge alter Gefühle in ihm wachgerufen. Gefühle, an die er sich lieber nicht erinnert hätte. Erinnerungen an all die Fehler, die er gemacht, an all die Enttäuschungen, die er erlebt hatte, sobald er sich wirklich auf eine Frau einließ.

Cameron drehte das Wasser wieder ab und begann, den Wagen zu polieren.

Auch wenn Julia es nicht glauben wollte: Ohne seine Liebe war sie besser dran. Er war bereit, ihr all seine Zuneigung, seinen Respekt und seine Bewunderung zu schenken. Seine Leidenschaft, seinen Körper, mit Haut und Haar. Er würde ihr alles geben, was sie wollte, solange sie nicht von ihm erwartete, dass er sie liebte. Denn eine weitere Enttäuschung würde sein Herz nicht ertragen.

Es reichte ihr nicht. Nicht mehr.

Julia faltete die saubere Wäsche zusammen und füllte dann noch einmal den Trockner.

Seit der Nacht in der Grotte war eine Woche vergangen, und Cameron tat immer noch, als wäre nichts passiert. Als hätte sich nichts verändert. Und vielleicht war das ja auch der Fall – wenigstens aus seiner Perspektive. Aber in Julias Welt war nichts mehr so wie zuvor.

Sie hatte gedacht, dass es reichen würde, einen aufmerksamen Ehemann zu haben, der ihrem Sohn ein guter Vater war. Sie hatte ihn geheiratet, war in sein Haus gezogen ... doch jetzt wollte sie mehr.

Wahrscheinlich hatte er recht, und es war wirklich nicht fair von ihr, so plötzlich die Regeln zu ändern. Aber sie konnte nichts dagegen tun. Denn sie hatte nicht einfach nur die Regeln geändert: Sie selbst hatte sich verändert! Seit sie ihm gesagt hatte, dass sie ihn liebte, wollte sie nur noch eins: dieselben Worte von ihm hören.

Nur dass er sie niemals sagen würde. Weil er sie nicht sagen *konnte*. Gestern Nacht hatten sie darüber gesprochen, und sie hatte wissen wollen, wo das Problem lag. Was war in der Vergangenheit vorgefallen, dass er sich derart vor der Liebe fürchtete?

Aus reiner Verzweiflung hatte sie sogar ihr letztes bisschen Stolz heruntergeschluckt und ihn gefragt, ob seine Gefühle mit dieser Martina zusammenhingen, der sie auf der Party begegnet war.

Doch Cameron hatte nur gelacht und ihr versichert, dass sie völlig auf dem falschen Dampfer sei. Mehr war nicht aus ihm herauszubekommen gewesen.

All das brach ihr das Herz. Nicht nur wegen der Konsequenzen, die das Ganze für sie selbst hatte, sondern auch wegen Cameron. Und wegen Jake.

Denn jetzt wusste sie eines mit Sicherheit: eine Familie, ein Ehemann, ein Baby waren nicht genug. Jedenfalls nicht für sie. Sie wollte mehr. Weil sie es wert war.

Am darauffolgenden Samstag schmissen Adam und Trish eine kleine Party, um Trishs Schwangerschaft zu feiern. Julia hatte sich um selbst gebackenes Brot und das Dessert gekümmert und Trish bei der Zubereitung des Abendessens geholfen.

Nun stand sie in der Küche und stapelte die leeren Dessertteller. »Soll ich die abwaschen?«, wollte sie von Trish wissen.

»Nein danke. Adam und ich räumen gerne zusammen auf, wenn die Gäste weg sind. Dann haben wir noch ein bisschen gemeinsame Zeit nur für uns.«

In diesem Moment betrat Adam die Küche und schlang seine Arme um Trishs Taille. »Ich hab dich schon vermisst. Seid ihr hier fertig?«

»Klar.« Trish strahlte ihren Ehemann an und küsste ihn zärtlich.

Hastig wandte Julia sich ab, um das verräterische Glitzern in ihren Augen zu verbergen.

Auf der Heimfahrt sagte sie nach langem Schweigen zu Cameron: »Es muss toll für dich sein, dass Adam so glücklich ist.«

Cameron warf ihr einen kurzen Blick zu. »Darüber habe ich noch nie nachgedacht, aber du hast recht. Es scheint ihm ganz gut zu gehen.«

»Ganz gut?« Julia lachte auf. »Cameron, der Mann ist bis über beide Ohren in seine Frau verliebt!«

Abwiegelnd hob er die Hand, um sie zu unterbrechen. »Okay, ich verstehe, worauf du hinauswillst. An dem Punkt waren wie schon mal, und ich werde mich nicht wieder auf das Thema einlassen. Wir haben ein tolles Leben, du und ich. Warum kannst du es nicht einfach dabei belassen?«

Als wolle er seine Worte etwas abmildern, drückte er sanft ihre Hand. Eigentlich war die Geste voller Zuneigung, ein Zeichen, dass Julia ihm wichtig war. Doch ihr traten unvermittelt die Tränen in die Augen. Wütend blinzelte sie sie weg und sah aus dem Fenster, damit Cameron nicht bemerkte, wie aufgewühlt sie war. War es wirklich so dumm von ihr, dass sie seine Liebe wollte? Dass sie nicht nur seinen Nachnamen, sondern auch sein Herz besitzen wollte?

Am nächsten Tag erreichte sie den Punkt, an dem es unerträglich wurde. Sie stand in der Küche und räumte den Geschirrspüler ein, als sie plötzlich das Gefühl hatte, die Wände würden immer näher rücken. Schluchzend ließ sie sich auf einen Stuhl sinken und versuchte, sich wieder zu fangen.

»Meine Güte«, wies sie sich leise zurecht, als die Tränen versiegt waren. Entschlossen stand sie auf. »Seit wann bist du eigentlich so eine Heulsuse?«

Warum konnte sie nicht loslassen und sich mit den Tatsachen

abfinden? Warum konnte sie all diese Gefühle, die sich in ihr Herz geschlichen hatten, nicht einfach abstellen?

Ihr fiel nur ein einziger Mensch ein, der womöglich eine Antwort auf ihre Fragen kannte. Kurz entschlossen packte sie Jake in den Wagen und fuhr mit ihm zu Sally.

»Das ist ja eine schöne Überraschung«, sagte Sally, während sie die Haustür öffnete.

»Hoffentlich macht es nichts, dass ich ohne Vorwarnung hier einfalle«, erwiderte Julia entschuldigend.

»Ach, sei doch nicht albern. Ich freue mich riesig! Komm rein.«

»Danke.«

Sally führte Julia durch ihr gemütliches, stilvoll eingerichtetes Wohnzimmer in die sonnendurchflutete Küche. »Du kannst jederzeit vorbeikommen.«

Aus dem Tragesitz war ein fröhliches Krähen von Jake zu hören.

»Na klar, mein kleiner Schatz«, sagte Sally und beugte sich zu ihm hinunter, um ihm den Bauch zu kitzeln. »Ich freue mich auch, dich zu sehen.«

Dann holte sie einen Krug Eistee aus dem Kühlschrank und schenkte zwei Gläser ein. »Na, dann setz dich mal und erzähl mir, was du auf dem Herzen hast. Ist alles in Ordnung? Du siehst etwas angeschlagen aus.«

Julia strich sich das Haar zurück und straffte ihre Schultern. »Ehrlich gesagt, weiß ich gar nicht, wo ich anfangen soll. Um es kurz zu machen: Ich liebe deinen Sohn.«

»Womit du vermutlich Cameron meinst«, stellte Sally lächelnd fest.

Julia lachte auf. »Ja, natürlich.«

»Aber das weiß ich doch schon lange«, sagte Sally trocken. »Auch wenn du es auf der Hochzeit noch nicht zugeben konntest. Es freut mich, dass du es endlich ausprichst.«

Nervös begann Julia, an ihrem Glas herumzufummeln. »Leider liebt er mich aber nicht, Sally. Jedenfalls weigert er sich, es auszusprechen.«

»Wie bitte?« Stirnrunzelnd ließ Sally sich in ihrem Stuhl zurücksinken. »Aber natürlich tut er das, meine Liebe. Sogar sehr! So wie er dich immer ansieht ... Ich habe ihn noch nie so glücklich erlebt.«

»Und warum weigert er sich dann, es zu sagen?«

Nachdenklich hob Sally ihr Glas und trank einen Schluck. »Also spricht er nicht darüber, ja?«

»Nein.« Julia vergrub ihr Gesicht in den Händen. »Und ich komme mir so dämlich vor. Vor der Hochzeit haben wir uns darauf geeinigt, dass keine Liebe im Spiel ist. Aber ich komme einfach nicht damit zurecht.«

»Ihr habt was?« Nun klang Sally ernsthaft schockiert.

»Oh, ich weiß schon, was du jetzt denkst. Aber damals schien das Sinn zu machen. Wir haben geheiratet, damit Jake Eltern hat, die zusammenleben. Und ich für meinen Teil war so froh, eine Familie zu haben, dass ich zu allem bereit war.«

»Ach, Schätzchen.« Sally schniefte gerührt.

»Nur dass ich jetzt feststellen musste, dass ich Cameron eben doch liebe. Und als ich ihm das gestanden habe, hat er einfach darauf beharrt, dass er meine Gefühle nicht erwidert. In jeder anderen Hinsicht sind wir aber überglücklich. Und jetzt weiß ich nicht, ob ich nicht vielleicht einfach aufhören sollte zu jammern. Ob ich nicht zufrieden sein sollte mit dem, was ich habe.«

Julia richtete sich auf und sah ihrer Schwiegermutter entschlossen in die Augen. »Aber ich kann es einfach nicht. Vor der Hochzeit dachte ich, dass ich auch ohne Liebe glücklich werden könnte. Aber ich will alles, Sally. Ich will, dass er mich liebt.«

»Aber Julia!« Sally sprang auf und kniete sich neben ihre Schwiegertochter, um ihr den Rücken zu streicheln. »Er liebt dich doch! Glaub mir, ich kenne meinen Sohn in- und auswendig. Es mag zwar schwer sein, ihn in den Griff zu bekommen, aber er ist die Mühe wert.«

»Das ist er allerdings«, erwiderte Julia und schluckte mühsam ihre Tränen herunter.

»Vielleicht solltest du dir einfach nicht so viele Gedanken machen.«

»Das versuche ich doch.«

»Sehr gut. Aber offenbar musst du es noch ein bisschen mehr versuchen.«

Julia lachte auf. Dann ergriff sie Sallys Hand und drückte sie. »Und jetzt muss ich dir noch eine ernste Frage stellen. Versprichst du mir, dass das unter uns bleibt?«

»Aber natürlich.«

Julia biss sich nervös auf die Lippe. Dann holte sie tief Luft und stellte die Frage, wegen der sie eigentlich gekommen war. »Gibt es einen Grund dafür, dass Cameron solche Angst vor der Liebe hat? Ich muss einfach wissen, ob es an mir oder an ihm liegt.«

»Oje«, murmelte Sally und erhob sich. Unruhig begann sie, in der Küche auf und ab zu laufen. »Armer Cameron. Jetzt, wo du es sagst, kommt mir der Verdacht, dass all das mit seinem Vater zu tun haben könnte. Er war ein fürchterlicher Mann. Ich habe nie die ganze Geschichte erfahren, weil die Akte unter Verschluss war, aber ich weiß, dass er gewalttätig war. Soviel ich weiß, hat er Camerons Mutter umgebracht und danach sich selbst das Leben genommen.«

Schockiert sah Julia sie an. »Das ist ja schrecklich! Cameron hat seine Vergangenheit mit keinem Wort erwähnt!«

»Das sieht ihm ähnlich. Aber glaub mir, als ich ihn zu mir geholt habe, war er todunglücklich und schwer traumatisiert.«

»Oh Gott«, flüsterte Julia, während sie sich den traurigen kleinen Jungen vorstellte, der Cameron früher einmal gewesen sein musste.

»Im Abschlussjahr auf der Highschool hat er dann ein Mädchen kennengelernt.« Nachdem sie Julia die gesamte Geschichte über Wendy erzählt hatte, schloss sie: »Er hat immer sich selbst die Schuld daran gegeben, dass sie ihn so schrecklich behandelt hat.«

»Aber das ist doch einfach nicht fair«, rief Julia empört.

»Nein, aber so ist Cameron nun mal. Ich werde nie vergessen, als er mir sagte, dass all das seine Schuld sei und der Apfel wohl doch nicht weit vom Stamm falle.«

»Aber das ist doch Unsinn! Es gibt wohl kaum einen friedliebenderen Menschen als Cameron! Wieso hält er sich selbst für gewalttätig?«

Sally lächelte. »Ich schätze, die Angst sitzt bei ihm einfach zu tief. Deswegen ist er auch zu den Marines gegangen. Er hat gehofft, dort genug Selbstkontrolle und Disziplin zu erlangen, um das Chaos seiner Kindheit hinter sich lassen zu können.«

Julia sah Sally traurig an. »Und dabei ist er der umsichtigste, achtsamste Mann, den ich je kennengelernt habe.«

»Ja, das ist er«, erwiderte Sally. Dann glitt ein schlaues Lächeln über ihre Lippen. »Aber vielleicht musst du deinen Teil dazu beitragen, dass auch er selbst das begreift. Ein kleiner Tritt in den Hintern könnte ihm nicht schaden.«

Irritiert runzelte Julia die Stirn, doch dann begann sie zu begreifen. »Oh, Sally, du bist die Weisheit in Person.«

Sally breitete die Arme aus. »Genau das versuche ich meinen Söhnen seit Jahren klarzumachen!«

Am Abend schenkte Cameron ihr eine wunderschöne silberne schmetterlingsförmige Brosche mit gelben Diamanten und Saphiren.

»Danke, Cameron!«, sagte Julia. »Aber womit habe ich das verdient?«

»Einfach so.«

Nachdem sie tief durchgeatmet und all ihren Mut zusammengenommen hatte, fragte sie: »Und du bist sicher, dass es nicht damit zusammenhängt, dass du mich liebst?«

»Julia …«

»Jaja, ich weiß.« Sie hob eine Hand, um ihn zu unterbrechen. »Schon in Ordnung, ich weiß, dass du es nicht aussprechen kannst. Aber eins muss ich wissen: Du liebst doch Jake, oder?«

»Was? Na klar«, erwiderte er und sah ungeduldig aus dem Fenster.

»Es freut mich für dich und unseren Sohn, dass du dir inzwischen wenigstens in diesem Punkt sicher bist.«

»Worauf willst du hinaus?«, hakte Cameron misstrauisch nach.

Vorsichtig legte sie die Brosche wieder in die Schmuckschachtel. Dann wandte sie sich Cameron lächelnd zu und sagte geradeheraus: »Darauf, dass deswegen das geteilte Sorgerecht leichter durchzusetzen ist, wenn Jake und ich zurück in mein Haus gezogen sind.«

»Sobald ihr … was?!« Verblüfft packte er Julia an den Schultern und drehte sie zu sich herum, um ihr in die Augen zu sehen. »Was soll das heißen? Wieso willst du ausziehen? Immerhin sind wir verheiratet! Du gehst nirgendwo hin!«

Doch Julia schüttelte nur den Kopf. »Ehrlich, Cameron. Ich dachte, dass es reichen würde. Aber das tut es nicht. Du bist ein wunderbarer Mann, zärtlich und aufmerksam, und ein toller Vater für Jake. Ein unglaublicher Liebhaber, ein guter Freund. Aber du liebst mich nicht.«

»Warum versuchst du schon wieder, die Regeln zu ändern?«, fuhr er sie an.

»Weil es besser für mich ist, wenn ich von jetzt an nach *meinen* Regeln spiele«, sagte sie ernst.

»Und wie sehen deine eigenen Regeln aus?«, fragte er in leicht sarkastischem Ton.

»Bisher gibt es nur eine einzige: dass ich es verdient habe, geliebt zu werden.«

»Ich kann dir alles geben. Alles!«, stieß er hervor. »Bis auf das.«

»Obwohl ich weiß, dass du mich liebst?«

»Da irrst du dich. Ich liebe dich nicht.«

Mühsam rang sie nach Luft. Mit solcher Vehemenz hatte er seine Gefühle noch nie zuvor verleugnet, und obwohl sie damit gerechnet hatte, taten seine Worte ihr weh. Aber sie wusste, dass sie diese Situation durchstehen musste. »Na, dann war's das, schätze ich.«

»Es tut mir leid.« Frustriert rieb er sich den Nacken. »Mich macht das alles so wütend. Du weißt doch, dass ich dich nicht verletzen will. Niemals! Und genau deswegen …« Er brach mitten im Satz ab.

»Und genau deswegen?«, fragte sie vorsichtig nach.

»Deswegen werde ich dir niemals sagen, dass ich dich liebe.«

Seufzend nahm sie ihr letztes bisschen Geduld zusammen. »Cameron, du überschüttest mich mit Schmuck und Aufmerksamkeiten, du bist immer für mich da …«

»Genau«, unterbrach er sie. »Beweist das nicht, dass du mir wichtig bist? Habe ich dich nicht immer gut behandelt? Warum reicht das nicht?«

»All diese Dinge sind Zeichen deiner Liebe«, erwiderte Julia sanft. »Also kannst du es auch einfach sagen.«

»Hör auf damit!« Wie ein eingesperrter Tiger fing er an, im Wohnzimmer auf und ab zu laufen. »Diese Gespräche enden jedes Mal damit, dass du dich verletzt fühlst.«

»Damit hast du vollkommen recht. Und genau deswegen halte ich es für das Beste, wenn wir uns für eine Weile trennen.«

»Nein!« Er ballte die Hände zu Fäusten und schob stur das Kinn vor. Er schien die richtigen Worte zu suchen, um Julia davon abzuhalten, noch mehr von ihm zu fordern. Schließlich hatte er sich so weit gesammelt, dass er wieder sprechen konnte.

»Weißt du, ich hatte eine ziemlich grauenhafte Kindheit. Ich will nicht jammern, aber mein Vater war …« Er verstummte.

»Was war dein Vater?«, fragte Julia sanft.

»Ein schrecklicher Mensch«, erwiderte er heftig. »Gewalttätig. Bösartig. Meine Mutter hat sehr unter ihm gelitten.«

Camerons Stimme klang so schmerzerfüllt, dass Julia unwillkürlich zusammenzuckte. »Und du? Hat er dir auch wehgetan?«

Er lachte bitter auf. »Kam schon vor. Hatte aber keine Bedeutung. Meistens hat er seine Wut an meiner Mutter ausgelassen. Und darauf bin ich nicht besonders stolz.«

»Aber was hat das denn mit Stolz zu tun?«

»Dass ich sie hätte beschützen müssen!«

»Cameron, wie alt warst du damals?«

Er zuckte mit den Achseln. »Sechs, vielleicht sieben. Ist doch auch egal. Ich konnte ihn nicht aufhalten. Und jedes Mal, wenn er sie geschlagen hat, hat er gebrüllt, dass er das nur aus Liebe tut.«

In diesem Augenblick begriff Julia, warum Cameron seine Liebe nicht in Worte fassen konnte. »Wie schrecklich«, flüsterte sie.

»Ich glaube, er hat sie wirklich geliebt«, sagte Cameron. In seinen Augen spiegelten sich Schmerz und Ekel wider. »Leider konnte er seine Gefühle aber nur durch Schläge zeigen.«

»Oh, Cameron«, sagte sie leise und streckte die Hand aus, um ihm sanft über die Schulter zu streichen.

Doch er zuckte zurück. »Nein, bitte lass das.«

»Aber …«

»Begreifst du es etwa immer noch nicht?« Er wich weiter zurück. »Irgendwo tief in mir schlummert dieses gewalttätige Erbe. Ich weiß genau, dass ich es in mir trage. Deswegen darf ich niemals loslassen! Ich darf nicht lieben! Glaub mir, ich habe es versucht, aber es hat nicht gut geendet. Ich bin wie eine tickende Zeitbombe. Verstehst du mich jetzt endlich?«

»Aber du bist überhaupt nicht wie dein Vater«, sagte sie leise.

»So einfach ist das nicht.« Verzweifelt fuhr er sich durchs Haar. »Ich weiß, dass du diese Worte gerne hören willst, aber ich kann sie einfach nicht sagen. Weil ich keine Liebe für dich empfinde. Du bist mir unendlich wichtig, und genau deswegen will ich dich nicht verletzen. Damit könnte ich nicht leben.«

»Erinnerst du dich noch an unsere Hochzeitsnacht?«, fragte sie.

Der Themenwechsel schien ihn zu irritieren, doch er nickte. »Natürlich.«

»Damals war ich sehr wütend auf dich.«

Er verzog das Gesicht. »Klar, ich weiß. Dazu hattest du auch allen Grund.«

»Ich bin rausgestürmt, und du hast die Nacht auf dem Sofa verbracht«, erzählte sie weiter. »Wenn ich mich recht erinnere, habe ich dich mitten im Streit sogar geschlagen.«

»Du hast mich nur geknufft, und du warst stinksauer auf mich.«

»Aber es ist nichts passiert. Ich habe dich angeschrien. Ich weiß, dass du genauso wütend warst wie ich. Aber du hast dich nicht einmal gewehrt, als ich dich angegriffen habe. Also, wenn du so bist wie dein Vater, warum hast du mich dann nie geschlagen?«

Er runzelte die Stirn. »Warum sollte ich dich schlagen?«

»Ganz genau, darauf will ich hinaus! Du kommst nicht mal auf die Idee, mich zu schlagen, weil du kein bisschen gewalttätig bist!«

»Aber das stimmt nicht«, murmelte er und wandte sich ab. »Ich habe dich nicht geschlagen, weil ich dich nicht liebe.«

Einen Augenblick lang sah Julia ihn einfach nur verblüfft an. Ganz gegen ihren Willen amüsierte sie seine verdrehte Logik, und sie lachte leise auf.

»Genau so ist es, Julia, lach nicht«, sagte er und warf ihr einen warnenden Blick zu.

Sie lehnte den Kopf an seine Brust und hielt einen Augenblick lang ganz still, um an den traumatisierten kleinen Jungen zu denken, der er früher gewesen war. All das machte seine Stärke, seine Großzügigkeit nur noch liebenswerter. Ja, sie liebte diesen sturen, wunderbaren Mann, der die Liebe nicht einmal dann erkannte, wenn sie direkt vor ihm stand.

Nach einer Weile hob sie den Kopf und sah zu ihm auf. »Ich habe dir noch nie erzählt, warum ich so gerne Törtchen backe. Im Haus meiner Eltern gab es einen Koch, der mir zu meinem Geburtstag immer ein Törtchen gemacht hat. Er fand, dass es Verschwendung wäre, einen ganzen Kuchen nur für ein einzelnes kleines Mädchen zu backen.«

Als die Erinnerungen an diese schreckliche Zeit in ihr hochkamen, erschauderte sie, und Camerons Umarmung wurde noch ein bisschen fester.

»Ein trauriges kleines Törtchen mit einer einzelnen Kerze in der Mitte«, sagte sie und versuchte zu lachen. »Irgendwann fing ich an, die Törtchen als Symbol für mein Leben zu betrachten. Inzwischen finde ich, dass sie vor allem meine Einsamkeit symbolisieren.«

»Oh, Julia.« Liebevoll strich er ihr über den Rücken.

»Manchmal bin ich in die Küche gegangen und habe den Koch gebeten, ihm beim Backen helfen zu dürfen, nur damit ich nicht alleine sein musste in diesem riesigen Haus. Und irgendwann habe ich dann festgestellt, dass ich echtes Talent habe, und Cupcake eröffnet. Aber so gut die Idee mit der Konditorei auch war – ich denke, dass ich mein Geschäftsmodell jetzt umstellen muss.«

»Ach ja?«, fragte er zögerlich, als hätte er Angst vor dem, was sie als Nächstes sagen würde.

»Ja. Ich will den ganzen Kuchen.«

Sie hatte ihm erklärt, dass sie Zeit zum Nachdenken brauchte, und jetzt packte sie Taschen für sich und Jake.

Cameron kochte vor Wut. »Das ist doch absurd, Julia! Ich will nicht, dass du gehst.«

»Du weißt, was du sagen musst, damit ich bleibe«, erwiderte sie unbekümmert, doch er konnte die Tränen in ihren Augen glitzern sehen.

Die Lippen zu einer schmalen, entschlossenen Linie zusammengepresst, schwieg er beharrlich.

Julia sah ihn ein letztes Mal an und nickte traurig. »Das dachte ich mir.« Dann setzte sie Jake in den Kindersitz. »Sag Auf Wiedersehen zu Daddy.«

Der Kleine wippte in seinem Stuhl und winkte mit den Ärmchen. »Dada!«

Dann nahm Julia den Sitz und eilte zu ihrem Auto.

Wortlos blieb Cameron in der Haustür stehen und beobachtete, wie die Rücklichter von Julias Wagen in der Einfahrt immer kleiner wurden und schließlich verschwanden.

12. Kapitel

Nicht mal eine Stunde später klopfte Sally an seine Tür.

»Komm rein, Mom«, sagte Cameron, nachdem er ihr geöffnet hatte. »Möchtest du ein Bier?«

»Natürlich nicht«, erklärte sie streng, stellte ihre Handtasche im Vorraum ab und folgte ihrem Sohn in die Küche. »Cameron, was ist denn nur los mit dir? Ihr beiden habt so glücklich gewirkt! Und ich war so stolz, dass du endlich den Mut gefunden hast, jemanden zu lieben.«

»Aber es war nicht so, wie es aussah, Mom.« Achselzuckend fuhr er fort: »Wir hatten eine Abmachung.«

»Ach, mach dich doch nicht lächerlich! Abmachung ... Grundgütiger! Ihr Kinder mit eurem neumodischen Schnickschnack seid wirklich manchmal merkwürdig.«

»Mom, ich ...«

»Sieh mir in die Augen und sag, dass du Julia nicht liebst.«

Zähneknirschend erwiderte Cameron ihren Blick. »Nein.«

Sally verengte ihre Augen zu schmalen Schlitzen. »Nein, du willst es nicht sagen, oder nein, du liebst sie nicht?«

Abwehrend verschränkte er die Arme vor der Brust. »Nein, ich liebe sie nicht.«

Sally blinzelte überrascht. »Na gut, dann kann ich ja wieder gehen.«

»Nicht so schnell«, meinte Cameron hastig. »Wollen wir nicht noch ein bisschen plaudern?«

»Nein danke, ich habe alles erfahren, was ich wissen wollte.«

»Mom«, erwiderte er kläglich und schüttelte den Kopf. »Es tut mir leid.«

»Mir auch, mein Schatz«, sagte Sally, während sie ihre Handtasche aufhob und zur Haustür marschierte. »Du weißt, dass ich dich über alles liebe.«

»Ich dich auch, Mom.«

»Gut, denn es gibt etwas, das ich dir sagen muss.« Sie drehte sich um. Als Cameron die Enttäuschung in ihrem Blick bemerkte, ließ er kleinlaut den Kopf hängen. »Es ist ewig her, seit du mich das letzte Mal angelogen hast, Cameron Duke, aber trotzdem weiß ich ganz genau, wie du aussiehst, wenn du flunkerst. Du belügst mich und dich selber noch viel mehr. Du bist nicht wie dein Vater, und das weißt du ganz genau. Ich habe keinen Idioten großgezogen. Also hör auf, dich wie einer zu benehmen. Und jetzt schnapp dir diese tolle Frau und deinen Sohn und schleif sie zurück in dieses Haus – sonst rollen Köpfe.«

Verdammt, man nannte sie nicht grundlos die graue Eminenz von Dunsmuir Bay ... Nachdem seine Mutter gegangen war, hatte er noch eine ganze Weile vor sich hin gebrütet. Natürlich lag Sally mit dieser ganzen Geschichte von wegen Lügen vollkommen daneben. Aber immerhin war sie seine Mutter, also hatte er sie ausreden lassen und nicht weiter widersprochen.

Jetzt war er zum ersten Mal seit Langem wieder ganz alleine in seinem großen Haus. Obwohl Julia und Jake erst seit wenigen Stunden weg waren, vermisste er sie schon schmerzhaft. Er konnte sich nicht erklären, wie Julia ihm so schnell so wichtig hatte werden können. Aber irgendwann in den letzten Monaten war sie zu einem grundlegenden Bestandteil seines Lebens geworden. Wie sollte er also ohne sie weitermachen?

Irgendeine Lösung würde er schon finden, und wahrscheinlich war es sogar besser, dass sie weg war. Er hatte ihr von Anfang an gesagt, dass er mit Liebe nichts zu tun haben wollte. Aber sie hatte ja unbedingt versuchen müssen, die Regeln zu ändern. Sie erwartete einfach zu viel von ihm, und mit Forderungen biss man bei Cameron Duke auf Granit.

Trotzdem vermisste er Julia und Jake wie verrückt.

Als er beim zweiten Bier angekommen war, klingelte es erneut. Es überraschte ihn nicht weiter, dass Brandon und Adam ihm einen Besuch abstatteten. Doch die kleine weiße Pappschachtel in Brandons Hand versetzte ihm einen ordentlichen Schlag in die Magengrube. Auf dem Deckel stand in geschwungenen blauen Buchstaben *Cupcake* geschrieben.

»Was soll das?«, fragte Cameron wütend.

»Ich hab einen kleinen Zwischenstopp bei Julia eingelegt und uns Abendessen mitgebracht«, erwiderte Brandon grinsend. »Jetzt, wo ihr nicht mehr zusammen seid, dachte ich, ich kann sie fragen, ob sie mal mit mir ausgeht.« Genüsslich biss er von einem Törtchen ab und setzte sich an den Esstisch. »Mannomann, wie konntest du eine Frau zum Mond schießen, die so gut backen kann? Du hast echt 'nen Knall. Ich werde sie noch heute Abend anrufen.«

Cameron starrte ihn wutentbrannt an, die Hände zu Fäusten geballt. »Wenn dir dein Leben lieb ist, überlegst du dir das noch mal.«

Besänftigend legte Adam ihm die Hand auf den Arm. »Cam, sei doch kein Idiot.«

»Warum nicht? Schließlich scheinen mich momentan alle für einen zu halten.«

»Du bist ja auch einer«, warf Brandon trocken ein und biss wieder in sein Törtchen.

»Und du bist ein toter Mann.«

Adam lachte auf. »Jetzt tu doch nicht so. Jeder weiß, dass du Brandon kein Haar krümmen würdest.«

»Da wäre ich mir nicht so sicher.« Wütend verschränkte Cameron die Arme vor der Brust.

Doch Adam schüttelte nur grinsend den Kopf. »Schon als wir klein waren, hast du nie als Erster zugeschlagen. Nie.«

»Stimmt«, bestätigte Brandon.

»Während unser guter Brandon sich die ganze Zeit geprügelt hat«, fuhr Adam lachend fort.

Auch Brandon musste lachen, doch dann warf er Cameron einen ernsten Blick zu. »Du hast dich immer nur verteidigt. Und sogar dann hast du versucht, die Konflikte erst mal mit Worten zu lösen.«

»Genau, unser Cameron ist der geborene Diplomat«, warf Adam ein. »Tatsächlich kann ich mich nur an eine einzige Situation erinnern, in der du zugeschlagen hast.«

»Und das auch nur, weil dieser rotznasige Jerry Miles mich windelweich prügeln wollte«, sagte Brandon.

»Heute bereue ich, dass ich ihn aufgehalten habe. Wäre dir nämlich recht geschehen«, knurrte Cameron.

»Du *hast* ihn aber aufgehalten«, betonte Adam. »Wenn auch unfreiwillig. Was ich damit sagen will: Du bist alles andere als ein Schläger. Gewalt ist nicht dein Ding.«

»Kann sein«, murmelte Cameron düster.

»Kapierst du denn nicht, worauf ich hinauswill?«, fragte Adam ungeduldig. »Du bist nicht wie dein Vater. Kein bisschen!«

Am nächsten Morgen brachte Sally den kleinen Jake vorbei. Sie erklärte ihrem Sohn, dass Julia einen Noteinsatz für die Konditorei habe und zu Hause in Ruhe backen müsse.

Eine Weile lang planschte Cameron mit Jake im Swimmingpool. Dann trocknete er seinen Sohn ab und ließ ihn im weichen Gras herumkrabbeln. Fasziniert beobachtete er, wie Jake sich selbst am Zaun hochzog, die Streben losließ und – seinen ersten Schritt lief!

»Dada!«, rief Jake und ließ sich wieder auf seinen Windelpopo fallen. Als Cameron ihn schwungvoll hochhob, lachte der kleine Mann auf.

»Jake, was hast du denn da gemacht?«, fragte Cameron stolz. »Kannst du das noch mal machen? Kannst du laufen wie ein großer Junge? Komm, ich helf dir.«

Vorsichtig stellte er ihn wieder auf dem Boden ab und sah dabei zu, wie sein Sohn noch einmal einen zaghaften Schritt wagte. Diesmal fiel er auf die Knie und begann zu heulen, was das Zeug hielt. Doch sein Vater war schon bei ihm und nahm ihn wieder auf den Arm.

»Alles gut, Kumpel«, flüsterte er und wiegte seinen Sohn, während er auf das aufgeschrammte Knie pustete. »Schau, jetzt tut es gar nicht mehr weh. Wart nur ab, bis ich deiner Mom davon erzähle.«

Noch während er sprach, überwältigten ihn seine Gefühle mit einer solchen Wucht, dass er fast selbst in die Knie gegangen wäre. Julia musste erfahren, dass Jake seine ersten Schritte gelaufen war! Seinen Sohn auf dem Arm, rannte er ins Haus, um zu telefonieren.

Während er den Hörer abnahm, rieb er sich über seine schmerzende Brust. Er kannte dieses seltsame Gefühl. Damals auf der großen Party, als er beobachtet hatte, wie Julia mit seinem Freund Byron sprach, hatte es sich genauso angefühlt: ein warmes Pochen, schmerzhaft, aber auch angenehm. Es war ein Gefühl, das noch keine Frau in ihm ausgelöst hatte.

Einige Sekunden lang starrte er den Hörer an, dann legte er wieder auf. Was würde er tun, wenn Jake seinen nächsten großen Entwicklungsschritt machte? Und was, wenn dann er selbst derjenige war, der nicht dabei sein konnte? Wollte er all diese Dinge wirklich am Telefon erfahren? Konnte er darauf verzichten, seinem Sohn dabei zuzusehen, wie er aufwuchs? Wollte er wirklich weit weg sein, wenn Jake jemanden brauchte, der auf sein Knie pustete und ihm sagte, dass alles gut werden würde?

Und was, wenn es Julia schlecht ging? Wer wäre dann für *sie* da? Sie war viel zu lange alleine gewesen, hatte niemanden gehabt, der sich um sie kümmerte. Und sosehr ihn diese Einsicht auch beschämte: Er selbst hatte sie ebenso im Stich gelassen wie alle Menschen vor ihm.

Und was, wenn sie eines Tages einen anderen fand, der bereit war, diese Rolle zu übernehmen? Jemanden, der den Mut hatte, ihr zur Seite zu stehen und sie so zu lieben, wie sie es verdiente?

Würde er dann einfach herumsitzen und zulassen, dass jemand seinen Platz einnahm?

»Zur Hölle, nein!«, fluchte er leise. Kein Mann außer ihm hatte das Recht, Julia zu lieben.

»Verdammt, Julia«, murmelte er und griff nach seinem Autoschlüssel und Jakes Wickeltasche. »Ich habe dich ja gewarnt.«

Durch die hügelige Landschaft von Dunsmuir Bay fuhr er zu Julias imposantem Elternhaus. Cameron hatte das Anwesen kurz besichtigt, als er Julia geholfen hatte, ihre Sachen zu ihm zu transportieren. Bis heute konnte er sich einfach nicht vorstellen, wie Julia als kleines Mädchen ganz alleine in diesem riesigen, unpersönlichen Kasten gelebt hatte. Doch ihre Zukunft würde anders aussehen. Denn er war entschlossen, sie von hier wegzuholen.

Mit Jake auf dem Arm klingelte er an der schweren Doppeltür und wartete darauf, dass ihm ein Hausmädchen öffnete.

Doch es war Julia, die wenig später vor ihm stand. Selbst in ihren Jeans, den Turnschuhen und der Schürze sah sie atemberaubend aus. »Hi.«

»Hi«, erwiderte Cameron und sah in ihre leuchtend blauen Augen, die ihn schon bei ihrer ersten Begegnung so sehr fasziniert hatten. Auf dem Weg hierher hatte er sich seine Worte genau zurechtgelegt. Doch nun, wo er seinem Schicksal gegenüberstand, war sein Kopf wie leer gefegt.

»Ich liebe dich, Julia! Bitte komm zurück zu mir«, stieß er hervor.

Mit angehaltenem Atem beobachtete er, wie sie schluckte, die Stirn runzelte und sich auf die Lippe biss. »Tut mir leid«, sagte sie schließlich. »Aber ich glaube, ich habe dich nicht richtig verstanden. Könntest du das bitte wiederholen? So drei- bis viermal?«

»Ich liebe dich, Julia«, sagte er. »Mehr als alles auf der Welt. Bis auf Jake natürlich. Ich will, dass ihr bei mir seid, und ich will mehr Kinder und ich will einen Hund. Einen großen. Aber in allererster Linie will ich dich zurück. Komm mit und lass mich nie wieder alleine.«

Sie neigte den Kopf. »Das kann ich gar nicht oft genug hören.«

Er lachte auf und zog sie in einer leidenschaftlichen Umarmung an sich. Als sie ihn innig küsste, waren keine weiteren Worte nötig. Er wusste, dass sie zu ihm zurückkehren würde.

Dennoch sagte sie leise: »Natürlich komme ich mit dir. Ich habe doch nur darauf gewartet, dass du fragst.«

»Mama!« Jake lachte und winkte ihr unbeholfen zu.

Cameron glaubte, ihm würde vor Glück gleich das Herz zerspringen. »Heirate mich noch mal, Julia«, sagte er. »Mit allem Drum und Dran, mit einem Designerbrautkleid und tausend Gästen und einem riesigen Kuchen! Dieses Mal machen wir alles richtig – solange du nur wieder zu mir zurückkommst.«

Lachend küsste Julia ihn erneut und schlang ihre Arme fester um ihn und Jake. »Du dummer Mann, offenbar hast du es immer noch nicht kapiert! Ich will keine zweite Hochzeit, Cameron. Alles, was ich je wollte, habe ich in diesem Augenblick in meinen Armen.«

– ENDE –